HEINZ G. KONSALIK

Wie ein Hauch von Zauberblüten

Meinen Leser

Heinz G. Konsalik

Buch

Aus seiner deutschen Heimat ist Dr. med. Richard Oppermann nach Südwestafrika gekommen, der ehemaligen deutschen Kolonie, die als selbständiger Staat »Namibia« heißen soll, zur Zeit jedoch noch von der Republik Südafrika verwaltet wird. Der junge Arzt leitet in der kleinen Stadt Outjo ein Forschungsinstitut, das sich die Bekämpfung einer seuchenartigen, zur Erblindung führenden Augenkrankheit zum Ziel gesetzt hat.

Seine Assistentin ist Luba Magdalena Olutoni, ein Mädchen von gazellenhafter Schönheit und Tochter eines Ovambo-Häuptlings und einer Deutschen. Die Liebe Dr. Oppermanns und Lubas darf sich, nach den Gesetzen des Landes, nicht erfüllen: Liebe zwischen Weiß und Schwarz oder zwischen Weißen und »Mischlingen« ist strafbar; wer sich darüber hinwegsetzt, macht sich überdies »gesellschaftlich unmöglich«.

Daran findet auch die Mehrheit der Deutschen und deutsch Gesinnten nichts zu tadeln, die seit hundert Jahren ein Recht auf dieses herrliche Land geltend machen. Johann Prusius etwa, ein Großkaufmann, scheint noch in den Vorstellungen der Kolonialzeit zu leben: Für ihn ist Luba nur eine „Kaffernhure« – was ihn aber nicht hindert, ihr lüstern aufzulauern.

Alle Weißen in Südwest sitzen jedoch auf einem Pulverfaß. Vom Norden, von Angola her sickern die gut ausgerüsteten Verbände der SWAPO, der schwarzafrikanischen Freiheitsbewegung, ein und verbreiten Angst und Schrecken unter den Farmern. Als eines Tages Luba verschwunden ist, will der verzweifelte Dr. Oppermann sich nicht damit abfinden. Mit seinem Freund, dem urwüchsigen bayrischen Priester Mooslachner, macht er sich auf die Suche, und daraus wird ein Abenteuer auf Leben und Tod ...

Autor

Heinz G. Konsalik, 1921 in Köln geboren, begann schon früh zu schreiben. Der Durchbruch kam 1958 mit der Veröffentlichung des Romans »Der Arzt von Stalingrad«. Konsalik, der erfolgreichste deutsche Autor der Gegenwart, hat mehr als hundertfünfzig Bücher geschrieben, die in viele Sprachen übersetzt wurden. Die Weltauflage beträgt über 80 Millionen Exemplare.

Eine Übersicht über die als Goldmann-Taschenbücher erschienenen Werke von Heinz G. Konsalik finden Sie am Schluß dieses Bandes.

HEINZ G. KONSALIK

Wie ein Hauch von Zauberblüten

Roman

GOLDMANN

Ungekürzte Ausgabe

Umwelthinweis:
Alle bedruckten Materialien dieses Taschenbuches
sind chlorfrei und umweltschonend.
Das Papier enthält Recycling-Anteile.

Der Goldmann Verlag
ist ein Unternehmen der Verlagsgruppe Bertelsmann

Genehmigte Taschenbuchausgabe 5/84

Umschlagentwurf: Design Team München
Umschlagfoto: Gordon/TIB, München
Karte auf Seite 6: Heinz Bogner
Druck: Elsnerdruck, Berlin
Verlagsnummer: 6696
MV · Herstellung: Peter Papenbrok/sc
Made in Germany
ISBN 3-442-06696-4

13 15 17 19 20 18 16 14

Die Hauptpersonen:

Dr. Richard Oppermann	Arzt und Bakteriologe
Luba Magdalena Olutoni	Laborantin
Josef Petrus Olutoni	ihr Vater, Häuptling eines Ovambo-Stammes
Marcus-Tomba Urulele	Arzthelfer bei Dr. Oppermann
Michel Mooslachner	Pater von der Mission »Mariä Tränen«
Jan van Laaken	Oberleutnant der südafrikanischen Armee
Percy Henrici	Major der Armee
Johann Prusius	Kaufmann in Outjo und Otjiwarongo
Volker Prusius	sein Sohn, Landvermesser
Simon Otje Namalunga	Chef einer Ovambo-Guerillatruppe
Franziska Maria Nkulele	Sekretärin bei Dr. Oppermann

Der Roman spielt in Südwest-Afrika (Namibia) zur Jetztzeit.

Der Text des Südwester-Liedes auf den Seiten 378/379 stammt von Heinz A. Klein-Werner

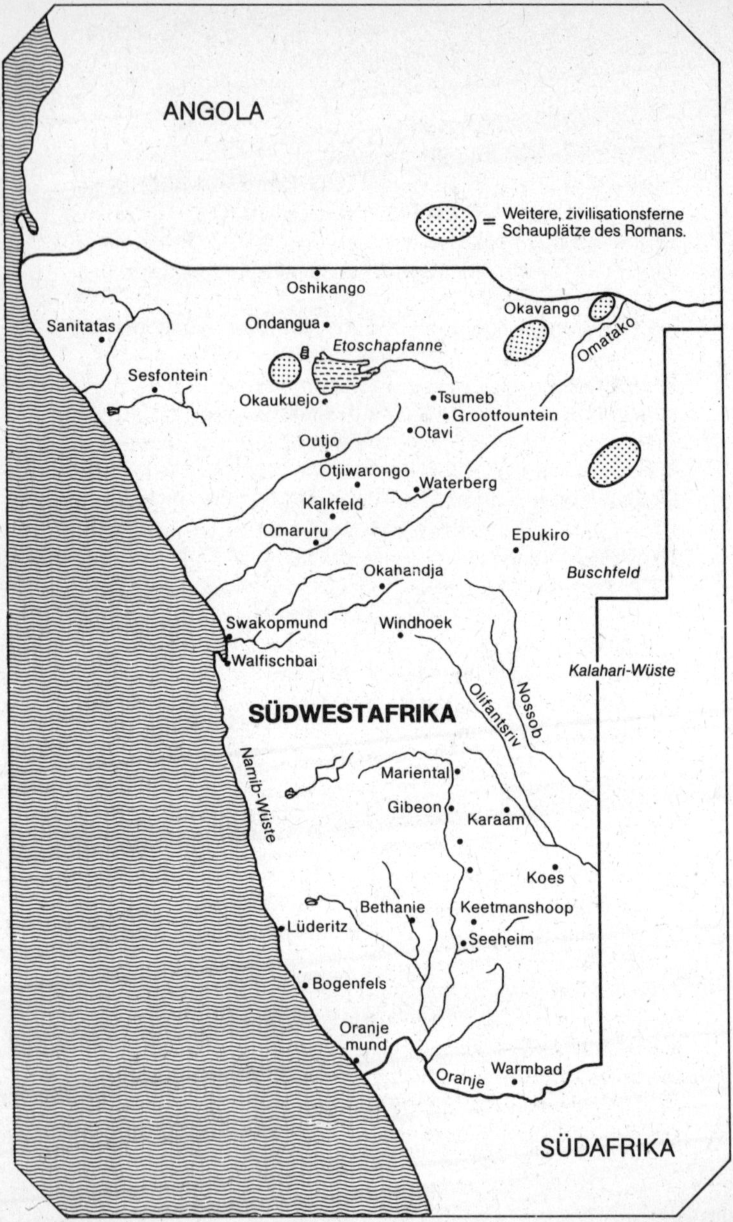

ANGOLA
= Weitere, zivilisationsferne Schauplätze des Romans.
Oshikango
Okavango
Sanitatas
Ondangua
Omatako
Etoschapfanne
Sesfontein
Okaukuejo
Tsumeb
Grootfountein
Otavi
Outjo
Otjiwarongo
Waterberg
Kalkfeld
Omaruru
Epukiro
Okahandja
Buschfeld
Swakopmund
Windhoek
Walfischbai
Kalahari-Wüste
SÜDWESTAFRIKA
Olifantsriv
Nossob
Namib-Wüste
Mariental
Gibeon
Karaam
Koes
Bethanie
Keetmanshoop
Lüderitz
Seeheim
Bogenfels
Oranje mund
Oranje
Warmbad
SÜDAFRIKA

Der neue Kranke trug die Nummer 431.

Man hatte sie ihm mit weißer Fettkreide groß auf die Brust geschrieben, und nun brüllte er aus Leibeskräften, ballte die Fäuste, riß den Mund so weit auf, daß er in dem verzerrten Gesicht wie eine rote Höhle wirkte, und die Tränen liefen dick aus seinen Augen.

Der Kranke war siebzehn Monate alt, aber er sah aus wie ein Greis.

Seine Mutter hielt ihn auf dem Arm und versuchte erst gar nicht, ihn zu beruhigen. Sie grinste nur verlegen, wehrte die Ärmchen ab, wenn der Junge um sich schlug, und wartete geduldig, daß sie aufgerufen würde. Vor der großen weißen Kreidenummer auf der schmalen, schwarzen Brust schien die Mutter große Ehrfurcht zu haben; sie achtete sorgfältig darauf, daß der Kleine sie nicht verwischte.

Die Frau war eine Herero, trug die langen, weiten, bunten, an der Taille gekräuselten Baumwollröcke und den malerischen Turban aus vielfach verschlungenen Kopftüchern, wie es seit fast hundert Jahren Mode war bei den Herero-Frauen in Südwest-Afrika. Damals hatten deutsche Missionare die fast nackten Eingeborenen überredet, europäische Kleidung zu tragen. Die Hereros fanden Gefallen an den bunten Stoffen, entwickelten daraus eine eigene Tracht und verstanden sie fortan als Symbol ihrer Nationalität. Nur eine Herero-Frau kleidete sich so; undenkbar, daß eine Damara, eine Hottentottin, eine Bergdama, eine Nama, eine Himba vom heißen Kaokoveld oder gar eine Buschmännin diese Röcke anzog; die stolzen Hereros hätten es als eine Entehrung ihres Stammes angesehen.

Da die Frau zum Doktor gegangen war, hatte sie ihre Festtagskleidung angezogen: einen Rock mit flammend roten Blumen auf leuchtend gelbem Untergrund und eine Bluse mit breiten blauweißen Streifen und weiten Puffärmeln. Strahlend weiß war das kunstvoll geschlungene, mit verschiedenfarbigen Rosenblättern bedruckte Kopftuch. Um sich für diesen

Tag besonders schön zu machen, hatte sie ihre Wangen mit brauner Schuhcreme eingerieben; — nun sah der Kopf aus, als sei er aus einem auf Hochglanz polierten, tiefbraunen Wurzelholz geschnitzt.

Dr. Oppermann hatte die Untersuchung eines Patienten beendet. Der ausgedörrte Alte, ein mit lederner Schrumpelhaut überzogenes Gerippe, war ein Damara. Er arbeitete auf einer Farm als Roder und klagte über Husten. Er war zwar gesund, das wußte er, jedoch — es bringt immer zwei freie Tage ein, wenn man zum Doktor nach Outjo geht. Man kann sich in der Stadt Tabak und Bier kaufen, gemütlich im Schatten sitzen, Männer aus anderen Gegenden treffen, viel Neues aus der anderen Welt hören, und kann selbst erzählen, wie es in Okaua aussieht, dem Dorf, in dem man lebt und schon neunzehn Enkelkinder um sich versammelt hat. So hatte er dem Doktor reichlich vorgehustet und hatte sich wie in Schmerzen gekrümmt, um dann mit geradezu strahlendem Gesicht auf das Urteil des Arztes zu warten. Das Gesicht mit den langen weißen Bartstoppeln erinnerte an einen verschrumpelten Igel.

»Du bist ein Gauner!« sagte Dr. Oppermann. Er blinzelte dem Alten zu, und der Igel blinzelte zurück. Er sprach Afrikaans, die alte Burensprache, welche auch die Eingeborenen gelernt hatten. In vielen Gegenden, vor allem in dem Dreieck Windhoek—Swakopmund—Outjo war es auch nicht ungewöhnlich, daß man von Hereros, Ovambos oder Damaras auf deutsch angesprochen wurde, denn viele der riesigen Farmen befanden sich in deutscher Hand, deutsche Händler versorgten das Land mit ihren Lieferungen, per Lastwagen, mit der Eisenbahn oder mit eigenen Flugzeugen. Die Großväter der Eingeborenen, die noch unter der deutschen Kolonialherrschaft aufgewachsen waren, hatten die deutsche Sprache ihren Söhnen, und diese hatten sie der nächsten Generation vererbt. So lebte auch der alte Mann mit dem geheuchelten Husten in einer Hütte, über deren Eingang er ein Schild gehängt hatte, auf dem »Reiterhaus« stand. An langen Abenden erzählte er den Dorfbewohnern immer wieder von seinem Vater, der als Gefreiter der Schutztruppe am 16. März 1908 unter dem Befehl des Hauptmanns von Erckert den aufständischen Simon Koper in der Schlacht bei Seatsub geschlagen hatte.

»Ich gebe dir einen Hustensaft«, sagte Dr. Oppermann und schrieb ein Rezept aus. »Aber zur Strafe, weil du mich belügen wolltest, nicht umsonst. Du wirst ihn in der Apotheke kaufen, selbst bezahlen und mir vorzeigen! Kommst du nicht mit dem Hustensaft zurück, untersuche ich dich nie wieder.«

»Es ist gut!« sagte der Alte auf deutsch. »Ich kaufe. Will wiederkommen zu Doktor.«

Das Gerippe stand stramm, knallte die Hacken der groben Lederschuhe zusammen und hob grüßend die Hand an die Stirn. »Für Gott, Kaiser und Vaterland!«

Dr. Oppermann lachte, gab dem Alten einen Klaps auf die Schulter und ging zum Waschbecken. Er seifte sich gründlich ein, spülte mit heißem Wasser nach und trocknete sich an einem desinfizierten Handtuch ab. Durch die Tür des Nebenraumes schob sich jetzt ein runder, kahlgeschorener Schädel.

»Master Doktor«, sagte Urulele. »Da hätten wir jetzt die Nummer 431! Soll sie kommen?«

»In einer Minute.«

Urulele zog sich zurück. »Der Doktor wäscht sich schon!« sagte er zu der geduldigen Herero-Frau. Sie hielt den brüllenden Jungen noch immer so fest, daß er die weiße Kreidezahl nicht verwischen konnte. Wenn man so etwas auf die Brust malte, mußte das große Bedeutung haben; vielleicht war es ein magisches Zeichen. Man konnte nicht wissen, ob es nicht doch Geister und Zauberer gab, auch wenn der Pastor in der Kirche predigte, dergleichen gebe es nicht, es gebe nur Jesus und einen Gott, der alles sehe und in Notfällen auch helfe. Man müsse nur an ihn glauben. Nun war das Kind krank, sie hatte es zu dem Pastor in die Kirche gebracht und gesagt: »Sag Gott, er soll jetzt helfen!« Was aber hatte der Pastor geantwortet?

»Damit mußt du zum Doktor. Sofort! Du lieber Himmel, warum hast du solange damit gewartet?«

»Ich habe gebetet!« hatte sie geantwortet. »Du hast es doch gesagt.«

Der Pastor hatte daraufhin sofort Dr. Oppermann angerufen und das Kind als Notfall angemeldet. »Sie wird Ihnen erzählen«, sagte er mit belegter Stimme, »daß sie nicht zum Arzt gegangen ist, weil sie gebetet hat. Da kann man nichts machen; diese einfachen Menschen nehmen alles zu wörtlich.

Zum Glück kommt so etwas sehr selten vor. Halten Sie mich auf dem laufenden? Sie werden verstehen, daß mich dieser Kleine besonders beschäftigt.«

Die Herero-Frau sah Urulele wortlos an. Ihre schwarzen Augen über den vorspringenden Backenknochen drückten Geduld und Gehorsam aus. Urulele war ein Ovambo, aber er hatte sich zu einer Respektsperson emporgearbeitet. Geboren war er in Okaputa, einem kleinen Nest an der Straße nach Otavi und Tsumeb im Norden. Sein Vater arbeitete in einem Steinbruch in den Ausläufern des Waterberges; er besaß ein Haus, eine Kuh, neun Hühner und einen zahmen Schakal, mußte eine Frau, neun Kinder, einen Vater, eine Mutter, zwei Großväter und zwei Großmütter ernähren und war glücklich, als sein ältester Sohn eines Tages sagte: »Ich ziehe weg nach Windhoek und will etwas anderes lernen.«

Damals war Urulele zwölf Jahre alt und sein Rufname war Tomba gewesen. Ein Autobus hatte ihn in die Schule nach Otavi abgeholt; dort hatte er lesen und schreiben, rechnen und singen gelernt und mit großem Interesse die spannenden, mit schauspielerischem Talent vorgetragenen Erzählungen des evangelischen Pastors angehört. Eines Tages hatte er zu dem Pastor gesagt: »Ich möchte auch das werden, was du bist.«

Der alte Urulele, der zeit seines Lebens nur mit Mißtrauen die Geschichten von Jesus gehört hatte, gab um des lieben Sohnes willen nach, ließ sich und seine Großfamilie an einem Sonntag feierlich taufen und nahm zur Kenntnis, daß Tomba nun auch Marcus hieß.

»Du wirst sehen, Vater«, sagte Marcus-Tomba mit altkluger Miene, »ich werde einmal ein großer Mann!«

Es schien wirklich wahr zu werden. Marcus-Tomba wurde aufgrund seiner Intelligenz zur Weiterbildung nach Otjiwarongo geschickt, wohnte dort in einem Jugendheim der Kirche, lernte Englisch und sogar Deutsch, bekam die Grundzüge der Mathematik eingehämmert, interessierte sich besonders für Chemie und hätte einmal beinahe das Jugendheim ausgeräuchert, mit einem Gas, das er sich in seinem kleinen Privatlabor im Keller zurechtgemixt hatte.

Mit zwanzig Jahren kam er nach Windhoek ins Krankenhaus, um sich zum Krankenpfleger ausbilden zu lassen. Geduldig leerte er Bettpfannen und Glasenten, wusch die Kranken, machte die Betten, desinfizierte die Bettgestelle mit Lysol, rasierte die Toten, bevor sie eingesargt wurden, übernahm Nachtwachen für andere, die lieber im »Thüringer Hof« oder im Hotel »Kaiserkrone« tanzen gingen, kaufte sich von seinem noch spärlichen Lohn die deutschsprachige »Allgemeine Zeitung« und das in Afrikaans erscheinende Blatt »Die Suidwester«, studierte die Monatszeitschrift »S.W.A. Boer — S.W.A. Farmer« und fiel bei den Ärzten dadurch auf, daß er sie anbettelte, im Operationssaal dabei sein zu dürfen. Nur herumstehen wollte er, zusehen, nicht lästig werden, man solle ihn gar nicht bemerken, er wolle nur sehen, wie man kranke Menschen rettet.

So stand also Marcus-Tomba auch im OP herum, mit Kopfbedeckung und Mundschutz, sterilem OP-Mantel und Gummischuhen, sah sich die Operationen an, reichte später sogar aus dem Hintergrund den OP-Schwestern Nachschub an Tupfern und Watte an, trug die Eimer mit den Abfällen weg, schrubbte nach einem Operationstag den Kachelboden und das Gestänge des OP-Tisches und wurde so auf der Station bei den Kranken und im OP bei den Ärzten fast unentbehrlich.

Als Urulele vierundzwanzig Jahre alt war und seine erste Prüfung als Krankenpfleger mit Glanz bestanden hatte, geschah etwas Ungewöhnliches. Im Kino von Windhoek spielte man den amerikanischen Film »Der König und ich« mit dem glatzköpfigen Yul Brunner in der Rolle des Königs von Siam. Der Film begeisterte Urulele so sehr, daß er am nächsten Tag zu einem Ovambofriseur ging, sich auf den wackeligen Stuhl setzte, auf sein volles Kraushaar zeigte und mit unerbittlicher Stimme sagte: »Abschneiden!«

»Wieso?« fragte der Friseur entsetzt. »Die Haare sind noch nicht lang genug, Marcus.«

»Ganz weg! Rasieren!«

»Alles?!«

»Alles!«

»Bist du verrückt geworden?«

»Mit einem blanken Kopf wird man groß und stark! Ich habe es gesehen! Kennst du den König von Siam?«

»Welcher Stamm ist das?« fragte der Friseur ratlos.

Urulele winkte ab, gab dem Friseur einen Rand — das war

ein stolzer Preis — und ließ sich die Haarpracht abschneiden, den Schädel glatt rasieren und die Kopfhaut mit Öl polieren. Im Krankenhaus lachte man ihn erst aus, aber dann gewöhnte man sich daran. »Man wird nie klug aus den Schwarzen!« sagte der Oberarzt beiläufig in einer Stammtischrunde im Hotel »Fürstenhof«. »Sie reagieren immer anders, als man erwartet. Da haben wir einen Krankenpfleger, ein begabter Bursche, getaufter Ovambo, hat die Prüfung mit Gut bestanden — und was tut der Kerl? Er läßt sich eine Glatze schneiden! Warum? Keiner weiß es! Ein Ovambo mit einer freiwilligen Glatze! Man kommt einfach nicht dahinter . . .«

Das Leben Uruleles hatte sich völlig verändert, als vor acht Monaten ein Dr. Richard Oppermann aus Deutschland in Windhoek gelandet war. Er kam mit zwei kleinen Koffern, denen am nächsten Tag drei riesige Metallkisten folgten. Urulele war dabei, als man Dr. Oppermann am Flugplatz J. G. Strijdom abholte. Er trug die Koffer und hörte, wie der Chefarzt sagte:

»Wir haben sehnsüchtig auf Sie gewartet, Herr Oppermann. Die Infektion beginnt sich zu einer Seuche auszuwachsen. Noch ist sie begrenzt, aber es ist völlig unmöglich, Ballungsgebiete, wie etwa Windhoek oder Tsumeb, abzuriegeln. Sie kann also jeden Tag auch hier auftauchen. Wir haben fast achthunderttausend Eingeborene gegenüber rund neunzigtausend Weißen. Das kann eine Infektionslawine werden!«

Und später im Wagen hörte Urulele — er saß neben dem Fahrer —, wie Dr. Oppermann sagte: »Ich bin vom Institut für bakteriologische Forschung erstaunlicherweise mit genügend Geldmitteln ausgestattet worden. Auch die Ministerialbehörden in Pretoria steuern einen großen Beitrag bei. Das ändert aber nichts an der Tatsache, daß ich bei Null anfange! Ich werde wohl das berühmte ›Kochsche Gefühl‹ nachempfinden. Auch Robert Koch saß ja mit bloßen Händen und einem Mikroskop am Tschadsee und entlockte trotzdem der Tse-tse-Fliege das Geheimnis der Schlafkrankheit.«

»Leider ist es hier noch trostloser«, antwortete der Chefarzt. »Wir haben Hunderte von Antibiotika gemixt und trotzdem stehen wir bei dieser Infektion wie vor einer Stahlwand. Nichts schlägt an. Die Krankheit schluckt alle Medikamente, als würde sie davon nur noch fetter. Aber Sie kennen ja die Ergebnisse, Herr Oppermann. Niederschmetternd! Und das Schlimmste ist: Die Schwarzen zweifeln an der weißen Medizin! Vom Norden her, aus dem Ovamboland, so habe ich mir sagen lassen, wandern die Medizinmänner wieder durch die Dörfer. Wenn irgendwo die weißen Ärzte auftauchen, sind die Kranken schon wieder behängt mit Amuletten, tragen Verbände mit obskuren Breien, schlucken Pulver aus zerstampften Spinnen, Wurzeln und Tierknochen. Hier dreht sich verrückterweise das Rad der Entwicklung zurück, genau so, wie der blödsinnige Glaube immer noch weiterlebt, das gemahlene Horn des Nashorns verleihe, mit Maisbier vermischt, ungeheure Potenz. Wie auch der Genuß von Stierhoden.«

»Haben Sie das schon ausprobiert?« fragte Dr. Oppermann. Der Chefarzt starrte ihn an, faßte die Frage als Witz auf und lachte schallend.

»Sie haben Humor!« schrie er. »Den können Sie hier auch brauchen! Waren Sie schon einmal in Afrika?«

»Nein.«

»Du lieber Himmel!«

»Ich habe zwei Jahre zur Erforschung eines Sumpffiebers in Neu-Guinea verbracht.«

»Das ist keine Empfehlung. Jetzt sind Sie in Südwest! Namibia, wie es die Rebellen und die butterweichen Herren der UNO nennen wollen! In Südwest ist alles anders als das, was Sie bisher über Afrika gelesen oder gehört haben mögen. Das hier ist ein Land von Schweiß und Tränen. Ein Land, das Gott im Zorn schuf! Ein knallhartes Männerland! Aber wer einmal hierhergekommen ist, wer länger als drei Monate zwischen Namib und Kalahari gelebt hat, den läßt dieses Land nicht mehr los! Der ist ihm verfallen! Dieses Land saugt Menschen auf — blicken Sie mich nicht so ungläubig an! Ich will Ihnen etwas Privates sagen: Ich komme aus Wasserburg am Inn. Als junger Assistenzarzt machte ich eine Urlaubsreise nach Südwest. Damals war eine solche Reise noch ein richtiges Abenteuer, und so hieß die Fahrt auch: Auf den Spuren der deutschen Siedler. Sie sollte sechs Wochen dauern und dauerte drei Monate, weil unsere Reisegruppe zwischen Namutoni und Rundu am Okavango, mitten im Kavangoland, für die Öffentlichkeit verloren ging. Eine zu früh einsetzende Regenzeit hielt uns plötzlich in einem großen Sumpfgebiet gefangen. Wir saßen auf einer noch leidlich festen Landinsel, aber mit unseren Geländewagen konnten wir Schach spielen. Überall aufgeweichter Boden, in dem sie rettungslos versinken würden. Nach drei Monaten holte man uns mit Hubschraubern heraus, und jeder hätte nun doch sagen sollen: ›Danke! Prost! Von diesem Land habe ich die Schnauze voll!‹ — Denken Sie!« Der Chefarzt lehnte sich zurück und blickte auf die öde Straße, die vom Flugplatz in die Stadt Windhoek führte. »Ich kam zurück nach Wasserburg, löste meinen Vertrag als Assistenzarzt, packte meine Koffer, ließ mir von meinem Vater versichern, ich sei ein Riesenidiot, überstand das Weinen meiner Mutter, ließ eine hysterische Szene meiner damaligen Braut über mich ergehen und flog zurück nach Windhoek. Südwest hatte mich gepackt, nein, gefressen! Und ich kann Ihnen versichern: Ich habe es nie bereut. Dieses Land ist einmalig. Es fordert den ganzen Menschen und noch mehr: seine Reserven! Aber es schenkt ihm dafür ein rätselhaftes, unerklärbares Glücksgefühl: Ich bin ein Südwestler! Das sollte man höher einschätzen als Kennedys historisches: Ich bin ein Berliner!« Der Chefarzt zuckte mit den Schultern. »Na ja, vielleicht merken Sie es auch noch! Machen Sie sich nur auf eins gefaßt: Ihre Arbeit wird so hart sein wie der Stein des Verbrannten Berges. Was das heißt, erfahren Sie noch, denn in diese Gegend müssen Sie ja auch . . .«

Am Abend erreichte es Urulele durch einen Trick, bis ins Zimmer von Dr. Oppermann zu gelangen. Der Portier des Hotels »Großherzog«, wo Dr. Oppermann wohnte, ließ sich überzeugen, daß Urulele als Bote des Krankenhauses unbedingt mit dem neuen Doktor sprechen müsse.

Dr. Oppermann war jener Typ eines Arztes, der standesbewußten Altmedizinern einen Schauer über den Rücken jagt und sie am Fortbestand der Wissenschaft zweifeln läßt. Er trug mit Vorliebe Jeans und darüber weite Pullover, das schwach gelockte, mittelblonde Haar war länger, als es korrekte Façon-Schnittler ertragen können, wenngleich es nicht in den meist offenen Hemdkragen oder gar über die Schultern wuchs. Das Kinn rasierte er sich täglich, aber nicht, weil er etwas gegen Bärte hatte, sondern weil ihm ein Bart hinderlich war, wenn er sich bei seinen Bakterienforschungen wie eine Mumie vermummen mußte. Auch mit seiner Sprache eckte er an. Er haßte hochtrabende Worte und Tiraden voll wissenschaftlicher Begriffe. Einmal hatte er bei einem Vortrag über Darminfektionen großes Mißfallen erregt, als er nicht von der Anusrose, sondern schlicht vom Arschloch sprach. Im Tropeninstitut war man deshalb auch der Ansicht, Dr. Oppermann eigne sich vorzüglich für Urwaldregionen und ähnliche Ausnahmegebiete, zumal er sich mit seiner hervorragenden Begabung besonders gern an Themen heranwagte, die in der Medizin als heiße Eisen galten. Seine zwei Jahre in Neu-Guinea hatten das bewiesen: Dr. Oppermann brachte Aufzeichnungen mit, die so bedeutsam waren, daß man an die Entwicklung eines neuen Serums gehen konnte. Überdies hatte ihn im Berghochland von Neu-Guinea ein noch auf der Kulturstufe der Eiszeit lebender Stamm mit dem Lied »Humbahumba tätärä . . .« verabschiedet – ein Erfolg, den bislang kein Missionar vorweisen konnte!

Dr. Oppermann wunderte sich nicht, als der schwarze Bursche, der in sein Zimmer trat und dabei verlegen über seine Glatze strich, ihn auf deutsch ansprach. Urulele hatte sich fein gemacht; er trug einen weißen Anzug mit rotem Hemd und gelbem Schlips und an den Füßen hellgelbe Schuhe mit dikken Specksohlen.

»Herr Doktor«, sagte Urulele höflich und verbeugte sich tief, »ich bin Marcus-Tomba Urulele aus Okaputa und möchte bei Ihnen arbeiten.«

Dr. Oppermann musterte den Besucher nachdenklich und schnippte dann mit den Fingern.

»Von irgendwoher kennen wir uns doch. Wo haben wir uns schon gesehen?«

»Auf dem Flugplatz. Ich habe Ihre Koffer getragen, Herr Doktor. Ich bin Krankenpfleger im Krankenhaus von Windhoek. Ich bin eigentlich alles, weil ich alles kann. Sie können mich bestimmt gebrauchen.«

»Das ist nicht so sicher.« Dr. Oppermann setzte sich und zeigte auf einen Stuhl an dem runden Tisch. »Warum wollen Sie weg vom Krankenhaus, Herr Urulele?«

Urulele blieb stehen. Sein Herz zuckte ein wenig, er polierte wiederum seine Glatze und sagte dann zaghaft: »Ich heiße Marcus.«

»Das haben Sie gesagt. Bitte, setzen Sie sich.«

»Ich?!«

»Ach so!« Dr. Oppermann atmete tief durch die Nase. Es fängt schon an, dachte er. Der Weiße sitzt, der Schwarze steht. Er winkte energisch und zeigte wieder auf den leeren Stuhl. »Wenn Sie sich nicht setzen, Marcus, brauchen wir unser Gespräch gar nicht erst anzufangen. Sonst müßte auch ich aufstehen, und das will ich nicht. Ich bin müde. Der Flug von Deutschland nach Windhoek ist trotz Liegesessel kein Pappenstiel. Man bekommt einen lahmen Hintern. Zum Teufel, Herr Urulele — setzen!«

Urulele ließ sich auf den Stuhl fallen und faltete die Hände. Ein Beben lief durch seinen Körper. »Man wird Sie auslachen, Herr Doktor, wenn Sie Herr Urulele zu mir sagen.«

»Meinetwegen. Mir tut's nicht weh.«

»Bitte, nennen Sie mich Marcus, oder Tomba oder sonstwie. Ich möchte nicht, daß man über Sie lacht. Ich möchte bei Ihnen arbeiten.«

»Das ist leicht gesagt, Marcus! Ich habe vor, nicht in Windhoek zu bleiben, sondern nach Outjo zu ziehen.«

»Outjo kenne ich gut, Herr Doktor.« Urulele strahlte wie seine Glatze. »Die ganze Gegend kenne ich gut. Es ist fast meine Heimat.«

»Das ist ein Argument.« Dr. Oppermann betrachtete Urulele genauer. Er fand ihn auf Anhieb sympathisch. Er war sauber, hatte einen offenen Blick und schien ein intelligenter Bursche zu sein. »Wie, glaubst du, kannst du mir helfen?« fragte er.

»Mit allem! Können Sie Damara sprechen? Ich kann es! Ovambo? Kaokoveld? Kavango? Ich verstehe alle. Wenn Urulele kommt, haben Sie keine Schwierigkeiten! Das garantiere ich.«

»Ich brauche vor allem einen Medizinischen Assistenten.«

»Auch das kann ich. Ambulanz, Station, OP!« Urulele sprang auf und stellte sich in Positur. »Ischuria paradoxa — ist Harnträufeln bei Prostatikerblase! Flatus — ist der Furz! Diarrhoea nocturna — ist der nächtliche Dünnschiß . . .«

»Das genügt, Marcus!« Dr. Oppermann blieb ernst. Urulele blieb voller Stolz stehen.

»Kann ich bei Ihnen anfangen, Herr Doktor? Wir werden die Epidemie bekämpfen!«

»Was weißt du über die Erkrankungen?«

»Ich habe einige im Krankenhaus gesehen. Blind! Augen eitern einfach aus den Höhlen. Sie kommen doch deswegen?«

»Ja, Marcus.« Dr. Oppermann zeigte wieder auf den Stuhl. »Setz dich! Ich werde morgen den Chefarzt fragen, ob er dich freigibt.«

Zögernd hockte sich Urulele wieder auf den Stuhl und faltete die Hände. »Ich danke Ihnen, Doktor«, sagte er leise. »Ich freue mich so.«

»Nicht zu früh, Marcus!« Dr. Oppermann zeigte auf Ureleles Glatze. »Wieso fallen dir die Haare aus? Was für Krankheiten hast du schon gehabt? Zähle sie auf.«

»Ich war immer gesund, Herr Doktor.«

»Aber deine Glatze!«

»Sie muß sein!« Urulele legte wie schützend beide Hände über seinen Kopf. »Ich habe den König von Siam gesehen. Im Kino. Ein starker Mann ...«

»O Gott!« Dr. Oppermann beugte sich vor, schlug Urulele auf die Knie und lachte nun doch. »Yul Brunner! Marcus-Tomba, du bleibst bei mir! So einer wie du fehlt mir! In zehn Tagen richten wir uns in Outjo ein.«

Das war vor acht Monaten gewesen.

Heute lebten sie in einer großen, weiß gestrichenen Baracke, die als Forschungszentrale und Ambulanzklinik diente. Umgeben von knorrigen Tamarisken und Feigenbäumen, einem riesigen Affenbrotbaum und einigen zerzausten Hyphaene-Palmen, hatte Dr. Oppermann das langgestreckte Holzhaus am Ende der Teerstraße in das harte Gras setzen lassen. Hundert Meter weiter begann der noch nicht ausgebaute, aber festgewalzte Pfad nach Okaukuejo, dem großen Wildhüterlager am Rande der Etoscha-Pfanne, dem größten Wildgebiet der Erde. Es war ein guter Platz. Von hier aus war der ganze Norden zu befahren, das Land zwischen Meer und Okavango-Fluß, eine Strecke von über tausend Kilometern, für Südwest-Afrika keine Entfernung.

Urulele öffnete die Tür und schob die Herero-Frau mit ihrem Kind ins Zimmer.

»Nummer 431!« meldete er noch einmal. »Linkes Auge bereits zerstört.«

Im Hintergrund, an einem kleinen Schreibtisch, saß Franziska Maria Nkulele und holte aus einem niedrigen Rollschrank eine neue Karteikarte hervor. Franziska trug einen blitzsauberen weißen Kittel über einem sehr kurzen, roten Kleidchen, hatte in das Kraushaar ein rotes Band gebunden und balancierte auf der kleinen breiten Nase eine riesige Sonnenbrille, deren rotes Plastikgestell mit vielen Straß-Steinchen besetzt war. Sie funkelten und blitzten bei jeder Bewegung des Kopfes, und Nkulele war sehr stolz darauf. Sie hatte die langen dünnen Beine übereinander geschlagen, dehnte sich ein wenig im Sitzen und drückte ihre spitzen Brüstchen durch Kleid und Kittel.

Marcus Urulele warf einen Blick darauf, seufzte, strich sich über seine Glatze und verschwand wieder im Nebenzimmer. Seit Franziska Maria als Sekretärin nach Outjo gekommen war, durchwatete Urulele das Meer großer Ungewißheit. Schon bei ihrer ersten Begegnung hatte es Uruleles Herz wie ein Blitz getroffen. Franziska Maria war mit dem Bus aus Omaruru gekommen. Mit einem modernen Koffer und einem Sack aus buntgemustertem Baumwollstoff betrat sie die weiße Baracke und traf sofort auf Urulele.

»Großvater«, sagte sie höflich, »wo finde ich den Master Doktor?«

Dabei blitzten die Glassteinchen auf ihrem Brillengestell, als sei sie die Gewittergöttin, die alle Blitze mit sich herumträgt.

Urulele sah nach allen Seiten, den Großvater ausfindig zu machen, bis er begriff, daß die zierliche Schöne, eine Ovambo wie er, *ihn* gemeint hatte. Entsetzt starrte er das Mädchen an, rieb seine Handflächen an der Hose und schnaufte. Franziska Maria ging an ihm vorbei, wippenden Schrittes, den kleinen Po hin und her schwenkend. Zu ihrem wirklich sehr kurzen Rock trug sie an den langen, schlanken Beinen hochhackige, grellgelbe Schuhe mit zierlichen Fesselriemchen. Wer konnte es Urulele verübeln, daß sein Puls sich erheblich beschleunigte?

»Wer zum Doktor will, meldet sich erst bei mir!« rief er streng. Das verführerische Luder aus Omaruru blieb stehen, drehte sich um und zupfte an ihrem Rock. Er wurde dadurch nicht länger, aber oben enger. Urulele verbarg die Hände auf dem Rücken und spielte nervös mit den Fingern. »Was willst du?«

»Ich bin die neue Sekretärin!« sagte Nkulele freundlich.

»Wie kann man Sekretärin sein, wenn man blind ist?« fauchte Marcus-Tomba.

»Ich bin nicht blind!«

»Wo steht hier ein Großvater?«

»Oh, bist du keiner?« Nkulele tat sehr betroffen und legte beide Hände über ihre Brüste. »Ich dachte, daß einem im Alter die Haare ausfallen . . .«

»Mein blanker Kopf ist eine Modeerscheinung«, sagte Urulele stolz. »Man kennt das hier bloß noch nicht! Es ist die Haartracht der Könige! Außerdem verleiht es große Stärke. Paß auf —«

Er nahm ein Stück Bandeisen, das neben dem Eingang lag, hob es hoch, atmete tief ein und bog es, ohne abzusetzen, zu einem Hufeisen. Schweiß brach aus seinen Poren, sein dunkles Gesicht erstarrte vor Anstrengung zu einer Maske . . . aber er schaffte es sogar, das Eisen noch weiter zu biegen und die Enden zu einem Kreis zusammenzuführen.

»Bravo!« sagte nach diesem Kraftakt Franziska Maria gleichgültig. »Wenn du mir jetzt, statt Eisen zu verbiegen, sagen könntest, wo ich den Master Doktor finde, wäre mir das lieber.«

Urulele warf den Eisenring weg, knurrte etwas Unverständliches und brachte das aufregende Mädchen zu Dr. Oppermann.

Am Abend fragte er vorsichtig: »Bleibt das Mädchen bei uns, Herr Doktor?«

»Ja. Ich habe sie aus Omaruru kommen lassen. Sie soll eine perfekte Sekretärin sein. Sie wird die Kartei und die Krankenblätter führen, die Laborberichte abschreiben und die Tagebücher. — Warum fragst du?«

»Sie gefällt mir nicht!« sagte Urulele dumpf.

»Das ist Geschmackssache.« Dr. Oppermann lachte und stopfte sich eine Pfeife. »Ich finde sie ausgesprochen hübsch.«

»Das ist es ja«, sagte Urulele bedrückt. »Es wird Unruhe geben.«

Da irrte er sich. Nkulele war eine mustergültige Sekretärin, ging allen Anfechtungen aus dem Weg, bekam keinen nächtlichen Besuch, schien auch in Omaruru keine Bindungen gehabt zu haben, und ging nur aus, wenn sie Veranstaltungen der katholischen Mission in Outjo besuchte. Sie war Katholikin, gehörte also zu einer Minderheit, denn Südwest war überwiegend evangelisch. Dort, im katholischen Missionshaus, schloß sie sich einer Handarbeitsgruppe an, sang in dem kleinen Kirchenchor mit und kochte auch ab und zu für den Kindergarten.

Unruhe gab es nur bei Urulele. Seit sechs Monaten wußte er, daß Franziska Maria ihn liebte, und er selbst hätte sein Leben für sie hingegeben, wenn man es verlangt hätte. Dennoch wurde es nichts mit der Heirat, da Nkulele darauf bestand, daß sich Marcus seine Haare wieder wachsen ließ.

»Ich heirate keine Glatze!« sagte sie unerbittlich. »Erst die Haare, dann die Hochzeit, dann bekommst du mich! An dieser Reihenfolge wird sich nichts ändern!«

Man wird verstehen, daß Marcus Höllenqualen litt. Was sollte er tun? Die Haare wieder wachsen lassen? Drei Wochen hielt er durch, sah auf seiner Glatze die neuen Haare sprießen, hockte vor dem Spiegel und betrachtete die Stoppeln, fuhr mit den Fingern fast zärtlich über die Spitzen — aber das Schicksal wollte es anders. In dieser Phase der Kapitulation vor Franziskas Reizen überfiel ihn eine leichte Darmgrippe. Sie hatte den Nebeneffekt, daß sie Marcus, der vier Tage lang das Klosett blockierte, erschreckend schwächte. Er war entsetzt, als er beim Abladen eines Lastwagens, der neues Material gebracht hatte, eine Kiste nicht mehr halten konnte, die er sonst auf beiden Unterarmen davongetragen hätte.

Für Urulele war der Grund seines Versagens klar: das Haar! Solange er eine Glatze trug, war er groß und stark wie der König von Siam im Film. Mit den ersten Haaren aber zerfielen auch seine Muskeln.

Noch am selben Tag ließ er sich in Outjo wiederum eine Glatze rasieren und mit Fett einreiben. Franziska Maria sah ihn an, wölbte die Lippen vor und ließ ihn wortlos stehen. An diesem Abend ging sie mit einem anderen Mann aus, einem Ovambo von riesiger Größe, der als Lagerarbeiter bei einer deutschen Elektrofirma arbeitete. Urulele aber spürte zum erstenmal Mordgedanken und betete in der Nacht zu Gott, er möge den anderen Mann krank werden lassen, damit Urulele ihm eine Spritze geben konnte. Mit dieser Spritze wollte er, ganz legal, Rache nehmen. Man kann die Injektionsnadel so in den Muskel stechen, daß man nur einen leichten Stich verspürt, — man kann sie aber auch ins Fleisch hauen, daß man die Engel im Himmel singen hört.

Die Sekretärin Nkulele spannte eine neue Karteikarte in die Schreibmaschine, rückte ihre glitzernde Brille zurecht, spreizte die Finger mit den langen, rotlackierten Nägeln und betrachtete mit dem neutralen Blick aller Arztsekretärinnen die Herero-Frau und ihr noch immer brüllendes Kind. Der Kleine mit der weißen Nummer auf der Brust hörte für einen Augenblick auf, als Dr. Oppermann vom Waschbecken zurückkam, sich die Hände abtrocknete und sagte:

»Aber wer weint denn da? So ein kräftiger, kleiner Mann!«

Er nahm der Herero-Frau das Kind ab, setzte es auf den Untersuchungstisch, zog die starke Deckenlampe am beweglichen Galgen zu sich heran und beleuchtete das Gesicht des Kleinen. Der Junge hob die Ärmchen, um das grelle Licht abzuwehren, aber Dr. Oppermann drückte sie wieder herunter. Mit einem Stieltupfer holte er etwas Eiter aus der rechten Augenhöhle und legte den Tupfer in eine Glasschale. Der Kleine brüllte wieder. Die Mutter stand regungslos daneben, nur das Zucken ihrer Augenlider verriet, daß sie keine Statue war.

Schon der erste Eindruck, den Dr. Oppermann von dem Kleinen bekam, war deprimierend. Die rätselhafte Infektion, die sich zur Seuche ausbreitete, hatte auch hier ganze Arbeit geleistet: Beide Augen eiterten stark, waren entzündet und verquollen, und wie in allen Fällen, die Dr. Oppermann bisher gesehen hatte, waren Fliegenschwärme, vom süßlichen Eitergeruch angelockt, über die Augen hergefallen, hatten neue Bakterien abgeladen oder gar Eier in das entzündete Fleisch gelegt. Bei seinen Fahrten bis hinauf zum Okavango hatte er Kranke gesehen, in deren Augenhöhlen Würmer krochen, Kranke, deren Auge nur noch eine schwammige, gallertartige Masse war, mit zerfressenem Sehnerv: eine grausame, rätselhafte Zerstörung, die unaufhaltsam war und Blinde zurückließ, Blinde mit leeren Augenhöhlen, als habe man den Augapfel mit einem Löffel ausgeschabt . . .

Man hatte alles ausprobiert, was der Antibiotiker-Markt zur Verfügung hatte. Es gab kein Gegenmittel, das man nicht versucht hätte. Die Infektion trotzte allem. Der rätselhafte Erreger war resistent gegen alle bekannten Chemotherapeutika. Es war tatsächlich so, wie der Chefarzt in Windhoek bei Dr. Oppermanns Begrüßung gesagt hatte: Die Krankheit frißt die Medikamente und nährt sich davon!

Dr. Oppermann setzte sich zu dem kleinen Herero auf die Untersuchungsliege und schob die grelle Lampe etwas zur Seite. Die Mutter in ihrem bunten Sonntagsstaat stand regungslos daneben. Hinter ihrer Schreibmaschine war Nkulele bereit für Karteikarte und Protokoll.

»Kannst du Deutsch?« fragte Dr. Oppermann die Herero-Frau.

Sie nickte, faltete die Hände und sah ihn mit einer Gläubigkeit an, die Oppermann erschütterte. Hilf uns, Doktor, sagten diese schwarzen Augen. Wir vertrauen dir. Wir haben alles versucht. Wir haben mit Wurzelsud gebadet, wir haben einen Blätterbrei auf die Augen geschmiert, wir haben gebetet. Was hat es genutzt? Aber du wirst uns helfen. Ich sehe es dir an. Du kannst mehr als alle anderen ...

»Woher kommst du?« fragte Dr. Oppermann.

»Aus Etaneno.«

»Das ist im Gebiet von Kalkfeld?«

»Ja.«

»Wem gehört die Farm?«

»Dem Master Heinrich Riddemann.«

Im Hintergrund klapperte die Schreibmaschine von Nkulele. Die Herero-Frau sprach bedächtig; es war einfach, da mitzuschreiben. Dr. Oppermann blickte wieder auf das Kind. Es hatte sich beruhigt, lutschte, wie alle Kinder, am Daumen und sah mit dem im Eiter eingebetteten rechten Auge zu ihm empor. Das linke war zerstört. Eine weißgelbe Masse, in der es keine Iris und keine Pupille mehr gab.

»Was hat Master Riddemann gesagt, als er dein Kind sah?«

»Sofort zum Doktor!«

»Gibt es noch mehr Kranke bei dir? Kranke mit solchen Augen?«

»Ja.« Die Herero-Frau nickte. »Neun.«

»Du lieber Himmel! Alles Kinder?«

»Auch drei Alte.«

»Und warum schickt Master Riddemann sie nicht zu mir?«

»Er weiß es nicht.«

Dr. Oppermann blickte hinüber zu Nkulele. Die Brille mit den Straßsteinen blitzte ihn an. Sie brauchte sie nicht, es war nur gefärbtes Glas, aber ebensowenig wie Urulele auf seine polierte Glatze verzichtete, war sie zu bewegen, ohne diese Brille zu leben. Es war die einzige Brille dieser Art im ganzen Bezirk, ja vielleicht in ganz Südwest. Eine Tante hatte sie aus dem fernen Johannesburg geschickt, und nun erzeugte die Brille das, wovon jeder Ovambo träumt: das wundersame Gestell hob sie von den anderen ab! Etwas Besonderes sein, herausgehoben aus der Masse — darauf kam es an!

»Notier«, sagte Dr. Oppermann zu Franziska Maria. »Erstes bekanntes Auftreten im Gebiet Kalkfeld mit angeblich zehn Erkrankungen. Patient Nr. 431: Linkes Auge — Endstadium. Rechtes Auge — Stadium III. Patient bleibt zwei Tage stationär für Testreihe. — Notiz auf Reiseplan: Gebiet Kalkfeld mit Schwerpunkt Etaneno.« Er brach ab, blickte auf seine Armbanduhr mit der Datumsanzeige und dann hinüber zu einem Reklamekalender, der an der Wand hing. »Die schöne Heimat« hieß der Kalender, zeigte ein Alpenpanorama und mußte für jeden Schwarzen ein Rätsel sein: Schnee bedeckte die Landschaft. Wie kann man einem Ovambo Schnee erklären? Unter dem Kalendarium stand der Reklameaufdruck: Otto Wilcke & Sohn. — Alles, was man im Hause braucht. Windhoek.

»Wann soll die neue Assistentin kommen?« fragte Dr. Oppermann.

»Wenn sie pünktlich ist, übermorgen!« antwortete Nkulele. Ihre Stimme klang abweisend. Seit aus Windhoek der endgültige Bescheid gekommen war, daß Dr. Oppermann nicht einen Medizinischen Assistenten, sondern eine Assistentin bekam — eine Nachricht, die Marcus-Tomba herausposaunte, als gelte es, wie einst in Jericho, Mauern umzublasen —, lief Nkulele mit spürbarer Unruhe herum. Sie hatte sogar nach Windhoek telefoniert, ob man wisse, wie die Dame aussehe. Ihre Informanten wußten es nicht. Man hatte nur gehört, es solle sich um eine »Coloured« handeln, also um einen Mischling. Das war besonders gefährlich, denn Coloured-Mädchen gehören zu den schönsten, die es auf Erden gibt.

»Dann notiere: Am 25. für vier Tage Kalkfeld.«

»Mit Marcus?«

»Natürlich!«

Nkulele war zufrieden. Wenn Marcus mitfuhr, war sie vier Tage mit der Neuen allein. In vier Tagen kann man einander gut abtasten und die Fehler und Schwächen der anderen erkennen. Frauen sind da wie Boxer, nur noch zäher, unerbittlicher und klüger. Sie wissen genau, wie der Gegner reagieren wird, weil sie selbst in der gleichen Situation genau so reagieren würden.

Eine Coloured für den Doktor ... Nkulele rückte die Brille zurecht. Etwas wie Vorbereitung zum Kampf lag in dieser Bewegung. Das Visier wurde heruntergelassen. Der untergründige Kampf zweier Frauen kann gnadenlos sein.

Während im Nebenraum der kleine Herero medizinisch versorgt wurde, Marcus ihm verschiedene Gewebeproben entnahm, die Augen auswusch und spülte, mit Chloramphenicol-Tropfen behandelte und der Mutter erklärte, daß sie mit dem Jungen zwei oder drei Tage in einem Anbau wohnen müsse, betrat durch den Privateingang ein Mann die Baracke, riß die Tür zum Ambulanzraum auf und zeigte mit ausgestrecktem Arm lachend auf Nkulele, die, als er so hereinplatzte, aufgesprungen war, als sei eine grüne Mamba durchs Fenster geschleudert worden.

»Sie möchte mich am liebsten fressen!« rief der Mann und stemmte die Arme in die Seite. »Sehen Sie sich das an! Das schwarze Kätzchen zittert, als hinge ein Kater auf ihr! Guten Tag, Doktor. Viel zu tun?«

Dr. Oppermann, der gerade die nächste Handwaschung beendet hatte und sich abtrocknete, wandte sich nicht um. Er trat ans Fenster, drehte dem Mann den Rücken zu und blickte hinaus auf den kleinen Garten, den Urulele angelegt hatte. Da der Boden viel begossen wurde, wuchsen hier Tomaten und Salat, Kürbisse und Gurken, Buschbohnen und sogar Kohlrabi. Um dieses winzige Paradies hatte Urulele einen hohen Drahtzaun gespannt und darüber ein Netz festgezurrt. Seitdem saßen die Vögel, meistens Schildraben und Blutschnabelweber, pfeifend, schnatternd und krächzend auf den Holzstangen, starrten sehnsüchtig auf das unerreichbare Grün und begrüßten Urulele, wenn er den Garten betrat, mit einem wilden Protestkonzert.

»Ich habe Ihnen schon mehrmals gesagt, Johann«, stellte Dr. Oppermann ruhig fest, »daß Sie nicht so einfach in die Ordination hineinplatzen sollen! Auch wenn es schwer ist, versuche ich, ein Mindestmaß an Sterilität aufrecht zu halten. Hier ist ein Untersuchungszimmer und kein Warenlager.«

Johann Prusius lachte. Er war ein mittelgroßer, stämmiger Mann mit einem runden Kopf und militärisch kurz geschnittenen, bereits ergrauten Haaren. Im vergangenen Jahr hatte er seien fünfzigsten Geburtstag gefeiert. Es war ein Fest geworden, von dem man noch heute in Otjiwarongo sprach. Mit Prusius mußte man sich gut stellen. Er beherrschte einen großen Teil der Hinterlandversorgung; die weit auseinanderliegenden Farmen waren auf ihn angewiesen. Sie standen über Funk mit Prusius' Zentrale in Verbindung, und die Farmer bestellten von ihm alles, was man zum Weiter- und Überleben brauchte. Ob es ein Kühlschrank war oder eine Waschmaschine, eine Motorsäge oder Ersatzteile für den Landrover, eine simple Wäscheleine oder Schreibpapier, Konserven aller Art oder Werkzeuge, Autoreifen oder Kanister, eine Sitzgarnitur für das Wohnzimmer oder eine neue Klobrille: Johann Prusius lieferte alles. Schnell, korrekt, zu einem ehrlichen Preis. Er war ein Mann, der Wort hielt — etwas, das in Südwest ebenfalls zum Überleben gehörte. Wenn Prusius sagte: »Ich bringe übermorgen den neuen Anlasser«, dann konnte man sechshundert Kilometer von Otjiwarongo entfernt im einsamen Tsumkwe in Kungveld, am Rande der endlosen Kalahari-Steppe, sicher sein, daß Prusius' zweimotorige Cessna pünktlich am Himmel auftauchte, einen Begrüßungskreis über die Farm flog und kurz darauf, eine riesige Staubwolke aufwirbelnd, auf einem nahen Feld landete.

Johann Prusius gehörte zur vierten Generation, die in Südwest lebte. Dieses Land war sein Land, die Prusius hatten alle Entwicklungen mitgemacht, alle Eingeborenenkriege, alle Schlachten gegen Hereros und Hottentotten, gegen Namas und, 1914, gegen die Engländer. Sie hatten gegen die schon sagenhaften Häuptlinge Maharero und Hendrik Witbooi,

Morenga und Simon Koper gekämpft, sie waren mit den Truppen des Hauptmanns von François und des Majors Leutwein marschiert und hatten den Gouverneur und Oberbefehlshaber General von Trotha ebenso beliefert wie den Gouverneur Dr. Göring. Sie hatten mitgebaut an der Kaiserstraße von Windhoek und am deutschen Soldatenfriedhof von Otjiwarongo, hatten die Forts im Norden verteidigt und waren dabeigewesen, als man die flüchtenden Aufständischen in die wasserlose Kalahari getrieben hatte. Sie haben den Bau von Straßen und Eisenbahnen bewacht und im Laufe von über hundert Jahren ein Handelshaus aufgebaut, das, von Otjiwarongo und Outjo aus, den ganzen Norden von Südwest mit Waren versorgte.

Johann Prusius, Vorsitzender des Heimatvereins, stellvertretender Kommandant der Schützenbruderschaft, Präsident des Turnvereins, Förderer von Gesang und Volkstanz, Stifter einer Orgelerweiterung und einer Glocke in der Buschkirche von Okamatambaka, sagte denn auch bei jeder Gelegenheit: »Wer behauptet, dieses Land gehöre den Schwarzen, der muß an die Wand gestellt werden! Verräter sind das, Verbrecher, Brandstifter, verkappte Mörder! Die UNO ist ein einziger Haufen von Verrätern! Hier in dieser Erde liegen mein Urgroßvater und meine Urgroßmutter — und seither alle Prusius. Bislang neununddreißig Gräber! Die letzte, die hier begraben wurde, war meine Frau Käthe — und auch ich und mein Sohn Volker werden hier begraben werden, in der Erde eines freien Südwest, eines weißen Südwest, eines Landes, das unsere Hände zum Blühen gebracht haben!«

Er bekam bei solchen Reden feuchte Augen und einen roten Kopf und war glücklich, wenn die anderen ihm mit sichtbarer Andacht zuhörten. Denn es war gefährlich, Johann Prusius zum Gegner oder gar zum Feind zu haben. Man hatte Erfahrung ... Neusiedler aus der Bundesrepublik, die Prusius abfällig »ein Zwittergebilde von Staat« nannte, hatten es gewagt, in seiner Gegenwart den neuen Namen Namibia auszusprechen. Ihnen ließ er durch einen schwarzen Boten ausrichten: Kauft euren Kram drüben in Angola bei den Kommunisten! Dann rief er zum Boykott auf — keiner getraute sich, die Isolation der Neusiedler zu durchbrechen.

Es dauerte nie länger als ein paar Monate, dann gaben die

»rotgesprenkelten deutschen Brüder«, wie sie Prusius taufte, entnervt auf und zogen nach Süden, noch hinter Windhoek, in die Gegend von Keetmanshoop oder Karasburg, das Karakulschaf-Gebiet.

»Bei uns gilt noch der alte Spruch: Aufrecht und treu!« tönte Prusius bei den monatlichen Heimatabenden. »Zwei Worte, die man nie vergessen soll! Für die deutsche Regierung da drüben sind es Fremdwörter geworden! Aufrecht, wo man vor Moskau buckelt?! Treu, wo man uns, die Vorposten des Deutschtums, in die Pfanne haut?! Es soll mal einer von diesen Bonner Spinnern hierher zu mir nach Outjo kommen! Ich werde ihn acht Tage herumfahren, nur acht Tage, und wenn er noch ein Hirn und ein Herz hat, wird er am neunten Tag vor dem Reiterdenkmal in Windhoek einen großen Kranz niederlegen und eigenhändig die Fahne hochziehen! Aber es kommt ja keiner! Sie quatschen nur, sie glauben jeden Blödsinn und streuen noch mehr Blödsinn aus, verschenken Millionen an die roten Rebellen, damit sie uns totschießen und klatschen Beifall, wenn es heißt, Südwest muß befreit werden. Von wem befreit? Es gibt nur eine Befreiung für uns: Befreit werden von den Idioten aus Bonn! Für mich existieren diese Verräter nicht mehr, die vor lauter Arschkriecherei vergessen haben, daß wir hier auch Deutsche sind!«

Vor solchen markigen Worten versiegte jede Diskussion. Wo Johann Prusius auftrat, herrschte Einigkeit und Vaterlandstreue. Unhörbare Marschmusik bebte in allen Knochen. Man saß an gescheuerten Holztischen, den Bierseidel vor sich, an der Wand aufgespannt die alte kaiserliche deutsche Kriegsflagge, schwarz-weiß mit dem schwarzen Adler, die Augen blickten kriegerisch, und wenn Schlachttag war, und es gab Wellfleisch und eine Schüssel mit heißen Blut- und Leberwürsten westfälischer oder thüringischer Art, war allen Anwesenden feierlich, ja, andächtig zumute. An solchen Abenden wurde zuweilen auch das Deutschlandlied gesungen, die erste Strophe natürlich. Dann sprang Prusius auf, nahm stramme Haltung an, alle anderen folgten ihm, und man erlebte ergriffen, wie sich Prusius' Augen mit Tränen füllten und sein Gesicht heftig zuckte.

Ja, es war eine glatte Wahnsinnstat, sich Prusius zum Feind zu machen. Um so erstaunlicher war es, wie Dr. Oppermann ihn behandelte. Von ihrer ersten Begegnung an mochten sie sich nicht leiden; Prusius nannte Dr. Oppermann einen »Ableger der neuen Generation, die uns den Kaffern ausliefert«, und Oppermann sagte ohne Scheu zu Prusius: »Wie schade, daß Sie nicht nach Deutschland kommen. Sie wollen mir Südwest zeigen, damit ich in Windhoek die Fahne hisse. Ich würde Ihnen in Deutschland Dachau und Bergen-Belsen zeigen. Welche Fahne werden Sie dann hissen? Was schlagen Sie vor?«

»Ein hochnäsiger Affe!« verkündete Prusius später am Stammtisch im Hotel »Deutsches Haus« zu Outjo. »Unreif! Ein Rotzjunge! Von marxistischer Propaganda verdorben. Kommt mir mit Dachau! Typischer Nestbeschmutzer! Freunde, auf den müssen wir aufpassen!«

Das tat Prusius dann auch mit der ihm angeborenen Gründlichkeit. Aber das Verhältnis der beiden zueinander veränderte sich dadurch. Für Dr. Oppermann wurde Prusius bald unentbehrlich. Mit seiner zweimotorigen Cessna kam Prusius überall hin, überwand mit Leichtigkeit die riesigen Entfernungen und konnte überall landen, wo ebener Boden war. Nur mit Prusius' Flugzeug war es Dr. Oppermann möglich gewesen, in so abgeschiedene Gebiete wie Ohopoho oder Karakuwisa zu kommen, und nur Prusius war es möglich, jederzeit und überall im Ovamboland niederzugehen, ob in Oshikango dicht an der Grenze zu Angola oder in Onolongo, nördlich der Etoscha-Pfanne, wo es ein Gebiet gab, in dem noch ganze Rudel von Leoparden lebten. Mit seinem Landrover hätte Dr. Oppermann wochenlang unterwegs sein müssen, um all diese Dörfer zu kontrollieren. Prusius flog ihn unentgeltlich herum. »Nicht für Sie, nicht für Deutschland, nicht für die Kaffern, sondern allein für die Wissenschaft!« sagte er. Das war der Preis, den Dr. Oppermann für jeden Flug zahlen mußte: die markigen Reden des Johann Prusius.

Persönlich aber kam man sich kaum näher. Mal ein Bier im »Deutschen Haus«, wo man Oppermann gnädig in den deutschen Stammtisch aufnahm, mal ein Glas Kognak in Oppermanns Wohnung in der weißen Forschungsbaracke, einmal monatlich ein Weinumtrunk bei Pater Michel Mooslachner, einem Missionar von der Kongregation »Mariä Tränen«, der sich oftmals Oppermann und Prusius bei ihren Flügen oder

Autofahrten anschloß und in den entlegenen Dörfern den Ovambos und Okavangos in der Bantusprache von jenem merkwürdigen Mann erzählte, der allen Ernstes gepredigt hatte: Liebet eure Feinde!

»Genau diese Maxime würde ich weglassen, Pater!« sagte Prusius einmal sarkastisch nach einem Flug zum Kunene im Norden der Namib. »Das ist ein Gebot, das ein Schwarzer nie verstehen wird! Wie sollte er auch? Wer von den Weißen richtet sich denn danach? Man sollte die Bibel einmal nach solchen dummen Redensarten durchforsten. Wenn man die alle ausrodete, käme ein modernes Buch heraus, das jeder versteht, und das auch jeder liest. Es blieben dann nämlich nur noch ein paar Seiten übrig!«

Darüber konnte Prusius schallend lachen, so wie jetzt, als er im Untersuchungszimmer stand und Dr. Oppermann ihn anranzte.

»Haben Sie Angst«, fragte Prusius, »daß ich in eine gynäkologische Untersuchung hineinplatze?!«

»Zum Beispiel — ja!« knurrte Dr. Oppermann am Fenster, ohne sich umzudrehen.

»Sie sollten wissen, daß mich gespreizte Kaffernbeine anekeln. Übrigens ist das Zimmer leer, und wenn Sie so pingelig sind, dann schließen Sie gefälligst die Hintertür ab. Ich wollte Ihnen nur sagen, daß ich morgen nach Ondangwa, ins Ovamboland, fliege. Kommen Sie mit?«

»Bedaure, nein. Ich erwarte einen neuen Mitarbeiter.«

»Davon munkelt man, das hat sich schon herumgesprochen und löst Spekulationen aus.« Prusius setzte sich auf Nkuleles Stuhl und schob ihn auf den Stahlrollen etwas auf das Fenster zu. »Eine Frage, Doktor: Lohnt sich der ganze Aufwand überhaupt?«

»Wir kommen gut voran, das wissen Sie selbst am besten.« Dr. Oppermann kam nicht umhin, sich nun doch umzudrehen. Prusius fingerte in den Taschen seiner weißen Leinenjacke und suchte nach seinen Zigaretten. »Stecken Sie die Dinger wieder weg, wenn Sie sie gefunden haben. In der Ordination wird nicht geraucht!«

»Damit kann ich doch nur die Luft verbessern. Es riecht hier nach Kaffern!«

»Heute ist der 431. Fall dieser Gegend eingeliefert worden.

Ein Junge. Siebzehn Monate alt. Das linke Auge bereits zerstört, das rechte hoffnungslos.«

»Na und?« Prusius streckte die Beine von sich. »Wozu diese Aufregung?«

»Haben Sie nicht gehört? Wir haben jetzt in unserem Gebiet 431 registrierte Fälle! Das bedeutet, daß die Dunkelziffer noch viel größer ist. Im Gebiet von Kamanjab sind es 673 Fälle, im Gebiet von Rundu sogar 1014, rund um Tsumeb bisher 534 Infizierte. Rechnen Sie das mal zusammen!«

»Wozu? Es stimmt doch, daß diese Infektion nur Schwarze befällt? Ist ein einziger Weißer darunter? Nein! Das beruhigt mich ungemein. Wozu also der Lärm, wenn von achthunderttausend Kaffern ein paar hundert oder tausend blind werden? Wozu der ganze Arbeitsaufwand, diese Geldverschwendung? Mit dem Geld könnten Sie sich ebenso gut Ihre Pfeife anstekken. Aber das sind eben diese verdammten Bonner Manieren, den Schwarzen hinten und vorn Zucker in alle Löcher zu blasen! Die einen liefern Maschinengewehre, die anderen wollen die Kaffern unsterblich machen. Eigentlich machen Sie nichts anderes als Ihre Kollegen vom Bonner Rebellenunterstützungs-Fonds. Alles Schüsse in unseren Rücken!«

»Es hat keinen Sinn, mit Ihnen darüber zu reden«, sagte Dr. Oppermann. »Nur eine Frage interessiert mich: Warum beliefern Sie nicht nur die weißen Farmer, sondern auch die Ovambos im Ovamboland? Neulich haben Sie zehn Kühlschränke nach Ondangwa geliefert.«

»Alte, ausgelaufene Modelle zum Höchstpreis!« sagte Prusius fröhlich. »Das soll man sich entgehen lassen?«

»Und Sie finden das korrekt?«

»Du lieber Gott in fernen Himmelshöhen! Hörte ich soeben das Wort ›korrekt‹? Das kennt ein Kaffer doch gar nicht!« Prusius blickte zur Seite. Nkulele stand an der Tür, ihre Straßbrille funkelte, die Unterlippe hatte sie vorgeschoben, als wolle sie Prusius wie ein Lama anspucken.

»Sie wird das, was sie hier hört, sofort weitererzählen, was?« sagte er.

»Ich kann sie nicht daran hindern. Ich würde solche Informationen auch weitergeben.«

»Was ist bloß mit Ihnen los, Doktor?« Prusius erhob sich und dehnte die breite Brust. Er wußte, daß er ein starker Mann war und zeigte es jedem. »Seien Sie ehrlich: Sie halten mich für überlebt!«

»Ja. Sie sind ein Überbleibsel aus jenen tausend Jahren.«

»Jetzt schlagen Sie mir wieder Hitler um die Ohren, Sie Grünschnabel! — Was habt ihr in Bonn schon besseres zu bieten?«

»Die Freiheit!«

»Das müssen *Sie* mir sagen!« Prusius winkte mit beiden Händen ab. »Wenn jemand weiß, was Freiheit ist, dann sind wir es in Südwest! Ihr exportiert nur den Terror! — Sie fliegen also nicht mit?«

»Nein!«

»Der neue Mitarbeiter?«

»Richtig!«

»So ein Typ wie Sie?«

»Kaum!« Dr. Oppermann lächelte schwach. »Ich hoffe — völlig anders . . .«

»Na ja, wir werden sehen. Ich lasse mich überraschen.« Prusius ging zur Tür, grunzte, als Nkulele vor ihm zurückwich, und riß die Tür auf. »Wer Sie kennt, Doktor, kann von Ihrem neuen Mitarbeiter nur noch angenehm überrascht werden!«

Die Tür fiel zu. Aus dem Nebenraum hörte man den kleinen Herero schreien, die Mutter lamentierte dazwischen. Marcus-Tomba versuchte vergeblich, ihr zu erklären, warum sie einige Tage in einem fremden Raum und in einem weiß bezogenen Bett schlafen mußten. Dr. Oppermann zog seinen Arztkittel aus. Die Sprechstunde war zu Ende. Die Laborarbeit begann nach einer kurzen Pause, in der er einen Whisky trinken wollte.

Nkulele stand noch immer neben der Tür, als habe der Ekel vor Prusius sie versteinert. Dr. Oppermann warf einen Blick auf sie und fragte gedankenlos:

»Was ist denn, Franziska? Du mußt bis zum Abend noch die Berichte schreiben. Eher kommst du hier nicht 'raus!«

Sie nickte, setzte sich hinter die Schreibmaschine und legte die Finger auf die Tasten. Aber sie schrieb nicht. Sie sagte nur mit einer völlig fremden, kalten, in Haß eingebetteten Stimme:

»Warum wird *er* nie krank und verreckt wie ein Krüppel?«

Nach dem Abendessen, das eine junge Hererofrau kochte, die Dr. Oppermann auch die Wohnung sauberhielt, kam Pater Michel Mooslachner zu Besuch. Er klopfte ans Fenster, winkte mit einer Weinflasche und rief: »Haben Sie Zeit für einen Schluck Kapwein?« Er tippte mit dem Zeigefinger auf das Etikett und blinzelte verheißungsvoll.

»Kommen Sie rein!« rief Dr. Oppermann zurück. Er ging zur Tür, öffnete und nahm dem Pater die Flasche Wein ab. »Es ist fabelhaft, daß Sie gerade jetzt kommen. Ich muß einen bitteren Geschmack aus dem Gaumen spülen.«

»Prusius war hier?« Pater Mooslachner setzte sich. Er war mit einer groben Cordsamthose und einem khakifarbenen Buschhemd bekleidet, das bis zur Magengrube offen stand und nicht das breite goldene Kreuz verhüllte, das an einer dikken Goldkette vor der schwarz behaarten Brust hing. Nur im Dienst trug Mooslachner seine weiße Soutane mit der langen Knopfreihe, von der Prusius einmal, vor Wonne brüllend, gesagt hatte, der Pater sehe darin aus wie eine Muttersau, die zwanzig Ferkel auf einmal säugen könne.

»Sie sagen es, Pater.« Dr. Oppermann suchte nach dem Korkenzieher. »Er spielte seine Kaffernplatte wieder ab.«

»Es ist furchtbar! Aber glauben Sie bitte nicht, das sei typisch für Südwest! Es gibt diese Prusiusse — natürlich, es gibt sie überall, in jedem Land. Und weil sie alles übertönen, hört man sie auch vor den anderen. Aber das ist nicht Südwest! Wir leben hier ein hartes Leben, bei dem jeder auf den anderen angewiesen ist. Der beste Anzug bekommt einmal Flecken. Prusius ist solch ein Fleck!«

Pater Mooslachner sagte, wie alle Afrikaner, »wir« und »unser«, wenn er von diesem Land sprach. Er gehörte zu Südwest wie ein knorriger Dornbusch, seit er vor dreißig Jahren als junger Priester nach Windhoek gekommen war, um in diesem lutherisch-evangelischen Land auch von der Güte Mariä und den Heiligen zu predigen. Es war schwer gewesen, bei aller Toleranz, die man ihm entgegenbrachte, seine Diaspora auszuweiten und kleine katholische Inseln zu bilden mit eingeborenen »Statthaltern«. Mit einem Landrover besuchte Pater Mooslachner seine winzigen Gemeinden, taufte, traute und beerdigte und schlug sich wie ein neuer Bonifazius mit den Medizinmännern der Stämme herum, die seit Beginn der afrikanischen Freiheitsbewegungen wieder mehr, und vor allem spürbar, an Einfluß gewannen. Als besonders wirksam bei seinen Bemühungen erwies sich ein Hobby des Paters: Er zauberte gern. Ehe er nach Afrika gegangen war, hatte er sich einen großen Zauberkasten und ein Lehrbuch kommen lassen und jede freie Minute zur Übung von Fingerfertigkeiten, Tricks und Illusionen genutzt. Seine erste Vorstellung hatte er im Refektorium seines Klosters vor seinen Confratres gegeben: Bruder Mooslachner hatte in einer Kanne reines Wasser zu Rotwein verwandelt.

»Das war eine sehr unpassende Demonstration für einen Priester«, sagte nach der Vorstellung der Abt zu seinem Zauberpater. »Ich kann nur hoffen, du wolltest damit nicht auf Jesu Wunder bei der Hochzeit zu Kana anspielen!«

Als Mooslachner nach Südwest kam, beherrschte er fast sämtliche Tricks der professionellen Magier, war Ehrenmitglied des Magischen Zirkels geworden und bekehrte als erstes eine Großfamilie der Bergdamara, indem er dem Familienoberhaupt Hühnereier aus den Nasenlöchern zog. Das beeindruckte mehr als die Unbefleckte Empfängnis oder die Bergpredigt.

Dr. Oppermann hatte die Flasche entkorkt, goß den Wein in hohe Wassergläser und schob Pater Mooslachner eine Kiste mit Zigarren über den runden Tisch. »Heute ist der 431. Fall gekommen«, sagte er dabei. »Ein Kind. Ein Auge zerstört, das andere wird folgen. Aus dem Gebiet bei Kalkfeld. Dort soll es noch mehr Kranke geben! Es ist zum Kotzen! Die Infektion breitet sich aus wie eine Epidemie! Und wir sitzen da und können nur registrieren! Es handelt sich um eine völlig neue Kokkenart, die gegen alle Medikamente immun ist! Antibiotika frißt sie, als sei es Honig! Die Labors in Johannesburg und Hamburg arbeiten mit Volldampf, aber alles ist nur das Herumtasten in einem leeren, dunklen Raum. Noch wissen wir nicht einmal die Quelle der Infektion und stehen vor dem Rätsel, warum die Krankheit bis jetzt nur Schwarze überfällt und die Weißen verschont.«

Dr. Oppermann hob das Glas, stieß mit Pater Mooslachner an und nahm einen langen Schluck. Es war ein herber, süffiger Wein vom Kap, aus der Gegend von Stellenbosch. »Aber ich habe da einen Verdacht, Pater. Ich brauche lediglich Zeit, um ihn zu erhärten. Es muß mit den Rindern zusammenhängen. Nicht mit den Herden auf den Farmen, sondern mit den Rindern der Eingeborenen. Kuhmist ist hier ja keine Fäkalie, sondern ein vielfach verwertbarer Gegenstand: Baumaterial, Brennstoff, Kosmetikmittel, natürlich auch Dünger. Und irgendwo in diesem Kreislauf taucht die Bakterie auf, die diese schreckliche Krankheit auslöst! — Ich müßte mehr Zeit haben, ins Hinterland zu kommen!«

»Deswegen bin ich hier.« Pater Mooslachner biß eine Zigarre ab und steckte sie an. »Ich fahre morgen nach Windhoek, um etwas Druck zu machen. Ich brauche einen neuen Wagen. Der alte Landrover bricht mir eines Tages unterm Hintern zusammen. Wir sprachen doch mal darüber, daß Sie ein Flugzeug beantragt haben oder beantragen wollen. Haben Sie die Eingabe schon geschrieben?«

»Ja. Aber ich habe wenig Hoffnung. Die Behörden sitzen auf dem Geld.«

»Ich nehme den Antrag mit und haue ihn den Beamten um die Ohren!« Mooslachner betrachtete wohlgefällig die lange Zigarre. »Außerdem bringe ich Ihnen die neue Assistentin mit. Sie wäre sonst mit dem Zug gekommen. Aber mit mir ist es bequemer.«

»Ich danke Ihnen, Pater.« Dr. Oppermann füllte die Gläser nach. »Wissen Sie etwas mehr über sie? Ich weiß so gut wie gar nichts. Nur, daß sie zweiundzwanzig ist, ein Mischling, ihre Examina mit sehr gut gemacht hat und Luba Magdalena Olutoni heißt.«

»Das ist schon eine ganze Menge. Mir hat man am Telefon nur gesagt, daß sie katholisch ist.«

»Gratuliere«, unterbrach Dr. Oppermann.

»Und daß sie eine umwerfende Schönheit sein und deshalb bei mir in der Mission wohnen soll. Zu ihrem Schutz und zur Abwehr aller Anfechtungen.«

»Muß ich jetzt Amen sagen?« fragte Oppermann.

»Es stünde Ihnen gut zu Gesicht, Doktor.« Pater Mooslachner stieß eine riesige Rauchwolke aus. »Wo sollte sie denn schlafen?«

»Ich hatte ihr ein Zimmer neben meinem ausräumen lassen.«

»Genau das habe ich mir gedacht! Wollen Sie sich in Outjo

unmöglich machen? Prusius wird gegen Sie eine flammende Rede halten, und wenn Prusius etwas meckert, gackern doch die anderen alle mit!«

»Fräulein Olutoni ist meine Assistentin.«

»Aber eine Coloured! Hätte sie unsere Hautfarbe, würde niemand etwas sagen. Nicht einmal, wenn Sie in Ihrem Bett ein bißchen Platz machten . . .«

»Meine Assistentin kommt nach Outjo«, sagte Oppermann betont, »um mich bei den Forschungen zu entlasten. Aber am Labortisch, nicht im Bett! Das möchte ich ganz klar feststellen!«

»Man wird es Ihnen schwerlich glauben. Deshalb: Vertrauen ist gut — Kontrolle ist besser! Stammt von Lenin und ist einer der wenigen Sätze dieses Burschen, die ich mag!« Pater Mooslachner erhob sich. »Nun geben Sie mir Ihren Flugzeugantrag und werfen Sie mich hinaus. Ich will beim Morgengrauen losfahren. Soll ich noch 'was mitbringen aus Windhoek?«

»Ja! Eine halbe Million Rand für die Forschung!«

»Ich werde mit dem Himmel reden — vielleicht läßt er Goldstücke regnen. Dieses Wunder ist eher möglich, als vom Staat einen Zuschuß zu bekommen.«

Dr. Oppermann brachte Pater Mooslachner zum Wagen und blickte ihm nach, wie er mit seinem klapprigen Landrover davonratterte. Eine kleine Staubwolke blieb zurück, zerteilte sich und zog träge über das Gärtchen in die Dunkelheit. Als das Motorgeräusch verklungen war, umgab ihn vollkommene Stille.

Weit dehnte sich das Buschland. Die knorrigen Bäume stachen wie Totenfinger in die Nacht.

In einer milchigen Wolkenlauge schwamm der Mond und schüttete fahlen Schein über die wie ein zerrupftes weißes Band wirkende Straße, die in gerader Linie in den Horizont hineinstieß.

Wir werden uns die Arbeit teilen, dachte Dr. Oppermann und zündete seine erloschene Pfeife wieder an. Das Aufblitzen des Feuerzeuges ärgerte einen Raben. Auf einer Stange der Gartenumrandung saß er und schlug mit den Flügeln. Fräulein Olutoni wird hier die Ambulanz machen und die Präparate verarbeiten, dachte Dr. Oppermann. Dann habe ich endlich Zeit, mich mehr um die Dörfer zu kümmern, in die kaum ein Weißer kommt.

Verdammt noch mal – die Krankheit muß mit den Rindern zusammenhängen!

Luba Magdalena Olutoni saß abholbereit auf ihrem großen Lederkoffer und trank aus einem Kunststoffbecher Orangensaft. Ein Pater hatte im Krankenhaus angerufen, daß er sie mitnehmen werde, und Luba hatte die letzte Stunde benutzt, sich von allen zu verabschieden. Sie hatte ein Zimmer im Schwesternhaus bewohnt, und es war gar nicht so einfach, sich nach vier Jahren von den vielen Kolleginnen zu trennen. Man war zu Freunden geworden, man hatte viel Fröhliches und manches Traurige miteinander erlebt, man hatte sich mit anderen gefreut und mit anderen gelitten, man hatte all die vielen kleinen Alltagssorgen geteilt, war zur Vertrauten geworden, zum Mitwisser, zur Zeugin, und hatte sich wohlgefühlt in dieser Gemeinschaft. Eine kleine Welt für sich, ein Stück Geborgenheit und Sicherheit – das war nun alles aufzugeben, war vorüber, blieb als ein Lebensabschnitt zurück, wurde in der Erinnerung gespeichert.

Was vor ihr lag, war völlig ungewiß, schien nur aus Spekulationen und verborgenen Ängsten zu bestehen. Was sie bisher über diesen Dr. Richard Oppermann gehört hatte, was man sich im Krankenhaus von ihm erzählte – es wurde nicht gefragt, woher man solche Informationen hatte –, war alles andere als ermutigend. Nach diesen Berichten war Dr. Oppermann ein wortkarger, harter Mann, der sich wie mit einem Panzer umgab und mit dem sich kein persönliches Wort wechseln ließ. Er sollte groß sein, finster in die Gegend blicken und den Alkohol als seinen besten Freund betrachten. Ein typischer Einzelgänger, ein Kerl so stachelig wie die Dornbüsche in der Steppe. Ein einsamer Elefant. Man weiß, daß das die schlimmsten sind!

So kam es, daß niemand Luba beneidete, als es hieß, sie habe nach Outjo zu fahren, um dort die neue Stelle anzutreten. Die Gesundheitsbehörde hatte es angeordnet, und sie blieb hart, als Luba nach diesen Erzählungen über Dr. Oppermann mehrmals versuchte, die Versetzung rückgängig zu machen. »Das ist doch alles Quatsch!« sagte ihr der zuständige

Beamte beim letzten Gespräch. »Sie werden dort gebraucht, es geht um eine geheimnisvolle Krankheit, nur die Beste stellen wir dafür zur Verfügung, und das sind Sie! Sie sollten stolz darauf sein.«

»Ich bin traurig«, sagte Luba Magdalena. »Weil ich das beste Examen gemacht habe, werde ich nun bestraft. Was wäre passiert, wenn ich nur Genügend gehabt hätte?«

»Dann wärst du hier im Labor geblieben.«

»Da hat man es!« Luba stand auf. Ihre Enttäuschung war niederdrückend. »Man soll sich nie mehr Mühe geben als die anderen . . .«

Verwundert starrte der Beamte ihr nach, kraulte sich die Nase und sagte dann mit abwertendem Tonfall: »Das ist mal wieder typisch für diese Schwarzen.«

Pünktlich um zehn Uhr vormittags, wie versprochen, kam Pater Mooslachner ins Schwesternhaus und sah Luba in der Eingangshalle auf ihrem Koffer sitzen. Ehrlich betroffen blieb er stehen und sah sie an. Doch da er nicht seine Soutane trug, sondern aussah wie ein alter, verwitterter Farmer, beachtete Luba ihn nicht.

Das ist sie, dachte Mooslachner. Du lieber Himmel, bleibe immer schützend über uns! Ich habe viel erwartet, aber das übertrifft meine Phantasien. Wie kann man so ein Mädchen allein und schutzlos in den Busch schicken?! Das ist fast ein Verbrechen!

Der erste Eindruck, den Luba hinterließ, war in der Tat überwältigend. Sie trug an den langen Beinen hautenge rote Jeans aus einem samtartigen Stoff, der sich so an ihren Körper schmiegte, daß jede Rundung, jeder Muskel sich klar und trotzdem verdeckt darstellte. Darüber hatte sie eine gelbe Bluse gezogen, weit genug, um ihre runden Brüste ahnen zu lassen, ohne daß es aufdringlich wirkte, aber der Blusenstoff hatte es an sich, daß er transparent wurde, wenn die Sonne darauf fiel. Dann erkannte man den weißen Spitzen-BH, der sich deutlich von der dunkleren Hautfarbe abhob, man sah das freie Stück Magen bis zur Taille, wo die Jeans begannen. Die Arme waren bloß, und wo diese Haut, von einem hellen Kaffeebraun, offenlag und mit dem Licht in Berührung kam, breitete sich ein Schimmer darüber, daß es aussah, als sei sie aus dünnstem Perlmutt.

Das alles aber wurde übertroffen von Lubas Kopf. Er war schmal, von schwarzen, langgelockten Haaren umgeben und von der eigenartigen Faszination der beiden Welten, die sich in ihm vereinigt hatten. Sie hatte die großen schwarzen Augen und die etwas hoch angesetzten Backenknochen der Bantu, aber der Mund war europäisch, schmallippig und geschwungen, die Nase wie nach klassischem Vorbild modelliert, und alles war von vollendetem Ebenmaß.

»Herr, steh uns bei!« seufzte Pater Mooslachner und löste sich aus seiner Erstarrung. »Ich werde aus meinem Haus eine Burg machen!«

Er ging hinüber zu Luba und sagte: »Hier bin ich!«

Sie schrak zusammen, zog das Kinn an und antwortete: »Was wollen Sie, wer sind Sie?«

Mooslachner sah an sich hinunter; er verstand Luba sehr gut und sagte gütig: »Ich bin der Pater, meine Tochter.«

Luba nickte und erhob sich von ihrem Koffer. Wie konnte es anders sein? Wie konnte ein Pater von dort auch anders aussehen?! Wenn schon die Priester zum Fürchten waren, was konnte man da von Dr. Oppermann erwarten ...

»Ich bin bereit«, sagte sie. So spricht man, wenn man zum Schafott geführt wird. »Fahren wir ...«

Sie fuhren eine ganze Strecke schweigsam über die breite Teerstraße, die von Windhoek fast schnurgerade nach Norden führt und bei Otjiwarongo östlich abbiegt, um das riesige Minengebiet von Tsumeb zu erschließen, und dann nach Nordwesten abknickt, als die einzige große Verbindung zum Ovamboland und dessen Hauptstadt Ondangua. Als eine der Lebensadern von Südwest, hineingezogen in Busch, Steppe und Berge, ein in der Hitze flimmerndes Band aus Asphalt, überwindet sie schier grenzenlose Entfernungen, führt in tiefe Einsamkeit und abweisende Natur, steinige Kargheit, dornige Einöde und gnadenlose Sonne.

Luba hatte noch einen langen Blick auf das Krankenhaus und das Schwesternhaus geworfen, ehe sie zu Pater Mooslachner in den uralten Landrover stieg und schweigend das Kissen annahm, das er ihr hinhielt.

»Du kriegst sonst einen Pavianhintern, bis du angekommen bist«, sagte er. »Genauso geschwollen und rot.«

War das die Ausdrucksweise eines Paters? Stumm nahm sie Abschied von Windhoek, das ihre eigentliche Heimat geworden war. Hier war sie zur Schule gegangen, hier hatte sie ihren Beruf als Medizinisch-Technische Assistentin und Laborantin erlernt, hier hatte sie ihre Freundinnen, hier war sie glücklich gewesen und hatte wenig davon gemerkt, daß sie als »Coloured« ein Mensch zwischen den Farben war: Die Schwarzen erkannten sie nicht als ihresgleichen an, und die Weißen betrachteten sie als Frucht eines verwerflichen Fehltritts. In Windhoek konnte man leben. Man konnte in den Cafés auf der Kaiserstraße sitzen, man konnte tanzen gehen, Kinos und Konzerte besuchen; auch Theatergastspiele fanden statt, es gab Klubs mit Tennisplätzen und Schwimmbädern, und Ausflugbusse fuhren zum Daan Vil Joen Wildschutzgebiet ins Khomas-Hochland, wo man Impalas, Kudus, Wildebeester, Zebras, Elande, Gemsböcke und Klippspringer beobachten konnte. Wenn man anderswo durch das Land fuhr, bekam man manchmal stundenlang kein Tier zu Gesicht — bis auf die Rinder der Farmer.

Wie schön war Windhoek, und wie weit entfernt würde es sein, wenn sie, ab heute abend, in Outjo leben mußte. Natürlich gab es Busse, auch führte die Eisenbahn bis Outjo, aber es waren immerhin 316 Kilometer bis zu den Freunden, bis zu den vertrauten Stätten ihrer Jugend. 316 Kilometer durch das dornige Damaraland. Ihre Versetzung war wie eine Verbannung — obwohl die Beamten der Gesundheitsbehörde ihr immer wieder gesagt hatten, es sei eine Auszeichnung für sie, bei Dr. Oppermann arbeiten zu dürfen. Warum ließ man sie nicht in der chirurgischen Abteilung des Windhoeker Krankenhauses? Warum lobte man sie fort ins ferne Outjo? Was hatte sie falsch gemacht? War es die kräftige Ohrfeige, die der junge Arzt Dr. Vanwyck einstecken mußte, als er ihr in einer Ecke des Labors an den Busen gefaßt hatte? Oder war es die Schwester der Privatstation, die aus dem Medikamentenschrank Morphiumampullen stahl, weil ihr Freund süchtig war? Luba hatte sie dabei überrascht und pflichtgemäß gemeldet. Oder wirkte sich nun aus, daß die Oberschwester sich beschwert hatte, Luba Magdalena habe einen zu aufreizenden Gang? Einen »tappenden Schritt« hatte sie von ihr verlangt, wozu sie nicht fähig und auch nicht willens war. Irgendeinen

Grund mußte es wohl haben, daß der Chefarzt sie freigegeben hatte für die Verbannung nach Outjo, für die Strafe, bei einem Dr. Oppermann leben zu müssen.

Sie fuhren die Kaiserstraße hinunter, und zum letztenmal, so kam es ihr vor, sah sie die neuen hohen Bauten der Banken und das Kaufhaus, die alten spitzgiebeligen Häuser aus der Zeit vor dem Ersten Weltkrieg, den Park mit dem Kaiserdenkmal, die Kirchen, die modisch gekleideten Menschen auf den Gehsteigen, die bunten Farbtupfer der Hererofrauen mit ihren weiten Röcken und kunstvoll gebundenen Kopftüchern, die großen Schaufenster der Geschäfte — ja, das war ein Leben gewesen, das Freude schenkte. Was würde in Outjo sein? Trostlose Langeweile am Rande der endlosen Buscheinsamkeit.

»Du kannst ruhig mit mir reden!« sagte Pater Mooslachner, als sie die letzten Häuser von Windhoek hinter sich hatten und nun das weite Land vor ihnen lag.

»Ich denke, und ich frage mich!« antwortete Luba.

»Was fragst du dich?«

»Kann man mich bestrafen, weil ich mich nicht an die Brust fassen lasse?«

»O je!« Pater Mooslachner schielte zu ihr hinüber. Ihr schmales, herrliches Gesicht war bewegungslos, maskenhaft, eine edle Skulptur, mit braunem Perlmutt überstäubt. Während sie sprach, bewegten sich ihre Lippen fast unsichtbar. »Ich hätte mir denken können, daß solche Probleme auftauchen. Wer wollte dich denn anfassen?«

»Dr. Vanwyck von der II. Station.«

»Und du hast ihm eine runtergehauen?«

»Ja!«

»Brav, meine Tochter!«

»Vielleicht wäre ich nicht nach Outjo versetzt worden, wenn ich mich nicht gewehrt hätte.«

»Bei diesem Griff wäre es nicht geblieben«, sagte Mooslachner.

»Aber ich wäre nicht nach Outjo gekommen!«

»Du lieber Himmel, ist Outjo denn die Hölle?!«

»Auf keinen Fall ist es der Himmel.«

»Da bin ich mir nicht ganz sicher.« Pater Mooslachner wich einem Lastwagen aus, der ihm in der Straßenmitte entgegenkam und keinen Zoll breit zur Seite fuhr. Er fluchte, nannte den Fahrer einen Kretin, einen Saubua und ein Rindviech, das der Blitz erschlagen solle. »Hast du das gesehen?!« schrie er. »Dieser blinde Hosenscheißer! Fährt mit voller Pulle auf mich zu! So kann es passieren, meine Tochter — und dann ist der Himmel überall, wenn man ein guter Mensch gewesen ist.« Er fuhr rechts 'ran, bremste und wischte sich mit einem großen Taschentuch den Schweiß aus dem Gesicht.

»Sie können schrecklich fluchen, ehrwürdiger Vater«, sagte Luba fast demütig.

»Ich bin auch ein Bayer!« Mooslachner griff nach hinten, holte eine Flasche Mineralwasser aus einer Eisenkiste und setzte sie an den Mund. »Willst du auch 'was haben?«

»Nein, danke.«

»Weißt du, wo Bayern ist?«

»Irgendwo in Deutschland.«

»Gut aufgepaßt in der Schule, meine Tochter.« Mooslachner fuhr weiter, streckte den Arm weit aus dem Fenster und winkte. Platz da, hieß das. Ich komme! Mit mir fährt Gott. Hinter ihm bremste ein Auto, die Räder quietschten, aber Mooslachner hatte die Vorfahrt gewonnen. »Idiot!« brummte er zufrieden. »Er sieht doch, daß ich 'raus will! Ich habe übrigens noch nie einen Verkehrsunfall gehabt!«

Das entsprach den Tatsachen. Aber Mooslachners fehlerfreies Fahren lag weniger daran, daß er ein ganz ausgepichter Automobilist war, als vielmehr am Grade seiner Bekanntheit. Wenn er unterwegs war, pflegte er seinen klapprigen Landrover mit einem großen Kreuz auf der Kühlerhaube und an der Hecktür zu verzieren, und über der Windschutzscheibe prangte ein Schild in verschiedenen Sprachen: »Kirche auf Rädern.« An Feiertagen steckten in den auf die Karosserie geschweißten Wechselrahmen große, bunte Plakate, die eine aus Holz geschnitzte, mit viel Blattgold belegte Marienstatue aus dem 15. Jahrhundert darstellten, eine geweihte Figur aus einer Kathedrale an der Loire. Es war also nicht zu übersehen, wer da mit dem alten Landrover herangeprescht kam, ohne Rücksicht auf Quer- und Nebenstraßen, auf Verkehrsregeln und Straßenschilder. Man konnte nur eins: Mooslachner ausweichen, mit aller Lenkkunst versuchen, aus dem Bereich seines Autos zu kommen.

So etwas sprach sich schnell herum, wurde per Telefon oder Funk weitergegeben, sogar die Polizei nahm sich die Mahnung zu Herzen und übersah mit viel Toleranz die Kapriolen des Paters am Steuer. So war es kein Wunder, daß der geweihte Mann noch in keinen Unfall verwickelt worden war; wenn alles flüchtete, kann man nicht zusammenstoßen. Pater Mooslachner allerdings sah das verständlicherweise anders: Er hielt sich für einen Fahrer, der jede Situation überlegen meistert.

»Aber zurück zu deiner Brust!« sagte er. »Es stimmt nicht, daß du wegen Dr. Vanwyck nach Outjo kommst. Vielmehr ist es so, daß Dr. Oppermann darum gebeten hat, den besten Mann zu seiner Entlastung abzustellen.«

»Ich bin aber eine Frau!«

»Das wird auch ein Blinder nicht leugnen. Aber da du die Beste in den Prüfungen warst, bist du wie ein Mann — oder besser: Du bist ein Neutrum! Du warst ›der beste Mann‹! Verstehst du das?«

»Ja.« Luba kurbelte das halb heruntergelassene Fenster zu. Der gelbrote Staub, den der ständige Wind über die Teerstraße wehte, drang auch in den Landrover. »Das hat man mir alles erklärt.«

»Aber du glaubst es nicht?«

»Nein.« Sie legte die Hände aufeinander. Mooslachner sah erst jetzt, daß sie lange, tiefrot lackierte Nägel hatte, daß die Hände schmal und zerbrechlich wirkten und auf dem linken Ringfinger ein großer Stein funkelte. Er war von blauweißer Farbe, wasserklar, und in seinem Facettenschliff brach sich das Licht in glitzernden Regenbogenfarben. Eine einfache goldene Schiene mit Krampenfassung hielt den Stein fest.

Mooslachner blickte noch einmal hin und rechnete nach. Wenn dieser Stein echt ist, dachte er, wenn es wirklich ein blauweißer, lupenreiner Brillant ist, dann hat sie runde fünf Karat am Finger, und die kosten heute gut und gern eine Viertelmillion — wenn man ihn dafür bekommt. Ein reiner Fünfkaräter ist ein absolutes Liebhaberstück, ist kaum auf dem Markt. Ein blauweißer Stein dieser Größe kann sogar eine halbe Million kosten, so wasserklar, wie dieser ist.

»Was also, glaubst du, ist an deiner Versetzung schuld?« fragte er, während er hinter einem kleinen Lastwagen einherdonnerte und wie besessen hupte, weil er überholen wollte. »Dieses Arschloch geht nicht zur Seite!« brüllte er.

»Ich habe die Schwester von der Privatstation beim Stehlen erwischt . . .«

»Brav, wer das siebte Gebot verteidigt!«

»Man hat verlangt, daß ich anders gehe.«

»Wer hat das verlangt?«

»Die Oberschwester.« Luba blickte starr geradeaus. »Aber ich habe mich geweigert. ›Ich kann nicht anders gehen‹, habe ich gesagt. ›Soll ich auf allen vieren kriechen?‹«

»Und was hat die Oberschwester getan?«

»Sie ist zum Chef gelaufen und hat gesagt: ›Die Olutoni geht herum wie eine Hure! Sie macht die Patienten unruhig!‹«

»Das hat sie gesagt? Weißt du das bestimmt?«

»Meine Freundin Didikele hat es gehört. Sie saß daneben, sie ist eine der Sekretärinnen des Chefs. Sie hat es mir sofort weitergesagt.«

»Ich werde die Oberschwester noch sprechen, später einmal!« sagte Pater Mooslachner und blickte wieder auf den großen, funkelnden Stein an Lubas Hand. »Das alles hat gar nichts mit deiner Versetzung nach Outjo zu tun. Es ist wirklich eine Ehre für dich. Du wirst mithelfen, eine noch unbekannte, schreckliche Krankheit zu erforschen.«

»Wie sieht Dr. Oppermann aus?« Luba wandte zum erstenmal den Kopf voll zu Pater Mooslachner. Ihre großen schwarzen Augen verrieten sorgenvolle Neugier.

»Wie er aussieht?« Pater Mooslachner hupte wütend. Er hatte den Lastwagen endlich überholt und drohte dem weißen Fahrer mit erhobener Faust. Der tippte sich an die Stirn, sah dann aber an der Tür des Landrovers das Bild eines Engels und trat vor Schreck auf die Bremse. »Tja, wie sieht er aus? Das ist schwer zu sagen. Ich habe ihn lang genug gesehen, aber wenn ich ihn beschreiben sollte... Guck mich an — und dann dreißig Jahre jünger . . . Zufrieden?«

»Ja.« Luba wandte sich wieder der Straße zu. »Also doch eine Strafe.«

Mooslachner grunzte tief, fand die Antwort großartig und freute sich darauf, sie an Dr. Oppermann weiterzugeben. Während er mit der linken Hand das flatternde Steuerrad festhielt, ergriff er mit der rechten Lubas Arm und hob ihn hoch. Der große weißblaue Stein blitzte in der Sonne, als zerspringe er in einem Feuerwerk.

»Ist der echt?« fragte der Pater.

Luba zog den Arm aus seinem Griff und deckte die rechte Hand über den Ring. »Nein!« sagte sie. »Imitation.«

»Du bringst es tatsächlich fertig, einen Priester zu belügen?! Schäme dich, Luba Magdalena!«

»Es ist ein geschliffener Bergkristall.«

»O Gott, rechne es ihrer Jugend an!« Mooslachner blickte kurz nach oben an die schmutzige Dachbespannung. »Sie wird noch lernen, daß es die Wahrheit ist, die Stufen in den Himmel baut.«

»Mein Vater hat mir den Stein geschenkt.« Luba lehnte den Kopf zurück und schloß die Augen. »›Gib ihn nie weg‹, hat er gesagt. ›Er ist ein Tropfen der Sonne. Wenn du ihn weggibst, scheint dir die Sonne nicht mehr.‹

Über zwölf Jahre ist das her. Damals war ich zehn«, sagte sie. »Wir hatten ein Haus in Gobabis, der letzten größeren Stadt vor der Grenze zu Botswana und am Rande der Kalahari-Steppe. Mein Vater hatte dort eine Straußenfarm aufgebaut, und er war stolz auf seine prächtigen Tiere und auf die herrlichen Federn, die er an den Aufkäufer nach Windhoek lieferte. Es hieß, in ganz Namibia gäbe es keine zweite Farm, so schön wie die unsrige. Vater hatte Brunnen gebohrt, es gab genug Wasser zu jeder Jahreszeit, das Grundwasser versiegte nie, es sprudelte sogar aus dem Boden; wir waren die ersten, die einen artesischen Brunnen angelegt hatten. Sogar Touristen kamen aus der ganzen Welt und besuchten unsere Farm, bewunderten die Strauße und jubelten, wenn Vater und seine Vorarbeiter Straußenrennen veranstalteten. Der Mittelpunkt des Staunens aber war meine Mutter. Sie muß wunderschön gewesen sein, das glaube ich jetzt, damals habe ich das nicht gemerkt, und alle Fotos, die es von ihr gab, hat Papa dann verbrannt. Jeder, der sie sah, war hingerissen von ihr, und ich habe oft gehört, wie Männer und auch Frauen, die uns besuchten, zu ihr sagten: ›Wollen Sie hier immer bleiben? Eine Frau wie Sie? Hier im Busch versauern? Bei Straußenzucht? Magdalena – wie konnten Sie so einen Schritt tun?!‹ – Sie hieß auch Magdalena; Papa hat mich nach ihr taufen lassen.

›Deine Mama soll unsterblich sein!‹ hat er einmal zu mir gesagt, als ich in Windhoek auf die Oberschule ging. ›Wenn du einmal heiratest und bekommst eine Tochter, dann muß sie auch Magdalena heißen, versprich es mir!‹ Und ich habe es ihm versprochen. Er hat sich mit seinem Taschenmesser in den Finger geschnitten, ich habe sein Blut getrunken und gesagt: ›Ich schwöre es, Papa!‹ – So schön muß Mama gewesen sein! Und plötzlich war sie tot. Man fand sie im Busch neben ihrem Pferd, das wie zur Wache bei ihr stand und sich nicht rührte. Papas Arbeiter trugen sie in einer Zeltplane zurück zur Farm und legten sie Papa zu Füßen. Ich habe sie nicht gesehen, man hat es mir nachher nur erzählt. Ihr schönes Gesicht war bis zur Unkenntlichkeit zerfetzt, ihr herrlicher Körper an vielen Stellen zerrissen. Ein Leopard, sagte Papa, hat Mama geschlagen. Ein großer, ganz großer, kräftiger Leopard. Er muß gestört worden sein, denn er hat Mama nicht mitgeschleppt oder angefressen, er hat sie nur getötet und zerfetzt.

Auf die Farm kam eine Kommission. Polizei, Beamte, sogar Militär. Mama wurde in Windhoek untersucht, die Polizei wollte es so. Und dann wurde sie begraben, aber Papa und ich waren nicht dabei. ›Was da in die Erde kommt, ist nicht mehr Mama!‹ sagte Papa zu mir. ›Mama lebt in uns weiter, in mir, in meinem Herzen, das nie aufhören wird, zu bluten, und in dir, Luba Magdalena, denn du wirst einmal aussehen wie deine Mama.‹ Und dann gab er mir den Ring mit dem großen Stein und sagte: ›Ich habe ihn deiner Mama zur Hochzeit gegeben. Es war damals alles, was ich hatte. Ich habe ihn selbst gefunden im Niemandsland, habe ihn in Johannesburg schleifen und fassen lassen. Gib ihn nie her!‹

Zwei Monate später verkaufte er die Straußenfarm an einen Mann, der aus Kapstadt kam, legte das Geld auf die Bank, beauftragte einen Rechtsanwalt mit der Verwaltung und gab mich in ein Internat nach Windhoek. ›Du wirst die beste Ausbildung erhalten!‹ sagte Papa. ›Du wirst keine Sorgen haben! Aber arbeiten mußt du! Auch Mama hat immer nur gearbeitet, für dich, für mich, für die anderen Leute, für die Farm. Ohne Arbeit kann man nicht leben. Nicht in unserem Land! Und was auch kommt, Luba, denk immer an Mama . . .‹ – So war das damals, vor fast zwölf Jahren. Ich bin zu dem Stein gekommen, weil ein Leopard Mama zerriß.«

»Dein Vater war ein kluger Mann!« sagte Pater Mooslachner. »Der Klotz ist also echt. Weißt du, was du da am Finger mit dir rumschleppst?«

»Ja . . .« antwortete sie zögernd.

»Ein komplettes Vermögen. Dafür — ach was, für viel weniger! — sind schon eine Menge Menschen umgebracht worden.«

»Man müßte mich auch töten, um an den Ring heranzukommen!« sagte Luba ruhig.

»Und eines schlimmen Tages wird man das auch tun, wenn du nicht . . . Hat dich denn wirklich noch keiner wegen des Ringes angesprochen?«

»Viele. Aber die Schwarzen glauben, daß es Bergkristall ist, und die Weißen trauen mir nicht zu, daß ich so einen Stein habe.«

»Trotzdem! In Outjo legen wir den Ring in meinen Tresor.«

»Nein!« Das klang hart und endgültig. Pater Mooslachner griff wieder zu seiner Wasserflasche. Er nahm einen langen Schluck; beinahe wäre er mit einem entgegenkommenden Jeep zusammengestoßen.

»Traust du einem Pater zu, daß er dich beklaut?«

»Ich weiß nicht . . .«

»Warum nicht? Du bist ein kluges Mädchen. Unstreitbar waren es meine Amtskollegen, die zuließen, daß man Völker wie die Inkas und Azteken, die Mayas und andere Stämme ausrottete, nur um an ihre Schätze zu kommen. Heute macht einem das die Kirchensteuer viel leichter. Aber ich verspreche dir, eine Ausnahme zu sein: Ich lege den Ring sicher in meinen Tresor, und wenn du ihn tragen willst, bin ich dabei! Du ahnst ja gar nicht, meine Tochter, was alles passieren kann.«

»Mein Vater will es nicht!« sagte sie. »Nur sein Wort gilt!«

»Lebt dein Vater noch?«

»Ja.«

»Wo lebt er? Ich werde mit ihm sprechen!«

»Das ist unmöglich.«

Mooslachner wandte den Kopf zu Luba und wurde sehr ernst. »Wir werden jetzt zusammen leben müssen, Luba«, sagte er. »Und da ist es wichtig, daß du dir eins merkst: Für einen Michel Mooslachner gibt es kein Unmöglich! — Also, wo treffe ich deinen Vater?«

»Irgendwo im Norden . .«

»Was soll das heißen? Irgendwo?«

»Ich weiß nicht, wo er ist. Er ist Häuptling der Tsitsio-Ovambos geworden. Er lebt irgendwo im Veld.«

»Du meine Güte!« Pater Mooslachner umklammerte mit beiden Händen das Steuer. »Jetzt sag bloß noch, er gehört zu diesen politischen Fanatikern, die als Guerilla-Armee das Land durchstreifen! Ein Abschnittskommandant der SWAPO?«

»Vielleicht.« Sie hob die Schultern. »Ich weiß es nicht.«

»Das hat uns noch gefehlt in Outjo!«

»Dann bringen Sie mich zurück nach Windhoek, ehrwürdiger Vater.«

»Auf gar keinen Fall!« Pater Mooslachner drückte das Gaspedal bis zum Anschlag hinunter. Der Motor des alten Landrover stöhnte auf, der ganze Aufbau begann zu schwanken. »Jetzt erst recht nicht!«

In Outjo war alles anders, als Luba befürchtet hatte.

Die langgestreckte, von Bäumen umgebene Baracke mit dem Garten am Anbau flößte ihr sofort Vertrauen ein, Vertrauen darauf, daß hier sauber und exakt gearbeitet wurde. Luba verspürte schon jetzt den Ehrgeiz, durch das eigene Beispiel den Beweis zu erbringen, daß Leben kein ausweglos grausames Schicksal sein muß.

Wie jeden Abend war der Platz vor dem Haus gekehrt, der Landrover stand, mit einer Plane abgedeckt, unter dem offenen Schuppen. Im Anbau, wo die Zimmer der Kranken lagen, die Dr. Oppermann zur Beobachtung stationär aufgenommen hatte, brannte Licht, und der eintönige Singsang der Patienten war noch auf der dunklen Straße zu vernehmen. An der Drahttür zum Garten, dort, wo ein Teil für den Auslauf des Federviehs abgesteckt war, stand Urulele und fütterte die Hühner mit Maiskörnern. Franziska Maria Nkulele stand neben ihm, in einem engen, kurzen Rock, mit hochhackigen Schuhen und einem Pulli, dessen Spannkraft über ihrer Brust man bewundern mußte. Sogar Strümpfe hatte sie übergestreift, die Hände steckten in weißen Spitzenhandschuhen, und auf der Nase saß selbstverständlich ihre funkelnde Straßbrille.

Nkulele wartete ungeduldig darauf, daß Marcus die Hühner endlich verließ, um mit ihr nach Outjo ins Kino zu fahren. Man spielte einen amerikanischen Revuefilm. Schon die Kostüme, die auf den ausgehängten Standfotos zu sehen waren, hatten Nkulele entzückt.

Sie fuhren erschrocken herum, als Pater Mooslachner kreischend bremste und der Landrover an allen Ecken zu krachen begann. Gleich darauf öffnete sich die Tür, und Luba sprang heraus. Nkulele schob das Kinn vor, faßte an ihre Brille und rückte sie höher. Es sah aus, als halte sie sich an ihr fest.

»Da sind sie!« rief Urulele und rieb die Hände an der Hose sauber.

»Da ist *sie!*« Nkulele hielt Marcus am Hemd fest. »Wo willst du hin?«

»Sie begrüßen. Das gehört sich so.«

»Sie wird nichts vermissen, wenn du es nicht tust.«

»Ich muß sie zum Doktor bringen.«

»Der ehrwürdige Vater kennt den Weg auch!« Sie hielt mit ihren wie Krallen wirkenden Fingernägeln Urulele noch immer fest. »Fahren wir jetzt nach Outjo?«

»Wenn der Doktor mich nicht braucht . . .«

»Bei *ihr* braucht er dich nicht! Sieh dir das an! Die engen Hosen! Dieser Hintern! Damit will sie hier arbeiten?«

»Sie wird nicht mit dem Hintern arbeiten«, sagte Urulele weise, »sondern mit dem Hirn! Andere arbeiten ja auch mit den Händen und nicht mit der Brille.«

Es gab an diesem Abend noch einen milden Streit zwischen Marcus und Franziska. Aber auf der Rückfahrt — Urulele benutzte ein altes Motorrad, das Johann Prusius großzügig gestiftet hatte — erlebte er die wunderliche Verwandlung der schönen Nkulele. Beim Abschied durfte er ihr einen Kuß geben, und als er mit einem kühnen Griff ihre Brust packte, trat sie ihm nicht gegen das Schienbein, sondern lachte gickernd, hüpfte von ihm weg und verschwand im Anbau in ihrem Zimmer. Dort drehte sie zweimal den Schlüssel herum — Urulele hörte es deutlich — und gab sich im Glückstaumel mit dem heute Erreichten vollauf zufrieden.

»Das ist es!« sagte Pater Mooslachner, nachdem er aus dem Landrover gesprungen war. Er wunderte sich, daß das Gefährt noch immer auf seinen Achsen stand. »Endstation. Von dieser Baracke wird die Menschheit einmal sprechen und Kränze an ihr niederlegen. Ich zweifle keinen Augenblick daran, daß Dr. Oppermann den Erreger der Krankheit finden wird.«

»Noch einmal, ehrwürdiger Vater —« Luba lehnte sich an den Kühler des Wagens. »Wie ist Dr. Oppermann?«

»Angst?«

»Möglich.«

»Er wird dich nicht fressen.« Mooslachner griente. »Ich vermute aber, er wird, wie ich, ›Donnerwetter!‹ sagen, wenn er dich sieht. Und ein Mann, der in einem solchen Ton ›Donnerwetter!‹ sagt, ist bereits besiegt. Nur mutig voran, meine Tochter! Gott verzeih mir, aber ich könnte ein Faß Bier aussaufen und einen halben Kudu fressen, so ausgehungert bin ich!«

Dr. Oppermann saß in seinem Arbeitszimmer und hörte im Radio über Kurzwelle einen deutschen Sender. Es knackte und krächzte, pfiff und rumpelte im Lautsprecher, aber als Mooslachner die Tür aufstieß, war doch die Melodie eines Ländlers zu erraten. Für die Deutschen in aller Welt spielte eine bayerische Trachtenkapelle flotte Weisen.

Mooslachner lehnte sich an die Tür, holte tief Atem und stieß einen gewaltigen Jodler aus, der die Holzwände erzittern ließ. Erschrocken fuhr Oppermann herum.

»Das sind die Wiesseer Schützen!« brüllte der Pater. »Stimmt's?! Das ist eine Begrüßung! Doktor, hier bringe ich Ihnen die häßlichste Mitarbeiterin, die ich auftreiben konnte. Glotzen Sie nicht so dumm, Sie werden sich an diesen Anblick gewöhnen müssen! Wenn es zu schwer wird, helfe ich Ihnen. Das Töchterchen wohnt sowieso bei mir auf der Mission. Und ich verkünde es gleich: Meine Mission wird eine Festung sein!«

Dr. Oppermann stellte das Radio ab und wußte für einen Augenblick nicht, was er mit seinen Händen anfangen sollte. Er tat, was Männer dann meistens tun, er steckte sie in die Hosentaschen.

»Luba Magdalena Olutoni —« sagte er gedehnt. Seine Stimme kam ihm plötzlich fremd vor, wie Musik — aber in einer Moll-Tonart. »Sie sind also Luba . . .«

Mehr wußte er nicht zu sagen. Sie standen sich stumm gegenüber und sahen sich an. Sie dachten nichts mehr, beide nicht — sie waren wie ausgebrannt von einem alles versengenden Blitz — und dennoch voll atemloser Spannung auf das, was nun folgen mochte.

»So sehen Fliegen aus, wenn sie an der Leimrute hängen!« sagte Mooslachner grob. »Doktor, geben Sie ihr wenigstens die Hand! Die Arme fällt mir sonst um vor Entsetzen. Tatsächlich, ich habe bis heute nicht bemerkt, wie furchteinflößend Sie aussehen!«

Beim Hinausgehen brummte er noch: »Jetzt hol' ich ihre Koffer«. Dann krachte die Tür ins Schloß.

In beklommenem Schweigen, das geradezu elektrisch zu sein schien, ließ er die beiden zurück. Keiner wagte es zu durchbrechen, aus Angst vor unbekannten, vielleicht schrecklichen Folgen.

»Ich freue mich, daß Sie gekommen sind . . .« sagte Dr. Oppermann endlich. Er sprach leise, wieder mit dieser ihm fremden Moll-Stimme, und wunderte sich, weil Luba zusammenschrak, als habe er sie angebrüllt. Im gleichen Augenblick tat es ihm leid, daß er das erste Wort gesagt hatte, statt sie das Schweigen brechen zu lassen.

»Ich — ich muß das erst überwinden«, sagte sie kaum hörbar. »Verzeihung!«

»Was müssen Sie überwinden?«

»Das Bild, das ich von Ihnen hierher mitgenommen habe.«

»Sie haben ein Foto von mir?« fragte Dr. Oppermann erstaunt. »Gibt es in Windhoek Fotos von mir?«

»Es — es ist ein geistiges Bild. Erzählungen, Gerüchte, sicher auch viel Phantasie . . .«

»Und dieses Bild war furchterregend?«

»Ein Alptraum.«

»Das freut mich.« Dr. Oppermann lachte etwas verlegen. »So ein schlechter Ruf ist besser, als wenn man sagen würde: Ihr müßt unbedingt nach Outjo fahren; da ist ein Arzt, der jede Nacht ein Faß aufmacht! — Ich weiß zwar nicht, wie ich in diesen Ruf komme. Schließlich bin ich ein ganz normaler Mensch und kein Leopard, der harmlose — —«

»Nein — bitte!« rief Luba, ehe er seinen Satz zu Ende führen konnte. Ihre schwarzen Augen verengten sich. »Ich hasse

Leoparden«, sagte sie leise. »Ich werde jeden töten, dem ich begegne! Jeden! Bitte, sagen Sie nie wieder, daß Sie ein Leopard sind . . .«

»Ich glaubte gerade deutlich gemacht zu haben, daß ich mich nicht als ein solcher fühle!«

Dr. Oppermann lachte. Aber er war doch betroffen von ihrer Reaktion. Er wies auf einen der alten Polsterstühle, die noch aus der deutschen Kaiserzeit stammen mußten; ein Fellhändler in Outjo hatte sie ihm geschenkt. Die modernen Plastikstühle, die zur Einrichtung der Forschungsstation geliefert worden waren, standen im Wartezimmer, in den Untersuchungsräumen, im Labor und in den Krankenzimmern. Für seine Wohnung waren sie Oppermann zu steril. Er liebte — was man seinem Typ kaum zutraute — die verstaubte Gemütlichkeit der Kolonialzeit, ohne sich ideologisch mit ihr zu identifizieren. Er hielt die Herrschaft der Weißen über die Schwarzen für überholt. Die Zeit des Befehlens ist vorbei, so dachte er. Jetzt muß geholfen werden, das ist unsere Aufgabe. Ein Bantu ist ein Mensch, nicht eine Abart vom Affen, wie so mancher Weiße auch heute noch dachte. Mit solchen Maximen hatte er bereits am Stammtisch im Hotel »Deutsches Haus« angeeckt. »Er ist noch neu in Afrika« — so hatte Prusius ihn in Schutz genommen. »Er kommt, wie alle diese Theoretiker, mit UNO-Phantasien zu uns und will uns lehren, wie man Kaffern behandelt! Uns, die wir vier, fünf, sechs Generationen in Südwest leben und das Land zu dem gemacht haben, was es heute ist! Wer hat hier Krankenhäuser gebaut, wer Schulen, Universitäten, Straßen, Eisenbahnen, Staudämme, Kanäle, Brunnen, Bewässerungssysteme? Wer hat den Schwarzen gezeigt, daß man die Erde nicht bloß aufhakken, sondern auch pflügen kann? Der liebe Gott? Aber so etwas vergißt man eben, wenn man hinter der roten Fahne hermarschiert und ein neues Feindbild aufbauen will. Warten wir's ab, auch dieser Dr. Oppermann wird sich die Zähne ausbeißen an seinen lieben schwarzen Brüdern, und dann wird er, wie alle, nachdenklich werden und sich fragen: Lohnt sich überhaupt die ganze Arbeit für diese Kaffern?«

Aber Prusius und alle anderen im »Deutschen Haus« irrten sich. Nach acht Monaten Erfahrung in Busch und Steppe, Wüste und ausgebrannten Bergen hatte sich Dr. Oppermann nicht verändert. Doch, ja: mehr als bisher war er davon überzeugt, daß in der Vergangenheit vieles falsch gemacht, und noch mehr übersehen worden war.

»Die neue Generation ist eben etwas langsam im Denken«, kommentierte Prusius. »Was wir in ein paar Wochen begriffen haben, dafür brauchen die Jungen ein Jahr. Eine wahrhaft erschreckende Entwicklung: Die Menschen werden immer dümmer und träger.«

Luba setzte sich und legte die Hände in den Schoß. Die lange Autofahrt hatte sie nicht erschöpft. Mooslachner hatte die ganze Strecke von Windhoek nach Outjo in Etappen aufgeteilt, hatte seine evangelischen Kollegen in Okahandja, Hüttenhain, Sukses und Otjiwarongo besucht, überall ein paar Gläser Bier getrunken, Luba als die neue Assistentin von Dr. Oppermann vorgestellt, und dafür gesorgt, daß Lubas Ruf, das Schönste zu sein, was man in den letzten Jahrzehnten aus dem Lager der Coloured gesehen habe, sich wie ein Buschbrand im Wind verbreitete. Die Strecke von Otjiwarongo nach Outjo — es sind immerhin 69 Kilometer — hatte der Pater, von Lubas Besorgnis unbeeindruckt, in fröhlichster Stimmung zurückgelegt.

»Sie werden bei Pater Mooslachner auf der Mission wohnen?« fragte Oppermann.

»Er hat es so bestimmt.« Luba lächelte. »Was kann man tun?«

»Sie könnten sich dagegen wehren. Sie sind ein freier, erwachsener Mensch.«

»Der Pater würde darüber nur lachen.«

»Soll ich mit ihm sprechen?«

»Warum?« Ihre großen schwarzen Augen sahen ihn forschend an. »Möchten Sie, daß ich hier bei Ihnen wohne?«

Pater Mooslachner ersparte Oppermann die Antwort. Er riß die Tür auf, schleppte auf der Schulter einen riesigen Karton herein und wuchtete ihn auf das Sofa. »Nachschub! Doktor, ich verzichte großherzig darauf, daß Sie mir um den Hals fallen und mich abküssen! Bier! Bier aus Deutschland! Bayerisches Bier! Achtundvierzig Dosen! Was sagen Sie nun? Nichts! Klar, Sie sind sprachlos! Den Schatz habe ich in Okahandja entdeckt. Im Supermarkt von Emil Reichel. Ich habe die Kartons gesegnet! Bayerisches Bier!« Er riß den Pappdekkel hoch, nahm vier Dosen heraus und spielte mit ihnen wie ein Jongleur. Auch dieses Kunststück gehörte zu seinem Repertoire, mit dem er die noch nicht getauften Eingeborenen verblüffte: Bis zu sechs Gegenstände konnte er so herumwirbeln und dabei noch ein gefülltes großes Glas auf der Stirn balancieren. Eine varietéreife Nummer. »Den Kühlschrank auf, Sie Eiterrührer!« schrie Mooslachner. »Ins Gefrierfach damit! In einer Viertelstunde gibt's a bayerische Maaß!« Er fing die vier Büchsen auf und klemmte sie unter die Arme. »Haben Sie eigentlich 'was Eßbares im Haus?«

»Keine Ahnung. Darum kümmert sich Marcus.«

»Wo ist die Küche?« Luba erhob sich sofort. Dr. Oppermann hob beide Hände.

»Sie wollen doch wohl nicht kochen?«

»Ich will nur nachsehen, was Sie haben.«

»Lassen Sie ihr das Vergnügen!« rief Mooslachner, nahm zwei weitere Büchsen Bier aus dem Karton und klemmte sie unter die Achseln. »Wenn sie 'was Eßbares zustande bringt, kann man sich endlich auch mal bei Ihnen zum Abendessen einladen. Was dieser Urulele sonst immer zusammenbraut, ist ja kaum noch ein Fraß! Luba, meine Tochter, kannst du wirklich kochen?«

»Ich hoffe«, sagte sie bescheiden.

»Na denn, Luba, marsch in die Küche, ich helfe dir! Zum Teufel, habe ich einen Hunger!«

Er schob Luba hinaus, kam aber nach wenigen Sekunden zurück und blickte Dr. Oppermann fragend an. »Sie hat einen Kudu-Braten gefunden und wärmt ihn auf! — Nun, was hat sie gesagt? Sie war ja ganz versteinert von Ihrem schreckenerregenden Anblick! Nicht mal rasiert sind Sie, Sie Barbar!«

»Ich glaube, sie ist jetzt halbwegs überzeugt, daß ich kein Ungeheuer bin.«

»Aber bei ihr könnten Sie eines werden! Die Schönheit dieses Mädchens ist ja schon gemeingefährlich.«

»Daß Sie so etwas als Priester überhaupt sehen . . .« sagte Oppermann gedehnt.

»Ein guter Hirte muß seine Schäfchen unterscheiden können«, sagte Mooslachner verschmitzt. Er steckte den Kopf nach draußen und zog ihn mit einem verheißungsvollen Lächeln wieder zurück. »Sie läßt schon was brutzeln! Riechen

Sie es schon? Kudu-Braten. Und das Bier liegt im Kühlfach! — Richard, das wollte ich Sie immer schon fragen: Warum haben Sie kein Mädchen?«

»Ich verstehe Ihre Frage nicht.«

»Nie sieht man Sie mit einem Rock. Nun sind Sie schon über acht Monate hier, und es gibt doch genug junge Dinger, die mit einem Dr. Oppermann mal zu einem Tänzchen gehen würden, so richtig auf den Schwoof. Mädchen, die geküßt werden wollen . . .«

». . . und die man mit ins Bett nimmt.«

»Sie sagen, was ich nur denke — aber nichts dergleichen! Ein Kerl wie Sie, ein Baum im besten Saft, was tut er? Er beschämt sogar den heiligen Franziskus. Der hatte wenigstens noch Tiere als Freunde. Sie dagegen . . .«

»Ich habe Sie, Pater!«

»Soll ich jetzt rot werden? — Richard, wir haben nie darüber gesprochen . . .«

»Sollen wir das jetzt, während Sie an der Tür darauf lauern, daß der Kudu-Braten fertig wird und Sie sich endlich Ihr gekühltes bayerisches Bier in den Schlund gießen können?«

»Von Braumeistern aus Weihenstephan!«

»Von mir aus auch das!«

»Sie sind doch ein Scheusal! Luba hat recht!« Pater Mooslachner löste sich von seinem Horchposten an der Tür, kam ins Zimmer und rieb sich die Hände. »Wollen Sie nicht den Tisch decken, Sie Klotz?«

»Ach ja!« Dr. Oppermann sprang auf.

»Völlig der Zivilisation entwöhnt!« Mooslachner half mit, Teller und Bestecke auf dem runden Tisch zu ordnen, rückte die Stühle heran und kümmerte sich um die Gläser. Oppermann besaß nur hohe dickwandige Gläser für Longdrinks und kleine Stamper für einen kurzen harten Schluck. Dafür hatte er Teegläser im Schrank, obwohl er nie Tee trank, aber sie gehörten zur Grundausrüstung der Krankenstation.

»Bayerisches Bier aus Teegläsern!« stöhnte Pater Mooslachner. »Ich erkenne erst heute, wie primitiv Sie hier leben! Das ist ja erschreckend! Bis jetzt hat sich wohl noch keiner um Sie gekümmert, was?«

»Ich suche einen Krankheitserreger, aber ich will kein Lehrbuch über Tischsitten schreiben.« Oppermann setzte die Teegläser neben die Teller und kratzte sich am Kopf. »Die fehlen nun wirklich!«

»Was?«

»Servietten!«

»Das ist aber bemerkenswert. Ein Mann, der den Eindruck erweckt, als äße er üblicherweise mit den Fingern — vermißt Servietten!« Mooslachner ließ sich schwer auf seinen Stuhl fallen und spreizte die Beine. »War das eine Fahrt! Man wird doch alt, Richard. Man spürt die Knochen. Und dann diese Urahne auf Rädern! Oh, wenn ich ein Flugzeug hätte! So einen kleinen Flitzer, eine einmotorige Cessna.«

»Was verstehen Sie von Flugzeugen, Pater? Können Sie denn fliegen?«

»So perfekt wie Autofahren.«

»Und Gott verhindert das nicht? Sie haben einen Flugschein?«

»Vor drei Jahren in Windhoek gemacht. Mit Glanz! Zum Abschluß habe ich noch drei Loopings hingelegt. Seither holt man mich, wenn neue Maschinen geweiht werden sollen. Ich mache das in der Luft; auf der Erde kann das jeder.« Mooslachner schlug sich auf die Schenkel. »Er hat tatsächlich Servietten!«

Dr. Oppermann hatte aus seinem Wäscheschrank sorgfältig gebügelte Taschentücher geholt, legte sie neben die Teller und stellte einen Blumentopf mit einer traurigen Geranie in die Mitte des Tisches.

Luba kam herein, und mit ihr zog köstlicher Bratenduft ins Zimmer. Auf einem Blechtablett balancierte sie eine Holzschüssel mit Salat, eine Glasschale mit dampfendem Gemüse aus Erbsen und Karotten und eine Blechkanne mit Bratensoße. In Ermangelung eines Brotkorbes lagen dicke Weißbrotschnitten auf einem Holzbrett.

»Sonst ist wirklich nichts da!« sagte sie und setzte das Tablett ab. »Das war die letzte Dose Gemüse. Aber der Salat aus dem Garten ist gut! Kartoffeln fehlen leider.«

»Sie waren im Garten?« Dr. Oppermann half Luba beim Decken. »Draußen ist es doch stockfinster.«

»Ich sehe in der Nacht wie ein Mausvogel.« Sie sah ihn kurz an. »Für mich ist es hell draußen! Der ganze Himmel ist voller Sterne.«

»Zu Ihrer Begrüßung, Luba!«

»Es war auch gestern ein klarer Himmel!« sagte sie abweisend. »Der Herbst kommt.«

Der Kudu war vorzüglich. Urulele hatte ihn zwar am Vortag gebraten, aber er hatte keine Ahnung vom richtigen Würzen. Er salzte und pfefferte nach Gutdünken, mal zuviel, mal zuwenig. Daß man eine Bratensoße mit gehackten oder geriebenen Kräutern, gerösteten Zwiebeln oder einem Schuß Sahne verfeinern kann, davon hatte er noch nie gehört. Es war auch nicht seine Aufgabe. Er war Krankenpfleger, hatte gelernt, nach der Farbe und den Sedimenten des Urins einen Kranken einzustufen, und jetzt tupfte er Eiter aus den zerstörten Augen, wusch Wunden aus, legte Verbände an, verabreichte hie und da auch mal eine intramuskuläre Injektion und war besonders stolz, wenn man ihn »Master Doktor« nannte. Aber eine Bratensoße bestand für ihn aus dem, was beim Braten aus dem Fleisch herauslief.

Luba dagegen hatte die Soße angedickt und feingehackte Blätter des wild im Garten wachsenden Pfefferminzkrautes dazugetan.

»Ist das ein Braten!« rief Pater Mooslachner nach dem ersten Bissen. »Die Pforten des Paradieses öffnen sich wieder, und das ausgerechnet in Outjo! Richard, nun loben Sie doch Luba endlich und fressen Sie nicht alles stumm in sich hinein!«

»Es ist der beste Braten, den ich in diesem Jahr gegessen habe«, sagte Dr. Oppermann und versuchte, Lubas Blick festzuhalten. Sie wich ihm aus und blickte auf ihren Teller. Sie nahm Oppermanns Taschentuch von ihrem Schoß und tupfte damit einen Soßentropfen aus dem Mundwinkel. »Und das alles gezaubert in einer halben Stunde! Die Idee mit den Pfefferminzblättern ist grandios.«

»Wenn ich in der nächsten Woche etwas Zeit bekomme, werde ich in Outjo allerhand einkaufen«, sagte sie, ohne Oppermann anzusehen. »Hier fehlt vieles. Von den Kochtöpfen bis zu den Vorräten.«

»Auch eine Tischdecke. Und Servietten . . .«

»Und Biergläser!« sagte Pater Mooslachner. »Nicht vergessen! Ich weiß, daß Prusius sogar richtige Seidel hat! Mit Zinndeckel!«

Er beugte sich vor, hob mit dem Zeigefinger Lubas Kopf hoch und sah ihr in die seltsam verhangenen Augen. »Na, wie ist es?! Fühlst du dich immer noch wie in die Verbannung geschickt?«

»Ich weiß es nicht«, antwortete sie ruhig. »Ich bin in Outjo erst ein paar Stunden älter geworden.«

Johann Prusius kam aus dem Norden, aus dem Ovamboland, zurück und wußte schon nach einer Stunde, mit welcher schönen Neuigkeit Outjo beschenkt worden war. Schon als er mit seiner zweimotorigen Cessna auf seinem Privatflugplatz landete, empfing ihn sein Monteur Karle Mildenberg mit der Bemerkung: »Wir müssen aus Windhoek Ketten und Schlösser besorgen, Chef. Die Frauen werden ihre Männer fesseln müssen.«

»Schon jetzt besoffen?« sagte Prusius.

»Sie ist eingetroffen.«

»Wer?«

»Die neue Assistentin von Dr. Oppermann.«

Prusius, der sich gerade die Felljacke auszog, hielt in der Bewegung inne, einen Arm noch im Ärmel. »Ein tolles Weib?«

»Das kann man gar nicht beschreiben, das zieht einem die Hosen aus.«

»Du bist verrückt.« Prusius warf die Jacke auf den Pilotensitz. »Verdreh nicht die Augen, Mensch! Erzähl mir was!«

»Vor drei Tagen war sie in der Stadt, einkaufen. Vorneweg der Pater, dann sie, hinterher der Doktor. Wie ein Geleitzug. Fehlte nur noch, daß sie Maschinenpistolen um den Hals gehabt hätten. So gingen sie in die Geschäfte. Bei Waalkoi kauften sie Brot und Kekse, bei Maria Senker Tischdecken, Servietten, Bettwäsche, Hemden, Frottierhandtücher und einen Bademantel, für den Doktor. Bei uns verlangten sie Bierseidel, die hat der Pater ausgesucht, dazu Kochtöpfe, Geschirr, zwei Pfannen, einen Brotkorb, gläserne Dessertschalen, Eierbecher, Kleiderbügel und einen Gemüsehacker. Und, ja — einen Dampfkochtopf. Den hat *sie* ausgesucht und dem Doktor erklärt, wie man in diesem Topf die Vitamine erhält und nicht durch Kochen vernichtet. Als sie wieder zurück zur Station kamen, war die Hölle los. Die schwarzen Weiber schnatterten an allen Ecken wie eine Herde Gänse, und unsere Frauen liefen herum, als wären sie sich noch nicht darüber im klaren: Legen wir unsere Männer in Ketten oder kastrieren wir sie?« Karle Mildenberg wischte sich über das schweißige Gesicht. »Ich wette, in dieser Nacht hatte mancher einen verdammt bewegten Traum. Ich hatte einen ...«

»Ferkel!« Prusius warf die Tür der Cessna zu und schloß ab. Der Flug ins Ovamboland war erfolgreich gewesen. Er brachte einen Packen Aufträge mit, risikolose Geschäfte; die Ovambos zahlten sofort in bar und mit guten Rand. Er war drei Tage lang in Ondangwa Gast der maßgebenden Ovambo-Politiker gewesen, hatte mit den schwarzen Pastoren gesprochen, die den Kern der Intelligenzschicht bildeten, und hatte alle bestellten Lieferungen zugesagt, obwohl er nicht wußte, ob er die Ware auch pünktlich hereinbekommen würde. Die Anzahlung jedenfalls hatte er kassiert. Es gab Geschäfte, die man nur auf solche Art absichern konnte.

»Ist sie wirklich so schön?« fragte Prusius.

»So etwas haben Sie noch nicht gesehen!« Mildenberg schnalzte mit der Zunge. »Sie hat nur einen kleinen Fehler.«

»Einen Silberblick?«

»Nein. Sie ist eine Coloured.«

»Scheiße!« Prusius stapfte über das flach gewalzte Flugfeld zu seinem Haus. Es war ein mächtiger Steinkasten, gebaut wie ein altes Fort, vier Gebäude im Rechteck, in der Mitte der geschützte Platz, zwei Einfahrtstore mit dicken, eisenbeschlagenen Türen, an allen vier Ecken kleine Türme mit flachem Dach. Dort konnten Maschinengewehre und leichte Geschütze stehen, sie würden einen weiten Umkreis unter Kontrolle halten können. Zwei Flügel des »Forts« bewohnte Prusius, die beiden anderen dienten als Magazine. Das Ladengeschäft lag mitten in Outjo, an der einzigen Hauptstraße, ein zweistöckiges Gebäude, das 1903 gebaut worden war. Dort hatte eine Schutztruppen-Abteilung gelegen, bevor in der großen Schlacht am Waterberg die Hereros vernichtend und für alle Zeiten geschlagen wurden. Das war 1904 gewesen. Und an jedem 11. August hißte Prusius vor seinem Geschäft die Fahne und ließ aus vier großen Lautsprechern Märsche auf die Straße donnern. Am beliebtesten war »Alte Kameraden«. Manchmal formierten sich schwarze Kinder zu einem Zug und marschierten im Paradeschritt über die Straße. Dann bog sich Prusius vor Lachen und rief: »Das sollte sich 'mal die UNO ansehen! Das fehlt den Kaffern hier: deutsche Zucht in den Knochen!«

»Wohnt sie in der Station?« fragte Prusius, als sie auf dem Weg zu seinem Haus waren.

»Nein. Der Pater hat sie zu sich genommen.« Mildenberg grinste breit. »Das wird ihn Nerven kosten. Sie heißt übrigens Luba Magdalena Olutoni.«

»Olutoni?« Prusius blieb stehen und runzelte die Stirn. Er dachte angestrengt nach, aber er suchte vergeblich in seiner Erinnerung. »Der Name ist mir schon untergekommen. Olutoni! Verdammt, wo kenne ich den her? Olutoni . . . Irgendwie ist das hängengeblieben. Aber es fällt mir noch ein.«

Zwei Stunden später hielt Prusius mit seinem Mercedes 280 vor der weißen Baracke und stieg aus. Er klemmte eine schmale Aktentasche unter den Arm und betrat die Ambulanz diesmal nicht durch den Privateingang, sondern durch die Tür, auf die ein großes rotes Kreuz gemalt war.

Seine Hoffnung erfüllte sich nicht: Das als Wunder von Frau beschriebene Wesen arbeitete nicht in dem großen Raum. Nur Urulele war da und verband gerade einem Damara das Schienbein, in das der Mann seine Hacke geknallt hatte.

Prusius zeigte auf die Tür zur Ordination. »Kann man rein, Marcus?«

»Ja. Es ist keiner da. Heute ist ein stiller Tag.«

»So gut wie ihr, möchte ich's auch mal haben.« Prusius klopfte, riß die Tür auf und erlebte seine zweite Enttäuschung. Auch hier war Luba Magdalena nicht. Dr. Oppermann saß an einem Tisch am Fenster und blickte durch die Okulare eines Mikroskops. Er ließ sich nicht stören, hob nicht den Kopf.

»So, wie Sie hereinkommen, können nur Sie es sein, Prusius«, sagte er.

»Ein unverwechselbares Charakteristikum sollte jeder Mensch haben!« Prusius kam näher, blickte Dr. Oppermann über die Schulter und schnaufte durch die Nase. »Was machen die lieben Mikroben?«

»Sie haben mittlerweile schon 2537 Menschen die Augen

ausgefressen. Männern, Frauen, Kindern. Jede Altersklasse. Aber es sind ja nur Kaffern.«

»Werden Sie nicht ungerecht, Doktor!« Prusius warf seine Aktentasche auf den Schreibtisch, ließ die Schlösser schnappen und holte ein paar Fotos heraus. »Ich habe Ihnen aus dem Ovamboland etwas mitgebracht. Die Ovambos haben mich gebeten, Ihnen das zu geben. Sie haben die Fotos gemacht. Keine ästhetischen Bilder. Überall wegeiternde Augen.«

»Und ausgerechnet Sie spielen den Briefträger?« Dr. Oppermann drehte sich um, kam an den Schreibtisch und betrachtete die Fotos. Es waren entsetzliche Bilder: Opfer einer Seuche, deren Erreger man nicht kannte. Menschen, in deren Augenhöhlen Eiterklöße steckten, auf denen in schwarzen Klumpen die Fliegen saßen.

»Wo sind die Bilder gemacht worden?« fragte Dr. Oppermann.

»Weiß ich es? Die Ovambos haben sie mir in die Hand gedrückt. In mehreren Dörfern, sagten sie. Und: ›Wird der Doktor auch zu uns kommen?‹ — Ich habe ihnen gesagt, daß das möglich ist.« Prusius lehnte sich gegen die Wand, an die eine große Karte von Südwest geheftet war. »Wir müßten allerdings mein Flugzeug nehmen. Mit dem Landrover würde man sich nur die Knochen brechen. Sie sind ja jetzt beweglicher geworden, nachdem Sie Hilfe aus Windhoek bekommen haben.« Prusius blickte gleichgültig in den Raum. »Wo ist sie überhaupt, die Neuerwerbung?«

»Im Labor.« Oppermann lächelte Prusius an. »Die Neugier bringt Sie um, was? Oder sollen wir das Neu weglassen, so daß nur die Gier übrigbleibt?«

»Manchmal möchte ich Ihnen schon ganz gern in die Magengrube boxen!« Prusius ließ die Schlösser seiner Aktentasche zuklicken.

»Falls Sie es übrigens noch nicht wissen sollten: Luba ist eine Coloured! — Bitte: Wo bleibt der Vortrag?«

»Welcher Vortrag?« fragte Prusius verblüfft.

»Sie gehören einer Generation an, die keine Ideale mehr kennt.« Oppermann ahmte Prusius' Stimme nach. »Ethische Werte fallen bei Ihrer Generation völlig weg! Aber hier leben wir in einem noch intakten Land. Hier herrschen noch natürliche Auslese- und Reinheitsprinzipien! Kein Nashorn wird sich mit einem Erdferkel paaren, nur die Menschen springen wahllos aufeinander! — War es so richtig, Herr Prusius?«

»Ihr Spott ist nicht ganz ungefährlich, Doktor.« Prusius setzte sich, obgleich ihn Oppermann dazu nicht aufgefordert hatte. Zeit gewinnen, dachte er. Einmal kommt sie aus dem Labor. Und wenn ich hier sitze und eine Stunde lang herumquatsche — einmal muß sie kommen. »Wir haben hier unter uns Weißen einen Ehrenkodex, von den Gesetzen ganz abgesehen. Und da Sie nun mal hier leben, fallen auch Sie unter diese Gesetze.«

»Ich weiß nicht, was Sie wollen!« sagte Oppermann hart. »Haben Sie mich schon im Bett mit Fräulein Olutoni gesehen? Sie unterstellen mir da eine Ungeheuerlichkeit ...«

»Ich rede prophylaktisch. Bei den Ärzten ist ja auch die Prophylaxe eine wichtige Therapie. Doktor, ich möchte nicht, daß Sie eines Tages hier wie ein Ausgestoßener leben müssen.«

»Ich werde mir Ihre mahnenden Worte mit Ölfarbe an alle Wände schreiben. Damit ich sie immer vor Augen habe. Zufrieden?« Dr. Oppermann packte die Fotos der Ovambos zusammen und schob sie in eine Mappe. »Noch etwas?«

Prusius blieb sitzen. »Ihre Unhöflichkeit wird unerträglich.«

»Es bittet Sie keiner, sie zu ertragen.«

»Man muß sich das mal vorstellen: Da komme ich her, bringe Ihnen Fotos von neuen Krankheitsgebieten, helfe Ihnen, wo ich kann, biete Ihnen sogar an, diese einsamen Gegenden mit Ihnen abzufliegen — auf meine Kosten! —, und zum Dank rotzen Sie mich an! Ich bin anscheinend ein mustergültiger Vollidiot!«

»So sehen *Sie* es. *Ich* frage mich immer wieder, *weshalb* Sie mir helfen. Und wo bei all diesen Aktionen für Sie ein Gewinn herausspringen — —

»Pfui!« unterbrach Prusius. »Vielleicht bin ich pervers: Ich mag Sie, Doktor! Leider sind Sie das Produkt einer Zeit, die wir hier nicht mehr verstehen. Aber das ist nicht Ihre Schuld. Das kann man Ihnen nicht ankreiden. Vor Ihren ärztlichen Qualitäten habe ich die größte Hochachtung, da ziehe ich meinen Hut! Außerdem weiß keiner von uns, auch Sie nicht, ob die Krankheit nicht eines Tages auch auf uns Weiße übergreifen kann. Das habe ich mir durch den Kopf gehen lassen, vor allem, nachdem ich diese Ovambo-Fotos gesehen habe. Mein Angebot, Ihnen immer und überall zu helfen, hat also einen sehr einfachen Grund: Ich will mich nicht von einem Kaffer infizieren lassen!«

Er blickte auf seine goldene Armbanduhr. Jetzt muß sie aber bald kommen, dachte er. Es geht auf die Mittagszeit zu. Das Luder Nkulele mit ihrer schrecklichen Glitzerbrille ist auch schon weg, und von der Küche weht der Geruch von gebratenem Geflügel durchs Haus.

»Aus Ihrem Backofen riecht es köstlich!«

»Ein Nama-Flughuhn. Fräulein Olutoni ist eine hervorragende Köchin.«

Prusius zog das Kinn an. »Ich denke, sie ist Medizinische Assistentin?«

»Auch. Das schließt nicht aus, daß sie für mich kocht.« Dr. Oppermann zog seinen weißen Kittel aus. Darunter trug er nur Hose und Unterhemd. »Ist das etwa auch wieder gegen das Gesetz?«

»Ich habe selbst eine Herero als Köchin.« Prusius erhob sich, ging zu der großen Karte an der Wand und fuhr mit gespreizten Fingern über das Land zwischen Okawango und Etoscha-Pfanne. »Wann fliegen wir?«

»Vielleicht nächste Woche.«

»Die Ovambos warten auf Sie. Man will Wunder sehen.«

»Ich kann sie nur enttäuschen.« Dr. Oppermann ging zum Fenster, öffnete es und wischte sich mit einem Handtuch den Schweiß von Nacken und Schultern. »Alle, die da auf dem Foto sind, werden ihre Augen verlieren. Zurückbleiben werden eines Tages vernarbte Höhlen. Ich habe noch nie solche gefräßigen Bakterien gesehen.«

Prusius wollte etwas erwidern, aber er verschluckte die Worte und starrte auf die Tür. Luba Magdalena war hereingekommen, nicht im Laborkittel, sondern in einem goldrot gestreiften, tief ausgeschnittenen Badeanzug, über dem sie eine weiße Schürze mit Latz trug. Hinter ihrem Nacken waren die Bänder zu einer großen Schleife gebunden. Das Haar hatte sie hochgesteckt. Ein blaßroter Kamm hielt die Locken fest. »Donnerwetter!« sagte Prusius. »So kann man natürlich auch ein Nama-Flughuhn backen!«

Dr. Oppermann lächelte breit. »Sie dürfen die Anregung gern an Ihre Herero-Köchin weitergeben.«

»Sie ist über Sechzig!« Prusius blinzelte Luba an, zog den Kopf zwischen die Schultern und wandte sich zum Ausgang. »Guten Appetit!«

»Wer war denn das?« fragte Luba, als die Tür zugefallen war.

»Ein Herr Prusius. Der wichtigste Mann in Outjo.«

»Er gefällt mir nicht.«

»Mir auch nicht. Aber er hat ein Flugzeug!« Oppermann schnupperte wie ein Hund in die Luft. »Können wir essen?«

»Nein.« Lubas Gesicht drückte größten Kummer aus. »Mir ist das Huhn verbrannt . . .«

Es ließ sich nicht vermeiden, daß Luba Magdalena Olutoni ohne den Begleitschutz von Pater Mooslachner oder Dr. Oppermann durch Outjo ging und einkaufte. Mooslachner war oft mit seinem uralten Landrover unterwegs, der anscheinend nur noch fuhr, weil Engel an seinen Türen klebten, und Oppermann hatte mit Marcus-Tomba so viel in der Ambulanz zu tun, daß er erst merkte, daß Luba mit dem Wagen in den Ort gefahren war, wenn sie schon eine Stunde unterwegs war.

In Outjo schien man sich an den Anblick »der schönsten Coloured, die es je gab« — wie man sie am Stammtisch im Hotel »Deutsches Haus« nannte — gewöhnt zu haben. Auch die weißen Frauen hatten sich beruhigt. Diese Olutoni wurde nicht gefährlich. Sie wohnte in der katholischen Mission; das bedeutete den Einschluß in einer Festung. Und wenn sie wirklich abends ausging, ins Kino etwa, war sie nie allein. Meistens war der Pater neben ihr, oder Urulele und seine spröde Freundin Nkulele begleiteten sie, und manchmal kam auch der Doktor mit, wie neulich beim deutschen Heimatabend: Eine Blaskapelle blies Volkslieder, alle sangen mit, schunkelten und faßten sich unter, und dauernd kamen pralle Kochwürste und Wellfleisch auf den Tisch, Schweinshaxen und echtes Sauerkraut, das der Wirt nach niederrheinischem Rezept einlegte.

Die Männer waren, nach anfänglicher, meist gut verborgener Verwirrung über so viel Schönheit, bald gleichgültiger geworden. Ein Mischling, und wenn er aussah wie ein Engel, blieb ein Mischling. Außerdem legte die Olutoni eine solche Reserve gegen alles Männliche an den Tag, daß man sich nicht einmal mehr eine zweideutige Bemerkung erlaubte, wenn sie in einen Laden kam.

Prusius hatte das Glück, Luba zu begegnen, als die Sonne gerade blutrot im Veld untertauchte und der Himmel sich in lange Streifen auflöste, bis dann ziemlich schnell die fahle Nachtdämmerung über das Land fiel. Sie war allein, hatte beim Bäcker, beim Metzger und im Supermarkt eingekauft. An beiden Armen hingen große Plastiktaschen. Sie hatte schwer zu tragen, das sah man.

Prusius, der sie von weitem entdeckt hatte, lief ihr nach, überholte sie und stellte sich ihr in den Weg. Bis zur Mission waren es noch gut zweihundert Meter, ein sandiger Weg zwischen Tamarisken und Dornbüschen.

»Es ist unerhört«, sagte Prusius mit gewinnendem Lächeln, »daß man dich wie einen Lastesel herumlaufen läßt! Gib die Tüten her, ich helfe dir.«

Luba schüttelte den Kopf. Ihre Haltung drückte nichts als Abwehr aus. So kann nur ein Kaffer dastehen, dachte Prusius wütend und atmete schneller. So voller Hochmut: Wer bist du denn, Weißer? Unser Herr? Das hier ist Namibia, *unser* Land! — *Das* drückte ihre Haltung aus!

»Ich bin stark genug!« sagte Luba kühl. »Ich brauche dich nicht.«

»Ach, sind wir schon so vertraut miteinander?«

»Du hast mich auch geduzt.«

»Welch ein stolzes Fräulein!« Prusius wollte nach einem der Plastikbeutel greifen. Luba trat einen Schritt zurück. »Ich mag junge Damen, die mit der Maske der Unnahbarkeit herumlaufen. Reißt man allerdings die Maske herunter, kommt fast immer dasBild entfesselter Leidenschaften zum Vorschein.« Prusius gluckste. »Das ist schön blöd ausgedrückt, nicht wahr? Sagen wir es klarer: Auch du läßt nichts in der Gegend stehen!«

»Ich möchte weitergehen!« sagte Luba kalt. »Sie sind mir im Wege.«

»Und ich bleibe hier stehen!« rief Prusius angriffsfreudig. »Du wirst dich wundern, wie oft ich dir noch im Wege stehen werde!«

»Soll ich Sie umrennen?« fragte sie ruhig.

»Du — mich? Das ist ein Witz!« Prusius lachte. Es klang gefährlich. Die Muskeln seines stämmigen Körpers strafften sich, die Adern an seinem Hals schwollen an. »Wo ein Prusius steht, kommt kein Kaffer vorbei, und wenn er sich zur Termite verwandelt!«

Luba ging weiter, wollte an ihm vorbei, aber Prusius machte das Spiel mit. Wieder lachte er auf seine unangenehme Art, sprang vor ihr hin und her, bis sie zusammenstießen. Darauf hatte er gewartet. Blitzschnell warf er die Arme vor und umarmte das Mädchen. Und ebenso schnell spürte er mit maßlosem Erstaunen, wie er den Boden unter den Füßen verlor, für den Bruchteil einer Sekunde schwebte, in der Luft hing, schwerelos ... Dann kippte er um, fiel seitlich auf die festgestampfte Sandpiste und wirbelte eine kleine Staubwolke hoch.

Das Unwahrscheinliche war geschehen: Prusius, der immer Aufrechte, lag im Dreck. Niedergeworfen von einer Coloured. Lächerlich gemacht von einem Weibsbild. Gedemütigt von einem Ovambomischling! Zwar waren sie allein, niemand stand in der Nähe, keiner hatte den Fall des großen Prusius gesehen, die Nacht war bereits blauschattig über das Land gebreitet, aber die Tatsache, daß Prusius im Straßenstaub lag, auf dem Rücken, wie ein umgedrehter Käfer, war nicht zu leugnen.

Ohne noch einen Blick auf ihn zu werfen, ging Luba weiter: in ihren engen Jeans, mit hochsohligen Schuhen, lautlos, gazellenhaft, bei jedem Schritt in unbewußter Anmut federnd und wiegend.

Prusius erhob sich wortlos und starrte ihr nach. Er klopfte den Sand aus seinem Anzug, zog das Jackett straff und blieb mitten auf dem Weg stehen, bis Luba nach rechts abbog in die Feigenbaum-Allee, die zur Mission führte.

»Du Luder!« sagte Prusius verkniffen, als er sie nicht mehr sah. »Auch du spuckst nicht drauf! Früher hätte man dich ausgepeitscht ... Ich mache was anderes mit dir! Diesen Judogriff wirst du mir bezahlen!«

Drei Tage danach fuhr Dr. Oppermann mit Urulele nach Norden zur Etoscha-Pfanne. Aus Okaukuejo, dem großen Wildhüterlager, dem Eingang zum riesigen Wildreservat, waren alarmierende Nachrichten gekommen. Im für alle Besucher gesperrten westlichen Teil, bei den Salzseen von Okahakana, an der Grenze zum Ovamboland, war plötzlich die schreckliche Augenkrankheit aufgetaucht. Wildhüter, die hier den Bestand an Geparden und Nashörnern zählten, trafen auf nomadisierende Ovambos. An drei Wasserstellen hatten sie ihre transportablen Krale aufgestellt. Sie verkrochen sich sofort, als die beiden Lastwagen der Wildhüter auftauchten. Da sie nicht aus ihren Behausungen hervorkamen, schleifte man sie mit Gewalt ans Licht und registrierte sie.

Es waren dreiundvierzig Männer, neununddreißig Frauen und vierundsechzig Kinder. Sieben Männer, vierzehn Frauen und neunundzwanzig Kinder waren krank.

Ihre Augen waren vereitert. Um den süßlich riechenden Eiter schwirrten Schwärme von Schmeißfliegen, schwarze Wolken, die sich immer wieder auf die Köpfe senkten und immer wieder vertrieben wurden. Einige der Kranken trugen Binden vor den Augen, unter denen ein braungrüner Brei hervorquoll und über das Gesicht lief.

Ein alter Mann, der die Funktion des Medizinmannes ausübte, hatte den Brei aus Wurzeln und Blättern hergestellt. Er half nicht, er kühlte nur, linderte die Schmerzen und vertrieb die Fliegenwolken. Damit war man schon zufrieden.

Dr. Oppermann ließ sofort den Landrover für große Fahrt ausrüsten. Eingeladen wurden: Benzinkanister, Wassertonnen aus Plastik, Schlafsäcke, Moskitonetze, Konserven und Kekse, Fruchtsäfte, Decken, Wäsche zum Wechseln, Werkzeuge, Beil und Axt, ein Ersatzteilkasten für den Wagen, Pistolen und Gewehre mit Munition, zwei Spaten und Schaufeln, und natürlich die große Metallkiste mit Verbandszeug, Medikamenten, Glasschalen, einem Mikroskop, einem chirurgischen Besteck, Flaschen für Infusionen und Narkosemitteln. Zusammen mit einem Monteur aus Outjo schraubte Urulele ein großes, gebogenes Eisenschild vor den Kühler. Es sah aus wie ein Schneeräumer, hatte aber den Zweck, bei der Fahrt quer durch den Busch kleine, im Wege stehende Bäume oder Sträucher einfach umzupflügen. Hinter diesem Stahlschild befand sich die Motorwinde, mit der man den Wagen aus Sümpfen oder Sandlöchern herausziehen konnte.

Als der Landrover für die große Fahrt ausgerüstet war, schloß Dr. Oppermann einen Schrank in seiner Wohnung auf und holte zwei Maschinenpistolen heraus. Wortlos nahm Urulele eine im Empfang und klemmte die drei Ersatzmagazine unter die Achsel. Sein Gesicht war ausdruckslos.

»Sie nehmen MPs mit?« fragte Luba. Sie stand an der Tür und trat zur Seite, als Urulele an ihr vorbeiging.

»Früher war das nicht nötig.« Dr. Oppermann probierte das Schloß aus und schob das Magazin ein. »Noch vor einigen Monaten konnte man durch den Norden bummeln und mußte nur aufpassen, daß einen die Gnus, Elefanten oder Büffel nicht umrannten. Das ist jetzt anders. Jetzt besteht die Gefahr, daß uns Guerillas aus dem Hinterhalt beschießen. Dann muß ich zurückschießen. Zum Märtyrer für ein freies Afrika fühle ich mich nicht berufen.«

»Nehmen Sie mich mit!« sagte Luba plötzlich. Dr. Oppermann klemmte die MP unter den Arm und schüttelte energisch den Kopf.

»Auf gar keinen Fall! Sie bleiben hier, versorgen die Kranken und machen im Labor neue Schnitte von den Präparaten, wie besprochen.«

»Ich bitte Sie, mich mitzunehmen!« Luba hob beide Hände. »Bitte!«

»Nein! Sehen Sie das doch ein, Luba! Es ist viel zu gefährlich.«

»Auch Outjo ist für mich gefährlich.«

»Pater Mooslachner ist bei Ihnen. Aber da draußen im Norden ... Kein Wort mehr darüber, Luba!«

Dr. Oppermann drehte sich weg, aber Luba vertrat ihm den Weg zur Tür.

»Sie haben Angst um mich?«

»Ja! Das ist doch verständlich.«

»Angst wegen der Guerillas?«

»Auch. Da oben kann die Gefahr um jede Ecke kommen.«

»Ich bin in zehn Minuten umgezogen. Ich kann mich im Busch bewegen, glauben Sie mir!«

»Ich zweifle nicht daran.« Dr. Oppermann faßte Luba an den Schultern und schob sie sanft zur Seite. Sie schauderte unter seiner Berührung zusammen, schloß die Augen und warf den Kopf weit zurück. »Luba, seien Sie vernünftig!«

»Und — wenn ich Ihnen verspreche, daß die Guerillas Sie nicht beschießen?«

»Das können Sie nicht.«

»Nehmen Sie mich dann mit?«

»Nein!«

»Ich — ich kann Sie beschützen«, sagte sie leise. In ihrem schmalen, unbeschreiblich schönen Gesicht zuckte es. Sie hielt die Augen noch immer geschlossen und den Kopf nach hinten geneigt, solange Oppermann ihre Schultern umfaßte. »Sie sind sicher, wenn ich bei Ihnen bin . . .«

»Geben Sie sich keine Mühe, Luba, mich überreden Sie nicht.« Er lachte etwas verlegen, ließ sie los und trat vors Haus. Urulele saß schon im Landrover, die Maschinenpistole zwischen die Knie geklemmt. Er sah starr geradeaus und betete, ohne die Lippen zu bewegen. Lieber Gott dort oben im Himmel, laß, wenn wir unterwegs sind, unsere Freiheitskämpfer weg! Ich will nicht auf sie schießen, ich kann nicht auf sie schießen, es sind ja meine Brüder. Aber soll ich von ihnen meinen Doktor totschießen lassen? Bitte, lieber Gott, verhindere das! Du kannst das doch. Der Pastor erzählt es uns doch jeden Sonntag . . .

Luba rannte Dr. Oppermann nach. Aber an der Außentür blieb sie stehen, lehnte den Kopf gegen die Wand und biß sich in die an den Mund gedrückte Faust.

Fahr nicht, schrie es in ihr. Fahr nicht ohne mich! Du mußt mich mitnehmen! Du darfst ihnen nicht in den Hinterhalt laufen! Du nicht!

Als der Landrover anfuhr, stürzte sie vor, winkte mit beiden Armen und schrie, lief dem Wagen nach, rannte durch die Staubwolke, die von den Rädern aufgewirbelt wurde, und schrie immer weiter.

Oppermann hörte es nicht, der Motor rumorte laut, aber er sah im Rückspiegel, wie Luba ihm nachlief, ihm mit beiden Armen winkte. Da streckte er den Arm aus dem Fenster und winkte fröhlich zurück.

Er konnte es nicht mehr wahrnehmen, daß Tränen über ihr Gesicht liefen, konnte nicht hören, daß ihre Schreie ihn beschworen, anzuhalten, zurückzukommen, bei ihr zu bleiben.

Sie hatten ihr Lager neben den leichten, mit Buschwerk und Blättern verflochtenen Stangenhütten der Nomaden aufgeschlagen und hatten sich entschieden, zum besonderen Schutz die weit ausladende Krone einer alten Schirmakazie als zweites Dach zu nehmen. Hier, im harten Gras, bauten sie das Zelt auf, das aus zwei Kammern bestand: die hintere zum Schlafen, die vordere, mit einem großen Vordach auf metallenen Teleskopstangen, als Untersuchungs- und Behandlungsraum.

Die Ovambos sahen ihnen von weitem zu, scheu, immer ihre Hütten im Rücken, bereit, sich sofort zurückzuziehen, wenn Dr. Oppermann oder Urulele aus dem Kreis ihres Lagers heraustraten. Nur die Männer standen herum, die Frauen und Kinder blieben verborgen. Anders als andere Ovambo-Stämme, die den Weißen gegenüber ohne Scheu waren, und die hellhäutigen ehemaligen Herren im Bewußtsein ihrer Rechte und ihrer namibischen Zukunft wie Partner, oder zumindest mit der Selbstsicherheit eines Volkes begrüßten, das sich nicht verkriechen muß, benahmen sich diese Nomaden wie zu den Urzeiten der Besiedelung. War es schon selten, daß heute noch Ovambos mit ihrem kärglichen Vieh und dem gesamten Hausrat, wozu sie Frauen, Kinder und die Alten rechneten, durch einsame Gebiete zogen, statt Dorfgemeinschaften zu gründen und sich von Ovambo-Landwirtschaftslehrern unterrichten zu lassen, wie man einen Acker anlegt, von dem man leben kann, so war es völlig ungewöhnlich, daß diese Nomadengruppe sich von allen anderen Menschen absonderte.

Urulele, der sich den Hütten bis auf dreißig Meter genähert hatte, wurde mit einem warnenden Zischen empfangen. Eine dünne Mauer aus Speeren warnte ihn, die Spitzen waren auf ihn gerichtet. Die Männer, die diese Speere hielten, sahen ihn ausdruckslos an: schwarzbraune Masken, in denen nur die Augen lebten. Die Zählung durch die Wildhüter hatten sie geduldet, keiner hatte ein Wort gesagt, nur die Kinder weinten und schrien. Aber jetzt war nur ein Weißer da, und ein Bruder vom Stamm der Elim, sie hörten es an der Sprache Uruleles, als er ihnen zurief:

»Wir sind Freunde! Wir wollen euch helfen. Der große Doktor ist zu euch gekommen.«

»Er soll gehen!« antwortete einer aus der Mitte der Männer. »Wir brauchen ihn nicht.«

Das blieben die einzigen Worte. Urulele ging zu Dr. Oppermann zurück und hob bedauernd die Schultern. »Sie brauchen uns nicht.«

»Aber ich brauche sie. Ich brauche Abstriche von ihren erkrankten Augen. Geh hin, Marcus, und sage ihnen, daß sie alle blind werden, wenn sie sich weigern, sich behandeln zu lassen.«

Es hatte keinen Erfolg. Urulele sprach wie gegen den Wind. Die Männer standen vor den Hütten, die Frauen und Kinder blieben versteckt. Als Dr. Oppermann selber zu den Nomaden ging, die Handflächen nach vorn gestreckt, um seine friedliche Absicht zu dokumentieren, verschwanden auch die Männer lautlos in den Hütten.

»Wir müssen Hilfe holen«, sagte Urulele. »Wir müssen sie aus den Hütten schleifen. Freiwillig kommen sie nie. Sie sollten Okaukuejo verständigen, Master Doktor.«

»Noch nicht.« Oppermann saß an seinem Sprechfunkgerät und überlegte. Um einen besonders klaren Empfang zu haben, hatte Urulele eine Antenne durch die Krone der Schirmakazie gezogen und prompt Krach mit einer Affenfamilie bekommen. Kreischend und zähnefletschend beobachteten die Paviane den Bau der Antenne, turnten um Urulele herum von Ast zu Ast und beschimpften ihn in den grellsten Tönen. Auch später beruhigten sie sich nur langsam; ein starker Affenmann wagte sich an den dünnen Stahlmast heran und stieß mit der Faust dagegen. Als nichts geschah, wurde er mutiger, umfaßte die Antenne mit beiden Händen und biß in das Metall. Es knirschte laut, dann schrie der Affenmann empört, boxte noch einmal gegen den Mast und kehrte zu seiner großen Familie zurück, die rund herum, ihm ehrfürchtig zusehend, auf den Ästen hockte.

»Sie werden von allein kommen«, sagte Dr. Oppermann. »Ich möchte nicht, daß sie gewaltsam davon überzeugt werden, daß man ihnen helfen will. Sie werden das nie begreifen: Auf der einen Seite Schläge, auf der anderen Seite Streicheln . . .« Oppermann sah hinüber zu den primitiven Hütten. Hinter ihnen, zum Salzsee hin, weideten die Rinder, ein paar Ziegen und kleine, erbärmlich knochige Schafe. Drei Männer bewachten sie; sie saßen, den Speer zwischen den Knien, auf ausgedorrten Baumstümpfen. Gegen die Fläche des Sees und den freien Horizont wirkten sie wie aus dunklem Lehm geformte Denkmäler. »Rede noch mal mit ihnen, Marcus. Ich brauche ja auch das Blut ihrer Rinder.«

Bis zur Abenddämmerung veränderte sich nichts. Die Ovambos bewachten ihre Herde und ihre Hütten, die Frauen und Kinder blieben unsichtbar, Uruleles wiederholte Versuche, ein neues Gespräch mit ihnen zu beginnen, schlugen fehl. Es antwortete ihnen keiner. Nur die Speerspitzen senkten sich zu ihm, wenn er näher als dreißig Meter herankam.

Der Sicherheitsabstand. Die Nomaden reagierten da nicht anders als die Tiere. Jedes Tier hat seine eigene Sicherheitszone, vom Instinkt bestimmt. Übertritt man sie, greift es an. Urulele hütete sich, in diese Zone vorzustoßen. Er holte sich ein Klappstühlchen aus dem Vorzelt, setzte sich an den Rand des Sicherheitsabstandes und stellte ein kleines Transistorradio neben sich ins Gras. Johannesburg sendete Tanzmusik, die von Radio Windhoek übernommen wurde.

Nach einer halben Stunde erschien Urulele bei Dr. Oppermann im Zelt. Oppermann hatte es sich in einem Liegestuhl bequem gemacht und las im Schein einer Gaslampe im Monatsblatt für Tropenmedizin, das ihm von Hamburg per Luftpost zugeschickt wurde.

»Sie kennen Radio!« sagte Urulele geheimnisvoll. »Das bedeutet, daß sie nicht immer Nomaden waren. Sie kommen aus einem Gebiet, das zivilisiert ist. Das ist merkwürdig.«

»Was ist daran merkwürdig?« fragte Oppermann.

»Ihre Abwehr. Ein moderner Ovambo flüchtet nicht vor einem weißen Mann.«

»Und hast du dafür eine Erklärung?«

»Ich weiß es nicht.« Urulele wischte sich über seine speckglänzende Glatze. Er brauchte sich keine Haare wachsen zu lassen; seit Luba gekommen war und täglich mit ihm zusammenarbeitete, verlor Nkulele, das muntere Springböckchen, kein Wort mehr über Marcus' eigenwilligen Kopf. Sie streichelte ihm, nachdem er Luba ein paarmal nach Outjo begleitet und ihr die Einkaufstaschen getragen hatte, sogar die Glatze, wenn er mit ihr zum Tanzen ging. Ohne es zu wissen, war er zum Schutz gegen Prusius geworden, aber er ging neben Luba her mit dem Stolz eines Mannes, der auserwählt war, sie zu begleiten. Nkulele sah das mit Sorge, rückte immer öfter an ihrer Straßbrille und brachte Urulele in wilde Wallungen, als sie ihm gestattete, ihre Brüste zu streicheln und mit den Fingerkuppen über die harten Spitzen ihrer Warzen zu schnippen. Weiter aber kam Urulele nicht; wenn er an den Hosenbund griff, lief sie davon, mit einem perlenden Lachen. Nachts träumte er von ihr, spürte ihre Finger an seinem Lebensbaum und nahm sie in einem wilden Rausch. Wenn er schweißgebadet erwachte, war es seine eigene Hand gewesen ... Ein Drama war das! Eine kräftezehrende Tragödie. Aber — er durfte seine Glatze behalten.

»Man müßte feststellen, wo sie herkommen. Sie sprechen wie Leute aus dem Norden, zur Grenze zum Kaokoveld. Wenn man das nur wüßte!« sagte Urulele. »Ob es die Beamten wissen?«

»Ich werde anfragen.« Dr. Oppermann warf die Zeitschrift weg, schob sich aus dem Liegestuhl und ging zum Funkgerät. Draußen war es Nacht geworden. Die tausend Geräusche des Busches belebten die Dunkelheit. Nachtvögel flatterten, in den Bäumen turnten noch vereinzelte Affen, im Sumpfgebiet am Rande des Sees quakten Herden von Ochsenfröschen, Grillen zirpten in Büschen und Gräsern, von weitem klang das widerliche Heulen der Fleckenhyäne herüber. Ab und zu zerriß ein schmetternder Klang das Konzert, mal näher, mal entfernter: das Trompeten der Elefanten. Sie zogen zu den Wasserstellen, unbesiegbar durch ihre tonnenschweren Leiber. Der Himmel war licht, von Sternen übersät. Inmitten des Gefunkels hing der abnehmende Mond wie eine dünne, blasse Sichel.

In der Mitte des Hüttenkranzes brannte ein einsames kleines Feuer. Drei Ovambos hockten um die Flammen, um die Schultern Decken aus zusammengenähten Affenfellen gelegt. Sie drehten dem Zelt des Weißen den Rücken zu, aber ihre Sinne waren angespannt, und ihre Ohren hörten so gut wie die Ohren des Löffelfuchses. Sie waren die Wache, und das Feuer wärmte nicht nur in der kalten Nacht, es schützte auch vor den Geistern der Finsternis.

Dr. Oppermann stellte die Frequenz ein, stülpte die Kopfhörer über und hielt das Mikrophon vor den Mund. »Okau melden!« rief er. »Okau bitte melden. Okau melden! Hier Oppermann. Hier Oppermann! Gebiet Okahakana. Okau melden!«

»Hier Okau!« Die Stimme in Okaukuejo war so deutlich im Kopfhörer, als rufe man direkt in die Ohrmuschel. »Dr. Oppermann?«

»Ja.«

»Hier ist Jack Bostel.«

»Guten Abend, Jack. Tut mir leid, Ihre wohlverdiente Ruhe zu stören.« Dr. Oppermann blickte in die Dunkelheit, hinüber zu dem kleinen Feuer der Ovambos.

Er kannte Jack Bostel gut. Er war der stellvertretende Chef des Lagers Okaukuejo, ein Riese von Mann, gute zwei Meter hoch, mit Muskeln wie ein Stier und einem wilden schwarzen Bart. Seine Streifen in der Etoscha-Pfanne fuhr er mit einem umgebauten Ford-Laster und stählernem Baumschild, begleitet von zwei Buschmännern, die auf der offenen Ladefläche standen und kein Fernglas brauchten. Sie sahen, hörten und rochen alles schon lange, bevor Bostel mit seinem Feldstecher die Wildnis abgetastet hatte. Wenn jemand wußte, wo im Augenblick Löwen und Leoparden standen, wo eine Giraffenherde zog, wo Büffel oder Nashörner durch den Busch donnerten oder Tausende von Zebras und Gnus sich an den Wasserstellen drängten, dann war es Jack Bostel. Und wenn jemand wußte, woher die rätselhaften Ovambos an diesem See kamen, dann konnte nur Jack darüber Auskunft geben, sonst keiner.

»Wo brennt es, Doktor?« Jacks Stimme klang heiter. »Ich sitze hier und trinke gerade ein kühles Bier! Eine Siegesfeier. Vor einer halben Stunde liegt doch eine Klapperschlange genau auf der zweiten Stufe zu meinem Haus, und die Kinder sind noch im Garten und spielen. Jetzt steht die Schlange in einem großen Einmachglas vor mir auf dem Tisch. Konserviert in Spiritus. Prost!«

»Gratuliere, Jack.« Dr. Oppermann hob den Kopf. Nicht allzu weit klang ein dumpfes, grollendes Brüllen auf. Das helle Trompeten eines Elefantenbullen antwortete ihm. Irgendwo in der Dunkelheit galoppierte eine Gnuherde aufgeschreckt davon. Man spürte das Vibrieren des Bodens unter den Sohlen.

Ein Löwe, der nachts herumtappt? Das ist selten. Wenn er nicht auf die Jagd geht, die meistens die Löwinnen auf sich nehmen, ist der Löwe eines der trägsten Tiere in der Steppe. Nur wenn es unbedingt sein muß, wenn die Löwinnen ihm die Beute zutreiben und ein junger Büffel oder ein altes, krankes Gnu geschlagen werden soll, räkelt er sich aus seiner Bequemlichkeit hervor und spielt den König der Tiere.

»Hier geht ein Löwe spazieren!« sagte Dr. Oppermann. »Dabei ist gar kein Vollmond. Es kann also kein Mondsüchtiger sein.«

»Vielleicht riecht er Ihren medizinischen Alkohol?« sagte Jack Bostel fröhlich. »Oder haben Sie Baldrian bei sich? Sie wissen ja: Katzen sind wild auf Baldrian!«

»Vielleicht ist es ein alter, vom Rudel ausgestoßener Einzelgänger? Ein vom jüngeren Nebenbuhler vertriebener Pascha?«

»Wie auch immer, Doktor, lassen Sie das Gewehr aus der Hand. Lassen Sie ihn leben! Wir sind für jeden Löwen dankbar, auch wenn er impotent geworden ist.«

»Und wenn er ins Lager kommt und Hunger anmeldet?«

»Erklären Sie ihm sanft, daß Mediziner nicht gut schmekken. Löwen sind intelligent.«

»Jack —«

»Ich höre. Sehen Sie schon seine Mähne?«

»Nein, ich sehe drei Ovambos, die um ein kleines Feuer Wache halten, damit ich nicht in ihren Bereich vordringe. Wir haben die Nomaden gefunden. Der Empfang war sehr kühl. Sie verstecken Frauen und Kinder in den Hütten und geben auf unsere Fragen keine Antwort. Ihre Haltung ist fast feindlich. Ich habe bisher vermieden, näher als dreißig Meter an sie heranzukommen.«

»Was ich Ihnen gesagt habe, Doktor! Sie wollten ja keinen von uns zur Begleitung. Ich schicke Ihnen morgen mit einem Hubschrauber drei Mann 'rüber und organisiere einen geregelten Vorbeimarsch der Kranken.«

»Genau das will ich nicht, Jack.« Dr. Oppermann lauschte wieder in die Nacht. Von dem Löwen hörte man nichts mehr, aber die Elefanten waren unruhig. Immer wieder zerriß das helle, fast kreischende Trompeten die vielfältigen anderen Stimmen der Buschnacht. Der Löwe umschlich die Elefantenherde, nur so war die Aufregung zu erklären. »Hören Sie die Elefanten? Der Löwe muß bei ihnen sein.«

»Ein Vollidiot! Wo steht Ihr Zelt, Doktor?«

»Unter einer riesigen Schirmakazie.«

»Das ist gut. Wenn die Herde losdonnert, stehen Sie wenigstens nicht im Weg. — Was sollen wir also tun, damit die Ovambos freiwillig die Arschbacken für Ihre Spritzen hinhalten?«

»Wissen Sie, woher sie kommen?«

»Nein. Wir haben sie nur gezählt. Ist das wichtig?«

»Sie müssen aus einer zivilisierten Gegend kommen. Radio und Tanzmusik beeindrucken sie überhaupt nicht.«

»Natürlich nicht. Doktor, sie leben ja schließlich auch im 20. Jahrhundert. Auch die Nomaden ziehen heute herum mit Transistorgeräten und fotografieren mit japanischen Automatik-Kameras. Wir haben Nomaden getroffen, die als Häuptlingshütte einen vollkommen eingerichteten Camping-Bus mit sich schleppten.« Jack Bostel lachte wieder, sagte Prost, und dann hörte Oppermann, wie er sein Bier schluckte und genußvoll stöhnte. »Soll ich nicht doch drei Mann zu Ihnen schicken?«

»Noch nicht, Jack. Danke für die Hilfe. Die Kranken sollen von selbst zu mir kommen.«

»Dann wird das ein Zehnjahresplan!« sagte Jack. »Ich rufe Sie übermorgen wieder an, Doktor. Wenn dann noch nichts läuft, komme ich selbst mit meiner großen Überzeugungskraft. Gute Nacht!«

»Gute Nacht, Jack.«

»Und nicht vergessen, Doktor: Lassen Sie den armen Löwen leben! Er hat's schwer ohne Weiber! Er muß jetzt allein für sich sorgen.«

Es knackte, die Verbindung war abgebrochen. Dr. Oppermann legte die Kopfhörer weg und stand auf. Er trat hinaus vor das Vorzelt und blickte hinüber zu den Ovambohütten. Die drei Wächter hockten noch immer um das Feuer. Unbeweglich, Plastiken aus Affenfellen. Die Elefantenherde, nun ganz in der Nähe, wurde ruhiger. Anscheinend hatte sich der Löwe zurückgezogen, oder er lag im Schutze eines Busches im dichten Gras und verhielt sich still, abwartend, lauernd.

»Wir werden morgen früh versuchen, ihnen Fotos von behandelten Kranken zu zeigen«, sagte Oppermann. »Das werden sie verstehen.«

»Vielleicht.« Urulele hob die Schultern. »Sie haben ihren Medizinmann bei sich. Wir wissen nicht, wie mächtig er ist. Auf jeden Fall wird er verhindern, daß Sie ihn blamieren, Master Doktor. Ein besiegter Medizinmann ist ein toter Mann. Man wird ihn auslachen. Was ist schlimmer als das?«

In der Nacht schrak Dr. Oppermann hoch. Ein Geräusch war in seinen Schlaf gedrungen. Es klang wie ein Schaben oder wie ein leises Knirschen — als schleife man einen Gegenstand über den Boden. Vorsichtig griff Oppermann zu seiner Maschinenpistole und zog die Beine an zum Sprung. Mit der linken Hand tastete er lautlos nach der starken Stablampe.

Das Geräusch verstummte, als lausche jemand in die Dunkelheit, dann war es wieder da, wurde lauter, aber immer noch so gedämpft, daß nur ein gutes Ohr es wahrnehmen konnte. Es kam vom Vorzelt her, das vom Hauptzelt durch einen dikken Vorhang getrennt war. Man konnte in den Schlafraum nur hinein, wenn man den Reißverschluß aufzog. Das war beruhigend, wenn auch keine große Sicherheit.

Auf der anderen Zeltseite hob sich der Glatzkopf von Urulele. Er setzte sich auf die Kante des Feldbettes, seine Decke rutschte herunter. Er massierte seine Glatze, ein Zeichen, daß er nachdachte, ohne eine Gefahr zu wittern.

»Kann das der Löwe sein?« flüsterte Dr. Oppermann.

»Nein, Doktor.« Uruleles Stimme war wie ein Hauch. »Den hört man nicht, wenn er kommt. — Das ist ein Mensch! . . «

Das schleifende Geräusch verstummte. Dann war es, als taste jemand den verschlossenen Vorhang ab. Oppermann griff nach seiner Stablampe, legte den Finger auf den Lichtknopf und schob gleichzeitig die MP unter die rechte Achsel. Der Zeigefinger krümmte sich um den Abzug.

In diesem Augenblick wurde die lähmende Stille von einem Flüstern unterbrochen. Jemand klatschte mit den Händen an den Zeltvorhang und rief etwas, aber so leise, daß man die Worte nicht verstand. Urulele zuckte von seinem Bett hoch und stürzte zum Ausgang.

»Keine Aufregung!« sagte Dr. Oppermann halblaut. »Wer anklopft, kommt nicht, um uns den Hals umzudrehen!«

Marcus-Tomba riß den Reißverschluß auf, griff nach draußen und zog mit einem Ruck einen Körper ins Zelt, der vor dem Eingang gekniet hatte. Gleichzeitig ließ Dr. Oppermann die Lampe aufleuchten und richtete den scharfen Strahl auf den nächtlichen Besucher.

Die Ovambofrau war noch jung, Oppermann schätzte sie auf kaum sechzehn, aber sie hatte schon ein Kind, das sie in einem großen Wickeltuch vor sich auf der Brust trug. Der Säugling schlief fest, mit halbgeschlossenen Lidern. Die Augenhöhlen waren entzündet und aufgetrieben, die Augen vereitert — das übliche Bild der nicht zu heilenden Infektion.

Schnell schloß Urulele den Vorhang. Oppermann entzündete die große Gaslampe, das volle Licht blendete die junge Frau, sie hielt die Hand vor das Gesicht und sackte noch mehr in sich zusammen. Sie lag auf den Knien, drückte mit der anderen Hand das Kind an sich und wartete auf das, was nun weiter geschehen würde. Sie hatte ihr Ziel erreicht. Obwohl der Häuptling und der Medizinmann es verboten hatten, war sie im Schutze der Dunkelheit weggeschlichen, hatte das Lager verlassen, war in einem Bogen um die Hütten gekrochen, ganz nahe an den Elefanten vorbei, und vielleicht auch in der Nähe des Löwen, und hatte vor Freude gezittert, als sie endlich das Zelt des weißen Doktors erreicht hatte. Sie wußte, daß man sie verprügeln konnte und als Verräterin verachten würde, ja, ihr Mann würde sie vielleicht bespucken und verstoßen, denn nichts ist heiliger als die Stammesdisziplin. Aber die Verzweiflung hatte sie getrieben, die Angst um ihr erstes Kind, dessen Augen wegeiterten und dem niemand helfen konnte, außer vielleicht der weiße Doktor. Diese Hoffnung war stärker gewesen als die Angst vor den Folgen ihres Verrats. Nun kniete sie hier im Zelt, das Licht beschien sie, und eine große Freude war in ihr. Es ist mein erstes Kind, dachte sie. Soll es ohne Augen weiterleben? Und wenn die anderen Kinder kommen? Verlieren sie auch ihre Augen? Werden sie alle blind sein? Warum sollen sie dann geboren werden? Gewiß, Molongo war ein kräftiger Mann, jeden Tag schlief er mit ihr, er brauchte das; immer, wenn sie ihn ansah mit ihren runden schwarzen Augen, richtete sich sein Glied auf, und sie hatte das gern, sie war glücklich, seine Frau zu sein, sie war ja jung und empfing seine Stärke mit Begeisterung, aber was sollte werden, wenn sein Samen giftig war und diese Krankheit in sie hineintrieb?!

»Woher kommst du?« fragte Urulele.

»Aus Karabolongo.«

»Das ist oben an der Grenze«, sagte Urulele zu Dr. Oppermann. »Nahe bei den Ruacana-Fällen des Kunene.« Er wandte sich wieder der jungen Ovambofrau zu. Sie hatte den Kopf erhoben und starrte Dr. Oppermann an. Sie war hübsch, mit einem fast zierlichen Gesicht, die krause Haarwolle war ganz kurz, wie ein junges Karakulfell, die breite Nase störte nicht, sie gab diesem Gesicht nur einen noch kindlicheren Charakter. Ihre Brüste dagegen waren voll und schwer. Sie stillte das Kind noch. »Du kommst aus den Ehombo-Bergen?« fragte Urulele.

»Ja.«

»Und ihr zieht bis in die Etoscha-Pfanne?« Marcus blickte hinüber zu Dr. Oppermann. »Das sind über zweihundert Kilometer, Doktor. So weit zieht heute kein Stamm mehr. Sie haben jetzt alle ihre festen Gebiete. Da stimmt etwas nicht.«

»Das ahnte ich schon. Frag sie, warum sie so weit gewandert sind.«

Urulele nickte. Er hockte sich vor die Frau, wie es bei Palavern üblich ist, und massierte seine Kopfhaut. Das erzeugte einen ungeheuren Eindruck. Urulele wußte um die Wirkung seiner Glatze. Die junge Ovambo starrte ihn ehrfürchtig an und drückte den schlafenden Säugling noch fester an ihre Brüste.

»Warum seid ihr bis in das fremde Land gezogen?« fragte er. »Was wollt ihr hier?«

»Wo sollen wir hin?« Die Ovambo blickte zu Dr. Oppermann hinüber. In ihren Augen lag die Qual eines verwundeten Tieres. »Sie haben uns weggejagt . . . einfach weggetrieben . . . Geht, haben sie gesagt. Geht weit weg, sonst schlagen wir euch tot! Eure Münder atmen die Krankheit aus, aus euren Augen tropft der böse Geist. Dann haben sie unsere Häuser verbrannt, und wir sind weggezogen bis hier an das salzige Wasser.«

»Was sagt sie?« fragte Dr. Oppermann, der von dem Bantu-Dialekt kein Wort verstand.

»Man hat sie vertrieben!« sagte Urulele mit belegter

Stimme. »Doktor, man hat sie weggejagt, weil sie krank sind. Sie sollen irgendwo sterben, wo sie keinem mehr schaden.«

Sie hatten nach dem unerbittlichen Gesetz der Natur gehandelt. Was krank und faul ist, muß stürzen und vergehen.

Dr. Oppermann beugte sich vor, streichelte der jungen Frau über das kurze Kraushaar und lächelte ihr zu. Sie lächelte scheu zurück, bedeckte mit gespreizten Fingern ihr Gesicht und schämte sich. Ein weißer Mann streichelte sie. Wenn das Molongo sehen könnte. Er würde sie sofort in die Hütte zerren. Nur ihm gehörte sie. Es war ein merkwürdiges Gefühl, von einem weißen Mann gestreichelt zu werden. Sie spürte es zwischen den Schenkeln.

»Was soll ich ihr sagen?« fragte Urulele.

»Sag ihr, daß ich ihrem Kind helfen will, so gut ich es kann. Und sie soll den anderen erklären, daß es gut für sie ist, wenn ich alle Kranken untersuchen kann.«

»Das wird sie nicht tun.«

»Und warum?«

»Sie ist ihrem Stamm weggelaufen. Man wird sie verachten.«

»Und mit solchen Ansichten wollt ihr ein eigener, anerkannter Staat werden mit Sitz in der UNO und allem politischen Pipapo?!«

»Auch bei den Weißen ist so 'was möglich!« sagte Urulele ernst.

»Kaum. Ein Beispiel?«

»Südamerika.« Urulele grinste verlegen, wie um Verzeihung bittend, daß er jetzt dem Doktor verriet, wie vorzüglich die politische Schulung funktionierte. »Gibt es dort nicht auch noch wilde Indianer? Aber die Staaten sind anerkannt. Sie vernichten sogar die Indianer, und kaum jemand sagt etwas darüber. Bei uns in Namibia wird niemand vernichtet. Wir wollen Leben für alle.«

»Und treibt die Kranken in den Tod, wie früher die Pestkranken oder die Leprösen.« Dr. Oppermann zeigte auf die junge Ovambofrau, die ihn voll Hoffnung anstrahlte. »Sag ihr, sie soll mir ihr Kind zeigen.«

»Gib das Kind dem Doktor!« übersetzte Urulele und streckte beide Hände aus.

Sie wickelte das große Tuch auf, legte den Säugling frei und reichte ihn an Urulele weiter. Das kleine, knochige, unterernährte Körperchen war nackt, der Bauch etwas aufgetrieben, die Gliedmaßen rachitisch. Als spüre der Kleine die fremde Hand, die verlorene Wärme der mütterlichen Brüste, wachte er auf, hob den winzigen Kopf und sah Dr. Oppermann aus eiterverschmierten Augen an. Die Linse des linken Auges war bereits milchig-trüb, von den Bakterien zerstört. Blind.

Während Oppermann das Kind auf sein Bett legte und den ganzen Körper abtastete, eine Verhärtung der Leber und eine geschwollene Milz feststellte, holte Marcus-Tomba aus dem Vorzelt das Instrumentarium und die Glasschalen für die Präparate. Das Kind war erstaunlich ruhig, begann nicht einmal zu schreien, als Oppermann den Eiter von den Augen tupfte und schlug auch nicht mit den Ärmchen um sich, als er mit einer feinen Pinzette Gewebeproben aus den aufgetriebenen Augenhöhlen zupfte.

Mehr als die Augen zu reinigen und mit einem Antibiotikum einzuträufeln, konnte er nicht tun. Er wußte, daß es nicht half, aber er wehrte sich dagegen, vor der Krankheit die Hände in den Schoß zu legen.

Urulele verband die Augen, nachdem er dicke, mit Salbe eingeschmierte Mullkompressen darauf gelegt hatte. Jetzt erst schrie das Kind, fuchtelte mit den Armen und suchte seine Mutter.

Marcus-Tomba nickte ihr zu. Die junge Ovambo zog den Kleinen an sich, hob eine ihrer vollen Brüste aus dem Tuch und drückte den Mund des Kindes an die pralle Warze. Gierig schnappte das Mündchen zu, saugte sich fest, und der schmale, faltige Hals begann zu schlucken. Mit der freien Hand streichelte die junge Frau über den Kopf des Kindes, über den dicken Augenverband, über das dürre Körperchen. Dann sah sie Dr. Oppermann dankbar an und lächelte breit.

»Sie glaubt, ich habe es gesund gemacht«, sagte Oppermann heiser.

»Ja . . .«

»Du mußt sie aufklären, Marcus. Wenn sie unvorbereitet sieht, daß es nichts geholfen hat, verliert sie den Glauben auch an uns weiße Ärzte. Sag ihr, daß der Kleine keine Augen mehr hat. Es sind nur noch leblose Kugeln.«

»Ich werde es ihr sagen.« Er packte die Instrumente in eine

Schüssel. Am Morgen würden sie im Sterilkocher wieder keimfrei gemacht werden. »Wo sollen wir mit ihr hin?«

»Sie kann im Vorzelt neben der Küchenkiste schlafen.«

Urulele nickte. Er winkte der Frau. Sie erhob sich und ging, das Kind säugend, hinaus. Ihre Haltung war stolz, ihr Gang lautlos und federnd. So überwinden sie Hunderte von Kilometern, dachte Oppermann. Sie laufen wie eine Gazelle, als sei die Erde ein Schleuderbrett.

Draußen im Vorzelt hörte er Urulele leise sprechen, dazwischen klang die helle Stimme der jungen Ovambo. Was wird morgen früh sein, dachte Oppermann. Man wird die Frau vermissen. Wo ein Kind ist, gibt es auch einen Mann. Was wird er morgen tun? Ob es besser ist, sich gleich beim Morgengrauen mit Okaukuejo in Verbindung zu setzen? Oder sofort? Die Funkstation ist rund um die Uhr besetzt, hat Jack Bostel gesagt. Melden Sie sich, wann immer es nötig ist. Die Überraschungen im Busch richten sich nicht nach der Uhrzeit.

Angst? Hatte er Angst vor den Ovambos? Angst, mit einer Maschinenpistole vor der Brust?

Er schob den Vorhang zur Seite und trat unter das Vorzelt. Die Ovambo kauerte neben der Küchenkiste. Das Kind war an ihrer Brust eingeschlafen und umklammerte mit der anderen Hand die zweite Lebensquelle.

Urulele saß neben dem großen Klapptisch und beschriftete im diffusen Licht der Sterne die Etiketten für die entnommenen Präparate. Drüben bei den Hütten brannte noch immer das Feuer. Die Wächter hockten davor. Das Konzert der Ochsenfrösche aus den Ufertümpeln beherrschte jetzt die Nacht. Ausdauernder als sie war niemand in der Dunkelheit.

»Hast du es ihr gesagt?« fragte Dr. Oppermann.

Urulele nickte. »Ja. Aber sie glaubt es nicht. Sie sagt: Weißer Doktor kann es. Was soll ich da machen?«

»Nichts.« Oppermann steckte die Hände in die Hosentaschen. Warum soll sie nicht an Wunder glauben, dachte er. Ich glaube ja selbst an das Wunder, daß wir plötzlich sehen werden, wie wir diese verdammte Mikrobe eingekreist haben! »Was werden die Ovambos morgen tun?«

»Entweder sie reagieren gar nicht«, sagte Urulele trocken, »oder sie umzingeln uns und holen die Frau mit Gewalt zurück.«

»Eine sehr tröstliche Zukunft!« Dr. Oppermann zog einen Stuhl heran und setzte sich an die andere Seite des Tisches. »Warten wir also, was mit uns geschieht ...«

Es verstand sich für Johann Prusius von selber, daß er die Expedition Dr. Oppermanns in den Norden dazu ausnutzte, mit Luba Magdalena Olutoni wieder in Kontakt zu kommen. Solange sie von Pater Mooslachner bewacht wurde, war das allerdings unmöglich. Und Mooslachner hütete sie wie seinen Augapfel: Morgens brachte er Luba zur Station und holte sie abends von der weißen Baracke ab. In der Zeit, die dazwischen lag — und das war immerhin ein ganzer Tag —, war sie freilich unbewacht. Aber da arbeitete Luba im Labor, oder improvisierte auf für ihre Begriffe geradezu sträfliche Weise eine Ambulanz-Praxis. Denn die Patienten kamen und umlagerten das Haus, obgleich ein großes Schild an der Tür hing: »Doktor verreist. Keine Behandlung!« Für die, die nicht lesen konnten, hatte der erfindungsreiche Urulele eine Zeichnung angefertigt: Ein Mann, der sein rechtes Bein wie ein präsentiertes Gewehr vor sich in den Händen hielt. Und durch dieses schöne Bild war ein dicker roter Strich gezogen. Wenn das niemand verstand, mußte sein Kopf eine hohle Kalebasse sein.

Es war nichts zu machen, nicht mit Reden, die von der temperamentvollen Nkulele gehalten wurden, wobei ihre Straßbrille in allen Farben Feuer sprühte, noch von Luba, die geduldig genug war, in den Warteraum zu blicken, wo sie Kopf an Kopf auf dem Boden hockten und Lubas Erscheinen mit einem beifälligen rhythmischen Klatschen begrüßten. Es war völlig unmöglich, sie wieder wegzuschicken. Freiwillig wären sie auch nicht gegangen, man hätte sie aus dem Haus prügeln müssen.

Alle waren gewöhnt, daß der Doktor für sie Zeit hatte, und wenn es zwei Tage dauerte, bis sie dran kamen. Man konnte hinter dem Haus ein Feuerchen machen, einen Maisbrei kochen, Süßkartoffeln braten oder Mehlfladen backen. Die Hauptsache war, man wurde irgendwann einmal untersucht und erhielt seine Medizin.

Luba arbeitete ohne Unterbrechung und ohne Müdigkeit. Man sah sie ihr wenigstens nicht an. Nkulele unterstützte sie mit wahrer Bravour. Nachdem sie festgestellt hatte, daß Marcus von seiten Lubas keine Gefahr drohte, und Luba gefeit war gegen den Zauber seiner Glatze, empfand sie so etwas wie Freundschaft und Schwesternschaft und half Luba über die ersten schweren Tage hinweg. Sie hielt verletzte Gliedmaßen, wusch Wunden aus, verband und salbte und führte dabei noch die Kartei und die Krankenblätter. Sie hätte das nie getan, wenn sie Dr. Oppermann nicht heimlich vergöttert hätte. Das war ihr großes Geheimnis, vom ersten Tag ihres Dienstantritts an. Urulele durfte nie etwas davon erfahren. Wenn Oppermann beim Diktat ganz harmlos, ahnungslos und unbewußt die Hand auf ihre Schulter legte, durchrieselte es sie bis in die Zehenspitzen. Dann vertippte sie sich auch regelmäßig und hatte einmal geschrieben: »Wir brauchen für den Anstrich des Wartezimmers dringend neue Kacke . . .« Es sollte natürlich Lacke heißen.

Prusius erschien bei Luba in dem Augenblick, als sie einer Frau einige tiefe, blutige Striemen auf dem Rücken mit einer Heilsalbe einrieb. Natürlich kam er durch den Privateingang und vergaß wie immer das Klopfen.

Luba fuhr herum wie eine getretene Giftschlange. Ihre Augen sprühten unverhohlen Haß, als sie Prusius sah. Nkulele schlug die Fäuste zusammen, aber sie beachtete Prusius gar nicht.

»Ich weiß, ich weiß!« sagte Prusius und hob abwehrend beide Hände. »Nicht durch die Privattür! Aber wo soll ich 'reinkommen? Durch die Tür der Kaffern?! Das kann man doch wohl nicht von mir verlangen . . .« Er grinste breit, war sich bewußt, Luba damit einen gewaltigen Schlag versetzt zu haben, und das tat ihm wohl. Neben ihm spuckte Nkulele sehr undamenhaft aus. Prusius starrte sie entgeistert an und überlegte, ob er dem schwarzen Weibsbild mit der Riesenbrille eine Ohrfeige geben sollte.

»Sie brauchen gar nicht zu kommen, wenn Dr. Oppermann nicht da ist!« sagte Luba scharf. »Was wollen Sie überhaupt hier?«

»Ja, was will ich? Mich interessiert — rein menschlich —, wie es Ihnen geht.«

»Ausgezeichnet. Wenn ich Sie nicht sehe!«

»Ich kann Ihretwegen nicht auswandern, meine Spröde.

Aber ich kann Ihnen unter Ihrem schönen Hintern ein Feuerchen machen, daß *Sie* zum nächsten Zug nach Windhoek rennen.«

»Wohl kaum!« Sie wandte sich wieder der Damarafrau zu, versorgte die letzten Striemen auf dem Rücken und sagte ihr, sie solle das Kleid wieder überstreifen. Prusius zeigte mit ausgestrecktem Arm auf die Frau.

»Das sieht nach Prügeln aus!« stellte er fröhlich fest. »Ihr lieber Mann hat sie durchgehauen.«

»Mit einer Peitsche aus Elefantenleder . . .«

»Schön! Das stärkt das Zusammengehörigkeitsgefühl.«

»Sie hat sich nur geweigert, Mais zu reiben, nachdem sie zehn Stunden auf dem Feld gehackt hat. Sie konnte die Arme nicht mehr heben. Der Mann kam zurück von einem Dorfpalaver, ausgeruht und hungrig . . .«

»So ist das, schöne Olutoni.« Prusius schlug die Beine übereinander. Er trug einen eleganten hellbeigen Leinenanzug und ein weißes, offenes Hemd. Die Füße steckten in hellbraunen Stiefeletten. »Man soll einen Mann nie ausgeruht und hungrig lassen. Das wäre das Thema einer guten Unterhaltung zwischen uns. Es gibt mancherlei Formen von Hunger. Als Sie in Outjo auftauchten, kam uns erst zu Bewußtsein, in welcher Hungersnot wir hier leben . . .«

»Ich will, daß Sie gehen!« sagte Luba hart. »Sofort gehen! Oder soll ich um Hilfe rufen?«

»Wen?«

»Draußen sitzen mindestens fünfzehn Männer.«

»Sie wollen mich durch Kaffern hinauswerfen lassen? Das kommt Ihnen in den Sinn? So denken Sie tatsächlich?! Ein Kaffer faßt Prusius an?!« Er erhob sich. Nkulele sprang auf, um sich ihm entgegenzustellen. Er stieß sie auf ihren Stuhl zurück. »Sagen Sie das noch einmal, Sie Hurenkind!«

Lubas Gesicht versteinerte.

Er spricht von meiner Mutter, durchrann es sie. Er spricht von dir, Mama. Eine Hure nennt er dich! Dich, die beste und reinste Frau, die je gelebt hat. Und doch eine Hure — weil mein Vater ein Ovambo ist und du ihn geliebt hast? Mama — soll ich ihn umbringen? Jetzt? Sofort? Soll ich ein Messer vom Instrumententisch nehmen und ihm ins Herz stoßen? Mama, er hat dich beleidigt . . .

»Ich rufe um Hilfe und lasse Sie hinauswerfen!« sagte sie mit gefährlich ruhiger Stimme.

»Sieh mal einer an, dieses stolze, schwarze Hurenbalg!« sagte Prusius — und es klang fast gemütlich. »Du kriegst es fertig! Ich traue dir das zu. Ja, das tue ich. Eine so hohe Meinung habe ich von dir. Wenn du könntest, würdest du mir den Bauch aufschlitzen. Aber du kannst es nicht. Die Zeiten sind vorbei, wo eure Bestien die gefangenen Weißen bei lebendigem Leib enthäuteten! Vorbei, mein bunt geschecktes Mädchen. Ahnst du überhaupt in deinem schönen Köpfchen, was es heißt, einen Prusius zum Feind zu haben?«

»Der nächste!« sagte Luba zu Nkulele, als sei Prusius gar nicht mehr im Zimmer. »Hol den richtigen!«

Nkulele nickte, verschwand im Wartezimmer und kam mit dem neuen Patienten zurück. Es war ein riesenhafter Ovambo, ein Muskelpaket. Er trug einen blauen Overall, der die mächtige schwarze Brust kaum bedecken konnte. Als Entlader auf den Gütergleisen des Bahnhofs Outjo trug er Kisten und Säcke, Steine und Eisenträger von den Waggons zu den Lastwagen. Er war ein Koloß — aber er hatte Ohrenschmerzen, es bohrte und stach bis unter die Haare. Das machte ihn klein und friedlich.

Der Riese starrte Prusius wie ein Wasserbüffel an, dem die Wasserstelle streitig gemacht wird. Nkulele mußte ihn schnell informiert haben.

Prusius lächelte ironisch. »Sie rufen Flußpferde zur Hilfe? Das entspricht Ihren alten Bräuchen. Sie sollten aber wenigstens soviel Intelligenz besitzen, um zu begreifen, daß wir auf Angriffe von Schwarzen seit hundert Jahren sehr gründlich zu antworten pflegen!«

Er drehte sich auf dem Absatz um und verließ den Raum. Der Muskelkoloß glotzte ratlos gegen die Wand.

»Ich möchte ihn töten!« Nkuleles Arm fuhr durch die Luft, als schwinge sie ein Schwert. »Schon morgen. Nein, heute nacht . . .«

»Wir sind ein altes Volk«, sagte Luba sinnend. Sie blickte aus dem Fenster, sie hörte nur Prusius wegfahren, sie sah ihn nicht. »Wir haben Zeit . . .«

Die Sonne erschien am Horizont wie ein riesiger, roter Ball, den ein Gott langsam aus der Tiefe drückt. Die Steppe wurde übergossen mit dem Blut der sterbenden Nacht. Der weite Himmel zerbrach in blaurote Stücke.

Da nahm Molongo seinen Speer und sein Stück weißen Tuchs, trat aus seiner Hütte und ging stolz, mit erhobenem Haupt, auf das Zelt des weißen Doktors zu.

Er war bereit, seine Frau und sein Kind zu holen, oder zu sterben.

Dr. Oppermann sah ihn kommen, er hatte darauf gewartet, die ganze Nacht. Nun war es soweit. Molongo kam ohne Zögern auf ihn zu und hielt das weiße Tuch hoch. Im Zelteingang, hinter Oppermann, stand Urulele, die Maschinenpistole im Anschlag.

Molongo kümmerte das nicht. Er dachte an seine Frau, an sein krankes Kind und an die Worte, die der Medizinmann gesagt hatte: »Es ist der Blick des Weißen, der die Augen unserer Söhne und Töchter zerstört.« Nun waren sie beide sogar im Zelt des Weißen, sie galten als verflucht, wenn die Weisheit des Medizinmannes stimmte. Wenn ... Diese Frage hatte Molongo von dem Augenblick an beschäftigt, in dem er das Verschwinden von Frau und Kind gemerkt hatte.

An der vorderen Stützstange des Vorzeltes blieb er stehen, sah Dr. Oppermann mit einem freien Blick an, in dem kein Haß, keine Wut, keine Trauer lagen, und sagte mit tiefer, melodischer Stimme in englischer Sprache:

»Ich bin gekommen, mein Eigentum abzuholen.«

Die junge Frau hockte noch immer neben der Küchenkiste, so, wie sie sich in der Nacht hingesetzt hatte. Es war, als habe sie sich in den vergangenen Stunden nicht bewegt. Doch hatte sie ihre Brüste wieder bedeckt und das Kind wie in einem Sack festgebunden. Der Kleine schien wach zu sein, die dünnen Ärmchen bewegten sich. Seine Augen waren verbunden, es war noch Nacht um ihn. Konnte er bis jetzt noch Licht und Dunkelheit unterscheiden, so würde es doch nicht mehr lange dauern, bis die Nacht sein ständiger Begleiter wurde.

Jetzt regte sich die junge Frau. Sie sagte etwas in ihrer Sprache, ihre Stimme war hell und fordernd. Beide Arme legte sie um das Kind, als wollte sie es in sich hineinpressen.

Molongo beachtete sie nicht. Er stützte sich auf seinen

Speer, sah Dr. Oppermann abwartend an und warf auch keinen Blick auf Urulele, der mit seiner Maschinenpistole auf Molongos Brust zielte. Was ist schon der Tod? Molongo hatte immer ehrbar gelebt, er hatte seinem Stamm und seiner Familie nie Kummer gemacht, er hatte gearbeitet und war immer ein guter Sohn gewesen. Er hatte nichts zu fürchten in jener anderen Welt, in die er eingehen würde, wenn man ihn tötete. Ob es die Welt der Missionare war, die sie Himmel nannten, oder die Welt der Geister, wie es die Ahnen glaubten — er hatte keinen Grund, Angst vor dem Sterben zu haben.

»Du weißt, dein Kind ist sehr krank«, sagte Dr. Oppermann auf englisch.

»Ich weiß es.«

»Deine Frau ist aus Angst um euer Kind zu mir gekommen. Ich habe das Kind untersucht. Es ist zu spät!«

Molongo zeigte kein Mienenspiel. Groß, schlank, auf den Speer gestützt, stand er vor dem Zelt, hinter ihm der flammende Morgenhimmel und die auftauchende rote Sonnenscheibe. Links von ihm, jenseits der Hütten, stieg es wie wallende Nebel aus dem Busch. In einer Staubwolke, von vielen hundert Hufen aufgewirbelt, trabte eine Wasserbüffelherde zum Wasserloch. Dort mußte sich auch der einsame alte Löwe verborgen halten. Er hatte keine Aussicht, sich aus der Herde sein Fressen zu schlagen; die Büffel waren zu stark für ihn. Er wartete auf die kleinen Blauböckchen oder auf eine kranke Oryxantilope.

»Du lügst!« sagte er ruhig. »Mein Kind wird weiterleben.«

»Das wird es. Aber blind. Ohne Augen. Ihr wißt alle, wie es um euch steht. Man hat euch fortgejagt, weil ihr unheilbar krank seid! Seit Monaten zieht ihr wie Geister durch das Land und versteckt euch vor allen Menschen wie ein scheuer Fuchs. Damit heilt ihr eure Krankheit nicht. Sie verschwindet nicht von allein.«

»Wir haben unsere Medizin!« sagte Molongo stolz.

»Einen Brei aus Wurzeln, Blättern und Stengeln! Damit will euer Medizinmann Bakterien vernichten!«

»Hast du eine bessere Medizin?«

Die Frage setzt mich matt, dachte Dr. Oppermann. Soll ich antworten: Nein! Unsere hochgezüchtete Wissenschaft ist in diesem Fall nicht weiter gekommen als euer Medizinmann mit seinem Blätterbrei? Wie er mich ansieht, dieser Ovambo.... Er weiß die Antwort genau, er will sie nur von mir selbst hören.

»Man kann keine Medizin machen«, sagte Oppermann ausweichend, »wenn die Kranken sich vor dem Doktor verstekken. Das ist doch klar! Oder kannst du ein Wildschwein jagen, wenn das Schwein nach Norden läuft und du nach Süden?«

»Ich möchte sie mitnehmen.« Molongo zeigte auf die junge Frau und das Kind.

»Wenn sie wollen, werden sie mit dir gehen. Ich halte sie nicht fest.«

Molongo sagte ein paar Worte. Sie klangen nicht wie ein Befehl, eher wie eine Bitte.

Die junge Frau erhob sich von der Erde, senkte den Kopf und verließ das Vorzelt.

Einen Augenblick war Dr. Oppermann versucht, sie festzuhalten, aber dann siegte die Vernunft: Man muß sein Wort halten, gerade bei den Eingeborenen. Ich habe gesagt: Ich halte sie nicht fest.

Molongo wartete, bis seine Frau an ihm vorbeigegangen war. Dann schulterte er seinen Speer und trat einen Schritt zurück.

»Wie lange bleibst du hier?«

»Bis ich euch alle untersucht habe. Und euer Vieh auch! Ihr braucht nicht als Ausgestoßene von Versteck zu Versteck ziehen. Ihr habt ein Recht, zu leben wie alle Menschen. Sag das den anderen!«

Molongo wandte sich schweigend ab und folgte seiner Frau. Er hatte den gleichen federnden Gang wie sie.

Vom hinteren Zelteingang kam Urulele heran und stellte sich neben Dr. Oppermann. Noch immer hielt er die Maschinenpistole im Arm.

»Was wird er jetzt mit seiner Frau machen?« fragte Oppermann nachdenklich.

»Er wird sie verprügeln oder mißachten. Der Rat der Familie wird das bestimmen.«

»Daß so etwas heute noch möglich ist!«

»Ist es bei Ihnen anders, Master Doktor?« Urulele legte den Sicherungsflügel herum. »Bei Ihnen entscheiden die Gerichte über Eheverfehlungen. Und sie hat — nach dem Gesetz des

Stammes — eine Eheverfehlung begangen. Was ist da anders?«

»Die Prügel!«

»Prügeln die Weißen ihre Frauen nicht?«

Was soll man darauf antworten, dachte Oppermann. Er hat ja recht. Wenn man's genau betrachtet, sind wir nicht anders als die Menschen, die wir Wilde nennen. Wir stehlen und morden, wir betrügen und überfallen, wir mißhandeln unsere Frauen und saufen und huren, wir erpressen und entführen, wir sprengen in die Luft und töten aus Lust, wir entfachen Kriege aus Habgier oder Größenwahn und lassen zu, daß Millionen Menschen für Ideologien geopfert werden. Wir lügen täglich hundertmal und denken uns vor Neid und Eifersucht abgrundtiefe Gemeinheiten aus. Wir mißgönnen unserem Nachbarn den Erfolg und zünden ihm das Haus an, weil er anders denkt als wir. Was, zum Teufel, unterscheidet uns hochzivilisierte Menschen von den sogenannten Wilden? Die Hautfarbe? — Das ist ein Argument zum Totlachen!

»Wenn ich sehe, daß er sie prügelt, rufe ich Hilfe aus Okaukuejo herbei«, sagte Dr. Oppermann. »Schuld sind ja wir! Wir haben sie mit Musik und Worten herübergelockt.«

Eine große Abordnung der Ausgestoßenen, angeführt vom Häuptling, schritt würdevoll zu Molongos Hütte und kroch hinein.

Dort hockte die Frau auf der Erde und zeigte ihnen, wie der weiße Doktor ihr Kind verbunden hatte. Das sah anders aus als die durchgeweichten Binden mit dem stinkenden Brei des Medizinmannes. Das war trocken und sauber und wurde nicht von Stricken oder Tiersehnen gehalten, sondern von Leukoplaststreifen und einer kleinen, glitzernden, biegsamen Metallklammer.

Der Häuptling betastete den Verband, schob den Zeigefinger darunter, zog den Finger vorsichtig zurück und schnupperte an der Salbe. Sie war geruchlos, farblos und klebte nicht wie Baumharz.

Molongo stand stolz neben seiner Frau und wartete, bis der Häuptling den Blick hob.

»Es wird blind werden«, sagte er dann mit unbewegtem Gesicht. »Aber wie kann uns geholfen werden, wenn wir uns verstecken? Es ist, als wenn man einen Speer mit der Spitze nach hinten wirft.«

Nach einer halben Stunde verließ die Abordnung Molongos Hütte und verteilte sich wieder über das provisorische Dorf. Dr. Oppermann beobachtete sie durch sein Fernglas. Neben ihm brutzelte über dem Gaskocher das Frühstück: Spiegeleier mit gewürfeltem Kuduschinken. Dazu gab es — noch frisches — Weißbrot aus der Frischhaltedose und eine große Thermoskanne mit starkem, schwarzem Kaffee.

»Was haben sie in der Hütte gemacht?« fragte Oppermann. Urulele rührte in den Schinkenwürfeln, damit sie gleichmäßig anbrieten.

»Es ist ein Palaver. Sie entscheiden, was mit der Frau geschieht.« Er stach die Eidotter auf, damit es schöne, breite, zerfließende Spiegeleier gab. »Wir werden es gleich sehen.«

»Sie prügeln sie öffentlich aus?«

»Natürlich. Es geht ja um die Ehre aller . . .«

Wieder rang Dr. Oppermann mit sich, ob er Okaukuejo anrufen und Jack Bostel um Hilfe bitten solle. Vielleicht lachte Bostel nur und sagte: Lieber Doktor, halten Sie sich da raus! Das ist eine Familienangelegenheit! Oder stürmen Sie in Hamburg auch jedes Haus, in dem ein Mann seine Frau versohlt? Du lieber Himmel, das gäbe einen Masseneinsatz rund um die Uhr! Wir setzen uns doch keine Laus in den Pelz, wir riskieren doch keinen politischen Rummel wegen einer Ehestreitigkeit. Später heißt es dann in deutschen Magazinen: »Weiße Wildhüter hetzen schwarze Nomaden durch den Salzsee! Neue Brutalitäten gegen schwarze Minderheiten!« — Ich kann mich bremsen, Doktor! Gucken Sie weg oder beobachten Sie die Zebraherden. Ein Tip: Eine Herde von viertausend Zebras zieht in Ihr Gebiet. Das haben die letzten Beobachtungen ergeben . . .

Warum also anrufen? Wegen einer normalen Prügelei?

Normal? Dr. Oppermann sog die frische Morgenluft und den Geruch von Spiegeleiern mit Speck in die Nase. Eine Mutter war aus Sorge um ihr krankes Kind zu ihm, dem Arzt, geschlichen. Und jetzt sollte sie für diese Untat verprügelt und verstoßen werden. Das beleidigte seinen Begriff von ärztlicher Ethik, das war ein Vorfall, den man nicht verallgemeinernd beiseite schieben konnte.

»Ich gehe hinüber!« sagte er und erhob sich von seinem Klappstuhl. »Sie werden mich nicht umbringen.«

»Sie werden sich selbst umbringen, Master Doktor!« Urulele drehte die Gasflamme kleiner. Das Fett spritzte aus der Pfanne und wurde zu dunkel. »Sie müßten durch die Speere hindurch. Niemand würde zustoßen, aber wenn Sie weitergehen, in die Spitzen hinein, ist das Ihre Sache.«

Urulele hatte gerade das Frühstück auf dem großen Tisch serviert und den dampfenden Kaffee eingeschenkt, als drüben bei den Ovambos wieder Bewegung entstand. Aber man schleifte keine junge Frau in die Mitte des provisorischen Dorfes, um sie auszupeitschen; es löste sich nur aus einer Gruppe ein einzelner Mann und näherte sich gemessenen Schrittes dem Zelt unter der breiten Schirmakazie.

Der Mann schien sehr alt zu sein; er stützte sich auf einen knorrigen Stock, dessen Griff mit Leopardenfell umwickelt war, beim Gehen zog er das linke Bein stark nach, er konnte es kaum von der Erde heben. Er trug einen alten, viel zu weiten schwarzen Anzug, ein ehemals weißes Hemd, dessen Kragen er geschlossen hatte, und auf dem Kopf einen breitkrempigen, dunkelgrauen Hut mit einem grünen Band. In dem Band steckte die mumifizierte Kralle eines Aasgeiers. Das Auffälligste an ihm aber war, daß er zu dem schwarzen Anzug einen breiten roten Schlips trug, was von weitem den Eindruck erweckte, er blute fürchterlich aus dem Hals. An den Füßen leuchteten weiße Turnschuhe.

Je näher er dem Zelt kam, um so höher reckte er sich. Dr. Oppermann konnte jetzt auch sein Gesicht unter der breiten Krempe erkennen: der Kopf einer Mumie, ein Labyrinth von Falten, das sich zu einer eben noch als solcher erkennbaren menschlichen Physiognomie zusammenfand.

»Jetzt wird es ernst«, sagte Urulele, der hinter Dr. Oppermann stand, mit leiser, fast ehrfürchtiger Stimme. »Der Medizinmann selbst kommt zu uns!«

»Das ist eine ganz besondere Ehre, wie?«

»Das ist so selten wie eine satte Hyäne.«

Der alte Mann blieb sieben Schritte vor dem Vorzelt stehen und nahm höflich den grauen Filzhut ab. Sein Kräuselhaar war schneeweiß. Er ist wirklich eine Mumie, dachte Oppermann betroffen. Oder besser: ein Schrumpfkopf. Wie kann so etwas leben?

»Ich möchte mit Ihnen sprechen, Sir«, sagte die Mumie in einem sehr guten Englisch. »Ist das möglich?«

Geradezu verwirrt von dieser höflichen Anrede, sprang Dr. Oppermann auf. »Aber ich bitte Sie!« antwortete er und machte eine einladende Handbewegung. »Treten Sie näher! Ich heiße Sie bei mir willkommen, Herr Kollege. Darf ich Sie zu einer Tasse Kaffee und zu Kuduschinken mit Spiegeleiern einladen? Marcus, noch ein Gedeck! — Ich bin Richard Oppermann.«

»Ich heiße Benjamin Lakongo. Ich möchte nichts essen und nicht trinken. Danke.«

Der alte Mann betrat das Vorzelt.

Urulele starrte ihn wie einen bösen Geist an und rührte sich nicht vom Fleck.

»Wenigstens eine Tasse Kaffee?«

»Nein! Ich hasse Sie!«

»Das ist ein ehrliches Wort!« Dr. Oppermann zeigte auf einen Stuhl, aber der Alte blieb stehen und setzte seinen breiten grauen Filzhut wieder auf. »Darüber kann man unter Männern und vor allem Kollegen sprechen. Aber dazu sollten wir einen Schnaps trinken. Lehnen Sie den auch ab?«

»Was für einen Schnaps?« Der Schrumpfkopf zeigte Interesse.

»Gut gekühlt aus meiner Kühlbox. Marcus, welchen Schnaps haben wir?«

»Einen — einen Genever . . .« sagte Urulele. Es klang so dumpf, als stecke er in einer Röhre.

»Genever? Akzeptiert!« sagte die Mumie und das Gesicht zerknitterte noch mehr. »Das ändert aber nichts daran, Dr. Oppermann, daß ich Sie hasse.«

Der Kranke, dem Franziska Maria Nkulele in ihrer Patientenkartei die Nummer 672 N gab — das N bedeutete »normal«, es war also kein Fall der rätselhaften Infektion — war der letzte an diesem Tag.

Er hatte alle anderen, die nach ihm in die Ambulanz gekommen waren, höflich vorgelassen. »Geht nur, ich habe keine

Eile!« hatte er gesagt. »Ich habe auch keine Schmerzen wie ihr, geht nur vor!«

So hockte er geduldig an der Wand, bis alle anderen von Luba Magdalena Olutoni versorgt worden waren, kaute an einem Stückchen Süßholz und spuckte ab und zu die zerkauten Späne durch das Zimmer. Das nahm ihm keiner übel, weil er so freundlich gewesen war, sein Anrecht auf die anderen weiterzugeben. Erst als der letzte im Ordinationszimmer verschwunden war, straffte er sich aus seiner Hockhaltung und bewegte Beine, Arme, Oberkörper und Becken, als sei ihm bei dem langen Warten der ganze Körper steif geworden. Er war ein mittelgroßer, etwas krummbeiniger Mann mit einem alltäglichen Ovambogesicht, so wie Tausende aussehen, die auf den Farmen, in den Fabriken und Gruben arbeiten. Nur eins unterschied ihn sichtbar von der Masse: ihm fehlte das linke Ohr. Wo die Ohrmuschel gesessen hatte, sah man nur noch einen narbigen, verknorpelten Knoten, der sich halb über die Öffnung des Gehörgangs schob. Der Mann trug einen Kombianzug: hellgraue Hose und dunkelbraunen Blazer. Das Oberhemd war weiß und schien neu zu sein. Wenn man zum Doktor geht, macht man sich fein, das war auch die Ansicht der gebildeten Eingeborenen.

Die Tür ging auf, der vorletzte Patient kam heraus, mit einem neu verbundenen Kopf; die weißen Mullbinden leuchteten. Stolz, als sei er soeben gekrönt worden, ging der Mann an dem Wartenden vorbei. Solch ein Kopfverband ist etwas Schönes und Nützliches: Jeder sieht, wie krank man ist! Man braucht nicht zu arbeiten, kann sich in den Schatten setzen und die Wonne genießen, den andern bei ihrem Tagewerk zuzusehen. Man bekommt zu essen, ohne etwas dafür getan zu haben, und wenn man herumgeht, sich vielleicht noch auf einen dicken Stock stützt und leicht wankt, kann man sicher sein, daß die ganze Familie für einen sorgt.

Nkulele steckte den Kopf durch die Tür und ließ ihre Straßbrille funkeln. Nur noch einer, dachte sie. Gott sei Dank! Das war ein schlimmer Tag gewesen. Keine Ruhe, einer nach dem anderen, wie auf einem Fließband waren sie an Luba vorbeigezogen, als habe es sich herumgesprochen, daß man bei der schönen Olutoni erfolgreicher um ein Medikament betteln kann als bei dem Doktor. Der sagte nur: »Halt den Mund! Ich weiß besser, was dir gut tut!« Da gab es keine Diskussionen, denn der Doktor hatte ja doch immer recht. Aber mit dem Fräulein konnte man verhandeln.

Drei Tage war Dr. Oppermann nun schon unterwegs. Wann er wiederkam, war völlig ungewiß. Luba rief in Okaukuejo an. Dort reichte man sie an einen Frank Bostel weiter, der sie wenig ermutigte: »Dr. Oppermann liegt zwischen Elefanten, Büffeln, Gnus, Zebras und Löwen auf der Lauer und wartet, bis er Sieger im Überreden geworden ist. Das kann noch etwas dauern. Hilfe lehnt er ab! Dabei könnten wir bei großherziger Auslegung das Seuchengesetz in Anwendung bringen und die Nomaden zwingen, sich untersuchen zu lassen. Aber er will nicht! Bereiten Sie sich darauf vor, daß Dr. Oppermann mit einem weißen Vollbart zurückkommt.«

Luba kannte Jacks Art noch nicht; erschrocken starrte sie das Telefon an und warf den Hörer weg. Sie fragte erst gar nicht mehr, ob es möglich sei, mit ihm in Verbindung zu treten.

»Der nächste!« sagte Nkulele wie immer. »Nummer 672!« Sie blickte kurz auf die Augen, sah weder Eiter noch eine Schwellung, keine Rötung oder Anzeichen einer Entzündung und fügte hinzu: »N! – Mitkommen!«

Der letzte Patient betrat das Untersuchungszimmer und blieb an der Tür stehen. Nkulele trippelte zu ihrem Schreibtisch, setzte sich, spannte die Karteikarte ein und rückte die gewaltige Brille auf ihrer Stupsnase zurecht.

»Name und woher?« sagte sie in einem Ton, der jedem Kranken sofort klar machte, daß es keine Widerrede gab.

Luba stand am Fenster und blickte hinaus in den kleinen Garten. Sie war müde. Das lange Haar hatte sie mit einem Band hochgebunden und wischte sich jetzt mit dem Handtuch über das Gesicht. Der Patient sah sie an und sagte dann höflich:

»Mein Name ist nicht wichtig, Schwester.«

Nkulele, die ihre Finger schon auf den Schreibmaschinentasten liegen hatte, fuhr hoch.

»Ich bin nicht Ihre Schwester, und der Name muß in die Kartei aufgenommen werden.«

»Wenn es sein muß« – der Patient lächelte schwach – »dann schreiben Sie einfach: Abraham Josef Isaak.«

»Er ist betrunken!« sagte Nkulele empört zu Luba. »Der Kerl wagt es, betrunken zur Untersuchung zu kommen! Ich hole die Pfleger.«

»Warum?« Der Patient lächelte freundlich. Er rührte sich nicht vom Fleck, machte durchaus nicht den Eindruck, als wolle er aggressiv werden, er blieb höflich und sprach mit einer gedämpften Stimme. »Warum rufen Sie Pfleger, wenn doch keine da sind? Ich weiß, daß der Doktor und sein Gehilfe Urulele weit weg im Busch sind.«

»Was wollen Sie?« Luba warf das Handtuch weg und kam näher. Nkulele knackte nervös mit den Fingern und schob den Schreibmaschinenwagen hin und her. »Ich habe keine Zeit für dumme Reden. Sie fühlen sich krank? Was sind Ihre Beschwerden?«

»Das möchte ich nicht sagen.« Der Patient blickte provozierend zu Nkulele hinüber. Die Sekretärin zog einen Flunsch und schob die Brille höher auf die Nase. »Nicht so . . . Nur Ihnen allein . . .«

»Hier in der Sprechstunde gibt es keine Geheimnisse vor der Sekretärin. Sie ist bei allen Untersuchungen dabei, auch, wenn der Doktor sie vornimmt! Müssen Sie sich ausziehen?«

»Nicht direkt.« Der Mann kam einen Schritt näher und musterte Luba, als habe er in ihr einen verlorenen Gegenstand wiedergefunden. Es war ein unangenehmer Blick, ein Blick, der Vertraulichkeiten ankündigte, der entkleidete, der mit den Augen streichelte. Unwillkürlich hob Luba die Schultern und ging hinter ihren Schreibtisch wie hinter eine Barriere. »Ich möchte meine Krankheit nur Ihnen allein zeigen.«

»Oh je!« Nukele beugte sich vor, starrte provozierend auf die Hose des Mannes und trommelte mit den Fingern auf die Tischplatte. »Bilden Sie sich nur nichts ein! Da haben wir schon andere Dinger gesehen.«

»Ist sie immer so ordinär?« Der Patient bekam jetzt einen flehenden Blick. »Ich muß Sie allein sprechen. Ich habe eine Überweisung von Josef Petrus bei mir.«

»Er ist doch betrunken!« rief Nkulele angewidert. »Jetzt hat er die Bibel bald durch!« Dann schwieg sie abrupt und starrte Luba an.

Sie hatte sich in einer Sekunde verändert. Die Augen waren geweitet, die Mundwinkel zitterten, ihre Finger mit den langen, gepflegten, rot lackierten Nägeln fuhren nervös über den weißen Laborkittel.

»Soll – ja soll ich denn gehen?« fragte Nkulele gepreßt. »Wirklich?«

»Ja, bitte, Franziska. Bitte!« Es war eine fremde Stimme.

Nkulele erhob sich rasch, lief zur Tür und riß sie auf. Sie hatte einen Moment gehofft, es sei noch ein Patient gekommen. Aber die Ambulanz war leer.

»Ich bleibe nebenan«, sagte sie hastig und drehte sich zu Luba um.

Luba nickte. Hochaufgerichtet stand sie hinter dem Schreibtisch, der Fremde vier Schritte davor, beide unbeweglich. Nkulele zog die Tür zu, setzte sich auf einen der einfachen Holzhocker, nahm, was selten vorkam, ihre Brille ab und blickte auf die geschlossene Tür. Soll ich Pater Mooslachner anrufen? fragte sie sich. Er hat mich dazu verpflichtet: Wenn irgend etwas in der Praxis passiert, was nicht normal ist: Ruf an! Ich bin sofort da! – Jetzt war so eine Situation, aber sie wagte nicht, sich von der Stelle zu rühren. Sie schob den Kopf vor und lauschte. Aber vom anderen Zimmer drang kein Laut herüber. Es war eine besonders dicke Tür; die Wartenden sollten nicht hören, wenn jemand aufheulte, der eine Spritze bekam. Das war nicht ungewöhnlich, vor allem dann nicht, wenn es Urulele war, der mit dem fröhlichsten Gesicht die Injektionsnadel in den Muskel drosch.

Luba Magdalena wartete. Das Zucken um ihren Mund verstärkte sich, obwohl sie sich zwang, keine Regung zu zeigen.

»Du erkennst mich nicht?« fragte der Mann.

»Nein! Wer bist du?«

»Es ist viel Zeit vergangen, das stimmt.« Seine Stimme bekam einen zärtlichen Klang. Er ging hinüber zum Fenster, schloß es und lehnte sich dagegen. »Als du geboren wurdest, habe ich die blutigen Tücher und Laken gewaschen und zum Trocknen aufgehängt. ›Paß auf sie auf!‹ hat dein Vater zu mir gesagt, ›wenn ihr etwas geschieht, schlage ich dir den Kopf ab!‹ Und dann habe ich dich in einem geflochtenen Wagen herumgefahren; wir saßen viel im Schatten des alten Affenbrotbaumes oder auch im Mopane-Wald. Als du zum erstenmal herumkrochst, bin ich vorausgekrochen und habe aus deinem Weg den Staub weggewedelt, die Ameisen, die Käfer, die Würmer. Dann konntest du gehen, bei mir hast du es gelernt, und an meiner Hand habe ich dich ins Haus geführt, und deine Mama hat geweint vor Freude, und dein Vater hat mir ein Schwein geschenkt. Dann bekamst du einen Hund ...«

»Wurschtl. Ein deutscher Dackel ...« sagte Luba tonlos.

»Ich war immer um dich. Du hast auf meinem Schoß gesessen und ein Windrad in den Wind gehalten, du hast mit mir die Bilderbücher durchgeblättert, und ich habe zu dir gesagt: Das ist ein Elefant — das ist ein Löwe — das ist ein Zebra — das ist ein Wildebeest — das ist ein Springbock ... Und dann habe ich einen Wagen gebaut, einen kleinen, zweirädrigen Karren, und einen Strauß hatte ich abgerichtet, den konnte man davorspannen, und so fuhren wir über das Veld, bis wir eines Tages umkippten und dein Vater den Straußenkarren verbot. Ich habe dir auch das Schwimmen beigebracht, heimlich, im Wasserreservoir, und als du es konntest und vorführtest, hätte dein Vater mir wirklich bald den Kopf abgeschlagen!«

»Simon Otje!« stammelte Luba und breitete die Arme weit aus. »Du bist Simon Otje! Oh, Simon!«

Sie stürzte zu ihm, umarmte ihn und fing leise zu weinen an. Otje streichelte ihr Haar, legte die Arme um ihren zuckenden Rücken und drückte sie an sich. Er wartete, bis sie sich ausgeweint hatte. Es war ein Schock für sie, von dem sie sich erst lösen mußte.

»Oh, Simon«, sagte sie endlich. Sie angelte nach dem Handtuch, wischte ihr Gesicht von den Tränen frei und tupfte sich die Augen aus. »Ich — ich hätte dich nie wiedererkannt.«

»Damals warst du vier Jahre, Luba. Da bin ich weggegangen.«

»Das stimmt. Plötzlich warst du nicht mehr da. Ich bin durch das Haus gelaufen, durch den Garten, über die Farm und habe immer gerufen: ›Simon, wo bist du? Versteck dich nicht! Komm heraus! Simon, wo bist du?‹ Bis mir mein Vater sagte: ›Simon ist weg und kommt nie wieder.‹ — Mehr hat er nicht gesagt. Keine Erklärung. Du warst einfach weg.« Sie sah ihn betroffen an. »Was ist damals passiert, Simon? Warum bist du so plötzlich verschwunden?«

Otje blickte an Luba vorbei aus dem Fenster. »Es mußte sein!« sagte er ausweichend.

»Das ist keine Antwort, Simon! Ich weiß: Freiwillig hättest du mich nie verlassen.«

»Nie! Du warst für mich eher mein Kind als das deiner Eltern. Aber ich konnte nicht bleiben.«

»Warum? Kannst du es jetzt, nach achtzehn Jahren, noch immer nicht sagen?«

»Ich — ich hatte jemanden getötet«, sagte Otje dumpf. Er wandte sich ab, als könne er Luba nicht mehr in die Augen blicken. »Mit einer Axt habe ich ihm den Schädel gespalten. Bis auf die Schultern, wie ein Stück Holz, in zwei Hälften. Dein Vater hielt es für richtig, mich sofort ins Ovamboland in Sicherheit zu schicken. Seitdem lebe ich in Oshigambo.«

»Wen hast du getötet?« fragte Luba tonlos. »Wenn mein Vater dich nicht der Polizei übergeben hat . . . Wen hast du getötet?«

Simon Otje blickte starr aus dem Fenster. Er sah, wie Nkulele am Garten vorbeilief und in den hinteren Teil des Hauses schlüpfte, wo die Privaträume lagen. Jetzt wird sie irgend etwas tun, dachte er. Irgend etwas gegen mich. Die Polizei alarmieren? Den Pater herbeirufen? Ein paar starke Männer? Sie werden sich alle mit vielen höflichen Worten entschuldigen müssen. Von dem, was jetzt achtzehn Jahre zurückliegt, weiß keiner mehr etwas.

»Es war ein Tourist. Ein Amerikaner aus Texas. Mit einer Reisegruppe besichtigte er eure Straußenfarm. Deine Mutter bewirtete sie, wie alle Touristen. Bei euch gab es keinen Alkohol, aber die Amerikaner hatten welchen im Reisegepäck. Auch der Texaner. Whisky. Am Abend war er fröhlich. Er war nicht betrunken, er wußte, was er sagte und was er tat. Und er sagte zum Beispiel: ›Es gefällt mir gar nicht, daß eine so schöne Farm einem Nigger gehört!‹ Durch Zufall kam ich hinzu, wie er später, bei den Garagen, deiner Mutter auflauerte und sie in eine leere Box zerrte. ›Wie ist es mit uns‹, sagte er und drückte deine Mutter an die Wand, riß ihr die Bluse auf und faßte ihr unter den Rock. ›Nicht nur die Nigger haben einen gewaltigen Schwanz — es gibt auch Weiße, die da mithalten können! Das kennst du wohl nicht mehr, was?

Bist ganz entwöhnt?! Immer nur das Ebenholz dazwischen, was? Muß das eine Freude sein, wieder mit einem weißen Schwanz zu ficken! Nun stell dich nicht so an, du kleine Hure! Wer mit so einem stinkenden Schwarzbock im Bett liegt . . .‹« Otje wischte sich über das Gesicht. Seine Hand zog er schweißnaß zurück. Die Erinnerung war so greifbar, als erlebe er alles noch einmal. »Ich habe jedes Wort behalten, Luba. Ich habe sie in mir eingebrannt. Und dann habe ich die Axt genommen, die neben der Tür der anderen Box lehnte, bin hinein, habe den Texaner herumgerissen und habe zugeschlagen!« Er nickte mehrmals, aber es sah aus, als schüttele er die Vergangenheit von sich ab. »So war es. Eine halbe Stunde später war ich auf dem Weg nach Norden. Ich bin vor Traurigkeit bald gestorben. Ich wußte: Ich würde dich nie wiedersehen. Ich mußte ohne Abschied von dir weg!«

»Mein Gott!« Luba legte beide Hände auf ihr Gesicht. »Papa hat nie davon gesprochen. Auch später nicht, als ich erwachsen war.«

»Er wollte es nicht. Er nahm an, daß du mich längst vergessen hast. Und das stimmte auch. Und er hatte Angst, du könntest vielleicht anders reagieren. Du bist erzogen worden wie eine Weiße. Du hast denken gelernt wie die Weißen. ›Sie muß so werden und so sein‹, hat dein Vater immer gesagt, wenn wir ihm vorhielten, daß du doch auch eine Ovambo bist. ›Sie soll wie ihre Mutter werden!‹ Dein Vater hat deine Mutter geliebt wie eine Heilige.«

»Ich weiß es, Simon. Aber ihr irrt euch alle, wenn ihr denkt, ich fühlte nicht wie ihr. Meine Haut ist heller als die eure, und mein Gesicht ist mehr europäisch als negroid. Aber ich liebe dieses Land wie nichts auf der Welt!«

»Deshalb bin ich gekommen.« Otje wandte sich in den Raum zurück. Er hatte sich wieder unter Kontrolle, die Erschütterung war überwunden. »Ich heiße jetzt Simon Namalunga.«

»Namalunga?« Luba sah ihn mit größter Verblüffung an. »Du bist –«

»Ich gehöre zu der Delegation der SWAPO. Offiziell bin ich Mitglied der Delegation der Ovambo. Ich bin viel unterwegs für die Freiheit unseres Landes Namibia.«

»Ich habe viel von dir gehört und gelesen. Wenn ich gewußt

hätte, daß du unser Simon bist . . .« Sie schüttelte den Kopf, als könne sie alles noch nicht begreifen. »Warum bist du heimlich hier?« Sie zuckte wie unter einem Schlag zusammen und zerknüllte das Handtuch, das neben ihr auf dem Tisch lag. So plötzlich kam ihr die Erkenntnis, daß sie spürte, wie ihr alles Blut aus dem Gehirn wich. »Wo — wo ist Papa?« fragte sie. »Du hast vorhin Josef Petrus gesagt. Wo ist Papa? Was ist mit ihm geschehen? Simon — warum bist du hier?!«

Der letzte Satz klang wie ein Schrei. Otje trat auf sie zu, nahm ihre zitternden Hände und hielt sie fest. Wie damals vor achtzehn Jahren, als sie mit dem Straußenwägelchen über das Veld sausten.

»Er läßt dich grüßen und küßt dich in Gedanken jeden Tag.«

»Wo ist Papa?«

»Das kann ich dir nicht sagen.«

»Ich bin seine Tochter! Seine einzige!«

»Trotzdem. — Frage etwas anderes!«

»Du kommst von ihm?«

»Ja.«

»Wie geht es ihm?«

»Er klagt nicht. Aber das Leben ist schwer.«

»Warum ist es schwer?« Sie blickte Otje fragend an. In ihrem Blick lag blanke Herausforderung. »Er hat Geld genug! Ich habe nie Sorgen gelitten. Das Konto auf der Windhoeker Bank ist nicht klein. Wieso ist sein Leben schwer? Ist er krank?«

»Er ist gesund. Aber er macht sich Sorgen um dich!«

»Mir geht es gut. Das weiß er doch. Ich habe meinen Beruf, ich übe ihn mit Freuden aus, ich werde hier gebraucht, ich kann kranken Menschen helfen.«

»Josef Petrus Olutoni beobachtet das alles. Du bist nie allein. Er kennt jeden deiner Schritte.« Otje blickte ihr tief in die Augen. Sie wurde unsicher, wußte nicht, wohin er mit diesem Blick zielte und wich ihm aus. »Deshalb sorgt er sich.«

»Er hat keinen Grund.«

»Das wird ihn erfreuen.« Otje streckte die Arme aus, umfaßte Lubas Schultern und zog sie an sich. Sie war so überrascht, daß sie sich seinen Händen überließ.

»Liebst du den weißen Doktor?« fragte Otje streng.

Lubas Muskeln strafften sich. Sie befreite sich nicht aus Otjes Griff, aber sie vibrierte vor Anspannung.

»Fragt das mein Vater?«

»Deswegen schickt er mich!«

»Ja. Ich liebe ihn!« sagte Luba laut. Nicht freudig klang das — eher nach wildem Trotz. »Sag meinem Vater: Ich liebe ihn, wie meine Mutter ihn geliebt hat!«

»Wir haben das geahnt.« Otje ließ sie los, sie wich zurück bis an die Wand, als habe sie Angst, er könne sie schlagen. Aber Otjes Stimme war ganz ruhig und ohne Leidenschaft. »Wir müssen das nun einkalkulieren und uns darauf einstellen.«

»Was habt ihr damit zu tun?« rief sie heftig. »Das ist *mein* Leben!«

»Nein!« Otje, der Delegierte Namalunga, schüttelte den Kopf. »Du bist ein Teil dieses Landes, du bist ein Stück von unserem Namibia, dein Leben ist auch ein Stück von unserem Leben. Was du tust, muß in den großen Plan eingegliedert werden. Du bist nicht nur Luba — du bist auch eine Olutoni!« Otje wandte sich ab. »Es ist noch zu früh, dir zu erklären, was das bedeutet. Wichtig ist, daß du Dr. Oppermann liebst.«

»Ja. Ich liebe ihn!« sagte Luba mit ungebrochenem Trotz. »Und ich werde ihn sogar mehr lieben als Namibia.«

»Das ist ein böses Wort!« Otje ging zum Fenster und blickte hinaus.

Ein Wagen fuhr vor und bremste. Es klang, als schreie ein Tier. »Wir wollen es vergessen.«

Pater Mooslachner, von Nkulele alarmiert, war zu Hilfe gekommen.

Einem Mann, der gut gekühlten Genever trinkt, sollte man Zeit lassen, diesen Genuß voll auszukosten. Dr. Oppermann unterbrach deshalb auch nicht die Stille, während Urulele den Schnaps in kleinen Plastikbechern servierte und die Mumie mit dem grauen Filzhut den ersten Schluck schlürfte. Der Arzt blickte hinüber zu den armseligen Krals der Nomaden. Die Morgenarbeit hatte begonnen. Die Kühe wurden zusammengetrieben und gemolken. Die Milch spritzte in rote, blaue, gelbe, grüne und violette Plastikeimer, was einmal mehr beweis, daß diese Ovambos aus zivilisierten Gegenden fortgezogen waren. Jetzt sah Dr. Oppermann sogar einige Frauen; sie krochen vor die Hütten und begannen, nach Urväter Art Hirse zu zerstampfen, doch benutzten sie dazu nicht mehr einen Baumstamm und einen ausgehöhlten Stein, sondern hohe eiserne Kessel und Klöppel aus massivem Messing. Das helle Klingklingkling hallte weit über das Veld, als bestünde das ganze Dorf aus Schmieden. Was jetzt noch an Wild im nahen Umkreis weidete, zog sich schnell zurück. Für seine geräuschempfindlichen Ohren war dies eine klirrende Hölle.

Einige junge kräftige Männer zogen in den Busch zur Jagd. Sie führten Speere, Bogen und Pfeile mit sich, dazu Holzstangen und Stricke. Die Gewehre und Revolver, die sie besessen hatten, waren ihnen von den Wildwarten abgenommen worden. Man hatte die Namen notiert und jedem eine Quittung gegeben. Gegen Vorlage dieses Papieres konnten sie sich die Waffen in Okaukuejo wieder abholen. Es war sicher, daß keiner kommen würde. Man hätte nämlich zuerst die Personalien überprüft und sich dann erkundigt, wie es kommt, daß ein Ovambo mit modernen Großwildbüchsen herumläuft. Das erste Verhör durch Jack Bostel hier im Kral hätte natürlich gar nichts ergeben. Die Befragten verloren plötzlich ihre Sprache, oder der Häuptling antwortete für sie und erklärte: »Als wir unsere Dörfer verlassen mußten, haben uns unsere Brüder diese Waffen geschenkt. Woher sie die Waffen haben? Wie kann ich das wissen? Viele haben Gewehre.«

Das wußte man. Und die Regierung in Windhoek und Pretoria wußte auch, daß nicht nur Jagdgewehre, sondern auch Schnellfeuergewehre, Maschinenpistolen, Minenwerfer, Gewehrgranaten, leichte Geschütze, schwere Maschinengewehre und kleine Raketenwerfer über die Grenze von Angola ins Ovamboland geschafft wurden. Die SWAPO, die »Südwestafrikanische Volksorganisation«, die für ein freies Namibia kämpfte, mit Guerillagruppen, Überfällen, Mord und Brand, Sabotage und Terror, Entführungen und Bomben, dementierte das nicht. Und nicht nur sowjetische Waffen fand man bei den Razzien, nicht nur Kalaschnikow-MPs und schwere Nagans, sondern auch Waffen aller Art aus Frankreich, England, Deutschland, der Schweiz, Italien und den USA. Vom sizilianischen Stilett bis zum Präzisions-Schnellfeuergewehr aus einer süddeutschen Waffenschmiede — es war alles vorhanden, hoch im Norden zwischen Kunene und Okavango.

Jede Beschlagnahme hatte nur einen vorübergehenden Erfolg. Wenig später wurden die heimlichen Arsenale wieder aufgefüllt. Man erzählte sich, daß die Guerillas schon jetzt mehr Munition und Kriegsmaterial in unterirdischen Buschverstecken besaßen, als die zahlenmäßig schwachen südafrikanischen Regierungstruppen, die an den Grenzen patrouillierten und den Caprivizipfel besetzt hielten, diese Landzunge, die an vier Länder stößt: Angola, Sambia, Rhodesien und Botswana. Wenn die Revolution von außen hereinkam, dann nur über diese lange, unübersichtliche Grenze. Es war unmöglich, sie abzuschließen; endlos dehnten sich Steppe und Busch, und irgendwo querdurch verlief die Grenze.

Der mumienhafte Alte hatte den Becher leergeschlürft und hielt ihn mit einer herrischen Geste zur Seite. Urulele sah Dr. Oppermann fragend an. Der nickte, und Urulele schenkte ein.

»Ich bin bereit, mit Ihnen zu reden!« sagte der Schrumpfkopf nach einer Weile. Es klang so gnädig, als verleihe er einen Adelstitel. Dabei sah er Dr. Oppermann stolz an, schlug die Beine übereinander, wippte mit den Füßen und lehnte sich zurück.

»Das freut mich ungemein«, antwortete Dr. Oppermann. »Bisher sind wir uns nur klar darüber, daß Sie mich hassen.«

»Das wird sich nicht ändern, Sir.«

»Ich akzeptiere Ihre Standhaftigkeit.«

»Zu mir.« Der Alte nahm wieder einen Schluck Genever. »Ich bin in Johannesburg und Pretoria ausgebildet, als Arzthelfer. Später habe ich im Hospital von Bloemfontein auch als OP-Helfer gearbeitet. Sie sehen, Sir, ich komme nicht von der Zaubermedizin her, ich praktiziere nach der akademischen Lehre. Persönliche Umstände zwangen mich, meine Stellungen an den Hospitälern aufzugeben. Ich war nämlich noch in Kimberley, Durban, Port Elizabeth, East London, Paarl, Oudtshoorn und im Sanatorium von Knysna.«

»Eine imponierende Liste«, sagte Dr. Oppermann. »Wieso wurden Sie bei soviel klinischer Erfahrung Medizinmann Ihres Stammes?«

»Durch ein rein persönliches Mißgeschick.« Der Schrumpfkopf hielt Urulele wiederum den Plastikbecher hin. »Es war nicht aufzuhalten.«

»Sie waren dauernd besoffen!« sagte Dr. Oppermann. »Überall sind Sie nach einiger Zeit 'rausgeflogen.«

»So ist es!« Der Alte grinste. »Ihr Genever ist vorzüglich. — Dr. Oppermann, ich habe den Verband gesehen, den Sie dem kleinen Molongo angelegt haben. Sehr ordentlich.«

»Das ehrt mich.«

»Werden Sie nicht spöttisch, Sir! Ich habe in den Hospitälern genug erlebt. Da gab es hochnäsige Ärzte, die mich nicht einmal mit dem Hintern ansahen — aber keinen Verband konnten sie richtig anlegen, und bei Injektionen fabrizierten sie laufend Spritzenhämatome. Wir, die armseligen Helfer, konnten das alles viel besser. Bei mir verrutschte kein Verband, und ich traf sofort die Vene, während die Ärzte mit der Nadel herumstocherten. Manchmal war es eine Qual, das mit anzusehen. Aber man mußte ja den Mund halten. Man war ja kein Arzt, und man ist Schwarzer. Oh, Himmel, wenn ich etwas gesagt hätte!«

»So ist es nicht nur hierzulande«, sagte Dr. Oppermann. Er hatte nur einen Genever getrunken und blieb jetzt beim Kaffee, um einen klaren Kopf zu behalten. Es wurde heiß, die Sonne stand voll über dem Busch, die Luft begann zu flimmern, der Horizont verschwamm. »Auch bei uns gibt es junge Ärzte, die nicht palpieren können, die bei Blutentnahmen zittern und vor einem EKG-Streifen wie vor einem Labyrinth stehen. Aber in der Theorie sind sie summa cum laude!«

»Ja, wir sind die Praktiker, Sir!« Der mumienhafte Alte schlürfte genußvoll seinen Schnaps. »Was ich Ihnen übelnehme: Sie machen mich bei meinem Stamm lächerlich! Leider sind die Zeiten vorbei, wo ein Medizinmann zu seinen Leuten sagen konnte: Tötet ihn; nur so löst ihr euch von seinem bösen Blick! — Das glaubt heute keiner mehr. Man kann nur warnen und mit Ihrer weißen Haut argumentieren. Aber was nutzt das alles, wenn Sie in aller Heimlichkeit einen so guten Verband anlegen?!«

»Die junge Mutter ist von sich aus mit ihrem Kind zu mir gekommen.«

»Ich weiß. Sie hat alles gestanden. Und alle haben das Kind betrachtet und Ihre Salbe mit meiner Salbe verglichen. Deshalb hasse ich Sie! Ich weiß ja genau, was Sie da auf die Augen geschmiert haben. Ein Antibiotikum. Ich hätte es auch getan — wenn ich an das Medikament herankommen könnte. Aber das ist unmöglich! Sie wissen, man hat uns aus dem Land getrieben, wir durften nur das Allernötigste mitnehmen. Die paar Medikamente, die ich noch hatte, waren schnell verbraucht. Neue? Woher nehmen? Auf unserem Weg lag keine Apotheke. Auch wenn wir in die Nähe einer Stadt gekommen wären — Medikamente gibt es doch nur über den Arzt. Das aber kann ich nicht zulassen, denn der Arzt bin ja *ich. Mir* vertraut mein Stamm! *Ich* bin der Wundertäter! *Ich* allein kann in Zusammenarbeit mit den Göttern und Geistern helfen! Sir, sehen Sie doch ein, daß das eine verzwickte Situation ist! Ich verliere mein Gesicht, wenn ich einen Weißen zu Hilfe rufe! — Und nun kommen Sie angereist, pflanzen sich dick und gesund vor uns auf und schicken uns so einen Verband! Nun sind sie alle aufgeregt, und der Häuptling verlangt von mir, daß ich die gleiche Salbe wie Sie herstelle. Bin ich ein chemischer Konzern?! Oh, Sir, ich hasse Sie! Sie zerstören den Frieden meiner alten Tage, das sehen Sie doch ein?«

»Ich sehe nur ein, daß es dort drüben eine Menge Kranker gibt, denen geholfen werden muß. Es geht nicht um Ihr Gesicht und Ihre alten Tage und nicht um Ihre Reputation als Medizinmann. Es geht allein um die Kranken! Das ist doch das Wichtigste, was Sie gelernt haben: In unserem Leben steht an erster Stelle der kranke Mensch! Wir sind zum Helfen und Heilen berufen. Da hat alles andere zurückzustehen.«

»Sir, Sie haben recht, ich weiß es. Ich bin ja selbst so erzogen worden. Ich war immer ein guter Pfleger und Helfer. Aber das hier« — er hob den Plastikbecher mit dem Genever — »das hat mich immer umgeworfen. Es war stärker als ich. Ein Arzt hat mal zu mir gesagt: Saufen ist Schicksal! — Seitdem habe ich es aufgegeben, mich zu wehren. Kann man gegen das Schicksal ankämpfen? Wer kann das?!« Er trank den Becher leer, stellte ihn weg und verlangte nicht nach der vierten Ladung. »Was machen wir also, Sir? Wie arrangieren wir uns? Geben Sie mir Salben und genug Verbandszeug?«

»Sofort! Aber erst muß ich die Kranken selbst sehen und untersuchen. Ich muß Abstriche machen, Gewebproben entnehmen.«

»Das alles kann ich perfekt!«

»Sie geben das Stichwort, Kollege.« Dr. Oppermann klatschte in die Hände. »Wir praktizieren gemeinsam! Dann behalten Sie Ihr Gesicht nicht nur — es wird Ihnen auch noch vergoldet! Ich untersuche, Sie entnehmen die Präparate. Und gemeinsam verbinden wir. Ist das eine Lösung?«

»Akzeptiert.« Der Alte erhob sich und schwankte leicht. »Ich werde meinem Stamm sagen, daß ich Sie überredet hätte, mir zu helfen.«

»So kann man es auch formulieren.« Oppermann betrachtete die Mumie kritisch. »Wie fühlen Sie sich? Können Sie noch arbeiten?«

»Wieviel hatte ich?« Der Schrumpfkopf wandte sich herrisch an Urulele.

»Drei«, sagte Marcus.

»Das ist gut. Bis vier bin ich voll in Fahrt. Ab sechs werde ich nachdenklich. Von zehn an gehe ich in mich. Aber bei drei liegt mein absoluter Höhepunkt. Da wachsen mir Flügel!«

»Ich brauche Abstriche, keine Engel!« sagte Dr. Oppermann ruhig. »Wir können sofort anfangen, Kollege.«

»Sir, das ist ein großer Tag für mich!« Die Mumie lüftete den Hut, stand auf und trat vor das Zelt. »Wundern Sie sich nicht, wenn ich ab und zu Tierknochen durch die Luft werfe und nach der Lage der Knochen Diagnosen stelle. Das gehört zum Zauber.« Er wandte sich noch einmal um und kam einen Schritt zurück. »Eine Frage im Vertrauen: Können Sie die Krankheit heilen, Sir?«

»Nein!« sagte Dr. Oppermann ehrlich. »Aber ich hoffe, es bald zu können.«

»Dann sind Sie genau so hilflos wie ich«, sagte der Alte und lüftete wieder den grauen Filzhut. »Das macht uns fast zu Brüdern . . .«

Zwanzig Minuten später stellten sich drüben im Kral die Kranken auf, als formierten sie sich zu einem Vorbeimarsch. Bei der Mumie herrschte Zucht, das sah man sofort: In Zweierreihen warteten sie auf das Kommando. Vorweg einige Männer, dann die Frauen mit den Kindern. Es waren mehr, als Dr. Oppermann geahnt hatte. Er staunte, wieviel Leute in den kleinen Rundhütten Platz hatten.

Als alles stand und wartete, kam der Häuptling aus seiner

Hütte und stellte sich an die Spitze. Auch er trug einen europäischen Anzug, mittelbraun, die Jacke war ihm viel zu weit geworden. Der Marsch in die Verbannung, die Suche nach einer neuen Heimat hatten auch an ihm gezehrt.

Ganz zuletzt erschien die Mumie, begleitet von zwei jungen Ovambos, die schwere Kisten schleppten. Ohne Zweifel enthielten sie alle Utensilien des Medizinmannes — seine tragbare Klinik.

Dr. Oppermann hatte mit Urulele alles unter dem Vorzelt aufgebaut, was man brauchen würde. Die Kisten mit dem Verbandsmaterial, den Medikamenten und dem Labor waren aufgeklappt. Injektionsspritzen lagen bereit. Die Behälter für die Präparate und Abstriche standen auf einem anderen Tisch. Daneben glänzte in der Sonne ein Mikroskop mit vierfachem Objektivrevolver. Der Projektionsspiegel war noch heruntergeklappt. Er warf das Sonnenlicht zurück und blendete. Davor lagen auf einem weißen Tuch, aufgereiht und ausgerichtet, die gläsernen Objektträger. Es sah alles sehr wissenschaftlich und imponierend aus. Vor allem die blitzenden Instrumente sollten die Ovambos beeindrucken. Obwohl er es nicht brauchen würde, hatte Oppermann das gesamte chirurgische Besteck aufgebaut, griffbereit wie zu einer Operation: Zangen, Pinzetten, Klammern, Nadelhalter, Messer, Skalpelle, scharfe Löffel, Knochenhaken, Raspatorium, Cooper-Schere, Kornzange, Elevatorium, Deschamps, Kocherklemmen, Stieltupfer, eine Knochensäge und vor allem — sehr attraktiv — das große Amputationsmesser. Einige Sonden ergänzten das Instrumentarium.

Hinter diesem Tisch hatte sich Dr. Oppermann »verschanzt«. In einem verchromten Kasten lagen die dünnen Gummihandschuhe. Urulele hatte noch ein übriges getan: Er trug über seinem Buschanzug den weißen Laborkittel. Wer ihn so sah, weiß gekleidet, mit poliertem, kahlem Schädel und bedeutsamem Blick, empfand sofort Hochachtung und würde nie auf den Gedanken kommen, sich gegen seine Maßnahmen zu wehren. Das hatte er in Outjo oft praktiziert: alle Patienten waren, wenn er sie zu Dr. Oppermann weiterschickte, bereits vor Ehrfurcht entnervt.

Der Schrumpfkopf humpelte vier Schritte voraus. Ihm folgten die beiden Kistenträger.

Erst dann, wieder sechs Schritte zurück, schlurfte die Kolonne der Kranken heran.

»Das sieht ja sehr bedeutend aus!« sagte die Mumie, als sie das Vorzelt erreicht hatte. »Sir, Sie sind der hinterlistigste und gemeinste Kerl, den ich kenne. Damit machen Sie mich kaputt! Dieser Aufwand an Sterilität und ärztlicher Prachtentfaltung! Da kann ich mit meinen Tierknochen nicht konkurrieren.« Er warf einen Blick auf den weißgekleideten Urulele, schob die Unterlippe verächtlich vor und sagte auf bantu: »Verräter!« Urulele erbleichte, wurde ganz grau im Gesicht und massierte seine Glatze.

Der Alte zeigte auf die beiden jungen Ovambos, die die Kisten abgesetzt hatten.

»Darf ich Ihnen meine Famuli vorstellen, Sir? Ich habe mir erlaubt, sie mitzubringen. Um den Nachwuchs ist es schlecht bestellt, wie überall!«

»Selbstverständlich können sie bei mir hospitieren.« Dr. Oppermann betrachtete die beiden. Voll Ehrfurcht starrten sie auf den Instrumententisch, auf das Mikroskop, auf die Reihe der gläsernen Objektschalen. So etwas hatten sie noch nie gesehen. Dort, wo sie herkamen, oben im Nordwesten, am Rande der Ehombo-Berge, gab es keine Ärzte. Da half die Natur und die Erfahrung von Jahrhunderten. Da wußten die Alten Mittel aus Wurzeln und Pflanzen, und wenn innen im Körper etwas Fremdes wuchs und dann zerplatzte, dann war es Schicksal. Vielleicht kam mal ein Arzt mit dem Flugzeug zu ihnen, ein Regierungsmediziner, der Reihenuntersuchungen anstellte, gegen Seuchen spritzte, ein paar Tage blieb und dann einen Bericht schrieb über die mangelhafte Versorgung der Eingeborenen. Das war alles.

Die Kolonne der Kranken hatte das Vorzelt erreicht und hielt an. Der Häuptling kam zu Dr. Oppermann, jovial lächelnd, ein älterer Mann mit einem großen Kugelkopf und klugen Augen. Auch er sprach englisch, aber nicht so flüssig wie die Mumie.

»Ich grüße dich!« sagte er mit tiefer Stimme. »Wir haben beschlossen, daß du uns allen helfen sollst.« Er sah hinüber zu Urulele, dann wanderte sein Blick weiter zu dem Landrover und zurück zum Hauptzelt. »Warum bist du allein gekommen?« Urulele schien für ihn nicht zu zählen.

»Ich will, daß ihr Vertrauen zu mir habt. Zu mir allein.«

»Wir sind da.« Der Häuptling nickte würdevoll. »Viele sind krank.«

»Wie viele sind gestorben?«

»Zweiundzwanzig. Der Weg war zu weit für ihre Schwäche.«

Zwischen dem großen Tisch und dem Labortisch baute der alte Medizinmann jetzt seine Klinik auf. Aus den Kisten holte er ein zerfleddertes Löwenfell, einen Jutesack mit kleinen und größeren Knochen von Leoparden, Affen, Löwen, Böckchen, Hyänen, Schakalen und Geiern, leerte einen Beutel mit bleichen Tierzähnen auf den Tisch und wickelte schließlich, als größten Schatz, aus einer reich mit Goldfäden und bunten Perlen bestickten Decke ein Kaleidoskop aus, eine jener Papp-röhren, in denen, wenn man hindurchsieht, bunte Glasscherben durch mehrfache Spiegelung beim Schütteln immer neue phantastische Figuren ergeben. Solche Wunder galten als Gipfelpunkt der Zauberei und Magie, als direkte Verbindung zu den Geistern oben bei den Sternen. Wer in diese Röhre blikken durfte, sah in das Herz der Sterne — so erklärte es der Medizinmann — und erlebte den unendlichen Glanz und die unfaßbare Schönheit des Jenseits.

»Wenn Sie lachen, Sir, bringe ich Sie um!« flüsterte der Alte, während er das Kaleidoskop, sozusagen gleichberechtigt, neben das blitzende Instrumentarium legte. »Sie wissen nicht, wie glücklich und friedlich man dadurch sterben kann. Jeden Sterbenden lasse ich hineinsehen, und wenn er diesen Glanz der fernen Welten sieht, geht er mit einem Lächeln von dieser Erde. So etwas können Sie mit Ihrer ganzen Perfektion nicht bieten. Bei mir stirbt man fröhlich.« Er kehrte zurück zu seinen Kisten, holte noch einen präparierten Leopardenkopf hervor und baute ihn vor dem Tisch auf. »Wir können anfangen!«

»Wo haben Sie das Kaleidoskop her?« fragte Dr. Oppermann. Er streifte die dünnen Gummihandschuhe über, Urulele tat es ihm nach. Die Kranken starrten sie stumm an. Ein paar Kinder weinten leise. Die Mütter drückten sie an sich und hielten ihnen den Mund zu.

»Aus Johannesburg. Bei einem deutschen Volksfest habe ich es auf ein Los gewonnen. Sie nannten es Oktoberfest. Ich war damals OP-Helfer im Hospital.« Die Mumie legte zärtlich die Hand auf die Pappröhre mit den zauberhaften Glassternen. »Sie ist so wertvoll wie meine Augen. Durch sie bin ich eigentlich erst als Medizinmann anerkannt worden. Kein anderer kann die Pracht der Sterne in eine Röhre einfangen und den Menschen zeigen.« Er blickte auf die Kolonne der Kranken. »Wie wollen Sie vorgehen, Sir?«

»Jeder kommt zuerst einzeln zu mir, ich untersuche, dann geht er weiter zu Ihnen, und wenn Sie ihn behandelt haben, wird Urulele mit Ihnen zusammen die Präparate entnehmen. Dann geht der Kreis von neuem los: Behandeln und verbinden.«

»Das wird ein harter Tag«, sagte die Mumie. »Das schaffen wir nicht, Sir.«

»Wir haben Zeit.« Dr. Oppermann kam um den Tisch zurück und spreizte die Hände in den Gummihandschuhen. »Ich rechne ohnehin mit einer Woche. Ich muß auch euer Vieh sehen.«

»Warum denn das?«

»Ich vermute, die Quelle der Infektion sitzt dort.«

»Das wäre furchtbar!« Die Stimme der Mumie wurde zittrig. »Ohne unser Vieh werden wir alle sterben.«

Die Reihenuntersuchung, der erste Überblick, dauerte bis zur Abenddämmerung. Das Ergebnis war trostlos. Jeder Zweite der Nomaden war erkrankt – wenn nicht an der geheimnisvollen Infektion, dann an Mangelerscheinungen durch einseitige Ernährung, an Wurmbefall, Tuberkulose oder Knochendeformationen. Am Abend waren die Untersuchungen beendet und von den Leuten mit Augeneiterungen die Präparate entnommen. Aber zur Behandlung war man nicht mehr gekommen; sie mußte auf den nächsten Tag verschoben werden.

Schuld daran trug die Mumie. Wenn Dr. Oppermann einen Patienten an ihn weiterreichte, kam er in den Bereich der Zaubermedizin. Und was dort geschah, dauerte länger als eine normale Untersuchung. Der Schrumpfkopf warf Knochen in die Höhe und weissagte aus der Lage, in die sie gefallen waren, was die Geister und Ahnen rieten. Er ließ getrocknete Riesenspinnen auf der Handfläche tanzen, oder die Kranken mußten mit geschlossenen Augen den Leopardenkopf berühren und laut schreien: »Ich bin unwürdig!« Und immer endete eine solche Untersuchung damit, daß die Patienten, vor allem die Frauen, halb in Trance fielen. Das machte es Urulele schwer, zu seinen Abstrichen und Präparaten zu kommen, weil einige Weiber auf den Rücken fielen und von hysterischen Zuckungen geschüttelt wurden.

»Es geht nicht anders, Sir!« sagte der Alte, wenn er wieder einmal schnell zu Dr. Oppermann lief, der das Schauspiel mit gerunzelter Stirn betrachtete. »Ich muß mein Gesicht behalten! Sie haben es leicht mit Ihren blitzenden Instrumenten!«

Erst als die Sonne tiefrot in den Horizont tauchte, das Veld aufglühte und eine Elefantenherde, wie ein gewaltiger Scherenschnitt gegen den brennenden Himmel, am Wasserloch stand, konnte Urulele den letzten Kranken entlassen. Wer untersucht worden war, ging zurück in den Kral. Wie ein Kapitän, der als letzter das Schiff verläßt, blieb auch der Häuptling so lange unter dem Vorzelt, bis alle gegangen waren. Dann grüßte er Dr. Oppermann würdevoll und schritt durch die einfallende Nacht zu seinem Dorf. Dort flammten die Feuer auf, die Kessel mit dem Hirsebrei wurden aufgesetzt, in einer mit heißen Steinen ausgelegten Gargrube, die von den gesunden Männern gebaut worden war, als sie von der Jagd zurückkamen, brutzelte ein Warzenschwein. Es war die einfachste und beste Art, einen saftigen Braten zu bekommen. Nur die Mumie blieb zurück und wickelte ihr Kaleidoskop sorgsam und liebevoll in die goldbestickte Decke.

»Ich danke Ihnen, Sir«, sagte der Alte und reichte Dr. Oppermann seine faltige Hand. »Sie sind ein Gentleman! Sie haben mich nicht vernichtet.«

»Warum sollte ich das?«

»Ich teile Ihnen mit, daß ich Sie nicht mehr hasse.« Die Mumie setzte sich auf den Klappstuhl neben dem Instrumententisch. Urulele begann aufzuräumen. »Ich bin todmüde. Gibt es noch einen Genever?«

»Selbstverständlich. Wir beide haben einen verdient.«

»Marcus-Tomba auch.«

»Er trinkt nicht. Wenigstens nicht, wenn ich es sehe!« Dr. Oppermann holte selbst die Kühlbox und füllte zwei Plastikbecher. Es war das Quantum von vier Doppelstöckigen. Die

Mumie schnüffelte begeistert und sah Dr. Oppermann dankbar an.

»Danach falle ich um!«

»Das dürfen Sie auch. Sie haben gearbeitet und gezaubert wie drei Büffel. Wenn man bedenkt, daß Sie immer die doppelte Zeit wie ich brauchten. Dadurch hatte ich Zeit genug, mich um die anderen Erkrankungen zu kümmern. Es sieht trostlos aus mit Ihrem Stamm.«

»Ich weiß es. Ich fühle mich auch schuldig, Sir.«

»Das wollte ich damit nicht sagen.«

»Aber Sie denken es, und Sie haben recht. Ich bin ein egoistischer Schuft. Natürlich habe ich die Erkrankungen erkannt, und es wäre meine Pflicht gewesen zu sagen: Ab! Sofort in die nächste Stadt. Zu einem richtigen Arzt! Ins Hospital! — Aber was habe ich gemacht? Ich habe Knochen in die Luft geworfen, habe Spinnen tanzen lassen, Säfte aus Kräutern gebraut und Pillen gedreht — bitte nicht fragen, was da alles drin war! Und wenn sie starben, durften sie in die Sterne blicken und bedankten sich auch noch bei mir!« Er nahm einen langen Schluck und hustete ein wenig. »Sie werden das nicht verstehen, Sir, aber Medizinmann, das ist eben meine letzte Stellung, meine letzte Chance. Um sie kämpfe ich! Und ab und zu sind mir sogar Heilungen gelungen! Oder sagen wir: Besserungen. Vor allem bei rheumatischen Erkrankungen. Da halfen heiße Breipackungen.«

»Sie haben viel Unheil angerichtet.« Dr. Oppermann packte die Instrumente zusammen. »Das wissen Sie?«

»Ja. Und als Sie hier auftauchten und Ihr Zelt aufschlugen, wußte ich, daß es mein Ende sein kann.«

»Ich habe versprochen, Sie nicht zu vernichten. Das halte ich. Aber ich werde Ihren gesamten Stamm nach Outjo verfrachten lassen, damit die Kranken ärztlich richtig versorgt werden. Die meisten sind noch zu retten!« Dr. Oppermann zeigte auf das linke Bein der Mumie. »Warum schleifen Sie das Bein nach?«

Der Alte sah Dr. Oppermann lange schweigend an, dann lächelte er.

»Das ist meine Strafe. Und keiner kann sie von mir nehmen. Auch sie nicht, Sir.«

»Drücken Sie sich deutlicher aus!«

»Ich habe das in den Hospitälern gesehen und gelernt, daß man es osteoplastisches Sarkom nennt.«

»Zeigen Sie Ihr Bein her!« Dr. Oppermann war sehr ernst geworden. »Wie können Sie eine solche Diagnose stellen! Sind Sie geröntgt worden?«

»Ja. In Tsumeb. Vor einem Jahr. Es war ein freundlicher weißer Arzt. Er sagte zu mir: ›Na, Alter, dann bete mal schön! Da ist nichts zu machen. Du hast einen Tumor im Knochen und eine Reihe Metastasen. Wie soll ich dir das erklären?‹ — Ich habe ihm gesagt, was ich bin! Und dann sagte er noch: ›Wenn die Schmerzen zu groß werden, beiß in Steine oder renne dir den Schädel ein. Wo du lebst, kommt ja kein Morphin hin!‹ — Aber merkwürdig: Ich habe nie Schmerzen! Nur ein lahmes Gefühl im Bein. Manchmal ist es, als hänge es leblos an mir herum.«

»Ich werde Sie nach Windhoek bringen, das verspreche ich Ihnen.«

»Wozu, Sir?« Die Mumie lächelte wieder und trank den Becher leer. »Amputieren? Mich noch amputieren? Und die anderen Metastasen? Der Aufwand lohnt nicht mehr . . . Aber ich bin froh, daß ich Sie noch getroffen habe. Sie haben mir nicht die Achtung meines Stammes genommen.«

Fünf Minuten später, nachdem er schweigend in die Nacht und hinüber zu den Feuern im Kral gestarrt hatte, fiel der Alte vom Stuhl. Urulele trug ihn weg wie ein altes Bündel Kleider, legte ihn auf ein Feldbett und deckte ihn zu.

»Er ist sinnlos betrunken, Doktor!« sagte Urulele geringschätzig. »Was wird nun?«

»Wir behandeln morgen die Kranken, bis wir durch sind, und bleiben solange hier, bis man sie abtransportiert hat. Wir können sie hier doch nicht verrecken lassen!«

Sie aßen kaltes Kudufleisch, Brot und eingemachtes Obst. Trotz des langen schweren Tages hatten sie kaum Hunger. Die Erschöpfung überdeckte das Hungergefühl.

Trotzdem setzte sich Dr. Oppermann noch an sein Funkgerät und rief Okaukuejo. Eine fremde Stimme meldete sich. Sie nannte sich Erasmus van Dehlen, Regierungs-Inspekteur für die Reservate. »Nein«, sagte diese Stimme. »Jack Bostel ist nicht hier. Er hat seinen freien Tag und besucht einen Freund in Namutoni. Aber es freut mich, Sie zu hören, Doktor. Ich bin gestern angekommen. Man hört ja Wunderdinge von Ihnen, von Windhoek bis Rundu!« Erasmus van Dehlen schien gut aufgelegt. »Wo drückt der Schuh?«

»Ich brauche entweder fünf Lastwagen oder drei Busse nach Okahakana.«

»Das müssen Sie mir erklären.«

»Der gesamte Nomadenstamm — Sie wissen, worum es sich handelt — muß sofort unter ärztliche Kontrolle! Die Lage hier ist trostlos!«

»Sie wollen ein ganzes Dorf verfrachten?«

»Ja!«

»Das ist unmöglich.«

»Wieso sind fünf Lastwagen unmöglich? Sie stehen in Okaukuejo herum!«

»Es ist unmöglich, weil eine solche Umsiedlung nicht von hier aus entschieden werden kann. Das muß Windhoek entscheiden, das Kommissariat für die Reservationen.«

»Ich will keine Völkerwanderung inszenieren«, rief Dr. Opermann scharf, »ich will Kranke retten!«

»Eine solche Massenverlegung muß die Gesundheitskommission entscheiden, Doktor. Wir sind ein intakter Staat!«

»Bis zu dieser Entscheidung können Monate vergehen!«

»Unter Umständen . . .«

»Bis dahin sind die Kranken verreckt! Oder steht man auf dem Standpunkt: Es sind ja nur Kaffern! Ein paar mehr oder weniger, das fällt gar nicht auf? Das schadet auch keinem?«

»Ich bitte Sie«, sagte der Inspekteur, sehr von oben herab, »nicht in diesem Ton mit mir zu sprechen.«

»Bekomme ich die Lastwagen oder Busse — oder nicht?!«

»Hier in Okaukuejo kann niemand darüber entscheiden! Du lieber Gott, kann man die Kranken denn nicht an Ort und Stelle behandeln?«

»Nein!«

»Das sagen *Sie!*«

»Können Sie einen Knochenkrebs zwischen Dornbüschen und Feigenbäumen behandeln? Oder Tuberkulose? Oder Milztumoren als Folge von Typhus, Sepsis und Malaria? Oder . . . oder . . . oder . . . Herr van Dehlen: Auch Kaffern sind Menschen! Ihre Tumorschmerzen sind nicht anders als weiße Tumorschmerzen!«

»In diesem Stil rede ich nicht mit Ihnen!« sagte Erasmus van Dehlen wütend. »Wie komme ich dazu, mich von Ihnen ankotzen zu lassen?! Gehen Sie den üblichen Antragsweg, wenn Sie solchen Blödsinn machen wollen. Einen ganzen Stamm in Krankenhausbetten zu legen! Verrückt! Ende!«

Die Funkverbindung nach Okaukuejo brach ab. Dr. Oppermann riß die Kopfhörer ab und warf sie in eine Ecke. Urulele sah ihn mit großen runden Augen an. Er wußte, auch wenn er nicht mitgehört hatte, was man dem Doktor gesagt hatte. Er hatte es vorher gewußt.

»Dann machen wir es anders!« sagte Dr. Oppermann und ballte die Fäuste. »Was eine rettende Luftbrücke ist, haben wir Deutschen in Berlin erlebt. Hier machen wir eine Landbrücke! Ich werde die Kranken mit unserem Landrover wegbringen. Und wenn ich fünfzigmal hin und her fahren muß! Da gebe ich nicht nach. Und der Pater wird mir dabei helfen!«

»Auch das wird nicht gelingen, Master Doktor!« sagte Urulele langsam und massierte mit beiden Händen seine Glatze. »Man wird Ihnen einfach kein Benzin mehr zuteilen ...«

Simon Otje neigte höflich den Kopf, als Pater Mooslachner in das Untersuchungszimmer stürzte und mit seiner gewaltigen Stimme brüllte:

»Wo ist der Kerl?!«

Mooslachner hatte die Ärmel hochgerollt, seine Armmuskeln schwollen durch die Haut, aber viel auffälliger war, daß er im Hosenbund griffbereit eine schwere Pistole trug. Er sah wenig nach einem geweihten Mann aus, eher wie ein Typ aus einem amerikanischen Gangsterfilm.

Mit einem Blick sah er, daß Luba noch nichts passiert war, daß sie unversehrt und bekleidet hinter ihrem Schreibtisch stand, und das beruhigte ihn sofort.

»Nkulele hat mich angerufen!« sagte er, schwer atmend. Er war in größter Erregung und Sorge zur Station gerast und hatte dabei zwei Hühner und eine Katze überfahren.

»Das habe ich erwartet«, warf Otje ein. »Ich habe das schöne Mädchen davonschleichen sehen!«

»Wer bist du?« bellte Mooslachner.

»Und wer bist du?« fragte Otje ebenso vertraulich.

Der Pater starrte ihn an, wandte den Kopf zu Luba und schluckte mehrmals. »Erklär es ihm! Ich muß erst 'mal Luft holen!«

»Das ist Pater Mooslachner«, sagte Luba.

»Oh, Sie sind das?!« Otje lächelte breit. »Wieviel habe ich schon von Ihnen gehört! Sie sind doch der Pater, der es Jesus nachmacht und Wasser in Wein verwandelt? Ein sehr wirkungsvoller Zaubertrick, bei dem Ihr Christus leider nicht gut wegkommt. Wunder werden entlarvt.«

»Ich habe ein Trickglas. Jesus aber verwandelte ganze Kannen in Wein! Hier liegt das Wunder. – Ich kenne Ihren Namen noch immer nicht.«

»Simon Otje Namalunga, Abgeordneter der Ovambo-Delegation. Ich habe ganz harmlos Mrs. Olutoni besucht und Grüße bestellt.« Otje lächelte höflich. »Meine Mission ist erfüllt. Ich fahre weiter nach Windhoek.«

»Jetzt? In der Nacht?« Mooslachner streifte die Hemdsärmel herunter und schämte sich plötzlich, weil er die Pistole im Hosenbund trug. Er riß sie heraus und legte sie auf den Tisch von Nkulele, neben die Karteikarten. »Ist das Ihr Wagen, der Toyota?«

»Ja.«

»Davon kann ein Priester nur träumen. Wenn er so ein Auto bekommt, darf man ruhig von einem Wunder sprechen!« Mooslachner zeigte mit dem Daumen nach draußen. »Tun Sie mir einen Gefallen, Mr. Namalunga? Sie sind mir Revanche schuldig, Sie haben mich in hellste Aufregung versetzt! Fahren Sie mich mit dem Wagen mal rum? Einmal durch Outjo und drum herum! Ich möchte nach Jahren mal wieder das Gefühl haben, in einem Wagen zu sitzen, ohne mir den Hintern wundzuscheuern.«

»Wenn ich Ihnen damit einen Gefallen tun kann!« Otje lachte. »Kommen Sie, Pater!«

»Und Luba kocht uns unterdessen eines ihrer unvergleichbaren Abendessen! Was hast du heute anzubieten?«

»Wenig. Bandnudeln mit Gulasch!«

»Nun verroht auch sie!« sagte Mooslachner pathetisch. »Seitdem der Doktor im Norden ist, trauert sie mit dem Kochtopf! Kommen Sie schnell, Mr. Namalunga, und fahren wir los. Das macht mir Hunger, und dann esse ich auch Nudeln!«

Sie waren zehn Minuten gefahren und hoppelten weiter über den Pfad nach Norden, als Mooslachner seine breite Hand auf Otjes Arm legte. Namalunga bremste, fuhr an die Seite und hielt an.

»Darauf habe ich gewartet!« sagte er. »Was wollen Sie fragen, Pater?«

»Was haben Sie als Delegierter der Ovambos mit Luba zu schaffen?«

»Eine klare Frage.«

»Und eine klare Antwort?«

»Nein!«

»Sie haben keine Angst, daß ich Polizei oder Militär alarmiere?«

»Sie sind Priester! Betrachten Sie unser Gespräch als Beichte.«

»Mein Lieber, Sie sind evangelisch, wie ich annehme.«

»Aber wir haben den gleichen Gott.«

»Man merkt, daß Sie Politiker sind.« Mooslachner blickte auf den schnurgeraden Pfad. Vor ihnen, am Straßenrand, erhob sich die spitze Pyramide eines Termitenhügels. Schemenhaft huschte etwas Großes, Dunkles über den Weg. Ein Kudu, dachte Mooslachner. Die Biester sind gefährlich in der Nacht, weil sie, von den Scheinwerfern geblendet, in den Wagen hineinrennen. Da hat es schon genug Unfälle gegeben, sogar tödliche. Auch einen deutschen Farmer bei Otjiwarongo hat es erwischt. Ein Kudubulle kann wie eine Felswand sein.

»Von wem haben Sie Luba Grüße bestellt?«

»Ein Verhör, Pater?«

»Nur ganz persönliche Neugier.«

»Ich könnte sagen: Von einer ihrer Freundinnen in Windhoek. Sie war dort sehr beliebt.«

»Ich weiß, Sie könnten. Aber Sie tun es nicht. Also keine Freundin?«

»Kein Kommentar, Pater.«

Mooslachner dehnte sich in dem bequemen Sitz. »Wo haben Sie Ihr Ohr verloren?«

Otje blickte starr geradeaus auf den Pfad. Im Scheinwerfer huschte ein Springböckchen vorbei.

»Vor zehn Jahren in Randfontein. Damals demonstrierten Arbeiter von sechs Fabriken. Natürlich schlug man das sofort nieder, mit Tränengas und Schüssen. Mich fing man, schleppte mich in einen Keller und wollte mich weitertransportieren nach Johannesburg. In der Nacht kam ein Uniformierter in meinen Keller, ganz allein, lachte mich an und schnitt mir das Ohr ab. Ich habe den Mann nie wiedergesehen. Am nächsten Morgen wurde ich von einem Arzt versorgt und freigelassen. Ich betrachte die Verstümmelung als Orden.«

»Die Welt ist verrückt, und die Menschheit noch mehr!« Mooslachner legte seine Hand wieder auf Otjes Arm. »Mr. Namalunga, bringen Sie mich zurück zur Station. Mir ist die Freude am Spazierenfahren vergangen.«

»Das wollte ich nicht! Aber gefragt haben *Sie!*«

»Ich werde das einstellen! — Essen Sie Nudeln mit uns?«

»Gern.«

»Dann los!«

Otje ließ den Motor wieder an. Sie fuhren einen Halbkreis und kehrten nach Outjo zurück.

An diesem Vormittag behandelte Dr. Oppermann neununddreißig Kranke.

Zunächst nahm er die schweren Fälle dran, die Urulele am Vortag mit einem dicken Ölkreidestrich auf der Brust markiert hatte. Der Alte, der, kaum aus seinem Rausch erwacht, am frühen Morgen verschwunden war, schien drüben im Kral für den reibungslosen Ablauf des Patientenbesuchs zu sorgen. Er schickte jeweils eine Gruppe von vier Kranken in Dr. Oppermanns Zelt. Kam der dritte zurück, zog eine neue Gruppe los. So wurde Gedränge und überflüssiges Herumstehen vermieden, und auch das unvermeidliche Geschnatter der Frauen und das Schreien der Kinder ersparte man sich. Oppermann und Urulele konnten in aller Ruhe arbeiten.

Die vereiterten Augen wurden ausgespült, mit Antibiotika behandelt und verbunden oder verpflastert. Oppermann verabreichte auch noch Injektionen gegen die Infektion, obwohl er wußte, daß sie wenig nutzten. Die anderen Erkrankungen, vor allem die Mangelerscheinungen und die Milztumoren, nahm er in eingehenden Berichten auf, machte mit einer Polaroidkamera Fotos von den Kranken und versprach ihnen, daß sie gesund würden. Das war ein fast unhaltbares Versprechen, aber das blinde Vertrauen, das ihm von diesen armen, ausgestoßenen Menschen entgegenleuchtete, mit jedem Blick, mit jedem zaghaften Lächeln, ließ ihm keine andere Wahl, als zu sagen: »Du wirst gesund werden!«

Gegen Mittag tickte der Signalgeber des Funkgerätes. Oppermann stülpte die Kopfhörer über und ging auf Empfang. Jack Bostel war wieder am anderen Ende. Allerdings rief er nicht aus Okaukuejo an, sondern aus Namutoni.

»Was haben Sie denn mit Mr. van Dehlen gemacht?« fragte er ohne Einleitungsfloskeln. »Der hüpft im Camp herum wie ein gestochener Affe. Will sich beschweren, droht mit einer Eingabe beim Gesundheitsministerium, will halb Pretoria mobil machen. Was ist denn los? Ich habe von ihm nur verstanden, daß Sie unbedingt abgelöst werden müssen! ›Dieser Mann ist eine Gefahr!‹ — so brüllt er herum. ›Wir brauchen keine deutschen Marxisten in Südwest!‹ — Nun sagen Sie mir mal, Doktor, was ist da vorgefallen?«

»Ich habe fünf Lastwagen oder drei Busse verlangt, um die Nomaden von hier in intensive ärztliche Betreuung zu überführen. Jeder Zweite ist krank. Es handelt sich nicht nur um die Infektion, sondern auch um Krankheiten, die man zum Teil sogar stationär behandeln muß.«

»Das ist allerdings ein dicker Hund!« sagte Jack betreten. »Das übersteigt meine Kompetenz.«

»Das weiß ich mittlerweile. Aber Milztumoren richten sich bei ihrem Wachstum nicht nach Beamtenkompetenzen! Ich will von Ihnen, Jack, oder von diesem van Dehlen oder von sonst einem Magistratsbeamten, der zuständig ist, klipp und klar hören: Ja oder Nein!«

»Sie werden so schnell keinen Zuständigen finden!« antwortete Bostel sarkastisch. »Mann, da legen Sie uns aber ein heißes Eisen ins Bett!«

»Also Nein?«

»Dr. Oppermann . . .«

»Bei einem Nein werde ich über die größten Nachrichtenagenturen wie UP, Reuter, AP und andere die Meldung herausgeben, daß man in Namibia harmlose kranke Nomaden zum Tode verurteilt hat — nur, weil sie ›Kaffern‹ sind!«

»Damit sind Sie erledigt, Doktor!«

»Das ist mir egal!«

»Und Ihre Forschungen? Rechnen Sie sich mal aus: Sie opfern sich für rund zweihundert Kranke und verraten damit Tausende! Wer kümmert sich um sie, wenn man Sie bei uns 'rauswirft? Männern wie van Dehlen ist es möglich, Sie zur unerwünschten Person erklären zu lassen. Gibt es keinen anderen Ausweg?«

»Doch. Ich kann die Kranken nebeneinander aufstellen und mit meiner Maschinenpistole erlösen. Würde wenigstens das akzeptiert?«

»Doktor« — Jack Bostels Stimme klang beschwörend — »Sie sind verbittert.«

»Für das, was ich bin, muß noch ein Wort erfunden werden!« Dr. Oppermann blickte hinüber zum Kral. Die Frauen kochten in ihren großen Kesseln; in einem improvisierten Backofen aus Steinen entstanden die flachen Maisfladen. In der Mitte des Dorfes, auf dem Palaverplatz, zelebrierte die Mumie ihre Nachuntersuchung. Die von Oppermann versorgten Kranken wurden mit einem Zauberwedel geschlagen und mußten mit Wasser ein Pulver schlucken, dessen Zusammensetzung nur der Medizinmann kannte. »Sie können mir also die Fahrzeuge nicht schicken?«

»Ich kann. Aber ich darf das nicht ohne Weisung aus Windhoek.«

»Danke, Jack. Dann helfe ich mir allein.«

»Doktor, machen Sie keine Dummheiten! Ich verspreche Ihnen, jetzt gleich in Windhoek anzurufen und die Lage zu schildern. Sobald ich eine Entscheidung habe, funke ich Sie an. Es ist ja nicht alltäglich, daß man zweihundert Kranke durch die Gegend fährt! Bitte, Doktor, übereilen Sie nichts! Ihr Krach mit van Dehlen hat schon viel Porzellan zerschlagen.«

Dr. Oppermann brummte einen Dank und stellte den Sender ab. Urulele kam mit dem Mittagessen: Kalbfleischklopse mit Kapern aus der Dose. Zum Nachtisch eine Büchse Obstsalat.

Im Busch war es still. Nur ab und zu rumorte es dunkel und dumpf, der alte, einsame Löwe schlich noch herum: hungrig, zur schnellen Jagd zu lahm geworden, auf der Suche nach einem Opfer, das ebenso ausgestoßen war wie er. Ruhig zogen die Elefanten über das Land und plünderten die Bäume. Wenn sie weiterzogen, waren die Bäume kahl. Jeder dieser grauen Kolosse fraß täglich 250 Kilogramm Grünfutter. Täglich! Sie rupften das Weideland aus und drehten als Delikatesse die jungen Äste aus den Stämmen.

Eine Stunde später erschienen die nächsten vier Kranken bei Dr. Oppermann. Er rauchte gerade eine lange dünne Zigarre und trank Kaffee. »Die Mumie legt ein tolles Tempo vor!« sagte er lachend zu Urulele. »Mit unserem Mittagsschläfchen ist es vorbei.«

Am Abend kam die Mumie selbst. »Das sind die letzten vier!« sagte der Alte und setzte sich auf den Klappstuhl. »Und wie geht es nun weiter?«

»Einen Genever?« fragte Dr. Oppermann und blinzelte.

»Oh Himmel, nein!« Die Mumie hob die dürren Arme. »Das war das letztemal! — Lassen Sie Medikamente hier?«

»Nein.«

»Warum nicht?«

»Ich werde alle Kranken zunächst nach Outjo schaffen und dann weiter in andere Krankenhäuser. Die Gesunden können das Vieh nach Süden treiben und auch zu mir nach Outjo kommen. Dort werden wir die Rinder untersuchen.«

»Das heißt, Sir, daß der Stamm zerfällt?«

»Nein, im Gegenteil, ich will ihn erhalten. Aber das geht bei vielen Kranken nur durch stationäre Behandlung.«

»Dann ist meine Tätigkeit als Medizinmann hier beendet, nicht wahr?«

»Sie kommen ohnehin nach Windhoek ins Hospital. Ihr Knochensarkom nehme ich so ohne weiteres nicht hin!«

»Sir, Sie sind sehr freundlich.« Die Mumie lüftete den grauen Filzhut mit der Geierkrallen-Garnitur. »Aber ich kann mir nicht denken, daß ich mit nur noch einem Bein weiterleben könnte.«

Er stand auf, reichte Dr. Oppermann die Hand und drückte sie fest. Oppermann hatte das belastende Gefühl, dieser Händedruck sei etwas Endgültiges. Er hatte dafür keine Erklärung. Dann ging die Mumie zurück zum Kral, das linke Bein nachschleifend; scheinbar nichts als ein Bündel aus Kleidern, Knochen und welker Haut, das, medizinisch gesehen, eigentlich gar nicht mehr lebensfähig war.

In der Nacht schlief Dr. Oppermann schlecht. Immer wieder wachte er auf, saß aufrecht im Bett und lauschte nach draußen.

Der alte Löwe brüllte. Mal näher, mal von weit, aber er ließ keine Ruhe. Unruhig trottete er durch den Busch, getrieben vom Hunger, verzweifelt in seiner Einsamkeit. Sein heiseres Brüllen erschreckte selbst die Ochsenfrösche. Wenn er die Stimme erhob, schwiegen sie. Endlich war auch der Löwe müde geworden, und gegen Morgen schlief auch Dr. Oppermann ein. Aber schon zwei Stunden später schrak er auf. Die Sonne schob sich gerade über das Veld und vergoldete den Himmel. Urulele stand an Oppermanns Bett und sagte mit zuckenden Mundwinkeln:

»Sie haben Besuch, Master Doktor.«

Dr. Oppermann sprang auf, trat in das Vorzelt und sah die beiden jungen Ovambos mit demütiger Miene im Gras stehen. Es waren die Jungen, die der Alte seine Famuli genannt hatte. Die beiden großen Zauberkisten hatten sie mitgebracht und vor ihren Füßen abgestellt.

Dr. Oppermann spürte ein Frösteln über seinen Rücken laufen. Der lange Händedruck, das komische Gefühl, die dunkle Ahnung ...

»Was ist passiert?« fragte er rauh.

Einer der Jungen senkte den Kopf. Er sprach ein schauderhaftes Englisch, aber man konnte ihn verstehen.

»Wir zu dir kommen ... Großer Geist hat so gewollt ... Du unser Herr ... Hier Brief ...«

Mit bebenden Händen nahm Dr. Oppermann das Schreiben in Empfang. In großen, aber sauberen Buchstaben hatte die Mumie geschrieben:

»Sir — mir ist klar geworden, daß mein Leben sich vollendet hat. Ich habe viel Schuld auf mich geladen, aber ich habe auch vielen helfen können. Hier schicke ich Ihnen meine beiden Lehrburschen und meine Kisten. Bitte, schlagen Sie sie nicht aus. Sorgen Sie für die Jungen. Sie sind begabt und werden sicherlich einmal gute Arzthelfer werden, vor allem, wenn sie bei Ihnen weiterlernen. Sir, ich danke Ihnen.«

Dr. Oppermann ließ den Brief sinken. Seine Kehle war wie zugeschnürt.

»Wo ist euer Herr?« fragte er heiser. »Was ist geschehen?«

Der Junge streckte den Arm aus und zeigte hinaus in den Busch.

Seine Stimme war klar und ohne Trauer.

»Alter Mann ist gegangen zu altem Löwen.«

»Mein Gott!« Oppermann faltete den Brief zusammen und senkte den Kopf. Wer denkt an so etwas? Ich hätte ihn festhalten müssen ... Aber hätte man ihm damit einen Gefallen getan?

»Er hat euch auch die himmlische Sternenröhre geschenkt?« fragte er.

»Nein!« Der Junge blickte Dr. Oppermann fast tadelnd an. »Er hat sie mitgenommen. Er muß den Teil des Himmels doch wieder zurückbringen.«

Mit dem ersten Lastwagen kam Luba Magdalena. Jack Bostel steuerte ihn selbst. Im zweiten Lastwagen hockte neben einem schwarzen Fahrer, bekleidet mit einer Soutane, also im Dienst, Pater Mooslachner. Diese beiden Wagen mußten ein höllisches Tempo über den staubigen Pad mit der Waschbrettoberfläche gefahren sein, denn die nachfolgenden drei Lastautos kündigten sich mit einer hohen Staubwolke in der Ferne erst an, als Jack Bostel schon aus dem Fahrerhaus sprang, ein paar Kniebeugen zur Lockerung machte und dann Luba auf die Erde half. Mooslachner sprang aus seinem Wagen, als sei er ein Stuntman.

Dr. Oppermann hatte zwei Tage auf eine Nachricht von Bostel gewartet. Er selbst hatte sich nicht mehr um Funkkontakt bemüht. Ich bettele nicht um eine selbstverständliche Menschenpflicht, dachte er. Wenn ihnen hundert Leben nichts wert sind, werde ich sie mit diesen hundert Leben konfrontieren! Ich bringe sie hinaus, auf meiner Landbrücke, mit meinem Landrover! Wenn ich den Wagen vollpacke und sie auf dem Dach und den Kotflügeln sitzen, am Reserverad hängen und auf dem Kühler, dann kann ich pro Fahrt fünfundzwanzig Kranke nach Outjo schaffen. Dann werde ich achtmal hin und her fahren müssen, im schlimmsten Fall. Aber ich weiß, daß Mooslachner sofort etwas unternehmen wird, und dann transportieren wir sie mit zwei Wagen.

Mein lieber Herr van Dehlen, Sie werden sich diese armen Teufel ansehen müssen! Und wenn ich Sie am Kragen hinschleife! Scheiß drauf, was später passiert, mit der Regierung in Windhoek, mit dem Ministerium in Pretoria!

Eine unbändige Wut wuchs in ihm. Der Tod des alten Mannes verpflichtete ihn noch mehr, diese Kranken zu retten. Er wußte, daß sich der alte Zauberer an die Wasserstelle gesetzt und den einsamen, vor Hunger brüllenden Löwen erwartet hatte, mit einer ruhigen Seele, weil er das Wort des weißen Doktors mitnahm: Sie werden alle in gute ärztliche Behandlung kommen. Viele werden überleben.

An diesem Vormittag hatte Dr. Oppermann mit dem Häuptling gesprochen, ihm die Situation erklärt und die fünfundzwanzig Kranken für den ersten Transport ausgesucht. Es waren keine Patienten mit der rätselhaften Infektion der Augen, sondern Männer und Frauen, die an Milz- und Leberschäden litten, an Mangelerscheinungen und Tuberkulose. Für sie war die Einweisung in ein Hospital wichtig; eine sofortige intensive Therapie konnte sie heilen.

Nach dem Mittagessen ruhte sich Oppermann auf der Klappliege aus. Er lag im Halbschlaf, als ihn Uruleles Schrei aufschreckte. Marcus-Tomba stürzte ins Zelt, fuchtelte mit den Armen, legte beide Hände auf seine Glatze und massierte sie wie noch nie.

»Sie kommen!« schrie er. Seine Stimme überschlug sich vor Begeisterung. Oppermann deutete es anders, er griff sofort zu einem Schnellfeuergewehr.

»Büffel oder Elefanten?!«

»Wagen! Lastwagen, Master Doktor! Ihre Lastwagen! Sie kommen wirklich!« Urulele begann zu tanzen, hüpfte im Kreis herum und schlenkerte mit den Armen. Er war in diesem Augenblick nichts als ein vor Freude stampfender Ovambo.

Dr. Oppermann rannte hinaus. Noch war nichts zu sehen — nur ganz in der Ferne eine in der flimmernden Hitzeluft schwebende hellgelbe Staubwolke. Das konnte alles mögliche sein: eine galoppierende Gnuherde, eine Wand aufgeregter Elefanten, ein Zug Kaffernbüffel auf der Flucht vor irgendeiner Gefahr. Aber wenn Urulele sagte, es seien Lastwagen, dann stimmte es. Er sah, hörte und roch ja auch Tiere, wo ein Weißer achtlos vorbeischlenderte.

Minuten später erkannte auch Oppermann die Aufbauten der Wagen. Er freute sich über seinen Erfolg, aber er blieb vorsichtig. Die Sache mußte einen Haken haben. Es war schier undenkbar, daß ein Mann wie Erasmus van Dehlen aus eigener Initiative die Aktion genehmigt hatte.

Jack Bostel hatte ein Gespür und auch ein Herz für gewisse Dinge, die mit Takt zu behandeln sind. Er tat so, als ob am Motor seines Lastwagens etwas klappere, riß die Motorhaube hoch und suchte nach der Ursache, noch ehe er Dr. Oppermann begrüßte. Er ließ Luba den Vortritt. Mit einem Grinsen beobachtete er aus den Augenwinkeln, wie sie mit wehenden Haaren auf Oppermann zulief.

Es fehlte nur noch, daß beide die Arme ausbreiteten und sich umarmten.

Pater Mooslachner, der mit geraffter Soutane an ihm vorbeilief, wurde sofort festgehalten.

»Was ist denn los?« keuchte der Pater. »Jack, Sie reißen mir einen Knopf ab!«

»Es sind ja genug dran!« Bostel hielt Mooslachner fest. »Immer der Reihe nach mit dem Wiedersehen. Zuerst ist unser Mädchen dran!«

Mooslachner befreite sich aus dem Griff und lehnte sich gegen das Auto. Auch er sah nun, wie Luba auf Dr. Oppermann zustürmte. Sie trug weiße Shorts, aber an den langen, braunen Beinen halbhohe, derbe Stiefel, ein Schutz gegen Schlangen, Skorpione und andere gefährliche Tiere.

»Sprechen Sie nicht aus, Jack, was ich nicht zu denken wage!« sagte er betroffen.

»Sie wohnt doch in Outjo bei Ihnen. Hat sie nie mit Ihnen darüber gesprochen?«

»Nie! Mit Ihnen etwa?«

»Natürlich nicht. Aber ich habe sie ein paar Stunden neben mir im Wagen gehabt. Sie hat fast ununterbrochen geredet, und es war immer nur ein Thema: Dr. Oppermann! Ein Hymnus! Braucht man da noch andere Erklärungen?«

»Es wäre furchtbar!« sagte Mooslachner bedrückt. »Machen wir uns doch nichts vor von wegen liberalisiertem Denken! Es wäre Dr. Oppermanns Ende in Südafrika! Und auch Luba wird gegen Felswände anrennen.« Er sah Jack Bostel mit zusammengekniffenen Augen an. »Jack! Sie reden da doch dummes Zeug. Sind Sie denn so tolerant?«

»Ich bin hier geboren. Meine Familie lebt seit neunzig Jahren in Südwest. Ich könnte es nie mit einer Farbigen ... offiziell.«

»Aha! Offiziell! Jack, Gott hat für Heuchelei nichts übrig.«

»Aber der Mensch kann sie manchmal gebrauchen. Als Schutzpanzer.« Er schwieg, nickte hinüber zum Zelt und schüttelte den Kopf. »Nein, so 'was! Sie geben sich *keinen* Kuß! Pater, ist das nun auch Heuchelei?«

»Sie sind klüger als wir, Jack!« Mooslachner setzte sich in Bewegung. »Schämen wir uns unserer schamlosen Gedanken!«

Kurz ehe sie Oppermann erreichte, blieb Luba stehen. Ihr Drang, sich in seine Arme zu werfen, seinen Nacken zu umschlingen, ihn zu küssen, sich an ihn zu pressen, ihn zu fühlen, wurde gelähmt von der scheußlichen Mahnung: Du bist eine Farbige!

So blieb sie abrupt stehen, mit hängenden Armen, mit zitternden Lippen, und nur ihre großen schwarzen Augen sprachen unverhüllt aus, was sie nicht sagen und nicht tun durfte. Ihr Atem flog, das lange Haar wehte über ihr herrliches Gesicht, das eine Wildheit verriet, die Oppermann so noch nie an ihr bemerkt hatte.

»Luba —«, sagte er. Seine Stimme war belegt, und das ärgerte ihn, sie verriet mehr, als er wollte. »Das ist wundervoll, daß Sie mitgekommen sind. Was müssen Sie müde sein! Und ganz eingestaubt sind Sie!«

»Ich bin nicht müde«, antwortete sie und bemühte sich, ihren jagenden Atem zu beruhigen. Sein Bart ist gewachsen, dachte sie, die Haut sieht ganz verwittert aus. Sie zuckte zusammen, als er zu ihr trat, ihre Hand nahm und sogar den Arm um ihre Schulter legte. »Als Mr. Bostel mich anrief und die Lage schilderte, bin ich sofort mit Pater Mooslachner nach Okaukuejo gefahren.«

»Dann waren Sie ja in Todesangst!« Oppermann versuchte einen Scherz. »Wenn Michel Mooslachner auf das Gaspedal tritt ...«

»Ich habe mir gedacht, ich könnte helfen.« Sie gingen zum Zelt. Ich möchte den Kopf an seine Schulter legen, dachte sie und fühlte seinen Arm, als verbrenne er sie. Ich möchte die Augen schließen und sagen: ›Trag mich in das Zelt, schließ den Vorhang und laß niemanden hinein! Ich will dich jetzt allein haben, ganz allein für mich! Wie lange ist es her, daß du fort bist? Nur ein paar Tage? Nein, es war eine Ewigkeit . . .‹

Aber sie ging neben ihm her, ziemlich steifbeinig, mit durchgedrücktem Rücken und sagte mit einer Sachlichkeit, die sie selbst als unnatürlich empfand:

»Oh, Sie haben ja eine Menge Präparate entnommen. Das gibt Arbeit!«

Sie nickte Urulele zu, setzte sich auf einen der Klappstühle und schob mit beiden Händen die verwehten Haare aus ihrem Gesicht. Dr. Oppermann hantierte in der Kühlbox und suchte Bierdosen heraus. Die Box, eine herrliche Erfindung, wurde mit Flaschengas betrieben und erfüllte immer, mochte der Tag noch so heiß sein, den sehnlichsten Wunsch: einen eiskalten Schluck.

»Sie können mir sehr helfen, Luba!« sagte Dr. Oppermann und baute die Bierdosen auf. »Sie haben mir schon allein dadurch geholfen, daß Sie gekommen sind . . .«

Sie sah ihn an, aber er vermied ihren Blick. Er öffnete die Bierdosen. Mit den Augen streichelte sie ihn, ihre Lippen bewegten sich kaum wahrnehmbar, aber sie küßten ihn, ihre Finger strichen über ihre Knie, aber sie umfaßten ihn. Doch dann vernahm sie wieder die warnende Stimme, die alles zerstörte: Du bist eine Coloured!

Pater Mooslachner, der nie unter Hemmungen litt, umarmte Oppermann, drückte ihn an sich und zuckte zusammen, als er auf den Tisch blickte.

»Bier??«

»Eiskalt!« Dr. Oppermann drückte Bostel beide Hände. »Es gibt wirklich noch Freunde, Jack.«

»Oder Idioten! Ich bin einer davon.« Bostel nahm eine Bierdose und setzte sie an den Mund. Pater Mooslachner trank schon den letzten Schluck und griff zur nächsten Dose.

»Sie haben keinen Auftrag?« fragte Dr. Oppermann ernüchtert.

Jack Bostel winkte ab. Er trank erst sein Bier zu Ende.

»Deshalb bin auch ich hier!« sagte Mooslachner. »Wenn man Ihnen an den Kragen will, dann muß man auch an meinen! Das wird man sich überlegen.«

Jack Bostel warf die leere Büchse weit weg. Sie knallte gegen den Stamm der Schirmakazie und jagte ein paar Affen in die Flucht. Ihr gellendes Schimpfen übertönte ein paar Sekunden jeden anderen Laut.

»Meine Aufgabe«, sagte Bostel, »— und dafür werde ich von der Regierung bezahlt — ist, mit meinen Wildwarten für Ruhe und Ordnung, Sauberkeit und Sicherheit im nordwestlichen Teil der Etoschapfanne zu sorgen. Dafür habe ich meine Wagen, dafür bekomme ich mein Benzin, hier kann ich selbständig entscheiden. Ich bin nun nach Ihrem Anruf, Dr. Oppermann, zu der Überzeugung gekommen, daß der Abtransport der kranken Ovambos der Ruhe, Ordnung, Sauberkeit und Sicherheit der Etoschapfanne dient. Der Einsatz der Wagen ist berechtigt. Das wird in meinem Bericht stehen, und wer's nicht glaubt, kann mich am Arsch lecken!«

»In solch einem Zusammenhang duldet Gott sogar dies unflätige Wort!« sagte Mooslachner feierlich.

»Was aber nichts daran ändert« — Jack Bostel tippte Oppermann gegen die Brust —, »daß Sie uns in eine Teufelssituation gebracht haben! Und noch eins: Ich bin nur für mein Gebiet zuständig, das heißt, ich bringe Ihnen die Kranken bis Okakuejo! Dort ist für mich Schluß, beim besten Willen und bei aller Freundschaft. Dann müssen Sie sehen, wie Sie den Stamm weiter nach Süden bringen. Das wird auch noch bei Ihren Kollegen ein Theater geben, wenn Sie mit Ihrer Kompanie vor den Hospitälern aufmarschieren.«

»Mindestens siebzehn müssen nach Windhoek in fachärztliche Behandlung.«

»Wie schön! Mit Einzelzimmer, Südbalkon, Radioapparat, Spezialdiät ...« Bostel blickte Oppermann an, als habe er in Gegenwart von Luba einen schweinischen Witz erzählt. »Man wird Ihnen einen guten Psychiater vorschlagen. Überlegen Sie mal ...«

»Ich überlege nicht«, sagte Dr. Oppermann kühl. »Ich sehe nur Kranke, die Hilfe brauchen. Ob die Haut weiß ist oder schwarz, rot oder gelb, die Krankheit ist die gleiche. Es sind Menschen, und wenn sie im Grab verfaulen, sehen sie auch alle gleich aus!«

»Amen!« Pater Mooslachner griff zur dritten Büchse Bier und riß sie auf. »Wann laden wir ein?«

»Heute nicht mehr. Morgen in der Frühe.« Oppermann nickte zum Kral hinüber. »Dort ist alles bereit. Wären Sie nicht gekommen, Jack, hätte der Abtransport auch ohne Sie begonnen. Mit meinem Landrover. Immer fünfundzwanzig Mann — hin und her. Verlassen Sie sich drauf: Ich hätte es geschafft! Ich kann ein sagenhaft sturer Hund sein!«

»Das glaubt Ihnen jeder!« sagte Bostel und hob seine Bierbüchse. »Prost, Sie Buschschrecken!«

Ich liebe ihn, dachte Luba. Oh, weiter Himmel, oh, im Abend versinkende Sonne, oh, unendliches Land: Ich liebe ihn! Ich weiß nicht, wie das werden soll ... Aber ich liebe ihn.

Sie saß auf dem Klappstuhl, trank aus einem Pappbecher ihr Bier und schauderte zusammen, wenn Dr. Oppermann sie ansah und ihr zulächelte.

Es war eine Sensation, als die drei Busse mit den kranken Nomaden in Outjo einfuhren. Die Menschen, meist Farbige, standen am Straßenrand, ein zufällig anwesender Fotoreporter machte Aufnahmen, und Prusius sagte am Stammtisch im Hotel »Deutsches Haus«: »Der Bursche tut mir ehrlich leid. Er will mit dem bloßen Schädel unverrückbare Mauern einrennen! Da sind in hundertfünfzig Jahren schon andere gescheitert!«

In Otjiwarongo, der wichtigsten und modernsten Distriktstadt des Nordens mit ihren über 7000 Einwohnern, davon 2900 Weiße — in diesem Eisenbahnknotenpunkt am Fuße der Waterberge, dem Mittelpunkt eines riesigen Maisanbaugebietes, nur 71 Kilometer von Outjo entfernt, sagte man nüchtern:

»Soll er nur kommen, der Spinner!«

Aber Dr. Oppermann blieb zunächst in Outjo.

Die Sache mit den drei Bussen aber schlug hohe Wellen, bis hinunter nach Windhoek. Sogar der Bischof in Johannesburg wurde verständigt, aber der sagte klug: »Ich kann da weder intervenieren noch tadeln. Ich bin ein Vertreter der Amtskirche. Pater Mooslachner aber gehört dem Orden ›Mission Mariä Tränen‹ an. Man müßte also den General des Ordens verständigen.«

Der aber residierte in Rom, und das war weit weg, auf jeden Fall zu weit für einen schnellen, wirkungsvollen Protest. Was nämlich innerhalb von zwei Tagen geschah, erregte die Gemüter derart, daß Pater Mooslachner eine Reihe anonymer Anrufe erhielt, deren mildester war: »Du Judas im schwarzen Rock! Auch dich überleben wir!«

Wie Jack Bostel gesagt hatte: In Okaukuejo endete seine Kompetenz. Zwei Tage hockten die Kranken, außerhalb des für die Touristen gebauten Lagers mit seinem Restaurant, den sauberen kleinen Appartementhäuschen, Rondawels genannt, den langgestreckten Zimmerbaracken aus gekalktem Mauerwerk und den einfacheren Zelten, in einem abseits gelegenen Gelände. Hier lebten die Familien um ihre Feuer, schliefen in alten Zelten, die die Verwaltung herausgerückt hatte, und warteten, wie es weitergehen sollte.

»Sie werden keinen Busunternehmer finden«, sagte Bostel, »der Ihnen diese Kranken abtransportiert. Machen Sie einen Versuch, rufen Sie in Outjo oder Otjiwarongo an, bitten Sie die Sanitätsstationen oder die Krankentransporter — die Antwort wird immer die gleiche sein. Sieht man mal von den üblichen Reihenuntersuchungen und der Betreuung der Dörfer durch Ärzte mit Klinikbussen ab, dann sind Sie tatsächlich der erste, der einen Massentransport ankurbeln will. Hinzu kommt, daß man Ihnen jetzt die Zähne zeigen wird. Sie glauben nicht, wie schnell, trotz der großen Entfernungen, die Informationen bis in die letzte Ecke des Landes gelangen. Das wird von einer Farm zur anderen telefoniert oder gefunkt. Die interne behördliche Information ist sogar blitzschnell. Den Namen Oppermann schreibt man jetzt schon mit Rotstift!«

Oppermann verzichtete daraufhin auf seine Anrufe in Outjo oder Otjiwarongo. Wieder tauchte der Plan auf, die Kranken in Gruppen mit den Landrovern nach Outjo zu bringen. Das waren nur noch 117 Kilometer über den staubigen Geröll-Pad. Man konnte an einem Tag also zwei Fuhren machen und dann vor Erschöpfung wie tot umfallen. Aber man hatte die Kranken bis Outjo gebracht!

»Ich habe eine Idee!« sagte nach diesen Überlegungen Pater Mooslachner. »Jack, Sie glauben doch an Gott?«

»Natürlich!« antwortete Bostel verblüfft. »Warum?«

»Ich brauche Ihr Telefon im Namen Gottes für eine Lüge.«

»Das ist Ihr Bier, Pater.« Bostel zeigte auf den Apparat. »Das müssen Sie selbst mit Ihrem obersten Boß ausmachen. — Ist es ungesetzlich?«

»So kann man es nennen.« Mooslachner zwinkerte mit den Augen. »Ich will keiner staatlichen Ordnung ans Bein pinkeln. Ich will nur eine verschlafene Menschlichkeit überlisten.«

Er holte sich das Telefon heran, blätterte in dem Telefonbuch und hatte die Nummer schnell gefunden. Während der Ruf abging, blinzelte der Pater den Doktor und Jack Bostel vergnügt an. »Gleich meldet sich in Otjiwarongo ein frommer Christ, der sechs Busse besitzt und für die Schulen fährt.«

»Henrik Walthers?« Jack schüttelte den Kopf. »Aussichtslos.«

»Abwarten! Ah — da ist er ja!« Pater Mooslachners Stimme veränderte sich und bekam seinen berühmten Kanzelton. »Henrik Walthers? Hier Pater Mooslachner. Gott segne dich, mein Sohn, deine Familie und dein Werk! Ich habe dich seit vier Sonntagen vermißt im Gottesdienst. Ach, du warst in Kapstadt? — Ja, ich höre. Du willst beichten? — Wann? Immer! Gott hat immer Zeit, die Schuldenlast von den Schultern der Sünder zu nehmen. — Ich brauche drei Busse!«

Man hörte nicht, was Henrik Walthers antwortete, es war eine lange Antwort, aber Pater Mooslachner hörte sie geduldig an. Dann antwortete er: »Ich sehe das alles ein, aber hier rufe ich um Hilfe! Willst du der Kirche die Hilfe verweigern? Was heißt hier Schulfahrten? Ich brauche drei Busse, sechs hast du. Stopf die anderen für einen Tag voller, dann geht es leicht! Nur einen Tag! Ich sitze hier in Okaukuejo und habe gerade einen Gottesdienst abgehalten. Eine große Gruppe Nordländer ist es! Sie haben erfahren, daß ich ein wundertätiges Muttergottesbild auf der Mission haben soll. Nun wollen sie eine kleine Pilgerfahrt nach Outjo einschieben. Ich kann sie nicht davon abhalten. Henrik Walthers, willst du eine Wallfahrt verhindern, indem du mir drei Busse verweigerst? Wie willst du das jemals wieder gutmachen? Gott ruft sie — und sie wollen zu Gott!«

Man hörte Henrik Walthers wieder reden, dann nickte Pater Mooslachner zufrieden und legte auf. Mit Triumph im Blick sah er Oppermann und Bostel an. »Wer läßt jetzt ein Bier springen?« fragte er mit breitem Grinsen. »Morgen sind die drei Busse hier!«

Bostel stand auf, ging zu einem Kühlschrank und holte die Bierdosen.

»Die Schamlosigkeit dieses Priesters werden wir nie erreichen, Doktor!« sagte er. »Pater, Sie glauben wirklich, daß Gott so etwas duldet?«

»Aber ja! Ich lüge für einen christlichen Zweck.«

»Eine Wallfahrt! Eine Gruppe Nordländer . . .«

»Kommen sie nicht aus dem Norden?«

»Ovambos! Nordländer sind bei uns Skandinavier!«

»Belasten Sie mich nicht mit Ihrem fehlerhaften Denken!« Mooslachner setzte die Bierdose wie zu einem Trompetenspiel an die Lippen. »Am meisten freut mich, daß Henrik Walthers diesen Transport unentgeltlich macht.«

»Nein!«

»Er hat es am Telefon gesagt! Mal sehen, ob er auch morgen noch ein guter Christ ist.«

Henrik Walthers blieb ein guter Christ, wenn auch mit Zähneknirschen und verzerrtem Gesicht. Als er in Okaukuejo mit seinen Bussen erschien und die »Pilger« sah, hinderte ihn nur der Respekt vor der Soutane, Mooslachner an den Hals zu springen.

Der Pater empfing ihn mit segnender Hand, übersah, daß Walthers kein Wort mit ihm sprach, und setzte sich dann in den letzten Bus, neben Luba. Urulele folgte der Kolonne im Landrover der Station.

»Wissen Sie, was das bedeutet?« knirschte Walthers. Er saß neben Dr. Oppermann im ersten Bus. »Meinen Austritt aus der Kirche!«

»Das müssen Sie mit Ihrem Gewissen ausmachen. Wichtig ist nur, daß die Kranken erst einmal bis Outjo kommen.«

»Mit solchen Scherzen sind Sie hier schnell unten durch!«

»Das ist mir wurscht!« sagte Dr. Oppermann grob. »Ich habe nie damit gerechnet, daß man mir hier ein Denkmal errichtet.«

Später, in Otjiwarongo, nannte man Henrik Walthers einen Idioten und Angsthasen.

»Sie haben mich voll aufs Kreuz gelegt!« schrie er wütend im Vaterländischen Club. »Was hättet ihr denn getan, ihr Klugscheißer?! Als ich dort eintreffe und sehe, was los ist, segnet mich der Pater! Hättet ihr da gesagt: Aufhören! Du kannst mich mal . . .!? Aber ich trete aus der Kirche aus, das ist sicher. Ich trete aus und beschwere mich beim Bischof!«

Natürlich erschien am Abend auch Prusius auf der Station. Rund um das »Bettenhaus« hatten sich die Ovambos niedergelassen, die Feuer loderten; Urulele, Nkulele und Luba teilten in Blechschüsseln Gemüsebrei und Mais aus.

»Wie vor zweihundert Jahren!« sagte Prusius und schüttelte den Kopf. »Doktor, ich habe fast Angst um Sie. Kommen Sie heute ins ›Deutsche Haus‹? Wir haben da eine kleine Feier. Um 21 Uhr geht es los. Sie haben dann auch Gelegenheit, über Ihren neuen Streich Auskunft zu geben. Das heißt — wenn Sie wollen!«

»Ich komme!« Dr. Oppermann zog seinen weißen Arztkittel an. »Es kann etwas später werden. Ich muß erst noch etwa dreißig Kranken ihre Injektionen geben. Aber ich komme!«

Zufrieden fuhr Prusius zurück nach Outjo.

Erst gegen halb zehn Uhr parkte Dr. Oppermann seinen Wagen in dem offenen Innenhof des Hotels »Deutsches Haus». Er war beruhigt weggefahren; Pater Mooslachner blieb bei Luba auf der Station. Gemeinsam mit Urulele und Nkulele hatten sie genug zu tun, die Kranken von all den Farbigen aus Outjo abzuschirmen, die neugierig herbeigeeilt waren. Schließlich stellte Urulele ein großes Schild an der Zufahrt zur Station auf, auf dem in roter Farbe weithin zu lesen war: »Weiterfahrt verboten! Seuchengefahr!«

Sehr bald hörte der Zustrom auf. Nur noch zwei Omvabo-Händler wurden erwischt, die sich herangeschlichen hatten, um billige Decken, Hosen und Hemden und Amulette gegen alle Gebrechen zu verkaufen. Urulele und ein stämmiger Nomade, der an einer Knochenverkrümmung des rechten Beines litt, fingen die Händler ein und verprügelten sie. Da es sozusagen eigenrassige Schläge waren, protestierte man nicht und wertete sie auch nicht politisch aus.

»Rechnen Sie damit, daß man Ihnen eine Falle stellt!« hatte Pater Mooslachner Dr. Oppermann gewarnt. »Wie gern möchte ich mitgehen! Aber ich sehe ein, daß ich hier bleiben muß. Die anonymen Anrufe haben Luba sehr nervös gemacht. Also, Doktor: Vorsicht!«

Das Hotel »Deutsches Haus« war 1904 gebaut worden,

nach der berühmten Schlacht am Waterberg, in der die deutsche Schutztruppe die Hereros so gründlich geschlagen hatte, daß dieses stolze Volk nie mehr eine große Rolle in Südwest-Afrika spielen konnte. Zuerst war das Haus nur eine befestigte Station für die deutschen Soldaten, später wurde es Raststation auf dem langen Weg nach Norden und Nordosten, wo man Wasser und Verpflegung einlud. Erst unmittelbar vor dem Beginn des Ersten Weltkrieges, 1914, bekam es den Namen »Deutsches Haus« und das Statussymbol eines »Hotels«. Es wurde umgebaut, erhielt ein Restaurant und eine deutsche Biertheke mit großem Kaiserbild darüber. Schließlich wurde es sogar Verbindungslokal für zwei studentische Corps, denn ein deutscher Akademiker im Ausland, und sei's im tiefsten Afrika, verzichtet ungern auf seine Kneipe, zumal, wenn sich dortzulande schon einige alte Herren niedergelassen haben. Ein Zimmerflügel wurde im rechten Winkel angebaut, mit einer durchlaufenden, gedeckten Terrasse, so daß jeder Gast vor seiner Tür mit Blick auf den afrikanischen Sternenhimmel speisen konnte. Nach dem Krieg installierte man auch eine Kegelbahn, und ein kleiner Saal wurde drei Vereinen zur Verfügung gestellt: dem Gesangsverein, dem Theaterverein und dem Vaterländischen Verein. Aber 1933 wurden sie durch einen vierten Verein verstärkt, der im wesentlichen aus den Mitgliedern der drei »Urvereine« bestand: Die Ortsgruppe Outjo der NSDAP.

Aus dieser Zeit behielt das »Deutsche Haus« einige große Erinnerungsstücke: eine Schallplatte mit dem Badenweiler Marsch und dem Horst-Wessel-Lied, eine Platte mit dem Englandlied und dem Lied der Fallschirmjäger, einige Fahnen und Wimpel, zwei Ehrendolche, von denen heute keiner mehr sagen konnte, von wem sie stammten, und, als ganz große Seltenheit, eine Schallplatte mit einer Goebbels-Rede. Nach dem Zweiten Weltkrieg und dem Aufschwung der Elektronik für jedermann wurde das Arsenal komplettiert mit Tonbändern von historischen Aufnahmen: Hitler vor dem Reichstag, Hitler beim Spatenstich in Bückeburg, Hitler beim Spatenstich an der Autobahn, Hitlers Weltkriegs-Eröffnung: Ab heute 5 Uhr 45 wird zurückgeschossen ...

Man muß das ernst nehmen und anders sehen als mit unseren Augen.

Da lebt — Tausende Kilometer von der Heimat entfernt — seit über einhundertfünfzig Jahren im ständigen Kampf mit einer immer feindlichen Umwelt eine Handvoll Deutscher. Mit wahrer Knochenarbeit kultivieren sie das Land, zaubern aus unfruchtbarem Sand-, Steppen- und Dornbuschboden grüne Weideplätze, züchten Karakulschafe, entwickeln eine eigene, ungemein harte Rinderrasse, legen Brunnen an, entdecken Bodenschätze, schützen das aussterbende Wild und gründen Farmen, wo Mais und Zuckerrohr wächst, Gemüse und Kartoffeln, Obst und Futterrüben. Und immer blicken sie nach drüben ins ferne Deutschland ... Sie lesen die Zeitungen, hören die Rundfunksendungen, fragen die Touristen aus, ihre Häuser sind offen für jeden Besucher aus der geliebten Heimat, ihre Gastfreundschaft ist ebenso groß wie ihre Sehnsucht nach Deutschland. Und dann verstehen sie nicht — wie könnten sie es auch? —, daß die Heimat ihre Heimatliebe belächelt, daß sie die »Gestrigen« genannt werden, daß man sie opfert für den großen politischen Rahmen, den sie ebenso wenig begreifen können, denn das Land, aus dem sie sich ernähren, ist der Boden, der, ehe sie kamen, wüst und tot war, den sie erst fruchtbar gemacht haben. Wie sollten sie verstehen, daß im Land ihrer Vorväter, das in ihrem Herzen wohnt, Nationalbewußtsein zuweilen geradezu wie eine Verwirrung angesehen wird?

Wer nimmt einem Franzosen übel, daß ihm Tränen in die Augen schießen, wenn unter dem Klang der Clairons die Trikolore aufgezogen wird? Wer lächelt, wenn in der Ecke jeder amerikanischen Amtsstube das Sternenbanner steht? Wer tippt sich an die Stirn, wenn Tausende voll Ehrfurcht »God save the Queen« singen? Und, ja, wer schreit entsetzt auf, wenn die Delegierten des Sowjet im großen Kremlpalast von Moskau mit heiliger Ergriffenheit ihr Revolutionslied singen und Lenins Kopf häusergroß von der Wand herunterstarrt?!

Nur die Deutschen im fernen Afrika, die im Freundeskreis den Großen Zapfenstreich vom Tonband hören und dabei ganz still sind, werden zu Teufeln des Revanchismus.

Der Deutsche — das unsterbliche Feindbild!

So kann man das sehen. Aber auch anders.

Man muß es anders sehen, wenn man Johann Prusius kennengelernt hat. Das ist die Tragik aller Gruppen, vor allem der Parteien: Sie werden beurteilt nach dem Auftreten eines sich vordrängenden einzelnen.

Der Wirt vom »Deutschen Haus« zapfte in hohen Gläsern Bier nach Pilsener Art und kam sofort um seine Theke herum, als Dr. Oppermann das Hotel betrat.

»Guten Abend, Herr Doktor!« sagte er und drückte Oppermann fest die Hand. »Das ist schön, daß Sie auch kommen. Die Feier ist in vollem Gang. Im kleinen Saal . . .«

»Welche Feier?« Oppermann sah den Wirt erstaunt an. »Hat jemand Geburtstag?«

»So kann man es nennen!« Der Wirt lachte, riß die Tür zum Sälchen auf und ließ Dr. Oppermann hinein.

An vier langen Tischen, umwallt von Tabakrauch und Bierdunst, saßen die Mitglieder der Vereine, aber dieses Mal nicht allein, sondern mit ihren Damen. Alle Köpfe wandten sich zur Tür, als Dr. Oppermann eintrat. Der Wirt rief laut: »Der freie Platz am Vorstandstisch ist für Sie!« Er unterbrach damit Prusius, der hinter einem Rednerpult stand und gerade eine Ansprache hielt. Die Wand hinter ihm war mit einem Riesenfoto geschmückt: Eine asiatische Fratze unter einem mit einem roten Stern versehenen Helm schob sich über die Weltkugel. Krallenhafte Hände umfaßten den Erdball. Dr. Oppermann kannte das – es war die Reproduktion eines Plakates, das 1941 überall in Deutschland an Mauern und Litfaßsäulen klebte. Er war damals noch nicht auf der Welt gewesen, aber er hatte Fotos von diesem Schreckensbild in Büchern und Zeitschriften gesehen.

Prusius sprach weiter, winkte Dr. Oppermann zu und zeigte auf den freien Stuhl. Oppermann zögerte. Hingehen und sich setzen – oder hinausgehen? ›Sie werden Ihnen eine Falle stellen!‹ hatte Pater Mooslachner gewarnt. Wenn das hier die Falle war, würde man ihn als Feigling verlachen, wenn er sich jetzt aus dem Staube machte.

Er ging durch die Tischreihen und setzte sich an den quergestellten Vorstandstisch. Jetzt sah er allen in die Gesichter. Von Erwartung über Schadenfreude bis zur deutlichen Ablehnung las er alle denkbaren Regungen von ihren Mienen ab.

»Ich begrüße unseren Herrn Dr. Oppermann herzlich«, sagte Prusius. »Er kommt zwar spät, aber er ist gekommen! Er mußte erst noch dreißig Kaffern eine Spritze geben! Das soll aber unsere Feierstunde nicht belasten!«

Der Angriff hatte begonnen. Dr. Oppermann sah in die Gesichter. Die meisten grinsten hämisch. Er grinste zurück und dachte bitter: Ihr Arschlöcher! Von einem Prusius laßt ihr euch aufhetzen! Denkt ihr wirklich so wie der? Sie, Herr Apotheker? Oder Sie, Herr Bäckermeister? Oder Sie, Herr Optiker? Oder Sie, Herr Direktor von der Maschinenfabrik? Und Sie, Herr Bauingenieur?

»Ich weiß nicht, ob Herr Dr. Oppermann weiß, welch großen Tag wir heute feiern!« rief hinter ihm Prusius mit Fanfarenstimme.

»Nein!« antwortete Oppermann laut.

»Wir feiern heute den 22. Juni!« schrie Prusius mit Begeisterung. »Sagt Ihnen das gar nichts?«

»Ich habe mich nie um die Geburtstage großer Persönlichkeiten gekümmert.«

»Dieser Tag sollte aber in das Bewußtsein jedes Deutschen eingebrannt sein!« trompetete Prusius. »Es war der Beginn eines Heldenkampfes, den wir nur verloren, weil Verrat und Dummheit uns ausgehöhlt haben! Das wollen wir nie vergessen! Heute weiß die ganze freie Welt, daß man in blindem Haß den Falschen vernichtet hat! Alles, was heute die Welt erschüttert, hätte es nie gegeben, wenn man uns damals freie Hand gelassen hätte! Herr Dr. Oppermann: Am 22. Juni 1941 sind unsere Divisionen in Rußland einmarschiert!«

»Du lieber Himmel!« sagte Dr. Oppermann laut.

»Ja! Du lieber Himmel! Auch da sähe es anders aus!« schrie Prusius. Auf seinen Wink tönte aus zwei Lautsprechern an der Wand leise Marschmusik. Seine Hände griffen nach einem Blatt Papier, seine Stimme zitterte vor Ergriffenheit. »Am 22. Juni 1941 verkündete Reichspropagandaminister Dr. Joseph Goebbels die Botschaft des Führers an das deutsche Volk. Ich wiederhole sie und bitte Sie, liebe Freunde, sich von den Plätzen zu erheben!«

Füße und Stühle scharrten. Die Männer und Frauen standen auf, mit ernsten Gesichtern und bewegtem Blick. Dr. Oppermann blieb sitzen. Das war sein Gegenschlag, und er wurde verstanden. Prusius' mächtige Stimme übertönte die Marschmusik, es war ein wirkungsvolles Melodram:

»Deutsches Volk!

In diesem Augenblick vollzieht sich ein Aufmarsch, der in Ausdehnung und Umfang der größte ist, den die Welt bisher gesehen hat. Im Verein mit finnischen Kameraden stehen die Kämpfer des Sieges von Narvik am nördlichen Eismeer. Deutsche Divisionen unter dem Befehl des Eroberers von Norwegen schützen gemeinsam mit den finnischen Freiheitshelden unter ihrem Marschall den finnischen Boden. Von Ostpreußen bis zu den Karpaten reichen die Formationen der deutschen Ostfront. An den Ufern des Prud, am Unterlauf der Donau bis zu den Gestaden des Schwarzen Meeres vereinen sich unter dem Staatschef Antonescu deutsche und rumänische Soldaten. Die Aufgabe dieser Front ist daher nicht mehr der Schutz einzelner Länder, sondern die Sicherung Europas und damit die Rettung aller ...«

Prusius schwieg einen Moment. Dr. Oppermann spürte seinen Blick im Nacken. Aber er blieb sitzen. Wenn ich aufstehe, gehe ich, dachte er. Aber das wäre nun wirklich Feigheit. Sie wollen mich fertigmachen auf diese Art. Dem Arzt können sie nicht beikommen -- aber nun versuchen sie, mich als undeutsch, als linken Verräter zu verteufeln. Seht ihn euch an, den Kommunisten, den roten Hund, den Moskautreuen! Er steht nicht auf! An einem solchen Jahrestag versagt er den deutschen Soldaten die Ehrung. Was kann man von dieser Generation anderes erwarten als Chaos und Untergang?!

Noch ist der Abend nicht zu Ende, dachte Dr. Oppermann. Er blieb sitzen.

Prusius wartete. Aus den Lautsprechern klang leise eine andere Musik zur Untermalung: das Landserlied »Vom Nordkap bis zum Schwarzen Meer«.

»Wer damals noch glaubte«, posaunte Prusius, »daß man mit den Roten hätte verhandeln können, statt sie zu vernichten, der hörte später dem Führer zu, als er am 3. Oktober 1941 in einer Reichstagsrede die erste Bilanz zog und vor der Weltgeschichte sein Bekenntnis ablegte.« Er griff nach einem zweiten Blatt Papier, straffte sich und atmete tief durch. Dann las er mit Pathos vor:

»Ich habe deshalb hier auch in dem Augenblick noch geschwiegen, in dem ich mich endgültig entschloß, nunmehr selber den ersten Schritt zu tun, denn, wenn ich schon einmal seh', daß ein Gegner das Gewehr

allmählich anlegt, dann werde ich nicht warten, bis er abzieht, sondern dann bin ich entschlossen, lieber selber vorher abzuziehen!

Es war, das darf ich heute hier aussprechen, der schwerste Entschluß meines ganzen bisherigen Lebens, denn jeder solche Schritt öffnet ein Tor, hinter dem sich nur Geheimnisse verbergen. Erst die Nachwelt weiß ganz genau, wie es kam und was geschah. So kann man nur sich mit seinem inneren Gewissen abfinden und dann das Vertrauen auf sein Volk, auf die selbstgeschmiedeten Waffen stärken und dann, das, was ich vorher sagte, den Herrgott bitten. Nicht, daß er einem hilft, noch die Unterstützung des Nichtstuns, sondern daß er dem den Sieg gibt, der selbst bereit und gewillt ist, heilig und opfervoll für sein Dasein zu kämpfen! Am 22. Juni morgens setzte nun dieser größte Kampf der Weltgeschichte ein. Seitdem sind etwas über dreieinhalb Monate vergangen, und ich darf hier zunächst eine Feststellung treffen: Es ist alles seitdem planmäßig verlaufen . . .«

Prusius schwieg, die Musik verstummte. Die Männer und Frauen standen an ihren Tischen und starrten vor sich hin. Auch Dr. Oppermann mußte zugeben, daß die damalige Sprache von einer satanischen Wirkung auf Seelen und Gemüter der Menschen gewesen war. Wie sagte Hitler: Erst die Nachwelt weiß ganz genau, wie es kam und was geschah . . . Und die Nachwelt war er, Jahrgang 1948, ein Jahrgang, der großenteils noch in Trümmern aufgewachsen war, und der, als er die Ruinen wahrnahm, auch wissen wollte, wie es dazu gekommen war.

Hinter ihm schnaufte Prusius. Dr. Oppermann erhob sich langsam von seinem Stuhl, schob ihn zurück und sagte laut in die erwartungsvolle Stille:

»Die Nachwelt weiß genau, was geschah: Der Krieg hat 55 Millionen Tote gekostet! Die deutschen Städte waren Trümmerhaufen! Noch nie lag ein Volk so auf der Schnauze wie wir! Wie aber — Herr Prusius hat es vorgelesen — wie sagte Hitler: Es ist alles planmäßig verlaufen!«

»Sie verstehen nichts!« sagte Prusius hinter ihm kalt. »Was damals gesagt wurde, ist eine Parallele zu heute, gilt jetzt und hier für Südwest: Wenn ich schon einmal seh', daß ein Gegner das Gewehr allmählich anlegt, dann werde ich nicht warten, bis er abzieht, sondern dann bin ich entschlossen, lieber selber vorher abzuziehen! — Das ist unsere Situation heute in diesem Land! Die schwarzen Banden sickern in unser Land, und wir sollen schön ruhig halten, uns nicht wehren, sondern uns abschlachten lassen zum Ruhme der UNO und für das ruhige Gewissen eines erbärmlich feig gewordenen Deutschland! Und Sie, Dr. Oppermann« — Prusius' Stimme klang schrill — »helfen mit, daß man uns, die wir dieses Afrika erst lebensfähig gemacht haben, mit aller Hinterlist ermordet und von der Scholle treibt! In Deutschland redet man vom Heimatrecht der Ostpreußen, Egerländer und Schlesier. Das hier, dieses herrliche Südwest, ist *unsere* Heimat, und hier haben *wir* ein Heimatrecht! Und das werden wir verteidigen, mit der Waffe in der Hand! Heilig und opfervoll für unser Dasein kämpfen — das werden wir! — Verstehen Sie das, Herr Dr. Oppermann?«

Prusius warf beide Arme empor. Aus den Lautsprechern erklang jetzt laut die deutsche Hymne. Die Männer und Frauen im Saal sangen mit. Dr. Oppermann zog die Schultern hoch und ging, an den singenden Menschen vorbei, hinaus. Er wußte, daß er diese Schlacht verloren hatte. Gegen das Argument des Überlebens gab es keine Erwiderung.

Draußen, im Schankraum, blieb er stehen, sah den Wirt an, schüttelte den Kopf und verließ das Hotel »Deutsches Haus«. Warum begreifen sie nicht, dachte er voll Bitterkeit, daß ich Arzt bin? Und die Krankheit in einer schwarzen Haut nicht anders ist als in einer weißen?

Warum begreifen sie nicht, daß es für mich nur Menschen gibt, keine Völker und keine Rassen?

Und dann, auf dem Weg zu seinem Wagen, begriff er es plötzlich, warum die anderen es nicht begreifen wollten: Sie hatten Angst. Sie lebten täglich mit der Angst. Und diese Angst wuchs und wuchs ...

Wo aber Angst herrscht, verkriecht sich die Vernunft.

Dr. Oppermann blieb stehen, drehte sich um und blickte auf die erleuchteten Fenster des Saales. Es drängte ihn, zurückzukehren zu diesen angstgeschüttelten Menschen.

Sie taten ihm leid, und er verzieh ihnen die Falle, in die sie ihn gelockt hatten.

Wie Jack Bostel es schon angedeutet hatte: es ging jetzt um einen realen Verwaltungsakt. Niemand erklärte sich für zuständig, die weitere Sorge für die zweihundert kranken Ovambos zu übernehmen.

Die Hospitäler waren überfüllt und sahen sich nicht in der Lage, einen solchen Massenansturm an stationär zu versorgenden Kranken aufzunehmen. Das einzige, was man ihnen bieten konnte, waren Notunterkünfte in Schuppen, Garagen oder Kellern. Zwar gab es ein Seuchengesetz, dem zufolge man alle Kranken sachgemäß unterbringen mußte, aber Dr. Oppermann war sich im klaren darüber, daß die Augeninfektion nicht — oder noch nicht — als Seuche bewertet wurde. Dazu fehlte die Voraussetzung einer allgemeinen Infektionsgefahr. Das einzige, was man Dr. Oppermann versprach, war das baldige Eintreffen einer Kommission der Gesundheitsbehörde in Windhoek.

»Darauf kann ich verzichten!« sagte Oppermann am Telefon. »Es genügt, wenn Sie mir Zelte nach Outjo schicken. Die Leute müssen ein Dach über dem Kopf haben; die ärztliche Versorgung werde ich dann schon schaffen. Eine Medikamentenliste ist unterwegs. Bitte sorgen Sie dafür, daß die Mittel so schnell wie möglich gebracht werden.«

Als nächsten rief er den Gesundheitsreferenten in Pretoria an. Man mußte ihn erst im Gebäude suchen, aber als er endlich an den Apparat kam, ließ er keinen Zweifel über die Stimmung im Ministerium aufkommen. »Dr. Oppermann? Gut, daß Sie anrufen. Ich wollte es heute auch tun! Was haben Sie denn da draußen im Busch angestellt?«

»Ich habe schlicht und einfach als Arzt gearbeitet. Dazu bin ich ja da!«

»Stimmt es, daß Sie mit Hunderten von Ovambos wie im Krieg nach Outjo marschiert sind?«

»Es sind genau 194! Davon 142 Frauen und Kinder. Wenn ich damit einen Krieg gegen die hier herrschende Voreingenommenheit und Borniertheit führen wollte, wäre ich übel dran. Da kämpfe ich lieber allein!«

»Sie haben Krach mit allem, womit man Krach haben kann, stimmt das?«

»Ich stehe im Gegensatz zu Menschen, die vergessen haben, was Menschlichkeit ist.«

»Und nun sollen wir Ihnen hier von Pretoria aus helfen?«

»Nein!«

»Nicht?« Der Referent war ehrlich erstaunt. »Bei uns dampfen die Telefone. Es liegen sogar Anzeigen gegen Sie vor; Sie sollen Kommunist sein. Das ist natürlich Blödsinn, wir wissen genau, wer Sie sind. Aber die Stimmung gegen Sie ist äußerst brisant. Warum rufen Sie mich an?«

»Ich möchte Sie an ein Versprechen erinnern, das Sie mir vor Monaten gegeben haben. Es müssen mittlerweile auch vier Anträge bei Ihnen liegen.«

»Ein Flugzeug?«

»Ja. Ich brauche es dringend. Eine kleine Maschine nur. Aber ohne sie komme ich nicht in die Gebiete, die unbedingt untersucht werden müssen. Das Kovangoland, der Caprivizipfel, das riesige Kungveld, das gesamte Herero-Ostland ist mit dem Wagen allein kaum zu befahren. Da kann ich nur mit einem Flugzeug hin. Bisher hat diese Flüge immer Mr. Prusius ausgeführt. Er besitzt als Firmenmaschine eine zweimotorige Cessna und hat immer geholfen, wenn ich in unerschlossene Gegenden mußte.«

»Und Mr. Prusius will nicht mehr?«

»Wir mögen uns nicht.«

»Streit auch mit ihm?«

»Er ist hier der Volkstribun! Was an Stimmung gegen mich entfacht wird, kommt aus seinem Wortlabor. Ganz schlimm ist es geworden, seit Mrs. Olutoni meine Assistentin ist.«

»Das können wir sofort ändern, Doktor.«

»Und genau das will ich nicht. Mrs. Olutoni ist eine hervorragende Mitarbeiterin. Sie hat das bewiesen, als sie während meiner Abwesenheit die Station genau so versorgt hat, als sei ich im Hause gewesen. Sie hat über sechshundert Patienten betreut!«

»Fabelhaft! Dann können wir ja *Sie* einsparen!« Der Referent lachte am meisten über seinen Scherz.

Dr. Oppermann lächelte nur schwach.

»Aber im Ernst, Doktor: Ihr Antrag für eine einmotorige Maschine liegt beim Ausschuß. Ich glaube sicher, daß Sie Erfolg haben werden. Es liegt uns ja sehr daran, daß wir die Ursache dieser verdammten Krankheit aufklären. Nur glaube ich, daß Ihre Situation jetzt, nach dem Rummel, den Sie verursacht haben, nicht gerade günstiger geworden ist. Man wird zu Recht sagen: Wenn der Oppermann mit seinem neuen Flugzeug im östlichsten Kaukauveld Dörfer mit schielenden

Buschmännern entdeckt, dann evakuiert er sie alle nach Windhoek oder Grootfontein.«

»Ich werde sie aus der Wildnis herausholen, wenn sie die Infektion haben, das stimmt. Und ich bringe sie in stationäre Behandlung, wenn sie Tumoren und Tbc haben! Oder — man soll in eine andere Richtung blicken und diese Menschen dort vergessen! Darüber müßte man dann allerdings etwas schreiben . . .«

»Erpressung, Doktor?«

»Sehen Sie die Veröffentlichung der Wahrheit als Erpressung an?«

»Wenn man Sie hört, fällt einem ein deutscher Klassiker ein. Heinrich von Kleist. Der schrieb eine Novelle: ›Michael Kohlhaas . . .‹«

»Kenne ich.«

»Der wollte auch nur Recht und Wahrheit — und wurde dafür hingerichtet. Wollen Sie ein moderner Kohlhaas werden?«

»Man wird mich nicht hinrichten.«

»Nicht offiziell!« Der Referent räusperte sich. »Vergessen wir die Wortspiele, Doktor. Ich habe die Sache mit dem Flugzeug noch einmal notiert und werde sie morgen vortragen. Ich habe so etwas läuten hören, daß ein Flugzeug bestellt ist und per Schiff nach Durban kommen soll. Eine viersitzige Cessna. Vielleicht ist es Ihre?«

»Das wäre fabelhaft. Soll ich Ihnen jetzt schon danken?«

»Erst, wenn sich der Propeller für Sie dreht . . .«

Etwas beruhigter legte Dr. Oppermann auf. In Pretoria reagierte man nüchterner und dachte, im Gegensatz zu Prusius, sachlicher.

»Ich bekomme mein Flugzeug, Pater!« sagte Oppermann später zu Mooslachner. »Pretoria hakt dahinter. Eins soll angekommen sein, eine viersitzige Cessna. Wenn das meine Maschine ist, feiern wir ein rauschendes Fest!«

»Und Prusius bekommt die Gelbsucht.« Mooslachner rieb sich voll Schadenfreude die Hände. »Dann sind wir endlich selbständig!«

»Wir?« Oppermann blickte den Pater vorwurfsvoll an. »Was soll das heißen?«

»Natürlich fliegst du mich zu meinen entfernten Buschkapellen, mein Sohn!« sagte Mooslachner feierlich. »Denk daran: Du schwebst unter dem Himmel und bist ihm ausgeliefert.«

Man soll mit einem Priester nie über Begriffe streiten.

Mit größter Mühe gelang es Dr. Oppermann nach vier Tagen, neun schwerkranke Ovambos mit dem Wagen, der Medikamente und Verbandsmaterial brachte, zurück nach Windhoek ins Hospital zu schaffen. Es waren zwei Krebskranke, ein Milztumor und ein schwerer Fall von Dystrophia musculorum progressiva. Die neun Tbc-Fälle bekam er nicht los; man war der Ansicht, die könne man auch in Outjo behandeln.

Nach einer Woche hatten die Ovambos mit Hilfe der schwarzen Bevölkerung von Outjo neue, feste Hütten gebaut. Sechs Tage lang wimmelte es um die Station von schwarzen Leibern, die Bretter, Balken, Leisten, Steine, Drahtgeflechte, Stahlträger, Zementsäcke, Sand und Kalk schleppten. Fünf Hütten wurden auf einmal gebaut, um jede Hütte ballten sich die Menschen wie riesige Termiten, die Luft war gefüllt mit Rufen, Schreien, Flüchen und rhythmischen Gesängen. Es schien unvorstellbar, daß aus diesem Gewimmel jemals etwas Vernünftiges entstehen könnte. Aber dann sah man, wie die Wände hochgezogen wurden, wie die Dachbalken sich fügten, wie die Fenster in die Höhlen paßten und die Welleternitplatten festgeschraubt wurden.

Am vierten Tag erschien Prusius, betrachtete den wild bewegten Bauplatz und hielt Mooslachner an, der schwitzend, einen Zementsack schleppend, an ihm vorbeischwankte.

»Ist der bezahlt?« fragte Prusius.

Mooslachner ließ den Sack von der Schulter genau vor Prusius' Füße plumpsen und schlug den Zementstaub von den Händen.

»Er ist!« donnerte er. »Was fällt Ihnen ein?! Der Zement stammt aus meinem Lager!«

»Bitte — dann nichts gegen diesen Sack Zement. Gott segne ihn!« Prusius grinste fröhlich. »Wissen Sie nicht, daß gegen Dr. Oppermann einige Anzeigen laufen? Wegen Diebstahl und Hehlerei? Zwei Bauunternehmer, ein Sägewerk und ein Glaser behaupten, über die Hälfte des Materials, das da verbaut wird, sei von ihnen gestohlen. Die schwarzen Arbeiter haben zwar gekauft, aber nach der afrikanischen Methode: Sie bezahlen zehn Nägel und nehmen hundert mit!«

»Und was fehlt Ihnen?« knurrte Mooslachner. Er hatte so etwas geahnt, seine Befürchtung aber Oppermann verschwiegen. »Was hat man Ihnen geklaut?«

»Nichts.«

»Sie haben keine Anzeige erstattet?«

»Warum? Bei mir haben die Kaffern gegen Quittung fünf Waschbecken gekauft. Mit Armaturen. Bezahlten in bar! Es liegt mehr Geld unter den Matratzen, als man glaubt.«

»Ich werde heute abend mit den angeblich Bestohlenen sprechen«, sagte Pater Mooslachner abweisend. »Wenn sie den Diebstahl nachweisen können, bekommen sie ihr Geld!«

»Von wem?«

»Von mir und der Regierung! Das wird Pretoria regeln.«

»Pretoria?« Prusius' Blick wurde unsicher. »Das ist mir neu.«

»Wie mich das freut, daß Ihnen etwas neu ist!« sagte Mooslachner, wuchtete den Zementsack wieder auf seine Schulter und spuckte an Prusius vorbei in den Staub. »Rufen Sie an, erkundigen Sie sich. Und wenn Sie ein guter Christ sind, dann stiften Sie jetzt zwei Scheißhäuser, die fehlen nämlich noch!«

»Ich denke, die Nomaden sind gewohnt, hinter die Büsche zu scheißen?«

»Das taten Ihre Vorfahren, die Germanen, auch! Warum denn Sie nicht mehr, Sie wehrhafter Recke?«

Prusius schob die Unterlippe vor, blickte lange hinüber zu dem Bauplatz, wo er Luba entdeckt hatte, wie sie in engen Jeans und einer luftigen Bluse Steine anreichte. Er seufzte und ging zurück zu seinem Wagen.

Am Nachmittag brachte ein Firmenauto zwei weiße Klotöpfe mit Spülbecken und allen Armaturen, dazu einen Zettel für Dr. Oppermann:

»Nur, weil ich fürchte, daß der Gestank der hinter die Büsche verteilten Fäkalien zur allgemeinen Belästigung wird. Prusius.«

»Man wird nicht klug aus ihm«, sagte Oppermann. »Er frißt die Kaffern quer — aber er stiftet zwei komplette Klos. Dieser Wisch hier soll ein Alibi sein und ist doch reichlich lahm! Warum tut Prusius so etwas?«

»Das frage ich mich auch.« Mooslachner, von oben bis unten bestäubt mit Zement, nahm den Zettel an sich. »Was tun wir, wenn die Kerle wirklich wie die Elstern geklaut haben?«

»Die Bestohlenen sollen ihre Forderungen zu mir bringen.«

»Und dann? Wollen Sie die Schulden mit Spritzen abtragen?«

»Ich werde eine Tombola veranstalten«, sagte Dr. Oppermann. »Zugunsten der erweiterten Station. Außerdem habe ich das meiste von meinem Gehalt gespart. Es liegt in Windhoek auf der Kasse.« Er sah Mooslachner fordernd an. »Was trägt die Kirche bei?«

»Was dann noch fehlt!« Mooslachner klopfte Oppermann mit beiden Händen auf die Schultern. »Die kriegen uns nicht klein. *Die* nicht!«

Es kam nie ein Polizist zu Dr. Oppermann, keine Behörde untersuchte die Diebstähle oder stellte Verhöre an. Es wurden auch keine Rechnungen geschickt, keine Aufstellungen von gestohlenen Waren. Es geschah gar nichts. Die zwei bereits gestellten Strafanzeigen wurden zurückgezogen und als Irrtum in der Lagerhaltung bezeichnet.

Aber die fünf Häuser standen. Die Kranken lagen auf den Dielen, Decken unter sich, von denen Dr. Oppermann genug hatte, aßen aus Plastikschüsseln und wurden zum erstenmal in ihrem Leben richtig ärztlich versorgt.

Urulele hatte sich der beiden jungen Männer angenommen, die die »Mumie« als Erbe hinterlassen und Dr. Oppermann als treue und begabte Mitarbeiter ans Herz gelegt hatte. Sie erwiesen sich in der Tat als klug und willig, bekamen in einem der neuen Häuser einen eigenen »Behandlungsraum« und bauten dort die hinterlassenen Zauberutensilien auf.

Die »Nachbehandlung« nach Art des Medizinmannes fand grundsätzlich abends statt; tagsüber lernte Urulele die beiden Jungen an, brachte ihnen bei, wie man ein Pflaster klebt oder einen Arm mit Binden umwickelt, ließ sie Gliedmaßen halten, Wunden austupfen und Urin in den Flaschen einsammeln.

»Man kann sie wirklich gebrauchen!« sagte er zu Dr. Oppermann. »Der alte Mann hat sie gut vorbereitet. Schade, daß wir ihn getötet haben.«

»*Wir* haben ihn getötet?« fragte Oppermann verblüfft.

»Ja. Da wir alle Kranken mitnahmen, war er überflüssig. So ist er gegangen.«

Dieser Satz blieb Oppermann noch lange im Gedächtnis. Er sprach darüber auch mit Mooslachner.

»Schade, daß ich ihn nicht kennengelernt habe«, sagte der Pater. »Er muß eine Persönlichkeit gewesen sein, bei all seinen Fehlern. Aber so ist es nun einmal: Große Persönlichkeiten sind nur selten Heilige.« Er sah Oppermann nachdenklich an. »Belastet Sie das?«

»Ein wenig. Ich habe nie darüber nachgedacht, daß ich ihn mit meiner Überlegenheit töten könnte. Das ist doch absurd!«

»Hier treffen Sie eben auf eine andere, uralte Welt. Auch wenn diese Menschen ins 20. Jahrhundert integriert werden — in ihrem Blut lebt noch der alte Zauberglaube. Mit unserer kalten Vernunft werden wir das nie begreifen.«

Luba arbeitete unermüdlich vom Morgengrauen bis zum flammenden Abendrot. Nebenher kochte sie auch noch, briet Hühner und Fleisch von Kudus und Rindern, servierte Papaias und saftige Passionsfrüchte, kochte Bohnen und Linsen, buk Pfannkuchen und besorgte für Oppermann eine der größten Köstlichkeiten von Südwest: eine Art Trüffeln, die von einer Pilzmalve stammt und auf den Wurzeln der Akazien wächst.

Während Pater Mooslachner sich den Bauch rieb und schmatzend Lubas Kochkünste lobte und überhaupt nicht mehr zum Abendessen in seine katholische Mission ging, wo eine alte, unwahrscheinlich dicke Hererofrau ihm den priesterlichen Haushalt führte, pflegte Dr. Oppermann nur »Danke« oder »Bitte« zu sagen, und alles, was Luba kochte, mit einer geradezu beleidigenden Selbstverständlichkeit zu essen.

»Mein Gott, sind Sie ein Muffel, Stiesel, Runks oder wie man es nennen soll!« zürnte Mooslachner eines Abends, als Luba abgeräumt hatte und in der Küche das Geschirr spülte. »Das Mädchen rackert sich ab, kocht für Sie wie eine ganze Küchenbrigade im Grand Hotel — und was tun Sie? Sie schlingen alles in sich hinein, als seien es aufgewärmte saure

Nudeln! Ihre Zunge ist wohl aus Blech, was? Sie schmecken wohl gar nichts?«

»Ich habe in meinem ganzen Leben noch nie so gut gegessen wie jetzt, wo Luba kocht«, sagte Dr. Oppermann und stopfte seine Pfeife zum Nachtisch. »Muß man das immer sagen?«

»Nicht immer. Aber wenigstens einmal! Eine Frau freut sich darüber.«

»Dann werde ich sie morgen loben.«

»Wie gnädig das klingt! Mir ist jetzt auch klar geworden, weshalb Sie unbeweibt durch die Welt stolpern! — Welche halbwegs charaktervolle Frau würde es bei Ihnen aushalten?«

Oppermann schwieg. Er zündete seine Pfeife an, stieß Rauchwolken gegen die Decke und hörte Luba mit dem Geschirr klappern. Es war durchaus kein romantischer Klang, aber für ihn war es eine Art Musik. Sie sagte ihm: Sie ist hier. Sie ist nebenan. Gleich wird sie hereinkommen, sich dort in den Sessel setzen, das Radio anstellen und mich still anlächeln. Dann wird sie lesen, oder an einem Kleid sticken, oder sagen: »Ich muß noch einmal zu dem Kind mit der Fistel. Es hat hohes Fieber.« Dann wird er darauf warten, daß sie zurückkommt, sich ihm gegenüber setzt und liest, Musik hört oder einen Brief an ihre Freundinnen in Windhoek schreibt. Bis sie schließlich sagen wird: »Jetzt muß ich gehen. Der Pater wird schon ungeduldig warten.« Urulele und Nkulele, die ihr fast eine Freundin geworden war, würden sie dann sicher zur Mission bringen. Aber vorher, eine schöne Stunde lang, durfte er sie ansehen: ihren schmalen, sanften und doch wilden Kopf, das lange schwarze Haar, die Wölbungen ihrer Brüste, die Rundung der Hüften, die langen, schlanken Beine mit den rehdünnen Fesseln. Es war beglückend, sie immer wieder zu betrachten und sich zu sagen: Wie schön sie ist . . .

Was verstand ein Pater davon? Warum sollte man mit ihm über so etwas reden? Die Reaktion wußte Dr. Oppermann im voraus: Ein erhobener Finger, eine mahnende Stimme; sie ist eine Coloured!

Es war vollkommen sinnlos, Luba zum Thema seines Herzens zu machen und darüber zu sprechen.

Zehn Tage waren vergangen — und aus Windhoek war noch immer keine Entscheidung gekommen. Auch Pretoria schwieg, wohl in der Hoffnung, daß sich die Gemüter bald beruhigen würden. Man kannte die Bullerköpfe von Südwest; diese Schädel waren rauh und eisenhart wie der Stein der verbrannten Berge. Sollte sich Dr. Oppermann ruhig an ihnen wetzen, er konnte dabei nur lernen, wie man in einem Land wie Südwest überlebt.

Die kranken Ovambos blieben also in Outjo. Sie fanden sich schnell in den ungewohnten Häusern zurecht, legten sich kleine Gärten an und waren vollends zu Hause, als der Rest des Stammes mit dem Vieh aus dem Norden eintraf und begann, rund um die Station herum einen neuen Kral zu bauen. Nach Fertigstellung des Dorfes würde es so aussehen, als sei die weiße Baracke das im Mittelpunkt stehende Häuptlingshaus. Ein Problem waren die Weideplätze. Was im weiten Umkreis Nahrung für das Vieh geben konnte, gehörte ausnahmslos zu den großen Farmen und war also Privatgelände. Als Dr. Oppermann bei den Farmern anfragte, ob seine Ovambos ihre Rinder, Schafe, Ziegen, Hühner und Schweine auf einem kleinen Zipfel des Grundstücks weiden dürften, wo sie niemandem etwas wegnahmen, erhielt er ein klares Nein.

Es war abzusehen, wann man das Vieh schlachten mußte, den einzigen Reichtum des Stammes.

An einem dieser Tage erhielt Pater Mooslachner über Funk die Nachricht, daß er gebraucht wurde. Im Nordosten des Landes, in der Gegend von Karakuwisa am Omuramba Omatako, einem Zufluß des Okavango, besaß der Deutsche Emil Luther eine riesige Farm, die weit ins Kavangoland hineinreichte und bis an die Grenze zum Buschmannland stieß. Eine ungeheure Fläche, aber kahl, Steppe, verbrannt, mit ziehendem Wild, kilometerweit flach wie ein Brett. Nur in der Nähe des Flusses, der auch nicht immer Wasser führte, und an den Stellen, wo Luther Brunnen gebohrt hatte und mit Windrad-Energie künstlich bewässerte, lebte der harte Boden auf und trug Frucht. Es war ein Gebiet, wo ein Weißer nur leben konnte, wenn er dieses Land geradezu leidenschaftlich liebte. Und die meisten weißen Farmer taten es.

»Ich habe gerade eine Großfamilie eingestellt«, sagte Emil Luther über Funk. »Zweiunddreißig Köpfe. Sie kennen das ja, wenn man fünf gute Arbeiter haben will, muß man hier die ganzen Familien übernehmen. Nun sind sie da, fleißig, ausdauernd, hart wie Kamelholz. Aber noch im Urzustand. Es sind Heiden. Reizt Sie das nicht, Hochwürden?«

Mooslachner blickte hinüber zu dem Kruzifix an der Wand. Christus schien ihm zuzunicken.

»Was für Leute sind es?« fragte er ahnungsvoll.

»Buschmänner.«

»Oh, je!« Mooslachner faltete die Hände und klemmte das Telefon an seine Backe. Kaum einer ist schwerer zu bekehren als ein Buschmann. Sein Lebensraum ist die Kalahari, sein Handwerkszeug sind selbstgeschmiedete Speere und Pfeile und Bogen mit vergifteten Spitzen. Er jagt stundenlang, ja tagelang einem Böckchen nach, ißt die fingerdicken Raupen des Mopanestrauches, die er im Feuer röstet, fängt frische Termiten, während sie schwärmen und schmatzt den Samen des Hirsegrases, der süß schmeckt wie Mohn. Das ist seine Welt, mehr braucht er nicht, mehr will er auch nicht. Wie soll so ein Buschmann verstehen, daß vor fast zweitausend Jahren in weiter Ferne ein weißer Mann gelebt hat, der einem nun befehlen will: Du sollst nicht töten!

»Kommen Sie?« fragte Emil Luther.

»Ich will es versuchen. Schon weil Sie Luther heißen und ich mir nicht nachsagen lasse: Luther hat gerufen, aber Mooslachner hat gekniffen. Wie finde ich Sie?«

»Prusius kennt meine Farm genau. Ich nehme an, Sie kommen mit seinem Flugzeug. Mit dem Wagen wäre das ein mittelprächtiger Irrsinn!«

»Ich werde mir das überlegen.« Mooslachner blickte wieder auf den geschnitzten Christus. »Von mir werden Sie nicht hören, was Ihr Namensvetter gesagt hat: ›Hier stehe ich, ich kann nicht anders ... Gott helfe mir, Amen!‹ — Ich kann immer und helfe mir allein!«

Eine Stunde später suchte Pater Mooslachner den verblüfften Prusius im Hauptgeschäft von Outjo auf.

»Das muß aber wichtig sein«, sagte Prusius anzüglich, »wenn die Kirche unangemeldet zu mir kommt!«

»Sie haben den Daumen auf dem richtigen Loch!« antwortete Mooslachner grob. »Ich brauche etwas!«

»Noch einen Lokus?«

»Es ist in der Tat 'was zum Sitzen und hat auch mit Winden zu tun: Ich brauche Ihr Flugzeug!«

»Ach nee!« Prusius starrte den Pater verblüfft an.

»Ach ja! Morgen fliegen wir zu Emil Luther nach Karakuwisa! Ich muß zweiunddreißig Heiden bekehren.«

»Akzeptiert!« Prusius lachte fett. »Das muß ich erleben! Das habe ich noch nicht gesehen, wie Sie aus Steinzeitmenschen Ministranten machen! Das ist mir meine Zeit und die Flugkosten wert!«

»Sie werden sich wundern«, sagte Pater Mooslachner dumpf und wußte, daß es stimmte.

Am nächsten Morgen stand Prusius' Flugzeug bereit auf dem kleinen Privatflugplatz hinter seinem festungsähnlichen Haus. Der Laderaum war voll Kanistern mit Flugbenzin; Prusius verzichtete lieber auf alles andere, seit er einmal erlebt hatte, daß bei einem Besuch am Okavango eine Benzinleitung defekt geworden und der Treibstoff unbemerkt ins Gras getropft war, so daß er den Rückflug nach Outjo nicht mehr schaffte. Bis man ihn von dort oben abgeholt hatte, waren zwei Tage vergangen. Fluchend hatte er auf der einsamen Farm gesessen, auf Gott und die Welt geschimpft, über Funk die Werkstatt in Otjiwarongo genervt und sich geschworen, nie wieder ohne den doppelten Benzinvorrat zu fliegen. Diesen Schwur hielt er ein, obwohl es nie wieder zu einer defekten Leitung kam — wie konnte es auch anders sein.

Pater Mooslachner hatte seinen »heiligen Koffer« mitgenommen, diese tragbare Kirche, die schon viel Aufsehen erregt hatte. Mit dicken Lederriemen mehrfach gesichert, enthielt er nicht nur eine gestickte Altardecke, einen silbernen Kelch, eine Hostienschale, eine mit Ziselierungen verzierte Hostiendose und eine kleine Monstranz mit vergoldeten Strahlen, sondern auch ein sehr schönes altes Kruzifix und ein zusammengerolltes Leinenbild.

Dieses Bild war einmal Anlaß gewesen, daß der Bischof mit sich und der kirchlichen Lehre in Zwiespalt geriet. Hätte das Bild die Mutter Gottes gezeigt, die Krippe zu Bethlehem, die Abendmahls-Szene oder — das konnte man noch tolerieren — die kindliche Darstellung Gottes als Großvater mit wallendem weißen Bart, in den Wolken thronend, gut. Auch die kleinen bunten Bildchen, die man überall in den Kirchen verteilte, vornehmlich an die Kinder, erhoben keinen Anspruch darauf, als Kunst zu gelten. Aber was Pater Mooslachner da entrollte, an einem Querbalken aufgehängt, in voller Größe, einen Meter breit und ein Meter fünfzig lang, unterschied sich in nichts von den Plakaten der Moritatensänger. Während diese aber rührselige Geschichten von der verlassenen Köchin sangen oder schaurige Greuelmärchen vom Räuber Fra Diavolo, trug Mooslachner, mit einem Zeigestock bewehrt, mit bewegten Worten das Leben Jesu vor und wies dabei auf die einschlägigen Bilder: von der Flucht Josefs und Marias bis zur Himmelfahrt des Herrn. Und wie ein Moritatensänger hatte Mooslachner auch eine einfache, aber wirksame Melodie für seinen Vortrag komponiert, die einem echten bayerischen Schnalzler sehr nahe kam.

Man darf es einem Bischof nicht übelnehmen, daß er nach einer solchen Vorstellung von missionarischer Aktivität in Gewissenskonflikte kam. Sein väterlicher Rat, diese Jesus-Moritat wegzulassen, stieß bei Mooslachner jedoch auf eisernen Widerstand.

»Ich weiß aus meinen Kindertagen«, sagte der Pater mit umwerfender Logik, »welchen Eindruck die Moritatensänger bei der Kirchweih auf mich gemacht haben! Seit Jahrhunderten sind sie beim Volk beliebt. Sie gehören zum Kulturgut der Menschheit! Früher waren sie die wandelnden Zeitungen, die mit ihren Bildern und Gesängen die großen Ereignisse unters Volk brachten! Die Räuber vom Spessart. Der wilde Störtebeker! Das im Wald verirrte Mädchen, das von einer säugenden Hirschkuh gerettet wird! Das hat Generationen und Jahrhunderte bewegt. Das verstand auch der Arme, der weder lesen noch schreiben konnte! — Und wo komme *ich* hin? Zu den gleichen armen Menschen, zu den gleichen unverdorbenen Geistern, zu den gleichen offenen Seelen! Glauben Sie, Exzellenz, daß ein Buschmann, der aus der Steinzeit seiner Kalahari-Steppe auf mich trifft, begreift, daß Jesus das Opfer einer Lobby der Hohenpriester geworden ist? Aber meine Bilder, die versteht er! Und wenn ich singe, das freut ihn! Jeder Schwarze liebt Musik! Diese Bildwand hat im Busch mehr geleistet als tausend verteilte Bibeln, in denen doch keiner liest.«

Der Bischof hatte darauf geschwiegen, nur noch einmal erschüttert auf die Jesus-Moritat gestarrt, wo die Personen aussahen wie ein Aufmarsch unheilbar Verblödeter, und dann gefragt: »Wer hat das Plakat gemalt?«

»Ein Kunstmaler in Durban!« hatte Mooslachner geantwortet. »Er hat schon vier Kunstpreise bekommen. Die Idee der Bildfolge allerdings stammt von mir.«

Der Bischof rettete sich aus dieser Situation, indem er Mooslachner viel Glück wünschte und sich zwang, dieses Erlebnis schnell zu vergessen. Allerdings hatte der Pater auch nur die halbe Wahrheit erzählt; er verschwieg die Kombination der Moritat mit seinem Zauberkoffer, die dem ganzen Vortrag erst den nötigen Pfiff und die erstaunliche Durchschlagskraft gab.

Die Bilder der Jesus-Moritat waren nämlich so ausgewählt, daß Mooslachner sie mit Zaubertricks begleiten konnte. Sang er zum Beispiel seinen Schnalzler von der Speisung der Fünftausend, und wies sein Stock auf das Bild, das eine Menge Leute zeigte, wie sie an Broten nagten, während andere, noch nicht Beglückte, schwach und mit verdrehten Augen am Boden lagen, dann ging er anschließend im Kreis herum und zog den vor Ergriffenheit starren Schwarzen Hühnereier aus Ohren und Nasenlöchern, getrocknetes Kudufleisch aus den Kniekehlen und — dieses Meisterstück sprach sich rasend schnell herum — einem Häuptling sogar ein lebendes Perlhuhn aus dem farbenprächtigen Umhang heraus.

Christi Himmelfahrt war ein weiterer Höhepunkt der Missionsstunde: Während auf dem Plakat zu sehen war, wie ein Mensch leibhaftig in den Himmel fährt, ließ Pater Mooslachner eine Puppe verschwinden, indem er sie in eine blitzende Röhre steckte, die Röhre hoch in die Luft warf und dann, nach dem Auffangen, wieder herumzeigte. Jeder durfte hineinsehen: Die Puppe war weg! Kann man eine Himmelfahrt plastischer erklären?

Nach solch einer beeindruckenden Vorstellung, die jedem Heiden klar machte, daß es wirklich große himmlische Mächte geben muß, taufte Mooslachner die neuen Christen, schenkte ihnen ein glänzendes Bildchen von Maria mit dem Kind, lehrte sie ein kurzes Grundgebet — Vater unser, wir sind Dein! Wir glauben nur an Dich und an keine anderen Götter, sonst fällt der Himmel auf uns! —, versprach, bald wiederzukommen und Neues zu erzählen, und begann erst dann, bei seinem zweiten Besuch, mit der eigentlichen Christenlehre.

Das mag eine unorthodoxe Methode sein, Jesus einzuführen, aber sie war bisher noch nie mißlungen und äußerst erfolgreich. Immer, wenn Mooslachner wiederkam, standen die neuen Gläubigen zum Empfang bereit und klatschten in die Hände, im Rhythmus seiner Moritat.

Diesen »heiligen Koffer« hatte Mooslachner auch heute bei sich. Ein Missionsboy schleppte ihn zum Flugzeug. Aber nicht das war es, was Prusius die Sprache nahm, auch nicht die Soutane, die Pater Mooslachner trug und in der er auf einen unberührten Buschmann wirken mußte wie ein Wesen aus einer anderen Welt — es war etwas ganz anderes, das ihn verwirrte: Neben Mooslachner ging, im Khakianzug und in hohen Stiefeln, auf den Haaren einen breitkrempigen weichen Leinenhut, Luba Magdalena Olutoni. Einer der jungen Ovambos, die die »Mumie« an Dr. Oppermann vererbt hatte, trug ihre große Reisetasche.

»Du lieber Himmel!« sagte Prusius. Seine Stimme war vor Erregung belegt. »Was soll denn das, Herr Pater? Wir fliegen doch nicht zu einem Kaffeekränzchen!«

»Ich habe mir Fräulein Olutoni von Dr. Oppermann ausgeliehen, damit sie sich die aus der Einsamkeit aufgetauchte Großfamilie mal vom medizinischen Standpunkt aus ansieht.« Mooslachner strahlte beste Laune aus. »Außerdem ist es gut, wenn sie mal drei Tage aus der Knochenmühle herauskommt und frische Luft schnappt.«

»Wäre dann Windhoek für eine so junge hübsche Dame nicht besser?«

»Dieses Land verwöhnt einen nicht.« Mooslachner rieb sich die Hände. »Da ist schon der Kalahari-Wind eine Abwechslung!«

Prusius blickte Luba fordernd, mit unverhohlener Begierde an.

Sie sah an ihm vorbei, so viel Stolz im Gesicht, daß Prusius schließlich die Augen abwenden mußte, während sie als erste in das Flugzeug stieg. Ihr folgte Mooslachner, nahm seinen Koffer und Lubas Tasche und schob sie nach hinten durch. Ein schwarzer Mechaniker, der gleich die Bremsklötze von den Rädern wegziehen würde, stand bereit. Prusius stieg ein, schlug die Tür zu, und verriegelte sie. Dann wandte er den Kopf nach hinten.

»Sitzen Sie bequem?«

»Eng wie immer!« Mooslachner schnaufte. Es war heiß in der Maschine, aber gleich würde Prusius die Klimaanlage einschalten. »Für die Million, die das Ding kostet, hätte man auch Klubsessel einbauen können.«

»Bitte anschnallen!« sagte Prusius und grinste zu Luba hinüber. »Ich möchte nicht, Miß Olutoni, daß Sie mir plötzlich im Nacken hängen. Sind Sie schon 'mal geflogen?«

»Mit einer großen Maschine. Mit so einer kleinen noch nicht.«

»Das ist viel schöner! Man schwebt durch die Luft und ist doch der Erde nah. Sie werden Herden von Zebras, Elefanten, Wildebeest, Büffeln, Giraffen und Antilopen sehen. Ein Anblick, bei dem einem das Herz aufgeht!« Er setzte sich zurecht, schnallte sich ebenfalls an und drehte an einem Schlüssel. Ein Zittern durchlief das Flugzeug, der erste Motor brummte auf, die Propeller drehten sich. »Los geht's!« rief Prusius. Der Monteur zog die Bremsklötze weg. »Ich werde eine Runde über die Station fliegen. Dann können Sie Dr. Oppermann zuwinken.« Und leiser, durch das Motorengeräusch für die anderen unhörbar: »Mir ist ein Rätsel, warum er dich mit mir fliegen läßt . . .«

Es war kein Rätsel. Dr. Oppermanns Ahnungslosigkeit kam Prusius zu Hilfe. Ihm wäre nie der Gedanke gekommen, daß der Kaffernfresser Prusius in Luba etwas anderes gesehen hätte als eben einen Mischling, den man dulden muß, weil er lebt. Aus dieser Richtung sah er keinerlei Gefahr, eher in der Form der Behandlung, die Prusius gegenüber Luba für angemessen halten würde.

»Er wird sie beleidigen!« sagte er zu Mooslachner. »Wo es nur möglich ist, wird er sie spüren lassen, daß sie eine Coloured ist! Das können für Luba drei entsetzliche Tage werden. Pater, *muß* sie denn unbedingt mit?«

»Sind Sie abkömmlich?« fragte Mooslachner.

»Nein. Jetzt auf keinen Fall! Das sehen Sie doch.«

»Na also! Außerdem wird Prusius brav wie ein Kaninchen sein.«

»Darauf leisten Sie bestimmt keinen Eid!«

»Aber ich gebe Ihnen die Hand darauf!« Mooslachner grinste. »Prusius hat ein großes Maul, aber er bellt nur. Ich dagegen beiße zu. Ist Ihnen das Sicherheit genug?«

»Sie überzeugen immer, sonst wären Sie kein Priester!« sagte Dr. Oppermann resignierend. »Nur ramponieren Sie im Notfall Prusius nicht zu sehr! Sie müssen ja wieder zurückfliegen.«

»Das kann auch ich!« Mooslachner klopfte an seine Brusttasche. »Ich habe meinen Flugschein!«

»Ich werde Gott bitten, sich nicht durch Sie provozieren zu lassen!«

»Sie sind ein hundsgemeiner Mensch, Doktor«, sagte Pater Mooslachner dumpf. »Aber gerade deshalb mag ich Sie.«

Als sich Luba von Dr. Oppermann verabschiedete, empfanden beide wieder dieses unerklärbare Gefühl der Zusammengehörigkeit. Sie standen sich gegenüber, wie bereit, sich dem anderen in die Arme zu werfen, aber sie sagten mit diesem verdammt unterkühlten Ton, der beiden wehtat:

»Ich wünsche Ihnen einen guten Flug, Luba.«

»Danke, Doktor.«

»Rufen Sie mich über Funk an, wenn Sie gut gelandet sind?«

»Wenn es möglich ist.«

»Es muß möglich sein. Ich könnte sonst nicht schlafen.«

»Warum?«

»Weil ich Angst um Sie habe, Luba.«

»Angst um mich?«

»Ja! Sie erlauben mir doch, daß ich einen winzigen Teil Ihres Lebens auch zu dem meinen mache?«

Ich gehöre ganz dir, hätte sie jetzt sagen wollen. Ganz, ganz! Nimm mich in dir auf, sei mit mir eins, ich will nicht mehr ein einzelner, einsamer, verlorener Mensch sein. Ich kann es gar nicht mehr.

Aber sie sagte nüchtern: »Es sind nur drei Tage, Doktor. Ich frage mich nur, ob ich Sie allein lassen kann mit der ganzen Arbeit.«

Du sollst mich überhaupt nicht mehr allein lassen, dachte er. Du weißt gar nicht, wie ich dich brauche. Wie ich morgens hinter der Gardine am Fenster stehe und darauf warte, daß du von der Mission herüberkommst. Und dann holt Urulele dich, wie jeden Morgen ab, und ich sehe dich aus dem alten Auto steigen, sehe dein Haar im Wind wehen, sehe dein Lächeln, deine leuchtenden Augen, sehe, wie du schwerelos auf das Haus zukommst und die vor der Ambulanz wartenden Kranken begrüßt, sehe, wie du deinen Körper bewegst, wie du den Kopf hältst, wie deine bronzene Haut glänzt ... Und ich weiß: Auch dieser Tag wird wieder ein schöner Tag werden. Sie ist ja da! Sie wird jetzt stundenlang neben mir sein. Ich höre ihr Lachen, ihre Stimme, ihre Schritte. Ich kann in ihre Augen blikken, und ihr Körper ist oft so nah, daß ich meine, seine Wärme an meiner Haut zu spüren. Einen ganzen Tag lang habe ich dich jetzt! Luba, wenn du ahntest, wie es in mir brennt, wenn wir uns zufällig berühren...

Aber Dr. Oppermann sagte nur leichthin: »Es wird schon gehen, Luba. Urulele und die beiden Jungen helfen für Sie mit. Sie haben Recht, es sind ja nur drei Tage. Erholen Sie sich gut!«

Sie sah ihn an und nickte. Erholen ohne dich? Eine Qual werden die drei Tage sein. Ich werde immer nur denken: Was tut er jetzt? Es ist zehn Uhr dreißig: Die Ambulanz ist in vollem Gang. Ein Uhr mittags: Jetzt müßte er essen. Ich habe ein Sandhuhn vorgebacken, das braucht Urulele nur aufzuwärmen. Auch die Kartoffeln habe ich geschält, sie stehen in einem Topf mit Salzwasser. Und die Soße ist in der blauen Kanne. Ob Urulele alles richtig macht? Wenn er das Huhn nun anbrennen läßt? Und morgen? Da habe ich vorgekocht: Bohnengemüsse, Gulasch von Springbockfleisch und einen Vanillepudding mit Himbeersoße. Nur den Mais muß Urulele noch kochen. Alles steht bereit im Kühlschrank. Und übermorgen soll Urulele die frische Bratwurst machen, ich habe sie in Outjo beim Fleischer gekauft, und dazu das Möhrengemüse in der Porzellanschüssel, links im Kühlschrank, alles ist kochfertig vorgerichtet, ich habe Urulele genau erklärt, wie man die Bratwurst brät und daß sie in der Pfanne nicht aufplatzen darf. Ob er alles richtig macht? Oh, meine Seele, ich hätte nicht von dir wegfahren dürfen ...

»Es wird wirklich interessant sein«, sagte sie. »Wer kommt schon in diese Gegend am Rande der Kalahari? Nur, wer dazu gezwungen wird oder — wie Mr. Luther — dort eine Farm gebaut hat.«

Dann gaben sie sich die Hand, waren stark genug, ihrem Drang nach einander nicht zu folgen, und zuckten zusammen, als vor dem Haus Pater Mooslachner ungeduldig hupte.

»Ich muß gehen«, sagte sie mit ganz kleiner, kindlicher Stimme.

»Ja.« Er ging voraus, riß die Tür auf und trat vor die Station. Der Ovambojunge nahm die Reisetasche in Empfang. Dr. Oppermann ging so schnell zum Wagen, daß Luba erst nachkommen konnte, als Oppermann bereits zu Mooslachner gesagt hatte: »Pater, wenn ihr etwas passiert, müssen Sie bei den Buschmännern bleiben! Ihre Soutane rettet Sie nicht davor, daß ich Ihnen den Kopf auf den Rücken drehe! *Sie* sind für Luba verantwortlich.«

»Gott wird uns schützen!« rief Mooslachner dröhnend.

»Ein geladenes Gewehr und wache Augen wären mir lieber!«

Da war Luba am Wagen. Oppermann schwieg, half ihr beim Einsteigen und warf die Tür zu. Dann ging er schnell ins Haus zurück, ohne sich umzudrehen oder ihnen zuzuwinken. Pater Mooslachner ließ den stöhnenden Motor an.

»Er ist und bleibt ein Stoffel!« sagte er. »Weißt du, Luba, was ein Stoffel ist?«

»Nein.«

»So etwas wie ein Affenmännchen, das saftige Feigen frißt und sein durstendes Frauchen zusehen läßt.«

»Und das heißt Staufel?«

»Stoffel! Mit einem harten o.«

»Ich will mir das Wort merken!« sagte sie mit unbewegtem Gesicht. »Es ist gut.«

In einer hohen Staubwolke fuhren sie über einen Seitenpad zum Haus von Prusius.

Sie flogen knapp zwei Stunden.

Unter ihnen zog das Land vorbei. Braungelbes Veld, Steingruppen aus verbranntem Fels, Buschgruppen, zerzauste Bäume, ein paar armselige Wasserstellen, ausgetrocknete Wasserläufe, Dornensteppe ... Ein unendliches Land, unbebaut, bis auf ein paar Siedlungen an schmalen ausgewalzten Pads und kaum wahrnehmbaren Krals. Menschenleer, verhaßt, feindlich, von zermürbender Einsamkeit. Ein paar Herden sahen sie: Zebras, Kudus, Wildebeest, Kaffernbüffel, davonjagende Impalas und Oryxantilopen, hüpfende Buschböckchen und majestätische Säbelantilopen. Sie zogen meist im Bereich der Wasserstellen durch die Steppe. Im weiteren Umkreis erstarrte das Land in heißer, lebensfeindlicher Kargheit.

Prusius flog langsam und niedrig, damit Mooslachner und Luba alles genau betrachten konnten. Ab und zu sprach er über den Bordlautsprecher zu ihnen; das helle Brummen der Motoren machte eine Unterhaltung mit ihm unmöglich.

»Es gibt Gegenden«, sagte Prusius einmal — »da sagt man: Das ist der Arsch der Welt! Dies hier ist mehr: Hier sind wir *im* Arsch der Welt! Wenn wir hier abstürzen und das Funkgerät fällt aus, dann finden die uns erst, wenn wir zu Lederlappen geworden sind. Um so mehr werden Sie sich wundern, wenn Sie die Farm von Emil Luther sehen. Was der Bursche aus dem Veld gemacht hat, ist grandios. Eine blühende Oase! Das ist deutscher Fleiß! Weißer Fleiß! Bei den Kaffern sähe dieses Land noch aus wie zur Zeit der Erderschaffung! Und weil wir so fleißig waren, weil wir das alles hier kultiviert haben, tritt man uns in den Hintern! Das ist keine billige Polemik, Herr Pater. Das ist gezielte Wirtschaftspolitik der Bonner Regierung. Da schmieden Leute in Bonner Ministerien Pläne, wie man in Südwest, nachdem es durch die SWAPO-Guerillas, durch Blut und Tränen endlich Namibia geworden ist, auf dem Wege einer unter deutscher Federführung zu vollziehenden Sozialisierung an die größten Uranvorräte der Welt herankommen könnte. Da gibt es Pläne für Steuerknebelung nach deutschem Muster, eine fast vollständige Gewinnabschöpfung, eine Verstaatlichung der Grundindustrien. Pater, das sind keine Hirngespinste! Die Pläne liegen nicht nur in Bonn im Panzerschrank; es gibt eine über 100 Seiten umfassende Studie, die irgendein deutscher Beauftragter bereits der SWAPO überreicht hat! Ja, Sie werden es mir wohl nicht glauben — aber diese Zöglinge von Marx und Lenin machen Ernst in Afrika! Sie opfern dafür 30 000 Deutsche in Südwest! Und die Welt sieht ruhig zu, wie hier wieder ein neuer Brandherd entsteht. Ich komme da nicht mehr mit, diesen blinden Wahnsinn begreife ich nicht mehr! Weiße unterstützen Schwarze, damit sie Weiße umbringen! Und diesen Mord nennt man dann Wirtschaftspolitik! Um in Ihre Sparte hineinzukommen, Herr Pater: Ich glaube, eine neue Sintflut ist nötig!«

Da es wegen des Motorenlärms nicht möglich war, Prusius zu antworten, beschränkte sich Mooslachner nur darauf, ein böses Gesicht zu ziehen und abzuwinken, was Prusius in seinem breiten Rückspiegel beobachtete.

Man konnte über Prusius' Gedanken streiten, eins mußte man ihm lassen: Er hatte nicht übertrieben in bezug auf Emil Luthers Farm. Je näher sie Karakuwisa kamen, um so dichter bepflanzt war das Veld. Die Nähe des Omatako-Flusses spürte man überall. Nun wurde das Land wieder zur richtigen Weide, sie überflogen Karakuwisa, eine armselige Ansiedlung mit ein paar Lagerhäusern, Silos und Lagerplätzen, und kamen dann in das Gebiet, durch das nur der Pad zu der Farm führte: eine flache Tischplatte, Buschsteppe, Bäume, gebohrte Brunnen, dann sogar zerzauste Palmen, Tamarisken und Akazien und, umgeben von einem weiten Garten, die Farmgebäude und die Arbeiter-Rundhäuser, die eingezäunten Zuchtweiden, die Plantagen mit den Berieselungsanlagen, die Gärten mit dem künstlichen Regen, die Windräder zur Stromerzeugung, die Scheunen und Silos.

Prusius flog eine große Schleife über die Farm und ging noch tiefer. »Ist das nicht toll?« rief er über den Bordlautsprecher. »Emil Luther ist die dritte Generation da unten. Mit Deutschlands Hilfe soll er nun bald hinausgeworfen werden! Was glauben Sie, wie dieses Paradies nach einem Jahr schon aussehen wird, wenn die Schwarzen es übernehmen? Es gibt dafür genug Beispiele im Zulu-Land. Da haben Eingeborene die Farmen von Weißen übernommen! Na prost! Jeder kann sie besichtigen. Aber da gehen die Herren aus Bonn ja nicht hin. Warum auch, solange ein Bonner Minister anscheinend dafür bezahlt wird, blind, dumm und arrogant zu sein!«

Prusius hatte sich in Wut geredet. Sie teilte sich auch seiner Flugweise mit; er flog eine so enge Schleife, daß Mooslachner dachte, jetzt müsse man über die linke Tragfläche abschmieren, aber Prusius hatte seine Maschine gut in der Hand, donnerte über die Farm hinweg und landete auf kürzester Strecke auf einem Feld neben einer der Zuchtweiden.

Gleichzeitig löste sich aus dem Schatten der Scheunen ein

Landrover und raste auf sie zu. Mooslachner schnallte sich los, ging gebückt nach vorn zu Prusius und klopfte ihm auf die Schulter. Die Propeller liefen aus, die Motoren erloschen mit einem immer dunkler werdenden Röcheln. Prusius sah sich zu Mooslachner um.

»Ich nehme an, Sie haben gebetet, Herr Pater«, sagte er fröhlich. Auf der Erde hatte sich seine politische Wut wieder gelegt.

»Kurz vor der Landung, ja!« Mooslachner atmete tief. »Ich habe schon gedacht, Ihre Bonner Haßrede verwandelt Sie in einen Kamikaze-Flieger.«

»Aber nicht doch!« Prusius grinste. »Ich möchte noch lange weiterleben, um die Schnauze aufzureißen und bittere und brisante Wahrheiten zu sagen!«

Neben der Cessna bremste jetzt der Landrover. Ein großer, dürrer Mann sprang auf den harten Boden und winkte ihnen zu.

Prusius warf den Hebel des Türverschlusses herum und ließ die dicke Tür aufschwingen. Die Propeller standen, man konnte wieder vernünftig sprechen. Prusius legte sein um den Hals gehängtes Mikrofon zur Seite auf den freien Co-Pilotensitz.

»Willkommen bei Luther!« rief der lange, dürre Mann. »Der Kaffeetisch ist gedeckt. Meine Frau hat einen riesigen Streuselkuchen gebacken! Das ist ihre Spezialität. So einen echten thüringischen Streuselkuchen bekommen Sie in ganz Südwest nicht!«

»Und so etwas wird von Bonn verraten und verkauft!« sagte Prusius zu Mooslachner. »Was ist ein thüringischer Streuselkuchen auch gegen Tonnen von Uran für eine Atombrennanlage?!«

Sie stiegen aus, aber als Prusius seine Hand hinhielt, um Luba herauszuhelfen, ignorierte sie die Hilfe und sprang seitlich von der kleinen Klapptreppe ins Freie. Der lange, dürre Emil Luther starrte Luba an, blickte dann zu Prusius und schließlich zu Pater Mooslachner.

»Das ist Miß Olutoni —« sagte Mooslachner. »Die Assistentin von Dr. Oppermann in Outjo. Ich hielt es für gut, wenn sie sich die Buschmannfamilie mit Medizineraugen ansieht.«

Luther schwieg, nickte Luba kurz zu, zögerte etwas und gab ihr dann die Hand. »Ich glaube, nur die Großmutter ist krank!« sagte er. »Aber sie sprechen ja nicht darüber. Erst, wenn einer in der Familie fehlt, weiß man, daß er krank war und gestorben ist. Außerdem ist noch anderer Besuch da. Vier Ovambos mit einem VW-Bus. Wanderhändler. Das müssen Sie sehen, Pater, was die alles zum Verkauf mitschleppen. Sagenhaft!« Er blickte Luba wieder an. »Sie haben in Südafrika studiert?«

»In Windhoek.« Luba war sehr höflich und lächelte. »Meine Mutter war eine Deutsche.«

»Sieh an!« Emil Luther schien mit dieser Auskunft sehr zufrieden zu sein. »Dann sind wir ja halbe Landsleute!«

Das »halbe« betonte er nicht besonders, aber es war da, ausgesprochen und wie ein Zaun.

Ein schwarzer Boy trug die Koffer von der Cessna in den Landrover und ging dann zu Fuß zurück. Luther wußte, daß er Prusius nie in den Wagen bekommen hätte, Haut an Haut mit dem Farbigen. Der hätte draußen auf der Stoßstange an der Hintertür stehen müssen, festgeklammert an das Dachgestänge oder am Reserverad. Da war es besser, der Boy ging zu Fuß.

In der Tür des Farmhauses, im Schutz einer die ganze Breitseite einnehmenden gedeckten Veranda mit geschnitzten Holzsäulen, stand Frau Luise Luther und erwartete die Gäste. Sie trug ein geblümtes Kleid, wie man sich eine deutsche Hausfrau vorstellt, die zu einem schönen Kaffeefrühstück geladen hat. Der weiß gedeckte, mit einem Blumenstrauß dekorierte Tisch stand im linken Teil der Veranda. Dort hingen auch Blumen in Tonkübeln von der Decke. In der Küche warteten zwei Kavango-Mädchen, um auf ein Zeichen den Kaffee und den Streuselkuchen zu bringen. Über ihren blauweiß getupften langen Kleidern trugen sie blitzweiße, angestärkte, mit schmalen Spitzen eingesäumte Schürzchen. So war es bei den Luthers immer gewesen, seit 72 Jahren in Südwest-Afrika.

»Wie das duftet!« rief Prusius begeistert und blieb vor der Veranda stehen. »Luise Luther, das erinnert mich an meine Mutter, wenn sie Kuchen backte. Ich könnte heulen, wenn ich das rieche! Jeden Sonntag gab es bei uns Kuchen, einen Rodonkuchen, einen Sandkuchen oder einen Marmorkuchen. Wirklich, ich könnte jetzt heulen ...«

Er stürmte die kleine Treppe hinauf, umarmte Luise Luther und küßte sie auf beide Wangen.

Pater Mooslachner räusperte sich. Der undurchsichtige Prusius zeigte sich von einer ganz neuen Seite: Er hatte ein Herz! Er konnte weinen bei der Erinnerung an seine Mutter und ihren Sonntagskuchen!

Die Buschmann-Familie war vollzählig versammelt, wie es Luther befohlen hatte. Sie stand in Reihe und Glied vor den beiden Rundhäusern, die man ihr zugewiesen hatte. Die erste feste Behausung nicht nur in ihrem Leben, sondern seit der Existenz ihres Stammes überhaupt. Ob sie darüber glücklich waren, davon sprachen sie nicht. Sie hatten die Großfamilie so aufgeteilt, daß die Alten in dem einen Haus und die Jungen in dem anderen wohnten. Zur täglichen Arbeit jedoch hockten alle gemeinsam auf dem Platz zwischen den Häusern. Die vier Uralten, die mitgekommen waren, saßen wie leblose Lederfiguren im Schatten und wurden bedient. Daß sie lebten, sah man nur daran, daß sie ab und zu die Fliegen wegwedelten und bei Einbruch der Dunkelheit in das Haus krochen. Aber sie waren dabei, sie sahen und hörten alles mit der stummen Majestät bereits jenseitiger Wesen.

Oberhaupt der Großfamilie war ein etwa sechzigjähriger, weißhaariger Buschmann, der noch Kraft genug hatte, die Kühe zu beaufsichtigen, sie zum Melken zusammenzutreiben oder die Zäune zu flicken. Er reichte Pater Mooslachner nur bis zum Magen und mußte, wenn er ihn ansah, den Kopf in den Nacken legen, als betrachte er einen Turm.

Dieser Höhenunterschied allein jedoch verschaffte Mooslachner noch keine gute Ausgangsposition; er durfte nicht darauf bauen, daß seine imponierende Größe in dem Kleinen Minderwertigkeitsgefühle aufkommen ließ. Und obwohl der Chef der Buschmannfamilie mangels entsprechender Bildung nicht wissen konnte, daß viele bedeutende Männer, wie Prinz Eugen, Friedrich der Große oder Napoleon, von kleiner Statur waren, ließ er sich doch keineswegs von dem langen, dicken Menschen in seiner merkwürdigen Kleidung einschüchtern, war auch nicht bereit, sich sogleich bekehren zu lassen, sondern hob nur die Hand zum Gruß, knurrte ein paar Worte, die keiner übersetzen konnte, und wartete dann ab.

Prusius, der etwas abseits stand, gluckste vor Lachen. »Jetzt bin ich aber gespannt, wie Sie das anfangen!« sagte er. »Der arme Kerl denkt vielleicht, Sie bringen ihm ein nützliches Geschenk, und dabei soll er nur an Jesus glauben!«

»Es wäre gut, wenn Sie verschwänden!« Mooslachner schnürte seinen Wunderkoffer auf. »Das ist hier keine Zirkusvorstellung!«

»Ich möchte das aber miterleben!«

»Wenn Sie nicht gehen, geschieht hier gar nichts.«

Prusius war enttäuscht, ging zum Farmhaus zurück und setzte sich auf die Veranda zu Emil Luther, Luise und Luba. »Ich stelle es mir leichter vor, einen Stier auf Hohe Schule einzureiten!« sagte er und blinzelte zu der Whiskyflasche hinüber, die auf dem Tisch stand. Luther trank ein Glas, stark mit Wasser verdünnt. Luba und Luise Luther hatten hohe Fruchtsaftgläser vor sich stehen. »Wie will er sich diesen Steinzeitmenschen verständlich machen?«

»Pater Mooslachner spricht etwas Buschmann«, sagte Luba.

»Das wußte ich nicht. Erstaunlich! Er hat das nie erwähnt.« Prusius blickte hinüber zu den Häusern, aber eine Scheune versperrte die Sicht. »Pater Mooslachner ist ein außergewöhnlicher Mensch, in jeder Beziehung. Ich mag ihn sehr. Er paßt genau in dieses Dornbuschland. Ich glaube, woanders könnte er auch gar nicht mehr leben.«

Was in der nächsten Stunde und bis zum Mittagessen hinter der Scheune geschah, wird man nie erfahren. Soviel ist gewiß: es knallte und zischte nicht, kein farbiger Rauch stieg in den Himmel und keine Rakete, die zu glitzernden Sternen zerplatzte. Die Mooslachnersche pyrotechnische Bekehrung fand nicht statt. Ganz still ging es zu.

Zum Mittagessen ließ Emil Luther eine Messingglocke tönen, die an einem Balken der Veranda hing. Die drei Kinder der Luthers, drei blonde Jungen von zehn, acht und sieben Jahren, saßen bereits am Tisch und sprangen sofort auf, als Pater Mooslachner mit wehender Soutane auf der Veranda erschien. Den Ruf zum Essen brauchte man für ihn nie zu wiederholen.

»Wie läuft es?« fragte Prusius genüßlich.

»Wir verstehen uns«, antwortete Mooslachner kurz.

»Werden sie am Abend bereits ›Müde bin ich, geh zur Ruh‹ singen können?«

»Mehr als das!« Mooslachner begrüßte die Kinder, streichelte ihre weißblonden Haare und setzte sich wieder. Es gab Hammeleintopf. Allein der Duft versetzte Mooslachner in Verzückung. »Wenn alles gut geht, werden sie überzeugt sein, daß Gott stärker ist als ihr Obergott. Man muß eben darum kämpfen! Die Entwicklung zum wahren Christen aber bringt erst die Zeit: Der tägliche Umgang mit der Humanität, die Sichtbarmachung der Nächstenliebe, das Gefühl der Geborgenheit, das Wissen, man ist nie allein . . . Gott steht immer in der Nähe.«

»Das war ein gutes Tischgebet!« Prusius schob Mooslachner die große Steingutschüssel zu. »Greifen Sie als erster zu, Herr Pater! Sie werden Kraft brauchen.«

»Das stimmt haargenau.«

Nach dem Essen ging Mooslachner ins Haus und wartete, bis Emil Luther kam. Der Pater stand am Fenster, blickte in den Garten und hatte die Hände über dem Bauch gefaltet.

»Stimmt etwas nicht?« fragte Luther.

»Ich stehe vor einer großen Entscheidung«, sagte Mooslachner dumpf.

»Kann Ihnen jemand dabei helfen?«

»Ja!« Mooslachner sah Luther mit umwölkter Stirn an. »Luther, denken Sie an Ihren großen Namensvetter. Auch er verschwor sich gegen die Kirche und schlug 95 Thesen an die Kirchentür, die das Gesicht der christlichen Religion entscheidend veränderten. Ich brauche von Ihnen keine 95 Thesen, sondern einen Kübel voll dickem Hammelfett und einige Dosen Insektenvertilger. Geht das?«

»Ich — ich verstehe Sie nicht, Herr Pater«, stammelte Emil Luther.

»Das erkläre ich Ihnen später! Haben Sie Hammelfett?«

»Nein . . .«

»Scheiße!« rief Mooslachner höchst ungeistlich. »Was haben Sie sonst?«

»Ich weiß nicht, was Sie wünschen. Wozu brauchen Sie es denn?«

»Das ist von untergeordneter Bedeutung. Ich brauche viel Fett!«

»Wir haben Butter.«

»Zu schade!« Mooslachner kratzte sich die Nase. »Wieviel?«

»Vielleicht vier Pfund. Luise buttert jede Woche.«

»Zuwenig! Ich brauche einen ganzen Topf.«

»Wir haben einen Eimer Schmierfett — für die Wagenpflege.«

»Schmierfett! Das geht!« Mooslachners Gesicht hellte sich auf. »Und Insektenmittel?«

»Sprays oder Pulver?«

»Zuerst Pulver, später vielleicht auch Spray. Können Sie mir das alles besorgen? Ich brauche es sofort!«

»Natürlich.« Emil Luther zögerte an der Tür. Pater Mooslachner ging im Zimmer unruhig hin und her. Irgend etwas quälte ihn noch. »Darf ich nicht fragen, wofür . . .«

»Ja!« Mooslachner blieb schwer atmend stehen. »Ich habe mich zu einem Duell herausfordern lassen. Es geht um die Stärke der Götter. Mein Gott oder der Gott der Buschmänner. Emil — es ist eine Art Gottesurteil! Sie sind ein frommer Mensch, Sie werden den Mund halten. Und Sie werden verhindern, daß irgend jemand die Hütten betritt, bis ich wieder hier auf Ihrer Veranda stehe. Versprechen Sie mir das?«

»Ja, Pater.«

»Ich habe große Sorge, daß ich dieses verdammte Duell verliere. Aber ich habe mich nun 'mal darauf eingelassen; es ist der einzige Weg, den Alten davon zu überzeugen, daß mein Gott stärker ist. Nur das stößt die Tür zu seiner Seele auf. Was tut man nicht alles für den Glauben!« Mooslachner räusperte sich. »Ich kann das Duell nur mit Fett und Insektenmitteln gewinnen. Das ist zwar Betrug, aber in der Missionsgeschichte gibt es noch ganz andere Dinge! — Emil, bringen Sie mir Schmierfett und Insektenpulver!«

Luther verließ das Haus durch den Hinterausgang, ging hinüber zu den Werkstätten, nahm einen Eimer Schmierfett und holte aus dem Magazin eine große Dose Insektenpulver. Als er zurückkam, überraschte er den Pater, wie er vor dem kleinen Kreuz über dem Sofa stand und versunken betete.

»Hier! Hier habe ich alles«, sagte Luther mit belegter

Stimme. »Kann — kann ich Ihnen noch auf andere Weise helfen?«

»Vielleicht später.« Mooslachner nahm den Fettkübel und das Insektenpulver und sah Luther ernst an. »Wo ist Ihr Badezimmer, Emil?«

»Kommen Sie mit!«

Eine halbe Stunde später beobachteten die Luthers mit Prusius und Luba von der Veranda, wie Mooslachner wieder zu den Rundhäusern ging. Der Pater ging merkwürdig steif, staksig und breitbeinig, sah sich nicht um, rief ihnen kein Scherzwort zu; mit völlig fremd wirkenden Bewegungen verschwand er um die Scheunenecke.

»Er geht wie ein Mondsüchtiger!« sagte Prusius und lachte. »Oder wie einer mit einem gewaltigen Hodenbruch. Mir ist bisher nie aufgefallen, wie breitbeinig er geht!«

Emil Luther schwieg und trank seinen Verdauungstee, den er nach jedem Essen einnehmen mußte. Wo hat er das Schmierfett? überlegte er. Und wo ist das Insektenpulver? Ob er beides unter der Soutane wegschleppt? Aber wozu bloß?! Was hat ein Religionsduell mit einem Buschmann mit Schmierfett zu tun? Plötzlich bekam Luther sogar Angst, am liebsten wäre er ihm nachgelaufen, aber die Mahnung Mooslachners, keinen in den Bereich der Häuser zu lassen, hielt ihn zurück. »Was — was unternehmen wir nun?« fragte er stokkend. »Viel Abwechslung gibt es hier nicht. Ich könnte Ihnen meine neue Mastanlage zeigen . . .«

»Lassen Sie uns lieber gemütlich auf der Terrasse im Schatten sitzen«, sagte Prusius und streckte die Beine von sich. »Ich habe viel zu erzählen. In Outjo und Umgebung passiert allerhand. Aber ein Thema beherrscht alle Gespräche. Sie können mich berichtigen, Miß Olutoni, wenn ich die Unwahrheit sage.«

»Das Thema ›Dr. Oppermann‹?« lachte Luther etwas gequält.

»Es ist unerschöpflich.« Prusius starrte Luba unverschämt auf den Busen. »Und es hat eine Menge Zukunft . . .«

Die Buschmann-Großfamilie erwartete Pater Mooslachner in voller Besetzung. Man hatte sogar die Uralten nahe an den Ring geholt und unter ein schnell gefertigtes Blätterdach gesetzt. Die Männer und Frauen kauten an Wurzelstücken, die Kinder starrten mit riesigen Augen den großen Mann mit der weißen Haut an. Tonkrüge mit gesäuertem Wasser standen herum, auf breiten Palmblättern lagen kleine Berge von Maisfladen. Es sah ganz danach aus, als wolle man sich auf eine längere Zeit im Freien einrichten.

Die große Bekehrung sollte ungefähr dreißig Meter hinter den Häusern stattfinden, dort, wo das Buschland begann. Das Familienoberhaupt, der weißhaarige stämmige Buschmann mit der Lederhaut, stand nackt in der Mitte des Kreises und wartete auf Pater Mooslachner.

Der Platz war bereits gut vorbereitet und für den Zweikampf geräumt. Mittelpunkt war ein aufgebrochener Termitenhügel. Mit Eisenstangen und Äxten hatte man den Bau zertrümmert und fast eingeebnet. Tausende von Termiten wimmelten in den Ruinen ihres Staates herum. Die Panik eines Volkes, dem die Arbeit vieler Jahre vernichtet wurde.

Mooslachner trat in den Kreis und starrte mit unbewegter Miene auf das krabbelnde Riesenheer der großen Ameisen. So muß es den Märtyrern zumute gewesen sein, dachte er, wenn sie im römischen Zirkus den Löwen gegenüber standen, und rings auf den Rängen schrien die Menschen vor Begeisterung. Hier schrie und jubelte niemand, aber aus dem Schweigen der Buschmänner sprach die Erwartung, daß ihr Gott gewinnen werde.

Ich habe mir das selber eingebrockt, dachte Mooslachner. Nun muß ich es auch auslöffeln. Niemand, auch ein Buschmann nicht, soll von Michel Mooslachner sagen, er sei ein feiger Hund. Ich werde an den heiligen Franziskus denken, werde ihn um Kraft bitten. Der hat sich mit dem nackten Hintern in einen Ameisenhaufen gesetzt, um seine Fleischeslust abzutöten. Hier geht es um einen ungleich edleren Zweck: Zweiunddreißig Seelen sind zu Gott zu bringen! Mooslachner, die Soutane hoch und die Hosen runter! Blamier dich nicht!

Gott, helfe mir! Amen . . .

Der Buschmann, der in seiner graubraunen faltigen Nacktheit gegen den Riesen Mooslachner noch erbärmlicher wirkte, wies stumm auf den zerstörten Termitenstaat. Mooslachner nickte. Du hast einen Arsch aus Leder, dachte er. Da kneift keine Ameise mehr hinein. Und das weißt du, du Halunke! Du kannst dich mit deinem gegerbten Hintern wohlig hineinsetzen, den Termiten zerbrechen an deiner Haut die Zähne! Aber mich legst du nicht aufs Kreuz, mein Lieber! Du hast noch keinen bayerischen Pater erlebt, du Haderlump! Ich habe einen halben Eimer Schmierfett am Arsch, und eine Dose Insektenpulver darunter gemischt! Wirkt unfehlbar gegen Ameisen, Schaben, Fliegen, Mücken und alle anderen Insekten. Steht auf der Packung. Deutsches Fabrikat. In Hoechst hergestellt. Giftstufe II.

Liebe deutsche Chemiker, ich vertraue euch! Verlaßt mich nicht!

Er knöpfte die Soutane auf, stieg hinaus, zog seine Unterhose vorsichtig herunter, damit nicht zuviel Fett mit abgestreift wurde und stand nun ebenfalls nackt neben dem kleinen Buschmann. Die Frauen kicherten. Mooslachner hob den Blick zum Himmel. Für Dich, oh, Herr! Übrigens kann ich mich nackt durchaus sehen lassen, da halte ich jedes Duell aus!

Zwischen ihm und dem Buschmann lag das zerstörte Termitenreich. Das Gewimmel der erregten Tiere hatte noch zugenommen, Tausende schwarzroter Leiber krochen übereinander in wilder Panik.

»Dann los, in Gottes Namen!« sagte Mooslachner laut. »Setz dich, du Halunke!«

Er zeigte auf den Boden. Der Buschmann fiel mit dem Hintern in die Termiten. Mooslachner tat es ihm nach. Er sah auf seine Armbanduhr.

Es war genau 3 Uhr 9 Minuten.

Die Frauen, Kinder und Greise begannen rhythmisch in die Hände zu klatschen.

Das Duell hatte begonnen.

Wie in maßloser Wut über ihren zerstörten Staat, fielen die Termiten über den Buschmann und Pater Mooslachner her. Doch als die beiden sich hinsetzten, wurden bereits Hunderte von ihnen zerquetscht.

Pater Mooslachner schielte auf seinen Gegner. Der Buschmann saß unbeweglich, die Beine untergeschlagen. Er starrte geradeaus ins Veld, mit Augen, die keine Regung mehr zeigten. Aha, dachte Mooslachner, er macht es wie die indischen

Fakire. Er versetzt sich in Trance. Gegen ein Nagelbrett ist ein Termitenhaufen geradezu eine Wohltat für den Hintern. Aber von mir erwartet hier natürlich jeder, daß ich unruhig werde, daß ich aufspringe, herumtanze, kapituliere, mich in die nächste Pfütze stürze, um mir die Viecher vom Leibe zu wälzen. Und der Buschmann mit seinem Lederarsch wird seelenruhig feststellen: »Mein Gott ist stärker!«

Nicht bei einem Mooslachner!

Er beugte sich vor nach seiner abgelegten Soutane, entnahm der Innentasche die »Allgemeine Zeitung« aus Windhoek und begann zu lesen. Das Blatt war zwar schon drei Wochen alt, dennoch konnte er sich durch Artikel über fallende Preise bei der Karakulschafzucht oder den Liederabend eines italienischen Tenors ablenken und, nicht zuletzt, die Zuschauer mit seiner scheinbaren Gelassenheit beeindrucken. In Wahrheit wartete er nur darauf, was passieren würde, wenn das Termitenheer sich durch seine Schmierfettschicht hindurchgewühlt hätte.

Das rhythmische Klatschen der Männer und Frauen im Kreis hielt an — aber sonst geschah nichts. Der Buschmann saß wie eine mit Staub überzogene Statue, starrte in die Weite und ignorierte die rotschwarzen Massen, die über seine Schenkel krochen, über Beine, Hüften und Rücken, und sich an seinem Geschlechtsteil zu Klumpen stauten. Zu Tausenden verbissen sich die wütenden Insekten in seine Haut, aber an ihm vibrierte kein Muskel, seine Augen waren unbeweglich und leblos.

Pater Mooslachner dagegen stellte mit Genugtuung und Dankbarkeit fest, daß zwar auch ihn die Termiten in regelrechten Angriffswellen überfielen, jedoch, sowie sie in seinen Fettpanzer hineingebissen hatten, unter wilden Zuckungen zurückfielen und offenbar sofort verendeten. Schon nach wenigen Minuten umgab ihn eine geschlossene Schicht toter Termiten, über die in blinder Wut neue Heerscharen heranrückten, um ebenso schnell zugrunde zu gehen. Die Gefahr, die Mooslachner befürchtet hatte, daß die Ameisen über die Fettschicht hinaus zu seinem Oberkörper wandern könnten, den er nicht geschmiert hatte, stellte sich erst gar nicht, denn schon die bloße Berührung mit seinem dick eingeschmierten Unterleib war für die Insekten tödlich.

Gesegnet seid ihr, ihr deutschen Chemiker, dachte Mooslachner geradezu ergriffen. Ihr habt auf den Etiketten eurer Pulverbüchsen nicht gelogen: ›Die Wirkung stellt sich sofort ein.‹ Nichts ist übertrieben: sie beißen und fallen tot um. Ihr lieben Menschen in den Laboratorien, ihr klugen Brüder an der Retorte, seid gelobt! Ihr rettet nicht nur einen armen Pater, ihr führt Gott neue Seelen zu!

Nach dieser beruhigenden Erkenntnis blickte Mooslachner mit freudigem Grinsen in die Runde, nickte den Buschmännern zu, holte aus der Soutanentasche sein Feuerzeug und eine Zigarette und ließ sie sich schmecken.

Da mochte auch der Gegner nicht zurückstehen. Der Buschmann grunzte, seine Hauptfrau erhob sich, kroch auf den Knien zu ihm, fütterte ihn mit einem halben Maisfladen und goß ihm gesäuertes Wasser über den Körper.

Es nützte wenig. Ein paar Termiten wurden weggeschwemmt, aber gleich ergoß sich wieder der wimmelnde Strom über ihn und kroch höher und höher. Während die Ameisen bei Mooslachner nur bis zu den Schenkeln gelangten und gleich darauf zugrunde gingen, wurde der Buschmann am ganzen Leibe von Tausenden überflutet; sie krochen auch über den Kopf, drangen in die Ohren, die Nasenlöcher, die Augenwinkel ein, und endlich erkannte man seine Umrisse nur noch an dem bewegten Gebilde, mit dem die Termitenheere ihn überzogen.

Die Großfamilie saß schweigend im Kreis herum und beobachtete stumm das Geschehen. Das unübersehbare Wunder, daß die Termiten den weißen Körper nicht überströmten, sondern tot umfielen, wenn sie die weiße Haut berührten, war für sie unerklärlich. Dafür gab es nur eine Deutung: Der weiße große Mann hatte einen stärkeren Gott als sie. Er beschützte den weißen Mann, genau so, wie er es angekündigt hatte. Gott hält seine Hand über jeden, der an ihn glaubt. Das sah man nun, überzeugender konnte es nicht bewiesen werden. Mooslachner sah hinüber zu seinem Gegner. Der Anblick war grauenhaft: Eine kleine Säule aus Termiten, unter denen man den Menschen nur noch ahnte. Doch der Alte saß starr, regungslos.

Jetzt ist es Zeit, abzubrechen, dachte Mooslachner. Man kann ihn doch nicht von den Termiten auffressen lassen. Gut, ich habe gesiegt, aber nur mit einem Beschiß! Um so größer ist jetzt meine Pflicht, den tapferen Gegner zu retten.

Er faltete die Zeitung zusammen, legte sie sorgsam auf die Soutane, fegte mit der Hand die toten Ameisen von seinen Oberschenkeln, alles ganz langsam, um Zeit zu gewinnen, und blickte dann auf seine Armbanduhr.

Vier Uhr und neunundvierzig Minuten.

Warten wir noch bis fünf, dachte Mooslachner. Diese elf Minuten bringen ihn auch nicht mehr um. Wie aber bricht man das Duell ab, ohne daß der Gegner glaubt, man kapituliere? Man sollte mit ihm sprechen, sollte ihm erklären, daß es keinen Zweck mehr hat, sich zu quälen, sollte auf ihn einreden wie auf einen Selbstmörder, der auf der Brücke steht und springen will. Man muß ihn überzeugen, daß er verloren hat.

Mooslachner blickte in die Runde. Ausdruckslose Augen starrten ihn an, ihn, den Wundermann, bei dessen Berührung die Termiten starben.

Fünf Uhr.

Mooslachner wandte sich zur Seite und sprach die wimmelnde Säule an. »Gott ist stärker als alles«, sagte er im Buschmanndialekt. »Du siehst es jetzt. Vertraue auf ihn und verlaß deine schwachen Götter!«

Der alte Buschmann antwortete nicht. Doch plötzlich, ohne Anzeichen, kippte er nach vorne um und fiel in das harte Gras. Es war, als habe man ihn abgehackt. Seine Frauen sprangen auf, gossen Krüge voll Wasser über ihn aus, schleiften ihn von dem Termitenhügel weg, schlugen mit Zweigen die festgebissenen Ameisen von der Haut und wuschen den Körper ab.

Der Alte sah furchtbar aus. Seine Haut war rot und aufgetrieben, von tausend Knötchen übersät, von tausend Bissen durchlöchert. Er lag auf dem Rücken, Arme und Beine von sich gestreckt, und ließ sich von den Frauen mit einem grünen Brei einreiben, den sie in einem Lederbeutel bereit gehalten hatten.

Pater Mooslachner blieb noch genau eine Minute nach dem Buschmann in den Termiten sitzen, um seinen Sieg sichtbar zu dokumentieren, dann sprang er auf, schabte die toten Insekten von seinem Unterkörper, warf seine Soutane über, ging zu seinem bewegungslosen Gegner, beugte sich über ihn, segnete ihn und wandte sich dann mit staksigen Schritten dem Farmhaus zu.

Prusius, Luba und die Luthers saßen wieder auf der Veranda und tranken Kaffee. Sie hatten die Farm besichtigt und erholten sich jetzt.

»Da kommt er!« schrie Prusius und trat an das Geländer. »Was macht er bloß? Jetzt geht er noch breitbeiniger!«

Würdevoll, aufrecht und mit zusammengebissenen Zähnen, kam Mooslachner die Treppe herauf, nickte den anderen zu und wollte im Haus verschwinden. Aber Prusius trompetete ihn provozierend an:

»Was machen die Heiden? Sind sie bekehrt?«

»Ja!« sagte Mooslachner dumpf.

»Gratuliere!« Emil Luther sprang auf. »Das hätte ich nicht gedacht!«

»Wie haben Sie denn das geschafft?« rief Prusius.

»Mit dem Arsch!«

Mooslachner verschwand im Haus. Luther lachte schallend, auch Luba und Luise lachten, nur Prusius wandte sich resignierend ab.

»Ist jetzt klar, warum er nie Bischof geworden ist?« fragte er. »Er würde es fertigbringen, mit dem Bischofsstab in die Menge zu dreschen . . .«

Zwei Stunden später kam Luba in das Schlafzimmer, in das sich Mooslachner verkrochen hatte. Der Pater lag auf dem Bauch, las in einem Taschenbuch, das ihm Luther gegeben hatte, und hob nur ein wenig den Kopf. Das ganze Zimmer roch penetrant nach Essigsaurer Tonerde. Mooslachner war unten nackt bis zur Taille und in nasse Tücher eingewickelt. Eine Gummiunterlage verhinderte, daß die Matratze naß wurde.

Luba ignorierte die Aufmachung des Ehrwürdigen Vaters, setzte sich neben das Bett auf einen Hocker und schlug ein Notizbuch auf.

»Ich komme von den Buschmännern«, sagte sie in einem fast amtlichen Ton. »Sie sind alle gesund, bis auf das Familienoberhaupt. Es kämpft mit dem Erstickungstod. Fast drei Fünftel seiner Haut sind zerstört. Und ich habe nichts hier, um ihn zu behandeln. Dr. Oppermann muß sofort kommen!«

»Und für mich hast du kein Mitleid?« Mooslachner hob den Kopf.

»Nein!«

»Mein Hintern ist wie der eines Pavians.«

»Damit muß man rechnen, wenn man solche Dummheiten macht!«

»Ich habe zweiunddreißig Seelen gewonnen!« Mooslachner seufzte tief, rührte sich etwas in seinen nassen Tüchern und zuckte mit schmerzverzerrtem Gesicht zusammen. »Das Schmierfett ist hervorragend. Aber das Insektenpulver! Es warf nicht nur die Termiten um, es zerfraß auch meine Haut. Das stand nicht auf der Packung!«

»Sie sind ja auch kein Insekt!«

»Wie witzig!« Mooslachner ließ den Kopf wieder in das Kissen sinken. »Wie komme ich wieder nach Hause? Ich kann doch nicht sitzen!«

»So wie jetzt. Auf dem Bauch!«

»Ich kann doch nicht, auf dem Bauch liegend, in Outjo einziehen!«

»Warum nicht? Jesus zog in Jerusalem auf einem Esel ein . . .«

»Raus, du Schlange!« sagte Mooslachner dumpf. Er stöhnte wieder und drehte den Kopf zu Luba. »Hast du gar nichts bei dir?«

»Zwei Tuben mit Antiallergika.«

»Das ist gut! Her damit! Nimm die Tücher weg und reib mich ein! Ein Priesterhintern sieht nicht anders aus als jeder andere!«

»Nein!« sagte Luba. Mooslachner hob mühsam den Kopf.

»Was heißt nein?«

»Die beiden Tuben sind für den Buschmann! Sie sind das einzige, was ich für ihn habe. Vielleicht retten sie ihn. Ich habe ihn in die Scheune bringen lassen und gebe ihm gleich eine Infusion. Er hat einen Schock bekommen! Haben Sie einen Schock, Pater?«

»Meine liebe Tochter . . .«, sagte Mooslachner trübe.

»Sie sind der Sieger! Sieger jammern nicht!«

»Du hast statt des Herzens einen Felsstein!«

Luba erhob sich. »Wir versuchen jetzt, mit Dr. Oppermann in Funkkontakt zu kommen und fragen ihn um Rat.«

Durch das Duell war der Zeitplan im Hause Luther durcheinander geraten. Das Abendessen wurde verschoben, bis Luba den Buschmann behandelt hatte und seinen Schock mit einer Infusion unter Kontrolle bekam. Die Großfamilie hatte sich in der Scheune wieder um das Oberhaupt geschart und begleitete sein Leiden mit einem leisen, monotonen Singsang. Immer wieder maß Luba den Blutdruck und hörte das Herz ab, injizierte Kreislaufstützen und Antihistamine. Sie hatte den gequälten und zerbissenen Körper mit der Salbe eingerieben; beide Tuben waren verbraucht.

Der Buschmann lag stumm auf einer Decke, ließ alles mit sich geschehen und starrte Luba aus hohlen Augen an. »Du wirst weiterleben«, sagte sie in einem Bantu-Dialekt, aber sie wußte nicht, ob er sie verstand. Doch der Ton ihrer Stimme mußte auf ihn beruhigend wirken. Seine Augen bewegten sich etwas, als sei dies eine Antwort. »Du bist ein starker, guter Mann . . .«

Um elf Uhr abends kam man endlich zum Essen. Auch Pater Mooslachner erschien, angetan mit seiner langen Soutane, unter der man die nassen Tonerde-Wickel nicht sah. Er hatte es abgelehnt, im Bett zu essen. Langsam kam er ins Zimmer und lehnte sich gegen die Wand.

»Laßt ihn in Ruhe«, hatte Emil Luther vorher zu den anderen gesagt. »Er kommt sich schon selber mies genug vor! Bitte, haltet den Mund.«

So schwiegen alle, sogar der spöttische Prusius, und sahen zu, wie Mooslachner im Stehen aß. Nach dem Pudding ging er mit sichtbarem Stolz wieder hinaus und legte sich bäuchlings auf das Bett. Er atmete auf. Wäre Prusius auch nur etwas anzüglich geworden, er hätte ihm — das hatte er sich vorgenommen — den Teller an den Kopf geworfen. Die Gefahr war nun vorbei, und er bat Gott um Verzeihung für seine rauhen Gedanken und rüden Vorsätze.

Wenig später kam Emil Luther ins Zimmer. »Einen schönen Gruß von Dr. Oppermann«, sagte er.

Mooslachner drehte sich ächzend auf die Seite. »Ein wirklicher Freund! Was sagt er?«

»Das kann ich unmöglich wiedergeben.«

»So schlimm?«

»Ja.«

»Verlassen von allen!« sagte Mooslachner pathetisch. Er wälzte sich wieder auf den Bauch. »Das Los eines einsamen Missionars! Aber das sage ich Ihnen: Wenn ich wieder fit bin, dann scheuche ich diese spöttischen Seelen vor mir her, bis sie wie Hunde hecheln! Wann will Prusius zurückfliegen?«

»Übermorgen.«

»Bis dahin hat sich mein Hintern wieder beruhigt.« Mooslachner schlug die Bettdecke zurück und streckte sein feuerrotes Gesäß in die Luft. »Bitte, klatschen Sie mir noch ein paar Wickel drauf!«

Zur gleichen Zeit rührte sich in der Scheune der alte Buschmann, rappelte sich mühsam hoch und blickte sich im Kreis seiner Familie um. Auch die Uralten hockten im Kreis und blinzelten in das Licht der Gaslampe. Es war wie eine Totenwache.

»Ich lebe —« sagte das Familienoberhaupt. »Wir haben jetzt einen anderen Gott.«

In dieser Nacht wachte Luba auf, weil sie das Gefühl hatte, nicht allein im Zimmer zu sein.

Mit einem schnellen Griff faßte sie die Pistole unter dem Kopfkissen und schob mit dem Daumen den Sicherungsflügel herum. Niemand wußte, daß sie eine Pistole besaß und damit umgehen konnte, schon gar nicht, daß sie geübt hatte, den Rückstoß aufzufangen und auch aus der Hüfte zu schießen. Doch Simon Otje Namalunga, der Abgeordnete, der sie besucht hatte, hatte beim Abschied gefragt: »Hast du die Waffe noch?« Sie hatte stumm genickt.

Jetzt kam sie nicht mehr dazu, die Pistole hochzureißen und sich gleichzeitig seitlich aus dem Bett fallen zu lassen, um es als Deckung zu nutzen. Eine sanfte Stimme sagte im singenden Ovambodialekt:

»Keine Angst, meine Tochter. Ich bin es, Luba, mein Liebling.«

Sie ließ die Pistole fallen, riß die geballten Fäuste an den Mund und starrte in die Dunkelheit. Sie sah einen Schatten neben dem offenen Fenster — ein Schatten, aus dem ein Arm wuchs, der das Fenster schloß und die Gardine davorzog.

»Vater . . . Papa . . .«

Der Schatten glitt lautlos näher und knipste die Nachttischlampe an. Dann kniete Olutoni auf dem Bett, schlang die Arme um Luba, zog sie an sich und sagte mit bebender Stimme:

»Wie schön du geworden bist, wie wunderschön! Wie deine Mutter . . .«

Sie begann plötzlich zu weinen, verkroch sich fast in seinen Armen, war wieder das Kind, das Schutz bei seinem Vater sucht, das seinen Kummer an seiner Schulter ausweint und ruhig und ruhiger wird, wenn seine Hand über seinen Kopf streichelt und seine Stimme zärtlich alles Weh von ihr nimmt.

Eine ganze Weile saßen sie so, eng umschlungen, auf dem Bett. Die Vorhänge waren zugezogen, die Tür von innen verriegelt, das Fenster eingehakt. Man war sicher vor Überraschungen.

»Wo kommst du her?« fragte Luba endlich, noch immer vom Schluchzen unterbrochen. »Oh, Papa, wie kommst du in diese Gegend?«

»Ich weiß immer, wo du bist. Hat dir Otje nicht gesagt, daß du nie allein bist?«

»Du bist meinetwegen hierhergekommen?«

»Ja.«

»Dann bist du einer der herumfahrenden Ovambohändler, von denen Mr. Luther erzählt hat?«

»Es ist eine Tarnung. Man hat uns in Rundu abgesetzt, und dort wartete der Händlerwagen auf uns. Mit ihm sind wir nach Karakuwisa gefahren. Am Abend sind wir hier angekommen.«

»Was heißt ›abgesetzt‹?« fragte Luba.

»Das ist so eine Redensart«, wich er aus.

»Und warum mußt du dich tarnen, Papa? Wo lebst du denn jetzt?«

»Ich werde dir das später alles erklären müssen«, sagte Olutoni ausweichend. »Jetzt bin ich hier und sehe seit sechs Jahren meine Tochter wieder. Als ich dich das letztemal sah, warst du sechzehn und trugst die Uniform der Oberschule. Damals hast du Berge von Vanille- und Schokoladeneis gegessen, weißt du noch, und ich habe zu dir gesagt: ›Mein Liebling, paß auf, davon wird man dick wie eine Eland-Kuh!‹ Und nun bist du so schön geworden . . .« Er streichelte wieder über ihr langes Haar, über ihre Augen, die schmale Nase, die Wangen, die hohen Backenknochen, die schönen Lippen und das kleine Kinn. Es war, als wolle er sie mit seinen Fingerspitzen fotografieren, Zentimeter um Zentimeter ihres herrlichen Gesichtes, in dem sich die Schönheitsideale zweier Kontinente vereinigt zu haben schienen. »Willst du mitkommen?«

Sie sah ihn erschrocken an. Er spürte, wie sie die Muskeln straffte. »Wohin, Papa?«

»Zu mir.«

Josef Petrus Olutoni war ein Mann, den man ohne Übertreibung schön nennen konnte. Nicht allein männlich oder nur muskulös oder »interessant« — er war alles zu gleicher Zeit, kraftvoll und doch harmonisch. Er war jetzt fünfzig; Sonne, Wind und die harten Lebensbedingungen dieses Landes hatten ihn gezeichnet, jedoch der Anblick seines edlen Ovambokopfes faszinierte nur um so mehr; das Ebenmaß seiner Züge hatte, vor allem im Profil, geradezu etwas Königliches. Dieses wilde, harte Land brachte auch harte Menschen hervor, die sich über Jahrhunderte ihren Stolz bewahrt hatten. Nur mit ungebrochenem Selbstbewußtsein konnte man hier überleben.

Olutoni trug einen zerknitterten, viel zu weiten Anzug aus dunkelbraunem Stoff, ein braunes Hemd und flache Halbschuhe. An zwei Fingern jeder Hand glänzten Ringe mit dikken bunten Steinen. Die Händler trugen sehr billige Imitationen, weil sie wußten, wie groß die Wirkung auf ihre Kunden im Kral, in den Wohnbaracken und Siedlungen war. Je bunter und glitzernder, um so mehr verkaufte man. Olutonis Verkleidung war fehlerlos.

»Wo lebst du jetzt?« fragte Luba noch einmal.

Olutoni küßte ihre Augen. »Irgendwo im Norden, mein Liebling.«

»Und was soll ich dort?«

»Endlich bei deinem Vater sein! Du hast eine gute Schule besucht, du hast eine gute Ausbildung gehabt. Ich kann dich gut gebrauchen.«

»Ich habe meine Arbeit.« Sie hielt seine streichelnde Hand fest und küßte ihre Innenfläche. Es war eine Geste der Demut, aber Olutoni wußte, daß Luba keine willenlose Tochter war wie die Mädchen, die noch in den Krals lebten und dem Vater gehorchten. »Ich bin glücklich in meinem Beruf. Ich habe eine große Aufgabe, Papa. Ich helfe Dr. Oppermann, einer unbekannten Krankheit auf die Spur zu kommen.«

»Das weiß ich alles.« Olutoni setzte sich auf die Bettkante, Luba blieb auf dem Bett hocken. »Ich weiß auch, daß du Dr. Oppermann liebst.«

»Ja, Papa!« sagte sie ohne Zögern. »Ich habe es Otje erklärt.«

»Er hat es berichtet.« Olutoni griff nach ihrer Hand und hielt sie fest. Dabei spürte er, wie sie zitterte. Er hatte tiefes Mitleid mit ihr, aber er wußte mehr von den Dingen, die kommen würden, als Luba ahnte, mehr auch als er ihr sagen konnte.

»Du kannst nicht bei ihm bleiben!« sagte er in einem Ton, als rede er ihr einen Schmerz aus. »Du mußt von ihm weggehen.«

»Das kannst du nicht verlangen, Papa«, sagte sie leise. »Nie, Papa!«

»Ich verlange es auch nicht.« Olutoni drückte ihre Hand an sein Herz. Das Beben ihres Körpers teilte sich ihm mit. »Ich *bitte* dich, mein Liebling: Du darfst nicht bei ihm bleiben. Du weißt nicht, was alles noch geschehen wird.«

Es war, als habe sich plötzlich eine Wand zwischen Vater und Tochter erhoben. Eine gläserne Wand zwar, und niedrig genug, um eine Verständigung zuzulassen, aber immerhin eine Wand, die trennte.

Olutoni spürte das. Er verzichtete darauf, Luba wieder zu berühren, sie an sich zu ziehen, ihr die lang entbehrten lieben, zärtlichen Worte zu sagen. Er hatte Angst. Angst, daß sie zurückweichen könnte, daß sie ihn abwehrte, ihn, ihren Vater, dem sie und sein Land das Leben allein sinnvoll machten.

Er stand auf, ging zum Fenster, schob die Gardine zurück, spähte in die Nacht und lauschte. Ein bleicher Mond stand über dem Veld, die gekalkten Wände der Farmgebäude schimmerten bleich und unwirklich wie Monumente aus einem Totenreich. Olutoni ließ die Gardine zurückfallen und wandte sich zu Luba um.

»Der Wagen wartet außerhalb, bei den Zuchtweiden. Wir können sofort fahren.«

»Sie werden uns mit dem Flugzeug suchen und finden«, sagte sie leise.

»Sie finden uns nie, meine Tochter. Die Weißen glauben, sie kennen das Land. Aber sie kennen es nicht! In zwei Tagen sind wir im Ovamboland. Da bist du sicher.«

»Warum sollte ich in Outjo nicht sicher sein, Vater?«

»Es wird eine Zeit kommen, da wird man die Weißen jagen.« Er ging vom Fenster weg, stand im Dunkel und war für Luba wiederum nichts als ein Schatten an der Wand. »Und es würde für uns tödlich sein, wenn wir dann Mitleid hätten und sagten: Das sind auch Menschen! Hat man das von uns gesagt? Ein Huhn wird von den Weißen gestreichelt, wenn es auf ihren Tisch hüpft und dort pickt. Uns tritt man weg wie aussätzige Hunde, wenn wir uns auf die Bank neben einen Weißen setzen.«

»Das war einmal, Vater. Heute ist das anders, das weißt du genau!«

»Man hat es getan!«

»Willst du historische Schulden eintreiben?«

»Wie klug meine Tochter reden kann! Hast du einmal versucht, auf dem Flugplatz von Windhoek nicht durch die Tür zu gehen, über der ›Nur für Schwarze‹ steht, sondern durch die Tür ›Für Weiße‹?«

»Nein. Ich bin noch nicht geflogen.«

»Dann versuche es einmal.« Olutoni betrachtete seine Tochter. Im schwachen Licht der Nachttischlampe hockte sie auf dem Bett, die Beine untergeschlagen, den kupferfarbenen Körper nur von einem durchsichtigen kurzen Nachthemd verdeckt. Ihre Schönheit trieb ihm fast die Tränen in die Augen. Meine Tochter . . . dachte er immer wieder. Das ist meine Tochter. Sie ist noch schöner als ihre Mutter. Soll sie an ihrer Liebe zu einem Weißen zerbrechen, wie ihre Mutter an der Liebe zu einem Schwarzen zerbrochen ist? Habe ich nicht die Pflicht, sie zu retten?! Muß ich tatenlos ansehen, wie sie wegen ihrer Hautfarbe zerrieben wird durch Ideologien, durch politische Gnadenlosigkeit, durch Haß und tödlichen Enthusiasmus? Luba, mein Liebling, was weißt du denn, was um dich herum vorgeht. Nicht einmal ahnen kannst du, was ich weiß!

»Du könntest Namibia verlassen«, sagte er mit belegter

Stimme. »Ich sorge dafür, daß du nach New York gebracht wirst, oder nach Kuba, oder nach Sambia. Wenn du willst, ich lasse dich nach Paris fliegen. Das ist vielleicht am besten. In Paris wirst du dich wohlfühlen.«

»Ich bleibe in Outjo!« sagte Luba bestimmt. »Ich bleibe dort, wo Dr. Oppermann ist. Nur bei ihm bin ich glücklich.«

»Du — du würdest seine Geliebte werden?«

Es war schwer für einen Vater, so etwas auszusprechen. Das Herz riß ihm auf. Wie von grellen Blitzen erhellt, sah er es: Luba in den Armen des Weißen. Ihr schimmernder bronzener Körper unter seinen Händen. Sein Leib auf ihrem zuckenden Leib. Seine Lippen über ihren Brüsten ...

Wie einen Stich empfand er ihre Antwort.

»Ja!« sagte sie ohne Zögern. Es klang nicht nach Trotz, es klang nach einem Bekenntnis, nach Glück. »Ich würde seine Geliebte werden, Vater.«

»Und dann?«

»Ich weiß es nicht. Wer fragt schon viel nach der Zukunft, wenn er jemanden liebt? Hast du bei Mutter danach gefragt?«

»Das habe ich erwartet!« sagte Olutoni dumpf.

»Natürlich, damals waren andere Zeiten. Eine Weiße als Frau eines Schwarzen. In Südwest-Afrika! War meine Mutter nicht für alle eine Aussätzige? Eine Kaffern-Hure? Und war sie nicht trotzdem glücklich mit dir?«

Sie kroch aus dem Bett weiter nach oben und lehnte sich an die Wand. Jetzt fiel das Licht der Nachttischlampe in ihre Augen. Sie schimmerten wie die Lichter eines Leoparden, den man in einen Feuerkreis getrieben hat, und der sich in seiner Ausweglosigkeit anschickt, den Sprung durch die Flammen zu wagen.

Olutoni starrte sie an, sprachlos über die Wildheit, die der Anblick seiner Tochter verriet.

»Soll ich einen Neger heiraten?« sagte sie hart. »Willst du das? Einen schwarzen Mann, nur weil er schwarz ist? Darf mein Geliebter nur eine dunkle Haut haben — weil eure SWAPO ein schwarzes Namibia haben will? Ich bin eine Coloured, ich weiß, wie mich die Weißen hier ansehen, ich weiß, daß ich, daß du, daß wir Farbigen alle darum kämpfen müssen, als vollwertige Menschen angesehen zu werden und nicht nur als emanzipierte Affen ... Oh, Papa, das weiß ich alles. Aber ich liebe diesen Weißen, ich liebe ihn, ich liebe ihn, und so wie deine Haut nie weiß werden wird, so wird es auch unmöglich sein, diese Liebe aus mir herauszureißen! Du kannst mich wegbringen lassen — mit Gewalt, anders bringst du mich nicht von ihm fort! Du kannst mich einsperren, du kannst machen, was du willst — ich werde ihn immer lieben, immer und überall, solange mein Herz schlägt. Dir bliebe nur übrig, mir das Herz aus dem Leibe zu reißen!«

»Es ist gut, daß du mir das alles gesagt hast.« Olutoni hob die Hand. »Lösch das Licht, meine Tochter!«

Sie knipste die Lampe aus. Die vollkommene Dunkelheit war erstickend. Sie hörte, wie ihr Vater die Gardine zurückzog. Dann fiel das Mondlicht ins Zimmer. Olutonis Hand legte den Riegel herum, das Fenster schwang lautlos auf.

»Willst du schon gehen, Papa?« flüsterte sie. Sie drückte die Hände gegen ihr Gesicht und zitterte am ganzen Körper. Ich hätte das nicht sagen dürfen, dachte sie. Nicht alles, nicht so hart ... Nun habe ich ihn verwundet, sein Herz blutet, seine Seele ist zerrissen, wie ein angeschossenes Tier flieht er in die Weite. Aber er will mir meine Liebe nehmen! Papa, da kämpfe ich gegen alle, auch gegen dich, auch gegen Gott, wenn er Nein sagen sollte! Versteh das doch, Papa!

»Ja, ich gehe. Wir fahren morgen weiter. Wenn wir uns am Tag sehen sollten — wir kennen uns nicht.«

»Natürlich nicht, Papa.«

»Du weißt, daß ich immer bei dir bin, auch wenn du mich nicht siehst.«

»Ja, Papa.«

»Bei den Kranken in Outjo ist ein Mann, der hat nur ein Bein. Er leidet an einem Husten, den keiner zum Stillstand bringen kann.«

»Ich kenne ihn. Der Einbeinige kommt jeden zweiten Tag zur Ambulanz. Dr. Oppermann meint, er habe Bronchiektasen.«

»Er ist gesund! Er hustet, weil das seine Aufgabe ist. Wenn du Sorgen hast, wenn du zu mir kommen willst, was immer auch mit dir ist — wende dich an ihn! Er bringt dich zu mir. Er ist mein Auge und mein Ohr bei dir.« Olutoni sah noch einmal hinüber auf die im Halbdunkel verschwimmende Gestalt seiner Tochter. »Du bist alles, was ich habe«, sagte er gepreßt. »Luba, ich will doch nur dein Glück . . .«

»Mein Glück ist er, der Weiße!«

Lautlos, katzengleich schwang sich Olutoni aus dem Fenster und kam unhörbar auf die Erde. An der Hauswand blieb er stehen, sicherte wie ein Raubtier nach allen Seiten und glitt dann in die Nacht hinaus. Erst jenseits des inneren Farmbereiches, am Stamm einer riesigen Schirmakazie, die am Ende der Einzäunung stand, blieb er stehen und blickte zurück zu den weißen Gebäuden. Leichenbleich schimmerte das Veld im Mondlicht.

Dr. Richard Oppermann! Um die Tochter zu retten, mußte man ihn töten.

Die herumziehenden Ovambo-Händler sah Luba am nächsten Tag nicht mehr. Nur beiläufig erwähnte Emil Luther, daß sie weitergefahren seien, hinunter nach Kano, einer gottverlassenen Siedlung in der Steppe.

Pater Mooslachner, dem die Nacht mit den kühlenden Wikkeln gut getan hatte, besuchte seinen tapferen Gegner in der Scheune. Auch der Buschmann bot keinerlei Anlaß mehr zu der Befürchtung, seine so schrecklich mißhandelte Haut könne zum Erstickungstod führen. Er saß schon wieder aufrecht inmitten seiner Großfamilie und blickte an Mooslachner empor wie zu einem Turm. Die Frauen senkten die Köpfe, die Uralten mümmelten vor sich hin und hoben zum Gruß ihre faltigen Arme. Man grüßte den Sieger und gab sich in seine Hände.

Prusius nutzte den Tag aus und ritt mit Luther zur Jagd. Diese Farm war eine der wenigen, die noch Pferde hielt. Schon vor dem Ersten Weltkrieg, zur Zeit der deutschen Schutztruppe, hatte es sich gezeigt, daß dieses Land kein Pferdeland war. Wie Schwämme zogen die schwitzenden Pferdeleiber die Insekten an; Krankheiten, Würmer und Parasiten quälten sie, die Hufe eiterten, die Lunge wurde angegriffen — aber damals gab es noch keine andere Wahl als Pferde, Kamele und Maultiere, um die unwirtlichen Gegenden und die weiten Entfernungen zu überwinden. Heute besaß jeder Farmer seinen Geländewagen, manche hatten sogar ein eigenes Flugzeug. Auf andere Weise war das Riesenland gar nicht zu kultivieren und nutzbar zu machen. Emil Luthers Pferde dienten also nur einem Hobby; er pflegte und hätschelte sie, wie andere ihre Oldtimer. Es waren gesunde, kräftige Tiere, für das Veld gezüchtet, im Dornbusch aufgewachsen, auf den Pads zur Ausdauer trainiert. Mit ihnen kam Luther an Ziele, vor denen selbst sein Landrover streikte. Sie hatten keinen Getriebeschaden, und die Lichtmaschine konnte auch nicht ausfallen ...

Luba blieb zurück und untersuchte das Hauspersonal der Luthers. »Ich bin keine Ärztin«, sagte sie, »ich bin nur Medizinisch-Technische Assistentin. Meine Diagnosen können auch ganz falsch sein.« Aber Luise Luther bestand darauf, daß Luba sich die Eingeborenen ansah.

»Manchmal verstehen die Schwestern in den Krankenhäusern mehr von den Krankheiten als die Ärzte«, sagte Luise. »Ich habe das selbst bei der Geburt meines Ältesten erlebt. Das war in Keetmanshoop. Da bekam ich plötzlich starke Schmerzen im Rücken, und der Arzt sagte: ›Das kommt von der schweren Geburt. Vierzehn Stunden Wehen, dagegen revoltieren jetzt die Muskeln und Sehnen.‹ Aber die Stationsschwester sagte: ›Im Vertrauen — aber verraten Sie mich nicht! — Sie haben eine leichte Nierenentzündung. Ich gebe Ihnen die nötigen Medikamente.‹ — Nach fünf Tagen war alles vorbei, und der Arzt sagte: ›Na, sehen Sie, jetzt hat sich der Körper beruhigt. Hat nur ein bißchen gemeckert über die vierzehn Stunden.‹ Und ich habe genickt und so getan, als sei das eine große wissenschaftliche Weisheit.«

Sie lachten und fanden einander sympathisch. Das Hauspersonal war gesund bis auf einen alten Knecht, dem die Zähne abfaulten, aber wie bekam man einen solchen Mann nach Grootfontein zum Zahnarzt? Zu anderen Farmen kam die fahrbare Zahnpraxis auch nur einmal im Jahr, aber die Farm von Emil Luther wurde nie angefahren, es sei denn, Luther forderte sie per Funk in Grootfontein an. Das war dreimal geschehen, und dreimal verschwand der Hausknecht rechtzeitig im Busch — so lange, bis der VW-Bus mit dem Roten Kreuz wieder abgefahren und in einer Staubwolke am Horizont untergetaucht war.

Luise zeigte Luba ihre Handarbeiten — Stickereien, Decken mit Hohlsaum und einen Teppichläufer, dessen Knüpfwolle aus Deutschland kam.

»Ihre Mutter war auch eine Deutsche?« fragte Luise später auf der Veranda bei einer Tasse Kaffee.

»Ja, und mein Vater ein Ovambo.«

»Dazu gehörte Mut.«

»Meine Mutter war eine mutige Frau.«

»Wann ist sie gestorben?«

»Vor zwölf Jahren. Sie wurde von einem Leoparden zerrissen.«

»Furchtbar. Und Ihr Vater?«

»Auch er wird tot sein ...« Sie sagte es ohne Zögern.

»Sie wissen es nicht genau?« Luise sah Luba erstaunt an.

»Nach dem Tode meiner Mutter gab er mich in ein gutes Töchterheim nach Windhoek. Ich habe nie wieder etwas von ihm gehört.«

»Finden Sie das in Ordnung?« fragte Luise vorsichtig, um Luba nicht an einer empfindlichen Stelle zu treffen. Aber es klang doch der Unterton mit: So sind sie, die Schwarzen! Kein Verantwortungsbewußtsein!

»Er wird seine Gründe gehabt haben«, sagte Luba ruhig. »Ich habe mich damit abgefunden, daß er nicht mehr lebt.«

»Und wenn er plötzlich wieder auftaucht?«

»Warum sollte er?« Sie lächelte abwehrend. »Nach zwölf Jahren? Nein, er ist tot, sonst wäre er schon längst gekommen.«

Pünktlich zum Mittagessen kam Pater Mooslachner zurück.

Es mußte schon Unerhörtes geschehen, daß er eine Mahlzeit verpaßt hätte. Er ging wieder ziemlich normal, nicht mehr so breitbeinig und staksig, und schien sehr zufrieden zu sein. Er konnte sich sogar wieder setzen.

»Was essen wir denn heute, meine Töchter?« fragte er und rieb sich erwartungsvoll die Hände.

»Kartoffeln, Perlhuhn und eingemachte Kürbisse.« Luise Luther blinzelte ihm zu. »Zufrieden?«

»Ich fühle mich im Paradies! — Seien Sie mal einen Augenblick ganz still! Da! Haben Sie es gehört? Der dumpfe, grollende Ton? Das war mein leerer Magen! Er jubelt vor Vorfreude.«

»In zwanzig Minuten essen wir.«

»Wo sind Emil und mein Saubua, der Prusius?«

»Noch nicht zurück. Auf die können wir nicht warten. Wenn Emil jagt, kann es Abend werden.«

»Wie geht es Ihren neuen Christen?« fragte Luba. Luise ging ins Haus, um den beiden Hausmädchen zu sagen, sie könnten auf der Veranda den großen Tisch decken.

»Dein Patient lebt.«

»Ich weiß. Ich habe ihn am frühen Morgen besucht.«

»Ich bin dabei, sie umzufunktionieren«, sagte Mooslachner. »Im Moment glauben sie noch an *mich*. Ich muß ihnen klar machen, daß ich nur ein Werkzeug Gottes bin, und an den müssen sie glauben. Vor allem aber muß Emil Luther helfen. Sie müssen sehen, daß er als Christ wahrhafte Nächstenliebe praktiziert. Daß man sie als Menschen, ja als Brüder behandelt. Und sie müssen lernen, daß man Gott nicht fürchten, sondern lieben soll. Daß ein Ewiges Leben auf sie wartet und kein unruhiges Geisterdasein. Christentum kann man nur verkünden in der Erkenntnis, daß wir alle Kinder Gottes sind, gleich, welcher Hautfarbe und Herkunft.« Mooslachner holte tief Atem. »Das ist ein langer Prozeß. Da muß man Geduld haben. Ich bin glücklich, daß es mir gelungen ist, Herzen und Ohren für die Botschaft geöffnet zu haben. Auch, wenn ihr mich alle beschimpft! Das Duell war notwendig!« Er hob den Kopf, schnupperte und grunzte zufrieden. Aus der Küche duftete es nach Brathuhn. »Habt ihr noch mal mit Dr. Oppermann gesprochen?«

»Nein.«

»Er hat nicht angefragt, wie es mir geht?«

»Mit keiner Silbe.«

»Ein durch und durch verrohter Mensch! Und so etwas ist Arzt! Man muß sich schämen, mit ihm befreundet zu sein.«

Am Nachmittag kehrten Luther und Prusius zurück. Ihre Pferde dampften. Sie hatten einen Buschbock geschossen und bereits ausgeweidet.

Mooslachner spielte seit drei Stunden mit Luba und Luise auf der Veranda Skat und verlor jämmerlich. Er überreizte, wollte bluffen und fiel immer herein. Lediglich einen Null ouvert hatte er gewonnen, aber nur, weil Luba einmal nicht aufgepaßt hatte.

»Es sind grausame Frauen!« stöhnte Mooslachner, als Prusius und Luther den Buschbock auf die Veranda brachten.

»Ein Glück, daß wir nicht um Geld spielen. Ich hätte sonst schon die Missionskasse verspielt!«

Prusius lachte, klemmte sein Gewehr unter den Arm und ging ins Haus, um sich zu duschen und umzuziehen. Luther blieb mit sehr ernstem Gesicht zurück. Er wartete, bis Prusius im Haus war und setzte sich dann schwer auf einen Stuhl. Es war, als habe die Kraft seiner Beine plötzlich nachgelassen.

»Was ist denn mit Ihnen los?« fragte Mooslachner. »Können Sie das Reiten nicht mehr vertragen?«

»Prusius hat einen Mann erschossen!« Luther wischte sich mit beiden Händen über das Gesicht. Entsetzt ließ Luise die Karten fallen.

»Wo?«

»Draußen im Veld. Zwölf Meilen von hier. Wir entdeckten auf dem Pad zwei Lastwagen. Sie fuhren quer durch den Busch Richtung Andara. ›Was haben hier zwei Lastwagen zu suchen?‹ rief Prusius. ›Die sehen wir uns an! Wo kommen die denn her?‹ — Wir reiten also im Galopp ihnen nach und winken. Natürlich sehen sie uns, aber statt anzuhalten, geben sie Gas und rasen weiter. Prusius war weit vor mir, er hatte das bessere Pferd. Und plötzlich sehe ich, wie er im vollen Lauf sein Gewehr hochreißt und schießt. Ein Mann, der hinter der Plane gestanden haben muß, fällt über die Klappe von der Ladefläche. Aber die beiden Wagen rasen weiter. Wie ich heran bin, steht Prusius vor dem Toten und sagt zufrieden: ›Wieder einer weniger!‹ — Es war ein Schwarzer, dem Aussehen nach ein Ovambo.«

Luba saß aufrecht und unbewegt am Tisch, nur ihre langen, schlanken Finger mit den rotlackierten Nägeln kratzten unruhig über die vor ihr liegenden Spielkarten.

»Wo ist er?« fragte sie.

»Wir haben ihn liegengelassen. Wir hatten ja nichts bei uns, ihn zu begraben. Die Erde ist knochenhart da draußen. Aber es gibt genug Hyänen. Morgen sieht man nichts mehr.« Luther griff nach Luises Tasse und trank wie ein Verdurstender den Rest des kalten Kaffees. »Prusius vermutet, daß es Guerilleros waren, die — von Angola kommend — hier herumstrolchen und die Gegend auskundschaften. Merkwürdig war es schon. Warum hielten sie nicht an? Warum flüchteten sie?«

»Die Schwarzen besitzen empfindliche Nasen. Vielleicht haben sie Prusius gerochen?« Mooslachner stand auf. Alle sahen ihn ernst an. Er hatte auch nicht erwartet, daß man jetzt lachte. »Haben die Ovambos zuerst geschossen?«

»Eben nicht! Nur Prusius hat geschossen.« Luther atmete schwer. »Mir ist das sehr unangenehm. Es ist auf meinem Gebiet geschehen. Ich sollte es nach Windhoek melden.«

»Tun Sie das, Emil. Und ohne Beschönigungen. So, wie es war.« Mooslachner dehnte seinen breiten Brustkorb. »Wenn ich kein Priester wäre, würde Prusius in zehn Minuten krankenhausreif sein. Emil, dieser Ausklang unseres Besuches tut mir leid. Und jetzt bitte ich für ein paar Minuten um Entschuldigung. Ich will für den Erschossenen beten.«

Das Abendessen verlief schweigsam. Man sprach Prusius kaum an. Natürlich entging ihm nicht, welche Stimmung herrschte. Plötzlich knurrte er: »An Humanitätsduselei sind schon ganze Völker zugrunde gegangen!« — und ging in sein Zimmer. Mooslachner besuchte noch einmal die Buschmann-Großfamilie und brachte seinem Gegner bei, wie man die Hände faltet und zu Gott spricht. Dann segnete er sie alle und verteilte Hirse und Maniokmehl, das ihm Luther gegeben hatte. Das machte auf die Buschmänner mehr Eindruck als das Händefalten. Die Frauen küßten kniend Mooslachners Soutane. Es war vergeblich, sie daran hindern zu wollen.

In der Nacht saß Luba am Fenster ihres Zimmers und starrte über das Veld. Sie fror. Ihr Blut schien ein Eisstrom zu sein.

War der Tote Papa? Hat Prusius Papa erschossen? Hatte sie ihn zum letztenmal gesehen?

Wer gab ihr Auskunft? Wer brachte ihr Nachricht? Der Einbeinige in Outjo?

Das Mondlicht zog über die Steppe.

Jetzt zerreißen ihn die Hyänen, dachte sie. Sie schlingen das Fleisch herunter. Sie balgen sich fauchend, heulend und kreischend um die besten Stücke. Zwischen ihren Zahnreihen zersplittern die Knochen. Das Blut klebt an ihren spitzen Schnauzen.

Papa — bist du es?

Sie blickte in die helle Nacht und wunderte sich, daß sie noch atmete.

Schon beim Morgengrauen startete Prusius seine Cessna.

Ein schwarzer Boy fuhr sie zur Maschine; von der Familie Luther war niemand zum Landeplatz gekommen. Sie schlafen alle noch, hieß es, aber Prusius wußte, daß sie am Fenster hinter der Gardine standen und ihm nachblickten.

Mit festen Schritten verließ er das Haus und streifte mit einem kurzen Blick Pater Mooslachner und Luba, die schon vor dem Landrover warteten.

»Alles Arschlöcher!« knurrte er. »Eine Generation von Kaffernarschleckern! Zum Kotzen, Emil Luther!«

Er startete ziemlich steil, drehte sofort bei und flog auf dem schnellsten Weg nach Outjo zurück.

Immer noch wütend, landete er, stieß die Tür auf, sprang aus dem Flugzeug, ohne erst die kleine Treppe hinunterzuklappen und stieg in den wartenden Wagen. Um Mooslachner und Luba kümmerte er sich nicht; er ließ sie einfach in der Maschine sitzen.

»Es ist auch besser so!« sagte Mooslachner. »Ich habe nur darauf gewartet, daß er mich anspricht! Aber so klug ist er doch, um sich nicht mit mir anzulegen. Morgen wird er wieder auftauchen, als sei nichts geschehen.« Er zog seine »heilige Kiste« aus dem Flugzeug und ließ sie auf die Erde plumpsen. Luba warf ihm ihre große Reisetasche zu. Mooslachners Wunder-Landrover, der Gottes Güte bei jedem Anlassen aufs neue bestätigte, weil er nicht zusammenbrach, stand abseits unter einem Wellblechdach. Sie schleppten ihr Gepäck dorthin, rissen die Türen auf, ließen die gestaute, glutheiße Luft heraus und fuhren klappernd und mit stöhnendem Motor zur Station.

Dr. Oppermann unterbrach sofort die Untersuchung, als er den unverkennbaren Ton des alten Autos vernahm. Er rannte zur Haustür, aber draußen zwang er sich doch, seine Freude über Lubas Rückkehr nicht so deutlich zu zeigen. Er winkte ihnen zu, kam an den Landrover und half Luba beim Aussteigen. Schon die Berührung ihrer Hände machte sie glücklich. Jeder sah nur den anderen, seine Augen, seinen Mund, hörte nichts als die geliebte Stimme. Erst ein lautes Ächzen riß sie aus ihrer Traumwelt: Mooslachner stieg aus. Die kurze Fahrt auf dem ungefederten Sitz über die holprige Straße hatte seinen wunden Hintern wieder zum Glühen gebracht.

»Ah! Da ist ja unser Ameisenbär!« sagte Dr. Oppermann mit impertinenter Liebenswürdigkeit. »Eine freudige Nachricht: Heute mittag gibt es bei uns geröstete Termiten!«

»Luba, sag ihm, daß ich mit einem solchen Ekel nicht mehr spreche!« brummte Mooslachner. »Ein Arzt, den das Leid seiner Patienten erheitert! Pfui Teufel!« Er stapfte in die weiße Baracke, schickte den Patienten, den Oppermann gerade untersucht hatte, ins Wartezimmer, raunzte den erschrockenen Urulele an: »Ich schließe ab. Keiner kommt mehr rein in der nächsten halben Stunde!«, knallte die Tür zu, drehte den Schlüssel herum und legte sich bäuchlings auf die Untersuchungsliege.

»Ist alles gut gegangen?« fragte Dr. Oppermann. Seinen Wunsch, Luba zu umarmen, konnte er nur unterdrücken, indem er sich zu äußerster Sachlichkeit zwang.

»Ja. Der Duellgegner des Paters wird überleben.« Luba antwortete im gleichen geschäftlichen Ton. Beide spürten die Unaufrichtigkeit, mit der sie einander begegneten, aber jeder scheute davor zurück, als erster die Maske fallen zu lassen. Die Seligkeit würde so überwältigend sein, daß sie nur in einer Katastrophe enden konnte. »Diese Buschmänner sind zäh. Aber Prusius hat einen Ovambo erschossen.«

»Was hat er?« Dr. Oppermann starrte Luba betroffen an.

»Er und Emil Luther haben zwei rätselhafte Lastwagen verfolgt, und Prusius hat einen Mann von der Ladefläche geschossen. Die anderen konnten in ihren Wagen flüchten.«

»Guerillas?« fragte Oppermann.

»Keiner weiß es. Prusius behauptet es!«

»Und was meint Luther?«

»Er will den Vorfall nach Windhoek melden.«

»Das ist das beste, was er tun kann.« Er blickte Luba an, sah ihre leuchtenden Augen, die ihm alles zuriefen, was ihre Lippen verschwiegen, und vergrub seine Hände in den Taschen des weißen Arztkittels. »Ich hatte wirklich Angst um Sie«, sagte er.

»Ein Priester war doch bei mir.« Es war ein müder Scherz. Ihr Herz klopfte bis an den Hals. Ich liebe dich, dachte sie. Ich könnte mich für dich in Stücke reißen lassen.

»Kaum waren Sie weg — Sie waren gerade eine halbe

Stunde in der Luft —, rief mich ein Offizier der Armee aus Windhoek an. Er gab mir den Rat, in der nächsten Zeit nicht mehr allein in den Norden und Nordosten zu fahren. Wenn es nötig sein sollte, könnte ich Militärschutz anfordern. Es lägen Berichte vor, nach denen von Angola und auch aus dem Ovamboland selbst Terrorgruppen einsickern und sich nach Süden wenden. Alle Farmer sind gewarnt worden. Die Straßen werden überwacht, Hubschrauber kontrollieren die Buschpads. Der linke, radikale Flügel der SWAPO scheint wieder neue Aktionen zu planen, um die Weltöffentlichkeit spektakulär an Namibia zu erinnern.« Er räusperte sich, wich ihrem Blick aus und griff nach der Reisetasche, die neben ihr auf dem Boden stand. »Deshalb hatte ich Angst um Sie, Luba. Man weiß, daß die radikalen SWAPOs auch ihre eigenen Leute umbringen, wenn sie mit Weißen zusammenarbeiten. Auch Sie sind in Gefahr!«

»Ich habe keine Angst!« sagte sie mit fester Stimme.

»Ich dafür um so mehr! Luba, ich werde nicht mehr zulassen, daß Sie allein wegfahren! Nur noch mit mir!«

Er setzte sich schnell in Bewegung und trug ihr die Tasche ins Haus.

Im Untersuchungszimmer lag Mooslachner auf der Liege und blickte düster auf Dr. Oppermann, der verblüfft in der Tür stehen blieb. Im Flur hatte ihn Maria Franziska Nkulele abgefangen.

»Er hat uns alle rausgeschmissen!« lamentierte sie. »Mich auch!« Sie rückte an ihrer straßbesetzten Brille und war ehrlich wütend. »Aber ich kann mich doch nicht gegen einen Priester wehren!«

Dr. Oppermann ließ Luba eintreten, schloß die Tür ab und setzte sich hinter seinen Schreibtisch. »Fragen Sie den Herrn Pater«, sagte er zu ihr, »warum er die Liege besetzt hält, die nur für Kranke da ist!«

Mooslachner ballte die Faust, stieß einen fauchenden Laut aus und bellte: »Antworte dem Menschen, der mit den Leiden anderer Geld verdient, daß ich einen Grund habe, hier zu liegen.«

Oppermann nickte ernst. »Luba, erklären Sie dem Herrn, daß leichte Fälle von meinem Helfer Urulele versorgt werden. Er soll sich in der Ambulanz anstellen.«

»Luba!« brüllte Mooslachner sofort. »Machen Sie dem Quacksalber klar, daß ich Privatpatient bin!«

»Auf der Forschungsstation Outjo sind Untersuchungen gratis, dank Staatsunterstützung und einem medizinischen Sozialfonds. Sozial heißt: Alle Kranken sind gleich! Sagen Sie das dem Herrn, Luba. Er soll sofort die Liege räumen und sich in die Reihe stellen.«

»Wer mich hier 'runterholen will, den trifft der Blitz!« Mooslachner streckte seine Hände vor. »Und der Blitz ist in meinen Fäusten! Luba, sag dem weißgewandeten Aasgeier, daß er sich endlich meinen Hintern ansehen soll! Der kann nur noch gares Fleisch sein!«

»Ein Amseisenbär wühlt auch nicht mit dem Hintern in einem Bau, sondern mit seinem Rüssel.«

»Auch der brennt wie Feuer!« sagte Mooslachner ohne jede Scham.

»Das ändert die Lage völlig.« Dr. Oppermann grinste Luba zu. Sie verließ das Zimmer, nahm die Tasche mit und packte sie aus. Urulele half ihr, indem er die Medikamente und das Verbandszeug sofort in die richtigen Schrankfächer legte.

»Ich ziehe gleich meine Soutane hoch«, sagte Mooslachner. »Wenn Sie dann lachen, Doktor, erschlage ich Sie! Eine im Affekt begangene Sünde kann mir verziehen werden.«

Mooslachners Duell-Andenken erwies sich als eine durch das konzentrierte Insektenpulver verursachte Hautverbrennung. Dr. Oppermann legte einen massiven Salbenverband an, verpaßte Mooslachner eine Calciuminjektion und gab ihm eine Schachtel Kreislauftabletten.

»Für einige Zeit fallen Sie als Autofahrer aus«, sagte er. »Wenn Sie wieder in Ihr Wunderauto klettern, sollten Sie es zuerst mit einem dicken Kissen versuchen.«

Mooslachner nickte, wälzte sich von der Liege und stellte sich an die Wand. »Haben Sie gehört, was Prusius angestellt hat?«

»Luba hat es mir erzählt. Er hat einen Ovambo erschossen. Einen Guerillero.«

»Behauptet Prusius!«

»Ich sagte es schon zu Luba: Sie waren kaum in der Luft, da rief ein Offizier vom Kommando in Windhoek an. Man hat neue Terrorbanden ausfindig gemacht. Die Grenze nach Angola ist durchlöchert. Jede Nacht kommen SWAPO-Leute in kleinen Trupps herüber. Wir sollen nicht mehr allein in den Norden fahren. Nur mit Begleitschutz.«

»Fängt das schon wieder an?!« Mooslachner schüttelte den Kopf. »Sie begreifen nicht, daß Mord und Brand keine Mittel sind, um Freiheit zu erzwingen. Wer mordet, wird unglaubwürdig, wenn er gleichzeitig von Menschenrecht und Frieden redet! Was mich am meisten erschüttert: Es sind getaufte Christen! Sie beten am Sonntag, nehmen am Montag ihr Schnellfeuergewehr, schleichen über die Grenze und ermorden Weiße. Christen!« Mooslachner versuchte ein paar größere Schritte. Es gelang ihm ganz gut. Die Salbe kühlte und betäubte den Schmerz, der Verband war elastisch. »Sie können wirklich etwas, Doktor.«

»Ich bin gespannt, wie Windhoek auf Prusius' Schießkunst reagiert«, sagte Oppermann.

»Gar nicht. Man wird es registrieren, wird einen Bericht anfordern und dann eine Aktenleiche daraus werden lassen. Prusius hat natürlich auch schon in Windhoek angerufen und seine Verbindungen spielen lassen. Nur die Ovambos werden reagieren. Und da habe ich Sorge um den völlig schuldlosen Emil Luther. Ihm sollte man eine Gruppe Soldaten ins Haus legen.«

»Sie glauben, daß es bald zu größeren Aktionen der SWAPO kommt?«

»Aber ja! Zum Spazierengehen oder zur Luftveränderung sickern die nicht im Norden ein. Irgend etwas braut sich da zusammen. Es war schon zu lange still in Südwest, das hat mich längst nachdenklich gemacht. Keine Sabotageakte, keine Bombenanschläge, keine Überfälle, nur Aktivitäten auf dem politischen Parkett. Hat Ihnen Prusius auch schon von dem dicken Dossier erzählt, das von deutscher Seite an die SWAPO übergeben worden sein soll?«

»Ja.«

»Halten Sie das für möglich?«

»Durchaus.«

»Die Heimat will aktiv in einem schwarzen Namibia eingreifen, mit Planwirtschaft und Steuerknebeln nach deutschem Muster?«

»Wenn es um die Sicherstellung von Rohstoffen, vor allem

von Uran, geht — und Namibia hat ungeheure Rohstoffvorräte —, dann gibt es keine Gefühlsduselei mehr. Das sind die berühmten politischen Grunddogmen: Die Allgemeinheit ist wichtiger als der einzelne. ›Gemeinnutz geht vor Eigennutz‹, hieß es einmal. So kann man das aber nicht mehr sagen, denn das ist Nazisprache. Aber an das Recht des Individuums glaubt im Ernst doch kein Politiker, hat nie einer geglaubt. Warum wundert Sie also die Botschaft aus Bonn? Hätte man sie nicht bei uns fabriziert, so wäre sie von dem Genossen Popow gekommen, oder von Sir Brian, oder von Monsieur Duval, oder von Señor Caranha, oder von Mr. Jack Blubb, oder von Hakiro Sumaruru . . . Bonn war dieses Mal schneller. Und wenn wirklich all das, was Prusius erzählt, auf diesen besagten Seiten steht, dann wird Namibia einmal mit perfekter deutscher Gründlichkeit verwaltet und zum exzellenten Steuerzahler werden.«

»Die Zukunft ist also dunkel!« sagte Mooslachner dumpf. »So oder so: Man kann nur schwarz sehen!«

Erst als er es ausgesprochen hatte, wurde ihm das unfreiwillige Wortspiel klar; er grinste schief, ging zum Fenster und trommelte mit den Fingern gegen die Scheibe.

»Doktor, Sie wären ein halber Engel, wenn ich jetzt ein Bier bekäme.«

Im Vorraum des Labors gingen die Untersuchungen weiter. Luba sprach mit den Kranken, die Urulele nicht übernehmen konnte. Die meisten kamen schon zum wiederholten Male in die Ambulanz, erhielten ihre Injektionen, ihre Pillen oder Kapseln, wurden verbunden, gepudert oder eingecremt. Urulele kannte sie fast alle, und Nkulele hatte sogar eine Art Computergehirn entwickelt. Sie benötigte kaum noch die Karteikarte; sie warf durch die riesigen getönten Brillengläser lediglich einen Blick auf den Kranken, ließ die Straßsteine funkeln und nannte mit unbegreiflicher Sicherheit Namen und Krankheit.

Während im Untersuchungszimmer Dr. Oppermann mit der wunden Hinternhaut des Paters beschäftigt war, hatten Urulele und Luba in zwei Schichten die Ambulanz aufgeräumt. Einer der Kranken, die Nkulele zu Luba schickte, war ebenfalls ein alter Bekannter, aber wegen seines chronischen

Leidens ein Fall für den Chef selbst: Ein ständig hustender Ovambo mit einem Holzbein.

Luba ließ ihn wortlos eintreten, schloß hinter ihm die Labortür, ging zum Fenster und verriegelte es. Dann wandte sie sich tief atmend nach ihm um. Der Ovambo stützte sich auf eine Stuhllehne, krümmte sich etwas nach vorn und hustete zum Steinerweichen.

»Laß das!« sagte Luba streng. »Du bist gesund!«

Der Einbeinige richtete sich auf, starrte Luba erstaunt an und erschöpfte sich noch einmal in einer Hustenkanonade. »Meine Lunge zerreißt!« sagte er demütig.

»Lebt mein Vater noch?«

»Wie soll ich das wissen?«

»Ich habe ihn getroffen!«

Der Einbeinige wartete ab. Er sah Luba mit dem Mißtrauen eines Tieres an, das nicht weiß, ob man es streicheln oder töten will. Durch bloße Worte ließ er sich nicht überrumpeln oder bluffen; er wartete auf andere Zeichen.

»Er hat mir gesagt, wer du bist. Du bist sein Auge und sein Ohr bei mir. Alles, was hier geschieht, meldest du weiter an ihn.«

»Ich bin ein armer kranker Mann, sonst nichts!« sagte der Ovambo, krümmte sich und hustete gottserbärmlich. »Ich brauche eine Spritze!«

»Ich habe meinen Vater in Karakuwisa getroffen. Du hast ihm gemeldet, daß ich dorthin fliege, du hast es von Urulele erfahren. Mein Vater war als Händler verkleidet und kam mit einem VW-Bus, der als fahrender Shop umgebaut war.«

Der Einbeinige nickte. Das genügte. Er richtete sich auf und sah Luba mit einem offenen Blick an. »Du kannst dich auf mich verlassen«, sagte er.

»Lebt mein Vater noch?« wiederholte sie.

Der Ovambo starrte sie ratlos an. »Ich habe nichts anderes gehört.«

»Es hat auf Luthers Farm eine Schießerei gegeben.«

»Davon weiß ich noch nichts.«

»Man hat einen Mann erschossen. Einen Ovambo!«

Das Gesicht des Einbeinigen erstarrte zu einer Maske. »Ich werde anfragen.«

»Wann kannst du die Antwort bekommen?«

»Morgen früh. Aber morgen wird mich der Doktor selbst untersuchen, wie immer.«

»Du kannst mit den Augen sprechen. Wenn der Tote mein Vater war — dann schließ die Augen für einen Moment, während ich dich ansehe.«

»Und was hätte zu geschehen, wenn er es wirklich war?«

»Dann wirst du einen Mann töten müssen.« Ihre Stimme war klar und hell, als sage sie etwas sehr Erfreuliches. »Oder ich muß es tun.«

»Es wird alles geschehen, wie du es willst.« Der Ovambo nahm ihre Hand, küßte sie demütig und humpelte mit lautem Klack-klack-klack hinaus. Sobald er die Tür aufgestoßen hatte, hustete er wieder zum Erbarmen und ging mit rollenden Augen an Urulele und Nkulele vorbei. Sie beachteten ihn gar nicht; er gehörte zur Ambulanz wie ein Einrichtungsgegenstand. Man hätte sich nur gewundert, wenn er einmal nicht gekommen wäre.

Wie zu erwarten war: Aus Windhoek hörte man gar nichts auf die Anzeige Emil Luthers, auf seinem Besitztum sei ein fremder Ovambo erschossen worden.

Nicht einmal ein Polizeibeamter wurde aus Grootfontein zu ihm in Bewegung gesetzt, um ein Protokoll aufzunehmen und den Tatort zu besichtigen. Luther fuhr mit seinem Landrover noch einmal zu der Stelle. Er fand lediglich ein paar abgenagte Oberschenkelknochen, ein Stück der Beckenschaufel und den halben, skelettierten Kopf. Die Müllabfuhr der Steppe, Hyänen und Geier, hatte ganze Arbeit geleistet. Sogar Hose, Hemd und Schuhe des Toten hatten sie verschleppt — aber vielleicht waren es auch Buschmänner gewesen, die oft meilenweit zu Fuß jagen und alles auflesen, was ihnen nützlich sein kann.

Prusius hatte vorgesorgt. Bei seinem Anruf in Windhoek hatte er sogleich Meldung erstattet über auffällige Guerillatätigkeiten im Kavangoland. Daraufhin waren die südafrikanischen Truppen im Caprivi-Zipfel alarmiert worden; sie fuhren nun verstärkt Streife an der angolanischen Grenze. Man gab Prusius Recht: Niemand flüchtet mit zwei Lastwagen, wenn er ein reines Gewissen hat. Natürlich konnten es auch Wilderer gewesen sein — aber das spielte jetzt keine Rolle mehr. Sie hatten Ungesetzliches getan, das stand fest. Ob Guerilla oder Wilderer, das Veld hatte seine eigene harte Sprache. Es konnte niemand von Prusius verlangen, daß er sich zuerst erschießen ließ.

Der Fall »Luther-Farm« wurde zu den Akten genommen, wie Pater Mooslachner es vorausgesagt hatte. Man entsandte von Grootfontein keine Soldaten zum Schutz der Farm, auch das hatte Mooslachner erwartet; die Truppenstärke war gering, man brauchte jeden Mann an der Grenze. Nach drei Seiten mußte man sich absichern: nach Angola, Sambia und Botswana. Auf dem großen Militärflugplatz von Katima Mulilo am Sambesi trafen seit vierzehn Tagen schwere Transportmaschinen mit Verpflegung, Munition, Werkzeugen, Zelten, zerlegten Baracken, gepanzerten und mit schweren MGs bestückten Geländewagen, leichten Panzern, Geschützen, Raketengewehren und Lastwagen ein. Drei Hubschrauber wurden von Walfischbai in den Caprivi-Zipfel verlegt; zwei bombentragende Mehrzweckjäger kamen von Kapstadt herauf.

Das alles vollzog sich in aller Stille, wie hinter einem Vorhang aus hitzeflimmernder Luft. Aus den Meldungen der Beobachter an den Grenzen, der Informanten des Geheimdienstes, der V-Männer in Sambia und Angola setzte sich das Lagebild zusammen: Neue Aktivitäten der radikalen Gruppen. Gefangene, die man bei Razzien im Grenzgebiet gemacht hatte — in der Öffentlichkeit wurde nicht über sie gesprochen —, hatten nicht nur sowjetische Kalaschnikows bei sich, sondern auch deutsche Sturmgewehre. Woher die Waffen kamen, darüber wußte keiner etwas zu sagen. Sie waren von den Kommandeuren verteilt worden. Angolanische Unteroffiziere und kubanische Berater bildeten die Guerilleros an diesen Waffen aus.

Was bedeutete bei dieser nur scheinbar noch stillen, in Wahrheit höchst brisanten Lage der Tod eines Ovambos im Veld? Man sagte Prusius, die Sache sei erledigt.

Drei Tage nach ihrer Rückkehr von Luthers Farm vernichtete ein großer Buschbrand bei Ubio, westlich von Otavi, fast den gesamten Viehbestand des Farmers Willem de Boos. Feuer brach auch auf fünf anderen Farmen aus: bei Lupala, Otjitambi, Okamatangara, Tsintsabis und Otjituuo. Am Unterlauf des Flusses Otjisondjou, im trockenen Flußbett, wurden von Unbekannten zweihundertdreiundvierzig Stück Rindvieh des Farmers Peter Steinbrücher erschossen. Alles Gegenden, wo kein Militär lag, wo man auch keine Patrouillen fahren konnte, wo es völlig sinnlos war, nach staatlichem Schutz zu rufen. Die Größe des Landes, die unendlichen Weiten, das grenzenlose Veld waren einfach nicht zu überblicken. Für eine Guerilla-Truppe war es dagegen fast ungefährlich, plötzlich aufzutauchen, zu zerstören und wieder im unübersichtlichen Busch zu verschwinden.

Es gab nur eine Möglichkeit, sich zu schützen: den Selbstschutz.

Was vor Monaten schon begonnen worden war, wurde nun mit verstärktem Einsatz eiligst weitergeführt: Die Farmen wurden zu kleinen Festungen ausgebaut. Um die Häuser herum wurde freies Schußfeld gerodet, und Wehrtürme aus dicken Felssteinen wurden gebaut, in die man sich als letzte Zuflucht zurückziehen konnte, wenn das Haus abbrannte. Diese Steintürme mit Stahltüren und schmalen Schießscharten konnten nicht brennen. In ihnen lagerten Vorräte, die eine längere Belagerung aushalten ließen. Die Frauen übten wieder an Gewehren, ebenso die größeren Kinder.

Noch war Ruhe im Land, aber dieser Frieden trog. Die Buschbrände bewiesen es; es waren gelegte Feuer — Terror, der langsam zermürben sollte.

In Outjo merkte man davon nichts. Man diskutierte zwar die Buschbrände im »Deutschen Haus«, schimpfte auf die UNO, schlug vor, jeden Schwarzen, den man mit einer Waffe antraf, sofort an den nächsten Baum zu hängen, und fragte Pater Mooslachner hämisch, weshalb die Kirche zu all dem schweige, und ob auch Rom, gleich der UNO, Südwest abgeschrieben habe.

»Fragt den Heiligen Vater!« schnauzte Mooslachner die Frager an. »Ich gebe euch die Adresse. Schreibt hin! Ich werde jedenfalls meine Buschkirche weiterhin besuchen, auch mit der Maschinenpistole im Arm. Es ist nicht Gottes Wille, daß ich mich wehrlos töten lassen soll. Im übrigen reagiert ihr genau so, wie es die Guerillas wollen: Ihr werdet hysterisch. Ihr bekommt Angst. Wie lange lebt ihr denn in Südwest?! Das ist doch alles schon mal dagewesen!«

»Aber da gab es keine Sowjets, die Waffen lieferten«,

grollte der Bäcker Heinemann. »Und keine Heimat, die uns verriet!«

»Das stimmt!« Pater Mooslachner hob wie resignierend die Schultern. »Das ist das Neue, womit wir rechnen müssen.«

An diesem Abend sagte er zu Dr. Oppermann, der ihn zu einem »Rindsgulasch ungarisch« eingeladen hatte:

»Was würden Sie tun, Doktor, wenn Ihnen verwundete Guerilleros heimlich ins Haus getragen würden?«

»Sie operieren!« antwortete Oppermann ohne Zögern.

»Und dann ausliefern?«

»Was würden Sie tun, Pater, wenn zu Ihnen ein Schwarzer kommt und beichtet: ›Ich bin ein Guerillero, ich habe gestern drei Weiße getötet.‹ Würden Sie die Polizei rufen?«

»Wir haben beide einen Beruf, der unser Gewissen auffrißt«, sagte Mooslachner dumpf. »Gebe Gott, daß wir das nicht bald zu spüren bekommen.«

An einem ziemlich dunklen, vom Neumond kaum erleuchteten Abend gelang es Prusius endlich, Luba Magdalena Olutoni wieder einmal allein zu begegnen.

Es war ein Zufall. Luba kam von der Apotheke, aus der sie ein paar Medikamente entliehen hatte. Auf der Station war der Vorrat ausgegangen, der nächste Transport aus Windhoek war erst in vier Tagen zu erwarten. Prusius, der von seinem Stadtladen die Apotheke sehen konnte, verließ schnell durch die Hintertür sein Geschäft, nahm im Vorbeigehen einen langen Jutesack mit und rannte in einem Bogen zu dem Pad, den Luba bei der Rückkehr zur katholischen Mission nehmen mußte.

Die Gelegenheit würde sich nie wieder ergeben, das wußte Prusius, als er Luba ohne Begleitschutz kommen und gehen sah. Dr. Oppermann saß weit entfernt auf der Station; Urulele und seine mittlerweile liebestolle Nkulele, die nun auch seine Glatze nicht mehr störte, saßen im Kinosaal und sahen einen südafrikanischen Film; Pater Mooslachner hielt einen Abendgottesdienst mit dem Frauenverein. Es war niemand in der Nähe, der Luba beschützen konnte.

Prusius erwartete sie hinter einem Tamariskenbusch. Ihm war jetzt völlig gleichgültig, was folgen könnte — es gab keine Zeugen, es gab keine Beweise, nur die Aussage einer

Coloured. Was ist das schon?! Wer würde das für glaubwürdig halten? Jedermann in Outjo wußte, wie hochnäsig diese Bastarddirne dahinschritt und wie abgrundtief sie Prusius verachtete. Er hatte selbst, auf diese ihm jetzt zufallende Gelegenheit hinarbeitend, überall erzählt, daß dieses schwarze Luder ihn hasse, weil er verhindern wollte, daß aus diesem Land Namibia werde. Und Luba spürte es in Outjo jeden Tag: Man nahm sie wahr, aber man sah an ihr vorbei oder durch sie hindurch. Kam sie in ein Geschäft, rückten die anderen Frauen von ihr weg, als stinke sie. Sie hatte sich daran gewöhnt, sprach nicht darüber, war nicht beleidigt, eher traurig. Outjo ist nicht die Welt — das war ihr ständiger Trost. Und: Ich habe Richard Oppermann. Was kümmern mich die anderen?

Prusius sah Luba den Pad entlangkommen. Sie schien wieder zu schweben, der Nachtwind zerwehte ihr offenes Haar wie einen Schleier. Prusius schluckte. Der Speichel sammelte sich in seiner Mundhöhle. Sie trägt eine Bluse und einen kurzen Rock. Es wird einfach sein. Wenn sie erst liegt, hat sie keine Chance mehr.

Und keiner, keiner in Outjo wird ihr glauben!

Ein Johann Prusius und eine Schwarze?

Eher kann man von einem Kameldornstrauch Johannisbeeren ernten.

Noch vier Schritte . . . noch drei . . . zwei . . . Prusius stürzte wie ein Panther auf Luba zu, warf ihr den Jutesack über den Kopf und warf das volle Gewicht seines massigen Körpers gegen sie.

Aber sie fiel nicht auf den Boden. Sie schwankte, taumelte zur Seite und pendelte wie mit entfesseltem Raubtierinstinkt den Angriff aus. Prusius griff zu, riß ihr die Bluse herunter, starrte auf ihre Brüste, zog sie an sich, drückte sein Gesicht in ihr festes, nach süßen Orangen duftendes Fleisch, stieß die Knie zwischen ihre Beine, wollte sie zu Fall bringen und erkannte in seiner Gier nicht, daß sie den Sack halb von den Schultern gezogen hatte, spürte auch nicht die Fäuste, die auf seinen Kopf trommelten. Er spürte nur ihre harten Brustwarzen unter seinen Lippen, spürte ihren sich in der Abwehr biegenden Leib, der seinem drängenden Unterkörper entgegenkam, hörte nicht, wie der linke Ärmel seines Hemdes zerrissen wurde, — und als Lubas lange Fingernägel sich in seine Schultern krallten, empfand er nichts als wilde Lust, und als sie hin und her schnellte, war es ihm, als sei er schon in sie eingedrungen und sie bestimme den wilden Paarungsrhythmus.

Erst, als er einen rasenden Schmerz in seinem linken Arm spürte, als es warm und naß seinen Arm herunterlief, wußte er: Ich bin verletzt. Ich blute. Irgend etwas hat sie mit mir angestellt. Wie das brennt! Der ganze Arm zittert. Dieses verdammte schwarze Aas!

Er ließ sie los, wich zurück, gab ihr einen gewaltigen Stoß gegen die nackte Brust, der sie nun doch umwarf, aber Prusius stürzte ihr nicht nach und warf sich nicht auf sie, die wild mit den Beinen um sich trat, sondern zog noch einmal den Jutesack über ihren Kopf, versetzte ihr brutal einen Tritt gegen ihre Hüfte, drückte die Hand auf den verletzten Arm und rannte davon.

Erst nach einigen Sekunden fiel ihm ein, daß es besser wäre, sie zu töten. Es wäre nie herausgekommen, wer es getan hatte. Ein Unbekannter. Ein Überfall. Man konnte sogar behaupten: die SWAPO! Weil sie den Weißen half! Das ist ein Grund! Wirklich, man hätte sie töten müssen. Auch die Sterbende wäre noch lebendig und warm genug gewesen, um sie zu nehmen. Unter ihm, mit ihm verbunden, wäre sie gestorben, so, als habe ihr Herz die Glut nicht ertragen können.

Prusius sah ein, daß er diese Möglichkeit vergeben hatte. Er knirschte mit den Zähnen und betrachtete seinen Arm. Er war rot überflutet; aus einer großen Wunde unterhalb der Armbeuge quoll immer neues Blut.

Wie hat sie das nur angestellt, dachte er. Mein Gott, ich verblute! Er riß sein Hemd herunter, drückte es auf die Wunde, rannte zu seinem Geschäft und warf sich dort in seinen Wagen. Panik überfiel ihn. Wohin? Dr. Ambrös war in Otjiwarongo und besuchte seinen Bruder, Dr. Mitterle gab eine kleine Gesellschaft; sein Erscheinen hätte einen Skandal entfesselt. Dr. Verhijnen war Zahnarzt – wohl kaum der richtige, um diesen Arm zu versorgen.

O Gott, wohin? Ich verblute …

Prusius startete und raste hinaus aus Outjo. Er atmete erst auf und zitterte gleichzeitig vor Angst, als er die lange weiße Baracke mit der Rote-Kreuz-Fahne aus der Dunkelheit auftauchen sah.

Dr. Oppermann warf einen kurzen Blick auf das blutdurchtränkte Hemd, das um den Arm gewickelt war, und schob Prusius in den Flur. »Das sieht ja schön aus!« sagte er.

Prusius starrte ihn mit flimmernden Augen an. »Machen Sie schnell«, stöhnte er. »Mir wird ganz übel. Der Blutverlust . . .«

»Sie bekommen gleich einen dreifachen Whisky.« Dr. Oppermann knipste das Licht im Behandlungsraum an, zeigte auf die Liege und ging zu seinem Instrumentenschrank. »Strecken Sie sich aus. Wie ist das denn passiert?«

»Ein Unfall.«

»Auto?«

»Nein. Ein Maulesel . . .«

»Ein — was?« Oppermann rollte den Verbandswagen heran und rollte das Hemd vom Arm. »Das ist doch wohl ein Witz.«

»Das wird jeder sagen.« Prusius hob den Kopf. »Sie haben als Arzt doch Schweigepflicht, nicht wahr?«

»Absolute.«

»Ich möchte mich in Outjo nicht lächerlich machen. Bitte sagen Sie keinem, daß ich von einem dämlichen Maulesel gebissen worden bin.«

»Natürlich nicht. Obwohl Sie zuweilen den Eindruck machen, als seien Sie von einem wilden Affen gebissen worden.«

»Ihre hämischen Bemerkungen sind jetzt nicht angebracht.« Prusius seufzte tief. Oppermann reinigte den Arm mit Alkohol. Es brannte höllisch. »Können Sie nicht betäuben?« stammelte er.

»Bei so einem Wehwehchen? Sie sind doch ein Mann wie ein Baum? Oh, je . . .«

Prusius fuhr zusammen. »Was ist? Die Schlagader?«

»Dann wären Sie nicht mehr bis zu mir gekommen, ohne fremde Hilfe und ohne Abbinden. Nein, da fehlt ein ganzes Stück Fleisch im Unterarm.«

Prusius' Kopf fiel auf die Liege zurück. »Ich sage es ja . . . ein bissiger Maulesel. Die Viecher können zubeißen!«

»Das sind bestimmt fünfzig Gramm ohne Knochen, die da fehlen . . .«

»Ihr Humor ist grauenhaft! — Was soll nun werden?«

»Ich nähe die Wunde und ziehe den Muskel zusammen. Sie werden eine attraktive Narbe mit einer kleinen Versenkung behalten.« Oppermann öffnete einen Chromkasten und machte eine Spritze zurecht. »Sie haben Glück: Nun bekommen Sie doch eine örtliche Betäubung. Und während ich nähe, erzählen Sie mir mal, wie es möglich ist, daß ein harmloser Maulesel plötzlich so pervers wird, Sie anzuknabbern.«

»In diesem Stil rede ich nicht!« sagte Prusius und schloß die Augen, als die Injektionsnadel in seinen Arm stach. »Sie haben Schweigepflicht. Ist das so wichtig, wie mich das Vieh gebissen hat? Sie wissen doch, daß im Hof meines Geschäftes oft die Tiere von Händlern aus den umliegenden Dörfern übernachten. — Noch eine Spritze?!«

»Tetanus.«

»Die ist wirklich nötig«, sagte Prusius voller Harm. »Der Speichel dieses Biestes kann giftig sein . . .«

Am Morgen erschien Luba wie immer pünktlich zum Dienst. Mooslachner brachte sie mit seinem Autoungeheuer, wedelte mit beiden Händen, zerrte die vor Schreck gelähmte Nkulele aus dem Zimmer und verriegelte die Tür.

»So eine Sauerei!« schrie er dann.

»Da stimme ich Ihnen grundsätzlich zu«, sagte Dr. Oppermann. »Aber um was handelt es sich diesmal?« Er blickte zu Luba hinüber. Sie sah herrlich wie immer aus, aber etwas an ihrer Haltung irritierte ihn. Und dann merkte er, woran es lag: sie knickte etwas in der Hüfte ein.

»Man hat versucht, Luba zu vergewaltigen!« schrie Mooslachner.

Nichts hätte Oppermann mehr erschüttern können, als diese Mitteilung. Er sah, wie Luba sich zum Fenster wandte — und schon war er mit einem gewaltigen Satz bei ihr, riß sie herum und drückte sie an sich. Sie fiel mit hängenden Armen gegen ihn, lehnte den Kopf an seine Schulter und rührte sich nicht.

»Das ist doch unmöglich, Luba . . .« stotterte er und starrte Mooslachner mit einem geradezu irren Blick an. »Wann denn? Wo? Wie konnte das passieren? Warum bist du allein ausgegangen? Luba — so sag doch etwas!« Er streichelte ihre Haare, preßte ihren Kopf an sich und spürte, wie ein Vernichtungsdrang in ihm aufstieg, der ihn erschreckte und gleichzeitig erfreute. Ihm war nicht bewußt, daß er Luba duzte, daß er sie zärtlich umfaßte, daß sie ganz hingegeben in seinen Armen hing ... Er wußte nur eins: Der Feind hatte den Angriff eröffnet. Der Kampf ums Überleben hatte begonnen.

»Wer?« fragte er tonlos. »Wer war es?«

»Gestern kam alles zusammen«, sagte Pater Mooslachner, Bitterkeit in der Stimme. »Wir waren alle unterwegs oder beschäftigt, und Luba mußte zur Apotheke. Das muß der Sauhund beobachtet haben.«

»Wer?« fragte Oppermann heiser.

»Wenn wir das wüßten, hätte ich längst Gott um Vergebung im voraus gebeten und hätte mich mit Knüppel und Pistole auf den Weg gemacht. Aber Luba hat ihn nicht erkannt. Es war dunkel, der Überfall kam so plötzlich, der Kerl hat ihr einen Jutesack über den Kopf gezogen, die Bluse heruntergerissen ...«

»Luba!« stöhnte Oppermann und streichelte ihr Haar. »Mein Gott — Luba ...«

»Weiter ist er nicht gekommen. Sie hat sich gewehrt wie eine Pantherin. Natürlich habe ich mir den Jutesack genau angesehen. Er stammt von Ehrbracht & Hoffmannsfeld. Landprodukte en gros. Otjiwarongo. Von solchen Säcken liegen hier Hunderte herum. Fast jeder bezieht 'was von Ehrbracht & Hoffmannsfeld oder füllt in diese Säcke ab, um sie später an die Firma zurückzugeben zum Weiterverkauf. Das ist also keine brauchbare Spur. Aber ...« Mooslachner griff in die Tasche, holte eine alte verbeulte Tabakdose heraus und legte sie auf den Tisch. Oppermann starrte sie schweratmend an. »Dieser Saukerl hat sich verletzt. Er hat geblutet wie abgestochen. Einen einzigen Moment, als der Sack kurz über ihr Gesicht nach oben rutschte, hat Luba instinktmäßig ausgenutzt. Wie eine Wildkatze hat sie zugebissen. Und nicht nur das. Sie hat mit den Zähnen ein Stück herausgerissen. Mit dem Fleischstück im Mund ist sie nach Hause gerannt. Sie hat es mitgebracht und mir auf den Tisch gelegt.« Mooslachner ließ den Deckel der Tabakdose aufspringen. »Hier ist es. Ich habe es abgespült: Es ist — weißes Fleisch ...«

Für einige Sekunden herrschte quälende Stille. Oppermann löste sich von Luba, ging zum Tisch, hob die Dose hoch und blickte hinein. Als er den Deckel zuschnappen ließ, schrak sogar Mooslachner zusammen. Mit einer automatenhaften Bewegung steckte Oppermann die Dose in seine Hosentasche. Mit ebenso hölzernen Bewegungen zog er den Arztkittel aus und knöpfte das bis zum Gürtel offene Hemd korrekt zu.

Ich begreife jetzt, daß man ohne Reue töten kann, dachte er. Ich verstehe völlig, warum ein Mörder sagen kann: Ich würde es wieder tun! Kein Staatsanwalt, kein Richter würde das gelten lassen; das Leben des Menschen ist unantastbar. So steht es im Gesetz. Das ist der Grundpfeiler unserer Moral. Und trotzdem gibt es Augenblicke in diesem Leben, wo das alles nicht mehr gilt und nur noch der Wille zur Vernichtung zählt. Es gibt keine Entschuldigung für Mord, es gibt keine Motivation des Tötens, es gibt keine Ehrenerklärung für die Zerstörung — aber es gibt Stunden, da vernimmt der Mensch ganz tief im Herzen den Befehl: Jetzt mußt du töten, weil es gerecht ist!

»In einer Stunde bin ich wieder zurück«, sagte Dr. Oppermann tonlos. »Luba, kannst du die Ambulanz machen?«

»Ja«, antwortete sie leise. Ihr Blick bettelte: Bleib! Bleib!

»Fühlst du dich wirklich stark genug?«

»Ja. Es ist ja nichts geschehen. Ich habe sogar etwas geschlafen in der Nacht.«

»Wenn es nicht mehr geht, schließe die Ambulanz. Ruh dich in meinem Zimmer aus. Leg' dich hin. Ich bin so schnell wie möglich wieder da.«

»Wo wollen Sie hin?« fragte Mooslachner laut. »Doch nicht etwa zur Polizei und den Fleischbrocken auf den Tisch legen?«

»Bleiben Sie bei Luba, Pater, bitte!«

»Erst sagen Sie mir, wohin Sie fahren wollen!«

Oppermann ging zur Tür. »Wenn Sie mir folgen, Pater, schieße ich Ihnen in die Reifen!«

»Sie sind wohl komplett übergeschnappt?!«

»Das ist keine leere Rede! Bleiben Sie bei Luba.«

»Sie kennen den Kerl?« Mooslachners Stimme dröhnte. »Jetzt begreife ich erst! Sie kennen ihn? Doktor, Sie haben die Pflicht, mir den Namen zu nennen! Sie kommen hier nicht heraus, wenn Sie mir nicht einen Hinweis geben. Doktor, auch ich mache keine leeren Sprüche? Wem fehlt dieses Stückchen Fleisch?!«

»Wir waren immer Freunde, Pater«, sagte Oppermann langsam. »Bitte, lassen Sie uns das bleiben! Folgen Sie mir nicht.«

Er schloß die Tür auf, schlug sie hinter sich zu und ging mit gesenktem Kopf an Urulele und Nkulele vorbei, die im Flur warteten. Entsetzt sahen sie ihm nach. Der da an ihnen wortlos vorbeiging, war ein anderer Mensch als der, den sie seit einem Jahr kannten.

Oppermann stieg in seinen Wagen, legte die Hand auf seine Hosentasche, fühlte den kleinen glatten Kasten und startete dann. Es war, als habe er sich mit diesem Tasten erneut aufgeladen.

Prusius war erstaunt, als der Hausboy Dr. Oppermann meldete. Er war heute nicht in sein Geschäft gefahren, sondern saß im großen Wohnsalon auf einer Ledercouch und las. Der Arm brannte. Prusius hatte am Morgen Fieber gemessen und vom Thermometer 38,1 abgelesen. Leichtes Fieber. Vielleicht doch eine Infektion? Oder kam es von der Tetanusspritze? Er hatte den verbundenen Arm auf ein Kissen gelegt und sich Whisky mit Eiswasser kommen lassen.

»Sie kommen zu mir, Doktor?« rief Prusius überrascht, als Oppermann in den großen klimatisierten Salon trat. »Das nenne ich Service! Ihr ärztliches Gewissen rührt sich auch bei mir?«

»Gerade bei Ihnen.« Oppermann kam näher. Er griff in die Tasche, holte die verbeulte Tabakdose hervor, beließ dann aber die Hand auf seinem Rücken. »Ihnen geht es gut?«

»Ich weiß nicht. Ich habe 38,1.«

»Daran werden Sie nicht sterben.« Oppermann trat noch näher und stand jetzt groß und drohend vor Prusius. Der blickte erstaunt an ihm hinauf. »Ich habe eine gute Nachricht für Sie.«

»Da bin ich aber gespannt.«

»Ich habe das Maultier untersucht, das Sie gebissen hat . . .«

In Prusius' Augen verriet sich Angst. »Wieso?« fragte er.

»Es ließ mir keine Ruhe. Schon wegen der Infektionsgefahr. Ein Tierbiß ist immer kritisch. Vor allem, wenn ein Stückchen

Fleisch fehlt. Ich habe ungeheures Glück gehabt: Das bissige Tier hatte das Stück noch im Maul!« Seine Hand zuckte herum, der Deckel der Dose schnappte hoch. Gleichzeitig griff Oppermann in Prusius' Haar und riß seinen Kopf dicht an die Dose heran. »Ist es das?!«

Prusius sprang auf. Er schlug mit der gesunden Hand um sich, trat gegen Oppermanns Schienbein und befreite mit einem Ruck den Kopf aus seinem Griff. Aber weiter kam er nicht. Ein Faustschlag warf ihn auf die Couch zurück. Er ächzte, blieb sitzen und tastete nach seinem Kinn. Seine Augen waren starr und kalt wie die einer Viper.

»Sie haben absolute Schweigepflicht!« sagte er mit zitterndem Mund. »Wenn ich draußen auch nur *eine* Andeutung höre, sind Sie Ihren Beruf los!« Er schnellte plötzlich vor, schlug unter Oppermanns Hand, und die Dose flog weit in den Raum. »Machen Sie, daß Sie hinauskommen!«

»Sie sind das größte, mieseste, dreckigste Schwein, das ich kenne!« sagte Oppermann völlig ruhig.

»Sie blöder Hund!« Prusius grinste breit. Aber er spürte seinen Herzschlag bis ins Gehirn. »Was wollen Sie gegen mich ausrichten? Sie müssen schweigen, und wenn Sie ein halbes Pfund von meinem Fleisch herumschleppten. Sie müssen die Schnauze halten, auch wenn Sie daran ersticken! Wozu überhaupt dieses ganze Geschrei? Wegen einer geilen schwarzen Hure?«

»So ist es!« sagte Dr. Oppermann gepreßt. »Ich nehme an, daß Sie nicht schreien werden.«

Fast fünfzehn Minuten schlug Oppermann pausenlos auf Prusius ein. All seine Kraft, sein aufgewühltes Gefühl, seine brennende Liebe zu Luba legte er in jeden Schlag. Prusius schrie wirklich nicht, er konnte sich auch nach den ersten beiden Schlägen kaum wehren; er lag auf der Couch, fiel dann herunter, kroch über den Teppich, wurde zurückgeschleudert an die Wand, rollte sich wie ein Wurm zusammen, Arme und Beine angezogen, den Kopf zwischen den Oberarmen, aber er verlor nicht die Besinnung, er steckte mit vollem Bewußtsein diese Schläge ein. Ein harter Bursche, der ungeheuer viel vertragen konnte.

Plötzlich hörten die Schläge auf. Prusius lag zusammengekrümmt an der Wand und stöhnte heiser.

»Jetzt können Sie erzählen, ein Kaffernbüffel habe Sie umgerannt«, hörte er Oppermanns Stimme wie hinter einer dünnen Tür. Die Welt um ihn herum bestand nur noch aus Rauschen und lodernden Schmerzen am ganzen Körper. »Wenn Sie ärztliche Hilfe brauchen: Meine Ambulanz ist ab 14 Uhr wieder geöffnet!«

»Das vergesse ich Ihnen nie!« röchelte Prusius, mit dem Gesicht auf dem Teppich. »Daran gehen Sie zugrunde.«

»Ich weiß. Südwest ist ein rauhes, hartes Land!«

Prusius streckte sich aus und blieb liegen. Er war unfähig, sich aufzurichten. Er hörte, wie Dr. Oppermann die Halle verließ, und als die Tür zufiel, begann er zu weinen.

Für Pater Mooslachner war es selbstverständlich, daß er die Station noch nicht verlassen hatte. Er saß in Oppermanns Privatzimmer, trank Dosenbier, bewachte Luba, die in einem Sessel mit angezogenen Beinen hockte, und wartete.

Dr. Oppermann bemerkte, als er zurückkam, daß Urulele mit Nkulele und den beiden von der Mumie geerbten jungen Ovambo-Zauberlehrlingen den Ambulanzbetrieb notdürftig weiterführte. Es gab bei den Kranken kein Murren, keine langen Fragen, keine Beschwerden; man sah, daß man behandelt und daß geholfen wurde. Überdies bewirkte Urulele in seinem weißen Kittel und mit seiner leuchtenden Glatze ehrfürchtige Gefühle, vor allem bei den neuen Patienten. Wenn Nkulele mit ihrer Riesenbrille neben ihm stand, war persönliche Entfaltung ohnehin nicht mehr möglich.

Nkulele rief scharf: »Name? Wohnort? Alter? Beschwerden?« — und wer nicht sofort antwortete, bekam zu hören: »Aha! Du willst dich für nächstes Jahr anmelden?!« Vertrauter und heimatlicher wurde es, wenn die beiden Lehrlinge, die Tradition der geliebten alten Mumie fortführend, jedem Kranken mit einem gegerbten Löwenschwanz über Kopf, Rücken und Brust fuhren und verkündeten, daß die Krankheit nunmehr aufgescheucht sei, so daß man daran gehen könne, sie zu vernichten.

So etwas beruhigt ungemein — nicht anders als die schönen rosa Pillen in den europäischen Krankenhäusern, nach denen man so gut schlafen kann, und die doch nichts anderes enthalten als in Zuckerguß eingewickelte Psychologie.

Dr. Oppermann kam in sein Zimmer, warf die Jeansjacke über eine Stuhllehne, ging zum im Bücherschrank eingebauten kleinen Kühlschrank und holte sich eine Rumflasche heraus. Er trank ein kleines Glas pur; den nächsten Drink mischte er aus Rum und Cola.

Luba starrte ihn mit unruhigen Augen an. Mooslachner klapperte mit der Bierdose.

»Was haben Sie angestellt?« fragte er, weil Oppermann keine Anstalten machte, den Mund für etwas anderes als zum Trinken zu öffnen. »Rum pur? Wo haben Sie Amok gelaufen?«

»Luba, warum arbeiten Sie nicht in der Ambulanz?« fragte Oppermann steif.

Sie zuckte zusammen, sprang auf und rannte zur Tür. Mooslachner hob die Hand.

»Hiergeblieben!« rief er. »Das habe ich gern! Wir müssen unsere Nerven festhalten vor Sorge um Sie, und Sie furzen uns zum Dank an! Luba, setz dich! Sie macht keinen Dienst, Sie Rohling, weil sie nicht mehr klar denken kann. Seit einer Stunde hocken wir herum und warten darauf, daß in Outjo irgendwo etwas explodiert. Und da kommt er nach Hause und rotzt herum! Sie haben als Herz wohl einen Perkussionshammer, was?!« Mooslachner schleuderte die leergetrunkene Bierdose nach ihm, sie fuhr haarscharf neben Oppermann an die Wand. »Wo waren Sie?«

»Luba«, sagte Oppermann ruhig, »Sie sehen, ich furze und rotze noch fröhlich herum — um in der Kirchensprache zu reden! —, ich bin heil von Kopf bis Fuß, mein Blutdruck ist normal, Blut tropft weder aus meinen Stiefeln noch von den Händen, und meine Hose hat kein Loch, denn ich habe nicht aus der Tasche geschossen. Das sollte Sie alle beruhigen. — Können wir weiterarbeiten?«

»Ja . . .« hauchte sie und blickte auf Mooslachner. Der Pater trommelte mit den Fingern auf der Sessellehne einen Marsch und machte den Eindruck, als werde er sich sogleich wie ein japanischer Ringer auf den Gegner stürzen.

»Ich will meine Tabakdose wiederhaben!« sagte er gefährlich sanft.

»Ich stifte der Kirche eine neue.«

»Ich will *diese* Dose haben!«

»Wegen des Inhaltes? Mein lieber Pater, ich lade Sie zum Gulasch ein, Sie brauchen nicht erst zu sammeln.«

»Wissen Sie, daß ich Ihr Vater sein könnte?«

»Als geweihter Mann mit Zölibatsverpflichtung kämen Sie da in größte Schwierigkeiten.«

»Ich möchte Ihnen eine 'runterhauen!«

»Autoritäre Brachialgewalt zeugt von echter Vaterliebe.«

»Wo haben Sie den Inhalt meiner Tabaksdose gelassen? Da Sie mir die Dose geklaut haben, steht mir das Recht zu, nach dem Verbleib zu fahnden!«

»Es hat sich herausgestellt, daß Luba einen Maulesel gebissen hat. Ich habe dem Tier sein fehlendes Stückchen Fleisch zurückgebracht. Es hatte ein Anrecht darauf, weil es ja ein Stück aus seinem Körper ist.«

»Zwei Rum machen ihn besoffen!« sagte Mooslachner böse. »Was soll das Theater? Für wie dumm halten Sie mich eigentlich?«

»Wir wollen doch Freunde bleiben«, bat Oppermann sanft. »Deshalb verlangen Sie bitte keine Antwort auf Ihre Frage. Luba, können wir gehen?«

»Ihr bleibt hier!« donnerte Mooslachner. Er stand auf, ging zur Tür und stellte sich breitbeinig davor.

»Petrus, der Fels!« sagte Oppermann.

»Wenn ich jetzt gleich nach Outjo hineinfahre, — auf was muß ich mich gefaßt machen?«

»Auf das übliche. Man wird Alarm geben: Der Pater kommt! — und wird Ihnen ausweichen, wo man kann. Und vorsorglich müssen Autoersatzteile bestellt werden.«

»Ist er nicht ein wahrer Rotzjunge?« Mooslachner suchte bei Luba Hilfe. »Doktor, sagen Sie mir jetzt, ob ich mich auf die Fortsetzung eines Dramas vorbereiten muß!«

»Durchaus nicht.«

»Nicht? Sie sind doch nicht weggerast, um Erdmännchen zu beobachten?!«

»Schon eher Termiten.«

»Doktor!« Pater Mooslachner faltete die Hände vor der Brust. »Sie wissen, wer Luba überfallen hat!«

»Ja.«

»Sie waren bei ihm?«

»Ja.«

»Er lebt noch?«

»Ja.«

»Wieso?«

»Das fragt ein Priester?«

»Es ist mir nur so herausgerutscht.« Mooslachner blickte an die Decke. »Sie haben es nicht gehört. — Es gibt also keine weiteren Komplikationen?«

»Kaum. Die Aussprache lief auf Diskretion hinaus. Der Vorfall wird sich auch nicht wiederholen.«

»Es ist zum Kotzen!« Mooslachner gab die Tür frei. »Ich will keinen Namen nennen, aber ich bin mir fast sicher, wer es war. Einen kleinen Hinweis, Doktor, nur ein Fünkchen, an dem ich mein Feuer entzünden kann! Ich möchte darauf meine ganz persönliche Suppe kochen, die wir dann auslöffeln — er und ich!«

»Kümmern Sie sich lieber um Ihre Schäfchen auf der Weide«, sagte Dr. Oppermann und faßte Luba unter. »Vielleicht lahmt eines; das können Sie dann umsorgen.« Er blickte Luba an. Ihre großen schwarzen Augen sahen aus, als seien sie von Tränen überflutet — aber sie weinte nicht. »Draußen warten unsere Kranken.«

»Ich fühle mich wieder stark genug, Doktor«, sagte sie.

Sie gingen hinaus. Sie hinkte etwas. Erst jetzt erinnerte sich Oppermann, daß ihm am Morgen etwas an ihrer Haltung aufgefallen war.

»Du — du bist *doch* verletzt?« fragte er.

»Er hat mich in die Hüfte getreten . . .«

»Ich sehe sofort nach.«

»Nicht nötig!« Sie schüttelte den Kopf. Wenn ich mich vor ihm ausziehe, soll er mich nicht ansehen und anfassen müssen wie eine Kranke. »Es ist nur ein Hämatom. Ich habe es schon versorgt.«

Er nickte und ging weiter zum Behandlungsraum.

Ich hätte Prusius doch den Schädel einschlagen sollen, dachte er. Wie gut, daß ich vorhin noch nicht gewußt habe, daß er sie getreten hat! Es gibt eine Grenze, hinter der Verzeihen unmoralisch wird.

Mooslachners private Jagd auf den unbekannten Täter blieb erfolglos.

Wo er auch hinkam — alle Männer waren gesund, normal, unbefangen, unverletzt und unangetastet. Keinem fehlte ein Stückchen Fleisch. Nur drei Männer trugen Verbände: einer um das Bein, da handelte es sich um ein Unterschenkelgeschwür, der andere hatte sich in den Daumen geschnitten, der dritte war mit dem Arm an einem Haken im Stall hängengeblieben. Zudem war er zweiundsiebzig Jahre alt und war wohl kaum verdächtig, Luba wie ein Stier angefallen zu haben.

Prusius konnte er nicht sprechen. Er war mit seinem Sohn Volker nach Windhoek geflogen, woraus sich schließen ließ, daß es ihm gut ging.

Volker Prusius zog im Dienste des Staates als Landvermesser durch Südwest; eine aufreibende Tätigkeit in einem Land, in dem die Natur nicht selten auf einen, der sie antastet, erbarmungslos zurückschlägt. Er wohnte in Otjiwarongo in einer schmuddeligen Wohnung, kümmerte sich wenig um die Mädchen des Ortes, sondern fuhr zwecks hormoneller Spielereien nach Windhoek in die Bordelle, deren Existenz die ehrsamen Einwohner der Stadt gerne abstritten. Dort erwarb er sich den Ruf, ein großer Säufer und, in betrunkenem Zustand, auch ein großer Schläger zu sein.

Daß er ein eigenes kleines Flugzeug zu seiner Verfügung hatte, machte ihn jedoch begehrt bei allen, die mitgenommen werden wollten. Die Regierungsmaschine war weiß lackiert mit einem dicken roten Streifen an beiden Seiten; sie hatte ein starres Fahrwerk und konnte auf kleinstem Raum landen. Der Rumpfboden war mit Blech verstärkt; so machte es Volker Prusius nichts aus, auch einmal im Dornbusch niederzugehen, weil niedrige Hindernisse von ihr umgepflügt wurden. Das kam sogar öfters vor, wenn Volker betrunken aus dem Himmel schoß. Manchmal, wenn er mit glasigen Augen startete, fabrizierte er eine sogenannte Kerze, das heißt er stieg nahezu senkrecht auf. Sein fliegerisches Können stand außer Zweifel, er hatte noch nie einen Bruch gemacht. Außerdem hat man in Afrika Verständnis für einen Mann, der sich angesichts der Trostlosigkeit des weiten Landes, geplagt von Hitze und Insekten, mit der Flasche tröstet. Alkohol ist in Afrika so etwas wie des Mannes bester Freund. Er läßt einen nicht im Stich, ihm kann man alles anvertrauen, er verrät einen nie, ist ohne Hinterlist, ist nicht neidisch, ist kein Konkurrent, versteht jeden Seelenschmerz, widerspricht nie, bewirkt nur Zufriedenheit und verklärt das Weltbild. Wer hat mehr zu bieten? ...

Zuweilen besuchte Volker seinen Vater in Outjo, wobei er regelmäßig Geld kassierte, denn als einziges Kind findet man Vaters Taschen immer offen. Er blieb zwei Tage und flog dann wieder im grenzenlosen Land herum, um Vermesssungsvorarbeiten zu tätigen für projektierte Straßen, Brunnenbohrungen, Grundstücksgrenzen und Reservate. In den einsamen Dörfern war er sehr beliebt; man wußte, daß er immer genug Flaschen im Flugzeug hatte. Flog Volker Prusius dann nach einigen Tagen wieder weg, hinterließ er meistens eine betrunkene Dorfgemeinschaft, deren Moral total aus den Fugen geraten war.

Prusius war also mit seinem Sohn nach Windhoek geflogen. Pater Mooslachner verfiel in tiefes Nachdenken. Wenn Prusius es nicht gewesen war, wo steckte dann der Unhold? Nein, Prusius konnte es wirklich nicht sein, denn nach menschlichem Ermessen wäre er nach einem Besuch des bis zur Weißglut gereizten Dr. Oppermann nicht mehr in der Lage gewesen, sich in ein Flugzeug zu setzen. Wenn es aber Prusius nicht war, wer dann? Wen hatte Dr. Oppermann an diesem Abend behandelt, wem hatte er das herausgerissene Stückchen Fleisch gebracht? Es war ein Weißer, das stand außer Zweifel.

Drei Tage lang fragte Mooslachner Familien in Outjo aus, ließ sich mit Kaffee und Kuchen bewirten, auch wenn sie evangelisch waren, aß bald da, bald dort zu Mittag und zu Abend, erzählte heitere Erlebnisse aus seinen Missionstagen und fuhr ratlos weiter.

Nirgendwo fehlte ein Stückchen Fleisch.

Nach einer Woche stellte er seine kriminalistische Tätigkeit ein. Prusius war noch nicht zurückgekehrt. In seinem Geschäft hieß es, der Chef sei weitergeflogen nach Swakopmund und Walvis Bay, wo zwei Frachtschiffe aus Deutschland angekommen seien mit Waren aller Art. Vor allem Maschinen, Kühlschränke, Radios, Kochherde, Polstermöbel, Schränke und tausenderlei Kleinkram für den Haushalt. Selbst Plastik-Eierlöffel bezog Prusius aus Deutschland.

Daraus ließ sich nur entnehmen, daß es Prusius gut ging

und daß er nie und nimmer in Oppermanns Fäuste geraten sein konnte. Mit dieser Erkenntnis setzte er sich bei Dr. Oppermann in seinen Stammsessel neben dem Fenster und streckte die Beine weit von sich.

»Ich nehme nicht an«, sagte er mit umwölkter Stirn, »daß Sie den Kerl gestreichelt haben!«

»Welchen Kerl?« fragte Oppermann. Es war Abend, der Tisch war gedeckt für vier Personen. Dafür sorgte Luba stets; der Pater war zu jeder Zeit zu erwarten.

»Stellen Sie sich nicht so dämlich, Doktor. Das regt mich auf!«

»Also gut! Der Kerl wird unsere Aussprache nicht vergessen.«

»Bravo! — Aber man sieht nichts.«

»Was soll man sehen?«

»Nirgendwo sieht man ein blaues Auge! Keine erfreuliche Beule! Wenigstens ein paar Hautabschürfungen. Nichts dergleichen. In Outjo läuft kein Weißer mit einem Veilchen herum.«

»Er hat sich eben gut getarnt.«

»Wenn Sie ihn richtig in die Mangel genommen haben, gibt es keine Tarnung mehr. Bei mir hätte er sich wie eine Mumie bandagieren müssen!«

»Vielleicht hat er das?«

»Nein! Nichts!«

»Waren Sie überall?«

Jetzt locke ich ihn heraus, dachte Mooslachner mit stillem Triumph. Jetzt wird er sich verraten.

»Überall! Alles glatte Gesichter.«

»Dann hat er ein vorzügliches Heilfleisch«, sagte Oppermann gleichgültig. »So etwas gibt es.«

Mooslachner seufzte. Sein Köder war verschmäht worden. Oppermann biß nicht an.

»Dann also nicht!« sagte Mooslachner grob. »Mir wird der Zufall helfen. — Was gibt es heute abend?«

»Klopse.«

»Nein! Luba kann wirklich Klopse kochen?! Mit Kapernsoße?«

»Mal sehen, ob es ihr gelingt. Sie hat sich aus Windhoek von der deutschen Buchhandlung ein deutsches Kochbuch kommen lassen. Titel: ›So kochte Mutter.‹ Das probiert sie jetzt Seite um Seite aus.«

»Ist sie nicht ein Goldstück, Doktor?« sagte Mooslachner hinterhältig.

»Das ist sie wirklich.«

»Und so etwas will man vergewaltigen! Einer von uns . . .«

»Selbst, wenn Sie mit Eiern jonglieren, Pater, Sie bekommen den Namen von mir nicht! Ich weiß, wer es war, ich kann mich darauf einrichten. Alles andere muß ich als Arzt verschweigen. Wäre er nicht als Patient zu mir gekommen, ja, dann . . . Aber er war so raffiniert, sich in meine Hände zu geben.«

»Soviel ärztliches Ethos hätte ich Ihnen allerdings nicht zugetraut«, sagte Mooslachner mit widerwilliger Anerkennung. »Sie beschämen einen Priester! Ich habe geglaubt, Ihre Generation kümmere sich einen Scheißdreck um Moral und Gewissen. Oder sind Sie ein Außenseiter?«

»Vielleicht. Aber ich fühle mich wohl dabei.« Luba brachte eine große Schüssel mit Klopsen aus der Küche. Es duftete köstlich nach Kapernsoße. »Ein kühles Bierchen, Pater?«

»Sie haben etwas Satanisches an sich, Doktor!« seufzte Mooslachner. »Einer solchen Versuchung kann ich nicht widerstehen.«

Nach zehn Tagen kam Prusius zurück aus Walvis Bay — so hieß es. Tatsächlich war er in Windhoek geblieben, hatte sich bei einem befreundeten Arzt einquartiert und seine Andenken an Dr. Oppermann ausgeheilt. Nichts mehr erinnerte an die eisenharte Prügelei. Sogar der Arm war so weit wiederhergestellt, daß Prusius nur ein Pflaster tragen mußte. Er hatte — wie Dr. Oppermann, ohne daß er es wissen konnte, gesagt hatte — wirklich ein gutes Heilfleisch.

Außer seinem Haß brachte Prusius noch etwas aus Windhoek mit: Ein Schreiben der Gesundheitsverwaltung. In ihm wurde Dr. Oppermann nahegelegt, sich bei seinen Ausflügen ins Hinterland dem Landvermesser Volker Prusius anzuschließen. Man könne ja, so schrieb man, die Routen gemeinsam festlegen und abstimmen. Oppermann sei dann unabhängiger, als wenn er immer mit Privatmaschinen fliegen müßte.

Auch das beantragte Flugzeug wurde erwähnt. Man habe in Pretoria dem Antrag zugestimmt, jedoch sei noch nicht bekannt, wann eine Maschine geliefert werden könne. Die Cessna, die in Durban ausgeladen worden war, stand noch zur Fertigmontage bei der Service-Firma. Es könnte sein — so schrieb Windhoek vorsichtig —, daß ihm diese Maschine zugeteilt werden würde. Das letzte Wort habe natürlich Pretoria.

Ein Boy brachte Dr. Oppermann diesen Brief in die Station.

Es war, als habe Prusius eine Visitenkarte geschickt: Ich bin wieder da! Steigen wir ein in die nächste Runde. Ich bin wieder fit!

Dr. Oppermann las den Brief, gab ihn an Luba weiter und zerknüllte ihn dann.

»Ändert sich dadurch vieles?« fragte sie. »Kommen Sie jetzt nicht mehr in den Norden?«

Nach den Gefühlsausbrüchen von neulich waren sie wieder zum Sie zurückgekehrt, — der beste Schutzwall gegen ihre geheimen Wünsche.

»Es ändert sich gar nichts«, sagte Dr. Oppermann. »Nur Pilot und Flugzeug wechseln. Mir ist es auch lieber so.«

»Mir auch.«

Er blickte sie aus den Augenwinkeln an. Ahnte sie etwas? Wußte sie mehr, als sie sagte? Er erinnerte sich, daß man behauptete, die Schwarzen könnten auch mit verbundenen Augen sagen, wer ihnen gegenüberstehe. Sie röchen es. Ihre feinen Nasen könnten die Körpergerüche unterscheiden, und ein Weißer stänke sowieso für sie; wie ein Wild nähmen sie die Witterung auf. Hatte Luba trotz des Sackes über ihrem Kopf und trotz aller verzweifelten Gegenwehr Prusius an seinem Geruch erkannt?!

Er stellte sich plötzlich die gespenstische Szene vor: wie Luba mit dem abgebissenen Stück Fleisch zwischen den Zähnen davongerannt war und es nicht voll Ekel ausgespuckt hatte, wie es doch jeder andere getan hätte, sondern es zwischen ihren Zähnen behalten und Mooslachner als Beweis übergeben hatte.

Roch sie Prusius? Schmeckte sie ihn?

Er sah sie wieder an, ihre Schönheit war unbeschreiblich

und geheimnisvoll — aber ebenso geheimnisvoll war in ihr das Erbteil Afrikas.

»Morgen sehe ich mir die Maschine des jungen Prusius an«, sagte er leichthin, um seine Gedanken zu überspielen. »Und dann machen wir einen Probeflug.«

»Oh, je!« sagte am Abend Pater Mooslachner und schlug die Hände zusammen. Es gab — nach dem Kochbuch ›So kochte Mutter‹, Seite 45 — Kartoffelpuffer. Die ganze Station roch danach, und der Pater rollte schon beim Eintreten vor Wonne mit den Augen. Kartoffelpuffer mit Apfelmus und dazu schwarzen Kaffee. Das erinnerte an Großmutters gescheuerten Tisch. »Fliegen Sie wirklich mit dem jungen Prusius — wie heißt er mit Vornamen?«

»Volker.«

»Sie meckern immer über mich und meine Fahrweise. Aber wenn Sie mit diesem Volker Prusius fliegen, sollten Sie jedesmal vorher bei mir beichten.«

»Fliegt er so gewagt?«

»Er fliegt so besoffen! Der Junge ist doch kaum jemals nüchtern. Bei dem kann's vorkommen, daß er in seinem Meßwinkel einen Termitenhügel sieht und aufgeregt nach Windhoek meldet, im Damaraland stehe ein unbekanntes Hochhaus! — Wieso soll Volker Prusius Sie fliegen?«

»Anordnung von Windhoek.«

»Da hat doch einer dran gedreht!«

»Der alte Prusius, wer sonst? Er geht zu uns in offene Opposition. Ich bin gespannt, was aus dieser Ecke noch alles herauskommt. Das ist erst der Anfang.«

»Ich bin da ganz ruhig!« sagte Mooslachner zuversichtlich. »Ihnen kann vom ärztlichen Standpunkt aus keiner an die Waden pinkeln. Und zu mir soll erst mal einer kommen und sagen: Das müssen Sie anders machen, Herr Pater! Den apostolischen Segen, den ich ihm geben werde, vergißt der nie!«

Am nächsten Morgen fuhr Dr. Oppermann zu Prusius in die Wohnburg.

Auf dem Privatflugplatz sah er neben der zweimotorigen Cessna die kleinere Maschine von Volker stehen. Er war also noch bei seinem Vater. Offensichtlich erwarteten sie die Reaktion Oppermanns auf das Schreiben aus Windhoek. Daß er selbst kam, daran hatten sie wohl nicht geglaubt.

Prusius blieb sitzen, als der Boy Dr. Oppermann in die Wohnhalle führte. Volker lehnte an der Bar, war schon zu dreiviertel nicht mehr allein, sondern mit dem Alkohol verheiratet, als Oppermann laut sagte:

»Sie hätten mir sagen müssen, Herr Prusius, daß Sie die Weiterbehandlung durch mich ablehnen und einen Kollegen konsultieren. Ich hätte Ihnen Ihr Krankenblatt mitgegeben.«

Prusius blickte ihn haßerfüllt an. Volker grinste und rülpste.

»Sie haben wirklich Mut!« knurrte Prusius. »Was könnte ich hier alles mit Ihnen tun . . .«

»Nichts. Es sei denn, Sie erledigen mich aus dem Hinterhalt.«

»Das wäre eine Möglichkeit, mit der Sie rechnen sollten.«

»Irgendwo draußen im Veld. Man kann das dann als Guerillaüberfall tarnen.«

»Gar nicht schlecht. Ich sehe, Sie haben Phantasie, Doktor.«

»Das erschwert Ihre Aktionen. Ich spiele gedanklich alle Möglichkeiten durch, wie man mich umbringen könnte. Sie müßten sich da schon etwas ganz Außerordentliches einfallen lassen.«

Prusius drückte das Kinn an. »Was wollen Sie hier?« fragte er grob.

»Ihren Sohn kennenlernen. Er soll mich fliegen. Diese Beruhigung habe ich wenigstens: Mit ihm in der Luft bin ich relativ sicher. Er will ja überleben.«

»Relativ ist ein dehnbarer Begriff.«

»Mir ist klar, daß eine Gemeinheit dahinter steckt. Aber ich nehme die Herausforderung an. Herr Volker Prusius, wann fliegen wir?«

»Wann Sie wollen!« Volker hob grüßend sein Glas. »Ich bin allzeit bereit. Im Moment habe ich Urlaub.«

»Mit Flugzeug?«

»Ja. Eine Sondererlaubnis.«

»Sie müssen einflußreiche Freunde in der Regierung haben, Herr Prusius.«

»Das werden Sie noch merken!« sagte Prusius vom Sofa her genußvoll. »Südwest wird auch Sie überleben.«

»Vielleicht.«

»Ganz bestimmt.« Prusius wedelte mit der Hand. »Was ist nun? Wollen Sie mich weiter belästigen?« Er schob die Unterlippe vor und runzelte die Brauen. »Sie sagten da eben, Sie hätten von mir ein Krankenblatt angelegt?«

»Natürlich.«

»Wieso ist das natürlich?«

»In einer korrekt geführten Arztpraxis ist es Pflicht, für jeden Patienten ein Karteiblatt anzulegen. Das wissen Sie doch.«

»Ich stehe also in Ihrem Kasten?«

»Nein. Sie liegen bei mir in einem verschlossenen Schrank.«

»So etwas nennt man schlicht Erpressung.«

»Nein, — vielmehr Diskretion für einen Privatpatienten.«

»Auch das rettet Sie nicht mehr, Doktor.« Prusius stand auf. Er hatte sich wirklich blendend erholt. »Die Absicht, die einer von uns für den anderen hegt, hat nur einen Namen: Vernichtung!«

»Ihre Ehrlichkeit freut mich.« Dr. Oppermann blickte zu Volker hinüber. »Und welche Rolle wird Ihr Sohn dabei spielen?«

»Keine. Der steht außerhalb. Er weiß von nichts, er versteht das alles nicht, er ist ein versoffener Trottel, der von meinem Geld lebt. Aber er ist mein einziges Kind, und deshalb liebe ich ihn! Er hat mit alldem nichts zu tun.«

»Das beruhigt mich.« Oppermann winkte Volker zu. Der winkte mit dem Glas zurück und grinste breit. »Können wir morgen früh einen Rundflug machen?«

»Aber gern!« lallte Volker Prusius. »Rund um die Waterberge.«

»Ist er morgen früh wieder klar?« fragte Oppermann. Der alte Prusius lachte gluckernd.

»Ich verbürge mich dafür. Ich will Sie für mich behalten. Ich werde doch nicht zulassen, daß mein Sohn Sie mir entzieht! Dafür hänge ich viel zu sehr an Ihnen!«

»Dann also morgen früh um acht?«

»Okay!« sagte Volker Prusius. »Ich freue mich.«

»Ich auch.« Dr. Oppermann wandte sich zum Gehen. An der Tür drehte er sich noch einmal um. Prusius hatte ihm mit gesenktem Kopf nachgeblickt. »Übrigens — ich habe die Befürchtung, daß Luba weiß, wer ihr da an die Wäsche wollte. Sie hat es gerochen. Sie stinken, Prusius.«

»Ich sage es ja —« Prusius atmete schwer. »Sie ist ein Kafferntier.«

Dr. Oppermann verließ schnell das Haus; er hätte sonst, trotz Volkers Anwesenheit, wieder zugeschlagen.

Der Rundflug um den Waterberg war grandios. Volker Prusius war, wenn er nicht an der Flasche hing, ein Meister in der Luft. Er beherrschte seine Maschine, wie Dr. Oppermann seinen elektrischen Rasierapparat.

»Zufrieden?« fragte Volker, als er zur Landung ansetzte. Auf dem Privatflugplatz von Prusius sahen sie den uralten Landrover von Pater Mooslachner stehen. Der Priester starrte in den Himmel und hatte beide Hände zum Schutz gegen die Sonne über seine Augen gelegt.

»Sehr zufrieden!« Oppermann klopfte Volker auf die Schulter. »Junge, warum saufen Sie wie ein Loch?«

»Ich bin milieugeschädigt.« Er grinste schief. »Sehen Sie sich doch meinen Vater an! Was bleibt mir anderes übrig als der Suff?«

»Sie sind alt genug, um sich von Vaters Hemdzipfel zu lösen, Volker.«

»Das sagen Sie!« Der junge Prusius ließ seine Maschine mit den Flügeln wackeln. Unten schlug Mooslachner entsetzt die Hände über dem Kopf zusammen. »Mein Vater stinkt vor Geld! Das will ich einmal erben. Sagen Sie jetzt nicht, das bekäme ich sowieso! Mein Vater ist unberechenbar. Wenn ich nicht so will, wie er will, bringt er es fertig, das ganze Vermögen zu stiften. Etwa der Vereinigung deutscher Siedler. Dann sitze ich da mit meinem Gehalt als Landvermesser.« Volker kreiste über der Prusius-Festung und setzte dann endgültig zur Landung an. »Genau betrachtet, leistet sich mein Vater einen weißen Sklaven. Mich!«

»Und er hat Ihnen befohlen, mich zu überwachen, nicht wahr?«

»Erwarten Sie darauf eine Antwort, Doktor?«

»Nein. Das war Antwort genug.«

»Irrtum. Sie sehen das völlig falsch. Sie zu überwachen, hat er gar kein Interesse. Sie können tun und lassen, was Sie wollen, wenn Sie mit mir allein herumfliegen. Die Augen soll ich nur aufhalten, wenn diese Coloured mitfliegt. Diese — wie heißt sie?«

»Miß Olutoni.«

»Vater nannte sie anders.«

»Luba.«

»Richtig. Luba soll ich also im Auge behalten. Er meint, es könnte sein, daß sie zu Ihnen ins Bett kriecht. Dann sind Sie in Outjo unmöglich.«

»Und warum verraten Sie mir Ihren Auftrag?«

»Aus verschiedenen Gründen. Einmal habe ich mir oft überlegt, wie man das Leben meines Vaters, ohne Aufsehen zu erregen, verkürzen kann. Zum anderen habe ich in Windhoek eine schwarze Freundin, bei der ich mich glücklich fühle. Das kann ich nur in aller Heimlichkeit, natürlich. Aber ich bin sehr, sehr glücklich mit ihr. Wenn Vater von den Kaffernhuren spricht, könnte ich ihm den Schädel einschlagen.« Volker hob die Hand. »Achtung, wir landen. Das geht etwas härter zu als bei 'nem Jet.«

Sie kamen auf, die Räder rumpelten etwas, aber es war eine sehr schöne, weiche Landung, wie Dr. Oppermann sie bei Prusius mit seiner Zweimotorigen noch nie erlebt hatte.

»Bravo!« sagte er ehrlich. »Volker, Sie können wirklich fliegen. Schade, daß man Sie so versaut hat.«

»Das Leben hat mich versaut, Doktor, und ich mich selbst. Ich gebe es ja zu.« Sie rollten aus, wendeten am Ende der kleinen Rollbahn und fuhren zurück, auf den wartenden Pater Mooslachner zu. Ein schwarzer Mechaniker kam vom Schuppen mit einem gelbgestrichenen Jeep. Der Propeller rotierte aus, der Motor schwieg. »Was sind Ihre Pläne, Doktor?«

»Noch nichts. Im Augenblick bleibe ich noch in Outjo. Meine Nomaden sind noch immer vogelfrei. Keiner will sie haben. Sie wollen ihrerseits aber auch auf keiner Farm arbeiten.«

»Ach ja! Ihr Stamm! Das hat bis Windhoek Wellen geschlagen. Es sind doch diese Augeninfektionen?«

»Ja. Und ich glaube, ich habe eine Spur entdeckt. Im Kuhmist, den sie ja zu vielerlei brauchen: als Brennmaterial, als Bausteine, sogar zur Haarpflege.«

»Das machen sie aber seit Jahrhunderten, Doktor.«

»Trotzdem. Es entwickeln sich immer wieder neue unbekannte Bakterien, die sich Nährböden oder Zwischenträger suchen. Wie gesagt, es ist nur eine Hoffnung, daß ich den richtigen Weg gefunden haben könnte. Nicht mehr!«

Es klopfte an die Glaskanzel. Mooslachner stand draußen, hieb mit einem Stock gegen das Glas und fuchtelte mit beiden Armen. Volker Prusius öffnete die Tür.

»Was ist los?« schrie Mooslachner. »Ist der Doktor ohnmächtig geworden? Ah! Sie leben ja noch! Sie lachen sogar! Junge, sind Sie ein harter Bursche. Mir ist schon vom Zusehen speiübel geworden! Wirklich, Sie fliegen wie ein Affe, der zufällig ans Cockpit geraten ist!«

»Ich wußte, daß uns ein geweihter Mann zusieht und für uns betet!« sagte Volker Prusius frech. Er sprang aus dem Flugzeug, gab Dr. Oppermann, als auch dieser wieder auf der Erde stand, die Hand und dehnte seinen Oberkörper. »Wie gesagt, ich bin immer für Sie da. Anruf genügt! So — und jetzt kippe ich einen hinters Zäpfchen, daß es nur so gurgelt!« Er sah Oppermann fragend an. »Soll ich meinem Vater noch etwas bestellen?«

»Nein.«

»Doch. Ich werde ihm sagen, Sie hätten mir aufgetragen, zu bestellen: Nachdem ich mit Ihrem Sohn geflogen bin, können Sie sich Ihre Cessna einbalsamieren.« Volker lachte hämisch. »Das ärgert ihn mächtig.«

»Und es stimmt sogar!«

»Danke, Doktor.«

Er tippte an die Stirn, ging zu dem Jeep, stieg ein und brauste davon. Oppermann blickte ihm erstaunt nach.

»Der Kerl hat ja sympathische Züge! Er mag seinen Vater nicht. Er könnte ihn umbringen. Aber er will auch das Geld des Alten. Seine Aufgabe ist es, Luba und mich zu überwachen.«

»Das wissen Sie jetzt?«

»Er hat es mir gesagt.«

»Und das lassen Sie ohne Protest mit sich machen?«

»In diesem Falle — ja.« Dr. Oppermann faßte Pater Mooslachner unter. So gingen sie zu dem Wunderauto, das noch immer nicht zusammengebrochen war. »Einen besseren Schutz als den jungen Prusius kann ich mir gar nicht wünschen. Es wird mich nur für jeden Flug einige Flaschen Schnaps kosten.«

»Sie werden sowieso nicht mehr so oft nach Norden können«, sagte Mooslachner ernst. »Deshalb hole ich Sie ab. Heute morgen brachte es der Rundfunk: Bei Kakuse ist eine Farm überfallen worden. Der Farmer, der Deutsche Hans von Engfeldt, seine Frau Marianne und drei Kinder wurden erschossen. Vier treue Ovambos, die auf seiten der Weißen standen, wurden mit Buschmessern zerhackt! Dann ging die Farm in Flammen auf.«

»Das ist doch Wahnsinn!« Dr. Oppermann blickte über das weite Land. »Das ist doch Mord! Damit schafft man doch keinen neuen Staat, und erst recht nicht Sympathie für eine nationale Politik.«

»Es ist die Salamitaktik: Heute ein Scheibchen, morgen ein Scheibchen, übermorgen ein Scheibchen — bis die Wurst aufgeschnitten ist. Das heißt: Bis alle Weißen, aus Angst, sie könnten die nächsten sein, das Land fluchtartig verlassen haben. Angola und Mozambique sind dafür Musterbeispiele.« Mooslachner schlug die Fäuste gegeneinander und sagte dann hart: »Aber nicht so in Südwest! Ich fürchte, hier wird es einmal einen totalen Vernichtungskrieg geben.«

Der Überfall auf die Farm und die Ermordung der Familie von Engfeldt fanden in der Weltpresse große Beachtung; nur die deutschen Zeitungen brachten die Meldung auf der zweiten oder dritten Seite oder sogar lediglich in ein paar Zeilen unter »Vermischtes«, so daß sie am nächsten Tag schon wieder vergessen war. Südwest-Afrika oder Namibia, wie es heißen soll, ist ja so weit weg, und fünf Tote — was ist das schon? Da ist man andere Dimensionen gewöhnt. Von den vier in Stücke gehackten Ovambos sprach man überhaupt nur am Rande. Vier tote Schwarze, du lieber Himmel! In Uganda, in Süd-Äthiopien, in Somalia, im Sahel-Gürtel verhungern und verdursten Tausende von Schwarzen; da soll man jämmerliche vier betrauern?!

Während die SWAPO sich eilig von diesem Überfall distanzierte, die Mörder herumstrolchende Banditen nannte und jede Verantwortung ablehnte, reagierte man in Pretoria sofort. Obwohl die UNO die Schutzmacht-Funktion Südafrikas als aufgehoben betrachtete, verlegte man ein neues Bataillon in den Norden. Mit Transportmaschinen kamen die Soldaten an und bezogen Lager in Kuringkuru, Rundu, Sambio, Andara, Kongola und Katima Mulilo. Das Gebiet zwischen Tsintsabis und Tsitsio wurde durchkämmt, aber die Guerillabanden waren längst untergetaucht, lebten als friedliche Eingeborene im großen, unübersichtlichen Minengebiet von Tsumeb oder sikkerten sogar weiter ins Land ein, bis Otavi und sogar nach Outjo oder Kamanjab.

Zwei Wochen nach dem Überfall in Kakuse brannten Hütten und Scheunen bei Otavi, wurden aus dem Hinterhalt Farmerwagen beschossen, gingen Minen bei Maroelaboom hoch, wurden drei Guerilleros ganz in der Nähe von Outjo, im Veld von Aimab gefaßt, einem kleinen Dorf an der Straße nach Okaukuejo.

Der Untergrundkrieg war bis vor Oppermanns Haustür gedrungen.

Prusius hielt Versammlungen im »Deutschen Haus« ab, klagte die UNO an und rief: »Sollen wir uns wehrlos abschlachten lassen?! Jetzt räumen wir auf! Jede Farm eine Festung! Jeder Schwarze mit der Waffe in der Hand sofort an die Wand! Jeder Sympathisant 'raus aus dem Land, oder dorthin, wohin er gehört: Hinter Gittern! Tollwütige Tiere schießt man ab. Hier haben wir es mit Tollwütigen zu tun. Wer anderer Meinung ist, auch die Herren in Bonn — bitte, wir laden sie ein, wir setzen sie ab in das Guerillagebiet. Dann können sie mit ihren schwarz-rot-goldenen Fähnchen winken und ihre Freundschaft beteuern. Man wird ihnen beweisen, daß sie Weiße sind und deshalb zerhackt werden müssen. Aber immer noch gibt es genug Spinner, die von diesen Bestien als von Menschen sprechen. Sogar unter uns, hier an der vordersten Front!«

Das war eindeutig auf Dr. Oppermann und Pater Mooslachner gemünzt, und jeder in Outjo verstand es. Anonyme Anrufe kamen in der Missionsstation an:

»Gehört es zum Christentum, auch diesen Mördern den Segen auszusprechen?«

»Wie man Sie kennt, würden Sie auch die Rebellen ärztlich behandeln. Aber das sage ich Ihnen: Dann sprengen wir Sie und Ihre schwarze Bande in die Luft!«

»Ich wünsche Ihnen, daß Sie bei Ihren Besuchen im Norden auf eine Mine fahren, Sie Kaffern-Arzt!«

Während Mooslachner sich maßlos aufregte, am Telefon die Anonymen mit Namen belegte, die aus dem Vokabular der Unterwelt stammten, ignorierte Oppermann die Anrufer oder sagte bloß: »Ich kann Ihren Groll verstehen. Es ist eine schlimme Zeit. Ich weiß das alles. Wenn Sie mich weiter anspucken wollen — bitte! Ich lege den Hörer auf den Tisch. Erleichtern Sie sich!«

Freunde gewannen Dr. Oppermann und Pater Mooslachner damit nicht, aber die anonymen Anrufe hörten nach vier Tagen auf.

Bei den Ovambos, die in diesen Wochen ihre Hütten weiter ausgebaut und rund um die Station ein intaktes Dorf errichtet hatten, vermehrte sich die Unruhe. Vor allem die Berichte über die bestialische Ermordung ihrer Brüder, die bei den weißen Farmern gearbeitet hatten, machten sie ängstlich, scheu und verstockt.

Als bekannt wurde, daß Guerilleros bis nach Aimab vorgedrungen waren und dort Rinder abschlachteten und Brände legten, erschien der Häuptling feierlich in einem schwarzen Anzug bei Dr. Oppermann. Er brachte als Geschenk drei Sandhühner mit, hatte für Luba, die neben Oppermann in einem Korbsessel saß, keinen Blick, ja, er setzte sich so vor den Doktor, daß er sie auch unbeabsichtigt nicht sehen konnte.

»Sir, ich komme mit einer großen Bitte«, sagte er. Sein Englisch war in den vergangenen Wochen besser geworden. Er brauchte nicht mehr so nach Worten zu suchen oder, wie früher, einen Mann mitzubringen, der zwei Jahre in Grootfontein gearbeitet hatte und nun zu seinem Stamm zurückgekehrt war, weil er Tbc hatte. »Wir möchten Ihnen danken und weiterziehen.«

»Wohin?« fragte Dr. Oppermann, obwohl er wußte, wie die Antwort lautete.

»Zurück nach Ehombo.«

»Da will euch doch auch keiner haben!«

»Wir werden uns in den Zebra-Bergen eine neue Heimat suchen, Sir.«

»Im Kaokoland?«

»Ja.«

»Wovon wollt ihr da leben?«

»Wir sind genügsam, Sir. Zum Leben wird es immer reichen. Irgendwo wird es ein Tal geben, wo wir uns neue Hütten bauen können.«

»Ihr habt Angst, nicht wahr?«

»Ja, wir haben Angst.«

»Die Hälfte deiner Leute wird den Marsch nicht überleben.«

»Ich weiß es.« Der Häuptling blickte zu Boden. »Wenn es möglich ist, Sir, daß Sie uns wieder mit Bussen wegbringen ... Vielleicht bis Ohopoho ...«

»Wie weit ist das?«

»Über 400 Kilometer«, warf Luba ein.

»Das ist unmöglich. Ich werde die Busse nie bekommen.«

»Dann müssen wir ziehen, Sir.« Der Häuptling erhob sich. »Sie haben viele von uns gerettet. Aber die Kinder werden blind bleiben, und unser Vieh haben wir verloren, weil uns niemand weiden ließ. Wir sind jetzt ärmer als damals, als wir kamen. Vielleicht sind wir gesünder. Aber lohnt sich das, Sir? Sie sind ein großer Doktor, wir alle lieben Sie, wir wissen, daß Sie uns auch lieben. Aber hat es einen Sinn? Wenn es mir gelingt, mit der Hälfte meines Stammes die Zebra-Berge zu erreichen, können wir von vorn anfangen und vielleicht wieder ein großer Stamm werden.«

»Ihr werdet die Krankheiten mitnehmen.«

»Das ist unser Los. Es haben immer genug überlebt, auch, als die Weißen noch nicht in unserem Land waren und uns die besten Weiden wegnahmen.«

»Dieses Land war rauh, wild, feindlich, einsam und unbrauchbar, bevor die Weißen kamen. Jetzt ist es reich!«

»Sind *wir* reich, Doktor?«

Oppermann warf einen schnellen Blick zu Luba. Sie hatte sich im Sessel umgedreht und sah aus dem Fenster.

In diesem Augenblick fühlte er sich hilflos. Mit einem einzigen kleinen Satz hatte der Häuptling ihn aus der Diskussion gehoben. Auf diese Frage gab es nur eine klare, die Gegenwart in Frage stellende Antwort. Aber sie gebar die neue, viel größere Frage: Würden diese Menschen da draußen in ihren Hütten, diese armen Nomaden, diese ausgemergelten Bauern mit ihrer Feldhacke reicher werden in einem neuen

Namibia? Wer würde sich später um sie kümmern? Wer würde Krankenhäuser bauen, fahrbare Ambulanzen einsetzen, Schulen gründen, das Straßennetz erweitern, Brunnen bohren, das Land kultivieren, dem Leben aller eine neue Qualität geben? Wer?!

Die reichen Industrienationen? Ihnen geht es nur um die Ausnutzung der ungeheuren Bodenschätze Namibias. Der einzelne Mensch ist ihnen gleichgültig! Sie denken an Uran, Wolfram, Vanadium und Zinn. Der Bergdamara bei Oruseva, der armselige Herero am Eiseb-River, der Kungveld-Buschmann oder der Kaokovelder in seinen heißen Bergen — wird man noch zu ihnen hinfahren oder hinfliegen, um sie zu impfen, ihre Krankheiten zu behandeln und ihnen zu zeigen, wie sie sich selbst helfen können in der ärgsten Not?

Wer hat ein Interesse daran, wenn nur genug Uran in den Westen fließt?

»Wann wollt ihr wegziehen?« fragte Dr. Oppermann mit trockener Kehle.

»In einer Woche.« Der Häuptling sah Oppermann mit glänzenden Augen an. »Dürfen wir?«

»Ihr seid keine Sklaven. Ihr seid freie Männer. Ich kann euch doch nicht festhalten. Ich weiß nur nicht, wovor ihr alle Angst habt.«

Der Häuptling schwieg. Aber dieses Schweigen war deutlich genug.

»Ich will euch alle vorher noch einmal sehen!« sagte Oppermann.

»Wir werden zu Ihnen kommen, Sir. Wir gehen nicht ohne Abschied. Und wir werden immer für Sie beten. Sie sind kein Weißer . . .«

»Was bin ich denn?«

»Ein Mann, den uns Gott geschickt hat. Wir werden das überall erzählen. Vielleicht können *wir* damit etwas für *Sie* tun . . .«

Der Häuptling verbeugte sich und ging mit großer Würde hinaus.

»Haben Sie das gehört, Luba?« fragte Oppermann, nachdem die Tür zugefallen war.

»Natürlich. Ich sitze ja bei Ihnen.«

»Und Ihr Kommentar?«

»Nichts . . .«

»Was heißt nichts?!«

»Wenn Sie ehrlich sind, müssen Sie ihm Recht geben: Alles, was wir hier tun, ist nur gut für eine Sekunde im Ablauf des großen Geschehens. Es wird nichts übrig bleiben von unserer Arbeit als gelegentlich die Erinnerung daran. Mit den politischen Veränderungen sterben wir hinweg. Es bleibt — nichts!«

»Ist das nicht furchtbar für die Menschen hier?«

»Was ist der Mensch, Doktor? Wann und wo hat in Afrika der Mensch jemals eine Rolle gespielt?«

»Das zu ändern, wäre unsere Pflicht, Luba!«

»Sie und die wenigen anderen wollen reformieren, was sich gar nicht reformieren läßt? Wer dankt es Ihnen? Denken Sie an Albert Schweitzer. Was ist aus seinem Lebenswerk geworden? Wer spricht noch von ihm? Was hat er verändert? Er wollte Menschlichkeit und wahres Christentum praktizieren. Heute lacht man ihn aus und nennt ihn einen Spinner.« Sie lächelte schwach. »Diesen Ausdruck habe ich mir von Ihnen gemerkt. Spinner ist gut. Man spinnt sich in seine Ideale ein, bis man nicht mehr von den anderen gesehen wird. Man will ja in der sogenannten Dritten Welt auch gar nicht diese einsamen Helden. Sie stören doch nur die Entwicklung zur konsumausgerichteten Massengesellschaft.«

»Das klingt vollreif nach Osten!« sagte Dr. Oppermann gepreßt. »Luba, wir sind also alle Idioten?«

»Im Grunde genommen und für die große Politik — ja!« Sie blickte ihn mit Bedauern an und hob die Schultern. »Wir können es noch mit dem Medizinischen rechtfertigen . . . aber auch das ist für die Kommenden nur noch ein moralisches Aushängeschild. In Wahrheit liegt ihnen wenig an einer längeren Lebenserwartung der Massen, und was sie am meisten fürchten, ist das Wachstum der Intelligenz.«

»Das sagen Sie, als . . .«

Oppermann schluckte den zweiten Teil des Satzes hinunter. Er schämte sich plötzlich, ihn überhaupt ausgesprochen zu haben. Luba nickte und schlug die Beine übereinander.

»Brechen Sie nicht ab! Sprechen Sie es ruhig aus: Das sagen Sie als Schwarze! — Das meinten Sie doch.«

»Luba . . .«

»Ich bin keine Schwarze! Ich habe weißes Blut in mir.«
»Das weiß ich.«
»Aber ich liebe auch mein Ovambo-Volk.«
»Natürlich.«
»Ich stehe im Niemandsland. Ich weiß nicht, wohin ich gehöre . . .«
Oppermann spürte, wie es in seinen Adern zu brennen begann. Als sei er elektrisch aufgeladen, so durchflimmerte es seinen ganzen Körper.
»Wie kann ich Ihnen da helfen, Luba«, sagte er stockend. »Ich — ich kann es nur nachempfinden. Es muß schrecklich sein, zwischen den Fronten zu stehen. Und es muß noch schrecklicher sein, von keinem anerkannt zu werden: von den Schwarzen nicht, und von den Weißen nicht. Aber Sie sollen wissen, Luba, daß ich . . .«
Er brach ab und stand auf. Er ging zum Fenster, blickte hinaus und betrachtete die Feuer zwischen den Ovambohütten, über denen die Eisenkessel mit dem Maisbrei hingen und dampften.
»Was ist mit Ihnen, Doktor?« fragte sie mit milder Stimme.
»Ich will Ihnen sagen«, sprach er zum Fenster hinaus, »daß das alles für mich nicht stimmt.«
»Was?«
»Herkunft, Hautfarbe, und womit man sonst noch herumjongliert. Für mich ist Luba Magdalena Olutoni unersetzbar!«
Er brach abrupt ab, als habe er schon zuviel gesagt. Sie blieb sitzen, streichelte mit den Blicken seinen Nacken und seinen Rücken und sagte nach einer ganzen Weile:
»Ich danke Ihnen, Doktor. Ohne äußersten Zwang werde ich Sie nicht verlassen.«
»Was heißt das?« fragte er.
»Man müßte mich töten.«
Oppermann fuhr herum. Entsetzen lag in seinen Augen. Sein Mund zitterte.
»Das ist doch Wahnsinn, Luba!«
»Ich weiß.« Sie nickte und wippte mit den Beinen, als sei sie auf einer vergnüglichen Cocktailparty. »Aber ich fühle mich sehr wohl dabei.«

Auch nach Otavi wurde eine Gruppe Soldaten verlegt. Sie kam mit zehn Lastwagen von Rundu, baute Zelte auf, umgab das Lager mit Stacheldraht und demonstrierte eine militärische Macht, die, da niemand etwas Genaues über die Stärke der Guerilleros sagen konnte, entweder übertrieben groß, oder lächerlich schwach war. Immerhin atmeten viele Farmer auf. Im Eiltempo bauten sie ihre Häuser zu kleinen Forts aus, wie es ihre Großväter und Urgroßväter auch schon getan hatten. Die Schulbusse fuhren unter Polizeischutz. Auf den riesigen Farmen wurden aus Landrovern kleine Kampfwagen, und die Frauen und älteren Kinder, die im Haus zurückblieben, trugen die Waffen ständig schußbereit bei sich. Meldungen über größere Banden, die sich im Veld anscheinend zu konzentrierten Aktionen sammelten, wurden nicht bestätigt. Aber man glaubte doch daran.

Prusius war nun jeden Tag mit seiner zweimotorigen Cessna unterwegs, brachte tausenderlei Dinge zu den entlegenen Farmen, füllte die Magazine auf, flog Konserven und Wassertanks, Drahtverhaue und Eisenstangen zu den Farmern und nahm deren Kinder mit, um sie bei Bekannten oder Verwandten im sicheren Windhoek oder Swakopmund abzuliefern. Er war wirklich unermüdlich, half überall und war sofort mit seinem Flugzeug zur Stelle, wenn ihn der Funkruf erreichte: »Johann, wir brauchen noch Konserven. Und bring Benzin mit! Für den Fall, daß wir uns eines Tages zu euch durchschlagen müssen . . .«

Eines Abends trafen in Outjo zwei Offiziere und einige Soldaten ein. Prusius hatte das natürlich rechtzeitig erfahren und im »Deutschen Haus« alles zum Empfang vorbereitet. Pater Mooslachner rief eine Stunde vorher bei Dr. Oppermann an und teilte ihm die Neuigkeit mit.

»Sie bekommen Besuch, Doktor. Zwei Offiziere. Prusius teilte es mir mit. ›Mir ist es nicht gelungen, die Herren davon abzuhalten!‹ sagte er. ›Aber dann sah ich es ein. Man läßt sich schwerlich die Gelegenheit entgehen, einen solchen Idioten aus der Nähe zu sehen. Aber bereiten Sie den Doktor darauf vor. Der eine ist Major Percy Henrici, der andere Oberleutnant Jan van Laaken. Henrici ist ein Abkomme des berühmten Offiziersgeschlechts Henrici! Aber das wird dem Burschen nicht viel sagen. Ein Henrici war dabei, als Hauptmann von

François Ruhe in Südwest schuf. Wenn Dr. Oppermann da ein falsches Wort sagt, bekommt er eins in die Schnauze! Eigentlich sollte mich das freuen, — aber es geht mir hier um Ruhe im Ort! Deshalb der Hinweis!‹ — So, nun wissen Sie, was da ins Haus kommt, Doktor. Bereiten Sie sich darauf vor.«

»Ich werde die Herren nicht enttäuschen«, sagte Dr. Oppermann.

Mooslachner wurde vorsichtig. Er hüstelte etwas. »Wie soll ich das verstehen?«

»Die Henricis sind ein altes Offiziersgeschlecht, die Oppermanns sind ein altes Bauerngeschlecht. Wir haben im Bauernkrieg mit dem Morgenstern dreingeschlagen.«

»Das ist eine gute Ausgangsposition für ein anregendes Gespräch«, sagte Pater Mooslachner zufrieden und legte den Hörer auf.

Kurz vor Einbruch der Dunkelheit hielt der Militärjeep vor der Station. Urulele meldete: »Master Doktor, die Soldaten sind da!« Er gab seinem Unwillen Ausdruck, indem er kräftig seine Glatze massierte und dann fragte: »Muß ich hierbleiben, oder kann ich mit Franziska Maria in die Stadt fahren?«

»Du kannst, Marcus-Tomba.«

Die beiden Offiziere begrüßten Dr. Oppermann wie einen alten Bekannten. Sie faßten dennoch den Besuch sehr offiziell auf, trugen nicht Buschhemden und Tarnhosen, sondern ihre Ausgehuniformen, und brachten als Geschenk einen zehnjährigen Kognak mit. Dr. Oppermann führte sie in seinen Privatraum, wo Luba, bevor sie in die Mission gefahren wurde, den Tisch gedeckt hatte. Sie hatte eine Art kaltes Buffet angerichtet: verschiedene Bratenstücke, Wurstbrote, Käsewürfel, Salate, Soßen, Hühnerschenkelchen, alles sehr schön mit Früchten garniert. Major Percy Henrici blieb erstaunt stehen und sah sich um. »Donnerwetter!« sagte er anerkennend. »Ich denke, ich komme in eine Einsiedelei, dabei leben Sie wie im Landrost-Hotel von Johannesburg! Sagen Sie bloß, Sie haben auch noch einen guten Wein!«

»Sogar eine Erbacher Spätlese. Aus Deutschland.« Oppermann zeigte einladend auf die Korbsessel. »Bei Prusius bekommt man alles!«

»Der gute Prusius!« Henrici setzte sich. Oberleutnant van Laaken, ein langer, dürrer Mann mit einem Pferdegesicht, ging zum Fenster und blickte in den weiten Innenhof und hinüber zu den Hütten der Ovambos. Dort loderten wieder die großen Nachtfeuer, als seien sie nicht in sicherer Obhut, sondern noch immer im feindlichen Veld. Die Männer saßen um die Flammen, rauchten und palaverten. »Was dieser Mann leistet, ist unbezahlbar.«

»Wohl kaum.« Dr. Oppermann ging zum Schrank und holte den Wein. »Prusius tut nichts umsonst.«

»Ich weiß, Sie mögen ihn nicht.«

»Das beruht auf Gegenseitigkeit.«

»Soviel habe ich auch schon gemerkt.« Henrici lachte. »Er war übrigens nicht sehr begeistert davon, daß wir Sie besuchen, Doktor.«

Major Henrici war — auf den ersten Eindruck — das Gegenteil dessen, was Oppermann nach Mooslachners Telefonat erwartet hatte. Diese dummen Klischeevorstellungen! sagte sich Oppermann. Selbst ich bin nicht frei davon. Er hatte mit Henrici einen typischen Kommißkopf erwartet, einen Typ, wie ihn Sternheim im amerikanischen Film verkörpert hatte: Monokel, schnarrende Stimme, abgehackte Rede, keinen Widerspruch duldende Besserwisserei, verengtes Denken, beschränkt auf den Bereich zwischen Mützenkokarde und Stiefelabsatz. Der Hinweis, daß Henrici einem alten berühmten Offiziersgeschlecht entstammte, hatte zu der falschen Vorstellung beigetragen. In Wahrheit war Major Henrici unkompliziert und leutselig, lümmelte sich im Sessel, sprach ohne jegliche Affektiertheit, holte Pfeife und ledernen Tabakbeutel aus seiner Uniformtasche und legte sie neben seinen Teller, als wolle er sagen: Aber nach dem Essen, da paffen wir einen weg, daß die Bude zur Räucherkammer wird!

Dr. Oppermann fand Henrici sympathisch. Ein anderer Fall schien Oberleutnant Jan van Laaken zu sein. Er war Ende Zwanzig, hatte einen mürrischen Gesichtsausdruck und rang sich nur ab und zu ein schiefes Lächeln ab, das sein Pferdegesicht durchaus nicht schöner werden ließ. Er sprach mit einer rostigen Stimme. Zu außergewöhnlichen seelischen Regungen schien er nicht befähigt zu sein.

Van Laaken kam vom Fenster und setzte sich ebenfalls. Seine langen Beine schlug er sorgfältig übereinander. »Bei Ihnen sieht es aus wie in einem Kral«, bemerkte er. Es klang frostig, — man wußte nicht, ob das ein Witz oder eine böse Kritik sein sollte.

»Es *ist* ein Kral!« antwortete Dr. Oppermann. »Aber in drei Tagen bauen sie ihn ab und ziehen wieder nach Norden.«

»Aha! Ich denke, das sind lauter Kranke?«

»Über die Hälfte sind krank, das stimmt.«

»Und die lassen Sie einfach ziehen?«

»Sie haben Humor, Mr. van Laaken.« Oppermann vermied bewußt die Anrede mit dem Dienstgrad. Ich bin Zivilist, sagte er sich. Offizier ist genau so ein Beruf wie Apotheker, Fleischer oder Hufschmied. Ich sage ja auch nicht: »Guten Tag, Herr Brötchenbäcker!« oder »Guten Abend, Herr Lebensmittelkaufmann!« Warum soll ich sagen: »Guten Tag, Herr Major?« Oder — auch wenn er noch so großen Wert darauf legen sollte: »Guten Tag, Herr General?« Bevor er nach Neu-Guinea ging, war er in Bonn gewaltig angeeckt. Bei einem Empfang im Entwicklungsministerium hatte er, lässig wie immer, drei in Abenduniform erschienene Generale lediglich mit ihren Namen begrüßt. Nach ein paar gequält höflichen Worten wurde er dann nicht mehr beachtet. Einer von diesen jungen progressiven Ärzten . . . Zum Kotzen!

»Ich verstehe Sie nicht«, sagte van Laaken.

»Es sind Kranke, ja. Aber als ich sie vor der sicheren Vernichtung bewahrte, indem ich sie hierherholte, wollte sie keiner haben. Also bauten wir hier ein Dorf, und ich habe sie versorgt, so gut ich es mit meinen bescheidenen Mitteln konnte. Nun wollen sie in die Heimat zurück, weil sie hier an Intoleranz eingehen, und schon heißt es wieder: Wieso? — Was sollen sie denn tun? Oder besser: Was wird denn für sie getan?! — Ich werde sie nicht aufhalten.«

»Aber vielleicht wir.«

»Fabelhaft!« Dr. Oppermann entkorkte die Flasche Rotwein. »Das Militär übernimmt also Pflege und Weiterbehandlung! An welchen uniformierten Kollegen darf ich die Krankenblätter schicken?«

Jan van Laaken sah Dr. Oppermann an, als sei ein Fossil lebendig geworden. Er schoß sogar einen hilfesuchenden Blick auf seinen Major ab, aber Henrici reagierte nicht darauf.

»Sie wissen doch, was im Norden los ist!« sagte van Laaken schließlich mit seiner rostigen Stimme.

»Natürlich. Deshalb sind Sie ja gekommen. Für die Farmer ist das eine leichte Beruhigung. Diese Guerillamorde sind abscheulich!«

»Und Sie schicken — natürlich ohne es zu wollen — neue Banden an die Front?«

»Von denen da draußen schießt keiner auf einen Weißen.«

»Glauben Sie! Haben Sie schon einmal einen dankbaren Neger gesehen?«

»Ja. Hunderte — in meinem Erlebnisbereich.«

»Das bilden Sie sich ein.« Van Laaken wechselte die Beinstellung. »Erinnern Sie sich, was damals im Kongo geschah? Da hat ein Meßdiener seinem deutschen Bischof, dem er jahrelang treu, dankbar und versehen mit dem täglichen Segen diente, eine zugespitzte Eisenstange in die Brust gerammt! Plötzlich war er Rebell und schrie: Nieder mit den Weißen! Die, denen Sie heute eine Injektion geben, umarmen Sie morgen mit Messern in den Händen. — Ich würde den Stamm hier lassen.«

»Er hat Angst.«

»Vor der SWAPO?«

»Ja.«

»Da haben wir es! Und aus Angst lassen sie sich umdrehen und kommen als Ihre Mörder zurück. Das ist Afrika, Dr. Oppermann! Sie kennen es noch zuwenig.«

»Der Wein wird warm!« unterbrach Major Henrici gemütlich. »Außerdem verführt mich der Duft vom kalten Buffet! Jan, vergessen Sie mal für eine halbe Stunde die Kaffern! Wenn wir satt sind, können wir weiter diskutieren.«

Dr. Oppermann goß die Gläser voll. Er war enttäuscht. Daß auch der liebenswerte Henrici plötzlich Kaffern sagte, paßte nicht zu dem ersten Eindruck. »Hier ist Selbstbedienung«, sagte er. »Mr. Henrici, wenn Sie den Sturm auf das Buffet eröffnen wollen?«

»Aber ja!« Henrici sprang auf. »Macht euch fertig, Männer, zur Attacke auf Wildschweinbraten und Kuduschinken! Wer kocht denn bei Ihnen?«

»Miß Olutoni.«

»Ah! Das sagenhafte Wunderweib! Die braune Elfe! Die Nymphe mit dem umwerfenden Sex-Appeal! Von dieser Miß Olutoni habe ich schon sagenhafte Dinge gehört.« Henrici blieb vor Oppermann stehen und wippte auf den Zehenspitzen. »Sehen wir die Dame noch?«

»Nein. Sie wohnt auf der Mission bei Pater Mooslachner.«

»Bei diesem Granitbrocken?! Schade.« Henrici ging zum Büffet, packte sich den Teller voll mit Eiersalat, Kuduschinken, gefüllten Tomaten und mit Krabben garnierten Gurken, biß in ein knackend frisches Weißbrot und kam zum Tisch zurück. Jan van Laaken entschied sich für Wildschwein und marinierte Pilze. Oppermann nahm nur ein wenig grünen Salat und ein schmales Sandhuhnbein. »Vater war Deutscher?«

»Umgekehrt. Die Mutter.«

»Das ist schon kritischer.« Henrici setzte sich. Oppermann sah ihn kampfbereit an.

»Wieso?«

»Das Schlechte schlägt immer durch. In diesem Fall das Schwarze. Aber das ist ja nicht unser Problem.«

»Sie sehen das genau richtig, Mr. Henrici.«

»Aber es könnte Ihr Problem werden, Doktor. Denken Sie an das, was Oberleutnant van Laaken eben erzählte: Der Meßdiener, der seinen Bischof ermordet ...«

»Auch dann ginge es um mein Leben und nicht um Ihres, Mr. Henrici.«

»Zugegeben.« Henrici aß mit größtem Appetit, prostete Oppermann und seinem Oberleutnant zu und trank den Rheinwein mit Genuß. »Aber wenn Sie aufgeschlitzt oder zerstükkelt hier herumliegen, wird es mein Problem und das Problem der gesamten zivilisierten Welt! Damit es dazu nicht kommt, — dafür sind wir hier.«

»Wir sind Ihnen dankbar.«

Sie aßen ihre Teller leer, Henrici holte noch einen Nachschlag aus Wildschweinbraten, Salat und Preiselbeersoße, während van Laaken sich über die Käseauswahl hermachte. Oppermann blieb sitzen. Dieser van Laaken, dachte er, ist ein Negerfresser. Er möchte nur vernichten, er würde am liebsten das ganze Ovamboland oben im Norden in Brand setzen, nach dem Motto: Man räuchert ja auch Häuser aus, wenn man Wanzen entdeckt. Aus Henrici wird man nicht ganz klug. Das macht ihn gefährlich. Bei van Laaken weiß man, was er will; bei Henrici kann man's nur ahnen. Das ist so, als wolle man im Nebel eine ferne Stimme lokalisieren.

»Wir werden mit Patrouillen zu Land und in der Luft das ganze Grenzgebiet zum Ovamboland und am Okawango kontrollieren«, sagte Henrici. »Ich bin mir bewußt, daß das wenig Sinn hat; bei der Weite dieses Landes kann die riesige Grenze immer durchlöchert werden wie ein Schweizer Käse. Es ist praktisch unmöglich, Südwest zu kontrollieren. Aber wir rechnen mit dem Abschreckungsmoment. Fangen wir Guerillatrupps, dann spricht sich das schnell herum. Und wir werden nicht zimperlich sein.«

»Aber die begonnene Entwicklung wird sich nicht aufhalten lassen.«

»Doch!« Henrici hob sein Glas. »Südwest wird bleiben, was es ist: Ein Land der weißen Farmer und keine schwarze, verdorrende Steppe!«

Man saß noch eine Stunde beisammen, sprach über Deutschland und Südafrika, rauchte, trank auch noch die mitgebrachte Flasche Kognak halb leer, und vermied politische Themen.

Van Laaken beteiligte sich kaum an dem Gespräch. Er blickte reichlich böse vor sich hin, trank und gab auch keine Kommentare von sich, als Oppermann seine Station zeigte: die Behandlungsräume, die Ambulanz, das Labor, den fahrbaren Röntgenapparat, das Bettenhaus, die Wohnungen. Man merkte es Oberleutnant van Laaken deutlich an: er hielt das alles für unnötig.

Ehe die beiden wieder abfuhren, nahm der Major vertraulich Dr. Oppermann zur Seite. Van Laaken saß schon im Jeep und starrte hinüber zu dem Ovambokral mit seinen Feuern.

»Ich bewundere Ihre Leistung, Doktor«, sagte Henrici leise. »Leider ist so etwas nur ein Tropfen, der auf einen heißen Stein fällt und verdunstet. Jammerschade. Aber die politischen Interessen sind nun mal stärker als die menschlichen. Bei Oberleutnant van Laaken ist es noch schlimmer: Da geht es ins Persönliche.« Henrici zögerte und sagte dann härter: »Van Laakens Vater war Polizeioffizier. Bei einem Aufstand in der Eingeborenenstadt Soweto erhielt er einen Schuß in den Rücken und ist seither querschnittgelähmt ... Ich wünsche Ihnen mehr Glück, Dr. Oppermann!«

Der Ovambostamm zog von Outjo fort.

Zum Abschied kamen sie alle noch einmal zu Dr. Oppermann, Luba, Urulele, Nkulele und den beiden jungen »Lehrlingen«, die — getreu dem Befehl der Mumie — als »Erbe« bei Dr. Oppermann geblieben waren. Männer, Frauen und Kinder zogen an ihrem Arzt vorbei, drückten ihm die Hand, viele weinten, manche küßten ihm sogar die Hand. Dann zog der Treck los, mit Handkarren und einigen Ochsenwagen, mit dem Rest der Herde und den zusammenlegbaren Hütten.

Pater Mooslachner hielt vorher einen Feldgottesdienst ab und begleitete den Stamm noch einige Meilen auf der Straße nach Okaukuejo. Dort warteten zwei Jeeps mit Soldaten und beobachteten die Nomaden. Es war nicht überraschend, daß van Laaken in einem der Wagen saß.

Am nächsten Tag kam Volker Prusius zu Dr. Oppermann und war erstaunlicherweise nüchtern.

»Ich habe im Nord-West-Gebiet der Etoschapfanne zu tun«, sagte er mit seltener Fröhlichkeit. »Wollen Sie mitfliegen?«

»Ich überlege es mir.«

»Mein Vater spielt jetzt vollends verrückt. Er fliegt jetzt auch noch des Nachts mit Sondergenehmigung, startet und landet mit Scheinwerfern. Er muß einen Berg Geld verdienen.«

»Deshalb tut er es ja. Aus Patriotismus kaum.«

»Ich frage mich nur: Was macht er mit dem Geld? In Südwest gibt er nichts aus. Verreisen tut er auch nicht. Er sitzt auf seinen Geldsäcken wie eine Glucke, als könnte er noch mehr ausbrüten.«

»Wie alt ist Ihr Vater?«

»Er wird einundfünfzig.«

»Könnten Sie sich denken, daß er eines Tages Afrika verläßt und irgendwo in der Welt den Rest des Lebens — es können ja gut noch fünfundzwanzig Jahre sein — als Millionär und Genießer verbringt?«

»Afrika verlassen? Südwest? Mein Vater? Nie!« Volker Prusius lachte laut.

»Die Bahamas wären gut. Die Schweiz. Florida. Die Karibik. Teneriffa. Ibiza. Die Riviera.«

»Damit können Sie meinen Vater nicht locken. Er gehört hierher! Aber wenn ich bedenke, daß ich das alles einmal erben werde ... Ich haue ab aus diesem Land! Ich bin der Typ, der sich in Saint-Tropez zu Hause fühlen kann.« Volker Prusius sah auf die Uhr. »Ich muß noch zum Amt. Fliegen Sie mit?«

»Wann?«

»Übermorgen früh. Ich lande zuerst in Otjowasandu, ganz im Westen der Pfanne.«

»Das Gebiet kenne ich noch nicht.«

»Dann los, Doktor! Nördlich davon soll es die zur Zeit größten Löwenrudel von ganz Südwest geben. Wer weiß, wann wir so viel Löwen auf einen Haufen je wieder sehen ...«

Dr. Oppermann überlegte kurz. Dann sagte er: »Gut. Wir fliegen mit Ihnen, Volker. Holen Sie uns ab?«

»Aber ja. Doch — wieso ›wir‹ und ›uns‹?«

»Miß Olutoni wird mitfliegen. Auch sie hat so viele Löwen auf einen Haufen noch nicht gesehen.«

Volker Prusius sah Dr. Oppermann nachdenklich an, dann hob er kurz die Schultern, als wolle er sagen: Da kann man nichts machen, — und ging wortlos hinaus.

Zwei Tage später, um sieben Uhr morgens, hupte er wie ein Verrückter vor dem Haus. Sein Oberkörper hing aus dem Wagenfenster, während er schrie: »Die Luft ist klar! Wer will ein Adler sein?!«

Er war wieder rundum betrunken.

Es war das erstemal, daß Luba mit Dr. Oppermann zusammen in den Busch flog.

Bisher war es immer so gewesen, daß Oppermann allein oder mit Urulele die weiten Touren unternommen hatte, während Luba die Station weiterführte, von den Patienten mit Augeninfektionen, die oft in tagelangen Märschen, per Bus oder Eisenbahn zu ihnen kamen, die Abstriche nahm und sie nach den Notizen Dr. Oppermanns im Labor bearbeitete und ihm später über Funk berichtete, was sich den Tag über in Outjo getan hatte.

Den einzigen großen Ausflug hatte sie mit Prusius und Pater Mooslachner nach Karakuwisa gemacht, als die Buschmann-Großfamilie zum Christentum bekehrt werden sollte.

Die Kunde von dem sagenhaften Termiten-Duell hatte sich wie ein Buschfeuer über ganz Südwest verbreitet, und Mooslachner eine Anfrage des Bischofs eingebracht: »Ist das wirklich wahr?« Worauf der Pater geantwortet hatte: »Gott blickt in die Herzen, nicht auf den Hintern!«

Die Buschmannfamilie hielt an diesem neuen mächtigen Gott fest. Emil Luther meldete Pater Mooslachner, daß die Großfamilie bei ihm seßhaft werden wollte und auch bereits ein schönes Haus bekommen habe. Selbstverständlich habe das Familienoberhaupt das von Mooslachner gestiftete Kruzifix aus bunt bemalter Plastik an die Wand gehängt, und die ganze Familie Luther sei nun bestrebt, die Buschmänner durch Anweisungen zur Hygiene, Versorgung der Kranken, reichliches Essen und Abgabe eines kleinen Stücks Veld für eine eigene kleine Herde, und nicht zuletzt durch Unterricht in Lesen und Schreiben, an den Segnungen des Christentums teilnehmen zu lassen.

Mooslachner lobte die Familie Luther und versprach, bald wiederzukommen. Der Tod des unbekannten Ovambos hatte erstaunlicherweise keine Nachwirkungen. Die Farm wurde nicht überfallen, kein Vieh wurde gestohlen oder abgeschlachtet, kein Arbeiter heimlich bedroht oder erpreßt, nichts brannte ab. Dessen ungeachtet, lief die Familie Luther nur noch bewaffnet herum und hatte sich, wie hundert andere einsame Farmer in dem weiten, unübersichtlichen Land, von Prusius mit Waren eindecken lassen. Das Farmhaus hatte dicke Bohlenläden bekommen, ein Steinwall schützte es rundum in einem Abstand von dreißig Metern. Dazwischen lag freies Land, ohne einen Baum, ohne Strauch, ohne Steine: ein kahles Schußfeld. Luther hatte es allen gesagt: Wer nachts über den Steinwall kommt und den kahlen Streifen betritt, wird ohne Warnung erschossen.

In den ersten Wochen stellte Luther Wachen auf, die ganze Nacht hindurch. Am Tag saßen auf einer Art Hochsitz in drei großen Akazien Beobachter, die mit dem Fernglas die Gegend überwachten. Was sich von weitem näherte, wurde gemeldet. Nicht nur Fahrzeuge oder Menschen, sondern auch Wildherden oder einsame, herumstreunende Hyänen, die nach Aas suchten.

Prusius, der dreimal mit seiner Cessna landete und Baumaterial, Konserven und Wassertanks brachte, aber auch Munition und zwei Schnellfeuergewehre israelischer Herkunft, wohl die besten, die zur Zeit zu bekommen waren, hielt diese geradezu kriegsmäßige Bewachung für übertrieben.

»Sie sind sicher, Emil!« sagte er mehr als einmal. »Glauben Sie mir: Dieser Ovambo war ein Schmuggler, kein Guerillero! Da kommt nichts mehr nach. Solche Unfälle gehören zum Berufsrisiko der Banden. Damit hat die SWAPO nichts zu tun.«

»Es geht darum, daß auf meiner Farm ein Schwarzer erschossen wurde«, entgegnete Luther. »Wer es auch war — es gibt genug Fanatiker, die so etwas zum Anlaß nehmen, den Patrioten zu spielen und im Töten von Weißen eine Heldentat zu sehen. Ich möchte mit meiner Familie auf keiner Ehrentafel stehen, — davon habe ich nichts. Denken Sie an die Mörder der Engfeldts in Kakuse!«

»Das waren SWAPO-Leute. Einwandfrei. Aber bei Ihnen hätte ich keine Sorge.«

Luther teilte diese Ansicht nicht und baute seine Farm weiter zur Festung aus. Daß Prusius jetzt sogar des Nachts unterwegs war, bestärkte ihn nur in seiner Vorsicht.

Am Abend vor dem Abflug nach Otjovasandu war Luba aufgeregt wie nie. Vor Dr. Oppermann zeigte sie das nicht, aber Pater Mooslachner bekam davon reichlich mit. Wie alle Frauen, die etwas Besonderes vorhaben, wurde sich Luba nicht einig, was sie an Kleidung mitnehmen sollte. Sie saß in ihrem Zimmer vor dem geöffneten Kleiderschrank, hatte fast alles, was sie besaß, auf dem Bett ausgebreitet, hatte sich manches Kleid vor den Leib gehalten und sich vor dem Spiegel gedreht, um es schließlich wieder zur Seite zu legen. Ahnungslos kam Mooslachner ins Zimmer. Er warf einen langen Blick auf die schicken Röcke, Blusen und engen Hosen, auf die zarte Unterwäsche und den Berg aller Utensilien, die eine Frau glaubt auf die Reise mitnehmen zu müssen.

»Alles wegwerfen!« sagte er und zeigte auf das überfüllte Bett. »Du gehst zu keiner Mißwahl, sondern in den wildesten Busch. Nimm den Khakianzug, derbe Stiefel, zwei Baumwollblusen, einen Schal, eine Strickjacke für den kühlen Abend — und damit Schluß! Von mir aus zieh die Spitzenhöschen an, die sieht doch keiner, und einem Elefantenbullen kannst du damit auch nicht verwehren, dich niederzutrampeln, wenn du auf seinem Wege stehst. Für den Flug reicht eine kleine Tasche. Hier ist Outjo, nicht Paris.«

Luba packte. Mooslachner schüttelte den Kopf, verzichtete auf weitere Ratschläge und ging hinaus. Er konnte es sich jedoch nicht verkneifen, Dr. Oppermann anzurufen.

»In welchem Hotel haben Sie eine Luxussuite gemietet?« fragte er. Oppermann starrte verblüfft den Telefonhörer an.

»Pater, gab es wieder bayerisches Bier?« fragte er zurück.

»Ich denke, Sie ziehen in ein Palasthotel? Luba jedenfalls packt ein, als ginge es zu einem Galadiner. Stellen Sie sich vor: Spitzenbesetzte zartviolette Schlüpferchen . . .«

»So etwas sollten Sie als Priester weder sehen noch überhaupt kennen!« Dr. Oppermann lachte, aber gleichzeitig spürte er einen heißen Druck in der Herzgegend. »Außerdem nimmt man ein Galaessen nicht nur in Spitzenhöschen ein!«

»Wie's auch sei, — ich wollte Ihnen nur verraten, daß Luba aus dem Häuschen ist. Wundern Sie sich nicht, wenn sie im Busch mit einem Abendkleid herumwandelt!«

»Warum nicht?« Dr. Oppermann lachte etwas hölzern. Er stellte sich Luba in einem tief dekolletierten Abendkleid vor, die langen schwarzen Haare, ihren lautlosen Gazellengang. »Ich würde ihr in diesem Fall das Essen im Frack servieren. Unter einem Affenbrotbaum.«

»Haben Sie überhaupt einen Frack?«

»Nie besessen.«

»Dann werden Sie keine gute Figur machen, Doktor.«

»Ich nehme meinen schwarzen Anzug mit. Zufrieden?«

»Ihr alle seid große Kinder!« sagte Mooslachner. »Am liebsten möchte ich mitfliegen, aber ich komme hier nicht weg. Ich muß in Otjiwarongo Gottesdienst und Kommunionunterricht halten.«

Nun war es so weit. Volker Prusius lallte aus dem Wagenfenster und holte sie ab. Luba war vor einer Viertelstunde gekommen; Urulele hatte sie mit seinem Motorrad gebracht. Sie hatte eine große Reisetasche bei sich, trug den Khakianzug, derbe Stiefel und einen weichen Leinenhut und sah aus, als gedenke sie auf dem Laufsteg die neue Safari-Mode vorzuführen.

»Du lieber Himmel!« sagte Luba. Sie lehnte neben Oppermann am Fenster. »Jetzt bekomme ich Angst.«

»Weil Volker granatenvoll ist? Keine Sorge! Fliegen kann der immer. Ich habe das ausprobiert. Sonst würde ich nie zulassen, daß Sie mitkommen.«

Wie immer, bewältigte Volker Prusius den Flug mit Eleganz. Er landete bei dem Wildwart-Lager Otjovasandu in einer großen Staubwolke, ließ die Maschine ausrollen, klappte die Tür auf, sprang hinaus, lehnte sich taumelnd an den Flügel und sagte: »Hab' ich einen Durst! Die Brüder im Lager saufe ich heute und morgen trocken!«

Das Lager Otjovasandu war neu errichtet worden und deshalb noch nicht für den allgemeinen Verkehr geöffnet. Man arbeitete noch an den Gäste-Rondawels, den Steinbaracken, den festen Zelten, an Mauern und Wegen. Nur die Wohnhäuser der Wildwarte waren fertig und bereits bezogen, die Funkstation arbeitete, die Garagen und Magazine, Ställe und Schuppen standen, kleine Gärten wurden angelegt. Der Chef des Lagers begrüßte Dr. Oppermann und Luba mit großer Freude. Geradezu kindlich freute er sich über die Zeitungen und Illustrierten, die Oppermann mitgebracht hatte. Prusius junior lud ein paar Kisten aus, trat einem Ovambo, der eine Kiste fallen ließ, in den Hintern und schrie nach einem Drink. Da er sich hier auskannte, ging er gleich ins Office, schwankte in das Hinterzimmer und begann, den Kühlschrank zu plündern.

Der Lagerchef, ein Mr. Willem Boeken, führte Luba und Dr. Oppermann in sein von zwei kreisenden Ventilatoren etwas gekühltes Zimmer und holte eine Kanne Fruchtsaft, in die er einen dicken Schuß Gin gab.

»Man hat Sie angemeldet, Doktor«, sagte er. »Ich weiß, Sie dürfen überall hin mit Ihrer Sondergenehmigung. Sie bekommen von mir auch einen gut gepflegten, intakten Landrover mit Wasservorrat, Benzinkanistern, Decken, Luftmatratzen, Verpflegungskiste und allem Pipapo. Aber glücklich über Ihren Besuch bin ich nicht.«

»Wegen der Löwenrudel?«

»Die beachten keinen Menschen, wenn sie satt sind. Und sie sind satt; das Land wimmelt von Tieren. Hier hungert keiner. Soll ich Ihnen ein paar Zahlen nennen? Wir haben in der Etoschapfanne 16000 Steppenzebras, 9000 Springböcke, 4000 Kudus, fast 6000 Gnus, 4000 Oryxantilopen, 600 Impalas, 500 Giraffen, 700 Kuhantilopen, 300 Roan-Antilopen, 900 Elands. Dazu ungezählte Duiker, Dikdiks, Warzenschweine, Steinböckchen, Wildhunde, Hyänen und Schakale. Hier wird jeder satt. Löwen wie Leoparden und Geparde. Dazu kommen noch 150 Nashörner, 1200 Strauße und über 1400 Elefanten. Man kann gar nicht alles aufzählen, was hier lebt. Es wäre ein Paradies, wenn . . .«

»Ich weiß«, sagte Dr. Oppermann ernst. »Wenn der Mensch nicht wäre . . .«

»Die Wilderer. Vom Norden kommen sie herein. Und die Guerilleros.«

»Also auch hier?«

»Ja. Man spricht nur nicht darüber. Aber sie sind da. Für die Öffentlichkeit noch unmerkbar. Man unternimmt alles auf der anderen Seite, um nicht aufzufallen. Das ›friedliche Namibia‹ ist das Schlagwort. Aber wie wird es aussehen, wenn wir nicht mehr hier sind? Wie?!«

Es klang bitter. Willem Boeken reichte den Obstsaft mit Gin herum und hob nur ein wenig den Kopf, als von nebenan Volker Prusius zu grölen begann und ein Lied von den Huren von Madagaskar sang.

»Geht der mit?« fragte er.

»Nein, wir fahren allein.«

»Wie lange wollen Sie draußen bleiben?«

»Ich rechne mit vier Tagen.«

»Inklusive Hin- und Rückfahrt?«

»Ja.«

»Gut. Ich notiere mir das. Sind Sie in vier Tagen nicht wieder hier, lasse ich Sie suchen, Doktor. Das ist meine Aufgabe. Können Sie schon eine Route angeben?«

»Ja. Kreuz und quer . . .«

»Vortrefflich. Dann kennt man sich ja aus.« Boeken lächelte schief. »Die Dame nimmt es doch nicht übel, wenn ich laut Scheiße sage?! Doktor, ich gebe Ihnen zwei Mann mit.«

»Bitte nicht! Ich bin kein Angsthase.«

»Aber es würde mich beruhigen. Die schwarzen Wilderer ballern ohne Warnung los. Und im Gegensatz zu den anderen Schwarzen begnügen sie sich nicht damit, daß es schön laut knallt, sondern sie zielen auch!«

»Auf mich wird niemand schießen. Wenn Sie mir die Rote-

Kreuz-Fahne an den Kühler stecken, habe ich einen Freifahrtschein.«

»Ich kann Sie nicht aufhalten, Doktor. Sie haben eine Sondergenehmigung der Regierung.« Willem Boeken streifte Luba mit einem Blick. »Wann brauchen Sie den Wagen?«

»Noch heute. Wir könnten sofort losfahren. Unser Gepäck ist klein.«

»Wie ist es mit Waffen?«

»Keine.«

»Die gebe ich Ihnen trotzdem mit. Pistolen und Gewehre. Eine Arztfahne am Wagen ist gut, ein volles Gewehrmagazin ist besser. Auch, wenn Sie mal von einem Nashorn entdeckt werden. Wenn das losgaloppiert, hilft Ihnen Ihr Dr. med. auch nicht mehr.«

Zwei Stunden später fuhren sie ab. Volker Prusius, der sie eigentlich im Auftrage seines Vaters überwachen sollte, lag schnarchend auf seinem Bett und war für solche Aufgaben nicht mehr einsatzfähig.

Willem Boeken kontrollierte noch einmal die gesamte Ausrüstung. »Sie haben Wasser für zehn Tage bei sich und Benzin für 1000 Kilometer. Damit kann Ihnen nichts passieren.« Er warf einen deutlichen Blick auf Luba, hob grüßend die Hand und sagte leichthin: »Viel Vergnügen, Doktor!«

Dr. Oppermann hielt diese Bemerkung für völlig unnötig und gab Gas.

Nach wenigen hundert Metern umgab sie die Einsamkeit des Velds. Der Pad führte durch Dornbüsche und verfilztes Unterholz, durch hohes, hartes, braungrünes Gras und lichte Wälder aus Mopanebäumen. Viele Bäume waren unten kahl, zerrupft, die Äste abgerissen, die dünneren Bäume sogar umgestoßen und mit den Wurzeln aus der Erde gedrückt: Elefantenspuren. Die Lieblingsnahrung der grauen Riesen. Wenn sie mit ihren langen Rüsseln nicht mehr an die oberen jungen Blätter reichten, walzten sie mit ihren breiten Schädeln wie ein Rammbock die Bäume um.

Dr. Oppermann stellte das Autoradio an. Operettenmusik aus Windhoek, überspielt von Kapstadt. Luba saß neben ihm in ihren langen Khakihosen, hohen Stiefeln und einer dünnen Bluse und mit einem Schal um den Hals. Die Haare ließ sie im

Wind flattern, der durch die offenen Fenster wehte. Hinter ihnen wölkte der Staub über den Dornbusch. Es war für diese Jahreszeit noch sehr trocken, man erwartete Regen, der afrikanische Winter kam in diesem Jahr nur zögernd. Die Tiere zogen unruhig von Wasserstelle zu Wasserstelle. Riesige Herden von Zebras, Wildebeest und Springböcken vereinigten sich zu Massentrecks und zogen, Leib an Leib, über die Steppe. Am Rande der Salzpfanne trafen die Flamingos ein: eine rosa Wolke aus abertausend flatternden, leuchtenden Federn. Es war eine atemberaubende wilde Schönheit, unberührt wie vor Jahrtausenden, jedoch von den Menschen geschützt vor der Ausrottung durch geschäftstüchtige Wilderer. Der Markt für Elefantenzähne oder Nashörner, Antilopengeweihe oder Löwen- und Leopardenfelle war unersättlich. Je mehr man die Tiere schützte, um so höher stiegen die Preise, und um so grausamer wüteten die Abschießer.

Hier wurde die große, nie verzeihbare Schuld der Weißen offenkundig: Um des Profites willen zerstörten sie das Gleichgewicht der Natur. Abknallen, was Geld bringt! Für alle Zeiten vernichten, weil man Trophäen braucht ...

Manchmal hielt Oppermann an oder fuhr ganz langsam seitlich in den Busch hinein. Sie beobachteten kleine Herden von Giraffen; gelbe Türme, mit schwarzen Netzen überspannt. Sie drehten die kleinen, schmalen Köpfe mit den knotigen Hörnern zu ihnen, äugten sie an, fanden sie anscheinend ungefährlich und zogen majestätisch weiter, mit ihren langen, schlanken Beinen durch das hohe Gras schreitend. Beim Gehen wippten und schwankten die langen Hälse wie riesige Röhren im Wind.

Luba stand auf dem Sitz neben Dr. Oppermann, hielt sich am geöffneten Schiebedach fest und blickte mit dem Fernglas auf die Herden. Wenn Oppermann dann wieder anfuhr, schlang er einen Arm um Lubas Beine, damit sie nicht den Halt verlor, und lenkte mit der rechten Hand weiter. Und jedesmal, wenn er ihre Beine umfaßte, hatte er das Gefühl, es jage ein Strom durch Lubas Körper. Er spürte, wie sich ihre Muskeln straffften, wie die Waden hart wurden ...

»Wie schön ist das alles«, sagte sie einmal, als sie neben einer friedlich dahinziehenden Elefantenherde herfuhren. Die Mütter hatten ihre Kleinen neben sich, der Leitbulle, wahrhaft ein Riese mit langen, gebogenen Stoßzähnen, blieb einen Augenblick stehen, fächerte seine großen Ohren auf, hob den Rüssel und starrte sie aus seinen kleinen, klugen Augen forschend an. Dann stieß er ein grelles Trompetensignal aus, ließ seine Herde vorbeitrampeln, ein unüberwindlicher Schutzwall, pendelte mit dem Kopf ein paarmal hin und her und folgte dann den anderen, überholte sie wieder und setzte sich an die Spitze, wie es seine Pflicht war.

Um die Mittagszeit rasteten sie unter einer Schirmakazie. Dr. Oppermann wuchtete die Verpflegungskiste aus dem Landrover, Luba klappte Tisch und Feldstühle auf, öffnete ihre Reisetasche und zauberte eine Tischdecke und eine kleine Plastikvase hervor. In Ermangelung von Blumen rupfte sie einige der bizarren Gräser aus und steckte sie in die Vase. Als Oppermann mit kaltem Braten, eingedostem Vollkornbrot und einer Thermoskanne mit Fruchtsaft vom Wagen kam, stand sie lächelnd hinter dem gedeckten Tisch.

Nicht weit von ihnen, in Wurfnähe, weideten Hunderte von Zebras und Gnus. Einige Dikdiks, die man auch Blauböckchen nennt, hüpften und sprangen am Rande der Herde über die Steppe.

»Pater Mooslachner hat recht«, sagte Dr. Oppermann und baute die Verpflegung auf. »Ich hätte zumindest einen Smoking mitnehmen müssen. Luba — Sie sind eine Wucht! Wissen Sie, was der Ausdruck bedeutet?«

»Ich kann es mir denken.« Sie verteilte Fleisch und Brot und setzte sich dann. »Wissen Sie, daß ich zum erstenmal auf einer richtigen Safari bin?«

»Tatsächlich?« Oppermann goß den Fruchtsaft in zwei schmale Kunststoffbecher, wobei er feststellte, daß der gute Willem Boeken auch hier einen gehörigen Schuß Gin dazugemischt hatte. »Wir Europäer denken immer: Wer in solch einem herrlichen Land lebt, der kennt auch jeden Strauch und jedes Tier.«

»Dazu hatte ich keine Zeit«, sagte Luba. »Als Kind lebte ich auf der Farm meiner Eltern. Da war immer viel Betrieb. Jeden Tag Touristen, die sich unsere Strauße ansahen und Federn zur Erinnerung mitnahmen, auch ausgeblasene, bunt bemalte Eier oder Fächer aus Federn. Dann kam ich auf die Schule, die bis zum Nachmittag dauerte. In den Ferien blieb ich auf der

Farm. Nach dem Tod meiner Mutter wurde ich nach Windhoek in ein Internat geschickt; mein Vater verkaufte die Farm und zog weg. Von da an gab es nur Schule und Studium. Ein paarmal besuchten wir den Daan Viljoen Wildpark bei Windhoek, einmal war ich in Swakopmund und habe im Meer gebadet. Ja, und dann hieß es: Du wirst nach Outjo gehen, zu einem Dr. Oppermann, der kann dich brauchen. Er sucht einen Bazillus. Blamier uns nicht!« Sie lächelte und blinkerte mit den Wimpern. »Ich habe mich bemüht, ihn nicht zu blamieren . . .«

»Hat Ihr Vater Sie nicht in den Ferien abgeholt?« fragte Oppermann.

»Nein. Nie.«

»Pater Mooslachner sagt, Sie hätten nie wieder von Ihrem Vater gehört, nachdem er Sie nach Windhoek gebracht hatte.«

»Das stimmt.« Sie blickte an Oppermann vorbei auf die Zebra- und Gnuherden. Es war sehr heiß und fast windstill. Unter den Hufen der Tiere quoll Staub auf. »Ich habe ihn nie wieder gesehen.«

»Aber er schickte immer Geld?«

»Er hatte ein Bankkonto eingerichtet und einen Anwalt beauftragt, jeden Monat die nötigen Mittel freizugeben. Viel Geld hatte ich nie. Ich habe mir etwas dazuverdient, indem ich während des Studiums Nachhilfeunterricht in Englisch und Rechnen gab.«

»Sie könnten mir auch Nachhilfeunterricht geben, Luba«, sagte Oppermann und kaute an seinem etwas zähen kalten Bratenstück.

»Ihnen? Worin denn?«

»Sie könnten mir beibringen, wie man einer wunderschönen jungen Dame seine Dankbarkeit zeigt, ohne ungeschickt oder aufdringlich zu wirken. Mooslachner sagt von mir, ich sei ein ungeschliffener Klotz oder — auf bayerisch — ich hätte ein total vermoostes Hirnkastl.«

»Das ist übertrieben.«

»Aha! Aber im Prinzip stimmt es! Wie charmant Sie mir das um die Ohren schlagen, Luba.« Er sah sie an, aber sie wich seinem Blick aus. »Wie muß sich ein Mann benehmen, der einem Mädchen sagt: Ich bin glücklich, daß du da bist!?«

»Er muß es ihr sagen.«

»So einfach ins Gesicht?«

»Wohin denn sonst?«

Oppermann nickte mehrmals. »Sie haben allen Grund, Luba, sarkastisch zu werden. Ich *bin* ein Klotz. Verzeihung.«

»Wofür?«

»Daß ich Ihnen nie sagen kann, wie sich mein Leben verändert hat, seit Sie bei mir sind.«

Ihre Augen leuchteten in schwarzem Glanz, so daß Oppermann sich fragte, wie es möglich sei, daß Pupillen und Iris sich so schnell verwandeln konnten.

»Wieso hat sich Ihr Leben verändert, Dr. Oppermann?« fragte sie mit sanfter Stimme.

»Ich war immer ein Einzelgänger, Luba. Das heißt nicht, daß ich keine Liebschaften hatte. Ganz im Gegenteil, — ich müßte mich anstrengen, wenn ich mich an alle erinnern wollte. Als Student, als junger Arzt in der Klinik, sogar auf Neu-Guinea — ich habe nie etwas verdorren lassen!«

»So habe ich Sie auch eingeschätzt«, sagte Luba nüchtern.

»Gott sei Dank, jetzt sind wir uns einig!« Oppermann trank mit einem langen Schluck seinen Becher Gin mit Fruchtsaft aus; es hatte sich herausgestellt, daß es nicht Fruchtsaft mit Gin war. »Die Mädchen machten es einem leicht, daran lag's! Ein paar Drinks, ein oder zwei Tänze, einen Haufen dummer Reden — und schon lagen sie auf der Matratze.«

»Das kann man auch anders ausdrücken«, sagte Luba tadelnd.

»Bitte, da haben wir es! Luba, geben Sie mir Unterricht in Benehmen! Ich bin unmöglich, nicht wahr? — Aber es war wirklich so, Luba. Mit den einfachsten Mitteln kann man Mädchen sammeln wie Briefmarken oder Bierdeckel. Man braucht dazu nur eins: Eine gehörige Portion Frechheit. Das aber hat mich immer mehr in die Isolation getrieben. Hier liegt der Schlüssel zu meinem Einzelgängertum! Diese Liebe auf kurze Zeit, diese programmierte Lust erzeugte in mir nur Scheu vor einer bleibenden Bindung. Sie werden das nicht verstehen, Luba. Aber ich war, wenn ich Hunger hatte, immer schnell gesättigt. Dann, plötzlich, muß in mir etwas gerissen sein. Vielleicht lag's auch am Alter. Ich bin immerhin schon dreißig, Luba. Ich kam aus Neu-Guinea zurück, blieb ein halbes Jahr in Hamburg im Tropenforschungsinstitut und fand das Leben zum Kotzen! Der Ruf nach Namibia kam gerade richtig, sonst säße ich heute vielleicht in Sri Lanka oder Kambodscha. Und als ich in Outjo landete, wußte ich: Hier bist du richtig. Hier kannst du sozusagen an der Wurzel der Menschheit arbeiten. Hier brauchen sie dich wirklich. Hier sind sie dankbar. Und weil ich nicht viel Fisimatenten machte, sondern einfach die Ärmel hochkrempelte, erzählten sich die Leute, ich sei ein ›Eisenfresser‹. Bis — bis Sie kamen, Luba. Wie aus einer anderen Welt.«

»Aus Windhoek!«

»Ja, ich spinne wieder.« Dr. Oppermann erhob sich. »Es ist in der Tat ein Blödsinn, mitten im Busch zu sitzen, umgeben von Gnus, Zebras, Giraffen, Elefanten und Antilopen, und eine Eigenanalyse zu versuchen. Haben Sie keine Hemmungen, Luba, sagen Sie ruhig: Sie sind ein Spinner!«

»Das ist wohl Ihr Lieblingswort?«

»Möglich! Es trifft genau in die Mitte.« Er reckte sich, streckte die Arme weit in den wolkenlosen, blaßblauen, heißen Himmel und ließ die Gelenke knacken. »Fahren wir weiter?!«

»Sie sind der Boß!«

»Waren Sie schon einmal verliebt, Luba?«

»Ja«, antwortete sie ohne Zögern.

»Ernsthaft?«

»Ich habe daran geglaubt.«

Oppermann starrte sie betroffen an, als habe er damit gerechnet, daß Luba eine vergangene Liebe verleugnen würde. Ihr spontanes Ja tat ihm weh.

»Wer war es?« fragte er. Luba sah ihn erstaunt an.

»Was nützt Ihnen der Name?«

»Hauen Sie mir eine 'runter, wenn ich Sie beleidige: Welche — welche Hautfarbe hatte er?«

»Weiß.« Sie wandte den Kopf ab, rupfte die Gräser aus der Plastikvase und warf sie weg. »Zufrieden?«

»Luba — ich . . .«

»Und wenn ich schwarz gesagt hätte?!«

»Ich will es überhaupt nicht wissen!« rief Oppermann plötzlich. »Packen Sie die blöde Tischdecke ein, wir fahren weiter!«

Sie nickte wortlos, klappte Tisch und Stühle zusammen und trug sie zum Landrover. Oppermann blickte ihr nach. In seiner Kehle zuckte es. Du bist verrückt, schrie er sich an. Du bist total verrückt, du elendes Rindvieh! Eifersüchtig bist du auf einen Mann, der selbstverständlich zugegriffen hat, als dieses himmlische Wesen ihm entgegenkam. Eifersüchtig auf einen verfluchten Unbekannten, obgleich du nicht das mindeste Recht hast, dich mit ihm anzulegen! Sie hat einmal einen Mann geliebt, das hat sie gesagt. Einmal — das ist schon einmal zuviel! Du Idiot, stell deine Gedanken ab! Und wenn sie hundert im Bett gehabt hätte — sie ist so herrlich, daß du ihr auch die hundert verzeihen würdest, wenn sie jetzt sagte: Ich liebe nur dich! — Aber das wird sie nie sagen. Nie! Und warum? Weil du ein Trottel bist. Weil es eine riesige Torheit wäre, wenn sie dich liebte!

Er packte die restlichen Nahrungsmittel in die Verpflegungskiste und verstaute sie im Landrover. Während Luba in den Büschen verschwand, beobachtete er mit dem Fernglas einen starken Oryxbullen, der mit seinem langen, spitzen, geringelten Gehörn einen Dornbusch forkelte. Dann stellte auch er sich hinter einen Busch.

So eine Safari bringt einen näher, dachte er dabei, nicht ohne Ironie. Keiner ziert sich, wenn er menschlichen Bedürfnissen nachgibt. Es sollte doch möglich sein, auch die Seele zu entlasten.

Seele? Er war hungrig nach ihrem schmiegsamen Körper, er träumte von ihren Lippen, er sehnte sich nach ihren weichen Händen, er wollte sie in seinen Armen stöhnen hören, ihren Geruch einsaugen, seine Haut mit seinem Schweiß an ihrer Haut festschweißen, er wollte in ihr sein und in ihr zerspringen und Zeit und Raum vergessen in dem über alle Maßen beglückenden Gefühl: Sie gehört mir!

Er schwang sich hinter das Lenkrad und ließ den Motor aufbrummen. Sie setzte sich stumm neben ihn, zog die Tür zu und warf das Haar zurück.

»Können wir?« fragte er hart.

Er fuhr sehr schnell, vorbei an den Zebraherden, die sich um ihn nicht kümmerten, sondern ruhig durch das Steppengras zogen. In einiger Entfernung kreisten Aasgeier und stießen zu Boden. Geburt, Leben und Tod waren hier noch biologisch geregelt, sogar der letzte Abfall wurde beseitigt, und eines Tages zerfielen die Knochen in der glühenden Hitze zu Staub.

Fast eine Stunde lang fuhren sie durch das Veld, immer nach Norden, und dann in einem Bogen nach Osten, dem Gebiet von Ozonjuitji M'bari entgegen, wo an den kleineren Seen und noch unerschlossenen Wasserstellen die großen Löwenrudel gesichtet worden waren. Hier kam kaum jemals ein Mensch hin, der Pad hörte auf. Sie fuhren durch Steppen- und Buschland, durch unberührte Natur und grenzenlose Einsamkeit. Am Horizont verschmolzen Himmel und Erde übergangslos zu einer hitzeflimmernden Einheit.

»Er hieß Walter«, sagte Luba plötzlich.

Dr. Oppermann zuckte zusammen, als habe ihn eine Schlange gebissen.

»Das interessiert mich nicht!« knurrte er.

»Walter Bolle . . .«

»Ein Milchmann aus Berlin?« sagte Oppermann gehässig. Im gleichen Moment haßte er diesen Walter Bolle.

»Ich weiß es nicht. Wieso aus Berlin?«

»Das kann man Ihnen schlecht erklären. Bolle hieß in Berlin ein großer Milchvertrieb.«

»Walter stammte aus Niederbuchsbach.«

»Meinetwegen aus der Hölle.«

»Wissen Sie, wo Niederbuchsbach liegt?«

»Nein. Ich werde mich um dieses Wissen auch nie bemühen.«

»Jetzt sind Sie böse, nicht wahr?«

»Ich habe keinen Grund dazu.«

Luba lehnte sich zurück. Der Landrover hüpfte über den Steppenboden. Die harte Federung verminderte die Kraft der Stöße nicht, sie hämmerten vom Gesäß bis unter die Hirnschale.

»Ich war damals neugierig, mehr nicht. Meine Freundinnen erzählten immer, was sie mit Männern angestellt hatten. Es hörte sich unheimlich toll an, und ich war neunzehn Jahre alt und kannte Männer nur vom Krankenbett her oder von anatomischen Lehrtafeln. Nein, ich lüge, — auf unserer Farm liefen einige Ovambos bei der Feldarbeit auch nackt herum. Und einmal kam ich zufällig hinzu, wie unser Hausboy es in der

Garage mit unserem Küchenmädchen trieb. Wie ein Hund ... Ich fand das scheußlich, gemein, abstoßend. Aber wenn ich meine Freundinnen erzählen hörte, mußte es da noch etwas anderes geben. Begreifen Sie nicht, daß ich neugierig war?«

Dr. Oppermann wurde es übel vor Kummer und Haß auf diesen Walter Bolle. Er drehte das Radio wieder an und stellte es laut. Luba beugte sich vor und verminderte die Lautstärke.

»Das war Musik von Gershwin«, knurrte Oppermann.

»Und ich erzähle Ihnen von mir. Was ist Ihnen lieber?«

»Gershwin!«

»Also reden wir weiter!« sagte sie entschlossen. »Walter Bolle war Medizinstudent und hospitierte ein halbes Jahr in Windhoek. Er studierte in Tübingen, aber er wollte eben mal in die Welt und entschloß sich für Namibia, weil er im Fernsehen einen Film über das Land gesehen hatte. Er ist längst wieder in Deutschland und bestimmt schon Arzt. Er wollte sich in Goslar niederlassen.«

Goslar, dachte Oppermann mit klopfenden Pulsen. Walter Bolle. Wenn ich jemals nach Goslar komme und treffe dort einen Dr. Walter Bolle — dem schlage ich in die Fresse. Mein nächstes Urlaubsziel ist Goslar!

»Es geschah eine Woche vor seinem Zurückflug nach Deutschland«, sagte Luba.

»Wie dramatisch!«

»Ich hatte getrunken.«

»Typisch für Burschen, die keinen Mut haben. Pumpen ein Mädchen mit Alkohol voll — die gemeinste Art der Defloration!«

»Ich habe getrunken, weil ich Angst hatte. Ich bin schon betrunken in sein Zimmer gekommen. Er saß da und —«

»Bitte keine Details!« schrie Dr. Oppermann. »Ich weiß, wie so etwas geht!«

»Sie wissen gar nichts! Ich wachte am Morgen auf, lag allein im Bett, denn Walter war längst auf Station. Ich fragte mich, was denn nun geschehen sei. Ich hatte nichts erlebt ... die große Neugier war nicht gestillt. Mit meinem Körper war etwas geschehen, das spürte ich. Ich versuchte, mich zu erinnern, aber da war nichts. Nur seine Hände, die mich packten, und dann Nebel und Ohnmacht. Aber ich bin zu meinen Freundinnen gegangen und habe ihnen erzählt, wie phantastisch es gewesen sei. Ich habe gelogen und alles wiederholt, was sie mir erzählt hatten. Sie glaubten mir, und ich war stolz, nun auch eine Frau zu sein.« Luba stemmte die langen Beine gegen das Bodenblech des Landrovers. »Das war alles!«

»Die große Liebe!«

»Ich habe mir damals gesagt: Ich bin seine Frau geworden, auch wenn ich dabei nichts gespürt habe. Aber seinen Mann liebt man doch! Erst, als Walter zurück nach Deutschland flog und ich ihm nachwinkte, wußte ich, daß die große Liebe etwas anderes sein müßte.« Sie drehte das Radio wieder lauter und schrie in die Musik hinein und Dr. Oppermann ins Gesicht: »Dann kam endlich der zweite Mann, die wirkliche große Liebe. Da wußte ich es!«

»Hören Sie auf!« Oppermann bremste abrupt. Luba fiel nach vorn und prallte mit der Stirn gegen die Windschutzscheibe. »Noch ein Wort zu diesem Thema, und ich setze Sie hier aus! Das ist keine leere Rede. Sie wissen nicht, wozu ich fähig bin!«

»Ich spüre es. Ich werde eine Beule bekommen!«

»Die Auto-Apotheke enthält alles, was Sie brauchen. Im übrigen hoffe ich, daß Ihre Gedanken jetzt klarer sind.« Er blickte sie böse an, und sie funkelte zurück. »Wollen Sie weiter über Ihre hormonellen Funktionen sprechen?«

»Nein. Das genügt!«

»Mir auch!« Er schluckte mehrmals, umklammerte das Lenkrad und verfluchte sich tausendmal. »Wie hieß der Zweite?«

»Das werden Sie nie erfahren!« stieß sie wild hervor. »Nie! Los, fahren Sie — oder ich steige freiwillig aus! Sie — Spinner!«

Dr. Oppermann gab Gas und raste weiter durch die Steppe. Gnuherden und Dikdiks begleiteten sie, sie sahen einige Hyänen und in den Bäumen Herden von lärmenden, schreienden, quiekenden, sich zankenden Affen. Als Oppermann einmal den Kopf aus dem Fenster streckte, starrte er in einen Schwarm über ihnen kreisender Geier.

Am Abend erreichten sie eine kleine, flache Wasserstelle, umgeben von Büschen, Akazien, Mopanebäumen und hohem, hartem Gras. Dr. Oppermann hielt an und stieg aus, nachdem er die Gegend mit dem Fernglas abgestrichen hatte.

Keine Büffel, keine Nashörner, keine Löwen, keine Leoparden ... Nur vier Giraffen knieten am Wasser und tranken. Wer sah, wie sie sich mit ihren langen Hälsen und ihren stangenförmigen Beinen abquälen mußten, um an das Wasser zu kommen, mußte Mitleid mit ihnen haben.

»Hier bleiben wir!« sagte Oppermann. »Hier werden wir eine Menge Tiere sehen. Das Zelt können wir allerdings nicht aufschlagen. Ich möchte Sie nicht von Nashörnern umrennen lassen. Wir müssen im Wagen schlafen — falls Sie sich überwinden können, neben mir in einem Schlafsack zu liegen.«

»Eine Nacht werde ich überleben«, antwortete sie katzig. Sie sprang hinaus, ging an das Ufer des Wasserloches und blickte hinüber zu den trinkenden Giraffen. Der Bulle hob den Kopf und sicherte. Sein langer Hals war hochgereckt. Langsam kam Luba zurück. Dr. Oppermann packte wieder die Verpflegungskiste aus, stellte Tisch und Klappstühle auf und holte zwei der Batteriescheinwerfer aus dem Wagen.

Wortlos nahm Luba die Plastikteller und stellte sie auf den Tisch.

»Keine Tischdecke?« fragte Dr. Oppermann.

»Nein!«

»Auch gut!« Er zog sein Hemd aus der Hose, zerrte es über den Kopf, nahm die Teller weg und breitete das verschwitzte Hemd über die Tischplatte. Luba sah, wie sich seine Muskeln vor Erregung durch die Haut preßten. Mit bloßem Oberkörper deckte Oppermann weiter den Tisch.

»Sie werden sich erkälten!« sagte sie mild. »Wenn die Sonne weg ist, wird es kühl.«

»Danke. Das wußte ich noch nicht!« antwortete er. »Ich bin zum erstenmal im Busch.«

»Ich hole Ihnen eine Jacke.«

»Danke. Keine Mühe mit mir. Oder erregt Sie schon der Anblick eines weißen Oberkörpers?«

»Sie sind ein Ekel!« sagte sie laut. »Ein Miststück!«

»Woher kennen Sie diesen fabelhaften Ausdruck?!«

»Von Pater Mooslachner.«

»Er hat Sie so genannt, der Gute?«

»Nein. Das sagte er, als er von Ihnen sprach!«

Sie wandte sich ab, ging wieder hinunter zum Wasserloch und wanderte an seinem Rand entlang. Der Boden war steinig, faustgroße Brocken lagen herum, von der Sonne gebleicht, vom Wind in Jahrtausenden abgeschliffen. Urland. Sie setzte sich auf einen großen Stein, streckte die Beine von sich und beobachtete drei Antilopen, die jenseits der Wasserstelle verharrten. Unbeweglich starrten sie zu ihr hinüber, die Lauscher nach vorn gezogen. Gegen den sich langsam in Streifen und violett-roten bizarren Wolkenbildungen auflösenden Himmel wirkten sie wie Statuen. Auch als Luba einen kleinen Stein ins Wasser warf, rührten sie sich nicht. Sie wirkten wie gelähmt, als versteinere sie ein entsetzlicher Anblick.

Luba blickte zum Landrover zurück. Die Kühlerhaube war hochgeklappt. Dr. Oppermann hantierte an dem Wagen herum, schleppte Benzinkanister zum Einfüllstutzen und steckte einen großen Blechtrichter hinein. Der Tisch war gedeckt. Neben jedem Stuhl lehnte ein Gewehr, gemäß dem Gebot für einsame Safarigänger: Sich nie überraschen lassen! Man wußte nie, was rundherum in den Büschen lauerte. Die Plötzlichkeit, mit der die Gefahr über einen herfiel, und die dadurch verursachte völlige Wehrlosigkeit hatten schon manchem das Leben gekostet. Das wichtigste Gebot lautete: Verlasse nie den Wagen! Übernachte nur in festen Unterkünften! Mußt du den Wagen verlassen, dann sichere dich ab! Auch ein Zelt ist nur so sicher, wie die Leinwand dick ist!

Es war Luba, als käme in die Antilopen jenseits der Wasserstelle Bewegung. Ihre Lauscher spielten, die Köpfe hoben und senkten sich. Dann begannen sie zu fressen und beachteten Luba nicht mehr.

Ein leises Rascheln ließ Luba herumfahren. Seitlich hinter ihr, aus einem lichten Dornbusch, hatte sich ein gelbbrauner, langgezogener Körper gelöst. Lautlos schlich er näher, es war, als schwebe er über das Gras. Was Luba gehört hatte, war nichts als die Berührung des Körpers mit einem vertrockneten Grasbüschel. Jetzt war alles wieder still, doch der geduckte Körper glitt langsam näher.

Die Löwin hob den Kopf. Mit ihren grünfunkelnden Augen starrte sie Luba an. Der ausgefranste Schweif schlug lautlos hin und her und streckte sich dann wie ein Ruder. Fast über den Boden schob sie ihren Leib, die Beine angezogen, die Pranken gespreizt. Es war eine alte Löwin, struppig und voll kahler Flecken, in fast dreißig Jahren geübt, wehrlose Gegner anzufallen und ihnen mit einem Biß das Genick zu zerschmettern. Früher hatte sie gejagt, mit langen Sprüngen, war den jungen Gnus auf den Rücken gesprungen, hatte ihre Pranken in das warme zitternde Fleisch geschlagen, hatte mit starken, spitzen Zähnen zugebissen und dann die Nahrung ihren Jungen gebracht und ihrem Herrn, dem mächtigen Mähnenlöwen. Aber das war lange her. Nun war sie alt und müde, noch kräftig genug, um zu schlagen, aber nicht mehr schnell genug, um zu hetzen. Jüngere Weibchen waren die Favoritinnen des Rudels; man ließ die Betagte spüren, daß sie alt war und nicht mehr genug Beute herbeischleppte.

Aber sie hatte Hunger, je älter sie wurde, um so mehr. Und je schwerer es ihr fiel, die Beute zu überlisten, um so grausamer wurde sie. Nun roch sie den Menschen. Ein fremder Geruch, aber ein Geruch nach Fleisch, nach Blut. Was sich da vor ihr bewegte, war kein Gegner, es war zu klein, zu schmal, zu unbeweglich. Es war ein Opfer.

Die Löwin verhielt. Ihre Augen funkelten Luba an, maßen die Sprungweite, taxierten die mögliche Gegenwehr. Die Krallen bewegten sich in den Tatzen, der Schwanz schlug hin und her, die Lefzen schoben sich hoch über die Zähne, lautlos, ohne Knurren, ohne Gebrüll. Ein schweigender Tod ...

Luba bewegte sich ganz langsam. Niemand hatte ihr jemals gesagt, wie sie sich zu benehmen hatte, wenn sie einem Löwen allein gegenüber stünde. Das gehört nicht zum Unterricht. Es wäre auch absurd gewesen, an so etwas zu denken. Nun aber stand sie dem Tod gegenüber, und sie spürte keine Panik, keine lähmende Angst, keinen Drang, hell aufzuschreien und wegzulaufen. Mit dem Instinkt ihres Blutes blieb sie am Wasserloch stehen, ging ganz langsam in die Hocke, nahm einen großen Stein in die Hand und spannte alle Muskeln an. Jetzt nach Dr. Oppermann zu rufen, – das wäre ihr sicherer Tod gewesen ... Auge in Auge stand sie der Löwin gegenüber, und die Lautlosigkeit zwischen ihnen war die Sprache der Erbarmungslosigkeit.

Sie beobachtete das Tier genau – und sie betete: Laß Richard jetzt zu mir hinübersehen! Laß ihn rufen: Luba! Komm zum Essen! Das Teewasser kocht schon! – Laß ihn irgend etwas tun, was die Löwin ablenkt. Sekunden bedeuten jetzt ein geschenktes Leben.

Aber nichts geschah. Oppermann füllte am Landrover Benzin nach, dachte an Walter Bolle in Goslar und zermarterte sich mit seinen Gedanken und Wünschen.

Die Löwin streckte sich, der Kopf hob sich, der gelbe Körper schnellte hoch ...

Im selben Augenblick warf sich Luba zur Seite, und aus der Drehung ihres Körpers heraus warf sie gleichzeitig den schweren Stein gegen die Angreiferin und ließ sich in das lehmige Wasserloch rollen.

Und schrie! Schrie, wie sie sich noch nie gehört hatte, schrie sich ihre ganze Todesnot aus dem Leib, sprang auf und warf sich herum.

Die Löwin stand zwischen ihr und Dr. Oppermann. Luba sah, wie er mit ein paar Sätzen bei seinem Gewehr war und zu ihr hinunterlief. Aber sie sah auch, wie die Löwin unbeeindruckt zu neuem Sprung ansetzte.

»Richard!« schrie Luba. »Richard! Hilfe! Sie packt mich! Hilfe!!«

Sie stand bis zu den Knien im Wasser, der moorige Untergrund machte jeden Schritt schwer, es war unmöglich, wegzulaufen. Sie starrte die Löwin an, verhielt den Atem und biß die Zähne zusammen, als sie den gelben Körper mit den vorgestreckten Tatzen auf sich zufliegen sah.

Wieder warf sie sich zur Seite, in das Wasser hinein, aber diesmal entrann sie der Löwin nicht. Ein heißer Schmerz durchzuckte ihren linken Oberschenkel, das ganze Bein begann zu flattern. In Todesangst schrie sie, auf dem Rücken liegend, in den flammenden Abendhimmel hinein, gewärtig, daß der Biß ihre Kehle zerfleischte.

Wie aus weiter Ferne hörte sie zwei Schüsse. Sie streckte sich aus, fühlte sich am ganzen Leibe zerrissen, spürte kaum, daß sie aus dem Wasser gehoben und weggetragen wurde. Nur eine Stimme hörte sie, und die sagte ihr: Du bist gestorben. Du bist im Paradies ...

»Luba! Mein Liebling! Luba! Du darfst nicht von mir gehen ... Luba, sieh mich doch an!«

»Ich höre dich«, wollte sie sagen. »Ich höre deine Stimme. Was machst du im Paradies? Du bist mir gefolgt? Wie liebe ich dich ... Nun ist alles gut ... Nun sind wir für immer zusammen ...« Aber sie hörte sich nicht sprechen, kein Laut war um sie, nur tiefe Stille — und dieses Schweben, diese Schwerelosigkeit ...

Dr. Oppermann trug Luba zum Wagen. Er lief, als sei die Löwin hinter ihm her. Lubas linkes Bein war von Blut überflutet. Da sie im Wasser gelegen hatte, tropfte es mit dem Wasser herunter, hinterließ eine rote Spur auf dem Steppenboden, verteilte sich über den ganzen Körper, es war, als flösse überall das Blut aus ihr heraus und überschwemmte auch ihn.

Vor dem Landrover blieb er stehen, starrte in das bleich gewordene, völlig entspannte Gesicht, legte den schlaffen Körper über die Kühlerhaube, riß aus dem Wagen die Wolldecke heraus, breitete sie über den Boden, legte Luba auf die Decke und riß ihr die blutgetränkte, zerfetzte Khakihose von den Beinen. Dann holte er den metallenen Arztkoffer, packte Zellstoff, Alkohol, Jod und das Notbesteck aus und reinigte die Wunde.

Der Hieb der Löwin hatte Luba zwar nur gestreift, aber dennoch eine tiefe, gezackte Fleischwunde verursacht. Zum Glück hatte die Tatze nur den Oberschenkelmuskel getroffen und somit keine Adern berührt. Es blutete sehr stark, aber es war weniger dramatisch, als es zuerst ausgesehen hatte.

Oppermann entspannte sich. Eine Narbe wird sie behalten, dachte er, und ich werde die Narbe jeden Tag küssen. Weiter wird nichts sein. Neue Haut wird sich bilden, und wenn die Narbe stört — wen sollte sie stören; an dieser Stelle werde nur ich sie sehen können? — werden wir eines Tages eine Narbenbereinigung machen, atraumatisch nähen und später abschleifen. Für die kosmetische Chirurgie ist das kein Problem.

Luba, du wirst so herrlich sein wie zuvor. Nur eine Oberschenkelwunde ist es, weiter nichts. Du hast Glück gehabt. Du hast es überlebt, ich habe dich wieder, und nie wieder werde ich dich aus den Augen lassen. Das schwöre ich.

Luba, ich liebe dich.

Er reinigte die Wunde, desinfizierte sie, stillte die Blutung notdürftig mit einem Packen Claudenwatte, puderte sie mit Penicillinpuder ein, nähte die von den Krallen ausgezackten Wundränder zusammen und legte den Verband an.

Luba war noch immer besinnungslos. Die Nacht fiel sehr schnell über das Veld. Sobald die Sonne versunken war, breitete sich die Dunkelheit aus, ohne langen Übergang. Doch nun öffnete sich der Himmel, als zöge man einen Vorhang zurück, und über ihnen wölbte sich in unergründlicher Weite das Weltall mit seinen glitzernden Sternen.

Oppermann schaltete die Batteriescheinwerfer ein. Den ersten richtete er auf die Wasserstelle, den anderen auf Luba. Er holte die zweite Decke, breitete sie über ihren nackten Unterkörper, schob ein Kissen unter ihren Kopf und gab ihr eine Tetanusinjektion. Dann stellte er eine Flasche Whisky bereit. Nachdem er noch ein Schmerzmittel gespritzt hatte, beugte er sich über sie und küßte ihre halb geöffneten, kalten Lippen.

Die alte Löwin lag zur Hälfte im Wasserloch, die Beine ausgestreckt, die Krallen noch herausgedrückt. Der Fang stand offen, die Reißzähne waren gelb, aber noch spitz und fest. Dr. Oppermann stieß sie mit dem Fuß an, das Gewehr schußbereit in den Händen. Man kannte Fälle, da hatte ein Löwe nach einer Verwundung wie tot gelegen, war aber, als man an ihn herantrat, sofort wieder hochgeschnellt.

Die Löwin war tot. Oppermanns erster Schuß hatte sie in die Schulter getroffen; der zweite war der Fangschuß gewesen; einen Zentimeter unter dem linken Auge.

Oppermann hängte sich das Gewehr am Riemen über die Schulter, packte die Löwin an den Hinterbeinen und schleifte sie mit einiger Anstrengung aus dem Wasserloch zum Landrover. Er legte sie an das rechte Hinterrad, ging zu Luba zurück und beugte sich über sie.

Sie war wach. Ihre großen schwarzen Augen starrten ihn an, als wisse sie nicht, wo sie sich befand. Er nahm ihren Kopf in beide Hände, strich das Haar zur Seite und küßte sie. Zuerst lag sie völlig schlaff in seinen Armen, dann straffte sich ihr Körper, unerwartet jäh fühlte sie sich von neuem Leben durchdrungen; sie warf sich hoch, schlang die Arme um seinen Hals, erwiderte seinen Kuß mit einer maßlosen Wildheit und zog ihn zu sich hinunter.

Er war so überwältigt von ihrem Ausbruch, so mitgerissen von ihrem Drängen, daß er ganz vergaß, zu sagen: Deine Wunde! Die Naht platzt doch wieder auf ... — Es war, als habe er die Löwin nicht erschossen, sondern als ringe er mit ihr, läge in ihren Fängen, würde von ihren Krallen zerfleischt, von ihren Zähnen zerrissen.

Kein Wort war zwischen ihnen, kein Laut ... was hatten

Worte jetzt noch für eine Bedeutung! Nur ihr heißer, ungehemmter Atem vermischte sich, sie fühlten sich mit jeder Pore, sie verschmolzen wie in einem Brand — und dann war es wirklich so, daß ihre Zähne sich in seine Schulter gruben, ihre Nägel seinen Rücken aufrissen, daß er gefangen wurde von ihren Beinen, hineingedrückt in ihren Leib, der sich ihm entgegenwarf und nicht innehalten wollte im rasenden Rhythmus der Leidenschaft.

Er fiel zwischen ihre Brüste, ihre klammernden Beine hielten ihn fest, ihre Bisse und ihr Kratzen bereiteten ihm höchste Wollust, und als er sich verströmte, die Arme unter sie geschoben, krampften sich ihre Muskeln zusammen, sie schnellte hoch, warf den Körper zurück und schrie hell zu den Sternen hinauf.

Eine ganze Zeit noch danach lagen sie nebeneinander unter der Decke, kämpften mit ihrem Atem und ihrem Herzschlag, streichelten ihre heißen, nackten Körper und blieben sprachlos in dem Glück, das sie durchströmte.

»Hast du Schmerzen?« fragte er endlich, als sie ihren Kopf auf seine Brust legte und mit den Lippen an seinen Brusthaaren zupfte.

»Nein. Ich spüre nur dich.«

Ihre Stimme war klein, kindlich, als komme sie gar nicht aus ihrem Körper. In der Ferne heulten Hyänen, bellten heiser die Schakale. Am Wasserloch stampfte eine Gnuherde. Zebras standen zur Nachtruhe im Veld. Eine Horde Wildschweine brach durch den Dornbusch, der schwere Keiler mit den riesigen, gebogenen Zähnen in dem dicken, fast rechteckigen Kopf lief voraus, sicherte und ließ dann die Sauen nachkommen zur Tränke. Nachtvögel flatterten in den Bäumen.

»Du mußt jetzt ganz ruhig liegen«, sagte er und streichelte zärtlich ihre Brust.

»Wie kann ich das unter deinen Händen?«

»Ich werde die Wunde gleich noch einmal ansehen.«

»Ich liebe dich. Ich liebe dich unsagbar . . .«

»Es ist nur eine Oberschenkelwunde.«

»Ich liebe dich . . .«

Sie kroch tiefer, legte ihr Gesicht auf seinen Unterleib und umfaßte seine Schenkel. Ihr Rücken wölbte sich vor ihm, die kupferne Haut schimmerte wie poliert. Mit den Fingerspitzen zog er die Linie ihres Rückgrats nach, die Strecke der Wirbel, die sich durch die Haut drückten. Sie zitterte unter der Liebkosung, kehrte zu ihm zurück und schob sich auf ihn. Ihre gespreizten Schenkel umfingen seine Hüften.

»Jetzt weiß ich, was himmlische Seligkeit ist . . .«

»Du bist von allem, was Gott geschaffen hat, das Allerschönste«, sagte er.

Sie lag über ihm, gab sich seinen suchenden Händen hin und hielt die Augen geschlossen. Um sie herum waren die Nachtgeräusche der Steppe: das Schnaufen der trinkenden Gnus, das Hämmern der Zebrahufe, das Grunzen der Wildschweine, das Hyänengeheul und das Quaken der Ochsenfrösche. Welch eine Nacht!

Nicht weit von ihnen übertönte ein dumpfes, kehliges Grollen die anderen Laute. Ihm antwortete gedämpftes, schläfriges Brüllen.

Löwen.

Lubas Finger krallten sich in seine Schultern. »Keine Angst«, flüsterte er und hielt sie fest umfangen. Ihr Leib bebte, und als seine Hand ihre Brust umfaßte, spürte er ihren wilden Herzschlag.

»Wo ist die Löwin?« flüsterte sie an seinem Hals.

»Sie liegt hinter dir am Wagen.«

»Wir nehmen sie mit. Ich will sie haben. Ich will sie immer ansehen.«

»Ihr Fell ist alt, zerrupft, hat kahle Flecken.«

»Sie ist für mich die schönste Löwin! Durch sie habe ich dich bekommen. Sie gehört jetzt zu uns.«

Er nickte, küßte ihre zitternden Lippen, ihre geschlossenen Augen, die Stirn, die Schläfen, das Kinn, den Hals. Sie legte sich zur Seite, kuschelte sich an ihn und deckte mit der Hand seinen Unterleib zu.

»Du gehörst mir«, sagte sie leise. »Alles gehört mir.«

»Für immer. Nur dir.«

»Kann man das versprechen?«

»Du kannst mich töten, wenn es anders sein wird.«

»Ich werde dich auch töten! Ich schwöre es dir!«

»Ich weiß es. Es gibt nur noch uns.«

Er lag ausgestreckt neben ihr unter der Decke, ließ ihre Hände spielen und ihre Lippen suchen.

»Woran denkst du?« fragte sie und nagte mit ihren kleinen spitzen Zähnen an seiner Halsbeuge.

»Ich bin ein ungeschliffener Klotz, Luba. Ich denke an etwas, woran ich nicht denken sollte. Nicht jetzt.«

»Woran?«

»An deine Beichte. — Wer ist der Zweite?«

Sie lachte leise und leckte über die roten Male, die ihre Bisse an seiner Schulter hinterlassen hatten.

»Willst du das wirklich wissen?«

»Ja.«

»Es ist ein Mann, groß und stark und dumm. Er ist ein Spinner . . .«

Mit einem Aufschrei warf sie sich auf den Rücken, und als er über ihr war, zog sie seinen Kopf an sich und riß an seinen Haaren.

»Du Spinner!« keuchte sie. »Du lieber, ewig geliebter Spinner!«

Zwei Tage danach brummte Volker Prusius mit seiner Cessna über ihr Lager, kreiste einige Male über ihnen und landete dann halsbrecherisch, aber sicher, ganz in ihrer Nähe auf der Steppe inmitten einer Herde in wilder Angst davongaloppierender Zebras und Gnus.

Oppermann und Luba liefen ihm entgegen und winkten mit beiden Armen.

Volker war ziemlich nüchtern, wenngleich er nach Schnaps roch. Aber wie andere ein Parfüm benutzen, gehörte zu ihm die Kognak- oder Whisky-Fahne. Er umarmte Oppermann wie einen Freund, zog sogar Luba an sich und rief:

»Da bin ich. Komme von Kowares. Aus Otjovasandu hörte ich, daß ihr, nach eurem letzten Funkspruch zu urteilen, hier in der Gegend sein mußtet. Siehste einmal nach, dachte ich mir, was die beiden da so treiben.«

Er sah an Luba hinunter, bemerkte den Verband um ihren Oberschenkel und pfiff durch die Zähne. »Hat's Ärger gegeben?«

»Eine Löwin.« Dr. Oppermann zeigte zum Landrover. »Dort liegt sie. Das heißt, ihr Fell. Was drin war, haben die Hyänen und Geier am Wasserloch bereits beseitigt.«

»Das Vieh hat Sie erwischt, Miß Olutoni?«

»Nur ein Kratzer. Was kann mir schon passieren, wenn ein Arzt wie Dr. Oppermann in der Nähe ist!«

Sie gingen zum Lager, Volker besichtigte das Löwenfell und setzte sich dann in einen der Klappstühle. »Eine Großmutter haben Sie geschossen, Doktor. Gemeldet haben Sie den Überfall aber nicht?«

»Ich wollte Willem Boeker mit seiner Mannschaft nicht alarmieren, Volker.«

»Der wäre sofort gekommen.«

»Eben.« Dr. Oppermann füllte einen Becher mit Whisky. »Nehmen Sie das Fell zum Präparator mit?«

»Diesen räudigen Hund?«

»Bitte! Es ist mein erster Löwe.«

»Der Gerber wird sich an die Stirn tippen. Aber, bitte, ich nehme es mit. Präparieren mit Kopf?«

»Nur mit Kopf!« sagte Luba. »Sie hat mich nicht mit dem Schwanz getroffen!«

»Das ist bei Löwen auch unüblich.« Volker Prusius lehnte sich gemütlich zurück, trank den Whisky und schnalzte mit der Zunge. »Wann kommen Sie zurück, Doktor?«

»Wir fahren morgen nach Otjovasandu.«

»Fabelhaft! Ich warte und nehme Sie wieder mit nach Outjo. Hat sich die Safari gelohnt?«

»Wir haben viele Tiere gesehen«, sagte Oppermann und lächelte. »Und Miß Olutoni hat ein bleibendes Andenken.«

»Ja, das habe ich.« Luba ging zur Proviantkiste und holte Schinken, Brot, Butter in Dosen und eine Tafel Schokolade. Volker Prusius sah ihr versonnen nach.

»Sie ist so anders«, sagte er. »So verändert. Hat's Krach gegeben, Doktor?«

»Ja.«

»Ich sage es ja!« Volker hielt seinen Becher hin und Dr. Oppermann schenkte ein. »Diese schwarzen Mischlinge ... Ein rätselhafter Blutcocktail.«

Eine halbe Stunde später flog Volker Prusius wieder ab. Er wackelte zum Abschied mit den Tragflächen und schoß hinauf in den blassen, hitzeflimmernden Himmel.

In Outjo hatte sich in diesen Tagen nichts Aufregendes ereignet.

Major Henrici und Oberleutnant van Laaken waren mit ihren Soldaten in den Norden zurückgekehrt. Guerilleros waren nicht aufgetaucht; die Gegend war friedlich wie seit Jahrzehnten. Prusius mit seiner zweimotorigen Cessna war noch immer pausenlos unterwegs und brachte Material zu den einsamen Farmen.

Nach dem Wegzug des Ovambostammes hatte man die Station gereinigt, die Hütten jedoch nicht eingerissen. Man war froh, daß man mehr Raum für die Kranken bekam, die ein paar Tage zur Beobachtung bleiben mußten. Die meisten hatten ihre ganze Familie mitgebracht und zogen sofort in die verlassenen Zimmer ein.

Einen merkwürdigen Eindruck machte Franziska Maria Nkulele. Sie grinste Dr. Oppermann nach seiner Rückkehr dumm an, rückte beständig an ihrer riesigen Straßbrille und vertippte sich mehr, als man von ihr gewöhnt war. Sie war unkonzentriert, suchte vergeblich nach Karteikarten und ordnete Krankenblätter falsch ein. Das war früher nie vorgekommen.

Marcus-Tomba Urulele löste das Rätsel. Nachdem er einen umfassenden Bericht über die vergangenen Tage erstattet hatte, massierte er mit beiden Händen seine glänzende Glatze und stierte gegen die Wand. Dr. Oppermann lehnte sich in seinem Sessel zurück.

»Was ist los, Tomba? Laß deinen Kopf in Ruhe und sprich endlich! Was ist hier passiert?«

»Nichts, Master Doktor.«

»Lüg' nicht! Du zerplatzt noch an dem, was du sagen willst.«

»Es ist etwas passiert, Master Doktor . . .« sagte Urulele.

»Na also! Und was?«

»Franziska Maria bekommt ein Kind.«

»Du meine Güte! Von wem denn?«

»Von mir!« Urulele straffte sich voll Stolz. »Gleich beim erstenmal!«

»Du hast ja auch lange genug gezielt! Und nun wollt ihr heiraten?«

»Ja. Aber wir wollen auch bei Ihnen bleiben, Master Doktor. Wir werden genau so fleißig sein wie bisher. Noch fleißiger!

Wenn Sie es erlauben, bauen wir uns ein Haus auf dem Stationsgelände. Wir werden alle sehr glücklich sein.«

»Ich habe nichts dagegen«, sagte Dr. Oppermann. »Ihr seid zwei liebe Menschen.«

Kurz darauf kam Nkulele ins Zimmer. Tomba hatte ihr von der Unterredung mit dem Doktor erzählt. Zum erstenmal, seit Oppermann sie kannte, nahm sie die Brille ab, ergriff, bevor er sie abwehren konnte, seine Hand und küßte sie. Dann weinte sie und rannte hinaus.

Am Abend erschien, selbstverständlich, Pater Mooslachner zum Essen. Er pflanzte sich breit in den Korbsessel, nahm mit blitzenden Augen zur Kenntnis, daß es mit Bohnengemüse gefüllte Pfannkuchen gab, und wartete ab, bis Luba in der Küche verschwunden war. Sie trug kurze Shorts, eine enge Bluse und darüber eine weiße Schürze. Ihr Anblick war herzerquikkend. »Nun erzählen Sie mal, Sie Großwildjäger, wie das mit dem Löwen war«, sagte Mooslachner erwartungsvoll. »Daß Luba angefallen wurde, kann nur einem Trottel wie Ihnen passieren. Man kann Sie eben nicht allein lassen!«

»Der Löwe ist nicht wichtig.« Dr. Oppermann winkte ab und holte tief Luft. »Sie sind der erste, der von mir erfahren wird, was in Zukunft mein Leben bestimmen wird.«

»So feierlich?«

»Ja. — Ich will Luba heiraten.«

»Unmöglich!« Mooslachner sagte es laut und hart.

»Ich werde Ihnen das Gegenteil beweisen!«

»Doktor, Sie können Luba hier nicht heiraten!«

»Müssen Sie das so laut durch die Gegend brüllen?«

»Ich muß!« Mooslachner sprang auf. »Doktor, Sie sind wahnsinnig! Von mir aus nehmen Sie sie ins Bett, aber heimlich. Ich weiß nichts davon — und jeder Mann, der Luba ansieht, wird Sie verstehen und Sie beneiden. Aber offiziell? Nie! Nie! Wissen Sie, was das bedeutet, wenn Sie verkünden, Sie wollen Luba heiraten?«

»Man wird sich daran gewöhnen müssen.«

»Hier? Das ist ausgeschlossen!«

»Ich bin ein freier Mensch, frei in meinen Handlungen, frei in meinen Ansichten, frei von irgendwelchen Konventionen! Es ist *mein* und *Lubas* Leben! Darüber bestimmen wir allein.«

»Da sind Sie sehr im Irrtum! Wissen Sie, was passiert, wenn

Sie Luba zur Frau nehmen? Soll ich Ihnen das erklären? Man wird Sie sofort von Ihrem Posten abberufen. Man wird Ihnen nahelegen, unverzüglich das Land zu verlassen. Bestrafen kann man Sie nicht, weil Sie Deutscher sind, also nur Gast in diesem Land, — aber man wird Ihr weiteres Wirken hier unmöglich machen. Schlicht gesagt: Man wird Sie 'rausschmeißen! Da gibt es gar keine anderen Überlegungen mehr, — alles wäre nur Illusion. Luba gilt hier als Schwarze! Ihr Vater ist ein Ovambo. Doktor, Sie werden untragbar, wenn Sie sich zu Luba bekennen!«

»Ich werde es darauf ankommen lassen!« Dr. Oppermann ballte die Fäuste. »Wer redet hier immer so viel von Menschenrecht und Menschlichkeit? Wer appelliert an das Recht auf Leben? Alle!«

»Ja doch, Sie haben recht, Doktor.« Mooslachner zerzauste sich die Haare vor Erregung. »Vor mir und vor Gott und vor allen anderen Menschen haben Sie recht! Aber nicht in diesem Land! Begreifen Sie das doch endlich. Wenn Sie Luba heiraten, müssen Sie 'raus!«

»Dann gehe ich eben. Die Welt ist groß.«

»Und Ihre so erfolgversprechende Arbeit?! All die bisher unheilbar Kranken, die Sie retten könnten?«

»Diese Frage müssen sich diejenigen stellen, die diese grausamen Gesetze erlassen haben.«

»Nein. *Ich* stelle sie Ihnen! Ist Luba Ihnen das alles wert?«

»Ja! Aber die Frage ist falsch gestellt. Ich will meine Arbeit nicht verlassen. Ich soll von ihr entfernt werden, gegen meinen Willen, gewaltsam!«

»Wir drehen uns im Kreise!« Mooslachner, hochrot im Gesicht, fuchtelte mit den Armen. »Doktor, man wird Sie vernichten! Haben sie mit Luba darüber gesprochen?«

»Wir lieben uns, wir bleiben zusammen. Da gibt es nichts zu besprechen.« Dr. Oppermann ging zum Schrank und holte Gläser heraus. »Ich habe keine Angst vor dem Kampf nach allen Seiten. Ich stelle mich ihm! Und ich werde ihn führen vor der Weltöffentlichkeit.«

»Die nützt Ihnen gar nichts, und ein Prusius pfeift darauf mit vollem Recht! Als ob sich die Weltöffentlichkeit für einen kleinen Arzt und seine romantische Buschliebe interessierte!«

»Wir wollen es sehen, Pater«, sagte Dr. Oppermann. »Und bitte zu Luba kein Wort darüber! Sie ist so glücklich . . .«

»Noch! Und später?«

»Sie wird es immer sein, Pater. Sie versprechen Ihren Gläubigen den Himmel — ich habe ein Stück Himmel schon auf Erden gefunden, und das gebe ich nicht wieder her! Verstehen Sie das?«

»Ja!« sagte Mooslachner. Er atmete schwer. »Aber mir wird heute jeder Bissen im Gaumen kleben bleiben.«

Lautlos huschte Luba zurück in die Küche und rührte weiter den Teig für die Pfannkuchen an. Die Tür zum Zimmer war nur angelehnt gewesen; sie hatte dahinter gestanden und alles gehört. Mit ausdruckslosem Gesicht buk sie, starrte ab und zu gegen die Wand und schloß dann die Augen. Aber als sie später am Tisch saß, war sie fröhlich wie immer, trank Wein und erzählte, was sie auf der Safari erlebt hatte. Als Mooslachner sagte: »Jetzt fahren wir heim; das Essen war wieder vorzüglich!«, antwortete sie ohne Zögern:

»Ich bleibe. Ich schlafe hier.«

Pater Mooslachner nickte, küßte ihre Stirn und verließ wortlos die Station.

Bei der Visite, die sie nicht ausfallen lassen wollte, obwohl Dr. Oppermann sie heute nicht für erforderlich hielt, trat sie an den einbeinigen Ovambo heran.

»Ich brauche dich«, sagte sie leise. »Jetzt brauche ich dich.«

»Was befiehlst du?«

»Bring mich zu meinem Vater! Heute noch!«

Der Ovambo senkte den Kopf, drehte sich um und humpelte davon.

In der Nacht, als Dr. Oppermann fest schlief, löste sie sich von seiner Seite, küßte seine Haare, streichelte sein Gesicht, ohne ihn zu berühren, und huschte, nackt wie sie war, hinaus hinter das Haus. Dort wartete der Einbeinige, gab ihr die staubverkrusteten Kleider einer alten Frau, dazu einen Stock und einen Sack. Sie zog die Fetzen an, band ein Tuch um ihren Kopf, beschmierte ihr Gesicht mit Erde, warf den Sack auf den Rücken und stützte sich auf den Stock.

»Komm!« sagte der Einbeinige. »Dein Vater wartet auf dich.«

Wie jeden Morgen, war Urulele als erster vom Stationspersonal aus dem Bett, schloß die Tür zur Ambulanz auf, ging hinunter zu den Bettlägerigen, hörte sich ihre Klagen an, teilte sie zur Visite beim Doktor ein, reichte ihnen die ersten Medikamente, las die Thermometer ab und ärgerte sich über die Unordnung, welche die um das Bett der Kranken versammelte Familie verursachte.

Ihm fiel nicht auf, daß der stets hustende Ovambo mit seinem Holzbein heute fehlte. Man war daran gewöhnt, daß Kranke, denen es zu langweilig wurde oder die der Meinung waren, sie hätten genug Medizin eingenommen, einfach weggingen, zurück in ihr Dorf oder zur Farm, auf der sie arbeiteten; es war ein ständiges Kommen und Gehen. Da man den Husten des Einbeinigen trotz Anwendung der besten Mittel nicht unter Kontrolle bekommen hatte, war es nicht verwunderlich und schon gar nicht verdächtig, daß er nicht mehr erschien.

Urulele jedenfalls, der am Tag fast hundert Kranke oder mehr zu betreuen hatte, vermißte ihn nicht.

Um acht Uhr erschien Dr. Oppermann im Sprechzimmer. Er wandte sich sofort an Nkulele, die brav an der Schreibmaschine saß und Krankengeschichten tippte. Als feststand, daß sie ein Kind bekam, waren Urulele und sie zusammengezogen, hatten ihre Betten nebeneinandergestellt und aßen auch gemeinsam an einem Tisch. Sonst hatte sich nichts geändert. Obwohl es ihm nie leicht fiel, sich aus ihren weichen Armen und von ihrer üppigen Brust zu lösen, ließ Urulele morgens um sechs den Wecker klingeln, küßte seine Franziska Maria überall dorthin, wo sie es gern hatte, empfing als Dank ein schlaftrunkenes Seufzen, duschte sich und sagte: »Mein Honigdachs, steh auf! Die Kranken warten.«

Dr. Oppermann sieht irgendwie verwirrt aus, dachte Nkulele und hörte mit dem Tippen auf. Seine Augen sind unruhig, und rasiert hat er sich auch nicht. Wann ist das schon einmal vorgekommen?

»Hast du Miß Olutoni gesehen?« fragte er.

»Nein.« Nkulele spreizte die Finger und preßte sie gegeneinander. Das war eine gute Entspannungsübung für malträtierte Stenotypistinnenhände. »Hier war sie noch nicht.«

»Im Labor ist sie auch nicht.«

»Vielleicht bei den Stationären?«

»Nein.« Dr. Oppermann ging mit schnellen Schritten zur Ambulanz, riß die Tür auf und sah Urulele bei seiner Routinearbeit. Er tupfte Eiter aus den Augenhöhlen, legte Verbände an und verteilte Pillen. Das alles nach einem eigenen Plan, der den Effekt eines Fließbands hatte. Zehn Patienten standen in einer Reihe nebeneinander; Urulele schritt die Front ab, assistiert von den beiden jungen Ovambos. Dank ihrer Intelligenz waren sie schon soweit eingearbeitet, daß sie auf das Bewedeln mit dem präparierten Löwenschwanz verzichten und kleine Wunden selbständig versorgen konnten.

»Wo ist Miß Olutoni?« rief Dr. Oppermann. Urulele hob die Schultern und wischte über seine Glatze.

»Ich habe sie nicht gesehen, Master Doktor.«

»Sie ist nirgendwo zu finden!«

»Miß Olutoni war heute noch nicht hier.«

Dr. Oppermann wurde glutheiß ums Herz. Natürlich wußte Urulele nicht, daß Luba zum erstenmal für die Nacht nicht zur Mission gefahren war, sondern bei ihm geschlafen hatte.

»Seit wann bist du wach, Tomba?«

»Seit sechs. Wie immer, Master Doktor.«

»Und du hast keine Miß Olutoni gesehen?«

»Nein.«

Dr. Oppermann zog die Unterlippe zwischen die Zähne, rannte zurück in seine Wohnung und rief Pater Mooslachner an.

Es dauerte über fünf Minuten, bis er an den Apparat kam. Schwer atmend pustete er in das Telefon.

»Du lieber Himmel, Sie jagen meine kleine Schwesternhilfe herum, als seien Sie abgebrannt! Ich hielt gerade Morgenandacht. Was gibt es denn?«

»Ist Luba bei Ihnen?«

»Wieso? Sie muß doch in Ihrem Bett liegen. Dieses erquikkende Lebensgefühl kann ich ihr nicht bieten.«

»Pater, machen Sie jetzt bitte keine Witze! Luba ist weg!«

»Was heißt das?«

»Sie ist weg! Das heißt es!« Dr. Oppermanns Atem jagte. Er zerwühlte seine Haare und hatte das Gefühl, ersticken zu müssen. »Ich wache auf, und sie liegt nicht mehr an meiner Seite.«

»Sie Unglücksmensch! Was haben Sie mit ihr angestellt? Womit haben Sie sie so erschreckt?!«

»Pater, ich flehe Sie an: Verzichten Sie auf Ihren Sarkasmus! — Ich habe mir zuerst nichts Schlimmes vorgestellt. Sie ist eben früher raus als du Penner, habe ich gedacht. Sie macht schon Dienst. Sie zeigt dir, was Kondition und Zähigkeit ist! Aber dann wurde ich nachdenklich. Kein Frühstückstisch gedeckt, kein Tee gekocht . . . Alles so unberührt, wie wir es am Abend verlassen haben. Sogar die Gläser standen noch herum. Das ist nicht Lubas Art, das wissen Sie. Sie hat einen Hausfrauenfimmel, wie man so sagt — und ich fand es wunderbar, daß endlich Ordnung in mein Leben kommt.«

»Bravo!«

»Pater! Luba ist nicht hier!« schrie Oppermann. »Urulele hat sie auch nicht gesehen, und er ist seit sechs Uhr auf den Beinen. Es muß in der Nacht etwas Furchtbares geschehen sein — und ich habe nichts gemerkt!«

»Ich komme sofort!« sagte Pater Mooslachner gepreßt. »Doktor, bloß keine Panik! Machen Sie keine Dummheiten, warten Sie, bis ich bei Ihnen bin.«

»Dummheiten machen?« Dr. Oppermann legte die Hand auf sein Herz. »Ich bin im Augenblick nicht einmal dazu in der Lage.«

Nach knapp zehn Minuten erschien Mooslachner auf der Station. Oppermann ging zur Tür und ließ ihn herein. Mooslachner starrte Oppermann an, als habe der Doktor seine Geliebte in der Nacht umgebracht. Er ließ sich auf einen Stuhl fallen und wischte mit beiden Händen über das breite Gesicht.

»Ich habe begriffen«, sagte er erregt, als Dr. Oppermann zu einem Bericht ansetzen wollte. »Ich leide doch nicht an Gedächtnisschwund. Luba hat bei Ihnen geschlafen, und als Sie heute morgen aufwachen, ist sie weg. Ohne Abschied. Hat Ihnen keinen Tee gemacht, nicht einmal die Gläser weggeräumt. Das böse Mädchen . . .«

»Pater, ich werfe Sie hinaus, wenn Sie weiter so reden! Nehmen Sie gefälligst Rücksicht auf meine Nerven!«

»Bei mir ist sie nicht, bei mir war sie auch nicht; alle ihre Kleider sind im Schrank. Ich habe sofort nachgesehen. Sie hat nichts mitgenommen.«

»Mitgenommen?« Dr. Oppermann starrte Mooslachner betroffen an. Er begriff noch nicht die Wahrheit. »Was heißt hier mitgenommen?«

»Jetzt bleiben Sie einmal ganz ruhig, ganz gefaßt, Doktor.« Mooslachner blickte auf seine breiten Hände und faltete sie dann. »Luba ist ein klügerer Mensch als Sie.«

»Pater —«

»Ruhe! Zuhören! Luba liebt Sie, aber als Coloured weiß sie genau, welche Konsequenzen das in diesem Lande nach sich zieht. Nehmen wir an, sie hat gestern an der Tür gelauscht . . .«

»Laut genug haben Sie ja gesprochen!« sagte Oppermann voll Bitterkeit.

»Sie hat gehört, welche Folgen das für Sie haben wird. Hat gehört, daß Sie Ihre Forschungen dieser Liebe opfern wollen, daß Sie den aussichtslosen Kampf aufnehmen wollen, an dessen Ende unweigerlich Ächtung stehen wird. Luba muß in diesen Minuten begriffen haben, daß ihre Liebe Sie vernichtet! Und weil sie diesen Dr. Oppermann eben über alles liebt, hat sie die ungeheure Stärke aufgebracht, wegzugehen, um Sie dadurch zu retten. Begreifen Sie Hirngelähmter denn nicht?! Luba hat sich für Sie geopfert!«

»Nein!« Oppermann lehnte sich gegen die Wand und blickte an die Zimmerdecke. »Sie kann doch nicht einfach weglaufen! Ich habe ihr doch gesagt, daß wir überall auf der Welt leben können.«

»Und in diesem Augenblick, da Sie ihr die Welt zu Füßen legten, wurde sie wieder eine Schwarze und dachte an ihr Volk. An die Tausende von Kranken, an die furchtbare Infektion, die zur Erblindung führt und immer noch unheilbar ist, an das unübersehbare Leid, das heute noch in den einsamen Dörfern und den großen Menschenzusammenballungen im Ovamboland herrscht — trotz des Einsatzes von fahrenden und fliegenden Ärzten. Sie wird abgewogen haben, was schwerer wiegt: Die Liebe oder das Elend in der Welt. — Und da hat sie sich entschieden und ist von Ihnen gegangen.«

»Aber wohin denn bloß?«

»Das dürfen Sie mich nicht fragen.«

»Sie wissen mehr, Pater!«

»Nein. Ich kenne lediglich die Mentalität der Schwarzen besser als Sie.«

»Luba war nicht schwarz!«

»Gut, sie war milchkaffeebraun. Die Hautpigmentierung macht noch keinen Menschen. Mein Gott, ich ahne, wie es in Luba ausgesehen hat. Während Sie an ihrer Seite wohlig schnarchten, hat sie sich zu diesem Opfer durchgerungen. Ich frage Sie: Wer ist der wertvollere Mensch?«

»Kommen Sie mir nicht damit!« schrie Dr. Oppermann. Seine Niedergeschlagenheit, die ihn lähmte, das Nichtbegreifen dieser Situation verwandelten sich nun in höchste Erregung. »Ich lasse mir mein Glück nicht nehmen durch diese verdammte weiße Hochnäsigkeit! Ich bin mein eigener Herr! Ich lasse Luba suchen! Ich alarmiere die Polizei! Ich verlange Militärkontrollen! Ich bestehe auf dem Recht, einen verschwundenen Menschen zu suchen!«

»Sie wollen eine Vermißtenmeldung aufgeben?«

»Ja.«

»Für eine Schwarze? Gut, gut, eine Coloured! Man wird Sie auslachen oder Ihnen sanft klarmachen, daß Sie im falschen Boot sitzen. Und das größte Problem: *Wo* wollen Sie sie suchen lassen? In diesem riesigen Land ist ein einzelner Mensch wie ein Staubkorn.«

»Sie muß doch irgendein Ziel vor Augen gehabt haben.«

»Kennen Sie es?«

Dr. Oppermann senkte den Kopf. Er hob die Schultern. »Pater, bitte, helfen Sie mir ...« sagte er. Es klang unendlich traurig.

Mooslachner blickte nachdenklich vor sich hin. Helfen! Das ist so gut wie unmöglich. Man kann ihm nur sagen: Ertrage es! — Aber wer will so etwas hören? Wer kann es begreifen? Es wird eine lange Zeit brauchen, bis dieser Riß in seiner Seele vernarbt sein wird.

»Wir könnten Major Henrici bitten«, sagte er endlich, »daß seine Streifen im Norden auf ein Mädchen mit kupferner Hautfarbe achten. Aber was ist, wenn sie nach Süden ausgewichen ist? Ins Nama-Land? An den Oranje? Oder zur Küste?«

»Eine Frau wie Luba fällt überall auf.«

»Wollen Sie eine weltweite Suchaktion?«

»Ich bin dazu entschlossen.«

»Sie werden Luba nie wiedersehen, wenn *sie* es nicht will«, sagte Mooslachner hart. »Doktor, das müssen Sie nun schlucken! Das ist bitter, gallebitter — aber es ist heilende Medizin. Das Kapitel Luba ist vorbei! Ziehen Sie einen Strich darunter und schlagen Sie eine neue Seite Ihres Lebensbuches auf.«

»Mit Kanzelworten ist mir nicht geholfen!« Dr. Oppermann stieß sich von der Wand ab. »Ich werde zu Major Henrici funken.«

»Tun Sie das. Er wird Ihnen keine Hoffnung machen können.«

»Wenn Luba wie eine Ovambo fühlt, dann ist sie in den Norden gegangen!«

»Das wäre logisch. Aber welche Frau reagiert logisch? Eben weil jeder von ihr annnimmt, daß sie in den Norden geht, kann sie nach Süden gegangen sein.«

»Ist sie unterwegs«, sagte Oppermann, in seine Hoffnung verbohrt, »dann muß man sie finden. Sie hat nur wenige Stunden Vorsprung. Sie kann nicht weit sein! Wenn man die Pads nach Norden kontrolliert, *muß* man auf sie stoßen.« Eine Tatsache, die er bisher nicht berücksichtigt hatte, fiel ihm ein: »Pater! Sie kann ja gar nicht allein unterwegs sein! Überlegen Sie mal: Ein Mädchen allein auf dem Weg in die Wildnis! — Das ist doch unmöglich.«

»Es fährt ein Zug von Otjiwarongo nach Tsumeb. Nach Otjiwarongo zu kommen, macht keine Mühe. Auch nachts fahren Lastwagen von Outjo dorthin.«

»Das kann man alles nachprüfen. Wenn eine gezielte Suchaktion gestartet wird . . .«

»Doktor — halt!« Mooslachner hob beide Hände wie zur Abwehr. »Betrügen Sie sich nicht mit Ihren eigenen Phantastereien. Es wird keine Suchaktion geben! Keine amtliche Stelle wird sie einleiten. Ein Mensch ist freiwillig weggegangen, das ist die einzige verläßliche Tatsache, ob sie Ihnen nun gefällt oder nicht. Setzen Sie sich nicht der Lächerlichkeit aus; das wäre nicht das, was Luba mit ihrem Opfer erreichen wollte. Streichen Sie Luba aus Ihrem Gedächtnis! Glauben Sie, mir fällt es leicht, so etwas zu sagen? Auch mir tut's im Herzen weh — aber wir müssen mit der Wahrheit leben, auch wenn sie uns zuwider ist.«

»Ich gebe nicht auf!« Dr. Oppermann schüttelte heftig den Kopf. »So schnell nicht. Ich rufe Major Henrici.«

Mooslachner erhob sich und seufzte. »Tun Sie, was Sie für richtig halten.«

Das Verschwinden Luba Olutonis sprach sich schnell in Outjo herum; eine derartige Sensation bleibt nicht lange verborgen, vor allem, wenn die Behörden eingeschaltet werden.

Wie Pater Mooslachner es geahnt hatte, so geschah es: Ob sich Dr. Oppermann an die Polizei, an die Regierung in Windhoek oder an das Militärkommando wandte — überall fragte man sofort das gleiche: »Wollen Sie eine Anzeige wegen Entführung machen? Ist Gewaltanwendung beweisbar?« Wenn dann Dr. Oppermann zu einer Erklärung der Lage ansetzte, unterbrach man ihn höflich, aber bestimmt. »Das ist doch eine reine Privatangelegenheit, lieber Doktor. Miß Olutoni ist aus freien Stücken gegangen, nicht wahr? Das kennen wir hier zur Genüge: Die Leute setzen sich einfach ab, verschwinden für ein paar Monate und kommen zurück, als sei nichts geschehen. Sie haben eben eine andere Mentalität als wir. Machen Sie sich keine Sorgen.«

Natürlich war es unmöglich, den Behörden zu erklären, daß hier eine Frau verschwunden war, die wenige Stunden vorher noch als Liebende neben einem gelegen hatte. Aber auch das hätte die Annahme nicht entkräftet, daß Luba aus freiem Entschluß Dr. Oppermann verlassen hatte.

Major Henrici, mit dem sich Dr. Oppermann über Funk in Verbindung gesetzt hatte, erklärte denn auch ganz klar: »Gut, unsere Patrouillen werden aufpassen. Wir kontrollieren sowieso alle einzeln oder in Gruppen herumziehenden Schwarzen im Nordgebiet. Aber nehmen Sie wirklich an, Miß Olutoni hat sich zu einem einsamen Treck aufgemacht? Es gibt Eisenbahnen, es gibt Busse nach vielen Gegenden, auch Lastwagen können sie mitnehmen ... Doktor, trösten Sie sich mit der bitteren Erkenntnis: Ich habe mit dieser Dame eben Pech gehabt. Fordern Sie vom Gesundheitsministerium als Ersatz lieber einen Mann an.«

Vier Tage telefonierte Dr. Oppermann mit allen erdenklichen Dienststellen, dann gab er entnervt auf. Mit zerknittertem Gesicht, wortkarg und böse, saß er in seinem Zimmer;

selbst Urulele und Nkulele wagten es kaum, ihn anzusprechen. Als Mooslachner wieder einmal zu ihm kam, hatte Oppermann sich entschlossen, nach Deutschland zurückzukehren. In ihm war eine Welt zerbrochen, und das Erschütterndste war, daß er nicht begreifen konnte oder wollte, daß man eine Hautfarbe höher bewerten konnte, als das Recht des Menschen auf ein glückliches Leben.

Mooslachner brachte einen Karton Bier mit, wuchtete ihn auf den Tisch und sagte väterlich: »Mein lieber Sohn, jetzt besaufen wir uns! In der Bibel steht nirgendwo, daß man am Kummer ersticken soll. Man soll mit Gott darüber sprechen und im übrigen alles Schlechte in sich vernichten.«

»Hören Sie auf mit Ihren Sprüchen«, antwortete Dr. Oppermann dumpf.

»Bayerisches Bier! Im Kühlraum vorgekühlt! Gestern eingetroffen aus Swakopmund. Man kann über Prusius denken, was man will: Er denkt an durstige deutsche Kehlen! Doktor, den Gerstensaft hauen wir uns hinter den Knorpel!«

»Saufen Sie allein!« sagte Oppermann. »Ich habe einen Entschluß gefaßt.«

»Später!« Mooslachner ging zum Schrank, holte Gläser und packte den Karton aus. »Vierundzwanzig Dosen! Reicht das? Achtzehn schaffe ich allein.« Er riß zwei Dosen auf, goß ein und brachte die schäumenden Gläser an den Tisch. Dr. Oppermann schob sein Glas mit einer Handbewegung von sich.

»Danke!«

»Beleidigen Sie mich nicht! Wer einem Bayern ein Bier ausschlägt, begeht eine Todsünde.«

»Ich werde in Pretoria um meine Entlassung bitten. Ich stelle den Antrag, mich möglichst schnell von dem Vertrag zu entbinden.«

»Etwas Blödsinnigeres ist Ihnen wohl nicht eingefallen?«

»Mich hält nichts mehr in Südwest.«

»Und Ihre Kranken?«

»Es wird ein guter Nachfolger kommen.«

»Hier geht es um *Ihre* Forschung! — Und an mich denken Sie gar nicht?«

»Jeder Mensch ist ersetzbar.«

»Dann wenden Sie diesen Lehrsatz mal auf Ihren Fall an: Auch Luba ist ersetzbar.«

»Nein! Nie! Sie war einmalig. Ein Wunder —«

»Stopp! Das lehne ich ab. Da protestiere ich als Priester. Wunder sind 'was anderes!« Mooslachner wischte sich den Schaum von den Lippen. »Luba war eine seltene Schönheit — zugegeben. Sie hätte auch ganz gut zu Ihnen gepaßt.«

»Wo bleibt Ihr Bibelwort, Pater: Die Liebe kommt von Gott!«

»Ich bezweifle, daß damit die Liebe im Bett gemeint war. — Nun trinken Sie endlich! Mir wird ganz weh zumute, wenn ich die herrliche Blume zusammenfallen sehe.«

Dr. Oppermann tat Mooslachner den Gefallen, trank sein Glas halb leer und fühlte sich von einer Sekunde zur anderen wohler. »Wenn mir nur einer erklären könnte«, sagte er, »wie man eine so große Liebe einfach verleugnen kann! Warum hat Luba mit mir nicht darüber gesprochen?«

»Ich nehme an, weil sie Angst hatte, schwach zu werden und wieder in Ihre Arme zu sinken.«

»Aber das ist doch Unsinn! Nach Beendigung meiner Aufgabe wären wir sowieso nach Deutschland gezogen.«

»Wie lange gilt Ihr Vertrag?«

»Drei Jahre.«

»Und das wußte Luba?«

»Ja.«

»Da fragen Sie noch? Wollten Sie drei Jahre lang Blindekuh spielen? Oder glauben Sie, daß Ihr Verhältnis zu Luba drei Jahre verborgen geblieben wäre? Dafür werden Sie von viel zuviel Augen beobachtet. Sie hätten diese drei Jahre mit Ihrer Liebe im Untergrund leben müssen, denn jeder Verdacht — den Sie natürlich heldenhaft bestätigt hätten! — würde die Lawine ausgelöst haben. Verachtung, Ausgestoßenwerden, Hinauswurf. Wollten Sie drei Jahre lang auf diesem Pulverfaß sitzen? Hätten das Ihre oder Lubas Nerven ausgehalten? Kommen Sie mir nicht mit der Rechnung, Sie hätten ja bereits ein Jahr hinter sich. Auch zwei Jahre hätten gereicht, Sie zu zermürben. Das alles hat Luba erkannt.«

»Dann hätte sie mich mit Gewalt von ihr fernhalten müssen!« sagte Dr. Oppermann gequält.

»Dafür war sie wieder viel zu sehr liebende, von Sehnsucht erfüllte Frau. Sie war erst Seele und Körper, und dann erst Geist und Verstand. Wer kann ihr das übelnehmen?«

»Was soll ich tun, Pater?« Es klang fast kläglich.

»Weiter arbeiten! Das ist die beste Betäubung. Und wenn's gar nicht geht — saufen Sie sich einen an! Das ist ein unchristlicher Rat, aber ich bin auch nur ein Mensch. Und machen Sie Urlaub! In Johannesburg oder Durban, in Deutschland oder sonstwo; Sie sagen ja selbst, die Welt sei groß genug. Und bringen Sie sich von dort eine Frau mit. Dann stimmt das Gleichgewicht wieder.«

»Wie kann es nach Luba eine andere Frau geben?«

»Reden Sie sich ein, sie sei an einem Unfall gestorben.«

»Aber sie lebt!« schrie Dr. Oppermann. »Ich sehe sie neben mir sitzen. Im Zimmer schwebt noch ihr Duft . . .«

»Dann lüften Sie gefälligst!« sagte Mooslachner grob. »Zum Teufel, werden Sie nicht kitschig!«

»Wer Sie zum Priester geweiht hat, muß taub, blind und hirnlos gewesen sein!« knirschte Dr. Oppermann. »Schenken Sie nach, Pater! Und glauben Sie bloß nicht, daß Sie achtzehn Dosen allein trinken können!«

Bald nach 22 Uhr fiel Dr. Oppermann betrunken aus dem Sessel.

Pater Mooslachner wuchtete ihn über seine breite Schulter, trug ihn ins Schlafzimmer und warf ihn aufs Bett.

Die Aktivitäten der Guerillaverbände im Norden nahmen wieder zu. Sie sickerten von Angola und von Sambia aus ein und verwickelten die südafrikanischen Truppen in einen für die Weltöffentlichkeit kaum wahrnehmbaren Buschkrieg. Wie Geister tauchten die Terrortrupps auf, beschossen die Militärpatrouillen, überfielen Lastwagen, schossen Wild ab, schnitten Ovambos, die für weiße Farmer im weiten Veld arbeiteten, die Ohren oder die Nasen ab, vergewaltigten in einsamen Dörfern die Frauen und hinterließen überall ihre Parole: »Freiheit für Namibia. Wenn ihr die Weißen hinausjagt, wird Frieden sein! Wir kämpfen für ein schwarzes Namibia.«

Auch das Bataillon von Major Henrici war in die Schußlinie geraten. Gerade im Gebiet vom Kuringkuru, Rundu und hinab nach Süden bis Tsintsabis und Kano, also im großen, einsamen Kavangoland, häuften sich die Gefechte mit blitzschnell auftauchenden und ebenso schnell wieder verschwindenden Guerilla-Einheiten. Im Caprivi-Zipfel, bei Kongola und am

Fluß Kwando, aber auch östlicher, an den Ufern des Chobe, nahmen die nächtlichen Überfälle zu. Die Patrouillen wurden verstärkt, die Ufer des Sambesi, des Mashi und das Sumpfgebiet um Mukassa galten als Kriegsgebiet. Bei Schuckmannsburg brannte ein Militärlager nieder, nachdem es mit Raketen beschossen worden war. Die Guerilleros flüchteten über den Sambesi nach Sambia.

Wieder flog der alte Prusius mit seiner Zweimotorigen pausenlos Material nach Norden. Im »Deutschen Haus« von Outjo fand jede Woche eine Versammlung statt, in der man die Reaktionen der Weltpresse auf die Lage in Namibia analysierte. Zum Schluß sang man das Deutschlandlied und ballte dabei die Faust an der Hosennaht: Südwest bleibt weiß!

Major Henrici telefonierte noch ein paarmal mit Dr. Oppermann und fragte an, ob er von Miß Olutoni etwas gehört habe. Vier Wochen waren nun vergangen, und Oppermann hatte sich mehr denn je in seine Arbeit gestürzt. Wenn die ambulanten Behandlungen und die Versorgung der Stationären beendet waren, hockte er noch bis tief in den Abend im Labor und suchte nach den noch unbekannten Erregern der schrecklichen Augenkrankheit. Bei der Untersuchung des Rinderkots war er auf winzige, stäbchenförmige Gebilde gestoßen, deren Enden abgeplattet waren und die nur in ganz wenigen Exemplaren herauszufiltern und einzufärben waren. Die gleichen platten Stäbchen kehrten aber auch im Blut der infizierten Kranken wieder, während sie sich in den Abstrichen der vereiterten Augen nicht nachweisen ließen.

Auf Antibiotika aller Art reagierten die Stäbchen nicht. Sie zeigten überhaupt keine Reaktion; wie tot schwammen sie in der Nährflüssigkeit herum, die Oppermann zum Anreiz dazugeträufelt hatte. Auch Mäuse und Kaninchen, die er mit dieser Lösung impfte, taten ihm nicht den Gefallen, erst entzündete, dann eiternde Augen zu bekommen und blind zu werden. Trotzdem sagte sich Oppermann, daß er auf der richtigen Spur sei. In keinem Industriegebiet, wie etwa Tsumeb, oder im Diamantendistrikt der Namib, auch nicht an der Küste oder in den Sandgebieten der Namib selbst, traten diese Infektionen auf, — nur in den reinen Farmgebieten mit ihren großen Herden von Kühen, Ziegen, Schafen und anderen Nutztieren. Ganz schlimm war es dort, wo ausschließlich Viehzucht betrieben wurde, und im Ovamboland, wo Mensch und Tier hautnah zusammenlebten und ein Rind nicht nur Fleisch, Milch und Fett hergibt; sogar sein Mist dient noch als Brennmaterial oder, vermischt mit Pflanzensäften, zur Haarpflege.

Zwei Wochen nach Lubas Verschwinden brachte der Präparator aus Otjiwarongo das gegerbte Löwenfell. Es sah schrecklich aus: struppig, mit großen kahlen Flecken, und von einer häßlichen gelberdigen Farbe. Nur der Kopf war furchterregend. Der Präparator hatte sich um diese Wirkung besonders bemüht. Das Maul klaffte auf, ließ die alten, braunen Zähne sehen und den knotigen Gaumen. In den Augenlöchern funkelten grüne Glasaugen. Den Einschuß unter dem linken Auge hatte der Meister nicht ausgeflickt, sondern als Beweis dafür gelassen, daß diese Löwin nicht an Altersschwäche verendet war, sondern nunmehr als echte Trophäe gelten durfte.

»Erst habe ich gedacht, der Prusius will mich auf den Arm nehmen!« sagte der Präparator zu Dr. Oppermann. »Sie ist doch ein räudiges Vieh! Aber dann sagte er, das Biest käme von Ihnen und es sei Ihr erster Löwe. Gut, habe ich mir gedacht, weil's der Doktor ist, richt' ich ihn so gut her, wie es geht.« Er grinste freundlich. »Sie sollten noch einen schießen, Herr Doktor, diesmal einen kapitalen Mähnenlöwen. Dann können Sie den hier wegschmeißen.«

Dr. Oppermann bedankte sich, gab dem Präparator noch 50 Rand extra und legte die Löwin neben sein Bett, auf die Seite, an der Luba neben ihm geschlafen hatte. In den folgenden Nächten saß er oft vor dem Bett, starrte den Löwenkopf an, betrachtete die Pranken mit den herausgefahrenen Krallen, dachte an Lubas Oberschenkelwunde und an die klare Sternennacht, in der er sich eins gefühlt hatte mit der Unendlichkeit, berauscht von einem überwältigenden Glücksgefühl.

Manchmal kam Pater Mooslachner zu Besuch, brachte Bier oder Kognak mit und fragte:

»Sind Sie darüber weg, Doktor?«

»Nein! Das werde ich nie sein.«

»Dann kippen wir heute einen?«

»Von mir aus.«

Das Essen kochte jetzt wieder Urulele, und danach war es auch. Mooslachner brachte von Prusius Büchsen mit Fertiggerichten mit und verkündete dem armen Urulele, daß er, falls er später mit seiner Seele in der Hölle landen würde, als ewige Strafe all das essen müsse, was er gekocht habe.

Zweimal versuchte man, Franziska Maria Nkulele an den Herd zu stellen. Sie hielt sich brav und pflichtbewußt, gab ihr Bestes, aber Mooslachner zuckte zusammen, als er den ersten Bissen zu sich nahm.

»Haben Sie die Kloake ausgeschöpft?« stammelte er. »Du lieber Himmel, das ist ja Kamelscheiße mit Affenpisse! Ja, Doktor, schmecken Sie das denn nicht? Haben Sie einen Gaumen aus Chromstahl?«

»Mir ist alles egal!« sagte Dr. Oppermann. »Ich esse nicht, um zu genießen, sondern nur, um auf den Beinen zu bleiben.«

»Barbar! — Sagen Sie Nkulele, sie soll zwanzig Kinder kriegen, aber nie mehr kochen! Wie hält Urulele das bloß aus? Aber ein Negermagen ist ein Naturwunder.«

In der vierten Woche nach Lubas Weggang hatte sich Dr. Oppermann soweit gefangen, daß er abends ins Bett gehen konnte, ohne zuvor andächtig das Löwenfell betrachtet und an Lubas Körper gedacht zu haben.

Eines Tages rief gänzlich unvermutet der alte Prusius an, freundlich und laut wie immer, sozusagen mit einem Schulterklopfen in der Stimme, ganz so, als sei nichts zwischen ihnen geschehen.

»Darf ich Sie mal wieder besuchen, Doktor?« fragte er.

»Nein!« antwortete Dr. Oppermann.

»Nun seien Sie doch nicht nachtragender als die Kirche! Die hat selbst Galilei akzeptieren müssen. — Ich nehme an, daß man mit Ihnen jetzt, wo Ihnen das schwarze Luder weggelaufen ist, vernünftig reden kann.«

»Halten Sie das Maul!« sagte Oppermann.

»Ich kann Ihre Enttäuschung verstehen, Doktor. Aber an so ein Weibsstück wie diese Luba können Sie nicht unsere sittlichen Maßstäbe anlegen. Die hat bei einem strammen Ovambo etwas Ordentliches in der Hose gesehen — und weg ist sie! Ich kenne das doch! In meinem Betrieb sind vierzehn Kaffernweiber und neunzehn Kaffern beschäftigt. Davon sind ein Dutzend immer unterwegs. Sie verschwinden von heut' auf morgen, sind nach drei Monaten wieder da und erzählen stolz: ›Master, war im Ovamboland. Habe nach Familie gesehen und neues Kind gemacht!‹ Und bei den Weibern? Ich bin von dicken Bäuchen umgeben, wohin ich sehe! Man sollte jeden Kaffer, der mehr als zwei Kinder hat, sterilisieren.«

»Wenn Sie jetzt hier wären, Prusius«, sagte Dr. Oppermann, »bekämen Sie wieder eins in die Fresse! Lassen Sie sich bloß nicht blicken!«

Zu einer ganz ungewöhnlichen Zeit, nämlich um elf Uhr vormittags, fuhr Pater Mooslachner bei Dr. Oppermann vor und bremste seinen uralten Landrover so scharf, daß er auf blockierten Rädern noch ein Stück weiterrutschte. Urulele, der gerade aus dem Fenster blickte, bedeckte mit beiden Händen entsetzt seine Glatze.

»Doktor!« schrie Mooslachner, als er ins Untersuchungszimmer stürmte. Oppermann behandelte gerade eine Frau mit einer schwärigen Brust. »Gerade bekomme ich einen Anruf aus Windhoek! Von dem Säuferknaben Volker Prusius. Er will mit der Sprache nicht heraus, drückte rum wie ein Hartleibiger, aber dann hat er es doch verraten. Ihr Flugzeug ist angekommen! Eine viersitzige Cessna! Brandneu! Das beste Modell in dieser Klasse. Sagt Prusius, und der versteht was davon. Da mußte ich gleich zu Ihnen, das kann ich nicht für mich behalten. Was sagen Sie nun?!«

»Es ist unglaublich.« Dr. Oppermann gab die Patientin an Urulele weiter, der ihr ein Pflaster auf die eingecremte Brust klebte. »Ich habe von den beteiligten Dienststellen noch nichts darüber gehört.«

»Man will Sie sicherlich überraschen.«

»Das ist sonst nicht Behördenstil. Irren Sie sich auch nicht, Pater?«

»Verlassen Sie sich drauf: Das Flugzeug ist da! Volker Prusius — der Knabe hat, wie sein Vater, die Finger überall drin! — hat durchgesetzt, daß er es nach Outjo bringt. Morgen schon.« Mooslachner streckte Oppermann beide Hände entgegen. »Gratuliere, Doktor!«

»Danke.« Oppermann drückte die Hände. Er hatte verlernt, sich zu freuen.

»Sie haben es verdient!« Mooslachner strahlte, als sei er der Beschenkte. »Endlich eine sichtbare Anerkennung Ihrer Arbeit durch die Regierung. Das muntert doch auf! Und gerade das können Sie jetzt gut gebrauchen! Doktor — wann fliegen wir zusammen zu meiner Buschmannfamilie bei Emil Luther? Da muß ich dringend hin!«

»Sobald ich mich mit der Maschine vertraut gemacht habe.« Oppermann lächelte schwach. »Kommen Sie heute abend, Pater? Zur Vorfeier?«

»Wer kocht?« fragte Mooslachner vorsichtig.

»Ich lasse das Essen vom ›Deutschen Haus‹ kommen.«

»Akzeptiert. Und Getränke?«

»Ich habe noch Rheinwein im Kühlschrank.«

»Keinen Champagner?«

»Nein.«

»Besorge ich! Bekommt der Kerl eine funkelnagelneue Cessna und hat keinen Champagner! Wie wollen Sie das Flugzeug nennen?«

»Es hat seine amtliche Nummer.«

»Sie phantasieloser, herzloser Klotz! Es bekommt einen Namen! Und wenn ich ihn eigenhändig aufmale.«

»Wir werden auf die Tragflächen ein Rotes Kreuz malen«, sagte Oppermann still. »Gegen ein Kreuz werden Sie wohl nichts einzuwenden haben.«

»Sie sind ein widerlicher Bursche!« Mooslachner ging zur Tür. »Ihre Freundschaft hat mir Gott als Prüfung geschickt.«

Am nächsten Morgen, kurz nach zehn Uhr, kreiste Volker Prusius mit der in der Sonne glänzenden neuen Cessna ein paarmal über Outjo und der Station, ehe er in der Nähe auf freiem Feld landete. Es war eine schneeweiße Maschine ohne jeglichen Zierat. Pater Mooslachner, der neben Dr. Oppermann im Landrover saß, als sie zum Landeplatz fuhren, sagte ergriffen:

»Sehen Sie sich das an, Doktor. Weiß! Jungfräulich! Und darauf leuchtet ab morgen das Rote Kreuz. Unübersehbar . . .« Er rieb sich die Hände und glänzte über das ganze Gesicht. »Wie ich mich auf den ersten Flug mit Ihnen freue!«

Prusius war ausgestiegen und wartete neben der Cessna. Als Oppermanns Wagen vor ihm bremste, winkte er fröhlich mit den Zündschlüsseln. Dann griff er hinter sich in die Kabine und holte eine flache Ledertasche heraus. Er schwenkte sie, während Oppermann und Mooslachner aus dem Wagen kletterten, und rief:

»Einsteigen und hinauf in den Himmel! Keine Angst! Man

muß sich nur immer daran erinnern: Es ist noch keiner oben geblieben!«

»Er ist wieder besoffen!« stellte Mooslachner nachsichtig fest. »Aber er gehört zur Kategorie der sanften Säufer.«

Volker Prusius wartete noch immer neben der offenen Kabine und machte wiederum, Schlüssel und Ledermappe in der Rechten, eine einladende Geste.

»Alles da! Zündschlüssel und Übergabepapiere. Sogar eine Klimaanlage ist in der Maschine — die habe noch nicht mal ich! Aber das erkläre ich Ihnen alles beim ersten Flug, Herr Pater.«

»Brav, mein Sohn!« Mooslachner trat zurück. »Und nun, Doktor, Ihre große Stunde!«

Volker Prusius sah Mooslachner offensichtlich verwirrt an und schwenkte wieder Schlüssel und Ledermappe.

»Wo wollen Sie hin?« fragte er. »Haben Sie Angst, Hochwürden? Ihre Papiere, Ihre Schlüssel, bitte!«

Mooslachner starrte Prusius an, blickte dann zu Dr. Oppermann und sagte grollend: »Der Junge ist sturzvoll! Und so was lassen sie mit einer neuen Cessna in die Luft! In Südwest ist nichts unmöglich.«

Dr. Oppermann lächelte schwach. Er begriff die Lage sofort und stieß Mooslachner in den Rücken.

»Unser Freund ist ausnahmsweise stocknüchtern. Nicht wahr, Volker?«

»Nur Kaffee mit Sahne zum Frühstück!« sagte Prusius.

»Begreifen Sie es doch, Pater!« sagte Oppermann laut. »Es ist *Ihr* Flugzeug!«

»Meins? Wieso?«

»Haben Sie keinen Antrag gestellt?«

»Ja. Doch. Vor drei Jahren . . .«

»Gottes Mühlen mahlen langsam, aber sie mahlen. Und manchmal kommt dabei sogar eine Cessna heraus.«

»So ist es«, sagte Volker Prusius. »Die Papiere sind auf Pater Michael Mooslachner ausgestellt. Übermorgen kommt eine Übergabekommission aus Windhoek herüber, um das alles offiziell zu machen. Bis dahin fliegen wir illegal.« Er hielt wieder die Schlüssel hin. »Sie gehören Ihnen, Herr Pater.«

»Das — das muß ich erst verkraften«, sagte Mooslachner leise.

Er ging an Prusius und Oppermann vorbei, trat an die Maschine, faltete die Hände und sprach offenbar ein stilles Gebet. Dann blickte er in die Kanzel, klopfte auf die Flügel und kam langsam zurück.

»Gratuliere!« sagte Dr. Oppermann und legte den Arm um Mooslachners Schulter.

»Ich kann nichts dafür.« Der Pater schluckte mehrmals. »Ich habe wirklich geglaubt, daß Sie ... daß man Ihnen ... oh, Scheiße!«

»Die Seelen sind ebenso wichtig wie die Körper.«

»Das eine ist vom anderen nicht zu trennen — oder das Leben hört auf. Doktor! Wir fliegen immer gemeinsam, ja? Es ist *unser* Flugzeug!«

»Das wird sich alles einspielen.«

»Ich fliege nicht allein! Mir würde vor Gram der Hintern brennen. Dieses Flugzeug gehört uns beiden! Daß mein Name in den Papieren steht — das ist nur ein Verwaltungsakt!«

»Und nun fliegen wir los!« rief Volker Prusius und stieg in die Kabine. »Was wir jetzt tun, Herr Pater, ist ungesetzlich. Muß man das beichten?«

»Es dient einem guten Werk!« sagte Mooslachner würdevoll und klemmte sich auf den Pilotensitz. »Und nun, mein Sohn, erkläre mir, wie das alles funktioniert. Ich bin zum letztenmal vor fünf Jahren geflogen.

Eine Woche dauerte es nach der amtlichen Übergabe an Mooslachner, bis dieser die Maschine für seine Begriffe startklar gemacht hatte.

Dem ersten Flug ging die feierliche Taufe voraus.

Ganz Outjo war auf dem großen Missionsplatz versammelt, in dessen Mitte die weiße Cessna stand. Ein Chor — Kinder in weißen Spitzenkleidchen — sang ein fröhliches Lied, die Frauengruppe vollführte einen alten Stammestanz der Hereros, der die Fruchtbarkeit beschwor, der deutsche Männergesangverein intonierte zwei Volkslieder — »Hinaus in die Ferne« und »Im Wald und auf der Heide, da sucht' ich meine Freude« —, eine große gestickte Schärpe wurde um den Propeller gewunden, Pater Mooslachner, in vollem Ornat, zelebrierte eine kurze Messe, und dann sang er dröhnend das Lied »Hinauf, mein Gott, zu Dir!«

Es war alles sehr feierlich, man war ergriffen, sehr stolz und sehr glücklich.

Auf den beiden Flügeln der Maschine jedoch war Mooslachner ein Meisterwerk gelungen; er hatte der Maschine einen höchst eigenartigen, seiner Vorstellung von Mission entsprechenden Namen gegeben:

Auf den weißen Tragflächen leuchtete das Kreuz, von einem Rosenkranz eingerahmt. Darunter aber hatte der Pater im Ovambodialekt der Bantusprache und auch auf deutsch die Worte malen lassen:

Gott ist gekommen!

Der Malermeister von Outjo, ein Ewald Finsterhahn, hatte fünf Tage gebraucht, dieses Kunstwerk zu vollenden. Nun war es unwiderruflich und nicht mehr abzuwaschen. Wie man Mooslachner kannte, würde dieser Spruch erst dann unleserlich werden, wenn die ganze Maschine zerschellen sollte.

Gott ist gekommen!

In Bantusprache am Himmel.

Die deutsche Kolonie von Outjo stand kopf. Prusius hielt sich im »Deutschen Haus« den Bauch vor Lachen und schrie: »Mir platzt die Blase! ›Gott ist gekommen!‹ Dieser Pater ist eine einsame Wucht!«

Jetzt, bei der feierlichen Taufe, hatten alle ernste, würdevolle Gesichter, auch Prusius.

Sie zogen an Mooslachner vorbei und drückten ihm gratulierend die Hand. Zum Abschluß gab der »Deutsche Heimat-Verein« einen Bierabend mit Haxen und Sauerkraut. In bierseliger Laune umarmte Prusius den kauenden Mooslachner und rief:

»Ich bin zwar evangelisch — aber für ›Gott ist gekommen‹ stifte ich alles an Ausrüstung, was Ihnen noch fehlt!«

Von diesem Tag an sprach niemand mehr von dem Flugzeug der »Mission Mariä Tränen«, sondern nur noch von »Gott ist gekommen«. Das war der Name.

»Wie ist das, mein lieber Amtsbruder«, fragte einen Tag später der protestantische Pastor von Outjo seinen katholischen Kollegen, »machen Sie sich keine Sorgen? Dieser hm, etwas — anspruchsvolle Text auf den Flügeln . . . Was wird Ihr Ordensgeneral dazu sagen?«

»Ich muß zu den Heiden, nicht er!« antwortete Mooslachner

ohne Zögern. »Wenn er es besser kann, soll er hierherkommen!«

Das weiße Flugzeug wurde innerhalb einer Woche berühmt.

Mooslachner flog damit nach Windhoek und Tsumeb. Nach Grootfontein und Swakopmund. Nach Gobabis und Mariental. Nach Keetmanshoop und Lüderitz. Nach Okaukuejo und Ondangwa, der Hauptstadt des Ovambolandes. Und wo er auftauchte, seine Schleifen zog und über die Dächer knatterte, hinterließ er einen unlöschbaren Eindruck. Bei Weißen wie bei Schwarzen. Nur wenige tippten sich an die Stirn, die anderen waren fasziniert und falteten die Hände.

Das Kreuz mit dem Rosenkranz.

Gott ist gekommen.

»Jetzt können sich alle die Mäuler ausfransen!« rief Mooslachner lachend bei solchen Flügen, auf denen ihn Dr. Oppermann immer begleiten mußte. Es war ja *ihr* Flugzeug. Ab und zu flog auch Oppermann, um sich wieder an das Cockpit zu gewöhnen. Außerdem fühlte er sich dann sicherer als unter Mooslachner, der »Gott ist gekommen« anscheinend wörtlich nahm und ausschließlich mit Gottes Hilfe flog, so wie er ja auch mit Gottes Hilfe seinen Landrover lenkte.

Die Reaktionen folgten. Da Mooslachners Gebiet der Norden war, fragte der Bischof an, warum er über ganz Namibia kurve und wer das Benzin bezahle?

Mooslachner, darauf vorbereitet, antwortete prompt:

»Ich höre Sie, Exzellenz, die lieben neidischen Kollegen ... Wie sie raunen, wie sie wispern! Exzellenz, das Benzin ist eine Stiftung Outjoer Kaufleute an Herrn Dr. Oppermann, der mir wiederum das Benzin für Probeflüge zur Verfügung stellte. Sobald ich die Missionskasse angreife, werde ich bei meinen Heidenkindern landen.«

Nach zehn Tagen gehörte die weiße Cessna über Outjo, Otjiwarongo und Umgebung zum Alltagsbild. Brummte es in der Luft, legte man den Kopf in den Nacken, schaute hinauf und sagte lächelnd:

»Gott ist gekommen! Junge, Junge, was der Pater heute wieder für Schleifen dreht!«

»Das hätte Luba erleben sollen«, sagte Dr. Oppermann einmal.

Mooslachner reagierte sauer. »Lassen Sie mir diese Luba weg! Ich bin dabei, mich zu fragen: Wie hat sie überhaupt ausgesehen?! So schnell kann man vergessen. Sie sollten sich auch darum bemühen!«

»Ich bemühe mich.« Dr. Oppermann blickte in die Weite des Velds. »Wie sie aussah, wie sie war — das werde ich allerdings nie vergessen können.«

Aus dem Militärlager Kuringkuru am Ovango-Fluß meldete sich eines Abends wieder Major Percy Henrici.

Sein Bataillon, das eine über dreihundert Kilometer lange Grenze kontrollieren mußte und ständig zwischen Ovamboland und Andara im Caprivi-Zipfel unterwegs war, hatte zwar keine Schlachten gewonnen, auch nicht viele Guerilleros getötet, aber die exakten Beobachtungen durch Landpatrouillen und Hubschrauberflüge trugen immerhin dazu bei, daß das Einsickern der Guerillatrupps von Angola her merklich nachließ. Es konnte freilich auch sein, daß der radikale Flügel der SWAPO die Taktik geändert hatte und nur noch mit kleinen Nadelstichen arbeitete: Dort ein Brand, hier ein Überfall ... nur gerade so viel, daß die Welt sich darüber nicht empören konnte.

Die Zahl der eingesickerten oder aus dem großen Ovamboland rekrutierten Kämpfer war unbekannt, aber es mußten Tausende sein, wenn man die Helfer dazurechnete. Wo Guerilleros auftauchten, mußten die in der Umgebung liegenden Dörfer für sie sorgen. Sie beschafften die Verpflegung, zeigten die besten Verstecke und lieferten die Nachrichten aus den Farmen. Dadurch war man in den bereits befestigten Farmen verhältnismäßig sicher; die Guerilleros hüteten sich, zu kleinen Burgen ausgebaute Häuser zu überfallen und damit erhebliche Verluste zu riskieren. Das große Aufräumen, wie man es nannte, würde noch kommen, aber dann mit der ganzen erdrückenden Überlegenheit des sich erhebenden schwarzen Afrika. So blieb es bei kleinen Reibereien; vereinzelte Lastwagen wurden geplündert, Farmer aus dem Hinterhalt beschossen, ohne sie zu treffen — es ging nur um die Erzeugung von Angst und Unsicherheit, von Chaos und Kapitulationsbereitschaft. Schon jetzt waren manche Farmen zum Verkauf ausgeschrieben.

Die Truppe von Major Henrici stieß also überall, wo sie auftauchte, ins Leere. In den Dörfern hatte man natürlich nie einen Guerillakämpfer gesehen, die Landarbeiter schwiegen aus Angst, man könne sie als Verräter den Weißen gleichsetzen, und wenn man die Ovambos kontrollierte, die mit Lastwagen von Ondangwa herunterkamen, hatten alle ihre gültigen Ausweise und erzählten, sie wollten nach Süden, um sich Arbeit zu suchen.

Zweimal entdeckte Oberleutnant van Laaken ein Guerillalager aus der Luft. Vorzüglich getarnt, vom Dornbusch kaum zu unterscheiden, bot es einer unbekannten Zahl von Männern Schutz, die sich nur dadurch verrieten, daß Rauch aus ihrem Lagerfeuer stieg. Aber wenn dann van Laaken mit Jeeps und leicht gepanzerten Lastwagen erschien, war das Lager längst geräumt. Nur ein paar Aschenhaufen erinnerten daran, daß hier Menschen gelebt hatten.

»Das nächstemal«, sagte van Laaken wütend, »beschieße ich sie ohne Warnung aus der Luft! Die Kerle lachen ja über uns!«

»Das würde Ihnen ein Verfahren einbringen, Jan«, antwortete Henrici warnend. »Es kann sich ja auch um harmlose Viehhirten handeln. Was dann?«

»Hirten ohne Vieh? Da muß ich lachen!«

»Hirten auf der Suche nach dem verstreuten Vieh. Jan, Sie kennen doch Südwest! Hier ist alles anders. Sie merken doch selbst, daß wir in der Weite des Landes ertrinken.«

An diesem Tag nun rief Henrici an und sagte, nach den üblichen Begrüßungsfloskeln:

»Doktor, ich glaube, ich habe etwas für Sie. Bei meinen Streifen bin ich auf ein großes Dorf gestoßen. Ein reiches Dorf mit einer schönen Rinderherde. Der Häuptling führt dort ein Regime wie ein Renaissancefürst: Fünf hübsche Weiber, die prunkvollste Hütte. Er hat die absolute Macht — aber er sorgt auch für Zucht in seinem Dorf! Für schwarze Verhältnisse blitzt alles vor Sauberkeit, es gibt eine straffe Weideordnung, geplanten Ackerbau, durchdachte Bewässerung, strengen Moralkodex. Ich habe mich lange mit dem munteren Knaben unterhalten. Er war vier Jahre in Omaruru, bevor er einen Stamm übernahm, weil sein Vater an einem Schlangenbiß gestorben war. In Omaruru hat er zuvor auf der Landwirtschaftsschule als Praktikant gearbeitet — halt, ich rede Dummheiten, es war in Swakopmund. In Omaruru hat er ein Jahr lang auf einer landwirtschaftlichen Versuchsfarm gearbeitet. Diese Erfahrungen hat er nun in seinem Dorf angewandt. Ein moderner Mensch, der aber trotzdem nicht vergessen hat, daß er ein Ovambo ist. Er regiert mit eiserner Hand und afrikanischer Mentalität. Da riskiert keine eine große Lippe! Und nun kommt's, weshalb ich Sie anrufe: Dieses Dorf — es liegt mitten im einsamsten Veld östlich von Tsitsio zwischen zwei fast immer ausgetrockneten Flußbetten —, dieses Wunderdorf ist von der verdammten Augeninfektion heimgesucht, die Sie ja erforschen.«

»Die große Rinderherde . . .« sagte Dr. Oppermann interessiert. »Meine Rede! Ich komme in den nächsten Tagen zu Ihnen, Herr Henrici, und sehe mir das Dorf an.«

»Das wollte ich Ihnen vorschlagen. Aber machen Sie sich auf eine heiße Überraschung gefaßt: Sie werden dort nichts zu tun haben! Das ist die Sensation, die ich Ihnen bringe: Inmitten dieser perfekten Organisation lebt ein Medizinmann, Kobokobo heißt er. Für diesen Beruf ein noch verhältnismäßig junger Mann, ich schätze ihn auf Mitte Vierzig. Und dieser Kobokobo ist in der Lage, die Infektion zu heilen!«

»Unmöglich!« sagte Dr. Oppermann und hob die Augenbrauen. »Er tut nur so, er behauptet es! Wieviel Blinde laufen in dem Dorf herum?«

»Kein einziger!«

»Sie haben sie nicht gesehen!«

»Wir haben neben dem Dorf vier Tage lang unser Lager gehabt. Ich habe jeden gesehen. Entzündungen, eine Reihe Vereiterungen, das ja. Aber dann gingen die Infektionen zurück, und die Kranken behielten ihre Augen. Sie wurden nicht weggefressen, wie bei den anderen. Kobokobo hat eine Salbe entwickelt, die er den Infizierten auf die Augen pappt. Es ist ein Pflanzenbrei, der grün ist und nach Moschus duftet. Mit dem Brei auf den Augen laufen die Kranken zwei Wochen herum, das ist die einzige Zeit, in der sie blind sind. Dazu müssen sie einen Saft trinken, der Ihnen den Magen umdreht. Er stinkt nach Urin. Kobokobo hat die beiden Medikamente selbst entwickelt und verrät natürlich nicht, woraus sie sich zusammensetzen. Der Kerl spricht gelehrt von einer Kombinationstherapie! Stellen Sie sich das vor! Und der Erfolg ist sichtbar: Wenn die Kranken ihre Breibinden ablegen und genug von dem scheußlichen Saft getrunken haben, sind die Augen eiter- und entzündungsfrei!« Henrici machte eine Denkpause. »Nun sind Sie platt, was, Doktor?«

»Unglaublich!« Oppermann schüttelte den Kopf. »Das muß ich mir ansehen!«

»Das dachte ich mir auch. Ist es möglich, daß so ein Medizinmann mehr kann als eine milliardenschwere chemische Industrie?«

»Ja. Das ist durchaus möglich. Wir kennen noch lange nicht alle Geheimnisse der Natur. Immer wieder stoßen wir auf Überraschungen. Mit diesem Kobokobo muß ich sprechen.«

»Wann kommen Sie, Doktor?«

»Vielleicht schon morgen. Das läßt mir jetzt keine Ruhe mehr.«

»Ich schlage vor, Sie landen in Rundu. Dort erwarte ich Sie, steige bei Ihnen zu, und wir fliegen gemeinsam in das Musterdorf. Mit dem Häuptling habe ich so etwas wie Freundschaft geschlossen. Mir imponiert, wie er seinen Stamm in Trab hält und zeigt, daß man auch aus dem Buschleben etwas machen kann, wenn man praktisch denkt.«

Pater Mooslachner kam sofort zur Station, als Dr. Oppermann ihn anrief: »Wir fliegen morgen in den hohen Norden.«

Er hörte sich den Bericht von Kobokobo, dem Wundermann, an und rieb sich die Hände.

»Das wird eine Freude!« sagte er begeistert. »Der Kerl stellt eine Herausforderung dar. Ein Heidendorf mit einem Medizinmann, der wie ein Gott verehrt wird! Da gibt es für mich kein Zögern!«

»Pater, bitte nicht wieder ein Duell mit Termiten!« sagte Dr. Oppermann lachend. »Und lassen Sie Ihren Zauberkoffer zu Hause. Der imponiert dort nicht, soweit ich Henrici verstanden habe. Der Dorfchef hat jahrelang unter Weißen gelebt und gelernt, und Kobokobo spricht von Kombinationstherapie. Da kommen Sie nicht an mit rosa Nebeln aus einem Taschentuch, Eiern aus den Nasenlöchern und künstlichen Blumen aus einer Zeitungsrolle.«

»Wir werden es schaffen.« Mooslachner war in wahrer

Kampfesstimmung. »Ich bin zu jedem Zweikampf bereit, wenn es um das Wort des Herrn geht. – Wann fliegen wir?«

»Das liegt bei Ihnen. *Gott ist gekommen* ist Ihr Flugzeug.«

»Um acht Uhr morgens?«

»Einverstanden.«

»Wer kommt mit?«

»Nur Sie und ich. Ab Rundu noch Henrici. Wir wollen nicht wie eine Heeresmacht dort einbrechen. Ich will mich zunächst nur davon überzeugen, ob dieser Kobokobo wirklich mit Saft und Salbe die Infektion beherrscht.« Oppermann sah den Pater unsicher an. »Stellen Sie sich vor, er könnte es wirklich! Dann würde ich meine gesamte Forschungsreihe abbrechen und mich nur um diese beiden Medikamente kümmern. Das könnte Millionen sparen. Ich weiß, daß außer mir noch ungefähr siebenhundert Chemiker, Biologen und Ärzte gegen diesen unbekannten Bazillus kämpfen. Das könnte man alles abblasen.«

»Lassen wir uns überraschen«, sagte Mooslachner fröhlich. »Ich kann es kaum erwarten; wollen wir nicht schon um sieben fliegen?«

»Abgemacht.«

Am Abend rief Dr. Oppermann Major Henrici in Kuringkuru an.

»Wir kommen. Der Pater und ich. Wenn alles gut geht, fliegen wir um sieben Uhr früh von Outjo ab.«

»Ich freue mich.« Henricis Stimme hatte einen leisen Beiklang von Besorgnis. »Wer macht den Piloten?«

»Ich.«

Henrici lachte.

»Dann darf ich aufatmen!«

Dr. Oppermann flog, Pater Mooslachner saß auf dem Co-Pilotensitz und blickte auf das Land.

Langsam zog die Cessna unter dem blauen Himmel dahin, schreckte eine große Elefantenherde auf, jagte Zebras und Gnus durch die Steppe, ärgerte eine Giraffenfamilie und verfolgte zwei urweltliche Nashörner, die davonstampften, als wollten sie alles, was sich ihnen in den Weg stellte, niederwalzen. Dann war das Veld wieder streckenweise völlig leer und tot, bis neue Wasserstellen in der Morgensonne blinkten. Da gab es wieder Springböcke und Oryxantilopen, Elands und Kudus, Hartebeest und Dikdiks, auch ein Rudel Wildschweine.

Der Busch verfilzte immer mehr, wurde auch aus der Luft unübersichtlich; weit und flach und leblos lag das Land zwischen Tsintsabis, das sie überflogen hatten, bis Rundu, wohin sie wollten. Keine Dörfer, vereinzelte Baumgruppen, hohe Steppe, Dorngestrüpp. Vollkommene Stille und Einsamkeit. Urland, das noch jeglicher Bearbeitung trotzte. Ein in der Sonne glühendes Nichts.

Plötzlich ging ein Rucken durch das Flugzeug. Irgendwo knackte es, es hörte sich an, als hänge jemand außen am Rumpf und klopfe mit der Faust dagegen.

Pater Mooslachner klammerte sich am Sitz fest, als Oppermann eine halsbrecherische Wende machte und die Maschine steil nach oben zog.

»Sind Sie verrückt?« schrie Mooslachner. »Was machen Sie denn?!«

Wieder klopfte es an dem Flugzeug, die Maschine schüttelte sich, neben Oppermann entstand plötzlich ein kleines Loch, der Motor begann zu spucken, lief unregelmäßig, stotterte, gab nur noch die halbe Kraft her. Oppermann blieb nichts anderes übrig, als den Steigflug abzubrechen. Sein Gesicht war kantig, wie versteinert, als Mooslachner ihn ratlos anblickte. Der Motor röhrte, als rieben alle Metallteile ungeschmiert aufeinander.

»Sie haben wohl 'ne Meise?« rief Mooslachner. »Lieber Himmel, wäre *ich* doch geflogen!« Er blickte zur Erde, lachte und zeigte mit der Hand nach unten. »Sehen Sie sich das an! Das habe ich noch nie gesehen! Aus dem Busch steigt Nebel! In ganz kleinen Wölkchen!«

»Wir werden beschossen!« sagte Oppermann heiser. »Was Sie so bewundern, sind Rauchwolken. Da . . .«

Wieder schlug es in die Maschine ein. Im linken Flügel zeigten sich in einer Reihe mehrere Löcher. Der Motor rappelte und setzte jetzt mehrmals aus.

»Sie haben Maschinengewehre!« rief Oppermann. »Sie holen uns herunter! Der Motor muß getroffen sein! Ich kann die Maschine kaum noch halten!«

»Aber das geht doch nicht!« brüllte Mooslachner. »Sie sehen doch den Rosenkranz. Und sie lesen die Schrift! Sie können doch nicht Gott beschießen!«

»Beschweren Sie sich später bei denen da unten!«

»Wer schießt denn da?!«

»Wahrscheinlich einige, die *Gott ist gekommen* falsch auffassen. Festhalten, Pater! Ich muß runter. Wir verlieren Treibstoff! Sie haben die Tanks getroffen. Ich will nicht in der Luft explodieren. Kopf einziehen!«

»Gott sieht auch das!« sagte Mooslachner laut, duckte sich und klammerte sich fest.

Dr. Oppermann setzte zur Notlandung an. Überall sah er nur Busch, kein freies Feld. Dorngestrüpp ohne Lücken, niedrige Bäume, Tamarisken, Akazien, Mopane. Eine unberührte Wildnis. Ihm war klar, daß es einen kompletten Bruch geben würde, aber er hatte die Hoffnung, daß sie ihn überleben konnten, wenn er flach aufkam und die Maschine über das Urland rutschen ließ.

Die unsichtbaren Schützen schossen noch immer. Der Motor fiel nun endgültig aus, heißes Öl spritzte herum, das Leitwerk versagte. Führerlos, im Gleitflug, stürzte die Cessna zur Erde, traf auf die Büsche, pflügte sie um, der Flugzeugboden wurde aufgeschlitzt, der Motor bohrte sich in das Gestrüpp, die Flügel brachen ab und flatterten davon. Dann gab es einen mächtigen Schlag. Oppermann und Mooslachner wurden nach vorn gedrückt und prallten gegen das Armaturenbrett. Der Rumpf der Cessna hatte sich in eine Gruppe junger Bäume gebohrt.

»Raus!« schrie Oppermann und entriegelte Mooslachners Haltegurt. »Sofort raus! Ehe wir in die Luft gehen!«

»Daher kommen wir doch!« schrie Mooslachner zurück, hieb mit den Fäusten die Tür der Kabine auf und ließ sich hinausfallen. Auf der anderen Seite sprang Oppermann mit einem weiten Satz weg vom Flugzeug, kugelte sich davon und rannte noch ein paar Schritte weiter. Er sah, wie Mooslachner durch das Gestrüpp brach und seine Soutane dabei an vielen Stellen zerfetzte.

Der Rumpf explodierte nicht. Es roch nur nach heißem Öl, nach Treibstoff und glühendem Eisen.

Dr. Oppermann blieb stehen und wartete, bis Mooslachner ihn erreicht hatte. Schwer atmend, hielt er sich dann an einem

Stamm fest und zeigte nach hinten. Dort ragte ein gebrochener, zerrissener Flügel aus dem Busch. Nur ein Wort war noch übriggeblieben:

Gott.

»Das ist ein Zeichen!« keuchte Mooslachner. »Wir leben! Und wir werden weiterleben!«

»Darüber erhalten wir gleich Auskunft.« Oppermann nickte nach vorn.

Vor ihnen, aber auch seitlich von ihnen, tauchten aus dem Dornbusch schwarze Gestalten auf. Sie waren nur halb bekleidet, die einen mit Hosen, die anderen mit Khakijacken, einige nur mit Decken, in die sie für den Kopf ein Loch geschnitten hatten. Aber alle hielten Schnellfeuergewehre in den Händen und richteten sie auf die beiden Weißen. Ein Trupp von vier Mann mit zwei Maschinengewehren kam aus einiger Entfernung heran. Sie umringten Dr. Oppermann und Pater Mooslachner und musterten sie aus starren, feindlichen Augen.

Es gab keinen Zweifel: nur einer brauchte abzudrücken, dann schossen sie alle auf einmal ...

Es gibt Situationen, die so aussichtslos erscheinen, daß man sie nur noch mit Galgenhumor oder einer geradezu fatalistischen Frechheit ertragen kann.

Im Krieg hat man das tausendmal erlebt, daß der Mensch in bestimmten Fällen völlig anders reagiert, als man es erwarten würde. Da lag man in seinem Erdbunker, an die Wand gedrückt, und schlief zufrieden, solange die gegnerische Artillerie auf die Stellungen hämmerte. Hellwach dagegen wurde man, wenn es plötzlich still war, denn dann konnte der Gegner angreifen. Oder: Man hatte Deckung in einem Granattrichter gesucht, rundherum schlugen die schwersten Brocken ein und durchwühlten die Erde. Dann konnte man sich klein machen, den Kopf einziehen und sich sagen: In ein altes Granatloch schlägt nur selten eine zweite Granate ein.

Mooslachner schien sich an diese Erfahrungen zu erinnern, als er sich mit Dr. Oppermann von den Guerilleros eingekreist sah und die Chance zu überleben sehr gering schien. Er stützte sich schwankend auf Oppermann, als sei er schwer verletzt, und stöhnte laut. Oppermann starrte ihn entsetzt an und umfaßte seine Taille.

»Was haben Sie, Pater?« fragte er hastig. »Sind Sie verwundet? Wo denn? Können Sie noch stehen?« Mooslachner blickte ihn aus verzerrtem Gesicht an.

»Ist meine Soutane schön zerrissen?« fragte er dumpf.

»Ja. Aber ...«

»Blute ich?«

»Aus ein paar Kratzwunden von den Dornbüschen.«

»Sehr gut!« Mooslachners Augen blinzelten, während sein Gesicht verzerrt blieb und er sich noch schwerer auf Oppermann stützte. »Ich bin schwer verletzt. Mein Bein — welches? —, einigen wir uns auf das linke, dann habe ich die rechte Hand frei — ist verstaucht, von mir aus angebrochen, auf jeden Fall kann ich mich kaum aufrecht halten oder gehen. Außerdem habe ich innere Verletzungen? Was schlagen Sie vor?«

»Hirnprellung ...«

»Das wußte ich! Sie Ekel! Schnell! Wie sind Sie verletzt?«

»Überhaupt nicht.«

»Ihre Generation hat ein Reaktionsvermögen wie eine Kuh, die man am Schwanz melken will. Doktor, wir können unser Leben damit retten! Schnell — was haben Sie?«

»Irgendeine innere Quetschung. Anbruch der Rippen. Eine Commotio ...«

»Na also! Und jetzt fallen wir todkrank um.«

»Das ist doch Blödsinn, Pater!«

»Passen Sie mal auf, wie gut das geht.«

Mooslachner stöhnte laut auf, als sei er ein angeschossener Elefant, der zum Abschied noch einmal trompetet und dann die Welt verläßt. Er rutschte Dr. Oppermann aus den Armen und ließ sich eindrucksvoll auf die Erde sinken. Dabei gelang es ihm, auch noch die linke Hälfte seiner Soutane zu zerreißen und sich die Stirn an einem Dornenzweig zu zerkratzen. Da Kopfwunden immer sehr stark bluten, war sein verzerrtes Gesicht sofort überschwemmt.

Verblüfft starrte Dr. Oppermann den verkrümmt liegenden Pater an. Sein Anblick war wirklich besorgniserregend.

»Nun fallen Sie schon um!« knirschte Mooslachner.

Dr. Oppermann warf einen Blick auf die Guerilleros, die jetzt von allen Seiten langsam auf ihn zukamen. Zwei Schwarze standen an dem abgebrochenen Flügel, auf dem nur noch das Wort *Gott* sichtbar war, und riefen den anderen etwas zu. Es war ein Bantudialekt, den Oppermann nicht verstand. Sie hätten längst schießen können, dachte Oppermann. Warum tun sie es nicht?

Er griff sich mit großer Geste an die Brust, versuchte zwei Schritte, knickte in den Knien ein und fiel in das hohe, harte, mit Dornen verfilzte Gras. Aber er fiel so, daß seine Unterarme das Gesicht schützten und die nadelspitzen Dornen nur seine Jacke aufrissen.

Dann lag er auf dem Bauch und wartete. Er hatte keine Angst, er war beherrscht von einem Fatalismus, der ihn ganz nüchtern und ohne jegliche Panik denken ließ: Jetzt müßten sie dir einen Genickschuß geben. Du liegst genau richtig. Warum schießen sie nicht? Was hält sie davon ab, dich zu töten? Es muß für sie doch eine Freude sein, diese beiden Weißen zu erschießen. In diesem Untergrundkampf gibt es keine Humanität, keine Gnade, kein Mitleid.

Er sah vor sich einige Stiefel und wunderte sich, daß es militärische Schnürstiefel waren. Dann hörte er Pater Mooslachner wieder aufstöhnen und hob den Kopf. Sechs Guerilleros hatten Mooslachner vom Boden gehoben und trugen ihn wie ein erlegtes Nashorn davon. Er röchelte ein wenig zu dramatisch, aber auf die Schwarzen schien es Eindruck zu machen. Sie beschleunigten ihren Schritt.

Plötzlich fühlte sich auch Oppermann gepackt. Man hob ihn hoch, kräftige Arme legten sich wie Klammern um seinen Körper, und dann wurde auch er weggetragen. Auf einem freien Fleck im Buschland legte man beide ab, fesselte und verschnürte sie und ließ sie vorerst liegen. Drei Guerilleros mit Schnellfeuergewehren saßen um sie herum. Mooslachner drehte den Kopf zu Oppermann.

»Wie geht es Ihnen?« stöhnte er, als habe er wahnsinnige Schmerzen.

»Beschissen.«

»Wir leben noch. Das vergessen Sie wohl?!«

»Mir ist das ein Rätsel.«

»Mir auch! Aber ich habe kein Interesse, es aufzulösen.« Mooslachner stieß einen dumpfen Schrei aus, bei dem sogar Oppermann zusammenzuckte. »Gut, was?«

»Sie übertreiben, Pater!«

»Aber es wirkt.« Er hob den Kopf und ließ ihn sofort wieder zurückfallen. »Du lieber Himmel, auch das noch!«

»Was denn?«

»Man transportiert uns ab wie zwei erlegte Kuhantilopen. Sind Sie schwindelfrei?«

»Ziemlich.«

»Der Kopf wird Ihnen trotzdem brummen. Aber der Abtransport beweist mir, daß sie uns leben lassen wollen. Hallo, jetzt geht's los!« Mooslachner stöhnte wieder, aber diesesmal mit einem gewissen Frohsinn. Die Todesangst hatte ihm doch zugesetzt.

Die Guerillakämpfer brachten zwei starke Baumstämme und schoben sie unter die gefesselten Hände und Füße. Dann hoben vier starke Männer die Stämme hoch, und Mooslachner und Oppermann hingen wie totes Wild zwischen Himmel und Erde. Ein dicker Strick wurde ihnen noch um die Hüften gebunden, damit sie nicht allzu sehr durchhingen, aber der Kopf blieb frei und pendelte hin und her. Es war auf die Dauer unmöglich, ihn steif zu halten, das sah Dr. Oppermann schon in dem Augenblick ein, in dem er hochgehoben wurde. Er hatte in Filmen und auf Fotos schon oft gesehen, wie man Wild abtransportierte. Wer hätte daran gedacht, daß er selbst einmal auf diese Art weggetragen würde!

Pater Mooslachner röchelte wieder erbärmlich. Man trug ihn an Oppermann vorbei; seine Träger waren kräftige, athletische Männer, die einen schnellen Rhythmus vorlegten.

»Ätsch! Ich überhole Sie!« sagten Mooslachner, als er an Oppermann vorbeischwebte. »Bis später, bei der Siegerehrung . . .«

Dr. Oppermann antwortete nicht. Er schloß die Augen, sein Kopf pendelte hin und her, nach ein paar Minuten kreiste alles um ihn, der Blutandrang zum Hirn war ungeheuer groß, er hatte das Gefühl, zu platzen und wartete darauf, daß ihm das Blut aus den Augen schoß.

Der Busch wurde höher, aber etwas lichter. Größere Bäume tauchten auf, er hörte Affen kreischen. Sie mußten in der Nähe einer Wasserstelle sein.

Mit einem Ruck legte man ihn wieder ab. Der Baumstamm wurde weggezogen, die Fesseln wurden entfernt, er konnte sich wieder bewegen, aber er tat es mit Vorsicht, denn er war ja in den Augen der Guerilleros schwer verletzt. Pater Mooslachner sah er nicht, hörte ihn nur. Er konnte nicht weit von ihm liegen. Als sich niemand um ihn kümmerte, stieß Oppermann ein lautes Stöhnen aus und richtete sich auf.

Erstaunt sah er sich um. Zwischen verfilzten Büschen, knorrigen Bäumen, umgeben von Akazien und Mopanen, zum Teil eingegraben in den harten Boden und mit Kameldorn abgedeckt, hatte man hier ein richtiges Lager mit Wohnhütten gebaut. Von oben war es nicht einsehbar; wenn ein Hubschrauber oder ein Flugzeug hier Kontrollen flog, sah der Pilot nichts als einsames Buschland, braungrün, erdig, verdorrt und verbrannt. Selbst das Wasserloch war abgedeckt; der Tümpel lag wie unter einem Hallendach aus Dorngestrüpp. Rundherum war weites Land, unübersichtlich, feindlich, unterbrochen von einigen Steppenstreifen mit hohem Gras.

Dr. Oppermann setzte sich. Er sah Pater Mooslachner auf einer Art Hauklotz hocken, ein Guerillero gab ihm aus einem Plastikbecher zu trinken, ein anderer stand hinter ihm und hielt ihm den Lauf einer Maschinenpistole in den Nacken. Man konnte sich vorstellen, daß der Trunk nicht so recht erfrischend war.

Zwischen den Bäumen, an den Hütten, vor den Erdhöhlen und rings im Busch saßen oder lagen eine Menge anderer Schwarzer im Schatten. Sie putzten ihre Waffen, spielten Karten oder ein Brettspiel mit weißen Kieselsteinen. Unter dem Schutz einer breitkronigen Akazie exerzierten zehn Männer. Sie übten Gewehrgriffe, stellten sich dann in einer Reihe auf und simulierten einen Bajonettangriff. Mit dumpfem Gebrüll stießen sie die Gewehre nach vorn. Im ganzen, so schätzte es Oppermann nach einem schnellen Rundblick, mußten es über hundert Guerilleros sein, eine hervorragend ausgerüstete Kampftruppe, die hier, von keinem bemerkt, auf ihren Einsatz wartete.

Dr. Oppermann legte sich wieder auf den Rücken und starrte in den sonnendurchfluteten, blaßblauen Himmel. Er hatte keinerlei Vorstellung, wie es nun weitergehen sollte. Man hatte sie abgeschossen und in das geheime Lager gebracht. Das war nach aller Logik ein Todesurteil. Sie freizulassen, wäre geradezu Irrsinn gewesen, auch ein Mitschleppen der Gefangenen hatte nicht den geringsten Sinn. Aber weshalb machte man sich dann überhaupt die Mühe, sie hierher zu bringen? Niemand hätte sie jemals gefunden, wenn man sie an der Absturzstelle erschossen hätte. Wozu diese Umwege?

Oppermann hörte, wie Pater Mooslachner in der Bantusprache der Ovambos brüllte:

»Ich bin verletzt! Ich will zu meinem Doktor! Er soll mich untersuchen! Ich sage euch: Gott wird euch strafen, wenn ihr einen seiner Priester wie einen tollen Hund behandelt!«

Irgendwie schien dies zu imponieren. Dr. Oppermann begriff es nicht; er hatte erwartet, daß man Mooslachner jetzt kurzerhand in den Nacken schoß. Aber nichts geschah.

Nach einer Weile kam ein Ovambo zu ihm, hockte sich vor ihm nieder und sprach ihn in einem guten Englisch an:

»Kann man mit Ihnen sprechen, Doc?«

»Warum nicht?« antwortete Oppermann.

»Sie sind verletzt?«

»Ich nehme an. Einige Rippenquetschungen, innere Prellungen und Hämatome. Das — das Atmen fällt mir schwer.«

»Können Sie den Herrn Pater untersuchen?«

»Ich will es versuchen. Wenn mich einer dabei stützt?«

»Selbstverständlich.«

»Darf ich etwas fragen?«

Der Ovambo — er trug eine komplette erdbraune Uniform, wie sie Oppermann noch nirgendwo gesehen hatte, und einen weichen Hut auf dem Kopf — blickte ihn abweisend an.

»Fragen Sie!« sagte er.

»Warum haben Sie uns abgeschossen?«

»Befehl des Kommandanten. Sie flogen so niedrig. Sie konnten uns gesehen haben.«

»Ich habe nichts gesehen.«

»Wer konnte das wissen?«

»Sie konnten erkennen, daß es ein Missionsflugzeug ist.«

»Wir kennen *Gott ist gekommen.«* Der Ovambo grinste. »Trotzdem ... es mußte sein. Zu unserer eigenen Sicherheit. Wir bedauern es. Der Kommandant wird nachher mit dem Herrn Pater und Ihnen sprechen.«

»Und was geschieht mit uns?«

»Was erwarten Sie, Doc?«

Die Gegenfrage war eine klare Antwort. Dr. Oppermann nickte.

»Wann und wie?«

»Das befiehlt der Kommandant.«

»Wozu soll ich dann noch den Pater untersuchen?«

»Er hat Schmerzen.« Der Ovambo hielt Oppermann beide Hände entgegen. »Gehen wir, Doc!«

Oppermann ließ sich von der Erde hochziehen und stützte sich auf die Schulter des Guerilleros. Programmgemäß seufzte er und drückte die Hand gegen die Rippen. Dann humpelte er langsam zu Mooslachner hin, der ihm entgegensah. Sein blutverkrustetes Gesicht hatte man mit Wasser gereinigt, aber die Soutane war hinreichend zerfetzt und mit Blut beschmiert.

»Willkommen!« sagte Mooslachner auf deutsch und grinste so, daß man es auch als Ausdruck des Schmerzes deuten konnte. »Nun tun Sie mal so, als sei ich gevierteilt worden. Diagnostizieren Sie so viel Verletzungen, daß wir mindestens vier Wochen verhätschelt werden.« Er begann seine zerfetzte Soutane auszuziehen. »Wo fangen Sie an?«

»Beim linken Bein.«

Oppermann bewegte und kniff das völlig gesunde Bein so kräftig, daß Mooslachner einen heiseren Schrei ausstieß.

»Sind Sie verrückt?« keuchte er.

»Wenn schon verletzt, sollen Sie auch etwas davon haben.«

»Sie Barbar!«

Oppermann klopfte Mooslachner überall ab, flüsterte ihm zu, wann er laut stöhnen sollte und humpelte dann, gestützt auf die Schulter des Ovambos, der anscheinend ein Offizier war, in den Schatten eines Mopane-Baumes.

»Der Pater hat ein angebrochenes Bein und innere Verletzungen«, sagte er. »Er müßte geschient werden und darf sich nicht bewegen.«

»Ich werde es dem Kommandanten melden. Vielleicht ist eine Behandlung nicht mehr nötig, Doc.«

»Das kann ich nicht entscheiden.«

Mooslachner wartete, bis der Ovambo gegangen war. »Was hat er gesagt?« rief er auf deutsch über den Platz.

»Der Kommandant entscheidet.«

»Das muß ein besonderer Knabe sein! Wen man auch fragt, immer heißt es: Der Kommandant! Und wann geruht er, uns zu empfangen?«

»Wir werden ihn noch früh genug kennenlernen!« rief Dr. Oppermann zurück. Es klang nicht sehr fröhlich.

Kurz danach trugen vier Ovambos Dr. Oppermann in eine niedrige fensterlose Hütte neben einer Schirmakazie und legten ihn auf ein Lager aus Zweigen und Decken. Dann brachten sie einen Krug mit Wasser, einen Holzteller mit Kuduschinken und noch warmen Maisfladen und eine kleine Dose Ölsardinen.

Erstaunt betrachtete Oppermann die Dose. Portugiesische Sardinen in reinem Olivenöl, enthäutet und entgrätet. Aufschrift in deutscher Sprache. Dauerkonserve.

In dem fahlen Dämmerlicht, das durch das Flechtwerk der Wände und der Decke fiel, aß er Schinken und einen Fladen, rollte die Dose mit dem darangeklebten Büchsenöffner auf, tunkte ein Stück Maisbrot hinein und hebelte die Sardinen heraus. Im geheimen Buschlager der Namibia-Guerillas, mitten in der Trostlosigkeit des Velds vom Kavangoland, aß ein deutscher Arzt vor seiner Hinrichtung als letzte Mahlzeit eine Dose Ölsardinen, die eigentlich für Deutschland bestimmt war . . .

Die Kopfschmerzen blieben. Ob sie vom Hängen am Baumstamm herrührten, oder ob der Schlag gegen das Armaturenbrett bei der Bruchlandung eine Gehirnerschütterung verursacht hatte, wollte Oppermann jetzt nicht diagnostizieren. Er scheute das grelle Licht der Sonne und spürte, daß ihm die Dunkelheit guttat: zusammen mit der latenten Übelkeit das sichere Anzeichen einer Commotio.

Er legte sich auf das weiche Lager, schloß die Augen, fühlte sich satt und müde, weich in allen Gelenken, wie ohne Knochen. Eine unendliche Ruhe überkam ihn, während er doch gleichzeitig das Flimmern seiner Nerven im ganzen Körper spürte.

Es ist verrückt, dachte er. Jetzt, wo ich so ruhig bin, will mein Körper hysterisch werden! Das lasse ich nicht zu. Wenn sie mich nachher hinstellen und erschießen, will ich aufrecht stehen und mit Anstand sterben. Und zu Mooslachner werde ich sagen:

»Pater, melden Sie uns da oben an! Aber meine Antwort auf alle gottväterlichen Fragen steht fest: Ich bereue nichts!«

Er schlief ein mit diesem Gedanken, der ihm sehr gut gefiel.

Ein Streicheln über seine Stirn, seine Augen, seine Nase, seine Lippen und seinen Hals weckte ihn.

Oppermann lag regungslos, hielt den Atem an und lauschte angestrengt.

Eine Schlange ... Was anderes kann diese gleitende Zärtlichkeit bedeuten, als daß eine Schlange sich über mein Gesicht windet. Das Streicheln vor dem tödlichen Biß ...

Er straffte die Muskeln, ballte die Fäuste, machte sich ganz starr und hoffte, daß die Schlange weiterkroch. Sehen konnte er nichts; die fahle Dämmerung war in völlige Dunkelheit übergegangen. Draußen mußte es Nacht sein. Er hatte also Stunden geschlafen, fast den ganzen Tag. Die Gehirnerschütterung, dachte er. Aber warum lebe ich noch? Warum haben sie mich nicht geweckt und erschossen? Sie haben mich schlafen gelassen. Nun bin ich frisch, der Schock des Abschusses ist überstanden. Nun ist das Sterben wesentlich schwerer. Ist das ihre Überlegung? Wollen sie uns als Feiglinge sehen? Der weiße Mann, der um sein Leben bettelt?!

Die Schlange glitt wieder über sein Gesicht, über seine Lippen, blieb dort liegen, kroch weiter zu seinen Augen — er schloß schnell die Lider —, dann wandte sie sich hinunter zu seinen Wangen, zu seinem Hals.

Dr. Oppermann wagte nicht, tief zu atmen. Was ist das, durchfuhr es ihn. So etwas gibt es doch nicht: Wie kann eine Schlange links und rechts gleichzeitig über meine Wangen und den Hals kriechen? Jetzt streichelt sie meine Schultern ... links *und* rechts ... Es muß eine große Schlange sein ...

Er spürte, wie das Grauen unaufhaltsam in ihm hochkroch, je aktiver der Schlangenleib wurde. Fieberhaft dachte er nach. Es gab keine Möglichkeit, sich davon zu befreien. Jede Bewegung mußte das Tier reizen — und das bedeutete: Zubiß! Es blieb nichts anderes übrig, als ganz steif liegen zu bleiben und atemlos abzuwarten, was weiter geschah.

Oppermanns Ratlosigkeit wurde immer größer, als das Streicheln wieder über seinen Kopf glitt, an seinen Schläfen verharrte ... Und dann geschah etwas ganz Merkwürdiges: Er spürte einen sanften Druck auf der Stirn, eine winzige, saugende Berührung, eine feuchte Wärme ...

Mit schwungvollem Griff beider Hände faßte er nach oben, blitzschnell, eine Bewegung, die aus den angespannten Schultermuskeln hervorschoß. Er faßte in lange Haare, klammerte sich daran fest und zog mit einem Ruck den Kopf an seine linke Schulter. Gleichzeitig warf er sich auf die Seite.

In der vollkommenen Dunkelheit sah er nichts. Aber er hörte einen stoßweisen Atem und dann eine Stimme, deren Flüstern ihm das Herz sprengte.

»Lieg ganz still, mein Liebling ... Komm, leg dich wieder hin! Ich sehe dich ... Ich bin bei dir ...«

»Luba ...« Dr. Oppermann brachte das Wort kaum über seine Lippen. Er fiel zurück, lag wie ausgeblutet, spürte wieder ihre Hände über seinem Körper, diese sanft gleitenden Hände, die er für einen Schlangenleib gehalten hatte. »Luba ...«

»Hast du noch große Schmerzen?«

»Mein Gott, Luba, wie kommst du hierher? Das ist doch nicht wahr, das träume ich doch bloß. Luba!?«

»Fühlst du meine Hände?«

»Ja.«

»Das bin ich. Du träumst nicht. Ich bin bei dir. Du hast lange geschlafen. Ich habe eine Kompresse um den Kopf gelegt, du hast es gar nicht gemerkt.«

»Luba!« Er breitete die Arme aus. Sie beugte sich über ihn, küßte ihn, er tastete sie ab, ließ seine Hände über ihren Rükken streichen, über ihren Nacken, hinunter zu ihren Brüsten, und erst, als er sie umfaßte, wußte er, daß es Luba war und daß er wirklich nicht träumte, oder daß alles nur ein grausames Spiel war.

Sie ließ ihn gewähren, stützte sich über ihm auf die Hände, ihre langen Haare bedeckten sein Gesicht. Als er ihre Brüste festhielt, sagte sie leise:

»Bin ich es, Liebling?«

»Wie ist das alles möglich? Ich begreife nichts mehr — in diesem Land ...«

»Du wirst es morgen erfahren. Jetzt mußt du ganz ruhig liegen.«

»Ich bin munter wie nie. Ich habe ja lange genug geschlafen.«

»Du hast die Rippen gequetscht und eine Gehirnerschütterung.«

»Nein. Ich . . .«

Sie legte ihm die Hand auf den Mund. Er küßte die Innenfläche.

»Du *bist* schwer verletzt. Ich weiß es!«

»Luba!«

»Sei still. Ich weiß es von Pater Mooslachner. Darauf habe ich dich untersucht und den Befund bestätigt. Willst du, daß sie glauben, ich lüge oder sei eine Stümperin?«

»Warum bist du weggelaufen?«

»Das weißt du doch.«

»Wie kommst du in das Lager der Guerillas? Luba, haben sie dich gezwungen, bei ihnen zu leben?«

»Nein. Ich gehöre hierher.«

»Das — das ist nicht wahr! Luba, du gehörst doch nicht zu den Guerillas!«

»Du mußt ganz still liegen, mein Liebling.« Sie befreite ihre Brüste aus seinen Händen, drückte seinen Kopf auf die Dekken zurück und setzte sich neben ihn.

»Was ist mit Pater Mooslachner?« fragte Dr. Oppermann. Seine Stimme war heiser vor Erregung.

»Er schläft, eine Hütte weiter. Ich habe sein linkes Bein geschient.«

»Luba — ich verstehe nichts mehr.«

Sie legte sich neben ihn, küßte ihn wieder und schmiegte sich an seine Schulter, als er sie umarmte. »Ich bin zu dir gekommen, weil ich dich noch einmal untersuchen wollte. Sie passen sehr auf mich auf, seit sie wissen, wer du bist.«

»Also bist du auch eine Gefangene?«

»So kann man es nicht nennen. Man ist nur mißtrauisch. Ich kann nicht lange bei dir bleiben.«

Sie küßte seine Halsbeuge, seufzte, als er sie ganz eng an sich zog und ihren Körper abtastete.

»Ich begreife es noch immer nicht«, flüsterte er. »Es ist alles so unwirklich . . . Luba, jetzt bekomme ich Angst vor dem nächsten Tag.«

»Ich auch, mein Liebling. Wir werden kämpfen müssen wie

einsame Löwen.« Sie löste sich aus seinem Arm. Ganz schwach erkannte er ihre Umrisse in der Dunkelheit. »Ich bin bei dir. Sie müssen erst über mich hinweg.«

»Das wird ihnen kaum Schwierigkeiten machen.«

»Ich glaube doch.« Sie glitt zum Eingang. Ein Vorhang hob sich, die sternenhelle Nacht kam in die Finsternis der Hütte. Im Gegenlicht erschien ihr Körper wie ein zarter Scherenschnitt. »Und vergiß es nicht, Liebling: du bist schwer verletzt. Vor allem die Rippen. Ich habe sie dir umwickelt.«

Dr. Oppermann griff zur Brust. Erst jetzt merkte er, daß er eine enge Bandage um die Rippen trug, und weshalb ihm das kräftige Durchatmen so schwerfiel.

»Wann kommst du wieder?« fragte er.

»Wir sehen uns morgen früh . . .«

Sie schlüpfte hinaus, das Tuch fiel zu, Finsternis umgab ihn wieder.

Morgen früh, dachte er und ließ sich zurückfallen. Bei der Hinrichtung sehen wir uns wieder. Mein Gott, mußte das sein? Wie kann ich mit Würde sterben, wenn ich Luba schreien höre?! Furchtbar wird das werden!

Er starrte in die Dunkelheit und legte die Hände über sein Gesicht. So tief es seine Rippenbandage zuließ, atmete er ein. Seine Hände rochen nach ihr. Der Pfirsichduft ihres Schweißes zwischen den Brüsten. Dieser rätselhafte süße Hauch aus ihren Poren . . .

Morgen, dachte er. Der letzte Morgen. Junge, werde jetzt nicht feige!

Er biß in die geballten Fäuste und mußte seine ganze Beherrschung aufbieten, um sich aus dem unmenschlichen Druck nicht mit einem Schrei zu befreien.

Am Morgen holten zwei uniformierte Guerilleros Dr. Oppermann aus der Hütte.

Er hatte sie erwartet, stand bereits vor seinem Blätterlager und hielt ihnen die Hände entgegen zur Fesselung. Sie ignorierten das, blieben am Eingang stehen und zeigten nach draußen.

»Mitkommen!« sagte einer auf englisch. »Können Sie jetzt besser gehen?«

Oppermann wunderte sich über diese sinnlose Freundlichkeit. »Ich fühle mich wohler«, antwortete er. »Bis auf die Rippen.«

Der Guerillero sagte nicht: Das ist gleich vorbei. Er wartete, bis Oppermann die Hütte verlassen hatte und setzte sich dann an seine linke Seite. Rechts von ihm ging der andere Schwarze. Ihre Maschinenpistolen hatten sie umgehängt, also nicht schußbereit.

Auf dem Platz wartete bereits Pater Mooslachner. Er trug einen sehr eindrucksvollen Kopfverband, das linke Bein steckte bis zum Oberschenkel in zwei breiten Holzschienen. Die zerrissene Soutane war notdürftig mit groben Stichen zusammengenäht worden, nur die linke Seite blieb geschlitzt. Auf einen starken Knüppel gestützt, ein kaum lädiertes Monument, stand er vor einem Sessel. Der war anscheinend zusammenlegbar, jetzt aber festlich aufgeputzt, belegt mit Sitz- und Rückenkissen, die mit kostbarem Gobelinstoff bezogen waren. Zwar war der Stoff an vielen Stellen abgeschabt und verschossen, die Kettfäden kamen durch, aber in dieser Umgebung, mitten im Dornbusch von Namibia, wirkte er wie ein Thron.

Dr. Oppermann kam mit langsamem Schritt, wie eben ein Verletzter geht, näher und winkte Mooslachner freundlich zu. Der Pater schob die Unterlippe vor, er war nicht in bester Laune. Erst, als die beiden begleitenden Ovambos Dr. Oppermann mit ihm allein ließen, sagte er auf deutsch:

»Das ist ein Ding, was?«

»Daß man Ihnen einen Sessel bringt? Allerdings! Sie sind doch kein Bischof.«

»Lassen Sie diese blödsinnigen Reden, Doktor! Sie sehen mich so scheinheilig wie ein schwörender Alkoholiker an, und wissen doch genau, was ich meine.«

»Luba . . .«

»Ja! Sie war natürlich auch bei Ihnen?«

»Sie hat mich verbunden. Sie sehen ja die Bandage.«

»Und mir hat sie das Bein geschient. Ich kann nur noch humpeln.«

»Sie hätten sich eine andere Verletzung aussuchen sollen, Pater. Vielleicht doch eine Hirnquetschung. Den Verband tragen Sie ja schon.«

»Ich werde darum bitten, zuerst erschossen zu werden, um

Ihnen nicht die Hand halten zu müssen. Und wenn ich dafür tausend Jahre Fegefeuer kriege!« Er zeigte auf den Sessel. »Der ist für den Kommandanten. Endlich lerne ich den Herrn kennen. Er will über uns Gericht halten. Soll er nur! Ich feuere ihm noch einiges hin, bevor er losballert! — Was sagte Luba?«

»Sie wird auch bewacht.«

»Werden Sie daraus klug?«

»Nein. Wie kommt sie nur hierher?«

»Das habe ich sie gefragt. Aber sie gibt darauf keine Antwort. Irgend etwas stimmt hier nicht, Doktor. Ich habe den Eindruck, daß man Sie und mich hier ganz genau kennt! Das sieht nach Geiselnahme aus. Mit uns will man jemanden erpressen. Die werden sich noch wundern! Was sind wir schon wert! Ein spinnerter Pater und ein querköpfiger Arzt! Dafür tauscht man nichts ein. Wie schwer sind Sie?«

»72 Kilo«, sagte Oppermann verblüfft.

»Ich bringe gut 100. — Doktor, wir werden einige Hyänenfamilien ernähren können.«

Zwischen den getarnten Hütten entstand Bewegung. Ein paar Guerilleros bezogen Posten, kamen aber nicht näher. Finster blickten sie zu den beiden Weißen hinüber. Dr. Oppermann saß es wie ein dicker Kloß im Hals.

»Unser Exekutionskommando?«

»Möglich.« Mooslachner hob die Schultern. »Hoffentlich zielen sie richtig und treffen nicht nur meine Beinschienen. Achtung, Doktor! Seine Herrlichkeit, der Kommandant.«

Aus einer Hütte unter einem mächtigen Mopanebaum, dessen Äste zur Tarnung mit Dornbüschen verflochten waren, trat ein Mann. Er war groß, muskulös und kam mit elastischem Schritt näher. Nur sein graugetöntes Kraushaar zeigte an, daß er älter war, als man nach dem ersten Eindruck schätzte.

Er trug keine Uniform, sondern einen europäischen Anzug, ein weißes, offenes Hemd und bequeme moderne Schuhe. Er setzte sich in den Sessel, zog dabei die Bügelfalte der Hose hoch und ließ zu dem mittelblauen Anzug auch mittelblaue Socken sehen.

Mooslachner konnte sich's nicht verkneifen, auf deutsch zu Dr. Oppermann zu sagen:

»Ein Gentleman. Man kann auch kultiviert morden. Er wird bedauern, daß er auf uns schießen lassen muß.«

Der Kommandant unterbrach Mooslachner nicht, sah ihn nur freundlich an und öffnete sein Hemd um einen weiteren Knopf. Es war an diesem Morgen wieder sehr heiß; die Regenzeit verzögerte sich um Wochen. Das Veld dürstete, die Tiere wurden unruhig; das Gleichgewicht der Natur, nach dem ihre innere Lebensuhr eingestellt war, kam durcheinander.

»Die gute Meinung, die Sie von mir haben, ehrt mich«, sagte der Kommandant in einem fließenden, nahezu völlig akzentfreien Deutsch.

Erschrocken hob Mooslachner die Schultern. Dr. Oppermann mußte lächeln, so ernst die Situation auch war.

»Du meine Fresse!« sagte Mooslachner völlig unpastoral. »Sie sprechen deutsch?! Und wie! Ein deutschsprachiger Guerillaführer? Das nennt man westorientiert!«

»Ich habe die deutsche Sprache immer geliebt«, sagte der Kommandant ruhig. »Die Sprache Goethes, Schillers, Kleists, Hölderlins. Ich liebe auch Ihre Musik: Beethoven, Bach, Mozart, Schubert ... Ich war immer besonders glücklich, wenn ich mit meiner Frau deutsch sprechen oder diese Musik hören konnte. Mein Name ist Josef Petrus Olutoni.«

Die Stille der Sprachlosigkeit lag schwer zwischen ihnen. Dann sagte Mooslachner gepreßt: »Das Rätsel ist gelöst.«

»*Sie* sind Lubas Vater?« sagte Oppermann erschrocken. »Ich glaube, mit dieser Erkenntnis hat sich vieles erledigt.« Olutoni umfaßte mit beiden Händen das angezogene Knie. »Ich war der glücklichste Mensch, als Luba endlich zu mir kam. Ich hatte sie nie aus den Augen verloren, ich war über jeden ihrer Schritte unterrichtet, ich lebte mit ihr aus der Ferne. Das ist auch der Grund, warum Sie nicht sofort erschossen wurden. Ich bin Ihnen zu Dank verpflichtet. Ihnen, Pater, daß Sie meine Tochter so väterlich in der Mission betreut haben; Ihnen, Doktor, daß Sie ein so liberaler Vorgesetzter waren. Für meinen Geschmack waren Sie zu liberal. Luba liebt Sie, sie hat es mir gesagt, sie ist nicht davon abzubringen. Sie sind wie ein Rauschgift für sie.«

»Ich liebe Luba auch!« sagte Dr. Oppermann fest. »Ich will sie heiraten.«

Olutoni schüttelte den Kopf. Er blieb ganz ruhig, sehr gefaßt, sehr höflich. Man konnte sogar meinen, er bedauere, was er sagen mußte.

»Luba wird bald wie eine Witwe sein.«

»Diese Entscheidung liegt ganz bei Ihnen. Ich kann Ihnen da nicht dreinreden.« Dr. Oppermann sah Olutoni herausfordernd an. Der Schwarze erwiderte seinen Blick mit kühler Distanz. »Aber — wie wird Luba darauf reagieren?«

»Wie eine echte Ovambo!«

»Das glauben Sie?«

»Sie ist meine Tochter.«

»Eben!« Dr. Oppermann lächelte bitter. »Das sollte Sie warnen.«

Olutoni senkte den Kopf, blickte auf seine Bügelfalten und strich mit den Händen unruhig darüber.

»Gehen Sie zurück in Ihre Hütte, Doktor«, sagte er dann. »Wir werden uns darüber eingehend unterhalten. Später. Ich möchte jetzt mit dem Pater allein sein. Es ist viel zu besprechen. Bitte, gehen Sie.«

Dr. Oppermann nickte, drehte sich um und ging allein zu seiner Hütte zurück. Dieser Mann, einer der gefürchteten Guerillaführer, war Lubas Vater! Das war so ungeheuerlich, daß Oppermann sich auf das Blätterlager warf, den Kopf gegen die Flechtwand lehnte und an die spitz zulaufende Decke starrte. Olutoni, einer der radikalen Führer! Olutoni, einer der gejagten Töter! Olutoni, Lubas Vater, der eine weiße Ehefrau hatte und nun die Weißen ausrotten will . . .

Die nie faßbare, rätselvolle Seele Afrikas.

Pater Mooslachner wartete, bis Oppermann weit genug entfernt war. Der Kommandant hatte den Kopf nicht wieder erhoben.

»Ich hätte alles erwartet, aber das nicht!« sagte Mooslachner, als Olutoni schwieg. »Hätte auf diesem Sessel ein Kubaner gesessen — kein Kommentar! Oder ein deutscher Söldnerführer — dem hätte ich ins Gesicht gespuckt. Oder ein Russe, — geschluckt hätte ich auch das. Aber Lubas Vater? Das ist geradezu pervers!«

Olutoni hob den Kopf. In seinen Augen lag echter Kummer. Mooslachner erschrak vor diesem Blick. Das ist plötzlich ein anderer Mensch, durchfuhr es ihn. Das ist kein Guerillahauptmann mehr, das ist ein armer, kleiner, auswegloser Mensch, der Hilfe sucht.

»Ich bin da«, sagte Mooslachner sanft. *»Gott ist gekommen* hast du abschießen lassen, aber Gott läßt sich nicht abschießen. Er ist doch zu dir gekommen. Er ist immer da, wenn man ihn braucht und sucht . . .«

»Ich habe Ihnen viel zu erzählen, Pater«, sagte Olutoni leise. »Wir werden viel Zeit brauchen.«

»Gott zählt keine Stunden, Josef Petrus. Du trägst die beiden heiligsten Namen, die es gibt.« Mooslachner stützte sich auf seinen Knüppel. Er sehnte sich nach einem Stuhl, aber mit dem bis oben hin geschienten Bein war das Sitzen ohnedies unmöglich. Er räusperte sich, sah Olutoni kampfeslustig an und sagte: »Genug von Gott! Leg' los, Josef Petrus! Ich nehme an, du hast allerhand auszupacken.«

»Es ist keine Beichte, Pater. Nur ein nüchterner Bericht.«

»Wir wollen sehen. Spuck es aus! Wo willst du anfangen?«

»Bei dem Tod von Lubas Mutter. Sie hieß auch Magdalena. Sie war so schön wie Luba, sie war eine Gnade Gottes.« Olutoni senkte den Kopf. »Ich werde weinen, wenn ich von ihr spreche.«

»Ich werde es nicht sehen«, sagte Mooslachner. »Schäme dich nicht, öffne deine Seele, Olutoni.«

»Immer war ich ein Freund der Weißen«, begann Olutoni langsam. Er sprach weiterhin deutsch, als sei es seine Muttersprache. »Ich bewunderte ihre Intelligenz, ihr logisches Denken, ihre Tatkraft, ihre Forschungen und Fortschritte. Aber ich habe nie begriffen, warum sie die einzigen auf der Welt sein sollen, die man Menschen nennen darf. Ich habe lange darüber nachgedacht, habe mich oft vor einen Spiegel gestellt und mich von oben bis unten betrachtet: Warum bist du kein Mensch für sie? Warum bezeichnen sie dich als Affen? Warum ist Kaffer gleichbedeutend mit Ungeziefer? Warum darfst du nicht neben ihnen auf einer Bank sitzen, nicht im gleichen Zugabteil, nicht im Bus, nicht im Café oder Restaurant? Warum hast du eigene Toiletten auf den Stationen, warum haben Häuser sogar eigene Eingänge: ›Nur für Weiße‹ — ›Nur für Schwarze‹ —, warum hast du kein Recht, eine eigene Meinung zu äußern? Weil deine Haut dunkler ist als die der Weißen? Weil du eine plattere Nase hast und einen wulstigeren Mund? Aber habe ich denn nicht auch Blut in den Adern, ein Herz, das schlägt, eine Lunge, die atmet, eine Leber, die entgiftet, eine Niere, die ausscheidet? Unterscheidet sich das Organ eines Schwarzen von einem weißen, wenn man sie nebeneinander auf den Tisch legt? Alles an und in uns ist doch Mensch! — Doch wir sind keine Menschen für die Weißen. So war das noch vor ein paar Jahren.« Olutoni holte tief Atem.

»Ich weiß«, sagte Pater Mooslachner ruhig. »Ich bin lange genug in der Mission. Vor Gott aber sind alle gleich.«

»Vor Gott?! Was nützt mir das? Auf *Erden* müssen sie alle gleich sein, sonst leben die einen, und die anderen verrecken!« Olutoni hob seine Stimme, sie bekam einen gläsernen Klang. »Als Magdalena und ich heirateten — nicht in Windhoek, da hätte man uns damals erschlagen, sondern in Daressalam, weit weg von hier —, da dachten wir nur an unsere Liebe, an unser Glück, an ein schönes gemeinsames Leben. Ich komme aus keiner armen Familie; mein Vater war einer der Oberhäuptlinge der Ovambos von Oshakati und Okatana. In der Kathedrale von Okatana wurde ich getauft, wir waren tief gläubig, mein Vater hielt jeden Sonntag eine Privatandacht. Aber für einen Weißen blieb er ›Der Kaffer‹.« Olutoni richtete sich im Sitzen auf. »Nach unserer Rückkehr aus Daressalam kaufte mein Vater uns jungen Eheleuten die Farm mit der Straußenzucht. Das war eine Sensation. Die Weißen liefen Sturm gegen den Kauf, aber er war perfekt; ein Rechtsanwalt hatte die Farm als Treuhänder gekauft. Das Gesetz war einmal auf unserer Seite, — aber der Rechtsanwalt mußte Windhoek verlassen; er bekam keine Klienten mehr. Er wanderte aus nach Kanada. Zwei Jahre später kam Magdalena auf die Idee mit der Gästefarm. Damals war Luba gerade geboren worden, und wir waren selig vor Glück. Wir schrieben an die großen Touristikbüros, boten unser Programm an, druckten Prospekte, und siehe da, man griff zu. Touristen aus aller Welt kamen, wohnten bei uns, ritten auf unseren zahmen Straußen, kauften Federn, fuhren mit unseren Jagdwagen auf Safari … Es schien, als habe die Welt sich verändert, als seien wir nun doch Menschen! Zwar wurde Magdalena manchmal auf mich angesprochen, aber sie war so stolz, immer zu antworten: ›Halte ich Ihnen Ihren Mann — oder Ihre Frau — vor?‹ — Das wirkte immer. Bis eines Tages unser Hausboy, Lubas Betreuer Simon Otje, hinzukam, als ein weißer Gast Magdalena vergewaltigen wollte. Er erschlug den Kerl und tauchte dann im Norden bei meinem Stamm unter.« Olutoni sah Pater Mooslachner nachdenklich an. »Jetzt wird es doch eine Beichte ...«

»Das war sie für mich von Beginn an«, sagte Mooslachner.

»Dann kann ich es Ihnen sagen: Simon Otje hat eine große Karriere gemacht. Er ist heute einer der Delegierten der Ovambos bei allen nationalen und internationalen Konferenzen. Er heißt jetzt Namalunga.«

»Ich kenne ihn.« Mooslachner nickte. »Ich habe mit ihm Bier getrunken bei Dr. Oppermann, als der allein unterwegs war in der Etoschapfanne. Ich wußte allerdings nicht, wie die Zusammenhänge sind. Simon Otje kam damals von dir?«

»Ich wollte Luba zu mir holen; ich hatte erfahren, daß sie Dr. Oppermann liebt. Aber sie weigerte sich. Zum erstenmal in ihrem Leben war sie ungehorsam. Da begriff ich, wie ernst die Lage ist.« Olutoni wischte sich über das schöne, ebenmäßige schwarze Gesicht. »Doch verlieren wir nicht den Faden, Pater. Namalunga, oder, wie er damals hieß, Simon Otje, tötete den Weißen. Das war der Beginn eines Kesseltreibens gegen uns. Man boykottierte uns, wo man nur konnte, man beleidigte Magdalena, wo immer sie unter Weißen auftrat, die Reisebüros wurden unter Druck gesetzt, es kamen immer weniger Touristen zu uns. Schließlich erschien eine staatliche Kommission auf meiner Farm und entzog mir die Konzession für die Beherbergung Fremder, mit der Begründung, mein Saustall entspräche nicht den hygienischen Ansprüchen, die ein Weißer stelle. Sie sagten wörtlich: ›Sie können ja Ihren Kral an die Schwarzen vermieten!‹ Dabei hatte ich eine Musterfarm. Ich war einer der ersten, der in den Zimmern fließend kaltes und warmes Wasser hatte und im Restaurant eine amerikanische Klimaanlage. Auch das nahmen mir die Weißen übel: Ich war moderner eingerichtet als sie. Mit dieser Schließung glaubten sie mich wirtschaftlich zu ruinieren. Irrtum! Nun exportierte ich Straußenfedern in alle Welt, auch wenn manchmal auf rätselhafte Weise Kisten mit den wertvollsten Federn auf dem Weg nach Swakopmund oder Walvis Bay verschwanden.« Olutoni machte eine Pause. Endlich sagte er, mit völlig veränderter Stimme: »Und dann wurde Magdalena getötet. Von einem Leoparden.«

»Luba erzählte es mir«, sagte Mooslachner und legte die Hand auf Olutonis Schulter.

Olutoni senkte den Kopf und schien nach innen zu blicken. Vielleicht weinte er auch nach innen.

»Aber — es gab seit Jahren keine Leoparden mehr in dieser Gegend«, sagte er leise.

Mooslachners Druck auf Olutonis Schulter verstärkte sich. Das ist es, dachte er entsetzt. Herr im Himmel, das große Rätsel ist gelöst. Verlange von einem Menschen nichts Übermenschliches.

»Vielleicht war es ein einsames Pärchen, Josef Petrus . . .« sagte er rauh.

»Nein!« Olutoni schüttelte den Kopf. »Ich habe jeden Meter Veld abgesucht, monatelang. Keine Spuren von Leoparden, keine Losung, kein gerissenes Wild an den Wasserlöchern. Es war eben kein Leopardenland mehr. Aber nach zwei Monaten fand ich mit Suchhunden ein altes, durchlöchertes, unbrauchbares Leopardenfell, vergraben unter einem Mopanebaum. Es war zu nichts mehr nütze, von Motten zerfressen. Aber an einer Tatze waren die Krallen noch so gut und scharf, als habe der Leopard gerade zugeschlagen. Und er hatte zugeschlagen. Er hatte Magdalena gerissen.«

»Weißt du, was du da sagst, Josef Petrus?« fragte Mooslachner mit unsicherer Stimme.

»Ich kann es beweisen. Magdalena hatte einen Blutspenderpaß mit den genauen Angaben über ihr Blut. An den Krallen waren noch Blutspuren. Ich habe einige Krallen nach Nairobi, also weit weg, geschickt, um ganz sicher zu gehen. Die Analysen kamen zurück: es war Magdalenas Blut an den Krallen! Es gab keine Zweifel mehr. Man hatte Magdalena ermordet und den Mord als Angriff eines Leoparden getarnt. Man hat sie vom Pferd geholt, erwürgt und dann mit den Krallen ihren Körper zerrissen, vor allem den Hals, damit man die Würgemale nicht mehr sehen konnte. Und die Mörder waren Weiße.«

»Das kannst du nicht beweisen!«

»Auch das, Pater!« Olutonis Stimme schwankte. Nun weinte er wirklich. »Ich habe mich erkundigt, wer das Fell gekauft hat, oder wem es gehört. Das Gerberzeichen war noch lesbar. Eine renommierte alte Firma. Dort führt man Buch über alle wertvollen Stücke. Der Leopard stammte aus dem Jahr 1932 und gehörte einem Mijnheer Duiken, einem Holländer, der in Gobabis wohnte. Nach dessen Tod kam das Fell in den Besitz der Familie Schlahmann, die eine Farm bei Steinhausen hatte. Das war 1951. Die Schlahmanns wanderten aus nach USA, und von da ab verliert sich die Spur des Leopardenfells. Die Farm wurde versteigert. Aber an der Versteigerung nahmen nur Weiße teil! Der ganze Besitz wurde aufgeteilt und verstreut. Es waren Weiße, die meine Magdalena getötet haben — eine Kaffernhure, wie man sie nannte. Die schönste und beste Frau unter der Sonne.«

Olutoni schlug beide Hände vor sein Gesicht und weinte. Pater Mooslachner ließ ihn gewähren; er sagte kein Wort, er tröstete nicht. Wie kann man da noch trösten, dachte er und unterdrückte eine ohnmächtige Wut. Was sind das für Menschen, Herr im Himmel?! Zerfetzen eine Frau mit Leopardenkrallen! Du hast, oh, Herr, mit Deinen heiligen Worten zwei konträre Sätze gesagt: »Liebet eure Feinde!« und: »Auge um Auge, Zahn um Zahn!« Er da, dieser kleine, arme, rechtlose, geknechtete, wegen seiner Hautfarbe getretene Mensch hat an den letzten Satz gedacht. Er entspricht eher seiner Natur. Willst Du ihn bestrafen, weil er Dein Wort, oh, Herr, so wörtlich nahm?

»Von diesem Augenblick an haßte ich die Weißen!« sagte Olutoni mit harter Stimme. »Ich konnte nicht anders, auch nicht als Christ, Pater. Ich sah immer nur meine zerrissene Magdalena, die sterben mußte, weil sie mich liebte. Vernichtet die Weißen — das war nun mein Lebensinhalt. Deshalb schickte ich Luba in ein Internat nach Windhoek. Sie sollte diesen Vernichtungskampf nicht aus der Nähe erleben. Er sollte sie nie berühren.«

»Du willst Gerechtigkeit, Josef Petrus?« fragte Mooslachner rauh.

»Ja.«

»Und praktizierst nichts anderes als grausame Rache!«

»Das ist die unausweichliche Konsequenz.«

»Nein! Das ist das dumpfe Mittelalter der Entwicklung, aus dem dieses Afrika, wenn man es allein läßt, nie herauskommen wird! Die Stammeskriege, die Blutrache, der Religionsfanatismus ... Du bist nicht anders, Josef Petrus, als diese Wahnsinnigen, die das Rad der Geschichte zurückdrehen wollen! Ein freies Afrika — gut. Aber ein Stamm köpft und zerhackt den Nachbarstamm: er sieht uns seit Jahrhunderten scheel an! Er hat das meiste Vieh! Er hat vor dreihundert Jahren die Weidegründe besetzt! Er ist zu stolz! ... Leugne nicht, daß es das auch heute noch gibt. Aber die Weltöffentlichkeit nimmt keine Notiz davon, weil es Schwarze sind! In diesem Punkt hast du völlig recht: Es kümmert den Weißen überhaupt nicht, ob ihr Schwarzen euch völkerweise ausrottet. Er denkt nur: Gut, daß sie weniger werden! — Wer spricht über die Watussimorde? Wer hat große Worte über die Kikuyus verloren? Zwischen Ruanda und Burundi wurden Tausende feindlicher Brüder ermordet — die Welt sieht gelassen zu, wenn sie überhaupt davon erfährt. — Das alles ist passiert und passiert auch jetzt noch tagtäglich in diesem Afrika, weil es einfach in euer Denken nicht hineinwill, daß Töten eure Probleme nicht lösen kann.«

»Es löst Probleme. Ein toter Kopf richtet kein Unheil mehr an; ein toter Weißer ist ein Unheil weniger.«

»Und das nennst du Gerechtigkeit: Alle Weißen sollen büßen für den einen oder die zwei, die deine Magdalena ermordet haben?!«

»Ja!«

»Dann brauchen wir nicht weiterzureden, Josef Petrus.«

»Sie sollen auch nicht reden, Pater. Ich flehe Sie an, mir zuzuhören!« Olutoni blickte hinauf in die breite, mit Dornbüschen getarnte Baumkrone. »Ich habe versucht, Ihnen zu erklären, warum ich geworden bin, was ich bin. Sie begreifen es nicht. Gut. Wie sollten Sie auch? Sie denken weiß, ich denke schwarz; es ist wohl wirklich so, daß es da nie eine Gemeinschaft auf Dauer geben kann. Ich unterstehe dem Anführer des radikalen Flügels der Freiheitsbewegung Namibia, und hier habe ich meine kleine Privatarmee versammelt, um solange Unruhe ins Land zu tragen, bis wir zum großen, entscheidenden Schlag aufgerufen werden.« Olutoni blickte Mooslachner mit einem unsicheren Lächeln an. »Ich lese die Fragen an Ihren Augen ab, Pater. Woher kommen die Waffen? Woher kommt das Geld? Wer unterstützt dich? Auch darüber könnte ich lange mit Ihnen sprechen — doch wozu? Vielleicht wären Sie so entsetzt, daß Sie beginnen würden, an Gott zu zweifeln.«

»Das wird man nie erleben, Josef Petrus.«

»Die Weißen pumpen das Geld in uns hinein! Industriebetriebe, Waffenhändler mit staatlicher Absicherung im Rücken, sogenannte sozialistische Freunde, auch kirchliche Organisationen — sie alle haben offene Hände —, alle mit einem Wechsel auf eine Zukunft, alle mit dem Hintergedanken, später an uns verdienen zu können. So ist das! Wollen Sie Namen von kirchlichen Spendern haben?«

»Ich weiß sie«, sagte Pater Mooslachner bitter. »Aber deshalb werfe ich meine Soutane nicht weg; im Gegenteil, ich schnüre sie fester!«

»Das haben Sie auch nötig, Pater.« Olutoni erhob sich. Er war fast so groß wie Mooslachner, aber schlanker und beweglicher. »Die Beichte ist beendet. Geben Sie mir die Absolution?«

»Du bereust nichts, Josef Petrus?«

»Nein!« sagte Olutoni stolz.

»Dann keine Absolution. Das weißt du doch. Aber ich habe es auch nicht anders von dir erwartet.«

»Danke, Pater.« Olutoni sank unversehens in die Knie und senkte den Kopf. »Werden Sie mich segnen?«

»Den unbußfertigen Mörder?«

»Den weinenden Menschen, Pater.«

»Der mit einem Brokatsessel herumzieht, sich als Befreier verehren läßt — und doch nur tötet?«

»Es ist Magdalenas Sessel. In ihm hat sie immer am Fenster gesessen und in das Abendrot geblickt. Es ist das einzige Stück, das ich von meiner Farm mitgenommen habe. Hat die Kirche keine Reliquien?«

»Sei still!« sagte Mooslachner grob. »Ich will dich segnen. Wann, mein Sohn, werden Dr. Oppermann und ich getötet?«

»Morgen. Wir werden euch ehrenvoll erschießen, nicht mit Knüppeln erschlagen oder mit Macheten vierteilen. Und ich verspreche Ihnen auch ein Grab mit einem Kreuz. Keine Hyänen, kein Geier . . .«

»Ich bin mit dir zufrieden, Josef Petrus«, sagte Pater Mooslachner feierlich. »Du hast doch ein Sandkorn von christlicher

Nächstenliebe aufgenommen. Verziehen wird dir nicht, aber der Herr im Himmel wird einmal mit dir sprechen . . .«

Er schlug das Kreuz über Olutoni, räusperte sich dann und schlug mit seinem Knüppel gegen die Beinschiene.

»Ende!«

Olutoni erhob sich, umarmte Mooslachner, küßte ihn auf beide Wangen und ging dann, gleichsam die stolze Inkarnation seiner Idee, hinüber zu Dr. Oppermanns Hütte. Mooslachner blickte ihm nach.

Morgen, dachte er. Das ist nun endgültig. Von diesem Menschen kann man keine Gnade erwarten. Herr, nimm die Angst von mir und laß mich ruhig werden wie deine Knechte, die für dich starben.

Er seufzte, das Stehen fiel ihm schwer. Das geschiente Bein weit von sich streckend, schob er den Brokatsessel zu sich her und setzte sich hinein.

Es tat ihm gut. Er hatte nichts mehr zu verlieren.

Dr. Oppermann saß auf seinem mit Decken belegten Blätterlager und beschäftigte sich intensiv mit der Frage, wie Josef Petrus Olutoni als Vater, wie, andererseits, als Führer einer Revolutionstruppe, mit der verzwickten Situation fertig werden würde.

So einfach ist das Erschießen nun doch nicht geworden, dachte Oppermann und schöpfte wieder Hoffnung. Er kann dich nicht einfach an einen Baum stellen und töten lassen, und Luba sieht zu. Andererseits gibt es keine Begründung dafür, warum gerade diese beiden Weißen geschont werden sollen. Die Soutane eines Priesters ist beim großen nationalen Aufräumen kein Schutz. Das hat man damals im Kongo gesehen, als Missionare und Pfarrer ebenso ermordet wurden wie alle anderen weißen Siedler. Der Haß auf die weiße Hautfarbe war ungleich größer als die Ehrfurcht vor dem Priesterkleid. Man hatte die Nonnen der Mission ebenso vergewaltigt und dann erstochen oder erschlagen wie die anderen weißen Frauen, die man wie Tiere einfing.

Wie würde sich Olutoni verhalten? Sein Wissen von Lubas Liebe zu dem Weißen war seinen Leuten gegenüber nicht zu verwerten, und selbst wenn sich Luba in größter Verzweiflung vor allen anderen offen dazu bekannte — ihr Geständnis würde die Guerilleros nur noch mehr in der Absicht bestärken, gerade diesen Weißen zu töten, um diese Schmach zu löschen.

Aber Luba? Was würde Luba tun? Was kann ein Vater von seiner Tochter erwarten, wenn er ihr den Geliebten erschießt?

Seine Gedanken wurden unterbrochen; Olutoni kam in die Hütte.

Dr. Oppermann wollte sich erheben, aber Olutoni winkte ab und setzte sich neben ihn auf sein Lager.

»Sie müssen sich schonen, Doktor«, sagte er in einem Plauderton, der in dieser Umgebung und Situation nur makaber wirken konnte. »Luba sagt, Sie hätten schwere Rippenprellungen und eine Gehirnerschütterung. Hat man Sie gut versorgt?«

»Ja. Danke.« Dr. Oppermann bemühte sich, im diffusen Halbdunkel der Hütte Olutonis Gesicht zu erkennen und in seinem Mienenspiel zu lesen. Es war fast unmöglich; die Schatten ließen von dem schwarzen Kopf nicht viel mehr übrig als die Umrisse. »Ich hatte ein opulentes Frühstück. Allerdings ist mir die Begegnung mit Ihnen auf den Magen geschlagen. Ich hatte mir die Bekanntschaft mit Lubas Vater anders vorgestellt.«

Sie sprachen deutsch miteinander, und wieder wunderte sich Oppermann, wie akzentfrei Olutoni die Sprache beherrschte. Der Schwarze lehnte sich an die Flechtwand; sein Gesicht war jetzt völlig ins Dunkel entrückt.

»Ich glaube, unter anderen Umständen wären wir uns kaum jemals begegnet«, sagte er höflich.

»Es wäre für mich selbstverständlich gewesen, den Vater Lubas zu unserer Hochzeit einzuladen.«

»Ich hätte nie nach Europa oder Amerika, oder wo immer Sie Luba geheiratet hätten, kommen können. Ich werde hier gebraucht. Mein Volk, mein Land kann nicht auf mich verzichten.« Er schwieg, schien Oppermann prüfend anzusehen und seufzte dann. »Ich liebe meine Tochter. Sie ist das Wertvollste, das ich besitze.«

»Diese Worte könnten von mir sein. Mein Leben ohne Luba ist nur noch ein Dasein, das man ertragen muß, weil man eben atmet.«

»Da haben Sie es einfacher als ich. Sie werden von diesem Dasein bald erlöst sein«, sagte Olutoni ruhig.

»Sie wollen sich vom Wertvollsten, das Sie besitzen, trennen?«

»Wieso?«

»Glauben Sie, daß Luba meinen Tod so einfach hinnimmt?«

»Verkriechen Sie sich nicht hinter Lubas Liebe, Doktor. Das ist ein billiger Schutz. Und er nützt Ihnen gar nichts. Ich werde Luba noch heute wegbringen lassen.«

»Dann müssen Sie sie verschnüren wie ein Paket. Hoffen Sie wirklich darauf, daß Luba Ihnen das verzeihen wird?«

»Sie ist von Ihnen weggelaufen.«

»Ich begreife jetzt auch, warum.« Dr. Oppermann beugte sich vor. »Und Sie wissen es auch. Sie hat sich geopfert aus Angst, ich könnte an meiner Liebe in diesem Land zugrunde gehen. Wenn jetzt der eigene Vater diese Liebe mit einer Gewehrsalve zerschießt, dann hat er auch seine Tochter getötet. Es wird zwischen Luba und Ihnen nichts anderes mehr geben als Haß!«

»Deshalb bin ich zu Ihnen gekommen, Doktor. Sie haben meine Tochter verwandelt. Man könnte fast sagen: Sie haben Luba verhext. Oder, noch härter: Sie haben mir mein Kind weggenommen! Das können Sie nie wieder gutmachen!«

»Wir lieben uns — das ist alles!«

»Ich habe einen so totalen Ausfall von Vernunft wie bei Luba noch nie erlebt.«

»Wenn Ihnen dieser Zustand so fremd ist, haben Sie Lubas Mutter nie wirklich geliebt!«

»Ich verbiete Ihnen, über Magdalena zu sprechen!« sagte Olutoni scharf. »Was wissen Sie schon über sie!«

»Nichts. Nur, daß sie Ihnen das herrlichste Mädchen geboren hat!«

»Mein Kind, das Sie mir wegnehmen wollen!«

»Ist Luba Ihr persönlicher Besitz — wie Ihr Hemd, Ihr Ring am Finger, Ihre Uhr oder Ihre Maschinenpistole? Wollen Sie sie zwingen, zeitlebens nur ihren mächtigen Vater anzuhimmeln? Oder ist es nur diese Eifersucht, die alle Väter ihren Töchtern gegenüber empfinden? Dieser Freudsche Komplex?!«

»Davon verstehe ich nichts, Doktor.« Olutoni beugte sich vor, brach ein Stück vom Rest des Maisfladens ab und kaute es langsam. »Ich könnte jetzt sagen: Verschwindet! Heiratet irgendwo in der weiten Welt und werdet glücklich! — Damit hätte ich Lubas Glück gerettet, aber meinem Volk Schaden zugefügt: Der Arzt, der die noch unbekannte Infektionskrankheit heilen könnte, wäre unerreichbar.«

»Er ist auch unerreichbar, und zwar endgültig, wenn Sie mich erschießen lassen.«

»Das ist etwas anderes. Dann gibt es Sie nicht mehr! Dann kann mein Gewissen nicht mehr sagen: Er lebt noch, er könnte meinem Volk helfen, wenn er jetzt hier wäre . . . Das wäre dann vorbei. Der Tod schließt alle Spekulationen aus. Endgültig, Dr. Oppermann!«

»Sie haben eine verdrehte Logik.«

»Aber es ist eine Logik! Ich bemühe mich, sie auch Luba beizubringen.«

»Und wie nimmt sie diese Gedankensprünge auf?«

»Sie weigert sich, ihnen zu folgen.«

»Haben Sie etwas anderes erwartet? Luba ist ein Mensch von morgen!«

»Das heißt: Ich bin überholt? Ein Fossil?«

»Sie wollen mit dem Haß von gestern und heute die Zukunft bauen. Das ist absurd! Nie wird es ein freies Namibia auf dem Fundament der Erinnerungen an vergangene Untaten geben. Nur ein Namibia mit dem freien, vorurteilslosen Blick in die kommenden Jahrzehnte. Das ist die Krankheit der afrikanischen Freiheitsbewegung: sie blickt zuviel zurück! Sie ist belastet mit Ressentiments. Sie trägt zu schwer an ihrem Verlangen nach Rache und Vergeltung.«

»Ich wünsche mit Ihnen keine politische Diskussion zu führen«, sagte Olutoni und hob beide Hände. »Uns hat nur Luba zu interessieren. Allein sie!«

»Ich glaube, Sie haben Angst . . .« Dr. Oppermann strich sich über sein Gesicht. Seine Hände zitterten. Ihm war bewußt, daß dieses Gespräch vielleicht das letzte — vielleicht aber auch der Beginn vieler nachfolgender Gespräche war. Auf jeden Fall ein Gespräch, an dem sein Leben hing. »Angst vor Ihrer Pflicht als Vater und Guerillaführer.«

»Sie haben recht.« Olutonis Stimme klang ganz ruhig. »Was

ich auch tue — eins muß ich opfern. Nicht ich habe Sie in der Hand, sondern Sie mich.«

»Es ist wirklich tragisch. Sie müssen sich zwischen Revolution und Vaterschaft entscheiden.«

»Das treibt mich dazu, Ihnen einen Vorschlag zu machen, Doktor.«

»Gibt es denn eine Alternative?«

»Lieben Sie Luba so wie ich?«

»Es wäre vielleicht vermessen zu sagen: Mehr!«

»Luba hat ihre Liebe geopfert, um Sie zu retten. Hätten Sie die Stärke, Ihre Liebe für Luba zu opfern?«

»Das müssen Sie mir erklären.«

»Sie gehen aus der Hütte hinaus, Sie bewegen sich frei, Sie sehen, daß niemand Sie bewacht, Sie sehen jenseits des Platzes einen Jeep stehen, der Zündschlüssel steckt im Schloß, Sie springen hinein und fahren los . . .«

»Und außerhalb des Lagers erwarten mich Ihre Leute und erschießen mich auf der Flucht. Es war mein freier Wille, dieses Risiko einzugehen.« Dr. Oppermann atmete tief durch. »Richtig so?«

»Exakt.«

»Dann wären Sie bei Luba fein heraus.«

»Das wollte ich damit klarmachen. Sie wird weinen, sie wird wie eine Witwe trauern — aber sie wird weiterleben wollen. Sie wird Sie wie einen Helden verehren, sie wird ihren Vater weiterlieben können, Sie werden ein schönes Grab bekommen, das Luba pflegen wird, und die Zeit läßt alle Wunden vernarben.«

»Das haben Sie sich wundervoll ausgedacht.« Dr. Oppermann pfiff durch die Zähne. »Und Pater Mooslachner?«

»Es geht jetzt nur um Sie und Luba. Und um mich! Sind Sie zu diesem Opfer bereit?«

»Nein!« sagte Dr. Oppermann laut. »Ihr Vorschlag ist absurd!«

»Dann werde ich Luba verlieren, das ist sicher«, sagte Olutoni leise. »Wissen Sie, Doktor, was das für mich bedeutet? Ich werde nur noch eine Maschine sein. Ein Vernichtungscomputer. Ich werde kein Herz mehr haben, keine Seele, keine Nerven, kein Auge für Qual und Tod. Ich werde tot sein und trotzdem töten. Sie werden es zuerst merken: Wenn wir schon alle zusammenbrechen, dann sollen Sie auch stückweise diesen Untergang erleben. Ich werde Sie, langsam, Glied nach Glied, auseinandernehmen lassen. Ich werde dann viel Zeit haben und abwarten können, bis die einzelnen Amputationen soweit verheilt sind, daß wir zur nächsten schreiten können. Die letzte wird Ihr Kopf sein. Aber bis dahin gibt es noch viel, was man wegnehmen kann, bis nur noch Rumpf und Kopf übrigbleiben.«

Dr. Oppermann zog die Schultern hoch. Ein Frösteln durchlief seinen Körper.

»Dann fangen Sie heute an ...« sagte er heiser. »Geben Sie mir einen Tip, womit. Vielleicht kann ich Sie chirurgisch beraten ...«

Ohne Erwiderung stand Olutoni auf und verließ die Hütte. Dr. Oppermann fiel auf sein Lager zurück und schloß die Augen. Jetzt spürte er, wie das Zittern seinen ganzen Körper beherrschte.

Die Aussicht, stückweise sterben zu müssen, erzeugt keine Helden.

Gegen Mittag kam Luba wieder in die Hütte. Sie wurde von zwei Guerilleros begleitet, die am Eingang stehen blieben und stumm jeden ihrer Handgriffe beobachteten. Dr. Oppermann war vorsichtig; er stöhnte auf wie vor Schmerz, als Luba ihm die Bandage von den Rippen wickelte.

»Sie sprechen kein Englisch«, sagte sie und lächelte ihn an. »Sie sind nur mitgekommen, um mich vor dir zu schützen.«

»Anders gesagt: Dein Vater läßt dich beobachten.«

»Er hat Angst, wir könnten jede Möglichkeit ausnutzen, um uns zu lieben.« Sie legte ihren Kopf an seine nackte Brust, — es sah aus, als höre sie sein Herz ab. Oppermann bezwang sich, nicht seine Arme um sie zu schlingen und sie fest an sich zu drücken. »Ich komme in der Nacht zu dir ...« flüsterte sie.

Die letzte Nacht, dachte Oppermann. Es durchrann ihn heiß: Sie weiß es nicht, Olutoni hat noch nicht mit ihr darüber gesprochen. Er wird sie plötzlich wegbringen lassen, er wird hören, wie sie schreit, sein Vaterherz wird bluten, und seine ganze unbeherrschbare Qual wird sich an mir austoben. Die langsame Zerstückelung ...

Oppermann nickte schwach. Er ließ Luba die heimliche Freude, ihn heute nacht zu besuchen. Ich kann ihr die Wahrheit nicht sagen, dachte er. Ich bezweifle sogar, daß sie es glauben wird. Kein Kind traut seinem Vater eine solche Grausamkeit zu, und am wenigsten Luba, die Olutoni wie einen Heros verehrt.

Luba klopfte seinen Brustkorb ab; Oppermann ließ ab und zu ein heiseres Stöhnen hören, um den beiden Wächtern zu beweisen, wie schwer verletzt er war. Dann umfaßte Luba seinen Kopf, blickte ihn mit strahlenden Augen an und sagte: »Jetzt mußt du lauter stöhnen und nach hinten fallen. Ich schüttele deinen Kopf.«

Sie rüttelte an ihm, Oppermann stieß gehorsam einen heiseren Laut aus, warf die Arme hoch und sank in sich zusammen. Luba fing ihn auf und legte ihn auf das Deckenlager zurück. Die Guerilleros grinsten. Der Weiße hatte Schmerzen, das erfreute sie.

Mit einer neuen Bandage umwickelte Luba dann seine Brust, holte aus ihrer Klapptasche eine Chromdose und entnahm ihr eine Injektionsspritze. Verwundert schielte Oppermann auf das Spritzenbesteck.

»Wo hast du denn das her?« fragte er. Es klang wie ein Seufzen.

»Unsere Truppe ist mit den modernsten Geräten ausgerüstet. Wir haben sogar zwei zusammensetzbare Geschütze bei uns. Und drei Raketenwerfer. Das Lazarettdepot ist voll. Das meiste davon kommt aus Deutschland. Auch die Spritzen.«

»Wer liefert das?«

»Ich weiß es nicht.« Sie zog eine Spritze auf.

»Du willst mir eine Injektion machen?« fragte Oppermann abweisend.

»Nur Vitamine, Liebling.« Sie lächelte zärtlich und strich mit den Fingerspitzen über seinen Körper. Es war, als gleite ein Feuerstrahl über seine Haut. »Wenn sie sehen, daß du eine Spritze bekommst, sind sie zufrieden. Nur Kranke bekommen eine Injektion. Sie haben alle große Ehrfurcht vor der Nadel.«

Sie stieß in seinen Oberschenkel, er spürte es kaum, und ebenso schnell war die Injektion beendet. Mit einem Zellstoffläppchen wischte sie über die Einstichstelle.

»Du injizierst meisterhaft«, sagte Oppermann. »Mein Kompliment. Ich kann es nicht besser. Wenn das hier vorbei ist, werde ich dir alle Injektionen übertragen.«

Er sagte es ohne Schwanken in der Stimme. Sie lachte leise, beugte sich wieder über ihn und küßte seinen Hals. Für die Bewacher mußte es aussehen, als höre sie sein Herz ab.

»Erschrick nicht, wenn ich nachts zu dir komme«, sagte sie und ließ sich auf die Knie zurücksinken. »Es ist kein böses Tier, es ist nur ein wildes Tier, das dich lieben will . . .«

»Ich warte auf dich, Luba.«

»Du brauchst nicht den ganzen Tag in der Hütte zu bleiben. Wenn du willst, kannst du draußen herumlaufen. Oder dich in den Schatten legen. Pater Mooslachner geht schon herum mit seinem geschienten Bein und erzählt allen, daß am nächsten Sonntag im Lager ein Gottesdienst stattfindet. Viele unserer Leute sind getauft.«

»Ich wünschte, ich hätte ein wenig von Mooslachners Kraft. Ich beginne, ihn zu bewundern.«

Sie lachte verhalten, erhob sich, ergriff ihre Visitentasche — auch sie ein deutsches Fabrikat — und ging zum Ausgang. Die beiden Guerilleros traten zurück, warteten, bis Luba draußen war, und ließen dann den Vorhang fallen.

Dr. Oppermann starrte vor sich hin. Ein lähmendes Gefühl überfiel ihn. Was macht man mit seinen letzten Stunden? So viel ist darüber geschrieben und gesagt worden, so viel Unsinniges, Theatralisches, Theoretisches. Das vergangene Leben soll vor einem abspulen wie ein Film, die Todesangst soll einem das Herz umklammern, man soll nach einer Ablenkung für diese letzten Stunden suchen — vielleicht rauchen ohne Unterbrechung, oder schreiben oder wie ein gefangenes Tier immer rund herum laufen. Man kann schreien oder mit einem Priester sprechen, oder beten, Schach spielen oder Radio hören, und je näher man der letzten Minute kommt, um so schwerer wird das Herz, bis das Blei der Verzweiflung in allen Gliedern steckt und die Gelenke nicht mehr gehorchen.

Nichts von alledem tat oder empfand er. Nichts. Da war nur eine schreckliche Leere, die sich nicht ausfüllen ließ. Ein lähmendes Nicht-begreifen-Können, daß in Kürze jedes Bewußtsein, jede Empfindung aufhören soll.

Nach einiger Zeit erhob er sich, schob den Vorhang hoch

und blickte hinaus. Erstaunt sah er, daß auch Frauen im Lager waren. In Kochgruben garten sie Fleisch, mahlten Hirse und Mais, buken Brot in Backöfen, die man wie Unterstände in die Erde gegraben und mit Bäumen und Dornbüschen vorzüglich getarnt hatte. Nirgendwo war ein offenes Feuer zu sehen. Jede Rauchfahne konnte zum Verräter werden. Abseits exerzierten wieder einige Gruppen von Guerilleros mit Gewehren und Maschinenwaffen. Ein Trupp hetzte im Laufschritt, mit Steinen beschwerte Säcke auf den Rücken, rund um den Platz. Im Schatten hockten andere Gruppen und reinigten ihre Waffen. Eine Patrouille kam aus dem Veld zurück, staubig, müde, mit gelbbraunen Tarnanzügen bekleidet. Sie brachten eine Kuhantilope mit, die sie nicht geschossen, sondern mit Pfeilen erlegt hatten. Nur keinen Lärm machen, nicht auffallen, unsichtbar bleiben: Gespenster in der Steppe, deren Anblick allerdings tödlich ist.

Pater Mooslachner stand unter einer Schirmakazie und rauchte Pfeife. Aus dem Sessel des Kommandanten hatte man ihn herausgezogen und das wertvolle Stück dann weggetragen. Auf seinen dicken Knüppel gestützt, stand er mißmutig herum, ärgerte sich über die hindernde Beinschiene und dachte angestrengt nach, wie er die Langeweile verjagen könnte. Als er Dr. Oppermann kommen sah, winkte er mit seiner Pfeife, als schwenke er ein Fahne.

»Da sind Sie ja wieder!« rief er, als Oppermann vor ihm stand. »Ich dachte schon, man hätte Sie bereits vorgenommen. Ehrlich, ich hatte eine schreckliche Angst davor, zu Ihnen zu kommen und die Hütte leer vorzufinden.«

»Sie wissen also, was uns blüht, Pater?«

»Olutoni ist ein ehrlicher Mensch. Er haßt Unklarheiten.«

»Das kann ich bestätigen«, sagte Oppermann bitter.

»Es wird morgen früh sein. Ein ehrenvolles Füsilieren.«

»Bei Ihnen? Gratuliere.«

»Sie nicht?«

»Mitnichten. Ich werde in Einzelteile zerlegt.«

»Darüber spreche ich mit dem Knaben noch!« sagte Mooslachner empört. »Das ist nicht sein Stil! Ich werde verlangen, daß er uns Seite an Seite an die Wand stellt. Wir werden zusammen beten, und ganz zum Schluß erzähle ich Ihnen noch einen Witz. Hoffentlich versauen sie mir nicht die Pointe und drücken vorzeitig ab!« Er hielt seine Pfeife hoch. »Ist auch von Olutoni. Ich habe ihm gesagt, meine sei im Flugzeug verbrannt. Ruckzuck war eine neue da! Ein erstaunlicher Bursche. Nur mit Luba scheint er Kummer zu haben.« Mooslachner blickte in die Runde. »Was können wir unternehmen, Doktor? Es ist stinklangweilig hier. Die Kerle exerzieren wie beim alten preußischen Kommiß! Sehen Sie sich das an. Kasernenhofdrill! Sogar Grüßen lernen sie. In der Mittagspause werde ich ihnen aus dem Neuen Testament erzählen. Aber bis dahin?«

»Sie kennen keine Angst vor dem Sterben, nicht wahr, Pater?« fragte Oppermann leise.

»Sie verkennen mich, Doktor. Hätte ich nicht so vorzügliche Schließmuskeln, ich glaube, ich hätte mir schon mehrmals in die Hose gemacht. Ich bin ein Mensch wie jeder andere, übersehen Sie das nicht. Ich lebe viel zu gern, auch wenn ich hoffe, daß Gott mir seinen Himmel nicht verwehren wird. Es ist nicht notwendig, das frühzeitig zu erproben. Doktor, ich möchte bald wieder einmal in Windhoek im ›Thüringer Hof‹ Gänsebraten mit rohen Klößen und Rotkraut essen. Und dazu ein Bier vom Faß. Wenn ich daran denke und dann unsere Lage betrachte, ist mir verdammt zum Heulen zumute.«

»Was haben sie mit Ihrer *Gott ist gekommen* gemacht?«

»Sie haben die Maschine demontiert und weggetragen wie Ameisen ihre Eier. Aus der Luft ist nichts mehr zu sehen. Ich bin gespannt, wann die ersten Hubschrauber auftauchen. In Rundu bei Major Henrici und in Outjo ist längst Alarm gegeben worden. Die suchen uns jetzt. Sie müssen auch in diese Gegend kommen.«

»Das wäre vielleicht noch eine Chance, Pater.«

»Keine Spur! Buchstäblich. Aus der Luft sieht man nichts — oder haben Sie etwas gesehen? Ich Idiot habe noch gesagt: Da steigt ja Nebel aus dem Busch! So unwahrscheinlich nimmt es sich von oben aus, daß da unten Menschen leben sollen. Wenn sie uns finden, dann nur durch einen Zufall. Und dann auch nur als leere Hüllen. Man wird uns rechtzeitig töten.«

»Und Luba?«

»Das ist wohl Ihre einzige Sorge?«

»Ja. Verstehen Sie das nicht?«

»Sie ist in den Strudel geraten und muß sehen, wie sie da

wieder hinausschwimmt. Aber sie ist jung. Sie hat Kraft und hat noch viel Zeit vor sich, um zu vergessen. Das Leben geht weiter, heißt es ja so treffend. Und Leben ist eine ständige Erneuerung. Denken Sie an die Haut; wie oft erneuert sie sich, schuppt ab, wächst nach . . .«

»Wenn sie verbrannt ist, kommt nichts mehr!« sagte Dr. Oppermann dumpf.

»Es bleiben Narben zurück, aber mit Narben kann man leben. Auch daran gewöhnt man sich.«

»Glauben Sie, daß Luba sich an die Tatsache gewöhnen wird, daß ihr Vater mich grausam zerstückeln ließ?«

»Ja.«

»So gering schätzen Sie die Liebe ein?«

»Nein! So gut kenne ich den Menschen.« Mooslachner zog erregt an seiner Pfeife und blies Oppermann den Qualm um den Kopf. »Für Luba wird es irgendwann einmal einen anderen Mann geben. Dann bleiben Sie zurück — gewiß als schmerzliche Erinnerung, aber Sie bestimmen posthum nicht mehr ihr Leben! Die Gegenwart wird stärker sein.«

»Sie Rohling!« sagte Dr. Oppermann gepreßt. »Es hat keinen Sinn, mit Ihnen darüber zu diskutieren.«

Er wandte sich ab, ließ Mooslachner stehen und ging hinüber zu einer Gruppe exerzierender Guerillakämpfer. Aus dem Schatten heraus, neben seiner Hütte sitzend, beobachtete ihn Olutoni. Mit gekräuselter Stirn verfolgte er jeden Schritt Dr. Oppermanns, jede Bewegung, jede Geste.

Er wäre ein guter Mann für Luba, dachte Olutoni. Aber ich kann ihn nicht mehr retten. Die Revolution frißt ihn auf.

Die Gefühlswelt einer liebenden Frau wird Männern immer ein Rätsel bleiben.

Es ist, als empfange sie Signale, die sonst nirgendwo spürbar, erkennbar oder nennbar sind.

Durch rätselhafte Wellen ist sie mit einem Schicksal verbunden, das Ahnungen aussendet, Wünsche speichert, Hoffnungen verarbeitet.

Olutoni schrak wie unter einem Hieb zusammen, als Luba am Abend neben ihm in der Kommandantenhütte saß und die kleine Batterietischlampe, die zwischen ihnen stand, nach oben schwenkte, so daß sein Gesicht hell angestrahlt wurde.

»Du willst ihn umbringen, nicht wahr?« fragte sie unvermittelt.

»Darüber ist noch nicht entschieden worden«, wich er aus.

»Wer entscheidet — wenn nicht du?«

»Die Revolution.«

Sie beugte sich vor, ihre Hände schossen plötzlich über den Tisch und krallten sich in seinem Anzug fest. Olutoni griff nach ihnen, aber sie waren wie die Klammern einer Klappfalle.

»Damit hast du dich verraten!« zischte sie. »Ich wußte es nicht, ich habe es nie geglaubt, es war nur eine plötzliche Ahnung: Du hast mir nicht sofort gesagt: ›Nein! Nie! Wie kannst du so etwas denken! Du liebst ihn doch! Warum sollte ich ihn töten?‹ — Nein, das hast du nicht gesagt! Denn du *denkst* daran, ihn zu töten!«

»Ja.« Olutoni preßte ihre Handgelenke und stieß sie dann von sich, als sie vor Schmerzen einen hellen piepsenden Laut hören ließ. »Ich denke daran, du sagst es.«

»Und an mich denkst du nicht?!«

»Nur an dich, mein Baby.«

»Ich bin kein Baby mehr!«

»Für mich bleibst du immer mein Kind.«

»Über das du entscheiden kannst, immer und immer wieder? Ich habe mein eigenes Leben, Papa. Du, gerade du hast mich dazu erzogen, selbständig zu denken und zu handeln.«

»Es hat sich vieles geändert«, sagte Olutoni.

»Was hat sich geändert? Du bist der geblieben, der du immer gewesen bist — nur ich habe es nie gewußt. Jetzt weiß ich, wer der geheimnisvolle Führer der radikalen Gruppe ist. Das ist die einzige große Änderung in meinem Leben. Auch Namalunga hat es nie verraten. Hätte er es doch getan! Ich wäre nie zu dir gekommen!«

»Wegen Dr. Oppermann.«

»Ja.«

»Deshalb muß er sterben.«

»Du verurteilst ihn zum Tode, weil ich ihn liebe?« schrie sie.

»Es ist undenkbar, daß meine Tochter mit einem Weißen leben will«, sagte Olutoni dumpf. »Ich hatte immer gehofft, mein Blut werde stärker in dir sein.«

»Josef Petrus Olutoni — der Rassist!« schleuderte sie ihm entgegen.

»Die Weißen haben es uns vorgemacht. Ich habe von ihnen gelernt!«

»Mehr hast du dazu nicht zu sagen?«

»Nein.«

»Dann töte auch mich!« sagte sie fest. Sie sprang auf, stieß dabei den Tisch um, die Lampe fiel zur Erde und schickte ihren Schein gegen die Wand. Olutoni versank im Schatten. »Du kommst nur über mich an ihn heran.«

»Wo willst du hin?« fragte er streng.

»Zu ihm! Ich wohne bei ihm, ich schlafe bei ihm. Hol mich von ihm weg, wenn du kannst!«

»Ich kann es. Du kommst erst gar nicht zu ihm.«

»Du willst mich daran hindern?«

»Ja.«

»Wie denn?!« schrie sie wild. »Wie denn wohl? Willst du mich schlagen? Willst du mich fesseln? Willst du mich einsperren? Komm her, faß mich doch an, versuch' doch, mich festzuhalten! Ich kann mich auch gegen meinen Vater wehren!« Sie wich zurück, versank ebenfalls im Schatten und lehnte sich an die Flechtwand. »Papa — ich habe ein Messer in der Hand! Papa, ich flehe dich an, komm nicht zu mir! Es — es ist ein langes Messer ... Bitte, Papa! Papa!« Ihre Stimme brach.

Olutoni blieb sitzen. Er senkte den Kopf tief auf die Brust und blickte zu Boden. Sein Herz war wie eine riesige, brennende Wunde. Sie hat ein Messer, dachte er traurig. Sie will mit einem Messer ihren Vater erstechen. Ihren Vater, der nur für sie gelebt hat, der Himmel und Erde nicht so liebt wie sie. Ihren Vater ...

»Bleib!« sagte er schwach. »Luba, bleib!«

Ein furchtbarer Verdacht stieg in ihr auf. Sie zitterte am ganzen Körper, hielt das Messer vor sich wie eine Lanze und starrte auf Olutonis zusammengesunkene Gestalt.

»Lebt er noch?« stammelte sie. »Papa! Sag die Wahrheit: Lebt er überhaupt noch? Du weißt nicht, was geschieht, wenn ich zu ihm gehe und er ist nicht mehr da! Papa! Sag, daß er noch lebt!«

»Er lebt!« sagte Olutoni und seufzte.

»Danke, Papa.« Sie kam wieder näher, blieb aber weit genug von Olutoni stehen, um sofort in die Abwehr springen zu können, falls er sich regte. »Ich gehöre zu ihm! Ich bin seine Frau geworden. Du mußt uns beide töten.«

»Warum hast du das getan, mein Baby?« sagte er langsam.

»Warum hast du Mutter geliebt?«

Olutonis Kopf zuckte hoch. Im Halbdunkel sah sie, wie seine Augen funkelten. »Und? Was ist daraus geworden??«

»Liebst du sie deswegen weniger? Im Gegenteil! Du verehrst sie heute wie eine Göttin. Du schleppst den Sessel, in dem sie gesessen hat, mit dir herum. Du trägst ihr Bild in einem goldenen Kästchen auf der Brust. Du sprichst mit ihr, wenn du allein bist. Du hast sie zu deiner Heiligen gemacht.«

»Sie ist eine Heilige!«

»Warum? Nur, weil du sie liebst! Für dich ist sie unsterblich geworden. Erst ein Symbol deines Glücks, jetzt ein Symbol deines Hasses! Denke daran, wie sehr du Mutter geliebt hast, und wie sehr du sie jetzt verehrst — dann weißt du, wie ich Richard liebe! Du hättest wegen ihr die Welt untergehen lassen, — ich lasse sie auch untergehen, und dich mit, für diese Liebe!« Sie schwieg, wartete auf eine Antwort, aber Olutoni blieb stumm und rührte sich nicht. »Kann ich jetzt gehen, Papa?«

»Zu ihm?«

»Du weißt es.«

»Ich lasse mich nicht erpressen. Schon gar nicht von der eigenen Tochter!« Er hob den Kopf und sah an ihrer Haltung, daß sie zum Sprung bereit stand. Wut, Enttäuschung, Hilflosigkeit beherrschten ihn. Was ihm einfiel, um ihren Widerstand zu brechen, wurde sofort wieder verworfen von der Angst, sie für immer zu verlieren.

»Setz dich!« sagte er befehlend.

»Nein!«

»Ich will dir unsere Lage erklären.«

»Mich interessiert keine Lage. Ich liebe *ihn!*«

»Ich verliere mein Gesicht, wenn Dr. Oppermann weiterlebt!«

»Und du verlierst mich, wenn du ihn tötest!«

»Es ist eine schreckliche Ausweglosigkeit, Luba.« Er faltete die Hände und drückte sie gegen die Brust. Er fühlte das kleine, kastenähnliche Medaillon, in dem Magdalenas Bild verborgen war und von dem er sich nie trennen würde, auch im Tode nicht. Mit ihm wollte er begraben werden, und wenn er von den Weißen gefangengenommen werden sollte, würde er es verschlucken und dann mit einem Lächeln sterben. »Die Liebe, die Ehre und das Land meines Volkes. Wir müßten alle drei sterben . . .«

»Dann fang mit dir an!« sagte sie mitleidlos.

»Das sagt eine Tochter zu ihrem Vater.«

»Das sagt eine Frau zu einem Fremden, der ihren Mann und sie töten will.«

»Ich bin ein Fremder?«

»Wo ist denn mein Vater? Wo ist seine Stimme? Wo seine Zärtlichkeit? Wo ist seine beherrschende Vernunft? Wo ist das Vorbild, dem ein Kind nachleben soll? Wo ist die Güte, in die es sich einschmiegen kann? Wo? — Ich sehe, höre, fühle nichts als einen kalten Töter!« Sie wagte einen Schritt nach vorn. »Kann ich jetzt gehen?«

»Du könntest mit dem Messer auf deinen Vater losgehen?« Er atmete schwer.

»Wenn du mich aufhältst . . .«

»Luba, laß uns noch weitersprechen!«

»Worüber? Was ist jetzt noch zu sagen?«

»Du hast nach deiner Mutter gefragt.«

»Sie würde mich verstehen!«

»Sie ist ermordet worden!« schrie Olutoni auf. »Von den Weißen ermordet worden! Weil sie mich, einen Schwarzen, liebte! Man hat sie vom Pferd gezogen, hat sie erwürgt und dann mit einer Leopardentatze zerrissen! Ich habe das Fell gefunden, an den Krallen klebte noch ihr Blut! Sie haben deine Mutter bestialisch umgebracht, Luba! Die Weißen! Ich habe es dir nie gesagt — aber jetzt weißt du es!«

Sie stand, nach vorn gebeugt, das Messer stoßbereit in der Hand, und starrte ihren Vater an. Dann knickte sie zusammen, fiel auf die Knie, aber als Olutoni zu ihr springen wollte, um sie zu stützen, zuckte das Messer vor. Betroffen blieb er stehen. Er fühlte, wie kalter Schweiß an ihm herunterlief.

»Das hättest du nicht tun dürfen«, sagte sie tonlos. »Das nicht!«

»Was?«

»Mich so zu belügen.«

»Es ist die Wahrheit, Luba!« Olutoni stöhnte auf und rang die Hände. »Es sind für mich heilige Worte! Es ist ein Gebet, das ich täglich spreche und das mir immer wieder neue Kraft gibt: Man hat sie ermordet! Der Leopard war ein Mensch, ein weißer Mensch! Und er wird stolz gewesen sein, die Kaffernhure zu töten! – Das war sie, deine Mutter: eine Kaffernhure! Und du bist der Bastard einer Kaffernhure! Jeder Straßenköter ist mehr als du! Jeder Hund kann sein Bein heben und gegen das Schild ›Nur für Weiße‹ pissen. Aber lehne du dich mal daran! – Das ist die Welt, in der wir leben! Das ist unser Leben! Und so, wie sie deine Mutter mit Freuden getötet haben, so werde ich die Weißen töten, wo ich sie finde! Verstehst du mich jetzt?«

»Du lebst in einer längst überholten Zeit, Vater. Die Welt hat sich geändert. Die Menschen werden eines Tages nicht gegeneinander, sondern füreinander leben.«

»Man sieht's«, sagte Olutoni bitter. »Man hört und liest es jeden Tag!«

»Bist du anders, Vater?«

»Ich will es sein.«

»Und bestrafst meinen Mann für eine Tat, die er nie begangen hat.«

»Seine Hautfarbe ist weiß.«

»Und du wunderst dich, daß man die schwarze ebenso bekämpft?«

»Sie haben damit angefangen.«

»Und da bleibt nichts anderes, als sich gegenseitig diese verhaßte Haut abzuziehen? Wie armselig seid ihr doch, ihr großen Politiker! Ihr wollt ein neues, segensreiches Jahrhundert und seid doch so primitiv wie ein Sandkäfer!« Sie erhob sich von den Knien und warf das Messer Olutoni vor die Füße. Die Spitze der langen Klinge zeigte auf ihn. Er starrte es an, rührte sich nicht. Es war, als sei dieses Messer die Grenze, die keiner von ihnen überschreiten durfte. »Es war gut, Vater, daß du mir gesagt hast, wie Mutter gestorben ist. Endlich. Du hättest es früher sagen müssen, aber auch jetzt war es noch nicht zu spät. – Was bin ich in deinen Augen, Vater? Eine Schwarze, eine Weiße oder ein Bastard?«

»Meine Tochter«, seufzte Olutoni.

»Das ist keine Antwort.«

»Du bist, wie du selbst dich empfindest.«

»Danke, Papa! Ich liebe Richard und gehe zu ihm. Ist das — weiß gefühlt?«

»Luba!« stöhnte Olutoni auf.

»Ich gehe. Und wenn ich nun in deinen Augen eine Weiße bin, dann bring mich um! Ich selbst weiß nur, daß ich Richards Frau bin — weiter nichts! Kümmere du dich um deine Farben!«

Sie ging an Olutoni vorbei, ganz langsam, darauf wartend, daß er zugriff und sie zurückriß. Aber er rührte sich nicht. Mit hängenden Armen ließ er Luba an sich vorbei, blickte ihr nach, wie sie die Hütte verließ, hörte noch für ein paar Sekunden ihren Schritt in der stillen Nacht, das Knirschen des Sandes, das Knacken der trockenen Zweige. Dann war auch das vorbei. Er setzte sich auf seinen Stuhl, schlug die Hände vors Gesicht und warf den Kopf in den Nacken.

Dr. Oppermann richtete sich auf, als der Vorhang vor seiner Hütte zur Seite wehte und Luba hineinhuschte. Sie warf sich neben ihn, umfaßte ihn, küßte ihn, wie ein Verdurstender Wasser trinkt, und schlang die Arme um ihn.

»Hat dich jemand gesehen?« flüsterte Oppermann besorgt. Er ließ sich zurückfallen auf das Blätterlager. Sie folgte ihm, ihn umschlungen haltend, und lag halb über ihm.

»Das ist mir gleichgültig«, sagte sie. »Du brauchst nicht zu flüstern. Du kannst es hinausschreien: Luba ist bei mir!«

»Mein Gott — was ist geschehen?« stotterte Oppermann.

»Mein Vater weiß es!« sagte sie stolz. »Wir werden hier zusammen wohnen. Solange ich lebe, mein Liebling, lebst auch du!«

»Sie werden deinen Vater absetzen, und ein neuer Kommandant wird mich erschießen.«

»*Uns,* mein Liebling.« Ihr Leib drängte sich ihm entgegen, ihre Beine schoben sich über ihn. »Was auch geschieht, wir werden immer zusammen sein.« Sie küßte ihn und streichelte sein Gesicht. »Nun ist alle Angst von uns genommen. Was kann uns noch passieren, was kann uns noch trennen?« —

Mitten in der Nacht wachte Oppermann auf. Luba lag nicht mehr an seiner Seite, sie hockte am Eingang der Hütte und hatte den Vorhang geöffnet. Im fahlen Nachtlicht hoben sich ihr Kopf mit den langen offenen Haaren und ihre Schultern deutlich gegen den silberblauen Hintergrund ab. Im Lager rumorte es, man hörte Stimmen, das Scharren von Schuhen, ab und zu wurde in die Hände geklatscht. Jemand lachte, Zurufe antworteten ihm. Luba ließ den Vorhang fallen und kam zu Oppermann zurück. Wie eine schmusende Katze kroch sie an ihn heran und schmiegte sich an seine Schulter.

»Was ist draußen los?« fragte er leise.

»Du bist wach?«

»Plötzlich warst du nicht mehr da. Ich spürte das.«

»Ich liebe dich . . .«

Er schob den Arm unter ihren Nacken und legte die Hand über ihre Brust. Sie war nackt, ihre Haut fühlte sich wie Samt an, glatt, schmiegsam, warm. Wie lange wird dieses Glück noch dauern, dachte er. Es ist ein irrsinniges Glück.

»Ist draußen etwas passiert?« fragte er.

»Ein Nashorn ist durch das Lager gelaufen.« Sie lachte leise und küßte seine Kinnspitze. »Sie haben es weggejagt. Es stand vor einer Küchenhöhle und wollte unbedingt durch den Eingang. Die Tiere haben alle Hunger, es ist zu trocken. Der Winter kommt nicht . . .« Sie dehnte sich, ihre Brust wuchs in seiner Hand, der Duft ihres Körpers hüllte ihn ein, ein merkwürdig herbsüßer Geruch, der sich verstärkte, wenn er über ihre Haut rieb. Er blähte die Nasenflügel und schnupperte lautlos. Es muß Jasmin sein, mit einem Zusatz von frischen Gräsern, dachte er. Nein, kein Jasmin, ein Gemisch von Lavendel und Rosen. Aber auch das trifft nicht genau. Eher der Duft einer frisch gemähten Wiese im Morgentau, wenn die Rosen am Wegrand beim ersten Sonnenstrahl ihre Süße verströmen . . .

Er streichelte ihren glatten Körper, und unter seinen Händen verstärkte sich der berauschende Duft. Er wollte fragen, aber Luba kam ihm zuvor.

»Gefällt es dir?« fragte sie leise an seinem Ohr.

»Es verzaubert mich.«

»Ein Zauber ist es auch. Es ist der Saft einer Blüte, die sich nur des Nachts öffnet und duftet. Ganz rot ist sie, scharlachrot, und sie wächst im einsamsten Busch. Man muß lange suchen, bis man ein paar Blüten findet.«

»Wie heißt sie?«

»Sie hat keinen Namen. Oder viele Namen. Jeder nennt sie anders. Ich nenne sie die Zauberblüte.« Sie dehnte sich unter seinem Streicheln, und die Wolke des Duftes hüllte sie völlig ein. »Ich habe mich ganz damit eingerieben«, flüsterte sie. »Es heißt, wer sich im Saft dieser Blüte baden kann, wird unangreifbar. Und es heißt, wer diese Blüte essen kann, wird stark und unbesiegbar werden.« Sie hob den Kopf, sah Oppermann an und küßte seine Augen. »Ich habe sie gefunden, die Zauberblüte. Nur ein paar Büschel, tief im Dornbusch. Ich habe sie für dich mitgebracht.« Sie löste sich aus seiner Umarmung, drehte sich zur Seite und griff nach einem großen Blatt. Als sie es aufrollte, lagen vier kleine, verkrümmte, unansehnliche, dunkelrote Blütenknospen darin, ähnlich halb vertrockneten Malvenblüten. »Iß sie!« sagte sie, nahm eine Blüte zwischen Daumen und Zeigefinger, führte sie an Oppermanns Mund und schob ihren Leib wie eine Schlange, weich und anschmiegsam, über ihn. »Iß sie, und keiner kann dich mehr besiegen!«

»Du glaubst daran, Luba?« Er fühlte sich wie betäubt. Er spürte den intensiven Geruch der Blüte an seinen Lippen, er schmeckte etwas Süßfauliges, als sein Speichel die Blütenblätter befeuchtete. Der Duft ihres Körpers narkotisierte ihn, der Hauch der Zauberblüten war überall, hüllte ihn ein, drang durch jede Pore, zog wie ein süßer Nebel durch sein Hirn, lag wie ein Schleier vor seinen Augen.

»Zauberblüten . . .« sagte er mit schwerer Zunge. »Luba, Liebste . . .«

»Iß sie!«

Gehorsam öffnete er den Mund, sie steckte ihm die Blüten zu, er kaute sie mit ganz langsamen Bewegungen, schluckte den Blütenbrei hinunter und fühlte, wie seine Gaumenwände gegerbt wurden, wie der fauligsüße Geschmack ihn durchsetzte und nichts mehr um ihn war als Lubas nackter, nach dem Saft der Zauberblüten duftender Körper.

»Jetzt kann dich keiner mehr besiegen«, hörte er Lubas Stimme an seinem Ohr. »Keiner, mein Liebling!«

Früher hätte er darauf geantwortet: An so etwas glaubst du noch, ein Mensch des 20. Jahrhunderts, klug, modern ausgebildet, nüchtern und kritisch? Das ist doch finsterstes Mittelalter, Luba, das ist der billige Zauber aus der Medizinmännerzeit. Jetzt aber dachte er nichts als »Luba«, spürte nichts als ihren glatten, warmen Leib, erlag willenlos dem Hauch der Zauberblüten und wünschte sich, nie wieder in die andere Welt zurückzukehren.

»Ich sterbe«, flüsterte er. »Luba, ich sterbe in dir . . .«

»Morgen wirst du unsterblich sein.«

Er nahm ihren Leib auf und wußte, was es heißt, den Sternen nahe zu sein.

Am nächsten Morgen war der Zauber verflogen.

Dr. Oppermann wachte auf und blinzelte ins Licht. Seine Glieder waren bleischwer.

Der Vorhang war weit zurückgeschlagen, Luba war schon draußen und deckte den Frühstückstisch, als befänden sie sich auf einer gut organisierten Safari und nicht in einem vorzüglich getarnten Guerillalager.

Die Erinnerung an die Nacht überfiel ihn. Er stand auf, ging vor die Hütte und blickte sich um. Das Lager war fast leer, ein paar Frauen arbeiteten in den Kochhöhlen oder saßen unter den Bäumen, mit dem Buttern von Ziegenmilch oder dem Zerstampfen der Hirse beschäftigt. Die Männer waren, bis auf ein paar Alte, unterwegs. Vor der Hütte stand ein Klapptisch, drei Stühle waren darum gruppiert. Luba kochte auf einem Propangaskocher einen großen Kessel mit Kaffee. Es duftete köstlich.

»Guten Morgen, mein Held!« sagte sie und lachte fröhlich.

Von seiner Hütte unter einem mächtigen Mopanebaum kam Pater Mooslachner herüber, humpelnd, auf seinen Knüppel gestützt. Verblüfft sah Dr. Oppermann, daß Mooslachner über den Eingang der Hütte das Stück Flugzeugflügel genagelt hatte, auf dem noch das Wort *Gott* zu lesen war. Es wirkte sehr dekorativ.

»Willkommen, Gott-Pater!« rief Oppermann ihm entgegen.

»Halten Sie Ihr loses Maulwerk!« knurrte Mooslachner ungnädig.

»Ich bin stark und unbesiegbar«, sagte Oppermann. Der gerbende, süßfaulige Geschmack beherrschte noch seinen Gaumen.

»Sie haben eine gewaltige Macke!« sagte Mooslachner.

»Ich habe Zauberblüten gegessen.«

»Verliebte und Verrückte haben bis zu einer gewissen Grenze Narrenfreiheit.« Mooslachner setzte sich in einen der Klappstühle. »Ich bin zum Frühstück eingeladen worden.«

»Wenn Sie nicht essen können, fühlen Sie sich nicht wohl.«

»Wissen Sie etwas Besseres?« Er klopfte Luba auf die Schulter, blickte sie forschend an und nickte. »Die Liebe verschönt den Menschen. Luba, hör damit auf, du wirst sonst unerträglich schön!« Er streckte das geschiente Bein von sich und wandte sich wieder Oppermann zu. »Was Sie da machen, Doktor, ist doch wohl der Gipfel der Unverfrorenheit. Ich soll ehrenvoll erschossen werden, und Sie liegen mit Luba im Bett! Ich finde diese Verteilung ungerecht. Wahre Freundschaft sieht anders aus.«

»Keiner wird erschossen«, sagte Luba, die noch am Gaskocher hantierte. »Mein Vater kann es nicht.«

»Was er kann, zeigt er heute morgen. Neun Trupps mit zusammen einhundertneunzehn Mann sind sternförmig ausgeschwärmt, um Terror zu machen. Die Aktion soll eine Woche dauern. Sie wollen in Maroelaboom und Tsintsabis Unruhe stiften und in Tsumeb einige Sprengladungen hochgehen lassen. Olutoni hat mir das freimütig erzählt. ›Sie können ja doch nicht mehr darüber sprechen‹, hat er höflich hinzugefügt. Wenn das keine Eintrittskarte zur Ewigkeit ist ...« Er schwieg, während Luba Brot, Käse und kaltes Fleisch brachte und den Kaffee in hohe Keramikbecher schüttete. Mooslachner hob seinen Becher hoch und blickte unter den Boden. »Made in Germany«, sagte er trocken. »Handmade. Die Firma heißt A. Schulthen. Kannenbäcker Land. — Kennen Sie das, Doktor?«

»Es liegt bei Montabaur. In der Nähe von Koblenz.«

»Und wir saufen daraus im tiefsten Namibia bei den Guerillakämpfern Kaffee. Verrückt, was?«

»Ich wundere mich über vieles hier«, sagte Oppermann. »Sie haben deutsche Konserven und Ölsardinen. Gestern abend habe ich Knäckebrot bekommen.«

»Morgen serviert man Ihnen vielleicht einen Harzer Käse. Oder Münchener Weißwürste.« Mooslachner setzte den Keramikbecher auf den Tisch. »Ich habe es aufgegeben, mich zu wundern. Mich beschäftigt nur die Frage, wie Sie hier vor aller Augen ein intaktes Eheleben praktizieren können, ohne daß Olutoni Ihnen den wichtigsten Teil abschneidet.«

»Ich habe ihn dazu gezwungen«, sagte Luba ruhig und ohne Scham. »Ich liebe Richard. Was kann da mein Vater schon machen?«

»So einfach ist das!« Mooslachner griff zu, belegte eine Brotscheibe mit kaltem Braten und biß hinein. »Und um in Form zu bleiben, kauen Sie Zauberblüten? Sie machen früh schlapp, Doktor, Sie sind doch erst dreißig!«

»Er hat die Blüten gegessen, ich habe mich mit ihrem Saft eingerieben. Man wird uns nicht töten!« sagte Luba ruhig.

Mooslachner hob die dichten Augenbrauen. Er sah, daß beide es ernst nahmen. Mit Genuß aß er das Brot zu Ende, trank den Becher halb leer und griff nach dem frischen weißen Ziegenkäse.

»Habt ihr noch eine von diesen Blüten übrig?« fragte er.

»Nur noch eine«, sagte Luba zögernd. »Es ist die letzte. Es war nur ein ganz kleiner Strauch.«

»Schenkst du sie mir, Luba?«

»Man muß aber daran glauben, Herr Pater«, sagte Luba und ging in die Hütte.

Mooslachner benutzte ihre Abwesenheit, um zu sagen: »Und Sie sind wirklich so töricht, zu glauben, daß Olutoni es ohne Wimpernzucken hinnimmt, daß seine Tochter mit Ihnen schläft! Das kostet Sie und Luba den Kopf!«

»Nie wird Olutoni sie umbringen!« sagte Oppermann.

»Sie Kindskopf!« Mooslachner belegte sein Brot mit einem großen Stück Ziegenkäse. »Haben Sie noch nie etwas von tragischen Unfällen gehört? Damit lösen Tyrannen, Geheimdienste und Politiker zuweilen unliebsame Probleme. Nehmen Sie nur keine Einladung an, für die Sie sich von Ihrer Hütte und von Luba entfernen müßten. Weiß Gott, Doktor, Sie sind ein Rindvieh!«

Luba kam zurück, die kleine rote Blüte auf der Handfläche. Sie hielt sie Mooslachner hin, und der Pater betrachtete sie kritisch. Er schnupperte daran, trank einen Schluck Kaffee, um den Ziegenkäse hinunterzuspülen, nahm dann die Blüte und steckte sie in den Mund. Er kaute sie, sah Dr. Oppermann kritisch an und schluckte sie dann hinunter.

»Kamille schmeckt mir besser«, sagte er. »Es ist ein merkwürdiger Geschmack.«

»Er kommt aus dem Leib des nächtlichen Bodens«, sagte Luba ernst. »Der Saft ist das Blut des ewigen Lebens. Die Erde wird ewig sein. Wir haben das Blut der Erde in uns aufgenommen.«

»Mag sein«, antwortete Mooslachner nachdenklich, während Oppermann den Arm um Luba legte. »Dann spielt Gott auch hier mit. Denn nur Er bestimmt, wie lange diese Erde lebt.«

Den Rest des Frühstücks nahmen sie schweigend ein.

Um sie herum war nur das Hirsestampfen und das Gekreisch der Affen in den Bäumen.

Am frühen Mittag hörten sie von weitem Motorengebrumm. Es kam schnell näher und nahm den typischen Ton von rotierenden Flügeln an: ein helles, saugendes Klappern.

»Ein Hubschrauber!« rief Dr. Oppermann. »Genau mit Richtung auf uns.«

»Sie suchen uns. Endlich!« Pater Mooslachner blieb in seinem Klappstuhl sitzen. »Ich war schon restlos enttäuscht, daß sich niemand um uns kümmert. In Windhoek müssen sie doch kopfstehen! Daß zwei so harte Burschen wie wir einfach im Veld verschwinden, das gibt es doch nicht. Weg aus der Luft wie Luft!«

Im Lager verkroch sich alles in das dichte Gestrüpp. Die Erdhöhlen wurden mit Dornenzweigen verschlossen, die unterirdischen Feuer abgedeckt, bereitgestellte Büsche wahllos darüber geworfen.

Aus der Luft würde es aussehen wie ein einsames, kahles Stück Steppe. Eine vollkommene Tarnung.

Olutoni saß mit Oppermann und Mooslachner vor der Hütte und blickte nach oben. Auch sie wurden von den weit überhängenden Zweigen völlig verborgen. Luba stand im Eingang der Hütte. Sie hatte den Propangaskocher gelöscht, auf dem sie das Mittagessen, Gulasch mit Nudeln, kochte. Der Geruch allein leimte Mooslachner auf seinem Stuhl fest; er genoß das Essen bereits durch die Nase.

Der Hubschrauber tauchte im hellblauen Himmel auf. Er flog langsam, wie ein Rieseninsekt, braungrün gestrichen, mit einer großen Glaskanzel, in der sich die Sonne spiegelte. Die Rotorflügel knatterten laut.

»Militär!« sagte Olutoni ruhig. »Ihr Freund Major Henrici.«

»Er wird sich die Haare raufen!« Mooslachner legte die rechte Hand als Sonnenschutz über seine Augen und starrte hinauf. »Was werden sie tun, wenn sie uns entdecken?«

»Sie sehen uns nicht«, sagte Olutoni.

»Was werden *Sie* tun, wenn er landen sollte?« fragte Dr. Oppermann.

»Uns alle erschießen. Zuerst Luba, dann Sie, dann den Pater, anschließend mich.« Olutoni machte eine einladende Handbewegung. »Sie können in die Mitte des Platzes laufen und winken, Doktor. Niemand hält Sie auf. Sehen Sie, er kommt zurück, er kreist. Man wird Sie jetzt bestimmt entdekken, wenn Sie winken.«

»Er fliegt die Planquadrate ab«, sagte Mooslachner. »Sie suchen uns gründlich. Henrici hat das Land aufgeteilt. Ich kann mir vorstellen, was er denkt: Wenn sie abgestürzt sind, finden wir sie. Bei dieser Systematik des Suchens entgeht uns doch kein Flugzeug, das zerschmettert ist. Irgendwo müssen sie liegen. Daß sie gar nichts sehen und finden, wird sie aus der Fassung bringen. Wer denkt denn an einen so raffinierten Burschen wie Josef Petrus Olutoni?«

Der Hubschrauber kreiste über ihnen, lag etwas schief auf der Seite und suchte immer wieder. Oppermann sah deutlich die drei Soldaten, die mit Ferngläsern das Land unter ihnen beobachteten. Im starken Sonnenlicht wirkten sie wie fliegende Spielzeugpuppen. Olutoni hatte recht: Oppermann brauchte jetzt nur mit drei weiten Sprüngen auf den Platz zu hetzen und die Arme hochzureißen. Man konnte ihn nicht übersehen.

Er wandte sich um und blickte hinüber zu Luba. Sie senkte sofort den Kopf, als sie seinen Blick sah und wandte sich schnell ab.

»Sie werden doch wohl kein Vollidiot sein?« knurrte in seinem Rücken Pater Mooslachner, als könne er Gedanken lesen. »Die Zauberblüten reagieren nur bei Vernunft! Gegen plötzliches Heldentum bei leerem Hirn helfen sie nicht!«

»Jetzt fliegt er weiter . . .« Olutoni beugte sich zu Oppermann hinüber. »Er dreht ab. Ich habe allen Grund, stolz zu sein. Meine Taktik und meine Tarnung stimmen! Wenn Namibia sich einmal erhebt, zur Stunde X, dann wird man sich wundern, woher überall die Freiheitskämpfer kommen! Wie die Erdmännchen werden sie aus ihren Löchern kriechen, wie die Bienenfresser aus ihren Nestern schießen. Wir werden überall sein!« Olutoni klopfte Dr. Oppermann auf den Oberarm. »Sie sind kein Held, Doktor?«

»Nein! Ich hatte nie den Ehrgeiz, auf einer Gedenktafel zu stehen.«

»Sie haben kein Vaterland, das Sie innig lieben.«

»Ich liebe Luba.«

»Das ist egoistisch. Das ist fast beschämend! Wenn alle so denken würden. Stellen Sie sich vor, Deutschland würde von der Sowjetunion angegriffen.«

»Es gäbe einen dritten Weltkrieg ohne Sieger und Besiegte. Ihn würde keiner überleben, denn dieser Angriff gälte ja Deutschland nicht allein. Aber Sie, Olutoni, greift kein Russe an! *Sie* wollen angreifen!«

»Ich will die Freiheit meines Landes, meines Volkes. Ist das ungerecht? Freiheit, Gerechtigkeit, Gleichberechtigung?«

»Halt den Mund, Josef Petrus!« sagte Pater Mooslachner grob. »Du bist über die Leopardenpranke nie hinausgekommen! Häng dir kein Mäntelchen um, das dir nicht paßt! — Wie lange haben wir noch zu leben?«

»Ich weiß es nicht.«

»Bis Sonntag?«

»Es kann sein.«

»Dann werde ich beim Gottesdienst über Namibia predigen.«

»Tun Sie das, Herr Pater.« Olutoni erhob sich. Das Geknatter des Hubschraubers war in der Ferne verklungen. Er würde nicht wiederkommen, das Planquadrat war abgehakt. »Es gibt gute und es gibt schlechte Predigten. Schade, daß es eine schlechte sein wird.«

Stolz ging er über den leeren Platz zu seiner Kommandantenhütte.

»Man muß es ihm lassen«, sagte Mooslachner, »er ist ein verdammt harter Bursche!«

Drei Tage danach – es war Sonntag, und Mooslachner hatte seine Hütte als Beichtstuhl eingerichtet und den Platz vor seinem Mopanebaum zur Freilichtkirche umgebaut – hörten sie wieder das Geräusch eines Flugzeugmotors, das schnell näher kam.

Mooslachner, der dem Befehl zur sofortigen Tarnung zuvorkommen wollte, riß ärgerlich seinen Notaltar wieder ein, auf dem anstelle des Kreuzes der Flügelteil mit dem Wort *Gott* montiert war, und warf alles zurück in die Hütte. Dann stand er staunend und begriff nichts mehr.

Das Lagerleben ging weiter. Nichts wurde abgedeckt, keine Büsche flogen auf den Platz, niemand verkroch sich. Die Gruppen übten weiter, die Frauen kochten und nähten, sechs Mann exerzierten an der zusammenlegbaren Kanone, ein Jeep fuhr bei der Kommandantur vor, Olutoni stieg ein und fuhr davon.

Aufgeregt humpelte Mooslachner mit seinem geschienten Bein hinüber zu Dr. Oppermann.

»Sehen Sie sich das an!« rief er außer sich. »Verstehen Sie das? Ich tarne, hechte vorschriftsmäßig in Deckung – und die Brüder tun so, als hörten sie nichts! Olutoni fährt sogar spazieren.«

»Es ist ein anderes Flugzeug, Pater«, sagte Oppermann ruhig.

»Das höre ich!« Er legte den Kopf in den Nacken, aber der Himmel über dem Lager blieb frei. Das Motorengebrumm wurde zu einem leisen Pfeifen, donnerte noch einmal auf und schwieg dann ganz. »Schon ist er weg!«

»Irrtum! Er landet.«

»Hier? Wo denn?«

»Bei Olutoni ist alles möglich. Vielleicht hat er im Busch sogar eine Rollbahn gebaut, die niemand sieht. Wer ihn da besucht, Pater, der ist bestimmt nicht sein Feind. Bauen Sie Ihren Altar ruhig wieder auf.«

»Das wäre ja ungeheuerlich!« Von weitem hörte man ein helles Flattern; Propeller drehten aus. Aber Bäume und hoher Busch verwehrten jeden Blick in die Weite. »Er ist tatsächlich gelandet«, sagte Mooslachner entgeistert. »Sehen Sie sich die Frauen an! Sie freuen sich.«

»Dazu werden sie auch allen Grund haben«, sagte Dr. Oppermann. Seine Stimme klang gepreßt. »Vielleicht werde ich jetzt den Herrn kennenlernen, der meine Ölsardinen geliefert hat.«

Es mußte ein größeres Flugzeug sein, das gelandet war.

Mit maßlosem Erstaunen beobachteten Oppermann und Mooslachner, wie aus einem dichten Gestrüpp, das wie eine hohe Dornwand ausgesehen hatte, plötzlich ein kleiner, gelbgestrichener Lastwagen mit Tarnplane herausfuhr. Das Gebüsch klappte auf wie ein Tor, die stachelige Wand öffnete sich, dahinter erkannte man einen kleinen Abstellplatz, auf dem jetzt noch ein Jeep und eine Kanonenlafette standen. Nach oben hin war dieser Parkplatz mit einem kunstvoll aus Zweigen und Ästen geflochtenen Dach abgesichert; aus der Luft mußte es aussehen wie undurchdringlicher Busch, unberührt seit Menschengedenken.

»Alle Achtung!« sagte Mooslachner verblüfft. »Die Kerle verstehen ihr Handwerk. Wer weiß, was hier noch alles versteckt ist. Wenn der Herr Olutoni pfeift — vielleicht preschen hier irgendwo noch Panzer hervor. Wenn das der gute Henrici wüßte!«

»*Wir* wissen es, Pater«, sagte Dr. Oppermann. »Und ich glaube nicht, daß man uns mit diesem Wissen jemals wieder in die Freiheit schickt.«

»Hierbehalten können sie uns nicht.«

»Warum nicht?«

»Sie haben gut reden, Doktor. Sie haben Ihre Hütte, Sie haben ein wohlversehenes Bett, es fehlt Ihnen an nichts. Ob Sie hier mit Luba leben oder anderswo, Sie haben Ihre Luba! Sogar arbeiten können Sie hier, denn es wird immer Kranke geben, und Verwundete kommen auch noch hinzu. — Aber ich?«

»Vielleicht läßt man Sie frei? Als Priester müssen Sie ohnehin den Mund halten. Ich nehme an, Olutoni war so raffiniert, Ihnen dies alles hier als eine große Beichte zu servieren.«

»Erraten. Ich sehe — und sehe doch nichts.«

»Na, bitte!«

»Ich gehe nicht ohne Sie, Doktor. Ich lasse Sie doch nicht hier zurück.«

»Jetzt wollen Sie den Helden spielen, Pater.«

»Blödsinn! Ich weiche nur nicht dem Schicksal aus. Wenn sie mich wegbringen oder laufen lassen — was kann ich für Sie tun, ohne den Mund aufzumachen?«

»Allein Ihr Wiederauftauchen wird allen ein Hinweis sein, wo sie zu suchen haben. Auch wenn Sie schweigen — jeder wird sofort wissen, was passiert ist.«

»Sie haben Olutoni gehört: Wenn er angegriffen wird und nicht mehr ausweichen kann, tötet er alle! Das ist keine Phrase, ich glaube es dem Burschen!« Mooslachner schüttelte den Kopf. »Nein! Ich bleibe bei Ihnen, Doktor.«

»Das wird ein fröhlicher Lebensabend«, sagte Dr. Oppermann sarkastisch.

»Abwarten. Jeder Tag kann die Lage verändern. Es mag dämlich klingen: Aber ich hoffe auf Luba.«

»Mehr als das Zugeständnis, daß wir noch ein bißchen leben dürfen, wird sie ihrem Vater nicht abringen können. Nur die eiserne Disziplin, mit der er seine Truppe in der Hand hält, verhindert, daß er selbst unglaubwürdig wird. Er spürt das sehr genau. Ich möchte wissen, was er seinen Leuten erklärt hat.«

»Vielleicht, wie es die Hexe in ›Hänsel und Gretel‹ macht: Wir füttern sie erst einmal schön fett, dann haben wir mehr davon!« Mooslachner hob den Kopf. Man hörte Motorengeräusch, der kleine Lastwagen kam zurück, die Plane war zurückgeschlagen. Kisten und Kartons, Säcke und mit Segeltuch umhüllte Ballen stapelten sich auf der Ladefläche. Der Wagen fuhr sehr langsam, als habe der Fahrer Angst, jeden Augenblick in die Luft zu fliegen.

»Das sieht nach einer hochexplosiven Fracht aus«, meinte Oppermann und beobachtete interessiert, wie der Lastwagen mit äußerster Vorsicht über den unebenen Boden fuhr. »Da ist eine große Sauerei gebracht worden! Ich wette, der Fahrer ist grau im Gesicht vor Angst. Was da rumpelt, ist eine fahrbare Bombe.«

»Nicht nur, Doktor.« Mooslachner streckte den Arm aus. »Da sind zwei große Kartons mit Konserven. Ich habe noch gute Augen, ich kann es lesen: drei Kartons mit Milchpulver.«

»Brot für die Armen . . .« sagte Oppermann zynisch.

»Unterlassen Sie Ihre dämlichen Sprüche!« schrie Mooslachner. »Nie hat es eine segensreichere Aktion der Menschheit gegeben als diese! Millionen sind dadurch gerettet worden! Sie können nicht alle unters Kinn schlagen, weil ein einzelner Ihnen gegen das Schienbein getreten hat. Sonst sind Sie nicht anders als Olutoni, der alles vernichten will, weil man seine Magdalena ermordet hat!« Mooslachner atmete heftig. »Nur in einem gebe ich Ihnen recht: Wer das da herangeschafft hat, ist ein Riesenschwein! Ich hoffe, wir kriegen das Stinktier noch zu Gesicht.«

»Sofern Olutoni den Herrn nicht beim Flugzeug läßt. Bringt er ihn mit, dann können wir sicher sein, daß wir hier begraben werden. *Diese* Information wäre unser Urteil!«

»Und siehe — da kommt er!« sagte Mooslachner gepreßt. »Wo ist Luba?«

»Ich weiß es nicht. Sie ist am Morgen weg und sagte: ›Ich komme sofort wieder. Ich will zu meinem Vater.‹«

»Und das beunruhigt Sie nicht?«

»Warum?«

»Das Flugzeug könnte sie gleich mitnehmen. Dann sind wir allein, und keiner hält Olutoni mehr davon ab, uns als Schießscheibe an den Baum zu stellen.«

Dr. Oppermann starrte Mooslachner betroffen an. »Daran habe ich nicht gedacht«, sagte er heiser. »Als — als sie wegging, wußte ja noch keiner von diesem Flugzeug. Auch Luba nicht.«

»Aber ihr Vater, und anscheinend das ganze Lager. Sie haben darauf gewartet. Das Flugzeug und das Lager müssen in ständiger Funkverbindung stehen.«

»Wenn das wahr wäre ... Wenn sie Luba jetzt wegbringen ...«

Mooslachner hielt Oppermann am Ärmel fest. »Keine Dummheiten, Doktor. Bloß keine unüberlegten Handlungen! Ist es passiert, können Sie jetzt auch nichts mehr ändern. Mich ärgert nur maßlos, wie elegant uns Olutoni aufs Kreuz gelegt hat. Dafür hat er sogar in Kauf genommen, daß seine Tochter bei Ihnen schläft! Da sehen Sie, wie knallhart der Bursche ist!« Mooslachner stützte sich auf Oppermanns Schulter. »Gehen wir zur Kommandantenhütte. Wir wollen uns den Mann ansehen, der den Tod durch die Gegend fliegt.«

Der braungelb gestrichene Jeep hielt. Olutoni sprang heraus, blickte kurz zu Oppermann und Mooslachner hinüber, die langsam über den Platz kamen, winkte nicht ab, befahl ihnen nicht, umzukehren. Er duldete es.

»Wir werden noch viel von einander haben«, sagte Oppermann spöttisch zu Mooslachner. »Wenn Sie achtzig werden sollten, Pater . . .«

»Das hoffe ich! Das wären noch fünfundzwanzig Jahre.«

»Solange müßte ich Sie noch ertragen. Denn hier kommen wir nie wieder raus! Olutoni gibt uns seinen Lieferanten preis!«

Die andere Tür des mit einer Plane bedeckten Jeeps flog auf. Es war, als habe man den Mann vom Sitz katapultiert. Er hechtete heraus, schwankte etwas, als er auf beiden Beinen stand und riß sich den erdgelben Leinenhut vom Kopf.

Ein runder, massiver Schädel. Graue kurze Haare im Bürstenschnitt. Eine gedrungene, kräftige, fast bullige Figur, bekleidet mit einem Khakianzug und kniehohen braunen Lederstiefeln. Im Ausschnitt des offenen Hemdes, auf der breiten behaarten Brust, schimmerte ein goldenes Medaillon.

Dr. Oppermann blieb wie von einem Fausthieb getroffen stehen. Auch Pater Mooslachner zuckte zusammen. Die Holzschienen am Bein knirschten, als wollten sie unter der plötzlichen Belastung zersplittern.

»Mr. Olutoni!« schrie der Mann und streckte beide Arme aus, als könne er damit ein Gespenst von sich abwehren. »Wie kommen die zu Ihnen?!« Seine Stimme überschlug sich und erstarb im Falsett. Der Kopf schwoll rot an.

»Das nenne ich eine vortreffliche Überraschung!« sagte Dr. Oppermann laut. »Der stramm nationale Johann Prusius! Warten Sie, ich komme sofort näher, um Ihnen ins Gesicht zu spucken!«

Olutoni, der schon bei seiner Hütte war, kam zurück. »Die Herren sind meine Gäste«, sagte er lächelnd. »Sie kennen sich, meine Herren?«

Prusius hatte es die Sprache verschlagen. Er wich zum Jeep zurück und lehnte sich gegen den Kühler, während Oppermann und Mooslachner, getreu ihrer Rolle als Verletzte, näherhumpelten. Olutoni hielt sie nicht auf, genoß diese Begegnung sichtlich.

»Bleiben Sie stehen!« knirschte Prusius heiser. »Bleiben Sie bloß stehen!« Er griff in die Tasche seines Khakianzuges. »Ich warne Sie . . .«

»Oh, Sie wollen schießen?« Mooslachner grinste. »Nehmen Sie doch Ihrem Freund Olutoni nicht diese Freude weg! Gönnen Sie mir die Zeit, Ihnen zu sagen, daß ich Gott auf den Knien bitten werde, Sie der ewigen Verdammnis zu überliefern.«

»Das lassen Sie zu, Olutoni?« schrie Prusius. »Wie können Sie mich überhaupt hierher führen, wenn diese beiden da sind?«

»Wir haben nichts mehr zu verlieren, im Gegensatz zu Ihnen, Sie Riesensauhund!« Dr. Oppermanns Gesicht verzerrte sich. »Wie geht es Ihrem Mauleselbiß? Kennt Olutoni Ihr Mißgeschick mit dem Vieh?«

Prusius atmete heftig. Er stieß sich vom Kühler ab und lief ein paar Schritte auf Olutoni zu. »Wissen Sie, was diese Begegnung bedeutet?« schrie er.

»Ja! Natürlich.«

»Ihr Freiheitskampf ist sinnlos geworden, wenn diese beiden jemals wieder freikommen!«

»Ist er nicht ein Herzchen?« sagte Mooslachner.

»Sie sind bereits tot!« antwortete Olutoni würdevoll. »Würde ich sie sonst mit Ihnen zusammenbringen?«

»Das beruhigt mich ein wenig.« Prusius wandte sich zu Oppermann um. »Ihren Maulesel können Sie sich in den Mund stopfen, damit Sie nicht wimmern, wenn man Sie erschießt.«

»Jedes Tier hat Vater und Mutter. Der Vater steht neben Ihnen. Das wußten Sie noch nicht?«

Prusius' roter Kopf verfärbte sich zu einem fahlen Gelb. Er zögerte, kam dann auf Oppermann und Mooslachner zu und zog das Kinn an. Er glich einem Stier, der angreifen will.

»Vorsicht!« sagte Mooslachner ruhig. »Der apostolische Segen, den ich für Sie bereithalte, wird Ihnen die Hirnschale zerschmettern!«

Mit einem Ruck blieb Prusius außerhalb der Reichweite des Paters stehen. Seine Augen flackerten, um seinen Mund vibrierte es. Er schluckte mehrmals, ehe er sprechen konnte. Seine Entlarvung, auch wenn sie vor Todgeweihten geschah, nahm ihn sichtlich mit. Olutoni, abseits stehend, lächelte schwach. In seinem Gesicht spiegelte sich offen die Verachtung, die er für Prusius empfand. Ein Weißer verrät die Weißen um des Geldes willen. Ein Weißer liefert Waffen für die Vernichtung der Weißen, weil er daran verdient. Die Moral der Weißen ist ein Goldklumpen — man brauchte das nur allen Schwarzen als Motto ihres Handelns mitzugeben, dann wäre Afrika bald von den Weißen befreit! So einfach ist das: Leg nur Geld auf den Tisch, und es gibt nichts, was du dafür nicht kaufen könntest! Das Gewissen der Welt liegt in den Banktresoren.

»Sie sind also gar nicht mit Ihrer *Gott ist gekommen* verunglückt?« fragte Prusius mit unsicherer Stimme.

»Wie man's nimmt. Man hat uns abgeschossen!«

»Seit Tagen sucht man Sie verzweifelt. Der ganze Norden ist mobil. Von Windhoek ist eine Sonderkommission nach Outjo gekommen und wohnt in Ihrer Station. Pausenlos ist das Militär unterwegs. Es ist allen unerklärlich, wie ein Flugzeug so spurlos verschwinden kann.«

»Olutonis Tarnung ist eben perfekt!« sagte Mooslachner. »Das wissen Sie doch.«

»Wenn ich geahnt hätte . . .«

»Oh, Sie Menschenfreund! Sie hätten uns natürlich befreien lassen«, sagte Oppermann.

»Nein! Ich wäre erst wieder hierhergekommen, wenn man mir Ihren Tod gemeldet hätte.« Er schnaufte heftig. »Sie sind für alle ein tödliches Risiko!«

»Seit wann liefern Sie Material an die Guerillas?« fragte Mooslachner streng.

»Erwarten Sie darauf eine Antwort?«

»Die Waffen, die beiden Kanonen, die Raketenwerfer, die Munition? Alles ist von Ihnen!« sagte Oppermann. »Auch die Verpflegung kommt von Ihnen, der gesamte Nachschub. Wenn irgendwo eine Bombe explodiert — Sie liefern sofort nach! Wenn Menschen von Tretminen zerrissen wurden — Prusius, der Fleißige, bringt neue heran! Nur gegen Barzahlung natürlich. Wo haben Sie Ihre Konten? In Zürich? Im Tessin? Oder gar auf den Bahamas? Wollten Sie nicht mit Sechzig aufhören? Das sind noch zehn Jahre. Zehn Jahre den Geldsack füllen mit Blut, Elend und Tod! Und dann zufrieden leben unter Palmen am Meer, ein fröhlicher Rentner mit jungen Geliebten . . . Welche Wonne, Prusius! Vor allem aber: Nicht zurückblicken, bloß das nicht! Keinen Blick auf die erschlagenen Farmer, die erstochenen Frauen, die aufgeschlitzten Kinder. Sie kennen doch die Bilder aus dem Kongo?! Sie haben mir doch oft genug verkündet, mit heiligem Zorn in der Stimme, was die Weißen bei einem Aufstand erwartet. Mit Marschmusik als melodramatische Begleitung haben Sie in grellen Farben die Schreckensbilder der Zukunft ausgemalt. Aber diese Bilder nimmt man ja nicht mehr wahr, wenn man auf einer weißen Motorjacht mit nackten Mädchen an Deck durch die blaue Karibik pflügt!«

»Sind Sie fertig?« fragte Prusius anzüglich.

»Nein! Ich möchte Ihnen noch in die Fresse schlagen!«

»Sie haben in allem recht.« Prusius steckte die Hände in die Taschen seines Khakianzuges. »Es geht mir nur ums Geld. Ich bin Kaufmann, und wer bei mir bestellt, wird beliefert. Das hat mit meiner politischen Einstellung nichts zu tun, das berührt meinen Nationalismus nicht. Wie könnte ich liefern, wenn deutsche Firmen mir nicht mit allen Tricks die Waffen zuspielten, die ich brauche? Sturmgewehre, Pistolen, Maschinenpistolen, Munition. Soll ich Ihnen zeigen, was auf der Verpackung steht? Verlangen Sie von mir, daß ich zusehe, wie ein anderer das Geschäft macht, wenn ich es auch machen kann?«

»Das ist die Moral eines Steines!« sagte Mooslachner angeekelt.

»Moral! Gut, daß Sie darauf kommen, Herr Pater. Ich habe es oft genug bei den Versammlungen gesagt: Es fließen Gelder aus deutschen Kirchensteuern in die afrikanischen Kanäle, natürlich nur für wohltätige Zwecke, wie es heißt. Die deutsche Bundesregierung hat den Untergrundkämpfern Namibias genaue Anweisungen gegeben für den Tag X, an dem man dieses Land befreien wird, wie man so schön sagt . . .«

»Die angeblichen Vorschläge aus Bonn . . .«

»Angeblich? Sie existieren! Kartoniert, eine unscheinbare Broschüre, aber eine einzige hochbrisante Bombe gegen alles, was heute noch in Südwest als Ordnung gilt! Das Namibia-Institut der Vereinten Nationen, das in Lusaka, in Sambia also, Hunderte von Schwarzen als zukünftige Verwaltungsbeamte des neuen, souveränen Staates Namibia drillt, bildet diese schwarze Führungsschicht nach deutschen Empfehlungen aus! Das wissen Sie nicht? Sie glotzen mich dämlich an? Dr. Oppermann, Sie — und nicht nur Sie — leben auf dem Mond! Von dem, was wirklich in diesem Land — und mit diesem Land geschieht, haben Sie keine Ahnung! Die wenigsten wissen, was man sich hier an Intrigen, an geradezu geiler Wirtschaftspolitik, an Eigeninteresse und Gewinnsucht leistet. Das Wirtschaftssystem nach der Unabhängigkeit Namibias soll am deutschen Geist gesunden! So ist das! In Bonn setzt man zwar freundlicherweise voraus, daß die 120000 Weißen im Lande bleiben dürfen, allerdings weitgehend ihrer jetzigen Privilegien beraubt. Oh, ich habe das gut auswendig gelernt. Zu den Maßnahmen, die möglichst bald nach Erlangung der Unabhängigkeit in Angriff genommen werden sollen, gehören unter anderem der Abschluß eines deutsch-namibischen Investitionsschutz- und Doppelbesteuerungsabkommens, eine Delegation von Beratern für den Aufbau eines Außenhandelsressorts, die Gründung einer Zentralbank und die Installierung einer Bankenaufsichtsbehörde.« Prusius holte tief Atem. »Damit wäre zentral schon die Kontrolle der Wirtschaft fest in deutscher Hand! Aber damit nicht genug! Bonn wird noch weitergehn. Entwicklung und Regie der nationalen Industrie soll einer Industrieabteilung innerhalb eines Wirtschaftsministeriums obliegen, dem ein ›Investitionsrat‹ — wie schön das nach Moskau klingt! — aus Vertretern von Behörden, Gewerkschaften und Unternehmen zur Seite gestellt wird, dessen Genehmigung für Neu- und Erweiterungsinvestitionen von einer bestimmten Summe an nötig ist. — Hören Sie die Lobby flüstern?«

»Und Sie machen da mit! — ohne Gewissensbisse!« sagte Dr. Oppermann.

»Ich sahne vorher ab, bevor das Bonner Papier wirksam wird und mich sozialisiert. Denn nach den Vorstellungen aus Deutschland bleibt kaum noch etwas übrig.« Prusius lehnte sich wieder an den Kühler des Jeeps. »Der Bergbau, Südwests wichtigster Wirtschaftszweig mit 31 Prozent des Bruttoinlandeinkommens, soll nach den Vorstellungen dieser Herren total umorganisiert werden. Alle Bergwerksgesellschaften sind gegenwärtig in südafrikanischem oder privatem Besitz. Internationale Konzerne stecken dahinter. Schluß damit! Jetzt will man eine Verstaatlichung des Bergbaus, Gründung einer nationalen namibischen Bergbaugesellschaft, die alle Projekte zusammenführt, die Regierung in der Rohstoffpolitik berät und den Rohstoffexport unter Kontrolle hält. Die Herren Namibia-Träumer haben da einen so schönen Satz geschrieben, der ist so schön, daß ich ihn mittlerweile nahezu auswendig kann. Passen Sie mal auf, was unsere deutschen Brüder da an Weisheiten von sich geben: Staatliche Beteiligungen führen auch zur Umlenkung der Gesellschaftsgewinne in den Staatshaushalt und haben darüber hinaus den Vorteil, ein Instrument der Kontrolle von Produktion, Investitionen und Beschäftigungszahl zu sein. — Umlenkung der Gewinne in den Staatshaushalt . . . Der Bolschewismus läßt grüßen!«

Prusius holte aus seiner Jackentasche eine Packung Zigaretten, zog eine heraus und steckte sie mit seinem goldenen Feuerzeug an. Oppermann und Mooslachner bot er keine an; er ahnte, daß sie ihm die Packung aus der Hand geschlagen hätten.

»Noch mehr?« fragte er, nachdem er ein paar hastige Züge geraucht hatte. »Noch einige Heimatlieder? Können Sie haben, Doktor! Ein deutsches Lied: In dem besagten Namibia-Papier wird der deutschen Regierung liebstes Lied gesungen: die Steuerpolitik. Was danach Namibia erwartet, ist grandios! Der prima Tip empfiehlt, Steuererhöhungen als Mittel zur Abschöpfung von Unternehmergewinnen einzusetzen — wörtlich! Maßgebend ist die gute Gewinnlage in den Diamanten- und Uranminen. Und wieder kann ichs beinahe auswendig, weil es so schön heimatlich klingt: Die namibische Regierung sollte zukünftig versuchen, die Steuerlast allmählich auf eine Höhe zu schieben, die knapp unterhalb der totalen Abschöpfung der Gewinne liegt. Weiterhin sollten die Möglichkeiten der Einführung von Mengensteuern in einzelnen Sektorbereichen, sowie die Erhebung von weiteren Exportsteuern, wie etwa für Uran, Zinn, Wolfram oder Vanadium, geprüft werden. Schließlich vertragen die Konzessionsgebühren auch noch eine Erhöhung. — Was man in Bonn nicht wagt, wollen sie also in Namibia mit Hurra praktizieren: Verstaatlichung und kalte Planwirtschaft! Ganz klar, daß solche roten Pläne auf die Begeisterung der Schwarzen stoßen!« Prusius warf seine Zigarette weg und zermalmte sie mit dem Stiefel. »Wenn meine geliebte Heimat so denkt und solche Arbeitspapiere bei den sogenannten Freiheitskämpfern verteilt, dann soll ich mich in eine billige Moral einwickeln und offenen Auges meinem Untergang entgegenleben? Bin ich ein Idiot?! Ich hole mir mein Geld, bevor die anderen kommen, um es abzuscheffeln ... Soll ich warten, bis mir in Windhoek deutsche Steuerbeamte vorschreiben, wieviel ich verdienen darf? Erwarten Sie das von mir?«

»Nein!« sagte Dr. Oppermann. »Ich habe von Ihnen Anständigkeit erwartet gegenüber Ihren deutschen Freunden in diesem Land — auch wenn Sie sonst ein Schwein sind! Alle Ihre Argumente, Prusius, sind nur darauf zugeschnitten, Ihr verdammtes Handeln zu rechtfertigen. Aber dafür gibt es keine Rechtfertigung. Da drüben werden die Kisten mit Waffen und Munition ausgeladen, die einmal Blut, Elend und Tod verbreiten werden! Und Sie haben diesen Tod geliefert. Für Geld!«

»Ich bin nur ein kleines Glied in einer langen Handelskette.«

»Schämen Sie nicht nicht, so etwas zu sagen?!«

»Schämen sich die anderen? Mitnichten! Sie bekommen Verdienstorden an den Frack gesteckt! Sie sind Mitglied des Rotary Clubs! Sie repräsentieren einen Teil der Gesellschaft, der Fortschritt und Kultur bestimmt! Aber mich, den Kleinen, den wollen Sie beißen?! Dagegen wehre ich mich! Da trete ich um mich! Da beginne ich laut zu schreien: Macht doch die Augen auf!«

»Es bleibt dabei: Es geht Ihnen nur ums Geld!«

»Ein klares Ja! Es geht auch denen nur ums Geld, die nach Rußland Maschinen liefern, auf denen man Präzisionsteile für raffinierte neue Waffen drehen kann! Wissen Sie denn überhaupt, wer den Stacheldraht geliefert hat, mit dem man die deutsch-deutsche Grenze unüberwindbar gemacht hat? Westdeutsche Firmen!«

»Das ist eine Lüge!« rief Dr. Oppermann empört.

»Fragen Sie doch mal in den Vorstandsetagen der Konzerne nach! Leider können Sie das nicht mehr, weil man Sie hier erschießen wird. Zum Wohle von Namibia und zu meinem Schutz, ihr ahnungslosen Engel! Der eine hört unregelmäßige Herztöne ab, der andere verspricht einen Platz im Himmel. Aber wie die Welt wirklich ist, das läuft an Ihnen vorbei! Nur ums Geld geht es, meine Herren Idealisten. Nur ums Geld!

Alles andere ist Tarnung. Nichts als Blabla!« Prusius zog seine Jacke aus, die Hitze fiel aus dem bleiernen Himmel. »So, das war genug geredet. Ich habe die Nase voll von Ihnen! Mr. Olutoni«, er sah hinüber zu dem schweigenden Kommandanten, »ich habe Durst. Mir klebt die Zunge am Gaumen nach soviel politischem Dreck! Ich möchte 'was trinken!«

Prusius stieß sich vom Kühler des Jeeps ab, ging mit stampfenden Schritten an Oppermann und Mooslachner vorbei und verschwand in der Hütte des Kommandanten. Wortlos folgte ihm Olutoni.

»Was sagen Sie nun?« fragte Oppermann. Er bebte vor Zorn.

»Wir sollten uns nun wirklich auf unseren Tod vorbereiten«, sagte Pater Mooslachner ernst. *»Dieses* Geständnis überleben wir nicht. Dagegen kommt auch Luba nicht mehr an.«

In Olutonis Hütte saß Prusius an einem großen Tisch, trank schales, warmes Bier und starrte böse vor sich hin. Seine Hand, die eine Bierdose umklammert hielt, zerquetschte fast das Blech. Olutoni saß ihm gegenüber, ruhig, gelassen, abwartend.

»Sie müssen sie erschießen«, sagte Prusius in die dumpfe Stille hinein.

»Ich weiß«, antwortete Olutoni sachlich.

»Alles bräche zusammen, wenn die beiden wieder freikommen sollten.«

»Das ist mir klar.«

»Es geht nicht allein um meinen Kopf, — es geht um das ganze Unternehmen.«

»So sehe ich es auch.«

Prusius hob den Kopf. »Es war eine Riesendummheit, sie abzuschießen! Unverzeihlich!«

»Sie flogen so niedrig, daß wir glaubten, sie hätten uns entdeckt. Ich gebe zu, wir haben voreilig gehandelt.«

»Worauf warten Sie dann noch? Ich habe erst wieder Ruhe, wenn ich weiß, daß Oppermann und Mooslachner eliminiert sind! Ich habe noch Material für zwei Flüge auf Lager. Aber ich komme erst wieder, wenn Sie mir melden, daß hier alles in Ordnung ist.«

»Was haben Sie auf Lager?« fragte Olutoni ruhig.

»Tretminen. Dynamitstangen. Gewehrgranaten. Nachtschießmeßgeräte für Ihre Kanonen.«

»Sehr gut.« Olutoni holte eine Kiste näher an sich heran, klappte sie auf und öffnete den Deckel. »Wieviel bekommen Sie heute, Mr. Prusius?«

»Genau 14580 Rand.«

Schweigend griff Olutoni in die Kiste, holte einen Packen Banknoten heraus und zählte sie auf dem Tisch ab. Prusius zog sie an sich, zählte sie gewissenhaft nach und steckte sie ein.

»Ein Geschäft mit Ihnen macht immer Freude«, sagte er dann.

»Ich schätze Sie auch sehr«, antwortete Olutoni. Die Gleichgültigkeit in seiner Stimme ärgerte Prusius, aber er leistete sich nicht den Luxus, es zu zeigen. »Wann fliegen Sie wieder ab?«

»Gleich. Ich muß noch Ware nach Lupala bringen.«

»Zum Militärdepot.«

»Auch.« Prusius räusperte sich. »Nur Bier und Konserven.«

»Das interessiert mich nicht.« Olutoni fuhr mit der Hand durch die Luft. »Sie sind mir keine Rechenschaft schuldig, Mr. Prusius. Mich interessiert nur, was Sie *mir* bringen und ob es gute Ware ist.« Er erhob sich, klappte die Kiste zu und schob sie in den Hintergrund des Raumes. »Sie können sich hier ausruhen, bevor Sie abfliegen. Auf mich verzichten Sie bitte. Ich habe zu tun.«

Er verließ die Hütte, Prusius blickte ihm böse nach und sagte gepreßt: »Verdammter Kaffer! Du kommst auch noch dran!« Aber er hoffte, dann längst irgendwo außer Landes zu sein, vielleicht wirklich in der Karibik oder an der lebensfrohen Côte d'Azur.

Dr. Oppermann und Pater Mooslachner saßen auf den Klappstühlen vor Oppermanns Hütte, als Olutoni zu ihnen kam. Mooslachner kaute nervös auf dem Mundstück seiner Pfeife.

»Das ist schön«, sagte er — »daß du selbst uns die Stunde unserer Hinrichtung mitteilst, Josef Petrus. Hast du Prusius seinen Blutlohn ausbezahlt?«

»Auch Ratten müssen fressen.« Olutoni setzte sich auf einen freien Stuhl. »Sie müssen einsehen, meine Herren, daß das große Ziel es notwendig macht, Sie zu liquidieren.«

»Das haben Sie schön gesagt.« Dr. Oppermann trommelte mit den Fingern auf die Tischplatte. »Wo ist Luba?«

»Irgendwo. Sie schläft.«

»Am hellen Tag?!« Oppermann sprang auf. »Was haben Sie mit ihr gemacht, Olutoni?!«

Mooslachner zog Oppermann am Ärmel zurück.

»Was wird er schon gemacht haben?! Ein Betäubungsmittel im Fruchtsaft ... Er wird doch sein Augenlicht nicht auslöschen!«

»Ich wollte Luba den Anblick von Prusius ersparen«, sagte Olutoni ernst. »Sie haben da vorhin etwas von einem Maulesel gesagt, der Prusius gebissen hat. Es war nicht nötig, diese Version zu gebrauchen.«

»Ich wollte Ihnen davon erzählen.«

»Luba hat mir alles berichtet.« Olutoni legte den Kopf in den Nacken und blickte auf das Tarngeflecht aus Dornenbüschen. »In jeder anderen Zeit hätte ich Prusius zu mir holen lassen und ihm gezeigt, wie ich die Ehre meiner Tochter bewerte. Ich hätte ihn von überall her geholt — aus Outjo, aus Windhoek, aus Johannesburg, selbst aus Deutschland. Aber ich brauche ihn noch. Prusius ist ein korrekter und einfallsreicher Lieferant. Hier geht die Sorge um mein Volk über mein eigenes Interesse. Aber es wird einmal der Tag kommen, wo sich die Gewichte verschieben. — Das wollte ich Ihnen nur sagen. Das mußte ich Ihnen sagen, weil Sie meine Tochter lieben. Auch wenn Sie bald nicht mehr leben werden, — Sie sollen wissen, daß Prusius für alles bezahlen wird.«

»Das beruhigt mich ungemein«, sagte Oppermann sarkastisch. »Wie wollen Sie Luba das klar machen?«

»Das weiß ich nicht. Aber das ist mein Problem.« Olutoni blickte Dr. Oppermann offen an. »Ich hatte gestern nacht mit dem Gedanken gespielt, einige Wachen zurückzuziehen und Ihnen eine Gasse aus dem Lager freizuhalten. Ihre Flucht wäre erst am späten Morgen entdeckt worden, und dann wäre es zu riskant gewesen, Ihnen zu folgen. Um den Preis von Lubas Leben hätte ich Ihnen das Versprechen abgenommen, nichts zu verraten. Wären Sie darauf eingegangen? Ehrlich, Doktor!«

»Was heißt: Um den Preis von Lubas Leben?« fragte Oppermann vorsichtig zurück.

»Luba wäre zunächst bei mir geblieben — als Pfand für Ihr Versprechen.«

»Das hätte sie nie zugelassen.«

»Doch! Sie hätte allem zugestimmt, wenn Sie gerettet worden wären. Ihre Liebe zu Ihnen ist jedes Opfer wert.«

»Und dann?«

»Ich hätte Ihnen *mein* Versprechen mitgegeben, Luba von irgendeinem Flugplatz abfliegen zu lassen, wenn ich von Ihnen die Nachricht bekommen hätte, daß Sie außerhalb Namibias auf sie warten und nie mehr in dieses Land zurückkommen.« Olutoni atmete tief aus. »Dazu war ich bereit. Das Opfer eines Vaters, der seine Tochter und zugleich auch den Kampf gegen die schreckliche Infektionskrankheit verliert. Ich hätte mich getröstet mit der Gewißheit, daß Luba in Sicherheit ist und der Kampf um dieses Land weitergehen kann, ohne daß ich fürchten muß, der Krieg könne auch sie treffen. Ich war bereit, diesen Verrat an meinem Volk zu begehen.«

»Und was hat Ihre Absicht so geändert?«

»Ihr Gespräch mit Prusius.« Olutoni nickte mehrmals. »Wenn Sie nur einen Funken Ehrgefühl besitzen, ist es Ihnen unmöglich, Prusius nicht zu entlarven, sobald Sie in Freiheit sind. Sie müssen das einfach tun — sonst würde ich vor Ihnen ausspucken.« Olutoni beugte sich zu Oppermann vor. »Doktor, ohne Bitterkeit, nur mit Logik: Kann ich mir das leisten? Bei aller Liebe zu Luba: Kann ich Sie ziehen lassen?«

»Nein!« sagte Dr. Oppermann heiser. »Das wäre zuviel für einen einzelnen Menschen.«

»Wie meinen Sie das?«

»Ich werde Prusius vernichten, wo immer ich ihn treffen sollte.«

»Idiot!« knurrte Pater Mooslachner. »Sie unterschreiben Ihr Todesurteil.«

»Ob er es nun ausspricht oder nur denkt, Herr Pater — ich habe Dr. Oppermann nie zugetraut, daß er die Informationen, die er heute erhalten hat, vergessen könnte. Nicht einmal um Lubas willen.« Olutoni sah Oppermann mit glänzenden Augen an. »Wir sind uns darin sehr ähnlich, Doktor. Auch wenn ich mich dagegen wehre, ich beginne zu begreifen, weshalb meine Tochter Sie so grenzenlos liebt. Diese Liebe hätte ein anderes Schicksal verdient. Aber wir leben nun einmal in einer Welt, die sich im Umsturz befindet und Opfer verlangt.«

»Merkst du eigentlich nicht, Josef Petrus«, sagte Mooslachner grob, »welchen Bockmist du da von dir gibst? Lauter billige Phrasen! Mach heute nacht fest die Augen zu, schmier dir Wachs in die Ohren — und wenn der nächste Morgen kommt, sind alle Probleme gelöst.«

»Weil Sie verschwunden wären . . .«

»Du bist ein kluges Köpfchen, Josef Petrus.«

»Wir drehen uns im Kreis, Herr Pater.« Olutoni schüttelte traurig den Kopf. »Das würde den Untergang meiner Truppe bedeuten.« Er wandte den Kopf zu Dr. Oppermann. »Und glauben Sie, Doktor, Luba könnte Ihnen verzeihen, daß Sie ihren Vater verraten und in den Tod getrieben haben? Wir alle sind unrettbar und unheilvoll ineinander verstrickt. Was wir auch tun werden, einer von uns bleibt als Opfer auf der Strecke.« Er sah Pater Mooslachner an. »Selbst die Kirche, die sonst für alles einen guten Satz hat, weiß hier keinen Ausweg mehr.«

»Wir sollten intensiv danach suchen.« Mooslachner klopfte an seinen Beinschienen die Pfeife aus. »So eine Lebensverlängerung kann man nicht aus dem Ärmel schütteln. Wie lange, Josef Petrus, haben wir noch Zeit?«

»Ich brauche viel Material und Waffen. Prusius will erst wiederkommen, wenn ich ihm mitteile, daß das Problem gelöst ist. Die Zeit ist knapp; wer weiß, wie lange Prusius noch liefern kann.«

»Noch einen Tag, mein Sohn?«

»Höchstens.«

»Wir werden ihn nützen.« Mooslachner blickte zu Dr. Oppermann, der nervös auf den Tisch trommelte. »Du wirst Luba wegbringen lassen?«

»Ja. Nach Sambia. Dort ist sie sicher — und ich bin sicher vor ihr.« Olutoni lächelte angestrengt. »Sie wird mich hassen und verfluchen, am Ende sogar vernichten wollen. Das muß ich verhindern. Später«, er winkte traurig ab, »wer weiß, was später sein wird. Selbst Gott weiß das nicht.«

»In diesem Falle befürchte ich das auch!« sagte Mooslachner. Er nickte zu Olutonis Hütte hinüber. »Ihr Freund Prusius will abfliegen. Das Saustück steht schon am Jeep.«

Olutoni erhob sich. Er warf keinen Blick hinüber zu Prusius, der aus der Kommandantenhütte gekommen war, am Jeep lehnte und mit zusammengezogenen Brauen über den Platz auf Dr. Oppermann und Mooslachner starrte.

»Er ist nicht mein Freund!« sagte Olutoni. »Er liefert mir nur Material für den Befreiungskampf. Um das zu bekommen, ginge ich auch einen Pakt mit dem Teufel ein.«

»Dies Bündnis dürftest du bereits geschlossen haben, Josef Petrus.« Mooslachner erhob sich ächzend, dehnte sich und zog die geflickte Soutane gerade. »Ich baue den Altar wieder auf. Heute ist Sonntag, vergiß das nicht. Wenn Prusius' Schwefelgestank verflogen ist, beginnt die Messe!«

»Wir werden alle da sein, Herr Pater.« Olutoni deutete eine höfliche Verbeugung an. »Viele von uns sind sehr gläubige Christen . . .«

Am Abend erst erwachte Luba aus ihrer Betäubung. Sie setzte sich auf, blickte benommen um sich, erkannte die Hütte ihres Vaters und sprang von dem aus Holzstämmen gezimmerten, mit Affenfellen weich gepolsterten Lager. Von jenseits der Verbindungstür zum Hauptraum hörte sie eine Schreibmaschine klappern.

Mit einem Ruck riß sie die Tür auf und stürzte ins Zimmer. Olutoni saß beim Schein einer Gaslampe an einem großen Tisch und schrieb eine Liste der Dinge, die er noch dringend von Prusius benötigte. Am Abend wollte er sie per Funk durchgeben und dann wieder verbrennen. Auf Prusius konnte man sich, wenn es um Geschäfte ging, verlassen. Die Bestellung würde rund 30000 Rand ausmachen und, wie immer, bar bezahlt werden. Olutoni hatte genau Buch geführt über das, was Prusius bis jetzt schon von der kleinen Revolutionsarmee bekommen hatte. Es waren 465 628 Rand. Gutes Geld, das aus Angola und Sambia kam, aber auch aus dem Ovamboland und aus unbekannten Kanälen, die bis nach Kapstadt reichten. Olutoni hatte nie gefragt, wer dahinter stand. Wichtig war allein, daß der Geldfluß nicht versiegte, so daß man sich ausrüsten konnte, wie es für den großen Tag X erforderlich war.

»Wo ist Richard?« schrie Luba und stürzte auf ihren Vater

zu. Sie riß ihn an den Schultern herum und krallte die Finger in sein Hemd. »Was hast du mit ihm gemacht?«

»Nichts. Geh hinaus, er ißt gerade einen Elandbraten.«

»Du hast mich mit dem Fruchtsaft betäubt!«

»Ja.« Olutoni löste mit sanfter Gewalt Lubas Finger aus seinem Hemd. »Es mußte sein.«

»Was sollte ich nicht sehen?«

»Es war Besuch hier. Er sollte *dich* nicht sehen.«

»Ich werde nie, nie wieder etwas von dir annehmen! Nie! Und wenn ich verhungere und verdurste!« Sie bebte am ganzen Körper vor Erregung, zerwühlte mit beiden Händen ihre Haare und rannte zum Ausgang. Gegenüber sah sie Dr. Oppermann und Mooslachner unter der Schirmakazie sitzen und gemütlich essen. Ein Guerillakämpfer stand hinter ihnen, nicht als Bewacher, sondern um sie zu bedienen. Es machte alles einen friedlichen Eindruck — zu friedlich, um nicht nachdenklich zu werden. »Ich traue dir nicht, Vater!« sagte Luba.

Olutoni sah sie lange an. Meine Tochter, dachte er. Mein alles auf der Welt. Ich ließe mir für sie mein Herz aus der Brust schneiden. Wie schön sie ist! Eine Wiedergeburt ihrer Mutter mit meiner afrikanischen Haut. Gibt es einen schöneren Menschen als sie? Und solch ein Wunder soll verkommen? Wer kann das zulassen?

»Ihr werdet nach Sambia gebracht«, sagte er langsam.

»Wer?«

»Du, Pater Mooslachner und dein Geliebter.«

»Mein Mann!« sagte sie stolz. »Mein Mann, Papa!«

»Das ist das Äußerste, was ich für euch tun kann.«

»Und wer schützt Richard in Sambia?«

»Da hört mein Einfluß auf.«

»Dann werden sie ihn in Sambia töten!«

Olutoni blickte starr auf seine in die Maschine gespannte Liste. Es war unmöglich, Luba jetzt anzusehen, und es war unheimlich, wie instinktiv sie seine Pläne erraten hatte. Mein Blut, dachte er stolz und wehmütig zugleich. Sie ist wirklich ein Stück von mir.

»Ich werde raten, es nicht zu tun«, sagte er mit schwerer Zunge.

»Du wirst raten! Du Heuchler!« schrie sie wild. »Du weißt genau, was in Sambia geschehen wird! Aber dann kannst du deine Hände in Unschuld waschen! Dann kannst du immer sagen: Ich habe das nicht gewollt! Dann kannst du beteuern: Ich bin entsetzt! Und in Wirklichkeit hast du alles gewußt, hast du das alles vorbereitet!«

»Ich kann dir nicht beweisen, daß du deinem Vater Unrecht tust.«

»Dann beweise, daß du Recht tust! Laß uns gehen.«

»Nach Sambia. Das ist der einzige Weg!«

Luba sah ihren Vater mit einem Blick an, der ihn unruhig werden ließ. Es war etwas in ihren Augen, das ihm völlig fremd war und für das er auch keine Erklärung wußte.

»Auch wenn du ihn töten läßt — er wird weiterleben«, sagte sie gepreßt. »Er hat von den Zauberblüten gegessen, er ist unbesiegbar geworden.« Sie holte tief Atem, straffte sich und sah ihren Vater mit trotzigem Stolz an. »Ich bekomme ein Kind von ihm.«

Man hätte Olutoni auf ein Nagelbrett schnallen können, er hätte keinen Laut von sich gegeben. Man hätte ihn enthäuten können, er würde es ertragen haben. In diesem Augenblick aber brach die reine, klare Welt zusammen, die er sich für seine Tochter erträumt hatte.

Er sprang auf, griff mit beiden Händen nach ihrem Hals, schüttelte sie, würgte sie, schleuderte Luba gegen die Wand und schlug auf sie ein, blindlings.

Luba wehrte sich nicht. Sie lehnte gegen die Flechtwand, ihr Kopf, ihr Körper flog unter seinen Händen hin und her, sie hielt die Augen geschlossen, lächelte unter dem Schmerz und sank dann ganz langsam an der Wand hinunter auf den Boden.

Jetzt erst hörte Olutoni auf, sie zu prügeln, riß sie vom Boden hoch, trug sie nach hinten auf das Lager und warf sie auf die Affenfelle. Verkrümmt lag sie vor ihm, noch immer das selige Lächeln um die Lippen, sie atmete kaum, das Kleid war an drei Stellen zerrissen, ein blutiges Rinnsal lief aus ihrer Nase.

Olutoni wischte das Blut weg, zerrte sie an den Haaren, schüttelte ihren Kopf.

»Sieh mich an!« schrie er.

»Schlag mich tot, Papa«, sagte sie demütig. »Bitte!«

»Du Weißen-Hure!«

»Was war meine Mutter?«

»Nimm ihren Namen nicht in den Mund!« schrie Olutoni.

»Sie war eine Kaffern-Hure.«

»Ich bring' dich um!« stöhnte Olutoni und griff wieder nach ihrem Hals. »Ich bring' dich um!«

Sie streckte sich, hielt die Augen geschlossen und wölbte ihren Hals Olutonis Händen entgegen. »Mach es schnell, Vater«, sagte sie mit klarer Stimme. »Lösch deine Familie aus: mich, meinen Mann, deinen Enkel ... Und lebe glücklich weiter!«

»Du Satan!« stammelte Olutoni. Er sank auf das Lager und beugte sich über Luba. Noch immer umkrallten seine Finger ihren Hals. »Du Satan!«

»Auch Teufel haben Väter ... Man lernt von ihnen.«

»Es ist nicht wahr, daß du schwanger bist!«

»Ich weiß es. Genügt das nicht?«

»Es ist unmöglich!«

»Es ist beim erstenmal geschehen. Als mich die Löwin angriff ... Als dann die Sterne vom Himmel fielen ... Als es keine Erde und keinen Himmel mehr gab, nur ihn und mich.« Sie schlug die Augen auf, blickte ihren Vater in wildem Triumph an und schleuderte ihm ins Gesicht: »Nun drück zu, Vater! Ich habe keine Angst mehr!«

Olutoni zog seine Hände zurück und erhob sich. Mit schleppenden Schritten ging er in dem kleinen Zimmer hin und her. Von Wand zu Wand, vier Schritte, hin und zurück, wie ein Tier, das seinen Käfig haßt und von der Freiheit träumt.

»Warum hat er mir noch nichts davon erzählt?«

»Er weiß es noch nicht! Soll seine Angst vor dem Sterben noch größer werden? Papa, sag es ihm auch nicht! Bitte ...«

»Was soll nun werden?!« Olutoni preßte die Fäuste gegen seine Schläfen und lief weiter von Wand zu Wand. Vier Schritte hin, vier Schritte zurück.

»Laß uns gehen, Papa«, sagte sie leise.

»Und unser Kampf für die Unabhängigkeit?!«

»Wenn er durch drei Menschen gefährdet werden kann, ist er nichts wert! Hängt euer großer Sieg von solchen Kleinigkeiten ab? Oh, Himmel, dann versteckt euch im Veld oder in den Bergen und züchtet Ziegen!«

»Dein — dein Mann wird nie schweigen über das, was er hier gesehen hat.«

»Und wenn ich es verspreche, Papa?«

»Das kannst du nicht! Du siehst deinen Mann anders als ich! Er ist mir so ähnlich. Was er hier gesehen hat, kann er nicht einfach hinunterschlucken und vergessen. Er wäre sonst ein Feigling, ein Ehrloser, ein Mittäter beim Kampf gegen sein Volk.«

»Wir werden weit weg sein von dir, Papa, und wir werden wiederkommen, wenn dein Namibia Wirklichkeit geworden ist. Richard wird dann viel zu tun haben in diesem Land.«

»Er wird nie wiederkommen, Luba.« Olutoni blieb mit dem Rücken zu ihr stehen. Sie sollte nicht sehen, wie sein Gesicht zuckte. »Ich werde meinen Enkel nie sehen, ihn nie auf den Armen tragen, nie mit ihm spielen, nie mit ihm ins Veld fahren und ihm die Tiere zeigen. Aber das muß wohl so sein! Was soll Dr. Oppermann später in Namibia?«

»Er ist Arzt, Papa. Ihr werdet viele gute Ärzte brauchen. Soll dein neues Namibia so werden wie die vielen anderen afrikanischen Staaten, die selbständig wurden?! Sollen Hunderttausende verhungern? Sollen Seuchen euch auffressen? Sollen die Kranken unversorgt hinter einem Busch krepieren? — Du wirst uns rufen müssen, Papa! Allein schafft ihr es nie!«

»Ich weiß nicht, was ich tun werde«, sagte Olutoni dumpf. »Ich weiß es nicht! — Aber du weißt es? Willst du zurück zu Dr. Oppermann? Wirklich?«

»Ich gehöre zu meinem Mann, Vater.«

»Dann geh!«

Luba erhob sich vom Lager, ging an ihrem Vater vorbei, drehte sich plötzlich um, umarmte ihn, küßte seinen Mund und lief ins Freie.

Mit einem tiefen Seufzen setzte sich Olutoni auf das Bett. Er ließ sich nach hinten fallen und lag mit ausgebreiteten Beinen und Armen, als solle er ans Kreuz geschlagen werden. Er weinte.

Es war unbegreiflich, wie Luba das alles herangeschafft hatte.

Oppermann hatte nicht gemerkt, daß sie wieder von seiner Seite weggeschlichen war. Er schlief fest, nachdem Olutoni ihm einige Dosen Bier hinübergeschickt hatte, die Prusius abgeliefert hatte.

»Ich trinke sie nicht!« hatte Oppermann gerufen. »Keinen Schluck! Zum Teufel damit!«

Er wollte die Dosen wegwerfen, aber Mooslachner fiel ihm in den Arm. »Was kann das unschuldige Bier dafür, daß ein Lump es transportiert hat?« sagte er. »Bier wegwerfen! Das können Sie nicht tun, Doktor, in Gegenwart eines Bayern!«

»Mir stinkt dieses Bier!«

Der Pater riß eine Dose auf. »Mir nicht!«

Es kam dann doch noch zu einem kleinen Besäufnis — vielleicht dem letzten, wie Mooslachner sagte. Müde fiel Oppermann auf sein Deckenlager. Er tastete zur Seite, fühlte Lubas glatte, warme Haut, lächelte zufrieden, küßte sie und schlief ein.

Nun wachte er auf, weil sie ihn rüttelte. Auch Pater Mooslachner stand in der Hütte, von seinen dummen Beinschienen befreit, und hatte einen Sack über die breite Schulter geworfen. Der Lauf eines Schnellfeuergewehrs ragte neben seinem Nacken empor.

»Die Jugend verträgt noch nicht einmal vier Dosen warmes Bier!« knurrte er. »Doktor, wachen Sie endlich auf! Wir müssen weg!«

»Weg?« stotterte Oppermann benommen.

»Luba hat das Wunder vollbracht — das nenne ich sogar ein Wunder! —, in kürzester Zeit eine komplette Safari-Ausstattung zu besorgen. Wir haben drei Gewehre, reichlich Munition, drei Blöcke getrocknetes Kudufleisch, vier Wassersäcke, drei Affenfelldecken, zwölf Tafeln Schokolade, ein paar Konserven und eingeschweißtes Vollkornbrot aus Südwestfalen! Luba hat das alles mit größter Fingerfertigkeit aus dem Magazin geklaut. Sie hat noch mehr geholt, aber mehr können wir nicht tragen. Los, stehen Sie auf! Wir müssen los!«

Dr. Oppermann schnellte hoch. Neben seinem Bett lag Gepäck. Er riß das Gewehr an sich, betrachtete es ungläubig und starrte dann Luba an. Sie war wie Mooslachner bepackt und lächelte

»Komm!« sagte sie. »Ich weiß den Weg durch die Wachen. Mach schnell!«

Oppermann zog seine Stiefel an, warf das verschnürte Gepäck über die Schulter und hängte das Gewehr vor die Brust. Aus der Affenfelldecke hatte man einen Sack gemacht, in dem die Konserven und die Verpflegung staken, die vier Wassersäcke hingen an Hanfseilen über beide Schultern, ein Säckchen mit Munition wurde an den Gürtel der Hose geknotet. Daneben steckte ein langes Messer. Mooslachner trug noch ein Beil an der Seite und eine Säge im Affenfellsack. Luba hatte an alles gedacht. Als sie zu Mooslachner gekommen und mit ihm zu ihrem heimlichen Lager geschlichen war, hatte er nur voll größter Hochachtung gesagt: »Du bist ein ganz ausgekochtes Weibsstück, Luba!« Dann hatten sie — sie mußten zweimal gehen — das ganze Material abgeschleppt und so verpackt, daß man es auf der langen Wanderung tragen konnte.

»Sie haben das alles vorher gewußt?« fragte Oppermann und stieß Mooslachner an. »Pfui, Sie guter Freund!«

»Ich weiß es erst seit drei Stunden!«

»Luba —« Oppermann zögerte. Was jetzt hier geschehen sollte, war so unwirklich, so verrückt, so aussichtslos, daß ihm im Augenblick die Beine wie gelähmt waren. »Wir kommen nicht durch!« sagte er rauh.

»Wir müssen es wenigstens versuchen.« Mooslachner schob sich nahe an Oppermann heran, um leiser sprechen zu können. »Wir nehmen den Weg nach Nordosten. Generalrichtung Rundu. Da sucht uns keiner. Jeder wird glauben, daß wir nach Südwesten marschieren, Richtung Tsumeb. Dort werden sie jeden Meter durchforschen. Aber nach Osten? Nie! Da liegen rund dreihundert Kilometer wasserlose Steppe vor uns! In diese Hölle geht keiner freiwillig hinein, auch wir Idioten nicht! Das werden sie denken. Aber wir gehen hinein!«

»Es gibt auch da Wasserlöcher«, sagte Oppermann.

»Ja, aber Bitterwasser, oder sehr salzhaltig. Für Menschen ungenießbar. Ein paar Schlucke davon, und in drei Stunden sind Sie wahnsinnig vor Durst. Wir müssen mit unserem Wasservorrat auskommen.«

»Mit vier Wassersäcken?«

»Für jeden einer. Das sind pro Schnauze zwanzig Liter. Damit können Sie sich noch duschen!« sagte Mooslachner sarkastisch. »Und schleppen müssen Sie sie auch noch. Das sind vierzig Pfund Wasser.«

»Luba hält das nicht aus!«

»Ich halte es aus!« sagte sie fest.

»Ihren Ballast werden wir zuerst vertilgen«, sagte Mooslachner. »Worauf warten wir noch?«

»Weiß dein Vater von unserer Flucht?«

»Nein!« Luba schüttelte den Kopf. Sie stand am Hütteneingang, hatte die Decke etwas hochgehoben und spähte nach draußen. Die Nacht war dunkler als zuvor, der Mond hing als schmale Sichel zwischen den Milliarden Sternen, die vor dem klaren Hintergrund die Unendlichkeit ahnen ließen. Das Lager schlief, die Feuer in den Erdhöhlen waren abgedeckt, die vielfachen, sich miteinander vermischenden Geräusche des Busches beherrschten die Nacht. Das Geheul der Hyänen zerschnitt ab und zu die leiseren Stimmen: Klagerufe, die den Mangel an Aas in dieser einsamen Gegend beweinten.

Der afrikanische Winter wollte nicht kommen. Die Trokkenheit hielt an. Schon längst hätte es regnen müssen. Landschaft und Tiere lechzten nach Wasser, nach Abkühlung, nach Wachstum. Der Boden riß auf, spaltete sich, dörrte aus, zersprang in wirre Muster. In den Dörfern des Ovambolandes, Kavangolandes, Kungvelds und Omahekes saßen die Medizinmänner und Regenmacher, brachten Rauchopfer dar, beschworen den Himmel, schnitten Hähnen die Kehle durch und verspritzten das Blut in alle Winde, tanzten bis zur Ekstase den Regentanz und verbrannten Puppen aus Stroh und Dornen, die den Geist der Trockenheit darstellten.

Es half alles nichts. Der Himmel blieb klar, keine Wolke zog auf, nur ab und zu, in stratosphärischen Höhen, schwebten ein paar weiße Schleier dahin und wurden schnell wieder von der glutenden Sonne aufgesaugt.

Auf den großen Farmen wurden Tankwagen zu den Viehherden gefahren; die Wassertürme, von eigenen Bohrungen in der Tiefe gespeist, verloren ihren Vorrat, weil die Brunnen nicht so schnell neues Wasser heranschafften, wie man es verbrauchen mußte, um Ernte und Herden zu sichern.

Oppermann trat an Lubas Seite und blickte mit ihr hinaus auf das schlafende Lager.

»Du weißt, wo die Wachen stehen?« flüsterte er.

»Ja.«
»Ganz sicher?«
»Mein Vater hat es mir gesagt.«
»Er weiß also doch, was wir vorhaben?«
»Er ahnt es. Er ist zu stolz, um es auszusprechen. Er will sein Gewissen freihalten. Am Morgen wird er toben und seine Soldaten ausschicken. Da müssen wir weit weg sein.«
»In zehn Tagen müssen wir es schaffen!« flüsterte Mooslachner hinter ihnen. »Vielleicht auch früher, wenn wir an die Straße von Grootfontein nach Rundu stoßen. Das heißt also: immer östlich gehen! Die Straße ist unsere Rettung!«
Sie warteten und beobachteten das Lager. Der Affenfellsack mit dem Proviant, die Wassersäcke und das andere Gepäck drückten auf sie nieder, die Hanfseile schnitten in die Schultern. Schon jetzt, dachte Oppermann erschrocken. Wie wird es erst sein, wenn wir den dritten, vierten Tag im gnadenlosen Veld unterwegs sind. Wir werden Lubas Gepäck mittragen müssen; sie kann das gar nicht aushalten! Dieser Marsch durch die Einsamkeit, durch glühende Hitze und Dornbusch, ist ein Wahnsinn. Aber er ist auch die einzige Chance, die wir haben, wenn wir leben wollen.
Im Lager war alles still. Das Hyänengeheul verzog sich, die hungrigen Tiere wanderten weiter, umkreisten in großer Entfernung das Lager, immer in der Hoffnung, daß irgendwo etwas für sie abfiel.
Luba nickte. Sie glitt aus der Hütte, drückte sich in den Schatten der Flechtwand und huschte wie ein Schatten unter den riesigen Akazienbaum. Oppermann folgte ihr, dann tappte Pater Mooslachner als letzter aus der Hütte. Ein leises Klappern war zu hören. Mooslachner biß die Zähne zusammen und huschte zu Oppermann und Luba.
»Was war das?« flüsterte Oppermann.
»Nichts!« brummte Mooslachner.
»Da hat 'was geklappert.«
»Auf meinem Rücken. Kann ja vorkommen.«
»Was hat da geklappert?«
»Sie Inquisitor! Bierdosen.«
»Sind Sie verrückt geworden, Pater?!«
»Ich lasse doch kein Bier zurück!« knurrte Mooslachner.
»Ich gehe voraus!« flüsterte Luba. »Achtet auf jeden trocke-

nen Zweig! Das Knacken ist lauter als jede Tierstimme. Die Wachen haben feine Ohren.«

»Ich kann das Liebeskreischen eines Pavianmännchens nachmachen«, sagte Mooslachner. »Das übertönt alles.«

»Noch ein Wort, und ich lasse Sie zurück!« zischte Oppermann wütend. »Ich habe auch nur Nerven . . .«

Vor ihnen glitt Luba lautlos, katzengleich, durch eine schmale Gasse im Dornbusch. Oppermann ging ihr nach. Mit den Augen tastete er den Boden ab, jeden Schritt setzte er zögernd, wartete beim Niedertreten angstvoll auf ein Knacken. Die Affenwache in den Bäumen wurde munter und begann zu pfeifen. Die Warnung für die große Familie auf den Ästen: Da unten bewegt sich etwas Großes, das in der Nacht nichts zu suchen hat.

Oppermann blieb sofort stehen. Auch Luba verhielt den Schritt, sicherte wie ein Tier nach allen Seiten und hob die Hand. Vorsicht! Dieses Signal der Affen wird auch von den menschlichen Wachen verstanden. Oft ist die Warnung der Tiere der beste Schutz vor Überraschungen.

Mooslachner stand dicht hinter Oppermann und hauchte ihm in den Nacken.

»Wenn ich jetzt mein Affenmännchen kreischen lasse . . .«

Oppermann zog die Schultern hoch, biß die Zähne zusammen und blickte auf Luba. Sie ging vorsichtig weiter, winkte und blieb wieder stehen. Oppermann rückte zu ihr auf. Mooslachner folgte wie ein tanzender Bär.

»Siehst du die Buschgruppe da drüben?« flüsterte Luba. Oppermann nickte. »Da sitzt eine Wache. Wir müssen links an ihr vorbei, da ist ein schmaler Pad. Da können wir nur kriechen.«

Sie legten sich auf den Boden, warteten, bis sich die Affen etwas beruhigt hatten, und krochen dann Meter um Meter weiter. Die Schleifgeräusche wurden übertönt vom Gesang der Ochsenfrösche, die in einem Tümpel rechts von ihnen ihre knarrenden Laute ausstießen. Mooslachner kroch zu Oppermann heran und beobachtete mit ihm, wie Luba den Weg vor ihnen erkundete.

»Die lieben Frösche!« flüsterte Mooslachner. »Ich werde nie mehr in meinem Leben Froschschenkel essen . . .«

»Ich erschlage Sie noch!« flüsterte Oppermann zurück.

Luba hob die Hand. Der Weg war frei.

Vor ihnen lag die Freiheit. Aber vor ihnen lagen auch dreihundert Kilometer ausgedorrtes, wasserloses, fast unüberwindbares Dornenland.

Fast eine Stunde dauerte es, bis sie die Wachtposten überlistet und hinter sich gelassen hatten, flach auf dem Bauch kriechend, wie eine Echse, ganz langsam, Zentimeter um Zentimeter, auf völlige Lautlosigkeit bedacht, vor allem, als sie an dem mit Dornengestrüpp und knorrigen, vertrockneten Ästen getarnten äußeren Posten vorbeikrochen. Die Stimmen der Veldnacht schützten sie ein wenig, das Land wurde lichter, riesiges Elefantengras wölbte sich über den Kriechenden, als seien es Urwaldbäume, aber auch das war verräterisch für einen guten Beobachter, denn die Spitzen des hohen Grases wiegten sich bei jeder Bewegung hin und her. Die Flüchtlinge mußten sich ihren Weg durch dieses Gras suchen, indem sie eine Schneise niederdrückten, so wie sich Tiere ihre Wege austreten zu Wasserlöchern oder fleischigen, wasserführenden, durststillenden Pflanzen.

Luba kroch wie immer voraus, bahnte die Spur durch das Elefantengras, nutzte Bodenwellen aus, wenn das Land kahl und sandig wurde und kleine Dünen den direkten Weg versperrten. Dann wartete sie, bis Oppermann und Mooslachner nachgekrochen kamen, lächelte Oppermann an und glitt weiter durch das abgesperrte Gebiet.

Nach einer Stunde richtete sie sich plötzlich auf. Das Elefantengras überragte sie. Vereinzelte Mopanebäume reckten ihre Äste in den fahlen Nachthimmel. Man sah nur ihre oberen Zweige, denn als Oppermann und Mooslachner sich erhoben, reichte auch ihnen das Gras bis über den Kopf.

»Wie schade!« sagte Mooslachner schwer atmend. Er klopfte seine Soutane ab, die wieder an vielen Stellen eingerissen war. »Ich hatte mich gerade daran gewöhnt, ein Lurch zu sein.«

»Sind wir außer Hörweite?« flüsterte Oppermann.

»Ja.« Luba nickte und streichelte sein schweißnasses Gesicht. »Die Wachen sehen und hören uns nicht mehr.«

»Dann will ich Ihnen etwas sagen, Pater!« Oppermann drehte sich zu Mooslachner herum. »Ich weiß nicht, ob Sie

Ihre Nerven gegen Stahldrähte ausgetauscht haben. Ich jedenfalls beginne jetzt zu flattern! Ihre dummen Sprüche tun ein übriges!«

»Wissen Sie, was Muffensausen ist?« fragte Mooslachner ernst. »Das habe ich gerade abgestellt, als Luba sich aufrichtete. Bis dahin war das wie eine Rakete bei mir. Bilden Sie sich bloß nichts ein — ich bin auch ein ängstlicher Mensch!« Er rückte den Affenfellsack auf seiner Schulter wieder zurecht. Die Bierdosen klapperten. Über Mooslachners Gesicht zog ein heller Schimmer. »Sie werden mir noch dankbar sein, daß ich uns mit letzter Kraft flüssige Nahrung durch das Veld schleppe!«

»Wo ist Osten?« fragte Oppermann ratlos.

»Das ist mir wurscht! Wir ziehen los. Wenn die Sonne aufgeht, werden wir wissen, wo Osten ist. Haben Sie Ihre Armbanduhr noch, Doktor?«

»Ja. Warum?«

»Er fragt warum! Die Ausbildung der heutigen Jugend ist nachgewiesenermaßen miserabel. Mit einer Uhr können wir genau feststellen, wo Norden ist, sobald die Sonne scheint. Eine Art Notkompaß. Und wenn wir Norden bestimmt haben, kann uns der Osten nicht weglaufen! Ist das klar?«

»Sie sind ein Phänomen, Pater!«

»Etwas mehr als schöne Worte predigen, kann ich schon!« Er sah Luba an, die den Kopf in den Nacken gelegt hatte und in den Sternenhimmel starrte. »Wo ist Osten, Luba?«

»Dort!« Sie streckte den Arm zur rechten Seite aus. »Genau dort.«

»Sehen Sie, das kann ich nicht«, sagte Mooslachner. »Mit Hilfe der Sterne die Himmelsrichtung bestimmen. Das habe ich bei den Schwarzen immer bewundert: Ich *erzähle* ihnen von den Sternen, — aber sie *kennen* sie!«

»Können wir weitergehen, Liebling?« fragte Luba.

»Willst du dich nicht einen Moment ausruhen?«

»Ich fühle mich stark.« Sie lächelte ermutigend, zupfte ihr Gepäck zurecht, blickte noch einmal hinauf in die Sterne und warf sich dann erneut in die schwankende Graswand.

»Sie ist ein Wunder!« sagte Oppermann. Seine Stimme klang heiser.

»Und ausgerechnet Sie müssen es besitzen!« Mooslachner

ging an ihm vorbei. »Machen Sie jetzt das Schlußlicht! Ich stampfe Ihnen einen Pad frei, über den Sie angenehm promenieren können. Bei Sonnenaufgang müssen wir vor Olutonis Suchstreifen sicher sein ... Sonst gnade uns Gott!«

Die ganze Nacht schlugen sie sich durch die Grassteppe. Nach einer Stunde übernahm Pater Mooslachner die Spitze und walzte durch den Busch wie ein Elefant. Das Land wurde freier, aber auch öder. Sandfelder, braungelb und verbrannt, jetzt in der Nacht in einem merkwürdigen Grauweiß schimmernd, wechselten mit einer lichten Baumsteppe ab, wie man sie von der Etoschapfanne her kannte, um dann wieder sandig zu werden, durchsetzt mit kleinen Dünen, in deren Schatten nur noch das harte, rispenähnliche Stipagrotis-Gras wuchs oder das flache, breitblättrige, wie ein verdorrtes Gerippe aussehende Welwitschia-Gebüsch, von dem behauptet wird, es könne tausend Jahre alt werden und lebe von der Luftfeuchtigkeit der Nacht, indem sie diese magere Nahrung direkt durch die Blätter aufnehme und zu den Wurzeln weiterleite.

Nach jeweils zwei Stunden ruhten sie sich ein paar Minuten aus, hockten auf ihren Affenfellsäcken und stützten sich auf die Gewehre. Mooslachner kontrollierte nach Oppermanns Armbanduhr die Richtung; demnach waren sie auf dem richtigen Weg, sofern der fahle Streifen am Horizont wirklich schon die aufgehende Sonne ankündigte. Lubas Sternendeutung erwies sich als exakt.

»Wir könnten es in sechs Tagen schaffen, an die große Straße nach Rundu zu kommen«, sagte Mooslachner. »Und sechs Tage halten wir durch. Das wäre doch gelacht! So, wie wir ausgerüstet sind! Es darf uns bloß nichts zwischendurch passieren.«

»Was soll denn passieren?« fragte Oppermann.

»Daß Sie Tolpatsch sich zum Beispiel ein Bein brechen! Bei Ihnen muß man mit allem rechnen! Oder daß Ihr Gewehr auf dem Rücken losgeht, und Sie schießen sich selbst in den Hintern! Haben wir alles schon gehabt!« Mooslachner klopfte gegen den Sack, auf dem er saß. »Wer will ein Bier?«

»Keiner!«

»Sie preußischer Barbar! Dann schmeckt es mir auch nicht, so allein.«

Als die Sonne sich mit einem glutroten Strahlen ankündigte, den Sternenhimmel verblassen ließ, das Gras, die Dornbüsche, die krüppeligen Schirmakazien und den zerrissenen Boden kurz in ein blasses Violett tauchte, um dann alles mit einem noch fahlen Licht zu überziehen, legten sie wieder eine Rast ein und saßen zu Füßen einer mit kriechenden Flechten bewachsenen Sanddüne.

Im Gegensatz zum Veld mit den vielfältigen Stimmen der erwachenden Tiere, umgab sie hier völlige Stille: ein Schweigen, das bedrückend war, das sich wie eine schwere Hand auf das Herz legte, ein Schweigen, so tief, daß der eigene Herzschlag hörbar wurde.

»Jetzt sind wir drin . . .« sagte Mooslachner und packte seinen Fellsack aus.

»Wo?« fragte Oppermann. Er warf sich auf den Rücken. Luba lag schon im harten, von Flechten durchfilzten Gras und hatte die Augen geschlossen. Jetzt sah man, daß sie erschöpft war. Sie hatte allen Ballast abgeworfen und die Bluse vor den Brüsten aufgerissen. Ihr Atem ging schnell und pfeifend.

»Im Vakuum! Das ist ein Landstrich, vielleicht der einzige in Südwest, wo es kein schießbares Wild gibt. In der Namibwüste natürlich auch nicht, aber das erwartet ja auch niemand. Wer sich hier verirrt, kann Eidechsen fressen und Blätter kauen oder beten. Bis zum Okavango ist fast leeres Land. — Jetzt ein Bier?«

»Ja!«

»Na also!« Mooslachner holte drei Büchsen aus dem Sack, riß sie auf und verteilte sie. Gierig trank Oppermann die ersten drei Schlucke, Luba trank vorsichtig, Mooslachner grunzte zufrieden, schüttete den Inhalt der Dose in sich hinein und trat sie dann zielsicher hoch in die Luft, weit weg ins Gras. »Das belebt mehr als hundert Vitamintabletten, was, Doktor?«

»Wieviel haben Sie mit, Pater?«

»Zwölf Dosen.«

»Du lieber Himmel! Dann schleppen Sie ja mindestens einen Zentner mit sich herum!«

»Das vermindert sich schnell. Sie werden sehen, wenn wir die Straße nach Rundu erreicht haben, sind wir leicht wie die Flöhe!«

Der Tag war schnell da, und mit ihm die Hitze. In der Nacht war es erträglich gewesen, sich durch Busch, Elefantengras und Sandsteppe zu schlagen. Jetzt, unter der Sonne, drückte das Gewicht, das an ihnen hing, doppelt und machte jeden Schritt zur Schwerarbeit.

Dr. Oppermann hatte die Spitze übernommen und gab das Tempo an. »Das ist besser so«, hatte Pater Mooslachner gesagt. »Wenn ich lostrabe, könnte das für euch zu schnell sein. Doktor, machen Sie den Leithammel.«

Mit der Sonne hatten sie nun auch einwandfrei die Richtung. Sie schwenkten ein wenig nach rechts ab, nicht ahnend, daß auch die Straße nach Rundu schräg nordöstlich verlief, die Entfernung sich also durch ihre Kurskorrektur nicht verringerte. Das Veld wurde kahl, mit niedrigem Gras, das hart war wie ausgedörrtes Leder. Die monatelange Trockenheit begann hier tödlich für die Natur zu werden. Die Verzögerung der Regenzeit wurde zur Katastrophe. Der natürliche Lebensrhythmus der Pflanzen zerbrach. Der Wasserspeicher in ihren Wurzeln verbrauchte sich, die kaum wahrnehmbare Nebelfeuchtigkeit der Nächte reichte nicht mehr aus. Der Boden riß auf und ließ die Glut der Sonne in die Tiefe fließen. Das Veld starb.

Dr. Oppermann schleppte sich mit schweren Beinen voran. Der Schweiß lief an ihm herab, als seien seine Poren kleine Schleusen. Ab und zu blieb er stehen, atmete tief und ließ Luba aufrücken.

»Geht es noch?« fragte er.

»Ja, Liebling.« Sie lächelte ihn etwas mühsam an. »Wir kommen gut voran.«

»Das Gepäck?«

»Ich kann es tragen.«

»Was ist los?« rief Mooslachner. Er trottete etwa zehn Meter hinter ihnen her und keuchte wie ein maroder Blasebalg. »Ab und zu Küßchen geben — muntert das auf?«

»Kennen Sie Emil Zatopek?« fragte Oppermann.

»Den tschechischen Wunderläufer? Aber ja.«

»Wenn der lief, machte er Krach wie eine Lokomotive. Er prustete und keuchte und pfiff. Genau wie Sie, Pater.«

»Was Sie da hören, ist das Ausdampfen von all den Pfeifen, Zigaretten und Zigarren, die ich inhaliert habe!« brummte

Mooslachner. »Wenn wir wieder in Outjo sind, werde ich eine Lunge wie ein Jüngling haben!«

Sie zogen weiter, wenn auch langsamer als bisher. Jeder Schritt wurde zur Qual, jedes Auftreten ließ die Hanfseile, an denen das Gepäck über ihren Schultern hing, tiefer in das Fleisch einschneiden. Oppermann klemmte die Daumen unter die Seile, hob sie beim Gehen etwas an, aber es half nur für ein paar hundert Meter, dann brannten ihm die Daumen, und das Blut staute sich, vom Druck abgeschnürt, im Handballen.

Das hält Luba nicht durch, dachte er. Das hält sie nie durch! Vielleicht diesen Tag, sie ist zäh, sie will nicht nachgeben, aber noch fünf oder sechs oder zehn Tage? Unmöglich. Wir werden das Gepäck verringern müssen. Wegwerfen, was nicht unbedingt nötig ist. Was ist denn noch nötig? Die Gewehre, die Munition und die Wassersäcke. Sonst nichts! Verhungern werden wir nicht; wir müssen uns nur davor schützen, nicht zu verdursten.

Vor ihnen lag das kahle, kaum bewachsene Land. Braungelber zerrissener Boden. Niedrige, verdorrte Dornbüsche. Und Stille. Kein Tier, nicht einmal ein Aasgeier. Wovon sollte er hier leben?

Die Sonne brannte unbarmherzig. Keine Wolke am blaßblauen Himmel. Kein Luftzug. Keine Bewegung. Ein Land aus Blei.

Wieder rasteten sie im mageren Schatten eines um sein Leben kämpfenden Busches. Aus Lubas Fellsack holten sie die Verpflegung und aßen ein wenig Kudubraten, ein Stück Vollkornbrot — Brotfabrik Schulte-Habermann, Münster, die Perle des Münsterlandes —, tranken eine Dose Bier, um Wasser zu sparen und das Gepäck zu verringern, und jeder knabberte einen Riegel Mokkaschokolade. Sie verspürten keinen Hunger, sie waren zu erschöpft, um richtig zu kauen und ließen das meiste im Mund aufweichen. Den Brei schluckten sie dann hinunter.

»Wie spät ist es?« fragte Mooslachner. Er lag wie ein riesiger schwarzer Mistkäfer auf dem Rücken. Die Soutane hatte er von unten bis zu den Oberschenkeln aufgeknöpft, um besser gehen zu können. Oppermanns Vorschlag, das lästige Kleidungsstück ganz wegzuwerfen, scheiterte daran, daß

Mooslachner darunter nur eine kurze Unterhose und ein dünnes Unterhemd trug.

»Elf Uhr«, sagte Oppermann.

»Jetzt wird Olutoni gemerkt haben, daß wir weg sind und einen ungeheuren Rabatz machen.«

»Seine Suchtrupps werden uns nicht mehr einholen.« Luba goß den Rest ihres Bieres auf ein schmales Leinentuch und legte es sich auf die Stirn. »Vor ihm sind wir jetzt sicher.«

»Wir sollten uns etwas überlegen.« Mooslachner hob den Kopf. »Da uns niemand mehr verfolgt, können wir uns die Zeit einteilen. In der Nacht, wenn es kühl ist, marschieren — am Tag ausruhen, soweit das möglich ist.«

»Und was verlieren wir dabei?« fragte Oppermann.

»Vielleicht drei Tage.«

»Drei Tage können tödlich sein, wenn das Wasser ausgeht.«

»Es darf eben nicht ausgehen. Noch sind unsere Körper voll Flüssigkeit. Und wir haben noch zwölf Säcke voll. Das muß reichen! In der Nacht brauchen wir weniger Wasser, und am Tag schlafen wir. Da kann man gut rationieren.«

»Theoretisch. Wir werden uns vor Durst krümmen, wenn wir am Tag in der Sonne herumliegen.«

»Versuchen wir es!« Auch Mooslachner deckte über sein Gesicht einen Lappen. »Ich werde versuchen, zu schlafen. Luba?«

»Herr Pater?«

»Du brauchst nicht zu laufen, bis du zusammenbrichst. Sag's vorher!«

»Ich breche nicht zusammen!« sagte Luba mit fester Stimme. »Das ist mein Land, und mein Land kriegt mich nicht klein!«

»In einem gebe ich Ihnen recht, Doktor.« Mooslachner drückte das Tuch auf seine Augen. »So eine Frau fehlt Ihnen.«

In Outjo war ein Regierungsvertreter aus Windhoek eingetroffen. Er wohnte auf der Station in Dr. Oppermanns Zimmer und leitete von dort aus die Suche nach den Verschollenen.

Er war ein energischer Beamter, in Südwest geboren und

aufgewachsen, und hatte zusammen mit dem Polizeichef von Outjo die Ermittlungen systematisch aufgenommen. Im hohen Norden, in Kuringkuru am Okavango, setzte Major Henrici alles an freien Truppen ein, um das Veld zwischen dem Ovamboland und der Grenze zum Buschmannland abzusuchen. Das war ein ungeheures Gebiet, zusammengenommen so groß wie das Dreieck Amsterdam—Hannover—Frankfurt. Die Aussicht, hier zwei einsame Menschen zu finden, war nach allen Gesetzen der Logik gleich Null. Selbst wenn man nur das Gebiet absuchte, das Mooslachner mit seiner *Gott ist gekommen* überfliegen mußte, um nach Rundu zu kommen, wäre eine Strecke wie die von Luxemburg nach Hannover zurückzulegen. Henrici sprach darüber mit Windhoek und sogar mit Pretoria, als wüßte man dort nicht, in welchem Land man wohnte.

»Es nutzt nichts!« sagte der Abteilungsleiter im Ministerium. »Wir dürfen nicht kapitulieren. Wir haben mit dem Armee-Oberkommando gesprochen. Weitersuchen! Hoffen Sie auf den berühmten Verbündeten Zufall.«

Auch der Regierungsbeamte aus Windhoek, ein Mr. Herbert Winneburg, war dieser Ansicht. Im Hotel »Deutsches Haus« hatten sich die Deutschen versammelt und diskutierten Maßnahmen, mit denen man die Suche noch intensiveren könnte.

»Das gibt es einfach nicht!« sagte Mr. Winneburg erregt. »Ein Flugzeug und zwei Insassen können nicht einfach verschwinden. Spurlos! Auch in diesem Land, wo so manches möglich ist, ist *das* nicht möglich! Es muß Trümmer geben und diese Trümmer sind zu finden! Ein weißes Flugzeug — das fällt doch auf! Auch wenn es beim Aufschlag explodiert sein sollte, es bleibt immer noch genug übrig, um weithin in der Steppe zu leuchten!«

Prusius, der, wie immer, die deutsche Versammlung leitete, war damit als Experte angesprochen.

»Nehmen wir an«, sagte er, sichtlich ergriffen — »unser lieber Pater sei durch irgendeine Panne im Leitwerk vom Kurs abgekommen und dann abgestürzt. Wo sollen wir da suchen?«

»Wir haben die genauen Zeiten. Pater Mooslachner ist nicht selbst geflogen, sondern Herr Dr. Oppermann. Er hat sich um sechs Uhr früh in Outjo abgemeldet, hat über Funk Major Henrici bestellen lassen, daß er jetzt startet.«

»*Ist* er um sechs gestartet?« fragte Prusius laut.

»Wenn er es doch gemeldet hat . . .«

»Das hat nichts zu sagen. Wir fliegen ja hier mit unseren kleinen Privatmaschinen nicht nach den Regeln der Verkehrsgesellschaften. Er kann sechs sagen und fliegt um acht. Das passiert sogar mir; ich habe irgendeine Kiste vergessen und muß nachladen. Das spielt ja alles keine Rolle. Wir rutschen doch nur über den Boden und gefährden keinen Luftraum.«

»Wir haben die Gewißheit, daß Dr. Oppermann gegen neun Uhr über Tsumeb hinaus war und sich im Anflug auf Rundu befand.«

»Das sind noch gut 250 Kilometer«, sagte Prusius trocken. »Von Köln bis Heidelberg. Was kann da passieren!«

»Die letzte Funkmeldung kam um 8 Uhr 45 zwischen Tsumeb und Tsintsabis. Wir haben ausgerechnet, daß — wenn es am Flugzeug einen Schaden gegeben hat — allenfalls ein Umkreis von höchstens hundert Kilometern für eine Notlandung oder einen Absturz in Frage kommt. Dieses Gebiet ist überschaubar.«

»Kaum.« Prusius hob den Zeigefinger wie ein Schüler. »Ich fliege diese Strecke so oft, daß ich schon beinahe feststellen kann, ob sich ein Dornstrauch verändert hat. In den letzten Tagen war ich, wie Sie wissen, pausenlos unterwegs, um die einsamen Farmen zu versorgen. Gerade über dieses Gebiet, dem Kavangoland, bin ich mehrmals geflogen, ohne irgendwelche Trümmer zu sehen.«

»Die Hubschrauber von Major Henrici haben es ebenfalls abgesucht.« Mr. Winneburg beugte sich über eine große Karte der Nordregionen. Viele Planquadrate waren rot durchkreuzt. Das hieß: Nichts! Leer! »Trotzdem weigere ich mich, einfach hinzunehmen, daß ein Flugzeug mit zwei Menschen spurlos verschwindet. Das gibt es nicht — ich wiederhole es! Wenn sie in diesem Gebiet abgestürzt sind — und das müssen sie ja wohl —, dann gibt es da auch Trümmer!«

»Es gibt noch eine Möglichkeit«, sagte Prusius und lächelte böse. »Dr. Oppermann mußte mit einem Maschinenschaden notlanden, suchte noch menschliche Siedlungen zu erreichen, ging im Ovamboland runter, machte Bruch und verschwand dann samt Maschine bei den Kaffern. Wir wissen doch, die Halunken können alles gebrauchen. Die reißen sich um jede leere Benzintonne. Nun stellen Sie sich einmal vor, wie das zugeht, wenn ein ganzes Flugzeug vom Himmel fällt!«

»Sie meinen, Dr. Oppermann und Pater Mooslachner könnten . . .«

»Ein Flugzeug ist mehr wert als ein Mensch.«

»Sie wollen damit sagen . . .« Winneburg hielt den Atem an.

»Ja!« sagte Prusius leichthin. »Die Zeiten verrohen! Muß ich Ihnen das sagen, Mr. Winneburg?! Sie wissen besser als ich, was an den Grenzen los ist, und wie die Stimmung bei den Negern sich wandelt.« Prusius senkte den Kopf und stand plötzlich stramm, als erklinge das Deutschlandlied. »Rechnen wir damit, daß unsere beiden Freunde nicht wiederkommen, daß sie gefallen sind für Südwest, aufrecht und treu bis zum Letzten.«

Die Anwesenden erhoben sich wie auf ein Kommando und starrten zu Boden. Verwirrt sah Herbert Winneburg um sich, kratzte sich verlegen die Nase und blieb sitzen.

»Meine Herren«, sagte er nach der quälenden Gedenkminute, »Ihre Ehrung ist ergreifend. Aber es ist ja noch gar nichts bewiesen!«

»Wir werden es auch nie beweisen können.« Prusius setzte sich, die anderen folgten, Stühle rückend. Eva Plotzke, die Kellnerin, konnte weiter Bier bringen; sie war beim Gedenken ehrfürchtig an der Tür stehen geblieben. »Wir werden sie nie finden«, fuhr Prusius fort. »Sie sind vermißt, so wie es im Krieg Hunderttausenden ging.«

»Ich finde mich damit nicht ab!« rief Winneburg. »Ich lasse weiter suchen.«

»Wenn ich Ihnen meine Hilfe anbieten kann?« Prusius sah Winneburg offen an. »Mit meiner Zweimotorigen können wir am besten die großen Strecken abtasten. Wie gesagt, ich kenne da jeden Termitenhügel.«

»Ich nehme dankbar an. Und Sie alle, meine Herren, ersuche ich, Ihre Freunde oder Bekannten, die da oben im Norden leben, zu bitten, nach Trümmern Ausschau zu halten. Auch bei den Schwarzen! Wenn wir nur eine einzige Schraube finden, die aus dem Flugzeug stammen könnte, haben wir eine heiße Spur!«

Die Versammlung endete mit einem Vortrag von Prusius über die Weltlage und die »unverschämten Forderungen der Namibia-Kommission der UNO«.

Dann sangen alle das Südwester-Lied, stehend, die Hände um die Biergläser gelegt:

Hart wie Kameldornholz ist unser Land
und trocken sind seine Reviere.
Die Klippen, sie sind von der Sonne verbrannt
und scheu sind im Busche die Tiere.
Und sollte man uns fragen:
Was hält euch denn hier fest?
Wir können nur sagen:
Wir lieben Südwest!

Doch uns're Liebe ist teuer bezahlt,
trotz allem, wir lassen dich nicht.
Weil unsere Sorgen überstrahlt
der Sonne hell leuchtendes Licht.
Und sollte man uns fragen:
Was hält euch denn hier fest?
Wir können nur sagen:
Wir lieben Südwest!

Prusius ließ die Versammlung für einen Moment im Singen innehalten und sagte etwas, das niemand ihm zugetraut hätte.

»Ich weiß, daß es beim Fotografen Nylander Fotos von Dr. Oppermann und Pater Mooslachner gibt. Ich werde sie vergrößern und einrahmen lassen und hier im Saal an einem Ehrenplatz aufhängen.«

Besonders ergriffen sang man nun die dritte Strophe des Südwester-Liedes:

Und kommst du selber in unser Land
und hast seine Weiten geseh'n,
und hat uns're Sonne ins Herz dir gebrannt,
dann kannst du nicht wieder gehn.
Und sollte man dich fragen:

Was hält dich denn hier fest?
Du könntest nur sagen:
Ich liebe Südwest!

Von Luba sprach niemand. Sie war ja nur eine Coloured ...

Das spurlose Verschwinden von Dr. Oppermann, Pater Mooslachner und Luba Olutoni hatte die Forschungsstation völlig aus den Fugen gehen lassen.

Lubas Verschwinden war ja noch zu erklären gewesen, vor allem für Urulele und Nkulele. Daß jedoch ein Flugzeug in den Himmel steigt und nicht mehr herunterkommt, überstieg ihre Vorstellungskraft. Die erste vage Nachricht, der zu entnehmen war, daß der Master Doktor und der Master Pater nicht wie vereinbart in Rundu gelandet waren, kam von Major Henrici, der am Nachmittag in Outjo angerufen und sich erkundigt hatte, ob *Gott ist gekommen* vielleicht wieder umgekehrt sei. Urulele hatte nur wie blöd gegen die Wand gestarrt und hilflos gestottert, er wisse von nichts. Das war für Henrici Antwort genug gewesen. Dr. Oppermann und Pater Mooslachner waren verschwunden.

Einen Tag später lief dann die Suchaktion an. Nun hatte man Gewißheit: Es mußte ein entsetzliches Unglück geschehen sein. Franziska Maria Nkulele brach zusammen, als sei nicht Urulele ihr Geliebter und Vater ihres werdenden Kindes, sondern Dr. Oppermann. Der gesamte Ambulanzbetrieb ruhte, Urulele kümmerte sich nur um seine Braut, legte ihr nasse Lappen auf die Stirn, massierte ihr Herz, was ihm bei ihrem schönen Busen eine jetzt kaum angebrachte Freude bereitete, er wagte es sogar, ihr intravenös eine Kreislaufinjektion zu geben, was auch gelang, worauf er den ganzen Tag vor Stolz geschwellt herumlief. Aber auch ihm wurde das Herz zum Eisklumpen, als aus Windhoek der Regierungsbeamte Herbert Winneburg anreiste, sowie ein Monsignore der katholischen Mission, der in Pater Mooslachners Betsaal eine Bittmesse abhielt, und der Polizeichef von Windhoek, der den Hubschraubereinsatz persönlich leitete.

»Sie sind tot ...« stammelte Nkulele. »Ich fühle es. Sie kommen nie wieder ...«

Sie weinte ununterbrochen, kroch nachts schutzsuchend an

Urulele heran und setzte ihre riesige Straßbrille nicht mehr auf. Das allein bewies schon, wie unsagbar ihre Trauer war.

Nach sechs Tagen kapitulierte auch Herbert Winneburg. Er war mit Prusius herumgeflogen, tief ins Ovamboland hinein, und völlig extrem bis ins Buschmannland, wobei Prusius sorgfältig die Gegend aussparte, in der Olutonis Heerlager im Dornenbusch verborgen war. Das Rätsel blieb: Ein Flugzeug mit zwei Menschen verschwindet spurlos.

Major Henrici sprach darüber mit Winneburg per Funk. Von Rundu aus hatte man nun das nördliche Kavangoland systematisch nach Planquadraten durchgekämmt. Mehr war nicht zu tun.

»Wir stellen die Suche ein«, sagte Major Henrici ernst. »Bei dieser niedrigen Flughöhe kann man Trümmer solchen Ausmaßes nicht übersehen. Die Ansicht von Herrn Prusius, Schwarze hätten alles geklaut und weggeschafft, ist abwegig; wo wir gesucht haben, ist menschenleeres Land! Da kann keiner was wegschleppen. Wohin auch? Da ist nichts als einsamste verbrannte Steppe und sogar Sandboden. Nirgendwo ein Kral. Nicht einmal Tiere. Wenn sie da abgestürzt wären, hätten sie wie auf einem Tablett gelegen. Es bleibt mir ein Rätsel!«

»Mir auch!« Winneburg starrte die große Karte auf seinem Tisch an. »Aber so etwas gibt es doch nicht, Herr Major. Dieses Land frißt doch keine Menschen — und bestimmt keine Flugzeuge!«

»Doch. Das tut es!« sagte Henrici sarkastisch. »Dieses Land wird immer feindselig sein — gegenüber Menschen und Menschenwerk. Was sollen wir noch unternehmen?«

»Nichts.« Winneburg legte die Fäuste auf die Karte. »Ich weiß nicht mehr weiter. Ich kann nur immer wieder mit Prusius herumfliegen und hoffen, hoffen, hoffen . . .«

Im Saal des Hotels »Deutsches Haus« hängte Prusius die vergrößerten Fotos von Pater Mooslachner und Dr. Oppermann an die Wand und umkränzte sie mit einem Lorbeerzweig und schwarzen Tüllstreifen. Die Blaskapelle des Schützenvereins spielte den Marsch »Alte Kameraden«, und viele Frauen weinten.

»Sie waren zwei ungewöhnliche Männer«, sagte Prusius bei seiner kurzen Ansprache und ließ erkennen, wie mühsam er die Tränen unterdrückte. »Es waren Männer, wie Südwest sie braucht: hart, kompromißlos, mutig und offen! Wir sind ärmer geworden ohne sie.«

Am vierten Tag aber geschah etwas, das Prusius sehr nachdenklich werden ließ. Sein Sohn Volker, mit seinem Vermessungsflugzeug auch immer unterwegs, berichtete ihm am Abend nach seiner Rückkehr von einem Flug nach Norden, daß er in der menschenleren Dornensteppe östlich von Tsitsio vier Schwarze gesehen habe, die bei seinem Auftauchen sofort im undurchdringlichen Busch verschwunden seien.

Prusius sah seinen Sohn an, ging zur Hausbar, goß ihm und sich einen Whisky ein und sagte ruhig:

»Junge, du bist ja wieder besoffen.«

»Das hat nichts zu sagen!«

»Ich weiß, das ist ein Dauerzustand. Aber du willst doch wohl nicht ernst genommen werden?!«

»Ich habe die Schwarzen gesehen, dort, wo kein Mensch lebt!« rief Volker trotzig. »Das laß' ich mir nicht ausreden.«

»Wer will dir das ausreden, Junge?« Prusius machte es sich auf der großen Couch gemütlich. »Aber ich würde es nicht laut sagen! Der eine Säufer sieht weiße Mäuse, der andere Menschen im wasserleeren Busch! Willst du dich lächerlich machen? Willst du vor allem *mich* lächerlich machen? Bitte, geh hin zu Winneburg, berichte ihm das! Ich fliege sofort mit ihm in die Gegend. Was übrig bleiben wird, ist die Visitenkarte eines Alkoholikers. Willst du das?!«

»Ich weiß nicht», sagte Volker dumpf, »wieso du mein Vater bist? Wir haben doch nichts miteinander gemein.«

Er trank noch vier Gläser Whisky pur, wankte dann in sein Zimmer und warf sich aufs Bett. Am nächsten Morgen sprach niemand mehr über Volkers Beobachtungen.

Der alte Prusius jedoch wurde unruhig. Er ließ sich kaum noch in seinem großen Geschäft in Outjo sehen und zog es vor, sich in seinem festungsähnlichen Haus aufzuhalten, in der Nähe seiner starken Funkanlage, die einem professionellen Sender glich, und wartete auf eine Nachricht von Olutoni.

Sie kam nicht. Nicht am vierten Tag, nicht am fünften, nicht am sechsten. Prusius spürte ein nervöses Jucken der Kopfhaut und Kribbeln in den Gliedern. Zweimal versuchte er, über die vereinbarte Frequenz Olutoni zu erreichen, doch sein Lockruf wurde nicht beantwortet. Hinfliegen und sich selbst überzeugen, was geschehen war, konnte er nicht; bei jedem Flug begleitete ihn entweder Herbert Winneburg oder ein Polizeibeamter.

Sie können nicht mehr am Leben sein, dachte Prusius. Olutoni braucht dringend die Minen und die Sprengsätze für die Bomben. Hier unten im Keller lagern zweihundert Sturmgewehre und neun MGs. Einschließlich Munition. Das sind gut und gern zweihunderttausend Rand! Sonderpreis! Olutoni weiß das. Sein Proviant reicht nur noch für siebzehn Tage! Auch das weiß er. Zweihundertneunundvierzig Männer und Frauen fressen was weg! Und schießen können sie kaum etwas in dieser grenzenlosen Einsamkeit. Die paar Böckchen, die da herumspringen! Und wer ißt schon Hyänen? Selbst ein Kaffer nicht! Die wenigen Ziegen und Rinder, die sie im Lager haben, sind kaum der Rede wert. Sie brauchen Reis und Mais, Hirse und Milchpulver, Süßkartoffeln und Gemüse. Und das habe nur ich, das liefere nur ich ihnen. Ohne mich sähen sie recht dämlich aus in ihrem unsichtbaren Versteck. Sie führen Krieg, ich sorge für die Logistik. Ohne die ist der ganze Kampf völlig sinnlos.

Warum meldet sich Olutoni nicht?! Warum nimmt er keinen Funkspruch auf?

Er weiß doch: ich komme erst wieder, wenn Oppermann und Mooslachner spurlos von dieser Erde verschwunden sind. Endgültig!

Am siebenten Tag flog Herbert Winneburg enttäuscht nach Windhoek zurück.

Die Suchaktion war beendet. Es gab keine Hoffnung mehr.

Wer nach sieben Tagen nicht wieder aus dem Veld auftauchte, war verloren. So riesenhaft war dieses Land, so feindlich und oft mörderisch —: es hatte seine eigenen Gesetze. Man mußte sich ihnen beugen, wenn auch mit Zähneknirschen.

Sieben Tage Verschollensein in wasserloser Weite, trotz intensiver Suche ... Da bleibt nur der Glaube an ein Wunder. Aber wir leben in einer Zeit, die sehr arm an Wundern ist.

Franziska Maria Nkulele legte sich wieder mit einem Nervenschock ins Bett, als Master Winneburg Dr. Oppermanns Zimmer räumte und ihr und Urulele stumm die Hand drückte. Sie zitterte am ganzen schönen Körper und seufzte mit verdrehten Augen: »Der gute Doktor! Tomba, oh, Tomba . . . ich werde eine Fehlgeburt haben! Ich habe keine Kraft mehr.«

Urulele geriet nach dieser Ankündigung in Panik, massierte seine Glatze, als solle der Glanz bis ins Gehirn dringen, und eilte davon, um einen schwarzen Heilpraktiker zu holen. Der untersuchte Nkulele, fand alles normal und beruhigte beide. »Das wird ein kräftiges Kind«, sagte er sogar. »Es hat ja auch einen stattlichen Vater.«

Urulele machte Franziska Maria beruhigende Umschläge und fragte sich zum wiederholten Male, wie alles weitergehen sollte ohne den Doktor.

Sieben Tage im Veld. Ohne Wasser, bei sengender Sonne, bei aufreißender Erde, in völliger Einsamkeit.

Der Monsignore aus Windhoek, der in Mooslachners Mission saß, sprach es beim Gebet aus:

»Nur Gott weiß, was geschehen ist. In seine Hände legen wir das Schicksal unserer Freunde.«

Vier Tage lang waren sie nach Osten gewandert, ohne daß sie auf die erhoffte Straße nach Rundu gestoßen wären. Das Land veränderte sich immer wieder, von Busch zu Steppe, von Sanddünen zu öden Grasweiten, aber nie gab es seine von Stunde zu Stunde wachsende, immer schwerer zu ertragende Feindlichkeit auf.

Wohin sie auch blickten — nichts als Öde und ein Horizont, der sich in der Hitze in Wellenbewegungen aufzulösen schien. Über ihnen eine zerfließende Sonne. Unter ihren müden Füßen der zerrissene, trockene Boden, auf dem das verdorrte Gras so hart wie Messerklingen stand.

Immer öfter und immer länger mußten sie rasten. Meistens suchten sie sich Buschgruppen aus oder armselige, verkrüppelte Bäume, deren kahles Geäst kaum noch Schatten werfen konnte. Aber es war Schatten, es war die Illusion, der Sonne für kurze Zeit entronnen zu sein. Dann lagen sie die ersten Minuten völlig erschöpft auf dem Rücken, hatten das Gepäck einfach fallen lassen, die Augen geschlossen, den Mund weit aufgerissen, und saugten die heiße Luft ein, die ihnen jetzt, wo sie nicht mehr liefen, nahezu kühl vorkam. Ihre Haut brannte von den Kopfhaaren bis zu den Fußsohlen, der Schweiß war wie kochendes Wasser, der den Staubbrei, der sie überzog, in die Poren zu drücken schien. Mooslachners Augen waren entzündet und geschwollen; bei jeder Rast opferte er ein paar Tropfen Wasser, um einen feuchten Lappen über sein Gesicht zu legen. Aber nach zehn Minuten Marsch brannten die Augen wieder, die Tränen liefen ihm über die Wangen, und manchmal ging er mit geschlossenen Lidern, den Arm ausgestreckt, die Hand auf Oppermanns Schulter gelegt, wie ein Blinder.

»Sie haben eine gesalzene Stauballergie«, sagte Dr. Oppermann, nachdem er Mooslachners Augen untersucht hatte. »Mit ein paar Penicillintropfen und sauberer Luft wäre das zu beherrschen. Ich verordne Ihnen frischen Alpenozon.«

»Sie perverser Mensch!« knurrte Mooslachner. »Was glauben Sie, wie Sie aussehen? Hiob war eine Schönheit gegen Sie! — Kann man hier nichts gegen diese Allergie tun?«

»Hier? Nichts! Wir haben nichts bei uns. Olutoni hat meinen Medizinkasten an sich genommen. Kühlen Sie weiter.«

»Das kostet pro Tag einen Liter Wasser.«

»Wir haben noch zwölf Liter, Pater!«

»Und wo sind wir?«

»Keine Ahnung. Sie bestimmen ja, wo Osten ist.«

»Und wir marschieren richtig. Wir kommen an den Pad nach Rundu! Verlassen Sie sich drauf. Ich weiß es ganz genau, wenn wir wieder in die Nähe von Tieren kommen.«

»Noch sind wir hier anscheinend die einzigen Lebewesen. Abgesehen von Käfern.«

»Da können Sie mal sehen, wie der Mensch sich zurückentwickeln kann . . .«

An diesem vierten Tag ihrer Wanderung durch die Einsamkeit verminderten sie zum fünftenmal ihr Gepäck. Sie ließen Munition zurück, auch die letzten Büchsen mit Gemüse und Fertiggerichten, zwei schwere Decken und einen Affenfellsack. Die leeren Wassersäcke hatten sie immer sofort weggeworfen, aber das Beil und die Säge trug Mooslachner an einem Strick um den Hals. Es waren die wichtigsten Werkzeuge. Mit ihnen fällten sie kleine Bäume, rodeten trockenes

Gestrüpp und machten daraus in jeder Nacht ein großes Feuer, an dem sie dann, eng nebeneinander, schliefen, zugedeckt mit einer einzigen Decke. Am Morgen häuften sie wieder einen Berg Holz zusammen, zündeten ihn an und warfen Gras und Flechten hinein, in der Hoffnung, der aufsteigende Rauch könne irgendwo Menschen alarmieren oder Suchflugzeugen die Richtung weisen.

Es war eine magere Hoffnung. Holz und Gras waren so trocken, daß sie fast rauchlos verbrannten. Die Sonne saugte sogar das Feuer auf.

Mooslachners Plan, nur nachts zu laufen, hatten sie aufgegeben. Man verlor zuviel Zeit damit. Jeder Meter, den sie zurücklegten, verstärkte ihre Hoffnung auf ein glückliches Ende ihrer Flucht. In der Nacht schliefen sie nicht länger als vier Stunden, dann nahmen sie ihr Gepäck wieder auf und zogen hintereinander durch das Veld. Jetzt ging Dr. Oppermann immer voran, gefolgt von Mooslachner, der jeden Schritt mit einem röchelnden Schnaufen begleitete. Oft hatte Oppermann Angst, Mooslachner könne plötzlich umfallen und einen Herzschlag erleiden. Dann legte er eine Rast ein und hörte das Herz des Paters ab.

»Na, wie ist es?« brummte Mooslachner. »Wann zerplatze ich?«

»Noch nicht. Ihr Herz ist gesund. Sie haben nur allerdings fünfundzwanzig Kilogramm Übergewicht. Das müssen Sie nun zusätzlich schleppen. Für Sie ist dieser Marsch die beste Entfettungskur.«

»Wie Sie das aushalten!« knurrte Mooslachner. »Woher nehmen Sie bloß die Reserven?«

»Das sieht nur so aus«, sagte Dr. Oppermann und verteilte die Wasserration. Luba trank ihre Portion mit kleinen, glucksenden Schlucken. Ihre Kehle war völlig ausgedörrt, das Schlucken tat weh, und wenn das Wasser durch die Speiseröhre in den Magen rann, hatte sie das Gefühl, würgen zu müssen. »Ich brauche nur Luba anzusehen, um mir zuzurufen: Du mußt hier durch! Du mußt zurück ins Leben! Du darfst nicht schlappmachen. — Sie sollen sehen: wenn wir die Straße erreicht haben, falle ich um wie ein nasser Sack.«

»Naß ist gut«, sagte Mooslachner und pappte wieder eine

feuchte Binde auf die entzündeten Augen. »Wir werden mürbe Säcke sein, die wie Zunder zerfallen.«

Bei der vierten Rast an diesem Tag — sie lagen unter einer verdorrten Schirmakazie und hatten über das starre, gerippeähnliche Geäst ihre letzte Decke als Sonnenschutz gespannt —, bemerkte Oppermann, daß von Lubas Schulter durch ihre Bluse Blut sickerte.

Ehe sie ihn daran hindern konnte, hatte er die Bluse heruntergestreift und über ihre Brüste gezogen. Voll Entsetzen sah er, daß beide Schultern von den Hanfstricken, an denen die Wassersäcke gehangen hatten, in breiten Striemen aufgeschabt war. Das Fleisch quoll hervor, dunkelrot und entzündet.

Luba schloß die Augen und fiel mit der Stirn nach vorn gegen Oppermanns Brust.

»Wie — wie lange hast du das schon?« fragte er gepreßt.

»Schon nach dem ersten Tag . . .«

»Und warum hast du nichts gesagt?!«

»Wir müssen doch weiter . . . Ich muß doch auch Wasser tragen!«

»Du mußt doch vor Schmerzen schreien!«

»Ich kann nach innen schreien . . .«

»Man sollte sie übers Knie legen und ihr den Arsch vermöbeln!« sagte Pater Mooslachner.

Auch er starrte entsetzt auf ihre aufgerissenen Schultern. »Was nun, Doktor?«

»Ich kann nur kühlen und verbinden.«

»Verbinden? Womit?«

»Hiermit!« Oppermann riß den Ärmel seines Hemdes heraus und hielt ihn Mooslachner hin. »Schneiden Sie Streifen daraus. Und Ihre Soutane ist viel zu lang, Pater! Es genügt, wenn sie Ihnen bis zu den Knien reicht! Aus dem Stoff kann man sehr gute Bandagen machen!«

Mooslachner blickte an sich herunter, bückte sich ächzend, hob die aufgeknöpfte Soutane hoch und befühlte den Stoff. »Ihre Idee ist vorzüglich, Doktor«, sagte er. »Gott hat keine Kleiderordnung gemacht! Ein Priester bleibt auch im Hemd ein Priester!«

Er zog die Soutane aus, nahm ein Messer und die Säge und säbelte mit ihnen die Hälfte des Gewandes herunter. Den

Stoff zerteilte er in Streifen und klopfte von ihnen den Staub ab.

»Du wirst nichts mehr tragen!« sagte Oppermann zu Luba. Sie saß unter der ausgespannten Decke, kaute an einem Stück Holz und biß fest darauf, als Oppermann ihre Schultern mit einem nassen Läppchen berührte, um das rohe Fleisch notdürftig von Sand und Staub zu reinigen.

»Wir müssen das Wasser behalten«, sagte sie kaum verständlich, weil sie das Holzstück noch zwischen den Zähnen hielt. »Ihr könnt nicht alles tragen!«

»Du hältst das keinen Tag mehr aus!«

Sie schüttelte den Kopf, biß auf das Holz, daß es knirschte und hielt den Atem an, als Oppermann die breiten Wunden mit den nassen Stoffetzen belegte, die er aus seinem Hemdärmel gerissen hatte. Mooslachner durchtränkte die Streifen aus seiner Soutane mit Wasser und reichte sie Oppermann. Noch während er Luba verband, sank ihr Kopf schwer gegen seine Brust, er fing ihren schmalen Körper auf und umarmte sie. Mooslachner kniete hinter ihr, zog sie zurück und hielt sie fest, damit Oppermann sie fertig verbinden konnte. Luba war ohnmächtig geworden.

»Sehen wir es ganz nüchtern«, sagte Mooslachner, nachdem Oppermann noch Lubas Gesicht gewaschen hatte. »Die Sonne wird den kühlenden Verband bald aufsaugen. Dann wird der Stoff hart wie ein Brett. Statt zu lindern, wird er nur noch mehr scheuern.«

»Das weiß ich. Wir müssen ihn eben immer feucht halten.«

»Das kostet Wasser.«

»Ich verzichte auf meinen Becher.«

»Glauben Sie Hornochse vielleicht, ich saufe Ihren Anteil mit?! Natürlich verzichte ich auch! Aber es ist abzusehen, wann das Wasser knapp wird.«

»Bis dahin müssen wir an der Straße sein.« Oppermann blickte hinüber zu dem hitzeschwankenden Horizont. »Irgendwann *müssen* wir sie doch erreichen!«

»Irgendwann ist ein dehnbarer Begriff. Ich habe keine Ahnung, wieviel Kilometer wir am Tag überhaupt zurücklegen. Wir denken, wir laufen — und dabei schleichen wir vielleicht nur. Diese Weite entwertet alle Maßstäbe. Und überall sieht das Land aus, als gingen wir im Kreis.« Mooslachner hob beide Hände. »Nun raufen Sie sich nicht den Bart, Doktor. Natürlich marschieren wir geradeaus! Das sehen Sie ja an der Sonne. Vier Tage und vier Nächte sind wir unterwegs. Seien wir großzügig; da können wir einhundertzwanzig Kilometer geschafft haben. Das wäre noch nicht einmal die Hälfte! Und es geht immer langsamer . . .«

»Noch vier Tage?« Oppermann blickte auf die ohnmächtige Luba hinunter.

»Mindestens.«

»Das schafft sie nicht, Pater!«

»Wenn sie nicht mehr laufen kann, tragen wir sie. So, wie sie uns ins Guerillalager getragen haben, an einer Stange hängend. Aber dazu brauchen wir Wasser. Ohne Wasser halten auch wir das nicht durch. Wenn man herumliegt, kommt man eine Zeitlang ohne Wasser aus, aber nicht, wenn man so intensiv läuft wie wir.«

Dr. Oppermann blickte wieder auf Luba. Der Ohnmacht war ein tiefer Schlaf der Erschöpfung gefolgt, ihr Atem ging tief und regelmäßig. Sie hatte ein Bein angezogen und beide Hände über die nackten Brüste gelegt.

»Werden Sie mir einen Gefallen tun, Pater?« fragte er.

»Jeden, Doktor.«

»Sagen Sie mir, ob es gegen Gottes Willen ist, wenn ich an der Grenze aller ertragbaren Not dem Schicksal nachhelfe . . .«

»Ich will das nicht gehört haben, Doktor!« sagte Mooslachner ernst. »Vergessen Sie es.«

»Ich lasse Luba nicht in Sonne, Staub und Durst verrekken.«

»So weit sind wir noch nicht.«

»Aber man sollte daran denken.«

»Nein! Wir sollten nur denken: Verdammt, wir schaffen es doch!«

»Natürlich! Aber ich werde alles an Ballast wegwerfen, nur nicht das letzte Gewehr und die letzten zwei Patronen.«

»Sie Egoist! Und mich wollen Sie allein lassen?!«

»Gut. Dann drei Patronen.«

»Vergessen Sie das alles«, sagte Pater Mooslachner und legte sich auf den Rücken neben Luba in den Schatten der aufgespannten Decke. »Kommen Sie, ruhen Sie sich aus. Wenn Luba aufwacht, ziehen wir weiter. Ich bin dafür, daß wir auch die ganze Nacht durchwandern, solange uns die Beine tragen. Wenn wir umfallen, ist immer noch Zeit, zu überlegen, was dann zu tun ist.«

»Und was sagt Ihre kluge Bibel dazu?«

»Die Liebe höret nimmer auf!« —« Mooslachner legte das Tuch über seine entzündeten Augen. »Das gibt Kraft. Denken Sie immer daran.«

Sie lagen in völliger Erschöpfung, aber sie schliefen nicht. Ein paarmal rührte sich Luba, wälzte sich auf die Seite, stöhnte leise, erwachte aber nicht. Erst bei Sonnenuntergang hob sie den Kopf und blickte Oppermann an.

»Oh, Gott, das wollte ich nicht!« sagte sie mit trockenem Hals. »Wieviel Zeit haben wir verloren . . .«

»Das holen wir auf.« Mooslachner verteilte das Wasser, jeder bekam einen kleinen Becher. Je einen Becher voll goß Oppermann über Lubas verbundene Schultern. Sie lächelte ihn traurig an, ergriff seine Hand und küßte sie.

»Es tut mir so leid«, sagte sie leise.

»Wir haben berechnet«, log Oppermann, »daß wir in zwei Tagen ganz in der Nähe des Pads nach Rundu sind. Nur noch zwei Tage, Luba!«

Sie nickte, blickte ihm tief in die Augen und wußte genau, daß er log.

Bei dieser Rast blieb alles zurück, was entbehrlich war: Lubas Gewehr samt Munition, ein Block geräuchertes Kudufleisch, die letzten Konserven . . . Oppermann trug die zusammengerollte Decke, die restliche Munition und sein Gewehr, Mooslachner schleppte die beiden letzten vollen Wassersäcke, zwei Pakete mit Milchpulver und ein Säckchen Gries. Beim Gehen stützte er sich auf sein Gewehr. Die abgeschnittene Soutane reichte ihm bis zu den Kniekehlen. Die nackten Beine darunter mit den derben Stiefeln waren von den Dornen zerkratzt. Er grinste grimmig, als Oppermann ihn anschaute.

»Wenn ich hier 'rauskomme«, sagte er böse, »werde ich ein neues Modell für Missionspriester vorführen!« Dann lachte er heiser, humpelte an Oppermann und Luba vorbei und übernahm die Führung.

Hintereinander schwankten sie in die Nacht hinein. Die

Sonne verblaßte, der Himmel kleidete sich in Purpur, die Sterne traten einzeln aus der Unendlichkeit hervor. Es wurde spürbar kühler, aber es erfrischte sie nicht mehr. Ihre geschwächten Körper reagierten nicht darauf. Alle Funktionen waren nur auf einen Befehl ausgerichtet und gehorchten ihm: Weiter. Weiter! Weiter!!

Am sechsten Tag lagen sie in einer Mulde unter einem zerrupften Busch und waren kaum noch fähig, ihre Wasserration zu trinken. Lubas Schultern brannten wie Feuer, die Kühlung nutzte wenig. Die Sonne trocknete den Verband so schnell aus, daß Mooslachner vor einer Stunde Oppermann zugeflüstert hatte:

»Jetzt wird es kritisch! Wir müssen das Wasser nach Tropfen zählen! Schluß mit dem Kühlen!«

»Luba verbrennt«, sagte Oppermann verzweifelt. »Sie muß wahnsinnige Schmerzen haben. Wir müssen Wasser opfern, Pater!«

»Es geht nicht mehr! Schmerzen kann man ertragen. Verdursten nicht.«

Seit vier Stunden trugen sie Luba. Um die Mittagszeit war sie stumm zusammengebrochen. Mooslachner und Oppermann hatten die Deckenenden verknotet und schleppten Luba in einer Art Hängematte durch die Steppe. Nicht einmal zwei Stämme fanden sie in der grenzenlosen Einöde, die man durch die Deckenenden hätte schieben können, um Luba leichter zu tragen, indem man das Gewicht verteilte. Man mußte mit beiden Händen die Knoten umklammern und sie an die Schulter pressen. Schritt um Schritt ging es vorwärts, quälend langsam, immer wieder setzten sie Luba ab, wechselten die Schulter, holten tief Atem, hielten sich den schmerzenden Leib.

Ein paarmal versuchte Luba, wieder selbst zu gehen, aber nach kaum hundert Metern sank sie in sich zusammen. Später pendelte sie in der Decke, hatte die Hände über dem Leib gefaltet und weinte.

Dann kam endlich die Rast in der Dünenmulde unter dem Busch, die letzte Rast vielleicht. Mooslachner warf sich mit einem ächzenden Laut auf den Boden, Oppermann legte sich neben Luba und umfaßte ihren schmalen, mit einem Brei aus Schweiß und Staub verklebten Kopf.

»Wie fühlst du dich?« fragte er. Seine Stimme hatte keinen Ton mehr.

»Besser. Ich bin ja nicht gelaufen . . .«

Jetzt log sie, und er tat ihr den Gefallen, zu glauben, daß es ihr besser ging. Er küßte ihre aufgerissenen Lippen, goß ein wenig Wasser auf ein aus seinem Hemd gerissenes Stückchen Stoff, rieb damit ihre Lippen ein, wischte ihr die Augen aus und den Staub aus den Nasenlöchern.

»Wir sind gut vorangekommen«, sagte er. »Wir werden diese Nacht schlafen und uns erholen.«

»Morgen kann ich auch wieder laufen«, flüsterte sie.

»Bestimmt.« Er küßte sie wieder und hätte schreien können vor Qual. »Morgen sind wir alle wieder kräftiger. Es kann nicht mehr weit sein bis zum Pad.«

»Nein.« Sie schüttelte schwach den Kopf. »Sechs Tage nichts . . . Das muß doch einmal aufhören.«

Nach dem Essen — in Wasser gelöstes Milchpulver mit etwas Gries, der kaum aufquoll im lauwarmen Wasser — schlief Luba ein. Oppermann wagte nicht, die Verbände zu lösen und die Wunden anzusehen. Er würde den Anblick kaum ertragen können.

Während Luba schlief, hockten Mooslachner und Oppermann an einem kleinen Feuer und starrten schweigend in die Flammen. Das Prasseln des Feuers und das Knacken der Zweige waren die einzigen Laute in der vollkommenen Stille, die sie umgab. Der Sternenhimmel war so klar, als könne man jeden Stern greifen. Die Unendlichkeit war spürbar, sobald man den Blick nach oben wandte.

»Sind wir am Ende, Pater?« fragte Oppermann plötzlich.

Mooslachner zuckte zusammen. »Sie haben eine brutale Art, einen aus Träumen zu reißen. Ich dachte gerade intensiv an einen Wildgansbraten. Mit Rotkraut und Zwiebeln.« Er streckte sich, schob die nackten Beine gegen das Feuer und wunderte sich, daß Muskeln und Sehnen noch gehorchten.

»Es scheint so.«

»Wie lange noch?«

»Ich gebe Luba noch einen Tag . . . Uns zwei. Dann tragen uns die Beine nicht mehr. Dann kippen wir einfach um.«

»Und verrecken in der Sonne.«

»Man kann das so nennen. Tröstlich ist, daß wir nicht verfaulen werden. Wir trocknen aus, werden mumifiziert, verwandeln uns zu Leder. Später zerfallen wir zu Staub. Damit erfüllen wir genau die Begräbnisformel: Aus Erde bist du geschaffen, zu Erde wirst du werden ... Sie sehen, Doktor, alles hat letztlich seinen Sinn, auch das Sinnloseste.«

»Ich habe eine große Bitte, Pater.«

»Nein!«

»Sie wissen ja gar nicht, was ich sagen will ...«

»Nein und nochmals nein! Ich erschieße Sie nicht, wenn Sie Luba erschossen haben!«

»Halten Sie mich für so einen Feigling?«

»Was wollen Sie dann?«

Oppermann hob den Kopf. Der Feuerschein zuckte über ihm, als läge er in den Flammen.

»Ich bitte Sie, Pater, Luba und mich zu trauen.«

»Jetzt?«

»Ja.« Oppermann richtete sich auf. Jede Bewegung war so anstrengend, als müsse er einen Felsblock wegstemmen. »Oder geht das nicht? Luba und ich sind evangelisch.«

»Das ist doch scheißegal!« sagte Mooslachner heiser. »Wenn wir vor Gott stehen, fragt der bestimmt nicht: Papst oder Luther? – Wann wollen wir trauen, Doktor?«

»Sobald Luba wieder wach ist.«

»In Ordnung.«

»Ich danke Ihnen, Pater.« Oppermann warf sich auf den Rücken und blickte in den Sternenhimmel. »Sie halten mich für verrückt, nicht wahr?«

»Zum erstenmal nicht, Doktor!« sagte Mooslachner giftig und blinzelte Oppermann zu. »Ich hätte es Ihnen bis zum Lebensende übel genommen, wenn Sie mich bei Ihrer Hochzeit vergessen hätten.«

»Nun ist das Lebensende da.«

»Sehen Sie – und Sie sind noch rechtzeitig zu mir gekommen!«

Mitten in der Nacht erwachte Luba. Sie setzte sich mühsam auf und biß die Zähne zusammen. Jede Bewegung in den Schultern jagte den brennenden Schmerz bis in die feinsten Nerven.

Pater Mooslachner saß am Feuer und hatte noch einen

Streifen seiner Soutane geopfert. Sie hörte jetzt in der Mitte der Oberschenkel auf. Aus dem Stoffstreifen hatte er mit Messer und Beil eine ziemlich gerade Stola gearbeitet und versuchte jetzt, an jedem Ende ein Kreuz aus dem Stoff herauszuschneiden. Neben ihm lagen ein zurechtgeschnitzter Wurzelstock in Form eines Kreuzes, ein Becher und zwei Stückchen Kudufleisch. Oppermann kam langsam, auf sein Gewehr gestützt, aus der Dunkelheit zurück. Er brachte einen Busch verdorrter Zweige mit, mit einem Stückchen Hanfseil wie ein Blumenstrauß gebunden.

»Die Braut ist wach!« sagte Mooslachner ruhig. »Noch zehn Minuten bitte, dann habe ich meinen Hohlsaum fertig. Doktor, Sie müssen noch um Erlaubnis fragen.«

Oppermann nickte. Er kniete neben Luba nieder, legte den Dornenstrauß neben sie und umfaßte ihren Kopf. Sie legte ihn an seine Brust, umfaßte ihn mit größter Willenskraft, aber der Schmerz, der von der Schulter durch ihren Körper zuckte, warf sie fast um. Voll Verzweiflung und Ohnmacht biß sie in Oppermanns Arm und schrie leise auf.

»Es wird alles gut werden,Luba«, stotterte Oppermann und küßte sie über das ganze Gesicht. »Morgen wird alles gut sein. Keine Sonne, kein Veld, keine Schmerzen . . . Morgen haben wir es hinter uns.«

»Wie schön wird das sein, Liebling«, flüsterte sie. Vor Schmerzen liefen ihr die Tränen über das Gesicht. Er küßte sie weg, drückte ihren Kopf an sich und blickte auf Mooslachner.

»Fertig, Pater?«

»Ja.« Mooslachner erhob sich ächzend, schwankte ein wenig, stützte sich auf sein Gewehr und hängte sich die Stola um.

»Wir werden jetzt heiraten«, sagte Oppermann und hielt Luba fest.

Sie nickte und rieb ihr Gesicht an seiner Brust.

»Ist — ist es so weit?« fragte sie nur.

»Ja.«

»Ich bin so glücklich.«

Oppermann spürte, wie sie alle Kraft zusammennahm, wie ihr Körper sich straffte. Sie wollte aufstehen, aber es gelang ihr nicht. Er stützte sie, zog sie ganz vorsichtig hoch und hielt sie fest, als ihre Beine wieder einknickten. Dann bückte er sich und nahm den Dornenbusch von der Erde.

»Ein Brautstrauß?« sagte sie und lächelte tapfer. »Ein richtiger Brautstrauß. Wie schön . . .«

»Es nimmt mir doch keiner übel, wenn ich jetzt nicht singe?« sagte Pater Mooslachner laut. »Kommt. Tretet näher. Kniet nicht nieder. Wir haben lange genug auf den Knien gelegen in den vergangenen Tagen. Wir wollen Gott danken, daß wir noch stehen können!«

Luba mit beiden Armen aufrechthaltend, stand Oppermann vor dem Feuer. Mooslachner schien aus den Flammen zu wachsen. Auf das Gewehr gestützt, in seiner abgeschnittenen Soutane, die selbstgefertigte Stola um die Schulter, mit nackten, zerkratzten, geschwollenen Beinen, sah er aus, als sei er von einem fernen Stern gekommen, ein Abgesandter aus dem All, der sich der beiden Menschen erbarmte, weil es um sie herum keine Menschen mehr gab. Das Feuer hinter ihm gemahnte noch an seine Flammenreise zur Erde.

»Ihr seid ein glückliches Paar«, sagte Mooslachner mit tiefer Stimme. »Ihr gebt euch euer Ja-Wort in der herrlichsten und unermeßlichsten Kathedrale, die der Schöpfer geschaffen hat: ihr steht im Dom der Sterne. Unsterblichkeit ist um euch in einem Augenblick, da ihr an das Sterbliche erinnert werdet und das Vergehen alles Irdischen sich auch an eurem Schicksal erweist. Ihr seid glücklich, ich weiß es, und ich bin glücklich, diese Stunde mit euch erleben zu können und euch sagen zu dürfen: Was Gott durch eure Liebe bekundet wissen wollte, *ist* unsterblich, auch wenn wir lange nicht mehr sind. Gebt mir eure Hand!«

Luba und Oppermann streckten die Hände aus. Mooslachner legte seine Stola um beide und bedeckte sie mit seinen Händen.

»Wir brauchen nicht mehr zu fragen, wir brauchen keine Formeln mehr. Wie sinnlos, wie unzutreffend ist hier der Satz: ›Bis daß der Tod euch scheidet.‹ Wir stehen unter den Sternen, und mit Millionen Augen blickt der Herr aus seiner Unendlichkeit auf uns hernieder und sagt durch mich zu euch: Luba Magdalena Olutoni und Richard Oppermann, vor mir, eurem erlösenden Gott, seid ihr jetzt Mann und Frau, bis in alle Ewigkeit. Amen.«

Er segnete Luba und Oppermann, bückte sich, reichte ihnen das Stückchen Kudufleisch als Hostie, bot ihnen den Becher mit Wasser, berührte dann mit dem Wurzelkreuz ihre Haare und legte segnend seine Hände auf ihre Häupter.

Oppermann umklammerte Luba, damit sie nicht zusammensank, und küßte sie. Dann trug Oppermann sie zurück, breitete die Decke über ihren Körper, legte den Dornenstrauß neben sie und streichelte ihr zuckendes Gesicht.

Mooslachner rollte seine Stola zusammen, steckte sie in seine Tasche und humpelte, auf das Gewehr gestützt, zu Oppermann und Luba. Mit einem tiefen Seufzer ließ er sich an ihre Seite fallen. »Ich danke Ihnen, Pater«, sagte Oppermann mit schwankender Stimme. »Eine solch glückliche und schöne Stunde kommt nie wieder.«

»Ich habe mir eben eins geschworen.« Mooslachner streckte sich aus. Seine Füße brannten, als habe er sie ins Feuer gesteckt. Seit zwei Tagen lief er auf Blutblasen, aber er verlor darüber kein Wort. »Wenn wir hier rauskommen, baue ich um diese Stola eine Kirche, und wenn der Bischof sich auf den Kopf stellt!«

Eine Stunde später trugen sie wieder trockenes Gras und Buschwerk zusammen und entfachten ein riesiges Feuer. Luba schlief, in der rechten Hand die Stiele ihres Brautstraußes aus verdorrten Zweigen. Selbst das laute Prasseln des Feuers weckte sie nicht.

»Versuchen wir es noch mal?« fragte Mooslachner.

»Was?« Oppermann warf neue Zweige in die Glut.

»Morgen loszuziehen . . .«

»Noch einmal diese Qual?!«

»Schießen können Sie noch immer. Sie haben jetzt eine Frau, Doktor! Und wenn wir kriechen und tragen Luba auf dem Rücken — wir gewinnen Meter um Meter!«

»Es ist gut.« Oppermann nickte. »Versuchen wir's. Aber ich muß noch soviel Kraft übrig behalten, um abdrücken zu können.«

»Soviel bleibt uns immer«, sagte Mooslachner. »Nichts fällt dem Menschen so leicht wie das Töten.«

Irgendwann in der Nacht erwachten sie. Fast gleichzeitig hoben die Männer die Köpfe und richteten sich auf.

»Hören Sie das auch?« stammelte Mooslachner. Seine Stimme zerbrach.

»Ein Motor ...« Mit beiden Händen griff Oppermann an seinen Kopf. »Ein Motor!« schrie er.

»Da fährt ein Wagen! Durch die Ewigkeit fährt ein Wagen!«

»Es kommt näher ... Das ist ein Motor! Das ist wirklich ein Motor! Ein Motor!«

Sie sprangen auf, stützten sich dabei gegenseitig, standen wankend neben dem Feuer. Mooslachner schleuderte ein paar Zweige hinein, die Flammen loderten hoch, das trockene Holz gab sofort zuckendes Licht. Und dann hörten sie, wie das Motorengeräusch anschwoll, sahen, wie sich zwischen Sternenhimmel und Erde ein größer werdender Schatten bildete, wie der Schatten sich zu einer erkennbaren Form verdichtete, wie aus dem Schatten zwei Scheinwerfer auf und ab hüpften, wie dieses himmlische Gebilde zu einem Lastwagen wurde und direkt auf sie zufuhr. Da begannen sie zu hüpfen, schwenkten die Arme, schrien mit ihren vertrockneten heiseren Stimmen, taumelten den Lichtern entgegen, breiteten die Arme aus und fielen auf die Knie, als der Wagen kurz vor ihnen bremste und die Scheinwerfer sie voll erfaßten.

Zwei Schwarze sprangen aus dem Führerhaus und rannten auf sie zu. Vor Mooslachner blieben sie stehen und starrten ihn fassungslos an. Oppermann war nach vorn auf das Gesicht gefallen, umklammerte seinen Kopf und weinte laut.

»Master — was ist denn?« fragte der eine Schwarze auf englisch. »Wie sehen Sie denn aus?!«

»Frag nicht so dämlich, mein Sohn!« stammelte Mooslachner. Mit letzter Kraft stellte er sich auf die Beine. Die Schwarzen wichen bei seinem Anblick entsetzt zurück. Oben ein Pater — unten ein nackter, blutender Mann ... Die Nacht gebiert seltsame Gespenster. Einer der Schwarzen warf sich herum und hetzte zum Wagen zurück. Der andere blieb wie gelähmt stehen. Geisterfurcht ließ sein Blut erstarren.

»Ich bin Pater Mooslachner«, sagte Mooslachner mit größter Anstrengung. »Glotz nicht so dumm! Du kannst nächstens in der Kirche singen: Ich habe drei Leben gerettet! Los, pack schon zu!«

Er machte einen Schritt vorwärts, klammerte sich an den Schultern des erstarrten Schwarzen fest und schrie ihm ins Gesicht:

»Das erlebst du nur einmal, mein Sohn: Gott *ist* gekommen!«

Eine halbe Stunde später lagen sie auf der Ladefläche zwischen Kisten und Zementsäcken. Oppermann hatte Luba eng an sich gedrückt und hielt sie umklammert. Das Rütteln und Schütteln, die Schläge, die den Wagen durchzitterten, wenn er über die waschbrettähnliche Straße fuhr und in tiefen Löchern versank – es kam ihnen wie ein sanftes Wiegen vor. Das Motorengeräusch war ein herrlicher Gesang, das Knirschen und Rumpeln der Räder klang in ihren Ohren wie Glocken.

Mooslachner schnarchte laut. Er hatte die Schuhe von sich gestreift, und Oppermann sah entsetzt, daß die Füße nur noch eine blutige Masse waren.

Dann schlief auch er ein, eingewiegt vom Rütteln des Lastwagens und eingehüllt von dem tiefen Frieden, der über ihn gekommen war.

Wir leben.

Noch am frühen Morgen, gleich nach der Ankunft des Lastwagens in Rundu auf der Lepra-Station, für die er Waren gebracht hatte, wurde die Regierung in Windhoek alarmiert, raste Major Henrici mit seinem Jeep zur Station, holte man in Outjo den Polizeichef aus dem Bett. Auch der Beamte, der in der Telefonzentrale der Windhoeker Regierung Nachtdienst hatte, hielt es bei dieser Meldung für angebracht, Herbert Winneburg mit viel Entschuldigungen zu wecken. Die Patres in der Leprakolonie hatten Luba, Oppermann und Mooslachner sofort auf die OP-Tische gelegt und versorgt. Sie lagen noch darauf, als Major Henrici in den Operationssaal stürzte.

Luba hatte man eine leichte Narkose gegeben. Ein Arzt behandelte ihre aufgerissenen Schultern mit einem Antibiotikumspray, das einen durchsichtigen Schutzfilm über das rohe Fleisch zog. Dr. Oppermann lag auf dem Tisch daneben und versuchte seinem Kollegen vergebens klar zu machen, daß er sich vorzüglich fühle und nur Ruhe brauche.

»Das bestimme ich jetzt!« sagte der Arzt, ein älterer Mann, und drückte ihn auf den OP-Tisch zurück. »Sie haben hier gar nichts zu sagen, Herr Kollege. Ihr Zustand ist ernst — ist das klar?«

»Nein!«

»Ihr Körper hat die Grenze der Belastbarkeit praktisch schon überschritten, nur der Schädel nicht. Der ist so dick, daß da nur eine Axt helfen würde. Sie bekommen jetzt eine Kreislaufstütze, eine geballte Ladung Vitamine und pennen zwei Tage lang. Dann reden wir weiter.«

Pater Mooslachner lag auf dem dritten Tisch und sah zu, wie man seine Füße umwickelte. Der Prior der Lepra-Station stand neben ihm, hatte die Hände gefaltet und sagte erschüttert:

»So etwas nenne ich ein Wunder.«

»Ich nicht.« Mooslachner grinste. »Man muß nur immer zu sich sagen: Reiß dich zusammen, altes Arschloch, du kannst es doch!« Er hob den Kopf, blickte sich im OP um, winkte den anderen Patres zu und ließ sich wieder zurücksinken. »Liebe Brüder, habt ihr Bier?«

»Ja!« sagte der Prior laut.

Mooslachner streckte sich wohlig. »Dann bin ich zu Hause.«

Am gleichen Morgen rief der Polizeichef von Outjo Johann Prusius an. Ein Ovambo, der bei der Polizei als Bote arbeitete, lief zur Station, trommelte Urulele aus dem Bett und von der warmen Seite Nkuleles und schrie:

»Sie sind wieder da! Sie leben! Sie sind in Rundu! Sie sind wieder da!«

Franziska Maria Nkulele heulte wie ein Schakal und sagte: »Nun wird das doch eine Fehlgeburt.« Aber diesesmal geriet Urulele nicht in Panik. Er hüpfte durch das Zimmer wie ein Kaninchen, polierte mit beiden Händen seine Glatze und sang sein deutsches Lieblingslied: »Wer soll das bezahlen . . .« Dr. Oppermann hatte es ihm mit Geduld und Freude beigebracht.

Prusius nahm die Mitteilung mit steinernem Gesicht zur Kenntnis.

»Das freut mich sehr«, sagte er knapp am Telefon. »Da kann

man ja die Bilder im ›Deutschen Haus‹ wieder abhängen. Wer hätte das gedacht . . .«

In aller Eile, aber ohne Hetze, packte er in sein Flugzeug, was er für diesen Fall, von dem er gehofft hatte, daß er nie eintreten würde, bereitgestellt hatte. Als letztes hängte er eine Ledertasche, gefüllt mit Banknoten, um seinen Hals. Unterlagen, die man verbrennen mußte, gab es nicht. Prusius arbeitete mit seinem Kopf, nicht mit Notizen.

Er tankte voll auf, nahm auch noch soviel Treibstoff mit, wie er Platz im Laderaum hatte und stieg empor in den lichten Morgenhimmel, fast um die gleiche Zeit, als in Rundu die drei Geretteten aus dem OP zu ihren Betten gerollt wurden.

Prusius drehte noch eine Ehrenrunde über Outjo, blickte hinunter auf die kleine Stadt im Veld, nahm Abschied von seinem Lebenswerk und verschwand: ein silberner Punkt im gleißenden Sonnenlicht. Nicht einmal Wehmut lag in seinem Herzen, nicht die Trauer um ein aufgegebenes Leben, an dem drei Generationen gebaut hatten. Er empfand nichts als blanke Wut.

Der Blick zurück auf Outjo machte ihn nicht sentimental. Auch als Prusius mit einer Schleife sein Haus überflog, dessen Grundstein sein Urgroßvater gelegt hatte, als er mit zweiundsiebzig Jahren noch nach Afrika ausgewandert war und mit einer kleinen Klitsche und dem Einfall angefangen hatte, im Busch Tomaten zu ziehen, bis daraus die erste Tomatenmark-Fabrik Südafrikas wurde, — auch in diesem Augenblick war der Abschied nicht getrübt von Traurigkeit. Erst, als die Stadt hinter ihm lag und die zweimotorige Cessna geraden Kurs nach Norden nahm, als die Straße nach Okaukuejo sich wie ein weißes Band durch das Veld zog, schwor er sich: »Ich komme wieder! Das ist ja nur ein Übergang. Auf dem Umweg über Angola werde ich mich nach Lusaka in Sambia begeben und dort im Komitee für die Befreiung Namibias als Berater arbeiten. Sie können auf mich nicht verzichten. Kaum jemand hat so gute Verbindung zu den internationalen Waffenhändlern wie ich. Es gibt nichts, was ich ihnen nicht besorgen könnte. Auch Panzer können sie von mir haben, auf dem Umweg über den Mittleren Osten. Sie brauchen mich. Und eines Tages sitze ich wieder in meinem Haus und beginne mit dem großen Aufräumen, bis ich für immer verschwinde in das fette, sorglose Leben. Heute Acapulco, morgen Bahamas, übermorgen St. Tropez, ein paar Tage Florida, eine Woche Tahiti ... Mit den zwanzig Jahren, die mir noch bleiben, kann ich noch allerhand anfangen ...«

Mit voller Kraft flog er zuerst in Richtung Etoschapfanne, bog dann nach Osten ab und nahm zwischen Namutoni und Tsumeb Kurs auf das Kavangoland. Tsintsabis umging er nördlich, machte einen großen Bogen und flog südlich von Tsitsio hinein in das Tote Land, überquerte das ausgetrocknete Flußbett des Lower Omuramba und nahm dann die Geschwindigkeit zurück.

Wer jetzt aus der Luft das Land betrachtete, begriff, warum nicht einmal die genügsamsten Klippspringer hier lebten, aber er begriff nicht, wie drei Menschen aus dieser Einöde zurück ins Leben gefunden haben konnten. Hier überlebten sogar die Dornbüsche nur, wenn sie genug Wasser aus der Regenzeit in ihren weit verzweigten Wurzeln speichern, oder wenn die Natur sie so ausgestattet hatte, daß sie die Kälte der Nächte in Flüssigkeit umwandeln konnten.

Prusius blickte angestrengt nach unten und suchte. Olutoni hatte den kleinen Landestreifen neben seinem Lager so mit Büschen getarnt, daß sie von oben eine bestimmte Anordnung erkennen ließen — freilich nur für Eingeweihte. Bisher war es immer so gewesen, daß Prusius spätestens in der Höhe von Tsumeb per Funk seine Ankunft mitgeteilt hatte. Die Piste war dann geräumt von den Büschen, wie ein Kahlschlag sah es von oben aus, und wenn er gelandet war, rollte man das Flugzeug zu einer Gruppe vertrockneter Schirmakazien, deckte es mit Zweigen und Dornenästen zu und verteilte die Tarnbüsche wieder über die Landebahn.

Heute aber meldete sich niemand auf seinen Funkruf. Olutoni schwieg.

Er hört mich, der Saukerl, dachte Prusius wütend. Er hat den Funk natürlich nicht abgestellt, aber er ist zu feig, um zu antworten. Das nützt ihm gar nichts! Ich komme! Und ich lande auch zwischen seinen Tarnbüschen. Ich fege sie einfach weg!

Prusius drosselte die Motoren. An verschiedenen Baumgruppen erkannte er, daß er in der Nähe von Olutonis Heerlager war. Er flog einen Kreis, kam zurück, ging tiefer und fluchte, weil sich niemand zeigte und keiner die Büsche von der Landebahn nahm.

Spiel nicht die tote Fliege, du Halunke, dachte Prusius. Jetzt erkenne ich es deutlich: dort hinten, wo das Veld abgegrenzt wird von undurchdringlichem Dornenwald, da muß ich landen. Rechts die niedrigen Hügel, das ist die Linie; sie geben genau die Lage an.

Er nahm Gas zurück, bis die Motoren nur noch leise brummelten, glitt hinunter, setzte wie immer sanft auf, fegte mit den Rädern die Tarnbüsche zur Seite und ließ die Maschine ausrollen. Dann wendete er auf knappstem Raum und fuhr langsam auf die Buschgruppe zu, dem Eingang zum Lager der Guerilla.

Olutoni und vier Soldaten kamen ihm entgegen. Zum erstenmal sah Prusius, daß Olutoni eine Art Tarnuniform trug: hohe Schnürstiefel, Fallschirmjägerhosen, eine lose Bluse mit vier großen Brusttaschen, ein breites Koppel mit Pistolentasche, Messer und einem Beutel voll Munition. Über den Rükken hatte er eine Maschinenpistole geworfen. Den Kopf bedeckte ein breitkrempiger, weicher Leinenhut, mit erdbraunen Flecken bedruckt.

Prusius riß die Tür seiner Kanzel auf, sprang, ohne die Treppe herunterzuklappen, aus dem Flugzeug und baute sich breitbeinig vor seiner Maschine auf. Langsam kam Olutoni näher und hob grüßend die Hand.

»Was ist hier passiert?« bellte Prusius sofort. »Wie ist eine solche Idiotie möglich?! Spätestens morgen wird man euch wie Wildschweine jagen! Du weißt doch, daß sie in Rundu angekommen sind?«

Er duzte Olutoni jetzt. Die mühsam beibehaltenen geschäftlichen Konventionen fielen weg. Für Prusius war Olutoni ein erledigter Mann. Es würde nicht lange dauern, dann würden die radikalen SWAPOS über ihn zu Gericht sitzen, über den Versager, über den Freiheitshelden, der sein Vatergefühl höher eingeschätzt hatte, als die Zukunft seines Volkes. Und Prusius würde dann als Zeuge aussagen: »Ja, so war es! Olutoni hat sie laufen lassen! Namibia hat damit einen großen, schmerzhaften Rückschlag erlitten, von dem es sich lange nicht erholen wird. Olutoni war bereit, sein ganzes Bataillon zu opfern. Für seine Tochter, die zu allem Überfluß auch noch ein Bastard ist, eine Coloured, die mehr weiß als schwarz empfindet. Und er wußte das! Er hat sich dem gebeugt — gegen die Interessen seines Volkes!«

Was würde von Olutoni dann noch übrigbleiben?

Prusius schnaufte laut und blickte Olutoni böse an. Er kam sich jetzt sehr stark vor, ein vorweg geschickter Vollstrecker. Zieh deine Theateruniform aus, dachte er wütend, verschwinde im Busch, ehe sie dich mit einem Strick erdrosseln! Aber wo du auch hinflüchtest in diesem Land — sie erwischen dich! Du bist viel zu bekannt, als daß du untertauchen könntest!

»Ich habe nicht erwartet, daß Sie kommen, Herr Prusius«, sagte Olutoni höflich in deutscher Sprache. »Nicht zu mir.«

»Wohin denn sonst?«

»Sie hätten nach Sambia fliegen können.«

»Das kommt noch. Ich tanke nur auf und fliege dann weiter. Ich wollte von Ihnen lediglich erfahren, wie das alles passieren konnte. Ich möchte in Lusaka etwas erzählen können. Allein Sie wissen, wie die drei das Lager verlassen konnten — und warum man sie nicht schon längst erschossen hatte. Sie hatten mir das fest versprochen!«

»Wollen wir das hier im Freien diskutieren, Herr Prusius?«

Die vier Guerilleros, die mit Olutoni gekommen waren, schoben das Flugzeug zu der Baumgruppe und begannen, es mit Büschen zu belegen, so wie sie es immer getan hatten. Prusius winkte ab.

»Das ist nicht nötig! Ich fliege gleich weiter!«

»›Gleich‹ kann eine Zeit sein, die uns wehtun kann. ›Gleich‹ kann auch ein Militärflugzeug über uns auftauchen. Das Bataillon ist kampfbereit, aber wir wollen ja nicht unbedingt, daß Ihr Flugzeug den Weg zu uns weist . . .«

Prusius knurrte und folgte Olutoni durch die bekannten Dornschleusen ins Innere des Lagers. Dort war alles zum Aufbruch bereit. Die Kochhöhlen wurden zugeschüttet, die Lastwagen waren beladen, die Hütten in den Bäumen zum Teil schon eingerissen. Die Guerilleros hatten das Gelände bereits zur Verteidigung besetzt: eine sogenannte Igelstellung mit einer geballten Feuerkraft rundum. Nur noch die Offiziere befanden sich im Inneren des Lagers, dazu ein paar Frauen und der Elitetrupp, den Olutoni selbst befehligte.

Mit einem schnellen Blick sah sich Prusius um.

»Sie haben abgebaut? Sie müssen Ihr so vorzügliches Lager verlassen, das man nie entdeckt hätte! Das ist Ihre Schuld.«

»Wer spricht hier von Schuld?« sagte Olutoni ruhig.

»Ich . . .«

»Bitte!« Er zeigte in das Innere der Kommandohütte, eine der wenigen, die noch standen. Allerdings war sie, bis auf einen Klapptisch und zwei Hocker, bereits leer. Prusius ließ sich auf einen der Hocker fallen und knöpfte sein Hemd bis zum Gürtel auf. Es war unerträglich heiß. Nachdenklich betrachtete Olutoni die breite, behaarte Brust von Prusius und schwieg.

»Ich höre!« sagte Prusius grob.

»Was?«

»Zum Teufel, was Sie mir zu sagen haben! Warum sind Dr. Oppermann und Mooslachner nicht erschossen worden?«

»Die Exekution sollte am nächsten Morgen stattfinden.«

»Und in der Nacht vorher sind sie losgezogen. Wie sinnig! Und Sie haben nichts gewußt?«

»Nein.«

»Wer soll dir das glauben!« schrie Prusius. Er fiel wieder ins Duzen.

»Niemand. Warum soll man glauben, was wahr ist?!« Olutoni blickte an Prusius vorbei zum Eingang der Hütte. Dort war ein Guerilla-Offizier erschienen, nickte ihm zu und verschwand sofort wieder. Da Prusius mit dem Rücken zur Tür saß, entging ihm dieser Wink. »Ich habe am Morgen, als ich das Verschwinden der drei merkte, sofort die Suche aufgenommen. Über hundert Mann waren unterwegs, die schnellsten Läufer, die besten Spurensucher, die ich habe. Aber sie fanden nichts. Weil wir in der falschen Richtung suchten.«

»Soviel Idiotie macht sprachlos«, sagte Prusius.

»Jeder vernünftige Mensch wählt den einfachsten und sichersten Weg, und der führte in diesem Fall nach Süden. In zwei Tagen hätten sie Tsintsabis erreicht. Jeder von uns mußte annehmen, daß dies ihre Fluchtrichtung sei. Wer konnte vermuten, daß sie nach Nordwesten ziehen, in das Tote Land, in die tötende Einsamkeit, die noch niemand zu Fuß durchquert hat, bis, vielleicht, auf ein paar Buschmänner.«

»Du hättest wissen müssen, daß Mooslachner gut ist für

zwanzig Buschmänner! Aber nein, du wolltest das ja gar nicht wissen! Du hast deine Suchtrupps nach Süden geschickt und im Stillen gehofft, daß die drei nach Osten gewandert sind. Das Vaterherz . . .«

»Nein!« Olutoni blickte Prusius versonnen an. »Hätte ich geahnt, daß Luba in das Tote Land flüchtet, ich hätte ihr Maulesel, Wassersäcke und Pistolen mit Leuchtkugeln mitgegeben. Ja, das hätte ich! Als mir klar wurde, daß sie in das einsame Veld gezogen sind, bekam mein Herz einen Riß. Ich habe gebetet.«

»Eindrucksvoll!« sagte Prusius voller Hohn. »Und das willst du deinen SWAPO-Oberen erzählen?«

»Nein!« sagte Olutoni fest.

»Auf den Bericht bin ich gespannt. Die ganze Aktion im Eimer, das beste Lager von Namibia muß geräumt werden, bei mir lagern für rund zweihunderttausend Rand Waffen, die ihr in die Röhre schreiben könnt, und dabei habt ihr sie bitter nötig, und ich muß mir einen neuen Kanal suchen, über den ich die draußen bereitgestellten Waffen einsickern lassen kann! Alles, was wir in drei mühsamen Jahren aufgebaut haben, ist durch deine Dummheit zerstört! Man wird auf den Namen Olutoni spucken!«

»Wie auf den Namen Prusius.«

»Ich höre wohl nicht richtig?«

»Du bist ein Schwein«, sagte Olutoni ruhig, ohne die Stimme zu heben. »Ein ganz elendes Schwein! Weißt du, was wir mit einem wie dich tun würden, wenn er ein Schwarzer wäre? Gibt es einen größeren Schuft als den Verräter?«

»Jetzt wird es lustig!« Prusius erhob sich brüsk und warf dabei den Hocker um. »Ich karre euch für eure Freiheit das Material heran und muß mich auch noch berotzen lassen! Was du an Dämlichkeit angestellt hast, mußt du verantworten, nicht ich! Ich fliege jetzt weiter nach Sambia.«

»Du wirst nicht fliegen«, sagte Olutoni freundlich und blickte an Prusius empor. »Du wirst bleiben!«

»Ich denke nicht daran!«

»Aber ich.«

Prusius zog die Schultern hoch. Plötzlich überfiel ihn ein kalter Hauch von Unsicherheit und Ratlosigkeit. Er ging zur Tür, aber weiter kam er nicht. Draußen standen vier Guerilleros, grinsten ihn breit an und wedelten mit den Händen: Hier ist kein Ausgang ... Prusius warf sich herum. Olutoni saß noch immer auf seinem Hocker und betrachtete ihn.

»Was soll das?« schrie Prusius. Seine Stimme bekam einen heiseren, belegten Klang. »Bist du verrückt?!«

»Unsere Unterhaltung ist noch nicht zu Ende, Herr Prusius«, sagte Olutoni höflich.

»Ich muß weg!«

»Wir auch. Wir rennen jetzt gegen die Zeit. Ich weiß es.«

»Ich muß über die Grenze sein, wenn die militärischen Aktionen hier anlaufen.«

»Die Truppe ist schon auf dem Abmarsch. In kleinen Gruppen verteilt sie sich über das Gebiet bis ins Ovamboland. Im Lager ist nur noch der Stab. Und ein paar Elitesoldaten. Und ein Pilot, in Angola ausgebildet. Er kann jede Maschine fliegen, auch eine Cessna ...«

»Olutoni!« Prusius holte röchelnd Atem. Der Schweiß brach ihm aus, kalter, klebriger Schweiß, und mit dem Schweißausbruch begann sein Herz zu schmerzen.

»Ich höre ...«

»Lassen Sie die blöden Retourkutschen! Ich werde in Lusaka erwartet.«

»Sie lügen miserabel.« Olutoni zeigte auf den umgestürzten Hocker. »Nehmen Sie wieder Platz. Wollen wir beim Du bleiben oder höflich beim Sie? Das Du wird Ihnen eher liegen. Ich bin ja nur ein Kaffer.«

»Olutoni — Sie — du weißt genau, daß ich nur solange völlig außer jedem Verdacht stand, solange ich massiv gegen die Kaffern loszog. Es war in eurem Interesse! Es ist unfair, das jetzt herumzudrehen!«

»Du kennst das Wort fair? Erstaunlich! Ich hatte vorausgesetzt, daß du nur das Wort Geld kennst.«

»Du lieber Himmel, was soll das alles?« Prusius rang ungeduldig die Hände. »Ohne mich läuft hier gar nichts, das weißt du auch!«

»Ein Mensch ist wie ein Blatt, sagt einer unserer Ovambodichter. Wenn es vom Ast fällt, taugt es nur noch für ein Feuer. Du bist vom Ast gefallen.«

Prusius spürte, wie seine Nerven zu glühen begannen. Er blickte sich um, sah die vier Guerilleros den Eingang versperren, und erkannte dann in Olutonis Blick, daß auch Gnadenlosigkeit ein Leuchten erzeugen kann. Er wich zur Flechtwand der Hütte zurück, als könne er auf diese Weise seinem Schicksal entrinnen, und wischte sich mit zitternder Hand den Schweiß vom Gesicht.

»Ich habe euch gegenüber nie etwas Unrechtes getan!« sagte er heiser. »Ich war immer für euch da.«

»Es gab da einen Abend«, sagte Olutoni langsam und betont, »da hattest du in Outjo einen seltenen Unfall. Ein böser Maulesel biß dir ein Stückchen Fleisch aus dem Unterarm . . .«

Prusius wurde fahlgelb im Gesicht. Bis in die Beine spürte er die Schwäche, die wellengleich seinen Körper durchflutete. Bleib stehen, dachte er. Oh, Himmel, das hatte ich nicht einkalkuliert. Das hatte ich verdrängt. Diese saublöde halbe Stunde an der Straße zur Missionsstation.

Er lehnte sich gegen die Wand, trommelte mit den Fingern nervös dagegen.

»Das — das sollten wir vergessen«, sagte er tonlos. »Olutoni, wiegen wir diesen Ausrutscher gegen all das auf, was ich dir geliefert habe.«

»Dafür bist du bezahlt worden. Mit Tausenden von Rand. Die Kaffernhure mußt du noch bezahlen . . .«

»Ich — ich bitte um Verzeihung . . .« sagte Prusius rauh.

»So einfach ist das? Abgetan mit einer Floskel? Die Kaffernhure ist meine Tochter!«

»Olutoni, wir haben jetzt wichtigeres zu tun! Es geht um Stunden.«

»Für einen Vater gibt es nichts Wichtigeres als seine Tochter. Die man eine Kaffernhure nennen darf. Die man überfallen darf, die man vergewaltigen will, die man mit einem Sack einfängt, wie eine Katze, die man ertränken will . . . Für einen Vater ist das ungeheuer wichtig, Prusius! Du denkst doch sonst so logisch!«

»Soll ich auf die Knie fallen?« schrie Prusius. Sein Herz schien sich zu blähen und ihm den Atem abzudrücken. Das ist Angst . . . nicht mehr faßbare Angst . . . Angst vor diesen Augen dort, Angst vor der ruhigen, verflucht freundlichen Stimme, Angst vor dem Unbekannten, das auf ihn wartete . . . Prusius schluckte krampfhaft.

»Nein! Du sollst stehen. Aufrecht stehen, stolz wie immer. Der starke Johann Prusius. Was habe ich davon, wenn du vor mir kniest?« Olutoni beugte sich etwas vor. »Die Mutter der Kaffernhure war eine Weiße. Sie war mein Engel. Sie war für mich der Beweis, daß es einen Gott gibt. Sie war für mich alles: die Erde und das Firmament, der Boden und die Sterne. Zwischen dem Greifbaren und der Unendlichkeit stand sie — die Vollendung. Aber auch sie war eine Kaffernhure und wurde deshalb von den Weißen getötet. So einfach ist das, Prusius. Die weiße Haut ist die einzige Haut, die edel ist. Nicht wahr? Aber wenn man sie abzieht, die weiße Haut, kommt darunter nichts anderes zum Vorschein als unter einer schwarzen Haut. Rotes Fleisch, weißgelbes Fett, rosa und violette Adern, weiße Knochen, farblose Sehnen und alles umspült von rotem Blut. Ein schwarzer Körper ohne Haut ist wie ein weißer Körper ohne Haut, und wenn das Fleisch abfällt, ist das Gerippe eines Weißen genau so bleich wie das Gerippe eines Schwarzen. Dann ist der Schwarze endlich gleich und weiß wie ein Weißer. Stimmst du mir zu, Prusius?«

Prusius stützte sich an die Flechtwand und atmete röchelnd. Seine Augen traten aus den Höhlen und brannten, als habe man Pfeffer in sie gestreut.

Er wollte etwas sagen, riß den Mund auf, aber es kam kein Ton aus seiner trockenen Kehle.

»Ich sehe, wir sind uns einig«, sagte Olutoni in schrecklicher Ruhe und erhob sich. »Bleiben Sie stolz, Prusius! Ich möchte Sie anspucken, aber mein Speichel ist mir zu wertvoll, um ihn an Ihre Haut zu kleben! Aber nehmen Sie eines noch mit: Ich liebe mein Volk, aber ich liebe auch Ihr Volk. Ich liebe jeden Menschen, solange er menschlich ist. Darum werde ich mich nicht mehr lieben können, weil ich unmenschlich sein werde. Aber das ist mein Problem! — Gehen Sie jetzt!«

»Danke . . .« stammelte Prusius. Er stieß sich von der Flechtwand ab und wankte zum Ausgang der Hütte. »Danke, Olutoni. Wir sehen uns bestimmt in Lusaka wieder.«

Olutoni senkte den Kopf, schwieg und wandte sich ab.

Vor der Hütte wurde Prusius von den vier Guerilleros in Empfang genommen.

Sie warfen dem Verblüfften einen Strick um den Hals und rissen seine Arme nach hinten. Als Prusius aufbrüllte, stieß man ihm einen Propfen aus Gras und Erde in den Mund und schleifte ihn weg.

Nach vorn gesunken, saß Olutoni an dem kleinen Klapptisch und las in der Bibel. Er hatte die Hände gefaltet und seine Lippen bewegten sich lautlos beim Lesen des Textes, den er nach innen sprach.

Die Psalmen des Salomon. Herr, vergib auch den Verblendeten ...

Als von draußen ein tierisches, grelles Schreien klang, ein fürchterliches Brüllen, das kaum aus einer menschlichen Kehle kommen konnte, griff Olutoni nach zwei Grasbüscheln und stopfte sie sich in die Ohren. Dann fiel er auf die Knie, preßte das Gesicht auf die Bibel und betete. Aber das Schreien tönte in ihm wider.

Ein Mensch wurde bei lebendigem Leib enthäutet.

Am Nachmittag wurden Luba, Dr. Oppermann und Mooslachner nach Windhoek geflogen und in das Krankenhaus verlegt. Herbert Winneburg und andere Mitglieder der Regierung brachten Blumen und die Glückwünsche der Minister in Pretoria, der Bischof besuchte sie und sprach am Fußende von Pater Mooslachners Bett ein Dankgebet, und Major Henrici erschien mit einem freundlichen, aber distinguierten Oberst der südafrikanischen Streitkräfte und bat um nähere Angaben über das seit langem gesuchte Guerillalager. Man konnte es nicht fassen, daß es trotz systematischer Suche von Planquadrat zu Planquadrat unmöglich gewesen war, eine kleine Heerschar mit solch perfekter Ausrüstung zu entdecken.

Es war ein Kommen und Gehen in dem großen Zimmer, in dem Oppermann und Mooslachner lagen. »Wie schön war doch die Ruhe im Veld!« stöhnte Mooslachner am Abend, nachdem eine Abordnung des katholischen Männervereins gegangen war und die Ärzte die Reporter der Zeitungen fast mit Gewalt aus dem Zimmer geworfen hatten. »Jetzt sind wir eine Sensation geworden.«

»Nur für ein oder zwei Tage.« Dr. Oppermann winkte ab. »Dann hat man Sie wieder in den grauen Alltag eingegliedert, Pater. Bei mir geht es erst los.«

»Wieso? Was haben Sie denn noch auf der Pfanne?«

»Meine Hochzeit mit Luba.«

»Oh, je, die habe ich im Augenblick vergessen.« Mooslachner richtete sich im Bett auf. »Wie wollen Sie diese Luft hinauslassen?«

»Ganz einfach.« Oppermann lächelte behaglich. »Ich werde nachher den Chefarzt bitten, mich in das Zimmer meiner Frau zu verlegen.«

»Den Armen trifft der Schlag.« Mooslachner legte sich seufzend zurück. »Sie wollen mich verlassen, Doktor? Nach Auskunft Ihrer Kollegen werde ich zehn Tage herumliegen müssen, ehe meine Füße mich wieder tragen können.«

»Vielleicht noch länger, wenn sie zu eitern beginnen.«

»Dann reiße ich aus! Sind wir den Guerillas entkommen, schleiche ich mich auch aus einem Krankenhaus weg! Zum letztenmal lag ich in einem Klinikbett, da war ich zehn Jahre alt. Ich hatte Masern.«

»Sie haben auch keinen Blinddarm mehr.«

»Der war schon weg mit neun!« Mooslachner schob die Hände unter seinen Nacken und blickte auf die weiße Zimmerdecke. »Ihre weiteren Pläne sind fertig?«

»Ich fliege so schnell wie möglich mit Luba nach Deutschland.«

»Und dann?«

»Dort heiraten wir auch standesamtlich.«

»Und danach?«

»Ich habe meinen Platz im Tropeninstitut. Ich bin ja nur abgestellt worden.«

»Und Ihre Kranken, Doktor? Die Frauen und Kinder mit den vereiterten Augen? Die Menschen, denen die Augen wegfaulen und denen keiner helfen kann — es sei denn Sie?! Die Tausende im Busch und in den verbrannten Bergen, am Rande der Namibwüste und in den schweigenden Weiten der Kalahari? Haben Sie den geheimnisvollen Medizinmann vergessen, zu dem wir ja eigentlich hinfliegen wollten? Diesen Zauberer, der mit Salben und Trinkkuren die Kranken heilt und das Mittel nicht preisgeben will, das nach Pisse stinkt, aber helfen soll? Das wollen Sie alles im Stich lassen?«

»Man wird mich nicht wieder rufen, wenn ich Luba geheiratet habe. Das haben Sie selbst gesagt.«

»Jetzt sind Sie ein Held, Doktor! Das ändert vieles.«

»Aber nicht Lubas Hautfarbe. Sie bleibt eine Coloured!«

»Man wird zu Ihren Gunsten das Ganze umbiegen und sagen: Frau Dr. Oppermann ist mehr Weiße als Schwarze. Sie hat das bewiesen; sie hat ihren eigenen Vater geopfert! So etwas baut Toleranz auf. Und noch eins, Doktor: Ich stehe voll neben Ihnen, hinter Ihnen, vor Ihnen — wie Sie es haben wollen!«

»Überlassen wir alles der nächsten Entwicklung«, sagte Oppermann müde. Der vergangene Tag hatte ihn angestrengt, trotz Herzinjektion, Vitaminspritzen und einem herrlichen Essen in der Lepra-Station von Rundu: Gespickter Rinderbraten mit Weißkohl und Kartoffeln. Mooslachner hatte sich dreimal den Teller füllen lassen und mit schäumendem, kaltem Bier nachgespült. »Ich klingele jetzt nach dem Kollegen Chefarzt. Passen Sie auf, Pater, was geschieht, wenn ich sage: Ich möchte zu meiner Frau Luba verlegt werden ...«

Es geschah nicht viel.

Man rollte Dr. Oppermann hinüber in Lubas Zimmer. Der Chefarzt begleitete ihn. Auf dem Flur beugte er sich über Oppermann und fragte ihn leise:

»War das nötig, mein Lieber?«

»Ja. Ich liebe sie. Verstehen Sie das nicht?«

»Sie geben uns da einen gewaltigen Kloß zu schlucken.«

»Man wird ihn schlucken müssen, Herr Kollege. Oder ausspucken ...«

Luba saß im Bett, durch einige Kissen gestützt, und streckte beide Arme aus, als Dr. Oppermann ins Zimmer gerollt wurde. Ihre Schultern waren dick verbunden, aber sie hatte die langen Haare gekämmt und mit einem Band umschlungen, die Lippen geschminkt und sogar die Wimpern getuscht.

»Luba!« sagte Oppermann und streckte ihr seine Hände entgegen.

Der Chefarzt selbst schob Oppermanns Bett nahe an Luba heran und trat dann in den Hintergrund.

»Ich habe auf dich gewartet«, sagte sie. »Du kommst spät ...«

»Die vielen Fragen und Besuche. Du glaubst gar nicht, wer alles bei mir war.«

»Bei mir war niemand.«

»Aber nun bin ich da!« sagte er laut, damit es auch jeder verstand. »Und ich bleibe bei dir. Für immer!«

Er küßte ihre Hände, und sie streichelte seinen Kopf, beugte sich mühsam zu ihm und küßte seinen Mund.

»Du hast es nicht geglaubt«, sagte sie leise. »Aber ich habe es gewußt! Du bist unbesiegbar geworden. Du hast die Zauberblüten gegessen.«

Am Abend wurde Prusius' Haus besetzt und durchsucht. Die weiße Kolonie von Outjo war vor Entsetzen und Ratlosigkeit wie gelähmt.

Prusius! Ausgerechnet Prusius! Unfaßlich! Unglaublich! Es gab einfach keine Worte mehr.

Man fand natürlich keine Aufzeichnungen. Die Waffen im Keller konnten ebenso gut für die Verteidigung der Farmen bestimmt sein, wie zur Ausrüstung der geheimen Guerilla-Armee. Nichts deutete auf Prusius' Geschäfte hin, als die Tatsache, daß er mit seiner zweimotorigen Cessna verschwunden war.

Die sofort einsetzenden Militäraktionen in dem einsamen Veld stießen ins Leere. Kein Lager war zu finden, nicht eine einzige Spur, nicht ein einziger Mensch. Olutonis Truppe blieb unbekannt und unentdeckt, aufgesaugt von der Weite des Landes.

Major Henrici hatte es nicht anders erwartet.

Am Vormittag noch war eine unbekannte Cessna in Angola gelandet, gleich jenseits der Grenze bei Lupala. Aber das wußte niemand. Olutoni war ausgestiegen, hatte dem schwarzen Piloten auf die Schulter geklopft und dann die auf ihn wartenden Offiziere umarmt.

»Es ist nur ein kurzer Aufenthalt, Freunde«, hatte Olutoni gesagt. »Ich wollte euch das Flugzeug bringen. In spätestens zwei Tagen muß ich zurück nach Namibia.«

Man fand auch Johann Prusius nicht. Er lag unter einem Dornbusch, tief genug, daß kein Schakal ihn wieder ans Tageslicht kratzen konnte. Ob der Busch verdorrte oder durch Prusius' Körper weiterlebte und neue Nahrung bekam, das fiel nicht auf in einer Steppe, die wohl kaum ein Mensch wieder betreten würde.

In den Zeitungen, die spaltenlang von Dr. Oppermann und

Pater Mooslachner berichteten, fehlte Luba Olutoni. Man verschwieg sie. Das war am einfachsten.

Oppermann war ein Held geworden. Und Helden müssen blankpoliert sein.

Drei Wochen später warteten Luba und Dr. Oppermann im Flughafen Strijdom von Windhoek auf ihr Einchecken zum Flug nach Frankfurt.

Pater Mooslachner war schon wieder in Outjo auf seiner Mission und hatte Abschied genommen, indem er sagte:

»Erholen Sie sich gut, Doktor! Entweder Sie sind bald wieder da, oder ich streiche für immer Ihren Namen aus meinem Gedächtnis! Verdammt noch mal — auch *ich* brauche Sie hier! Nun wissen Sie es, Sie — Spinner!«

Dann hatte er sich umgedreht und war ohne einen Blick zurück davongestampft, gestützt auf zwei Krücken, mit dick verbundenen Beinen. Sie eiterten nun doch.

Die Begleitung Oppermanns war klein. Kein Regierungsmitglied, kein Reporter, keine offizielle Delegation. Er war ein Fluggast wie jeder andere. Nur der Chefarzt war gekommen, mit einem Blumenstrauß für Luba. Ein ganzer Arm voll Proteen. Die Blume Südafrikas.

»Damit Sie die Heimat nicht vergessen«, sagte er bei der Überreichung. »Sie wissen ja, Luba, diese Blumen verwelken nie.«

Sie nickte, verbarg ihr Gesicht in den Proteen und weinte leise.

Gekommen waren auch Urulele und Nkulele. Ihr sah man jetzt die Schwangerschaft an; sie war so stolz auf diesen Zustand, daß sie ihren Bauch herauswölbte. Die Riesenbrille mit dem Straßbesatz funkelte in der Sonne, sie trug ein viel zu weites Kleid und hatte Uruleles linke Hand umklammert. Auch sie schluchzte immerfort, putzte sich die Nase und wischte die Tränen weg, was sehr beschwerlich war, denn die Brille nahm sie ja nicht ab.

Urulele polierte mit der freien rechten Hand unentwegt seine Glatze. Seine Augen waren in kindlicher Trauer erstarrt; immer wieder sah er Dr. Oppermann an, kaute auf seinen Lippen und seufzte wiederholt.

»Paß gut auf alles auf, Tomba«, sagte Dr. Oppermann, als das Gatter geöffnet wurde und die Passagiere hinüber zum Rollfeld gingen. »Und sei so fleißig wie bisher!«

»Ich warte auf Sie, Master Doktor«, stotterte Urulele.

»Und du, Franziska Maria, sei tapfer! Kinderkriegen tut weh, aber um so schöner ist es nachher. Viel Glück!«

Nkulele nickte und heulte. Der Chefarzt nahm Lubas Reisetasche vom Boden auf.

»Ihr müßt gehen!« sagte er. »Ihr seid die letzten. Guten Flug!«

Dr. Oppermann biß die Zähne zusammen. Er wandte sich plötzlich um, umarmte Urulele, der laut zu schluchzen begann, zog Nkulele an sich, küßte sie auf die funkelnde Brille und kümmerte sich einen Dreck um die entsetzten und erbosten Blicke der Weißen, die ihren Freunden oder Verwandten vom Gatter aus nachwinkten. Luba ging schon langsam voraus, den riesigen Proteen-Strauß vor ihrem Gesicht.

»Ein Stück von mir bleibt zurück«, sagte Dr. Oppermann und gab dem Chefarzt noch einmal die Hand. »Irgendwie stimmt es: Dieses Land hält einen fest.«

»Wenn Sie ein Stück hier lassen, dann sehen Sie zu, daß auch die anderen Stücke bald zurückkommen.« Der Chefarzt gab Dr. Oppermann einen Stoß in den Rücken. »Los, hauen Sie ab; es wird ja immer schwerer! Und kommen Sie wieder!«

»Vielleicht«, sagte Dr. Oppermann leise. »Vielleicht . . .«

Mit langen Schritten eilte er Luba nach, holte sie vor der Gangway ein und faßte sie unter.

Am Fenster der Flughalle stand ein alter, gebeugter Schwarzer, den niemand beachtet hatte. Er hatte mit einem breiten Besen den Unrat zusammengekehrt — Zigarettenstummel, Papierfetzen, Coladosen, leere Schachteln, Brotreste, was so alles abfällt in einer gesitteten Gesellschaft. Nun stand er, auf den Stiel des Besens gestützt, am Fenster und schaute hinaus auf das Flugfeld, auf die einsteigenden Passagiere, auf das silbern glitzernde Riesenflugzeug mit dem Springbock auf dem Leitwerk, auf den Mann und die Frau, die Arm in Arm als letzte zum Einstieg gingen.

Der alte Mann drückte die Stirn gegen die Scheibe, umklammerte den Besenstiel, als sei er seine einzige Stütze und begann leise und unbemerkt zu weinen. Der schmutzige

Schlapphut verbarg sein Gesicht, von hinten sah er aus wie ein aufgehängtes altes Kleiderbündel. Der alte Mann weinte vor Glück; er streichelte mit seinen Blicken die junge Frau, die als letzte in das Flugzeug stieg, und hob zaghaft die Hand und winkte ihr nach, als die Gangway weggerollt wurde und die schwere Tür zuklappte.

Dann löste er sich von dem Fenster, auf dem ein nasser Fleck zurückblieb, kehrte wieder die Flughalle und schob mit dem breiten Besen den Unrat vor sich her durch das Gitter und vor das Haus. Dort blieb er stehen und schaute dem silbernen Riesenvogel nach, wie er sich donnernd in die Luft erhob und hinein in den Himmel stieß.

Der alte Mann winkte noch einmal mit ausgestrecktem Arm, stellte den Besen an die Hauswand und verließ die Halle.

Olutoni kehrte in die Einsamkeit des Velds zurück.